Avant de se consacrer à l'écriture, **Louise Fein** a entamé une carrière dans le secteur bancaire et le droit. Elle vit aujourd'hui dans le Surrey avec son mari et ses enfants. À travers *L'Enfant du secret*, roman inspiré par l'histoire de sa famille, elle veut donner à réfléchir sur une maladie encore trop méconnue de nos jours : l'épilepsie.

De la même autrice :
La Fille du Reich
L'Enfant du secret

Ce livre est également disponible
au format numérique

www.editions-hauteville.fr

Louise Fein

L'ENFANT DU SECRET

Traduit de l'anglais (Grande-Bretagne) par Barbara Versini

Hauteville

Hauteville est un label des éditions Bragelonne

Titre original : *The Hidden Child*

Publié pour la première fois en Grande-Bretagne en 2021 par Head of Zeus Ltd.

ISBN : 978-2-38122-382-7

Bragelonne – Hauteville
60-62, rue d'Hauteville – 75010 Paris

E-mail : info@editions-hauteville.fr
Site Internet : www.editions-hauteville.fr

Pour Millie, Josh et Lottie.

« Un érudit est un paresseux qui tue le temps en se consacrant à l'étude. Prenez garde à son pseudo-savoir : il est plus dangereux que l'ignorance. »

George Bernard Shaw

Mère d'un enfant épileptique, l'autrice s'est inspirée de son expérience personnelle pour imaginer l'histoire d'une épileptique il y a cent ans, à une époque où l'on croyait à une pseudo-science inspirée par la xénophobie, les préjugés et la peur. À travers ce roman, elle cherche à montrer que les idées préconçues sur l'épilepsie sont encore bien présentes.

Première partie

Juillet 1928

Chapitre premier

Eleanor

La petite Mabel serre très fort le bras de sa mère. La carriole file et les sabots de Dilly soulèvent un nuage de poussière dans l'air étouffant de juillet. Les arbres se dressent telles des sentinelles le long du chemin de campagne. Leurs branches se referment au-dessus d'elles comme les arches d'une cathédrale, offrant une fraîche canopée verdoyante qui protège du soleil brûlant de l'après-midi le petit poney, la carriole et ses deux occupantes.

— Plus vite ! glousse Mabel, en levant vers sa mère des yeux brillants. Demande à Dilly d'aller plus vite.

Alors qu'un rire joyeux lui échappe, elle se retourne pour regarder la route en trépignant d'impatience sur son siège. Le vent soulève ses boucles claires, presque translucides sous les rayons du soleil.

Eleanor tire sur les rênes. Le cuir craque. Des effluves de sueur équine lui frappent les narines. Le poney trotte bien assez vite avec la chaleur qu'il fait. De plus, elles sont largement en avance pour l'arrivée du 16 h 25 en provenance de Londres.

— Dilly ne peut pas aller plus vite, Mabel. Il fait trop chaud. Et puis elle n'est plus toute jeune, je ne veux pas lui demander trop d'efforts.

La sueur assombrit le poil châtain des flancs de Dilly, mais celle-ci garde vaillamment le rythme et tire avec ardeur sur les rênes, les oreilles dressées, la tête haute, comme si elle aussi avait hâte de voir Rose, la sœur d'Eleanor qui revient d'une longue absence. Eleanor est folle de joie à l'idée de la retrouver, d'autant plus qu'elle doit lui annoncer une grande nouvelle dont elle n'a encore parlé à personne, pas même à Edward.

Mabel prend un air boudeur et lâche le bras de sa mère.

— Elle a quel âge, Dilly ?

— Environ treize ans, je crois.

— C'est vieux ?

— Pour un poney, oui, un peu.

— Et toi, maman, quel âge tu as ?

Eleanor rit.

— On ne demande pas son âge à une dame, Mabel.

Elle se penche et embrasse sa fille sur le crâne.

— Mais à toi, je peux bien le dire. À condition que tu gardes le secret, ajoute-t-elle en lui tapotant le bout du nez d'un air sévère.

Mabel acquiesce en silence, une expression solennelle sur le visage.

— J'ai vingt-sept ans, reprend Eleanor. Presque vingt-huit, en fait, se corrige-t-elle d'un ton un peu surpris.

Vingt-huit ans déjà... Il lui semble qu'elle a eu vingt ans l'année dernière. « Vingt-huit » sonne étrangement vieux, beaucoup plus que vingt-sept. Eleanor songe avec un pénible sentiment de naufrage que ses trente ans approchent à grands pas. Trente ans, est-ce vieux pour une femme ? On dit d'un homme de trente ans qu'il est dans la force de l'âge, mais pour une femme c'est différent...

À côté d'elle, Mabel laisse échapper un petit cri.

— C'est beaucoup ! Est-ce que tu vas mourir bientôt, comme Patch ? Tu ne vas pas mourir, maman ?

— Mon Dieu, non ! Les gens vivent plus longtemps que les chiens et les poneys, ma chérie. Je suis encore très jeune pour une personne.

Mabel a l'air soulagée.

— Et tante Rose, elle a vingt-sept ans, elle aussi ?

— Tante Rose n'a que dix-huit ans, elle en aura bientôt dix-neuf, répond Eleanor. Et maintenant qu'elle a reçu une bonne éducation, qu'elle a beaucoup voyagé et qu'elle est devenue une jeune femme élégante, ton papa pense à lui trouver un mari riche et gentil.

Elle se mordille la lèvre inférieure, consciente d'en avoir trop dit. Sa fille a tendance à répéter ce genre de choses, en général à la mauvaise personne. Elle baisse les yeux vers Mabel qui fixe du regard la route devant elle, totalement immobile, sans doute absorbée par toutes les questions qui traversent l'esprit d'une petite fille de quatre ans. Elle est belle comme une image dans sa robe crème du dimanche imprimée de petites fleurs jaunes et roses. Elles l'ont choisie ensemble un peu plus tôt dans la journée pour faire honneur à tante Rose.

Mabel remue sur son siège et lève le visage vers sa mère. Il y a dans son regard quelque chose de sombre qu'Eleanor a déjà remarqué à plusieurs reprises. C'est discret, imperceptible, au point qu'elle se demande si ça n'est pas le produit de son imagination. D'ailleurs, ça a déjà disparu.

— On peut chanter une chanson ? demande Mabel en souriant.

— Bonne idée, acquiesce Eleanor.

— Quelle chanson, maman ?

— Voyons voir…

Eleanor prend une grande inspiration, puis elle se met à chanter en se balançant au rythme du clop-clop de Dilly sur le chemin. Mabel l'imite et entonne avec elle le refrain :

Oh mon Dieu, mais que se passe-t-il donc ?
Oh mon Dieu, mais que se passe-t-il donc ?
Oh mon Dieu, mais que se passe-t-il donc ?
Johnny n'est pas rentré d'la foire.

Il m'avait promis des rubans bleus.
Il m'avait promis des rubans bleus.
Il m'avait promis des rubans bleus.
Pour nouer dans mes beaux cheveux.

Eleanor ne se souvient plus très bien des paroles, ni de l'ordre des couplets, aussi elle en invente. Ça n'a pas l'air de déranger Mabel, qui l'accompagne joyeusement en chantant à tue-tête. Dilly participe en remuant les oreilles d'avant en arrière.

Une pomme verte il m'avait promis,
Une pomme verte il m'avait promis,
Une pomme verte il m'avait promis,
Pour la croquer dans mon fauteuil.

Les arbres ont disparu et le chemin longe à présent un champ. Un paisible troupeau de vaches et de veaux broute près du fossé en bord de route. Ce sont des Galloway ceinturés au poil épais. Leurs queues battent leurs flancs bombés au long pelage, tandis que l'herbe haute frôle la ceinture blanche de leurs ventres. Ils gardent la tête baissée, comme s'il faisait trop chaud pour redresser l'encolure. La carriole traverse des essaims de moucherons qui semblent suspendus dans les airs, et Eleanor les chasse d'un revers de la main. Le chemin semble scintiller dans la brume de chaleur. Au loin, au-delà du champ, on aperçoit le clocher de l'église à travers la cime des arbres.

— On est presque arrivées, annonce Eleanor à Mabel, qui continue à chanter toute seule « Oh là là, mais que se passe-t-il donc ? », répétant la phrase en boucle, avec de temps à autre de courtes pauses.

Enfin, au bout du champ, après le tournant, la gare apparaît, avec la taverne qui lui fait face, le *White Hart*. Plus loin, encore caché derrière la colline, se trouve Mayfield, village typiquement anglais – sa pittoresque place centrale, son terrain de cricket, sa mare aux canards et le traditionnel mât autour duquel on danse au mois de mai. Autour de la place, des maisons à la charpente de bois dont certaines datent de la période Tudor se pressent les unes contre les autres. Le tout forme un charmant petit village niché au creux du sublime décor des collines du Surrey.

Eleanor tire sur les rênes et Dilly ralentit docilement l'allure pour avancer au pas. Elles ont dix bonnes minutes d'avance.

— Hooo ! crie Eleanor.

La carriole s'arrête avec un soubresaut. Eleanor met pied à terre sans lâcher les rênes et guide Dilly vers l'abreuvoir de la taverne. La ponette boit longuement, en aspirant bruyamment l'eau à travers le mors métallique de sa bouche. Puis elle frotte sa tête contre l'épaule d'Eleanor, qui manque de perdre l'équilibre.

— Ça te démange, ma fille ?

En réponse, Dilly s'ébroue, ce qui fait rire Mabel.

— Allez, si tu n'as plus soif, on va t'abriter du soleil, dit Eleanor.

Elle flatte affectueusement le poney et l'entraîne à l'ombre des branches d'un grand hêtre. Dilly baisse la tête et relâche une patte postérieure.

Il ne leur reste plus qu'à attendre l'arrivée du train. Eleanor fait descendre Mabel de la carriole pour qu'elle se dégourdisse les jambes dans l'allée et la suit des yeux tandis qu'elle examine un coléoptère par-ci et ramasse une pierre colorée par-là, tout en se racontant une histoire. À deux reprises, elle se tait et demeure un instant immobile, comme si elle venait de se souvenir de quelque chose d'important. Puis elle se remet en mouvement.

— Bonjour, madame Hamilton.

C'est Ted, le facteur, qui la hèle depuis l'autre côté de la rue. Il lui adresse un petit signe de main et pousse sa bicyclette vers la boîte aux lettres de la gare.

— Chaude journée, ajoute-t-il en sortant ses clés de sa poche.

— Oui, on peut le dire.

Eleanor s'essuie le front de sa main gantée, comme pour montrer à quel point elle souffre de la chaleur.

La boîte s'ouvre en grinçant et la tête de Ted disparaît derrière la porte quand il se penche pour vider les lettres dans son sac postal.

Eleanor l'observe distraitement. Elle pense à Rose, qui sera bientôt là. Elle lui a tant manqué ! Rose est tout ce qu'il lui reste comme famille. Elles ont d'abord perdu leurs deux frères, qui ne sont jamais rentrés de la guerre, puis leur père, et enfin leur mère, dans des circonstances tragiques. Aussi, Eleanor est angoissée quand elle se sépare de Rose et cela lui a coûté de l'autoriser à faire ce long voyage à Paris. Avant Edward, elles ont vécu seules pendant un temps. Elles deux contre le monde entier.

Et puis il y a eu Edward. Cher Edward… Il est si bon avec Rose. Rien ne l'obligeait à accepter le fardeau d'une jeune belle-sœur quand il a pris Eleanor pour épouse. Mais c'est pourtant ce qu'il a fait. Rose étant, à présent, en âge de trouver un mari, il sera bientôt soulagé de sa responsabilité, ce qui est une bonne chose, surtout avec une famille qui va bientôt s'agrandir. La main d'Eleanor se pose sur son ventre et ses yeux reviennent vers Mabel, qui ramasse à présent des brindilles, accroupie sous un arbre. Elle tente d'imaginer Rose partant au bras d'un séduisant jeune homme, et cela lui fait un serrement au cœur.

Elle secoue la tête. *Soyons raisonnable.* Il n'est pas question de garder Rose pour elle. Sa sœur a droit comme tout le monde aux joies d'une famille. Eleanor ne veut même pas imaginer ce que serait sa vie sans Edward.

Elle se souvient comme si c'était la veille de leur rencontre huit ans plus tôt, en 1920. Elle le revoit, avec une netteté impressionnante. Ses larges épaules sous la coupe ajustée de son uniforme ; les médailles alignées sur son torse. Un coup d'œil lui avait suffi pour reconnaître la croix militaire, celle qui récompense les actes de grande bravoure. Depuis sa machine à écrire, tout en observant à la dérobée sa grande silhouette tandis qu'il s'installait sur une chaise en attendant d'être reçu par le brigadier général du bureau de la Guerre, elle s'était demandé par quels exploits il s'était distingué. Elle revoit aussi ses yeux troublants sondant les siens, à peine un peu trop longuement de la part d'un capitaine qui se trouve dans les locaux d'un supérieur. Elle se souvient de l'effet qu'il avait produit sur elle, du battement chaud dans sa poitrine et de la façon dont les mots qu'elle tapait s'étaient mis à danser et à se mêler sur la page devant elle. La brise printanière qui entrait par la fenêtre était douce sur sa peau. Elle entendait le sourd grondement de la circulation sur Horse Guards Avenue. Il l'avait longuement regardée et elle était devenue écarlate, mais elle avait fait mine de se concentrer sur son travail. Du coin de l'œil, elle l'avait vu sortir un stylo et un carnet de la poche de sa veste, puis se mettre à écrire, le front plissé par la concentration. Elle s'était demandé s'il était poète ou bien s'il préparait ce qu'il allait dire au brigadier.

— « Il m'avait promis une pomme verte », chante soudain Mabel en levant les yeux vers Eleanor. C'est ça maman, les paroles de la chanson ?

— Oui ma chérie, murmure distraitement Eleanor.

Quand Edward avait disparu derrière la porte fermée du brigadier général, elle avait pris conscience des puissants battements de son cœur, du picotement de la sueur sur sa peau, du son rauque de son souffle. Et, puisqu'il allait bientôt ressortir à un moment ou à un autre, elle s'était pincé les joues, avait lissé ses cheveux et défroissé son chemisier. Il lui avait semblé qu'il s'était écoulé des heures avant qu'il ne réapparaisse. C'était ridicule et elle s'en rendait compte. Elle était une jeune fille ordinaire, une jeune secrétaire de dix-neuf ans, une gamine pour ce beau et fringant militaire qui devait avoir entre trente et trente-cinq ans. Un homme de sa trempe ne pouvait pas s'intéresser à une pauvre orpheline avec une jeune sœur à charge.

La porte du bureau s'était ouverte, il était apparu sur le seuil avec le brigadier général qui lui disait « Bonne chance et bonne continuation » en lui secouant la main avec tant de vigueur que sa moustache en tremblait. Elle en avait déduit qu'il n'était pas militaire de carrière. Appelé à servir comme officier en temps de guerre et à présent démobilisé, il allait reprendre son ancienne profession. Elle s'était demandé laquelle, tout en le fixant du regard tandis qu'il se préparait à quitter la pièce. Avant de remettre sa casquette, il s'était tourné vers elle et lui avait adressé un sourire chaleureux, absolument incroyable, qui avait illuminé tout son visage. En passant devant elle pour sortir, il avait glissé un papier plié à côté de sa machine à écrire. Le général de brigade, dont l'esprit était sans aucun doute préoccupé par les centaines d'officiers qu'il aurait à démobiliser dans les jours à venir, n'avait heureusement rien remarqué.

Je serai ce soir à 18 heures au Café Bru, à l'angle de Whitehall Place. J'espère que vous accepterez de vous joindre à moi pour une tasse de thé. Rassurez-vous, mon invitation est purement professionnelle.

Bien à vous,
Edward Hamilton

Ce message lui avait fait battre le cœur.

Il y a un cliquetis de clés quand Ted verrouille la boîte aux lettres. Son sac postal à présent gonflé de courrier repose dans le panier de son guidon. Il se tourne vers Eleanor, porte une main à sa casquette comme s'il s'apprêtait à lui dire au revoir, mais au lieu de cela, son regard vise un point par-dessus son épaule et il laisse échapper un cri. Il lâche le guidon et laisse tomber son vélo ; le sac déverse le courrier sur le sol. Les yeux écarquillés, la bouche ouverte, il montre du doigt quelque chose sous l'arbre.

Perplexe, Eleanor se retourne.

Mabel! Elle est assise par terre, ses brindilles choisies avec tant de soin éparpillées autour d'elle, le visage grimaçant, les yeux révulsés. Son menton vient frapper sa poitrine, une fois, deux fois, tandis que ses mains sont animées d'un mouvement convulsif.

Les pieds d'Eleanor sont comme vissés au sol, elle est sous le choc, pétrifiée. Sa fille semble possédée et son joli visage si doux n'est plus qu'une horrible grimace. Ted réagit le premier, en s'avançant lentement, les mains tendues.

— Qu'est-ce qu'elle a ? demande-t-il. Qu'est-ce qui se passe… ?

Eleanor se secoue et court vers sa fille.

— Mabel ?

Elle la prend dans ses bras. Mabel ne réagit pas.

— Mabel ! appelle de nouveau Eleanor, cette fois en hurlant.

Qu'est-ce qu'il lui arrive ? C'est comme si elle n'était pas là, comme si quelqu'un d'autre habitait son corps. Un grondement résonne dans la tête d'Eleanor, la panique lui noue la gorge, elle gifle Mabel. Violemment. Elle ferait n'importe quoi pour la débarrasser de cette grimace infernale, de ce regard d'outre-tombe.

— Dois-je aller chercher le docteur ?

C'est la voix de Ted. Il a posé une main sur l'épaule d'Eleanor.

Et soudain, le visage de Mabel redevient normal. Ses yeux rencontrent ceux de sa mère, elle a le regard vague, comme perdu. Le cœur d'Eleanor bat très fort, elle respire par à-coups. Le sol tremble sous ses pieds.

— Tout va bien, murmure-t-elle à l'oreille de Mabel. Tout va bien.

Elle enlève du plat de la main la poussière qui recouvre ses cheveux et sa robe.

— Madame Hamilton ?

Eleanor lève les yeux vers le visage inquiet de Ted.

— Dois-je aller chercher le médecin ? répète-t-il.

Eleanor contemple sa fille, qui suce maintenant fébrilement son pouce.

— Non, dit-elle sans vraiment savoir pourquoi elle refuse. Elle va très bien à présent. Je ne sais pas ce qui s'est passé. Elle…

— Houhou ! Eleanor !

Rose.

Les jambes encore flageolantes, Eleanor se redresse et se tourne vers sa jeune sœur qui descend la pente de la gare pour venir vers elle à grands pas, tout sourires sous son chapeau de paille à large bord, les joues roses, magnifique, la perfection incarnée, portant sa valise d'une main, saluant de l'autre.

Mabel se tortille dans ses bras et montre Rose du doigt.

Eleanor se tourne vers Ted.

— Mabel va bien, je vous assure. Elle s'est couchée tard hier soir et elle est très fatiguée. Je suis sûre que ce n'est que ça. Un petit malaise. Vous connaissez les enfants ! Je suis vraiment désolée pour vos lettres. Nous allons vous aider à les ramasser.

— Ne vous en faites pas pour ça, proteste Ted. Du moment que la petite va bien.

Il n'a pas l'air très convaincu.

— Je vous en prie, insiste Eleanor. Et pour Mabel, ne vous en faites pas, elle va très bien, inutile d'en parler à qui que ce soit.

Ted acquiesce et se penche pour ramasser son vélo. Il l'appuie contre l'arbre et ramasse le courrier éparpillé.

— Inutile d'en parler, Ted, insiste Eleanor.

— J'ai déjà oublié, lui assure-t-il en lui adressant un bref sourire.

Rose traverse la rue. Elle termine les derniers mètres en courant, lâche sa valise et se jette dans les bras d'Eleanor, avec le jupon de sa robe qui flotte autour d'elle. Eleanor se laisse emporter par l'étreinte joyeuse de sa sœur, par son parfum fleuri et son rire. Le train siffle, il va repartir. Les deux femmes s'écartent l'une de l'autre pour regarder le nuage de vapeur qui s'élève derrière le bâtiment de la gare. Puis la machine s'ébranle dans un grand vacarme de ferraille. Mabel est trop lourde, Eleanor la repose doucement à terre.

— Oh, Rose ! Comme c'est bon de te revoir. Je n'avais pas entendu arriver le train !

— C'est bon de te revoir aussi, ma chère Eleanor. Et ma nièce préférée, comment va-t-elle ?

Rose pince délicatement les joues de Mabel, et la petite fille enfouit timidement la tête dans les jupes de sa mère.

— Bonté divine, comme tu as grandi !

Elle se tourne vers Ted, qui n'a pas fini de ramasser le contenu de son sac postal.

— Que s'est-il passé ? demande-t-elle. Je peux vous aider ?

— Tout va bien, dit-il en s'accroupissant pour remplir le sac. Je suis un maladroit. Content de vous revoir, mademoiselle Carmichael. Ça fait combien de temps ?

— Neuf mois pleins ! répond-elle en riant. Vous vous rendez compte ?

— Bienvenue chez vous, commente Ted en ramassant les dernières lettres. Bien, je vais y aller.

— Oui, murmure Eleanor. Et merci, Ted, pour tout à l'heure.

— De rien, l'important c'est qu'elle aille bien, lui répond Ted en jetant un regard inquiet à Mabel. Bonne journée à vous deux.

— Bonne journée, Ted.

Il s'installe sur la selle de son vélo, les genoux écartés à cause du sac de courrier, et s'éloigne en pédalant.

Eleanor tient sa sœur à bout de bras.

— Tu as l'air très en forme, dit-elle en souriant.

Rose a pris du poids, elle respire la santé, elle a les joues roses et les yeux brillants. Edward n'aura aucun mal à lui trouver un époux convenable.

Eleanor prend la valise que Rose a lâchée pour l'étreindre.

— Viens, dit-elle. Rentrons à la maison. Je crois que Mme Bellamy nous a préparé une belle génoise Victoria. Avec de la confiture de fraises dedans, exprès pour Rose et toi, Mabel.

La petite fille se pourlèche les babines et se frotte le ventre.

— Miam, j'adore la confiture de fraises, commente-t-elle.

Sa timidité s'est déjà envolée et, quant au drôle d'épisode de tout à l'heure, il n'en reste rien. Eleanor se demanderait presque si elle n'a pas rêvé. Si Ted n'en avait pas été témoin, elle pourrait facilement s'en convaincre.

—Moi aussi, j'adore la confiture de fraises, assure Rose en souriant à sa nièce. Comme toi, ma chérie.

Mabel referme ses petits doigts sur la main gantée de Rose et elles s'installent toutes les trois dans la carriole, avec Mabel au milieu. Eleanor prend les rênes et met Dilly sur le chemin de Brook End.

—C'est si bon d'être de retour ! s'exclame Rose.

—Après ce grand voyage, tu risques d'avoir un peu de mal à t'habituer à notre vieille et paisible Angleterre, fait remarquer Eleanor.

—Elle m'a manqué, notre Angleterre. Et toi aussi, ma chère Ellie. C'était la première fois qu'on était séparées plus de deux ou trois semaines.

Elle s'interrompt et prend un air rêveur, le sourire aux lèvres.

—Mais... si tu savais... Paris est vraiment une ville merveilleuse. C'était tellement généreux de la part d'Edward de m'offrir ce voyage.

—Il espère bien n'avoir pas investi pour rien tout cet argent, rétorque Eleanor d'un air faussement sérieux. Tu vas devoir lui prouver que tu es devenue une véritable Parisienne, un modèle de grâce et d'élégance.

—Je le laisserai juger par lui-même, lâche Rose en riant.

Tandis que Dilly trotte joyeusement, Eleanor observe à la dérobée le profil de Rose. Elle est décidément radieuse : ce séjour à Paris et en Italie l'a transformée.

Un agréable silence s'installe entre elles, rythmé par le bruit des sabots de Dilly dont la robe brille dans les taches de soleil et s'obscurcit en traversant les ombres qui s'allongent à mesure que le soir tombe.

Maintenant que Rose est à ses côtés, Eleanor brûle de lui révéler son secret. Elle ne peut plus le retenir. C'est comme une masse d'air chaud qui monte en elle et cherche à s'échapper. Et puis cela lui semble naturel d'en parler en premier à sa sœur.

— Rose..., murmure-t-elle par-dessus la tête de Mabel. J'ai une grande nouvelle. Devine ?

Rose ouvre des yeux ronds.

— Non ! Ce n'est pas possible ! Depuis combien de temps ? Et tout va bien ?

Eleanor a déjà fait trois fausses couches et ne s'étonne pas de la réaction inquiète de sa sœur. Elle lui rend son sourire, avec des larmes dans les yeux.

— Trois mois. Le médecin est confiant, cette fois. Mais je ne peux pas m'empêcher d'avoir peur. Je ne l'ai même pas dit à Edward. Je ne voulais pas tenter le sort.

Rose se penche vers Eleanor et passe un bras autour de ses épaules.

— S'il dit que tout va bien se passer, tu dois lui faire confiance. Trois mois, c'est très encourageant ! Les dernières fois, tu n'as pas dépassé deux mois et demi.

— Oui, je sais. Mais quand même... j'ai du mal à me détendre.

— Bien sûr, dit Rose. C'est compréhensible. Prends soin de toi, surtout. Pas de contrariétés ni d'énervement.

Elle la menace de son index.

— Je vais essayer, promet Eleanor.

— Qu'est-ce que ça veut dire, maman ? C'est quoi « contrariété et énervement » ?

Mabel lève vers elle des yeux ronds comme des soucoupes. Elle adore se mêler de la conversation des adultes.

— Oh, rien de grave. Ça veut dire que maman ne doit pas se fatiguer ni se fâcher.

— Pourquoi ?

On en parlera plus tard, articule en silence Eleanor à Rose.

Puis elle s'adresse à Mabel :

— Parce que ce n'est pas bon pour maman d'être fatiguée. Après, elle a mal à la tête.

— Moi aussi, des fois, j'ai mal à la tête, répond Mabel.

— C'est ça que tu avais, avant que j'arrive ? demande Rose pour tenter de détourner l'attention de Mabel. Quand Ted a dit qu'il espérait que tout allait bien ?

— Oh…

Eleanor sent sa joie lui échapper, comme l'air d'un ballon qui se dégonfle lentement.

— C'est simplement que Mabel a…

Qu'a eu Mabel, exactement ? Elle ne trouve pas les mots pour décrire ce qui s'est passé.

— Rien du tout, dit-elle enfin en regardant sa fille.

Il n'y a plus aucune trace de l'étrange incident de la gare.

— Elle va bien, insiste-t-elle, comme pour s'en convaincre.

Mais, tout en guidant Dilly entre les deux piliers de pierre qui marquent l'entrée du chemin menant à la grande bâtisse édouardienne de Brook End, Eleanor sent que sa joie s'est envolée. Un malaise plane désormais sur elle, comme un sombre nuage.

Chapitre 2

Edward

Le train de 18 h 40 en provenance de Londres arrive avec du retard. En descendant sur le quai, Edward constate avec étonnement que l'air est lourd et poisseux. Sa mallette au bout du bras, il se dirige vers la voiture qui l'attend devant la gare, en se demandant si un orage se prépare. D'habitude, il fait nettement plus frais ici, dans les collines verdoyantes du Surrey, loin de la chaleur, des fumées, de la crasse et de l'agitation de Londres. À la campagne, on respire.

Mais ce soir, sa chemise lui colle à la peau, il est en sueur, il sent des gouttes perler à ses tempes, ses aisselles sont trempées. Il ôte sa veste de costume et la pose sur son bras.

Il aperçoit de loin Wilson, son chauffeur, qui le salue d'un geste de la main. Wilson est en train de fumer, adossé au capot de la Sunbeam. Le cœur d'Edward s'emballe à la vue de sa nouvelle voiture – carrosserie crème rutilante, intérieur noir moderne et luxueux. Il a prévu de conduire ce week-end et d'emmener Eleanor en promenade. Il sourit d'aise rien qu'à imaginer la scène : le vent qui leur fouette les joues, les cheveux d'Eleanor lisses et bien coiffés sous le chapeau qu'elle tient d'une main pour l'empêcher de s'envoler, les gens qui les regardent passer bouche bée.

— Bonsoir monsieur, lance Wilson.

Il s'empresse d'écraser son mégot et porte deux doigts à sa casquette de chauffeur. Edward effleure d'une main la carrosserie de la Sunbeam et ouvre la portière du passager, puis il prend appui sur le marchepied pour se hisser dans l'habitacle.

Wilson démarre le moteur. La voiture se met en branle.

— Bonne semaine, monsieur ? demande joyeusement Wilson.

Il manœuvre avec aisance pour s'éloigner de la gare et Edward remarque que la voiture réagit avec lui tout en souplesse. De son côté, il ne l'a pas encore bien en main. Chaque fois qu'il passe une vitesse, ça grince atrocement.

— Oui, très bonne semaine, répond-il en se calant sur son siège, tandis que Wilson prend la route de la maison.

Il s'ensuit une pause chargée d'expectative, comme si son chauffeur attendait qu'il justifie ce long séjour d'une semaine dans l'appartement de Londres. Car, en règle générale, il s'arrange pour rentrer au moins deux soirs à la maison.

— J'ai donné plusieurs conférences qui ont rencontré un franc succès, explique-t-il. Au *Queen's Hall*.

Wilson ne répond rien.

— Vous connaissez ? insiste Edward. Sur Langham Place ?

— Bien sûr, monsieur. La salle de concert.

— Exactement. C'est ça. Une grande salle prestigieuse.

— Heureux d'entendre que tout s'est bien passé, alors, monsieur. Sûrement, le sujet devait être intéressant.

— « L'hérédité et le courant de vie ».

— Vaste sujet, on dirait. Il y avait du monde ?

— En effet, Wilson, et cela fait plaisir, croyez-moi. Nous avons affiché complet tous les jours.

Wilson sourit.

— Vous devenez une célébrité, on dirait, monsieur.

Edward se demande si Wilson ne se moque pas un peu de lui, mais il choisit de prendre le commentaire au premier degré.

— Le public était composé en grande partie d'hommes de science, comme moi. Mais pas seulement. Il s'agissait d'un événement international. Nous avons accueilli des experts du monde entier désireux d'en apprendre davantage sur la science de l'eugénisme. Il en est venu d'Amérique, de France, de Scandinavie, d'Allemagne. Il y avait aussi des membres du Parlement et des ministres.

Cette dernière journée a été une réussite. Pour un peu, il dirait « un triomphe ». Il a compté cinq parlementaires dans le public. Plusieurs personnes de la bonne société enthousiasmées par son discours ont promis des fonds pour la Société eugénique et y ont même déjà adhéré.

Edward se déplace un peu sur la banquette et tourne son regard vers les champs. Il voudrait bien que Wilson cesse de lui poser des questions. D'ailleurs, est-ce vraiment convenable de converser ainsi avec son chauffeur ? Il soupire.

— J'ai bien besoin d'un week-end de détente. Ce soir marque la fin d'une semaine chargée et fatigante.

— Bien sûr, monsieur.

Edward décolle le tissu de sa chemise de sa poitrine.

— Vous croyez qu'il y aura un orage, ce soir ?

Voilà au moins un sujet neutre. Wilson est né à la campagne. Ces gens de la terre en savent long sur le temps. Garson, le jardinier, sent l'arrivée de la pluie avec vingt-quatre heures d'avance. Mme Bellamy, la cuisinière, annonce le soleil ou la pluie en hochant la tête, l'air docte, quand les nuages sont rosés le matin – mais peut-être est-ce le soir – et aussi quand les vaches restent couchées dans l'herbe – à moins que ça ne soit quand elles restent debout.

Ils entament une ligne droite et Wilson accélère, en maniant les vitesses avec une telle aisance que le moteur de la Sunbeam en ronronne de plaisir.

— Je crois bien que oui, monsieur, répond Wilson, qui élève la voix pour se faire entendre par-dessus la mécanique. Cette chaleur étouffante ne peut pas durer indéfiniment. Une bonne pluie fera le plus grand bien à la terre desséchée.

— La chaleur est encore pire en ville, croyez-moi.

Sur la peau brûlante d'Edward, la brise est comme un tissu frais et humide. Le trajet depuis la gare fait à peine plus de trois kilomètres et ils arrivent trop vite devant les portes de Brook End. Il demanderait presque à Wilson de continuer à rouler pour ne pas interrompre la joie libératrice et enfantine qu'il sent monter en lui, à être là, dans sa voiture flambant neuve, à sentir le vent dans ses cheveux et l'air frais de la campagne qui s'engouffre dans ses poumons.

Sans être majestueuse, Brook End est, de l'avis général, une belle demeure. C'est une grande bâtisse de briques haute de quatre étages, dont la construction n'a pas plus de vingt ans. La maison parfaite pour un membre respecté de la classe moyenne supérieure, dont la famille a vocation à s'agrandir et dont la réputation ne cesse de croître dans son domaine d'expertise, à savoir la psychologie et l'éducation. Edward aurait eu les moyens de s'offrir un manoir imprégné d'histoire, avec un grand domaine, mais il avait préféré une villa moderne, qui convenait mieux à un homme de science. Aussitôt fiancé à Eleanor, il s'était mis en quête d'une maison à la campagne pour sa future épouse. Il voulait pour elle le meilleur. En dépit de plusieurs revers de fortune, Eleanor avait grandi dans l'opulence. Son père était dans la finance à la City de Londres. Ensuite, il y avait eu la guerre et la disparition progressive des membres masculins de la famille, qui avait contraint la mère d'Eleanor, puis Eleanor elle-même, à travailler.

Cinq ans plus tôt, les demeures seigneuriales se vendaient à la baisse, mais les banquiers d'Edward, Coleroy & Mack, lui avaient déconseillé d'en acquérir une. Il a fait confiance à leur sens des affaires et ne le regrette pas : comme prévu, avec l'évolution de l'économie britannique, les charges ont augmenté pour les riches propriétaires terriens.

Maintenant que les aristocrates se débarrassent de leurs propriétés familiales pour investir leur argent, Edward se félicite de ne pas avoir comme eux de lourdes taxes à payer, sans parler du poids financier et de la responsabilité que représente la nombreuse domesticité exigée par ces grandes demeures. De toute façon, maison de maître ou pas, les Lords auraient continué à le toiser et à le considérer comme un nouveau riche ou, plus exactement, comme l'a dit un jour lord Barton Leyton, son voisin, comme un « riche arriviste ». Mais, contrairement à Barton qui se plaint régulièrement de ce que lui coûte le manoir de Mayfield sur le point de s'écrouler, Edward peut se vanter de posséder une propriété qui réclame peu d'entretien, équipée de toutes les commodités modernes, spacieuse, avec un grand terrain et jouissant d'un emplacement magnifique. Eleanor, qui vient d'un milieu social bien supérieur au sien, semble totalement satisfaite de cette maison. Du moins, elle ne s'est jamais plainte de rien.

— Bonsoir monsieur, dit Alice, qui vient l'accueillir à la porte d'entrée.

— Bonsoir à vous aussi, Alice, répond-il en remarquant que son visage rond couvert de taches de rousseur est rouge d'excitation.

— Mme Hamilton est allée chercher Mlle Carmichael à la gare tout à l'heure, annonce Alice avec enthousiasme. C'est merveilleux de l'avoir de nouveau parmi nous, n'est-ce pas ? Elle m'a tout raconté de son voyage en Italie. Ça avait l'air magique. Et si vous l'entendiez parler français ! Elle le parle couramment.

— Vraiment ? Et que vous a-t-elle dit ?

— Oh, mon Dieu, je n'en ai aucune idée. Je ne comprends pas un mot de français. Elle a pu me dire que j'étais la reine d'Angleterre, pour ce que j'en sais. Mais ça sonnait vraiment bien.

Edward sourit avec indulgence.

— Je vois. Et où sont ces dames, en ce moment ?

— Elles s'habillent pour le dîner, je crois. Il sera servi dans quinze minutes.

— Parfait. Ça me laisse tout juste le temps de me laver et de me changer.

En grimpant l'escalier, il remarque combien la maison est vide sans chien. Une maison sans chien n'est pas un véritable foyer. Cela fait plus d'un mois que Patch est mort. Il faudrait lui chercher un remplaçant.

— Ma chérie !

Eleanor est venue l'attendre en haut de l'escalier. Sa magnifique femme.

Il grimpe en courant les dernières marches et la prend dans ses bras.

— Tu m'as manqué ! soupire-t-il en respirant son parfum de muguet.

Il la soulève et la fait tourner. Elle pouffe, tout en poussant de petits cris de protestation.

— Edward ! Repose-moi !

— Jamais !

— Mais ça me donne le vertige ! Et on pourrait nous voir !

— Et après ? dit-il en riant. Qu'est-ce que ça peut faire ?

Mais il la libère.

— Va te laver et te changer, ordonne-t-elle avec un sourire attendri. Tu sens Londres.

— Ah bon ? Et ça sent comment, Londres ?

— Ça sent les vieilles bottes ! répond-elle avec un éclat de rire. Frotte-toi bien et mets un peu de l'eau de toilette que je t'ai offerte pour ton anniversaire. Ce sera déjà beaucoup mieux.

Elle lui envoie un baiser et s'enfuit dans l'escalier.

— Il faut que j'aille dire à Mme Bellamy d'attendre avant de faire chauffer la soupe !

Au beau milieu du dîner, un terrible grondement de tonnerre se fait entendre par-dessus le cliquetis des couverts et le tintement des verres.

— C'est le tonnerre ? demande Rose en se tournant vers la fenêtre pour contempler le jardin, qui s'est brusquement assombri. À Venise, nous avons eu droit à une tempête terrifiante, commente-t-elle en revenant face à la table. Un véritable déluge. J'ai bien cru que le vent allait nous emporter, si nous n'étions pas d'abord frappés par la foudre, parce que notre drôle de *pensione* était perchée tout en haut d'un vieux bâtiment branlant.

Elle prend du bout des doigts un minuscule morceau de son pain et le mastique rapidement, les lèvres bien closes, comme une souris.

— Mme Martin, Clarissa et moi, nous étions sur les nerfs. Le vieux *signore* a dû nous faire boire plusieurs verres de Moscatello pour nous calmer. Vous auriez dû entendre nos cris !

Elle glousse à ce souvenir.

— Entre les solides murs de Brook End, on ne risque rien, commente Eleanor. Pas besoin d'alcool pour se calmer les nerfs.

Elle boit posément une longue rasade d'eau, comme pour appuyer ses dires. Rose se contente de hausser les épaules et de grignoter un autre petit bout de pain.

Maintenant que la sœur d'Eleanor est rentrée, Edward songe qu'il devra se retirer plus souvent dans son bureau, pour éviter de se sentir envahi par cet excès de présence féminine. Il n'a rien contre la compagnie des femmes, mais, quand il se trouve en minorité, un homme a besoin d'un sanctuaire. En épousant Eleanor, Edward a pris en charge beaucoup plus qu'une épouse. Mais il l'a fait volontiers, de son plein gré. Et Rose a vraiment bien évolué. Il n'y a aucun doute sur le fait qu'elle pourrait convenir à bon nombre de jeunes gens.

La pluie commence à marteler les fenêtres et le grondement du tonnerre se rapproche.

— Si le temps s'arrange d'ici à dimanche, que diriez-vous d'un pique-nique près de la rivière ? propose soudain Edward. Pour fêter le retour de notre chère petite Rose.

Il sourit à Rose et lève son verre dans sa direction.

Elle rougit et lève le sien en réponse. Il l'observe avec attention tandis qu'elle le repose et porte une cuillerée de soupe à ses lèvres. Ses études terminées, Rose avait supplié Eleanor de la laisser partir à Paris pour un séjour linguistique en immersion totale. L'idée d'apprendre le français lui était venue d'un de ses professeurs de l'école pour jeunes filles de Blofield, lequel avait fait comprendre à Eleanor que sa sœur possédait un don pour les langues étrangères qu'il eût été dommage de gaspiller. Rose est une personne très volontaire, pleine d'allant et d'énergie.

Edward boit une gorgée de bordeaux.

Il n'apprécie pas trop les femmes comme Rose, un peu trop sûres d'elles, mais il doit admettre qu'elle a du charme. Moins qu'Eleanor, bien sûr, qui attire tous les regards dès qu'elle entre dans une pièce. Rose a des traits plus quelconques, mais elle compense par sa *joie de vivre** et sa vivacité – tout le contraire de sa sœur, qui est très réservée et réfléchit trop. Rose était trop maigre avant son voyage, mais sa silhouette est à présent plus pleine et elle a adopté une nouvelle coupe de cheveux, à la fois élégante et moderne. On dirait bien que Paris a fait d'elle une femme *à la mode**.

— Vous la connaissez, n'est-ce pas, Edward ?

La question de Rose ramène brusquement Edward à la réalité.

— Et toi aussi, Ellie, tu as dû la rencontrer ? insiste Rose.

Eleanor acquiesce d'un signe de tête.

— Eh bien, un conseil, ne lis pas son livre, poursuit Rose. C'est vraiment épouvantablement ennuyeux et rétrograde… Et puis alors, ses héroïnes ! Comment une femme aussi éclairée peut-elle décrire dans son roman d'aussi pitoyables créatures ? Quant aux hommes, c'est encore pire ! Mieux vaut ne pas me demander ce que j'en pense !

— Mais de qui parlez-vous ? Et de quel livre ? demande Edward.

— De *Naissance de l'amour* de Marie Carmichael, répond Rose. Je ne pouvais pas ne pas le lire, à cause du pseudonyme qu'elle a choisi. Drôle de coïncidence, non ?

— Carmichael, c'est le pseudonyme de qui ?

Eleanor soupire.

— De Marie Stopes. Rose parle de son dernier roman, *Naissance de l'amour*. Rose, sais-tu qu'elle a mis des années à l'écrire ? Mais c'est vrai qu'il est éreinté par la critique.

— Ça ne m'étonne pas, commente Rose. La prochaine fois que tu la verras, encourage-la à abandonner les œuvres de fiction.

---

1. Les mots en italique suivis d'un astérisque sont en français dans le texte original. (*NdT*)

— Nous n'avons pas ce genre de relation, Rose. Je ne suis pas son éditrice. Je l'ai à peine vue, et uniquement dans le cadre du travail d'Edward. Je ne me vois pas lui dire une chose pareille.

— Eh bien, quelqu'un devrait s'en charger, marmonne Rose.

Eleanor lui jette un regard sévère.

— Elle est, en effet, sans doute plus douée pour les essais, commente-t-elle. Avec un deuxième livre qui sort cette année, elle devrait être admirée, pas critiquée. Le titre en est *Affronter la passion*, c'est la suite de *L'Amour conjugal*, qui traite de questions relatives à la chambre matrimoniale et à…

— Oui, oui, je pense que nous avons compris quel était le sujet de ce livre, Eleanor. Et il n'est guère convenable de l'évoquer à table.

Edward s'agite sur sa chaise, en regrettant une fois de plus d'être le seul mâle de la pièce.

— De plus, n'oubliez pas que cette femme œuvre pour le bien commun. Mettre le contrôle des naissances à portée de ceux qui ne sont pas armés pour élever des enfants, c'est plus important que ses élucubrations sur ce qui devrait ou ne devrait pas se passer entre un homme et sa femme.

— Mais c'est justement le problème ! s'exclame Rose en frappant la table du plat de la main. Cette femme, bien que féministe et avant-gardiste, met en scène dans son roman des couples on ne peut plus conventionnels.

Marie Stopes, féministe ? Edward n'en est pas certain.

— Eh bien, peut-être que…

— Si tu veux lire quelque chose de frais et de différent, Eleanor, l'interrompt Rose, je te recommande le roman de Hall, *Le Puits de solitude*. Beaucoup plus osé ! Qui parle d'un couple de lesbi…

— Rose ! siffle Eleanor entre ses dents.

Puis, comme Alice entre dans la pièce, elles étouffent toutes les deux un petit rire.

Le col de chemise d'Edward est soudain trop serré. Il fait décidément une chaleur épouvantable dans cette pièce. Qu'est-ce que Rose peut bien savoir des inverties ? Il est plus que temps de trouver un mari à cette jeune fille. Alice lui enlève en silence son bol de soupe vide et le remplace par une assiette d'aiguillettes de poulet.

— Des pommes de terre ? propose-t-elle en revenant avec un saladier et de grandes cuillères.

Il acquiesce et elle dépose dans son assiette de minuscules pommes de terre nouvelles au beurre, d'une rondeur parfaite. Il y ajoute des haricots verts et des carottes qu'il prend dans les plats déjà sur la table.

— Organisons une fête et invitons des gens de Londres le week-end prochain, propose-t-il. Maintenant que Rose est de retour.

D'un même élan, Rose et Eleanor s'arrêtent de manger pour le regarder.

— Je croyais que tu n'aimais pas recevoir à Brook End, Edward, déclare Eleanor qui le fixe d'un regard insistant. Tu dis tout le temps que tu viens ici pour échapper aux mondanités.

— Eh bien, oui... C'est d'ordinaire le cas, mais ne devrions-nous pas présenter à Rose des gens décents ?

Les yeux d'Eleanor brillent sous les lumières électriques. Ils sont incroyablement envoûtants. Presque mauves, sous cet éclairage. Edward se demande pour la millième fois comment il a réussi à séduire une créature aussi délicieuse. Il a eu beaucoup de chance de croiser son chemin le jour où il s'est présenté au bureau de la Guerre pour sa démobilisation. Afin de l'inciter à venir travailler pour lui, il avait sorti le grand jeu. Pour l'approcher, il avait avancé des raisons strictement professionnelles et l'avait d'abord engagée comme assistante. Ils avaient donc travaillé ensemble pendant trois ans, jusqu'à ce qu'il trouve enfin le courage de la demander en mariage. En vérité, il ne la mérite pas et il le sait, mais comme d'habitude il repousse cette pensée.

Rose lâche ses couverts. Vient-elle vraiment de lever les yeux au ciel ?

— J'ai beaucoup d'amis, proteste-t-elle. Je n'ai pas besoin qu'on me présente à des gens guindés…

— Vous avez besoin d'un mari, rétorque Edward, ce qui la fait taire.

Eleanor est comme une mère pour Rose et il est prêt à l'épauler jusqu'au bout. À quarante-trois ans, il peut endosser le rôle du père de cette jeune rebelle, même s'il s'en passerait bien. Rose doit comprendre que la vie ne consiste pas à batifoler entre Paris, Venise, Rome et Londres. Il est grand temps qu'elle pense à faire un bon mariage. Et puis… Edward n'est pas totalement désintéressé. Si elle trouve quelqu'un de bien placé, cela lui sera peut-être utile pour sa carrière.

— C'est un peu tard pour faire venir dimanche des Londoniens, intervient Eleanor d'un ton conciliant. Mais si tu veux, Edward, on invitera nos voisins pour un tournoi de tennis. Les Leyton, bien sûr. Et qu'est-ce que tu dirais des Taylor et des Blythe-Etherington ? Ou des Miller ? Rose, je suis sûre que tu aurais plein de choses à raconter à Iris Miller et aux filles des Leyton. N'est-ce pas ?

— Oui ! s'exclame Rose. Un tournoi de tennis, ce serait amusant ! Mais dans ce cas, est-ce que je peux inviter Clarissa, mon amie de Londres ?

— Mais oui, bien sûr, pourquoi pas ? approuve Eleanor. Je veux bien aussi proposer à Sophie et Henry de venir. À condition que tu ne parles pas constamment de l'Italie et que tu n'assommes pas tout le monde avec tes récits de voyage.

— Parler de l'Italie ne peut pas être assommant.

— Sauf pour ceux qui n'y sont pas allés.

La pluie s'intensifie contre les vitres ; le tonnerre se rapproche. Au moment précis où Alice débarrasse les assiettes à dessert, un éclat de lumière blanche illumine brièvement le jardin, les lampes vacillent et s'éteignent. Puis, il s'ensuit un terrible craquement, surprenant de violence et de soudaineté, qui fait sursauter ces dames. Elles courent à la fenêtre en poussant des cris d'orfraie, tandis qu'un second éclair illumine de nouveau le jardin et les champs au-delà.

Alice part chercher deux lampes à gaz et revient en même temps que la petite Mabel qui entre en tremblant de peur, blottie dans les bras de sa nounou, Mlle O'Connell.

— Je vous prie de m'excuser pour cette intrusion, monsieur, dit Mlle O'Connell en prononçant chaque mot comme si elle en expérimentait la sonorité. Mais cette enfant refuse de se calmer avec la tempête, les lumières qui ont grésillé et tout le reste. Elle ne cesse de pleurer en réclamant sa mère, aussi la voilà.

Il y a quelque chose d'envoûtant dans le doux accent irlandais de Mlle O'Connell, dans cette voix chuchotée qui tranche avec son allure. C'est une femme bien charpentée, avec une « ossature solide », comme aurait dit la défunte mère d'Edward. Il lui semble presque l'entendre, jaugeant sans indulgence la taille épaisse et le buste généreux de la nounou, le nez plissé, le sourcil haut.

— Cela ne nous pose aucun problème, mademoiselle, répond Eleanor, qui repousse aussitôt sa chaise et ouvre les bras pour prendre Mabel.

O'Connell se prénomme Grace. Un nom peu en accord avec son physique, songe Edward en son for intérieur, car elle est tout sauf gracieuse.

— Je vais la réconforter et je monterai la coucher, annonce Eleanor. Vous pouvez aller prendre votre souper.

Le visage de la nounou se détend, elle sourit, se détourne et quitte la pièce.

Mabel s'agrippe à sa mère et regarde autour d'elle avec ses immenses yeux bleu nuit.

— Bonjour, ma petite chérie, dit Edward.

Il se penche par-dessus la table pour caresser d'une main les fins cheveux de l'enfant, doux comme des fils de soie.

— N'aie pas peur, le tonnerre n'est pas dangereux, ce n'est que du bruit.

— Nounou dit que c'est Dieu qui se met en colère dans le ciel contre les méchantes personnes, explique Mabel. Il gronde et Il tape avec un gros marteau s'Il se rend compte qu'on est méchant à l'intérieur. Comme moi des fois, ajoute-t-elle d'une voix qui tremble un peu. Et c'est Lui qui éteint la lumière.

— Voyons, Mabel, c'est absurde ce que tu racontes, proteste Edward. Je me demande pourquoi ta nounou cherche à te mettre de pareilles sottises en tête.

Eleanor secoue la tête et fait la moue.

— Est-ce que je suis méchante, maman ? demande Mabel. C'est ma faute s'il n'y a plus de lumière ?

— Non ! Bien sûr que non, Mabel.

Eleanor échange un regard avec Edward et prend la petite main potelée de sa fille entre les siennes.

— Papa a raison. Le tonnerre, c'est le bruit de l'éclair dans le ciel. Ça ne peut pas te faire de mal. Je vais gronder Nounou demain matin pour t'avoir dit des bêtises.

— Pourquoi fait-elle peur ainsi à la pauvre Mabel ? intervient Rose avec un claquement de langue désapprobateur.

Mabel plaque ses mains sur ses oreilles en poussant de petits cris effrayés quand un autre coup de tonnerre éclate tout près. Puis la pièce clignote et s'illumine un instant comme en plein jour.

— On va te ramener au lit, déclare doucement Eleanor en posant Mabel à terre.

— Je l'accompagne, dit Rose, en attrapant une lampe et en prenant Mabel par la main pour l'entraîner vers la porte. Demain, la lumière sera revenue, je te le promets, ajoute-t-elle à son intention. Je vais te border pour que tu aies bien chaud et je resterai avec toi jusqu'à ce que tu t'endormes. Tu aimerais que je te raconte une histoire ? Je peux aussi chanter une berceuse. Qu'est-ce que tu préfères ? Une histoire ou une berceuse ?

— Une berceuse, répond Mabel d'une voix ravie, tandis que la porte de la salle à manger se ferme sur elles.

Plus tard, une fois qu'il ne pleut plus, Edward sort fumer une cigarette sur la terrasse. L'air sent la terre mouillée. Le parfum du jasmin qui pousse sous la terrasse monte jusqu'à lui, pur, doux et puissant. L'orage a chassé la moiteur ambiante et il fait agréablement frais. Rose et Eleanor sont montées se coucher. Il savoure cet instant de paix et de solitude.

Sa cigarette terminée, il grimpe l'escalier et frappe doucement à la porte d'Eleanor. Il n'a pas touché sa femme depuis une semaine et l'atmosphère électrique de la tempête a exacerbé son désir. De plus, il a besoin de s'oublier dans ses bras.

Eleanor porte son déshabillé crème sans manches, celui qui est transparent et tellement provocant.

— Ma chérie, murmure-t-il en la prenant dans ses bras.

Sous ses paumes, la peau des épaules nues d'Eleanor est douce comme du satin.

— Tu m'as manqué, dit-il.

Il la serre dans ses bras et lui saisit le menton pour prendre sa bouche. Ses lèvres sont chaudes et souples. Elle répond à son baiser, à peine, puis le repousse, souriante, les joues rougissantes.

— Edward ! murmure-t-elle en lui prenant la main. C'était très long cette semaine sans toi, toute seule. J'avais un besoin fou de te parler.

Il l'attire de nouveau à lui et la serre, cette fois pour couvrir son cou et sa gorge de petits baisers, parce qu'il sait qu'elle adore ça. Mais elle l'écarte de nouveau et il rit de ce petit jeu de séduction.

— Non, dit-elle fermement, en se dégageant de son étreinte. Il faut que tu m'écoutes. Viens, assieds-toi.

Elle le conduit jusqu'au lit, où il s'assied, tout contre elle. Elle lui caresse la main.

— J'ai la plus belle des nouvelles à t'annoncer.

Elle lève les yeux vers lui, se mordille la lèvre inférieure, l'observe en battant des cils. Il ne peut s'empêcher de rire.

— Eh bien, je t'écoute, dit-il. Ne me fais tout de même pas trop languir.

Il repousse une mèche de cheveux de sa joue.

— Tu ne devines pas ? demande-t-elle.

Et soudain il comprend. Il en a le souffle coupé.

— C'est que j'ose à peine…

— Tu peux oser.

— Tu as vu le médecin ?

— Oui, je l'ai vu et il est très optimiste, maintenant que j'ai passé le cap des trois mois. J'ai des nausées et d'après lui c'est très bon signe. Tu te rends compte ? Plus les nausées sont fortes, mieux c'est, apparemment.

—Trois mois et tu n'as rien dit pendant tout ce temps !

—Je ne voulais pas te donner de faux espoirs, ni provoquer le destin. De plus, je n'en suis vraiment certaine que depuis cette semaine.

Edward l'embrasse tendrement, avec gratitude. Cette fois, elle ne le repousse pas.

—Je sais que ça fait longtemps que nous n'avons pas… Mais le médecin a dit que par prudence je devrais éviter… Enfin, tu comprends… À cause des trois dernières fois… Ça t'ennuie beaucoup, Edward ? Je suis vraiment désolée, mais je ne voudrais pas risquer de…

Si ça l'ennuie ? Bien sûr que ça l'ennuie.

—Bien sûr que non, dit-il.

Il pose une main légère sur le ventre d'Eleanor.

—Le bébé passe avant tout le reste. C'est vraiment une merveilleuse nouvelle, Eleanor.

Il plonge son regard dans le sien.

—Je suis le plus heureux des hommes. Pour de bon.

Cette fois, c'est vrai, il ne ment pas pour lui faire plaisir.

—Tu dois te reposer, ajoute-t-il.

Il soupire et lui tapote le genou. À la lumière de la lampe, elle est plus belle que jamais. Son cœur s'emballe.

—Reste, Edward.

—Non. Tu seras mieux seule. Ça ne me dérange pas de dormir dans ma chambre.

C'est faux. Quand il passe la nuit près d'elle, ses cauchemars sont moins terribles. Mais il trouve normal de la laisser se reposer la nuit. Depuis Mabel, Eleanor a fait trois fausses couches à environ deux mois de grossesse. Et chaque fois la perte du bébé a été un choc pour elle. Edward a le ventre noué à l'idée que ça pourrait se reproduire. Et ce serait encore pire si c'était par sa faute. *Faites qu'elle le garde. Et faites que ce soit un garçon. Un petit garçon en bonne santé.*

Il a l'impression que la venue d'un garçon suffirait à dissiper une fois pour toutes ses cauchemars et les ombres du passé qui ne cessent de le hanter.

-I-

Permettez-moi de me présenter. Mais peut-être nous sommes-nous déjà rencontrés ? Ce n'est pas impossible, car les maladies comme moi sont difficiles à éviter. Je reste tapie dans l'ombre, jusqu'à ce qu'un jour je me manifeste. Je ne suis d'abord que la caresse d'une plume. Légère comme un frôlement d'aile de papillon ou comme le souffle d'un nouveau-né. Puis je gagne en force et prends forme, telle une feuille qui se déploie. Me voilà, indésirable invitée, rampant dans les recoins sombres d'un esprit. Et peut-être dans celui d'un être qui vous est cher.

On me prend d'abord pour quelqu'un d'autre. J'aime ça. Cela fait partie du jeu.

Me voyez-vous ?

C'est moi derrière ce regard vide ; sous cette joue trop molle. Je suis ces lèvres à peine entrouvertes qui laissent échapper un filet de salive.

Et soudain, la vérité vous heurte avec force. Elle tient en quelques syllabes : épilepsie !

Le terrible mot est lâché. Vous froncez les sourcils. Vous mesurez enfin l'horreur de la situation.

La main d'un proche sur votre bras, un geste qui vaut des milliers de mots de sympathie. Mais aussi le recul, le retrait, le « restons à distance, on ne sait jamais, c'est peut-être contagieux ».

La honte et puis la dissimulation.

Après cela, peu importe le mal que je ferai, vous ferez bien pire. Vous les humains, vous vous croyez au-dessus de toutes les créatures ; mais vous êtes d'une cruauté sans nom.

Je sais ce qui vous pousse à agir ainsi. Personne ne vous connaît mieux que moi, car nous cheminons ensemble depuis longtemps, en dépit du mal que vous vous donnez pour m'écarter. Nous avançons main dans la main, même si la vôtre est réticente. De Dostoïevski à Gershwin, de César à Jeanne d'Arc en passant par Vincent Van Gogh. Je suis là. N'épargnant ni les rois ni leurs fils. Frappant au hasard. Sans intention précise. Riche ou pauvre, jeune ou vieux, génie ou débile, ça m'est égal. Pour moi, ils sont tous bons à prendre.

Alors qui suis-je, moi, à part cette créature de l'esprit que vous redoutez tant ?

Je suis l'anti-ordre, je suis le chaos. Je bouscule, je perturbe. Je suis le pouvoir de la tromperie. Un bruit qui n'existe pas. Un goût étrange sur la langue. L'odeur des feux de l'enfer. Un kaléidoscope de couleurs. Je suis une apparition, un éclat. Je suis dans une crispation de la main, un menton qui s'affaisse, une ombre dans le regard, une bouche qui se tord, un membre secoué de spasmes. Une tête qui cogne ; la chute, la chute. Je suis juste là, derrière ce regard vide, ces yeux morts, cette expression apathique. Je suis l'étoffe des cauchemars ; le destructeur de la mémoire. Je suis l'inspiration et l'hallucination. Je suis création et anéantissement. Et quand mon pouvoir se déchaîne, votre monde si ordonné se délite.

Mais une chose est sûre, l'ami : je fais beaucoup de dégâts, mais ce n'est rien par rapport à ceux que vous provoquez avec vos interventions pour me contrer.

Laissez-moi vous montrer à quoi mènent votre arrogance et votre ignorance.

Chapitre 3

Eleanor

Le soleil est déjà haut dans le ciel et Rose demeure introuvable. Eleanor fait le tour des pièces :

— Avez-vous vu Rose ? demande-t-elle.

Elle rentre tout juste d'une promenade en voiture avec Edward et a encore les jambes qui tremblent et l'estomac tout retourné. Son époux est un homme aux nombreuses qualités, mais le moins qu'on puisse dire, c'est qu'il n'est pas doué pour la conduite. Occuper le siège du passager à côté de lui est beaucoup moins confortable qu'être assise à l'arrière avec Wilson au volant.

Dans la cuisine, Mme Bellamy a presque fini de plumer une volaille dont la peau nue, fraîche et rose, évoque celle d'un bébé qui aurait la chair de poule. Eleanor réprime un haut-le-cœur. Elle se détourne rapidement et se sert un verre d'eau citronnée.

— Votre sœur a fait une brève apparition après le petit déjeuner, elle cherchait de quoi manger, répond Mme Bellamy en s'essuyant les mains sur le devant de son tablier. Je ne l'ai pas revue depuis.

Elle soupire, ouvre grand les bras et les étire en arrière, comme pour soulager ses épaules douloureuses. Plumer une volaille semble être une tâche éreintante.

La table est couverte de plumes rouge et jaune. Du duvet flotte dans la légère brise qui entre par la porte de derrière.

— Ce poulet est bien maigrichon, annonce la cuisinière. Je vais devoir envoyer Bertie en chercher un autre. Je n'en tirerai jamais assez de viande pour nourrir toutes les bouches de ce soir. Qu'est-ce qui lui a pris de m'apporter cet avorton ? Et en plus de ça, l'électricité a été coupée.

Elle fixe d'un air lugubre les ampoules ternes au-dessus de sa tête.

— Vous savez quand elle sera rétablie ?

— Je crois qu'ils réparent le générateur en ce moment, dit Eleanor. Ça ne devrait plus être long.

Elle évalue le poulet du regard.

— Je pense que ça fera assez de viande, madame Bellamy, lui assure-t-elle.

— S'il n'y en a pas assez, ce sera à moi qu'on tordra le cou, rétorque Mme Bellamy en reniflant.

Eleanor se demande si elle a employé l'expression à dessein, pour faire un trait d'esprit. En tout cas, si on devait consommer Mme Bellamy, il faudrait d'abord l'engraisser. Les cuisinières sont censées être rondouillardes et resplendissantes de santé, mais Mme Bellamy n'a que la peau sur les os. Ce qui lui fait quelques points communs avec l'avorton qui gît sur la table devant elle.

— Comme vous voudrez alors, faites au mieux, répond Eleanor d'un ton léger, en essayant de ne pas penser au fait qu'elle est en train de prononcer la condamnation à mort d'un second poulet. Je dois trouver Rose, ajoute-t-elle.

Elle quitte la cuisine, son verre d'eau citronnée à la main. Mieux vaut ne pas voir ce qui se passe dans les coulisses de la fabrication des repas. Quand elle y pense trop, elle est tentée de devenir végétarienne. Évidemment, ce ne serait pas souhaitable, pas maintenant, pas dans son état. Peut-être après la naissance du bébé.

Elle s'arrête un instant dans le couloir pour boire son eau à petites gorgées, et la brutale acidité du citron apaise les nausées qui lui soulèvent l'estomac. La lumière du soleil filtre à travers les vitraux placés de part et d'autre de la porte d'entrée, peignant des reflets colorés sur les murs, éclaboussant le parquet de chêne. L'horloge ancienne fait entendre près d'elle son rassurant tic-tac.

Edward l'a tancée ce matin pendant la promenade, avec douceur et gentillesse, mais le message était clair : elle doit se reposer davantage, prendre soin d'elle-même et du bébé. Sinon à quoi cela servirait-il qu'il paie Mlle O'Connell ? La nounou en a sûrement par-dessus la tête qu'on lui enlève sans cesse l'enfant dont elle est censée s'occuper.

Eleanor doit admettre qu'elle a beaucoup changé depuis qu'elle a eu Mabel. Désormais, elle refuse les invitations aux fêtes en ville, à cause de sa fille. Avant son mariage, elle menait une vie trépidante. Pour commencer, elle travaillait. Bien sûr, cet emploi au bureau de la Guerre, c'était d'abord pour gagner sa vie, mais elle avait apprécié l'effervescence qui régnait au bureau, le sentiment de se sentir utile et de jouer un rôle ailleurs que dans le cadre restreint d'un foyer familial. Ensuite, durant la période où elle avait collaboré avec Edward, ce sentiment s'était accentué, parce qu'elle partageait sa passion pour les progrès de la science. Quand elle l'avait épousé, elle avait dû cesser de travailler. Il lui arrive d'être nostalgique en repensant au temps où elle était l'assistante du professeur Hamilton et rassemblait pour lui les données complexes de ses recherches – au cœur de l'action, toute la journée avec lui, tous les jours.

Elle se demande ce qu'aurait été sa vie si elle n'avait pas eu le cran d'aller le rejoindre au *Café Bru*. Elle avait franchi le seuil du café avec le sentiment d'être prête à braver toutes les convenances, mais, en apercevant Edward qui la saluait de la main depuis sa table près de la fenêtre, elle avait failli faire demi-tour et repartir en courant. Mais la conversation agréable de cet homme et son assurance avaient rapidement apaisé ses craintes. Elle avait eu devant elle un psychologue, un véritable homme de science fascinant et intelligent. Subjuguée par tant de savoir, elle avait bu ses paroles. Elle avait été submergée par ses certitudes, par la volonté farouche qu'il mettait à vouloir changer le monde. Il cherchait quelqu'un de jeune et de brillant pour l'assister dans ses recherches. Homme ou femme, peu importait. Contrairement à une idée communément répandue, lui avait-il expliqué, les femmes – et il le savait par une étude qu'il avait menée lui-même – pouvaient être aussi intelligentes que leurs homologues masculins. Il avait du mal à trouver la personne adéquate et le général de brigade lui avait appris que son service n'existerait plus une fois la démobilisation terminée. Edward avait donc supposé, à juste titre, qu'il n'aurait plus besoin d'elle à ce moment-là et qu'elle serait donc sans travail. Comme par ailleurs le général n'avait pas tari d'éloges sur sa secrétaire, il s'était dit... Serait-il possible qu'elle fût intéressée par sa proposition ? Elle lui avait d'abord parlé de Rose. Et du fait qu'elle avait besoin d'un salaire décent pour les faire vivre toutes les deux. Six mois plus tard, elle était installée dans un bureau de l'université, à côté de celui d'Edward. On connaissait la suite. Edward l'avait payée le double de ses autres assistants de recherche ; personne n'aurait pu se montrer plus aidant ni plus compréhensif.

Aujourd'hui, elle est satisfaite de sa vie, bien sûr. Quoi de plus agréable que de s'installer sur la terrasse avec le dernier Agatha Christie, en jetant de temps à autre un regard attendri sur Mabel qui joue sur la pelouse avec sa nounou ? Mais quand même, il lui manque ce sentiment d'accomplir quelque chose d'important, d'utiliser son esprit, d'avoir un travail. Elle regrette aussi les déjeuners au *Savoy* et les moments à siroter du champagne au *Ritz* avec Sophie et le gratin de la société londonienne.

— Rose ? appelle-t-elle d'un ton plein d'espoir, en levant la tête vers l'étage.

S'est-elle levée, au moins ? Tout en montant l'escalier, Eleanor songe qu'à l'âge de Rose elle aurait pu passer tout un samedi matin au lit, épuisée d'avoir veillé jusqu'à l'aube avec Sophie, à danser avec de beaux garçons au *Hammersmith Palais.*

Jusqu'à ce que son existence bascule, un certain jour de 1920.

— Rose !

Cette fois, elle a crié. Elle perd patience.

En haut de l'escalier, elle se promet d'écrire dès cet après-midi à Sophie qui connaîtra sûrement des jeunes gens convenables à présenter à sa sœur.

En entrant dans la chambre de Rose, elle la trouve assise dos à la porte, penchée sur son bureau, toujours en tenue de nuit, pas même habillée !

— Tu es là, Rose, ma chérie ! C'est presque l'heure du déjeuner et tu n'as pas quitté ta chambre.

Elle ne peut retenir un claquement de langue désapprobateur.

Rose se retourne pour la regarder, une lueur de culpabilité dans ses yeux bleu clair.

— Je suis désolée ! Tu m'attendais ? J'avais une lettre à écrire…

— Mais c'est ta première matinée à la maison ! Tes amies de la pension Picard te manquent déjà ?

Elle l'imagine partageant une chambre avec Clarissa et d'autres jeunes filles, leur camaraderie, les fous rires – la liberté d'être jeune et célibataire, d'avoir l'avenir devant soi. Elle leur envie un peu les balades dans Paris, les magasins, les cafés chic…

Rose se remet face au bureau, rassemble les pages qu'elle vient de couvrir de son élégante écriture et les retourne sur le papier buvard, face cachée.

— C'est une longue lettre, on dirait, commente Eleanor en s'approchant pour venir poser une main sur son épaule. À qui as-tu écrit ?

— Oh, à une amie, répond Rose d'un ton vague et détaché.

— Allez, insiste Eleanor qui lui presse l'épaule avec un rire complice. Dis-moi tout. On pourrait inviter ta nouvelle amie à passer le week-end chez nous en même temps que Clarissa, si ça te fait plaisir.

— C'est que…

Rose pose sa main à plat sur les pages, comme si elle craignait qu'Eleanor ne s'en empare pour les lire. Que cache-t-elle ?

— Rose ?

— Oh, Eleanor ! Tu finirais par le découvrir, de toute façon ! Et je sais qu'Edward a des projets pour moi. C'est vraiment très gênant…

— Quoi ? Qu'est-ce qui est gênant ?

— Qu'Edward veuille me marier, comme ces jeunes filles des romans de Jane Austen que l'on considère comme des fardeaux à partir d'un certain âge. On est presque en 1930, pour l'amour du ciel. Edward a toujours été incroyablement généreux avec moi et il a déjà beaucoup fait pour mon éducation, mais il se trouve que je n'ai pas envie de me marier. Enfin pas maintenant, pas tout de suite, se corrige-t-elle précipitamment. J'entends profiter d'abord un peu de la vie et m'amuser. Après tout, je n'ai que dix-neuf ans. Et puis je voudrais travailler, comme toi, mais ne pas être obligée de m'arrêter parce que je me marie. Avoir une carrière, utiliser mon français. Je parle couramment maintenant, tu sais. Et j'ai fait des progrès en italien. Je pensais au journalisme…

— « Au journalisme », répète Eleanor, en s'agrippant au cadre du lit.

— Et… aussi, poursuit Rose. J'ai rencontré quelqu'un. Quelqu'un auquel je tiens.

— Mais de quoi tu parles ? s'exclame Eleanor en riant. Comment pourrais-tu avoir rencontré quelqu'un ? Il n'y avait que des filles dans tes cours, tu as voyagé avec Clarissa et cette Mme Martin qui était supposée te surveiller. Tu ne peux pas avoir rencontré quelqu'un.

— C'est pourtant le cas. J'ai rencontré quelqu'un.

— Qui ?

— Pardon, Ellie, mais tu te comportes comme si tu étais ma mère. Et ce n'est pas le cas. Tu es ma sœur. Tu devrais être dans mon camp.

— Il n'y a pas de camp, Rose. Je ne veux que ton bien.

— C'est simplement que j'ai rencontré l'homme de mes rêves et je… je suis amoureuse.

— Oh !

Rose la regarde fixement d'un air buté. Elle a de nouveau les joues toutes roses. Et soudain, Eleanor comprend. Ce teint rosé, ce n'est pas un signe de bonne santé. Bien sûr que non. C'est une rougeur amoureuse. Rose est tout simplement heureuse. Elle aurait pu le deviner plus tôt.

— Mais c'est merveilleux ! s'exclame-t-elle. Seulement, tu viens de dire que tu ne voulais pas te marier…

— Non, je ne le veux pas. Mais ça ne signifie pas que je refuse de m'attacher.

Le sourire d'Eleanor meurt sur ses lèvres.

— Comment ça, t'attacher ? demande-t-elle, la voix rauque.

— Il faut vraiment que je te le dise ? Nous sommes liés, nous avons flirté.

— Seigneur Dieu !

— Il s'appelle Marcel Deveaux. Il est français. Oh, Ellie, c'est l'homme le plus scandaleusement beau, le plus intelligent et le plus charmant que tu rencontreras jamais !

— Tu as flirté avec cet homme !

Eleanor se laisse tomber sur le lit.

— Rose… Comment as-tu pu ? Vous êtes fiancés, au moins ? Et que fait-il dans la vie, ce M. Deveaux ?

— C'est un peintre et un intellectuel. Il écrit, il pense. Il fait partie du milieu des artistes parisiens, explique Rose, le visage illuminé de fierté. Et il est complètement, totalement sans le sou. C'est pourquoi j'ai besoin d'un travail, Ellie. Pour le soutenir, le temps qu'il arrive à vivre de ce qu'il fait. Je dois déjà beaucoup à Edward et je ne veux plus rien lui demander. Mais, Ellie, il faut qu'il comprenne que je n'épouserai pas l'un de ses riches amis !

Eleanor est allongée, la tête calée sur les coussins qu'Edward est allé lui chercher dans la voiture après le pique-nique. C'est très gentil de sa part, mais il ne cesse de s'agiter autour d'elle, toujours aux petits soins, comme si elle était aussi fragile qu'une coquille d'œuf peinte. C'était beaucoup plus agréable quand le bébé était encore son secret et qu'elle était seule à se préoccuper de lui. À présent, tout le monde se sent concerné : Edward en fait des tonnes, Mme Bellamy prétend lui dire ce qu'elle doit ou ne doit pas manger, Rose lui interdit de soulever ne fût-ce que le moindre petit panier. Ils devraient la laisser vivre un peu. Jusque-là, merci, elle se débrouillait très bien sans eux avec « La Chenille », le surnom qu'elle a donné au bébé.

Le soleil est chaud sur son visage. Le temps s'est bien dégagé depuis la tempête de la veille, une fraîcheur bienvenue a chassé la touffeur de l'air. Devant elle s'étend le pré, épais de fleurs sauvages et d'une herbe folle jaunissante. Il mène en pente raide vers des bois traversés par une rivière sinueuse qui s'enfonce loin entre les arbres, hors de la vue. Eleanor ferme les yeux et se laisse aller sur la couverture de pique-nique. Edward s'est éloigné pour fumer avec Wilson près de la voiture, Rose se promène avec Mabel. Quand Edward reviendra, elle lui parlera de Rose. Avec lui, mieux vaut aborder les sujets qui fâchent quand son estomac est plein et qu'il a fumé sa cigarette digestive. Par-dessus le murmure de la brise, on entend le cri aigu d'un merle, les doux trilles d'une grive musicienne, le croassement d'un corbeau. Sans la bombe lâchée ce matin par Rose, le bonheur d'Eleanor serait parfait.

Comment diable va-t-elle le dire à Edward ? Elle sent monter en elle une bouffée de colère quand elle songe à l'inconstance de sa sœur. Elle ouvre les paupières. Qu'est-ce qui lui a pris, à Rose, de fréquenter un Français sans le sou ? Elle est bien naïve de croire qu'elle pourra subvenir seule à leurs besoins. Ce type n'est qu'un filou et un bon à rien qui a décidé de profiter d'une jeune et riche Anglaise. Il a probablement pris ses renseignements sur Edward et s'imagine pouvoir mettre la main sur son argent. Mais comment peut-on être indécent au point d'envisager de vivre aux crochets d'une femme qui travaille ? C'est sûrement une sorte de révolutionnaire socialiste qui voit en Rose un moyen d'être entretenu et de paresser toute la sainte journée en faisant un peu de peinture. Les Français ont la révolution dans le sang, d'après ce qu'elle croit savoir. Elle frémit à l'idée de Rose portant les enfants de cet homme, au risque d'altérer la qualité de ses excellents gènes.

À présent, Eleanor a des sueurs froides quand elle pense à Marcel, à ses mains sales qui s'égarent sur le corps de Rose. Et cette Mme Martin, qui devait chaperonner sa sœur ? Elle n'a clairement pas fait son travail. Eleanor va lui écrire une lettre de réclamation, ainsi qu'à l'école de Mme Picard. Pauvre Edward, qui a engagé tant de frais ! Ils pourraient peut-être réclamer un remboursement. Ce voyage devait servir à parfaire l'éducation de Rose en vue d'un bon mariage et il a, au contraire, souillé sa réputation. Plus aucun homme en vue ne voudra d'elle. Elle est une marchandise avariée. Sauf, bien sûr, si tout cela ne s'ébruite pas. Il faudra qu'elle demande conseil à Sophie – lady Grant-Parker, depuis son mariage. Sophie répète souvent à Eleanor que les choses ont changé pour les femmes, en accompagnant le commentaire d'un clin d'œil coquin. D'après elle, les épouses peuvent se permettre quelques écarts de conduite, à condition de rester discrètes. Quant aux hommes, cela fait bien longtemps qu'ils pratiquent l'exercice. De fichus hypocrites, tous autant qu'ils sont. En attendant, la situation de Rose n'est peut-être pas aussi désastreuse qu'il y paraît.

Eleanor se hisse sur les coudes. Voilà justement Rose qui revient avec Mabel. Elles avancent dans l'herbe haute, main dans la main. Mabel tient son filet à papillons en l'air, le visage crispé par la concentration. Eleanor sourit. Cette vision d'une petite fille chassant les papillons dans l'herbe par une belle journée ensoleillée est l'incarnation même de l'été. Rose s'accroupit et montre quelque chose du doigt à Mabel en chuchotant sur un ton pressant. Un papillon d'un blanc crémeux s'envole à quelques mètres d'elles, Mabel s'élance avec son filet, l'agite frénétiquement d'un côté et de l'autre… mais manque sa cible et tombe la tête la première dans l'herbe en riant.

— Reviens ! crie-t-elle. Papillon !

Rose l'aide à se relever.

—Allez ! Tu auras plus de chance la prochaine fois, petite demoiselle. Un bon chasseur doit être calme et silencieux. Le bruit fait fuir les proies.

Elle rit quand Mabel proteste en tapant du pied :

—Je n'arriverai jamais à en attraper un.

—Mais bien sûr que si. Tu dois simplement apprendre la patience.

Elle pince les joues de Mabel.

—Viens, ma petite chasseresse, je pense qu'on a mérité un bon verre de limonade.

Elles se laissent tomber à côté d'Eleanor, qui leur sert aussitôt deux verres d'une eau citronnée et légèrement sucrée qu'ils ont emportée dans une gourde.

—C'est très rafraîchissant, merci, dit Rose.

—Alors, c'était bien votre exploration ? demande Eleanor à Mabel.

—On n'a pas attrapé de papillons, se plaint Mabel en faisant la moue.

Elle jette son filet.

—Ça ne fait rien, répond Eleanor en lui tapotant le genou. Et puis tu sais, les papillons préfèrent être libres. Regarde, ils sont si jolis quand ils volent ! N'est-ce pas un vulcain là-bas ?

Elle désigne un grand papillon brun avec des bandes rouge orangé. On appelle cet endroit le Pré aux Papillons, tant ils sont nombreux lorsque les fleurs sauvages y abondent en été.

—Oui, c'en est un, répond Rose en suivant du regard le vol du papillon qui passe d'une fleur à l'autre. Eleanor… tu m'en veux toujours ? demande-t-elle.

—Je n'ai pas envie d'en parler maintenant, répond précipitamment Eleanor en regardant Mabel. Je ne vais pas gâcher ce merveilleux après-midi. Quand Edward saura…

Rose soupire, jette son chapeau sur le côté et se laisse théâtralement tomber sur le dos.

— Je te trouve vieux jeu et méchante, Ellie.

— Rose ! proteste vigoureusement Eleanor.

Mabel sursaute et lâche son verre de limonade. Le liquide se renverse sur sa robe, le verre roule à terre. Puis elle pique du menton et redresse brusquement la tête. Elle a les yeux révulsés, la respiration hachée, la bouche crispée. Et, de nouveau, cet étrange mouvement de la tête, comme un sursaut.

— Mabel ! s'exclame Rose.

Elle roule sur elle-même pour s'écarter de l'enfant et tire sur le bas de sa robe pour l'éloigner de la flaque d'eau.

Mabel ne réagit pas.

Eleanor se lève d'un bond et prend Mabel dans ses bras, tout en tamponnant machinalement avec sa serviette la robe imbibée de limonade.

— C'est ta faute ! hurle-t-elle à Rose.

— Pas du tout ! C'est toi qui lui as fait peur en criant, la pauvre chérie !

Rose se redresse, attrape le tissu qui recouvre le panier de pique-nique et s'en sert pour éponger la limonade sur le tapis.

Mabel regarde autour d'elle d'un air hébété.

— Elle est partie ? demande-t-elle.

— Qui ça, ma chérie ?

Eleanor tient Mabel fermement. Elle est lourde et toute molle, comme si elle n'avait pas la force de se tenir droite. La tache d'humidité sur sa robe va de son ventre à ses genoux, il faut rentrer pour la changer. Mlle O'Connell avait proposé de les accompagner, mais Eleanor lui a donné son après-midi. À présent, elle le regrette car elle va devoir ramener elle-même Mabel à la maison, ce qui l'oblige à écourter son après-midi champêtre.

— La dame, répond Mabel en regardant autour d'elle avec des yeux étranges, le regard vide. Celle qui a des cheveux de feu. Elle sent bizarre.

Eleanor échange un regard avec Rose et hausse les épaules.

— Je ne suis pas sûre de savoir de qui tu parles, ma chérie, répond-elle. Il n'y a que toi, moi et Rose, ici. Viens, on va te ramener à la maison pour t'enlever ces vêtements mouillés.

Mabel baisse les yeux vers sa robe, comme si elle était étonnée de la découvrir trempée, puis elle bâille.

— J'ai sommeil, gémit-elle.

Rose cesse d'éponger pour l'observer.

— Ellie, dit-elle, tu ne crois pas qu'elle a un problème ?

— Qu'est-ce que tu veux dire ? demande Eleanor. Elle n'a pas de problème. Elle est fatiguée, c'est tout.

Mabel a appuyé la tête contre la poitrine de sa mère et ses yeux papillonnent.

— Tu es sûre ? insiste Rose, les sourcils froncés d'inquiétude. Elle avait des yeux étranges, avec des pupilles dilatées, très noires. Ça n'a duré que quelques secondes, mais… Elle était là, puis d'un seul coup on aurait dit qu'elle était absente. Tu n'as pas vu ?

— Non, répond sèchement Eleanor. Je n'ai rien vu et je ne sais pas de quoi tu parles. Quand Mabel est fatiguée, elle s'endort d'un seul coup, n'importe où. Son verre lui a échappé, ça peut arriver. N'est-ce pas que tu te sens bien, ma chérie ?

Elle secoue doucement Mabel pour la réveiller et la repose à terre. Au début, les jambes de l'enfant se dérobent, mais elle fait l'effort de se tenir debout, appuyée contre sa mère.

— Rose…

Eleanor se tourne vers sa sœur.

— Tu vas rester ici, sinon Edward va se demander où on est, poursuit-elle. Dis-lui que Mabel a renversé de la limonade sur sa robe et que j'ai dû retourner à la maison pour la changer. Wilson se chargera de mettre les affaires de pique-nique dans la voiture. On se retrouve tout à l'heure à la maison. Allez, Mabel, on y va, courage !

— Tu ne veux pas plutôt que j'aille réclamer la voiture ? insiste Rose. Mabel couve peut-être quelque chose. Elle a dit un truc bizarre, à propos de cheveux de feu.

— Arrête un peu ! siffle Eleanor entre ses dents.

Elle a la boule au ventre et ne parvient pas à se détendre. Elle attendait le retour de Rose depuis des semaines, ce pique-nique aurait dû être un moment parfait, celui de leurs retrouvailles. Elle baisse les yeux vers Mabel et la tire par la main pour la faire avancer.

Elles grimpent la pente raide de la colline et rejoignent le chemin qui mène à travers bois jusqu'à la propriété à l'arrière de la maison. Ce n'est pas une longue marche, mais Mabel traîne les pieds.

— Aux bras, gémit-elle en levant les bras vers sa mère.

Eleanor soupire.

— Tu es trop grande et trop lourde pour moi, maintenant. Sur le dos, si tu veux.

Elle s'accroupit pour laisser Mabel grimper sur son dos, où celle-ci s'affale comme un poids mort. Puis elle se met à avancer d'un pas lourd sur le large chemin entre les arbres. La lumière du soleil danse à travers les branches, une légère brise agite les feuilles. Une forme apparaît brièvement à la périphérie de son champ de vision. Eleanor s'immobilise, le cœur battant, en scrutant les bois à travers les troncs argentés, retenant son souffle. Un battement d'ailes. Une branche qui ploie. Une bête détale dans le sous-bois. Ce n'est rien. Elle soupire et repart, en accélérant le pas, les sens en alerte, sursautant dès qu'elle aperçoit une ombre.

Eleanor remonte à présent la pente de la pelouse en direction de la maison. Elle sent l'humidité poisseuse de la robe de Mabel à travers ses propres vêtements. Elle repense à l'étrange mouvement de tête de sa fille, pas du tout naturel. Ça lui noue le ventre. Elle revoit la sollicitude de Ted le facteur, l'insistance inquiète de Rose. Mais ce n'est rien. Elle repousse le tout loin d'elle, elle ne veut plus y penser.

Il ne se passe rien. Après un bain chaud et une bonne nuit de sommeil, Mabel sera de nouveau en pleine forme.

Chapitre 4

Edward

— Eh bien, si elle s'est engagée, il faudra qu'elle se dégage, commente Edward d'un ton dédaigneux. Vite et bien. Avant qu'il n'y ait de véritables dégâts.

Planté devant le miroir, jambes écartées, il fixe un col à sa chemise de soirée en attachant les boutons d'une main assurée.

— C'est déjà un moindre mal qu'elle se soit « engagée » à Paris, plutôt qu'à Londres. Il y a tout de même moins de risques que ça se sache.

Assise dans un des fauteuils de la chambre, Eleanor l'observe en silence. Elle est déjà habillée pour le dîner et porte une robe de soirée bleu nuit aux lignes épurées, à la fois sobre et élégante – elle peut se le permettre, car sa grossesse n'est pas encore visible. Les jambes croisées, elle agite nerveusement un pied. Elle est pâle et tripote son sautoir de perles d'eau douce, un cadeau d'Edward après un déplacement à Bielefeld, en Allemagne, à l'occasion d'une conférence.

— Et cet « engagement » a pris quelle forme, exactement ? poursuit Edward.

Elle croise son regard dans le miroir.

— Sont-ils fiancés ? insiste-t-il.

— Je ne crois pas. Mais elle prévoit d'emménager avec lui. Pour le soutenir.

— Comment ça, « le soutenir » ?

Il s'efforce de garder son calme et de ne pas hausser la voix en dépit d'un agacement croissant qui l'irrite comme une démangeaison. Eleanor n'a pas besoin de ça. Pas maintenant. Elle semble tellement inquiète qu'il n'ose même pas lui montrer à quel point il l'est aussi. Ça ne ferait que décupler son angoisse.

— Je sais, c'est une folie, soupire-t-elle en réponse. Elle pense qu'elle peut trouver un travail de journaliste. Elle prévoit de le soutenir financièrement et il semble avoir le projet d'occuper ses journées à peindre ou à d'autres sottises. Elle dit qu'il vient d'une bonne famille – qui posséderait même quelques biens –, mais il lui aurait tourné le dos, d'après elle. Ce serait un genre de socialiste. Apparemment, il croit à une économie planifiée, comme en Russie. « Le capitalisme est mort », ce genre de choses. « Les biens matériels ne comptent pas. L'amour avant tout. » Elle dit qu'ils seront heureux avec très peu.

Il ricane.

— C'est facile à dire quand on nage comme elle dans l'opulence et qu'on a tout sur un plateau. Elle doit s'imaginer que son merveilleux prétendant va faire notre conquête et que j'offrirai à leur couple un petit *pied-à-terre** confortable. Eh bien, elle se fait des illusions.

— Oh, Edward ! Ne sois pas trop dur avec elle. J'ai peur qu'elle ne s'éloigne de nous.

Edward attache son dernier bouton de col et ricane de nouveau.

— Rien ne vous séparera. Écoute, c'est son premier amour ! Elle n'a aucune expérience en la matière. Ça ne durera pas, crois-moi.

Il attrape son nœud papillon noir et fait mine de ne pas se souvenir que lui-même est le premier et unique amour d'Eleanor. De son côté, il n'a eu avant elle que de rares aventures, dont il n'est pas très fier et qu'il préfère garder pour lui.

Il passe le nœud papillon autour de son cou et bataille un peu pour le mettre en place. Peut-être devrait-il engager un valet de chambre. Est-ce que ce ne serait pas un peu trop ? L'idée ne serait pas pour lui déplaire, mais Eleanor dirait qu'il est capable de s'habiller seul. Ce serait une dépense inutile et c'est diablement compliqué d'en trouver un bon. Désormais, sans statut et sans titre de noblesse, ce n'est pas facile d'attirer de bons domestiques.

— Qu'est-ce qu'on va faire ? gémit Eleanor.

— C'est simple : on va écrire immédiatement à ce M. Deveaux et lui demander de mettre un terme à cette folie, répond-il en enfilant sa veste. Alice a-t-elle déjà apporté à la poste le courrier d'aujourd'hui, ou bien attend-elle lundi ?

— Il est sur la table du vestibule. Elle doit l'apporter au bureau de poste lundi matin à la première heure.

— Parfait. Je vais donc relever l'adresse de ce monsieur sur l'enveloppe laissée par Rose. Laisse-moi m'en occuper. Tu ne dois surtout pas te faire du souci à cause de ça, surtout maintenant que…

Il jette un coup d'œil à son ventre plat. C'est à peine s'il ose croire à cette grossesse. Comme c'est mal de la part de Rose d'apporter ses problèmes dans la vie d'Eleanor à un moment où elle a plus que jamais besoin de se sentir sereine et légère.

— Je vais être très clair sur le fait que leur couple n'obtiendra pas un sou venant de moi. La famille de ce jeune homme doit être aussi mécontente que nous de la tournure prise par les événements. Je suis certain qu'il se montrera beaucoup moins empressé quand il saura qu'il ne peut pas compter sur mon argent.

— Et si tu te trompais ? demande Eleanor d'une voix douce et frêle.

— Eh bien, dans ce cas, il faudra lui proposer une somme pour qu'il se retire.

— Mais si ce que dit Rose est vrai, s'il ne se soucie vraiment pas de l'argent ?

Edward soupire. *Avec des si…*

— Il s'en souciera.

Il se dirige vers Eleanor et pose une main rassurante sur son épaule.

— Crois-moi, Eleanor, l'argent peut tout acheter, à condition d'y mettre le prix.

Il lui relève le menton, la regarde dans les yeux et écarte une mèche de cheveux égarée sur son front. Comme il voudrait pouvoir lui épargner les tracas de la vie ! Elle a déjà traversé tant d'épreuves. Mais elle est intelligente. Et forte. Elle n'a pas eu le choix.

— Presque tout, le corrige-t-elle.

— En effet.

— J'espère que ça ne te coûtera pas trop cher, Edward. Je suis vraiment désolée pour tout ça.

Elle semble réellement malheureuse. Elle en a même les larmes aux yeux. Il prend son visage entre ses mains.

— Ma chérie. Ce n'est pas ta faute. Cela fait huit ans que tu fais de ton mieux pour être à la fois une sœur, une mère et un père pour Rose. Je ne veux pas que tu sois contrariée par cette histoire. Je vais m'occuper d'elle et de ce Marcel. Je te le promets.

Il lui caresse la joue du bout des doigts.

— Toi, tu dois te concentrer sur le bébé. Et à présent, il faut descendre, nos invités nous attendent.

Il lui embrasse le front.

— Si nous tardons trop à nous montrer, Mme Bellamy va nous reprocher d'avoir gâché le souper. On ne veut pas s'exposer aux foudres de Mme Bellamy, n'est-ce pas ?

Quand Edward et Eleanor arrivent dans le salon, leurs hôtes sont en effet au complet et Rose s'est occupée de les accueillir. Barton et Lizzie Leyton, leurs plus proches voisins, sont venus avec leurs deux filles aînées, Charlotte et Lilly, laissant heureusement les deux plus jeunes à la maison avec la gouvernante. Il y a aussi le grand Américain, Harry Laughlin, accompagné de sa femme Pansy, ainsi que deux des étudiants en psychologie les plus prometteurs d'Edward, Leslie Hearnshaw et Peter Reinhart. Hearnshaw et Reinhart ont sympathisé avec les jeunes filles, et les cinq jeunes gens se sont regroupés à l'écart dans un coin de la pièce. Enfin, ils ont également invité Marie Stopes et son mari Humphrey, qui cherchent actuellement une maison dans la région.

— Bonsoir à tous ! lance Edward. Je vous prie d'excuser notre retard.

— Inutile de vous excuser, mon cher !

Harry arbore un large sourire et l'accueille d'une poignée de main ferme et chaleureuse. Il est presque chauve et les quelques cheveux blancs qu'il lui reste le font paraître plus âgé que ses quarante-huit ans.

— Tout se passe très bien pour nous, assure-t-il en levant son verre.

— C'est exact, renchérit sa femme Pansy avec un grand sourire. Nous avons fait la connaissance de vos charmants voisins.

Barton et Lizzie, charmants... Ce n'est certes pas l'adjectif qu'Edward aurait utilisé pour les décrire.

Barton, comme d'habitude, est en train de pérorer.

— Et puis nous avons installé l'électricité dans les pièces du bas, dit-il de sa voix grave. Je dois dire que ça nous a coûté une petite fortune.

Il se renfrogne, son crâne dégarni luit sous les lumières du salon – car l'électricité a été rétablie.

— L'étage, c'est moins important, on ne fait qu'y dormir, après tout, ricane-t-il.

Barton a cinquante-trois ans, dix de plus qu'Edward, et il compense sa chute de cheveux en se laissant pousser une barbe de plus en plus impressionnante. Se plaindre du coût de la vie est le sujet de conversation favori des Leyton, avec leurs quatre filles et leurs revenus qui ne cessent de baisser.

— Sois logique, Barton, proteste Elizabeth Leyton, qui tient par ailleurs à ce qu'on l'appelle Lizzie.

Elle se tourne d'abord vers Pansy, puis vers Edward et Eleanor pour les prendre à témoin et éclate d'un rire joyeux, comme si son mari venait de faire une plaisanterie particulièrement drôle. Edward préfère ne pas imaginer ce que cela doit être de vivre avec ces deux-là, qui sont incapables de parler posément et ne cessent de hurler. Il ressent un soudain élan de sympathie pour leurs filles.

— Bien sûr que nous devons faire installer l'électricité dans les étages, grommelle-t-elle. Tout le monde le fait de nos jours.

Sous son chemisier de satin, sa généreuse poitrine s'agite, comme pour exprimer son enthousiasme.

— N'est-ce pas, que tout le monde a l'électricité ? insiste-t-elle en jetant un coup d'œil à l'assemblée pour implorer du soutien. Que penseraient les gens si nous n'équipions que le rez-de-chaussée ?

— Oh, absolument, susurre Pansy en dévisageant Lizzie avec des yeux de plus en plus grands. Plus personne ne peut vivre sans électricité.

—Vous, les Anglais, avec vos tas de vieilles pierres ! glousse Harry.

Il se tourne vers Marie et Humphrey.

—Et vous ? Vous possédez également une propriété ancienne dans le coin ?

—Pas encore, répond Marie sans la moindre trace d'humour. Mais nous avons visité aujourd'hui à Dorking une maison très intéressante. N'est-ce pas, Humphrey ?

Humphrey acquiesce docilement. Marie est une femme volubile, pleine d'une énergie débordante, tandis que son époux est silencieux et réfléchi.

—Un verre, monsieur ? propose Faulks, le majordome, en se glissant entre eux.

—Je prendrais volontiers de ce bon Glenfiddich, s'il vous plaît, Faulks, répond Barton qui est à présent tout sourires. Le même que la dernière fois. Il était doux et boisé. Servez-m'en un grand verre, voulez-vous ? Et ne le noyez pas avec de la glace ou autre, il est trop bon pour ça.

Il reprend sa place dans le fauteuil préféré d'Edward. Petit et trapu, il a dû être autrefois bon joueur de rugby, mais avec l'âge son goût pour les bonnes choses de la vie commence à le trahir. Chaque fois qu'Edward le voit, il a la panse un peu plus ronde et la barbe un peu plus longue. Un peu comme ces chevaux qui paissent dans les champs au printemps.

—Bien, monsieur, répond Faulks. Et pour madame ?

—Gin-tonic pour moi, dit Lizzie.

Elle dépasse son mari de quinze bons centimètres. C'est une femme bien intentionnée, mais un peu sotte. Et surtout trop extravertie pour être distinguée.

—Avec rondelle de citron et double dose de tonic, précise-t-elle.

Edward la regarde agiter les bras pendant qu'elle explique à Pansy pourquoi cela pose un problème d'avoir des amis équipés du dernier cri des installations modernes et un mari dépensier qui préfère vivre dans le passé.

Lizzie balaie du regard le groupe rassemblé dans la pièce.

— Dites-moi, Edward, comment se fait-il que vous connaissiez des Américains d'aussi agréable compagnie ? demande-t-elle avec un grand sourire. Barton ne fréquente que de vieux Anglais guindés. Cela fait du bien de rencontrer des étrangers !

La remarque est suivie d'un concert de rires polis.

— Harry et moi avons en commun l'intérêt pour la science, explique Edward. En particulier dans le domaine de l'eugénisme. Harry est l'un des plus grands experts américains de ce nouveau et passionnant champ d'études.

Lizzie hausse les sourcils.

— Comme c'est impressionnant, dit-elle en hochant la tête avec enthousiasme. N'est-ce pas, Barton ?

— Qu'est-ce donc que l'eugénisme ? demande Barton en prenant un air perplexe.

— Pour le dire simplement, c'est une science inspirée de la théorie de la sélection naturelle, répond Edward.

Il utilise souvent cette formule particulièrement adaptée aux non-initiées.

— L'objectif du mouvement eugéniste est d'améliorer l'espèce humaine, poursuit-il. D'une part en favorisant la reproduction de ses caractères positifs. D'autre part en s'efforçant d'éliminer ceux dont il vaut mieux se passer – notamment les maladies héréditaires, l'arriération mentale et ainsi de suite.

— Cela paraît en effet bien raisonné, commente Barton, la tête légèrement inclinée, comme s'il réfléchissait à la question.

— Mais pourquoi vous impliquer là-dedans ? demande Lizzie en fronçant le nez, comme si le sujet avait quelque chose de repoussant. Je pensais que vous étiez plutôt une référence dans le domaine de la psychologie ou de l'éducation, Edward.

Il rit.

— C'est le cas, mais tous ces champs d'expertises sont liés. De plus…

Il s'interrompt pour jeter un coup d'œil à Eleanor, laquelle lui répond d'un imperceptible signe de tête qui l'autorise à poursuivre.

— Nous avons des raisons personnelles de nous intéresser de près à ce sujet, Eleanor et moi. Nous pensons que certains dangereux indésirables ne doivent plus traîner dans les rues. Cela évitera des tragédies comme celle dont a été victime feu ma belle-mère.

Il s'ensuit un silence gêné.

— Bien sûr, répond précipitamment Lizzie. Je comprends très bien. Mais cela semble être une lourde tâche. Par quels moyens peut-on en venir à bout ?

Marie Stopes s'approche d'Edward.

— Le contrôle des naissances est l'un de ces moyens, déclare-t-elle.

— Ah, madame Stopes, j'allais oublier, dit Harry en lui souriant. J'ai un message de Mlle Sanger pour vous. Elle souhaite se rappeler à votre bon souvenir.

— Humm, grommelle Marie avec une légère moue.

Tout le monde est au courant des tensions entre Marie et Mlle Sanger.

— Merci, dit-elle tout de même.

Bien qu'elle aille sur ses cinquante ans, Marie n'a pas l'air de vouloir ralentir ses activités. Edward lui adresse un sourire pacifique.

— Personne ne défend l'eugénisme négatif autant que madame Stopes ici présente, explique-t-il à la cantonade. Elle croit fermement qu'il faut freiner la reproduction des souches et des races inférieures. Et, comme on ne peut envisager la stérilisation forcée, elle a financé une expansion de sa clinique où un contrôle des naissances gratuit est proposé à des femmes que l'on peut qualifier de défectueuses.

Dans l'esprit d'Edward, cette catégorie inclut également les femmes pauvres.

— Edward, vous êtes trop gentil, se défend Marie en riant. J'espère que Mlle Sanger va bien ? ajoute-t-elle en s'adressant à Harry. C'est un véritable combat, qu'elle doit mener à New York. Je la plains.

Puis, de nouveau, elle se tourne vers Edward :

— J'ai entendu dire que la sœur de votre femme s'intéressait au journalisme et j'aurais une proposition à lui faire. Elle pourrait venir travailler avec moi à la rédaction de mon *Bulletin pour la contraception*. Une assistante me serait très utile, je suis débordée.

— Je n'en doute pas, répond Edward en jetant un coup d'œil aux jeunes filles qui pouffent, têtes jointes, à l'autre bout du salon.

Pourquoi a-t-il l'impression qu'elles se moquent du livre de Marie ? Rose en a fait une critique sans merci et il ne la voit pas du tout travaillant avec une femme dont elle ne partage certainement pas les vues tranchées, pour ne pas dire extrêmes, sur le contrôle des naissances. Quelque chose lui dit que ça ne serait pas le grand amour entre elles deux.

— J'ai bien peur de vous décevoir, mais Eleanor et moi espérons plutôt la convaincre de choisir une autre occupation, poursuit-il. De plus, Eleanor n'est pas prête à lâcher sa jeune sœur dans les rues de Londres. Rose a eu une éducation protégée. C'est vrai qu'elle a voyagé en Europe, mais accompagnée d'un chaperon.

Pour l'instant, elle va vivre ici, nous sommes trop loin de Londres pour qu'elle puisse envisager des allers et retours quotidiens, et il n'est pas question qu'elle vive seule dans une horrible pension de famille de la capitale.

Marie hausse les épaules et boit son gin-tonic.

— Bien… C'était juste une idée. Si vous changez d'avis, l'offre tient toujours.

— Les impôts nous saignent à blanc, grommelle Barton à qui veut bien l'entendre. Plus rien n'est sacré. C'est notre mode de vie qui est menacé. « Riche » est devenu de nos jours un mot inconvenant. J'aurais dû jeter l'éponge. Vendre et partir tant que je le pouvais encore. M'installer en Amérique. Ou en Inde. Ou sur le continent.

— Pfff, soupire Edward. Sur le continent, c'est pire que chez nous. Surtout en France, ajoute-t-il entre ses dents. Quant à l'Allemagne, n'en parlons pas.

— Est-ce que ça va mieux en Amérique ? demande Lizzie.

Harry se balance un peu en arrière.

— Eh bien, je ne suis pas un spécialiste en économie, dit-il lentement. Mais je crois qu'on peut admettre que mon pays est en plein essor depuis la guerre, alors que l'Angleterre et l'Europe ont plutôt tendance… eh bien, à stagner. Nous sommes une nation qui a de grandes aspirations. D'où je viens, être « riche » n'a rien d'inconvenant. Mais, bien sûr, ce qui se passe en Europe et chez nos plus proches alliés est de la plus haute importance pour nous, Américains. Il est dans notre intérêt à tous de protéger notre système démocratique et capitaliste de la menace très réelle d'une révolution communiste. Nous en sommes conscients.

— Tu vois ?

Barton regarde Lizzie.

— N'est-ce pas ce que je te disais ? Il suffit de lire les journaux.

— Je pense que nous avons tous ici le même intérêt à cœur, approuve Edward. Les problèmes sont complexes et nous devons absolument les affronter ensemble. Dans ce pays…

Il s'adresse à Harry.

— … l'économie stagne. Avec la hausse du chômage et la baisse des salaires, les gens n'ont pas assez d'argent à dépenser. De plus, nos exportations ont été frappées de plein fouet à cause de M. Churchill et de l'erreur colossale qu'il a commise en 1925 en restaurant la parité d'avant-guerre.

— Comment cela ? demande Harry.

— En nous ramenant à l'étalon-or avec un taux de change scandaleusement élevé. Je partage le point de vue de Keynes, qui qualifie cela de « relique barbare ». Et pourtant, je ne suis pas plus économiste que Harry. Ma spécialité se rattache à un domaine plus vaste et plus important pour nous tous.

— C'est-à-dire ? insiste Lizzie, en se penchant vers lui. Votre travail est toujours auréolé de mystère, Edward. Racontez-nous un peu !

— Il n'y a rien de mystérieux dans ce que fait Edward, intervient Eleanor en adressant un regard entendu à son mari. Les journaux parlent de lui presque tous les jours, du moins c'est mon impression.

Edward lui sourit, puis se tourne vers Lizzie.

— Mon domaine, c'est l'esprit humain ! lâche-t-il d'un ton théâtral, en se tapotant le front pour illustrer ses dires. C'est la clé de toutes nos réussites. Et bien sûr mon travail est lié à ce dont nous parlions plus tôt, à savoir l'eugénisme et l'*amélioration* de cet esprit humain. C'est un sujet fascinant.

Marie s'avance et agite son verre vide, dans un geste théâtral.

— Mais comme l'a sous-entendu Harry, nous, notre race…

Elle emploie un ton plein d'emphase, tel un prédicateur s'adressant à ses ouailles.

— ... notre race se trouve à un moment critique, un point charnière. Il semblerait que l'intelligence humaine ait atteint son apogée. Il en résulte que notre civilisation elle-même s'en trouve menacée. Nous pouvons ne rien faire et laisser la situation se détériorer. Ou alors agir et stopper la décadence vers laquelle nous glissons inéluctablement. Nous battre pour sauver la civilisation d'une autodestruction quasiment certaine.

— Mon Dieu ! s'exclame Lizzie.

Elle s'agite tant qu'elle renverse un peu de son gin-tonic.

— Cette position me semble extrême. Comment pouvons-nous être au sommet de l'intelligence ? Edward, vous qui êtes le cerveau du groupe, partagez-vous l'opinion de...

Lizzie se tourne vers Marie, laquelle, à côté de sa volubile et frénétique personne, paraît encore plus raide et compassée que de coutume.

— ... notre amie ? achève-t-elle avec une moue, le nez de plus en plus plissé.

— J'ai bien peur d'être entièrement d'accord avec elle, répond Edward du ton docte qu'il emploie lors de ses conférences. C'est un fait, par ailleurs fort regrettable, que les couches les plus basses de la population se reproduisent trop, notamment les inaptes, les faibles d'esprit, les criminels, les alcooliques, les épileptiques et ainsi de suite ; tandis que les plus aptes, ceux qui ont une intelligence supérieure, ne se reproduisent pas assez. Sans aucune régulation, il est évident que cela nous mènera tout droit à un avenir désastreux.

Marie acquiesce.

— Vous trouvez que vous payez trop d'impôts, dit-elle en agitant son verre en direction de Barton. Eh bien, sachez que la situation pourrait encore empirer. Imaginez ce que coûteraient tous ces déficients qu'il faudrait soutenir financièrement. Les jeunes ménages des classes moyennes hésitent déjà à faire des enfants : ils n'ont plus les moyens de les élever car ils paient trop d'impôts, notamment en raison du fardeau que les classes défavorisées font peser sur la société.

— Mon Dieu que c'est déprimant, commente Barton en contemplant son verre d'un air sombre. La fin de notre civilisation. On ne peut pas faire grand-chose contre ça, je suppose.

— Toutes les civilisations ont une fin, répond Harry. Les Grecs, les Romains, et j'en passe. Ce n'est pas une exagération, j'en ai peur. La démocratie libérale de l'Occident a amorcé un lent et régulier déclin. Le communisme et l'économie planifiée, ainsi que les autocraties, sont de plus en plus répandus dans le monde. Et c'est le déséquilibre démographique qui est la cause première du problème. Certains disent qu'il est trop tard pour sauver nos démocraties agonisantes. Mais je veux rester optimiste… On ne va pas mourir sans se battre, n'est-ce pas ?

— Un autre verre, Faulks, je vous prie, grommelle Barton.

— Et vous, Harry ? demande Lizzie. Quel est votre rôle dans tout ça ?

— Je dirige le Bureau des archives eugéniques de l'Institut Carnegie. J'ai de nombreux points communs avec madame Stopes, mais encore plus avec Edward. Nous menons depuis longtemps des recherches parallèles. Nous sommes tous les deux psychologues et éducateurs. Et surtout nous cherchons tous deux à œuvrer pour la santé et la richesse de nos nations respectives.

— Et qu'est-ce qui vous amène en Angleterre ? demande Lizzie en prenant un air intéressé.

— Eh bien, comme aime à le souligner Edward, nos travaux se recoupent. En partageant avec lui mes connaissances dans ce nouveau champ de l'eugénisme scientifique qui ne cesse de s'étendre, j'espère l'aider à donner un élan à notre mouvement en Europe. Nous avons des intérêts communs et, regardons les choses en face, il nous faut plus que jamais progresser rapidement.

Harry sirote son verre d'eau les sourcils froncés, en lorgnant sur le second verre de whisky de Barton.

— En effet, je suis un fervent partisan d'une gouvernance mondiale pour ces sujets qui intéressent toutes les nations. Cela permettrait de les traiter à un macro-niveau impliquant les pays riches.

— Et comment fonctionnerait cette gouvernance ? demande Eleanor.

— Sur le modèle de la Société des nations et de la Constitution des États-Unis. Elle serait bien sûr dirigée par l'Europe et l'Amérique du Nord, explique Harry. Et surtout elle deviendrait la clé de voûte de notre lutte pour la pureté raciale, notamment pour la protection de la race nordique – la plus pure, pour ainsi dire. Nous finançons dans ce but des recherches en Allemagne. Quand nous en aurons terminé à Londres, Pansy et moi, nous irons visiter l'Institut Kaiser Wilhelm de Munich. Nous comptons les aider pour obtenir des fonds. Les riches Américains considèrent la philanthropie comme une obligation morale. Une façon de donner en retour, vous comprenez.

Il se tourne vers Barton.

— Et vous, monsieur, que faites-vous ?

— Moi ? s'esclaffe Barton. Mais je ne travaille pas. Je suis ce que nous appelons dans ce pays un *gentleman*. Une espèce en voie de disparition. Je devrais pouvoir vivre des revenus de ma terre, mais cela devient de plus en plus difficile, par la faute de riches arrivistes comme Edward ici présent.

—Je suis un homme de *science*, Barton, soupire Edward, en s'efforçant de surmonter l'irritation que déclenche en lui la remarque de son voisin.

Barton aura toujours envers lui ce mépris du snob de la haute société, sous prétexte qu'il est le fils d'un autodidacte et vient d'un milieu modeste. Son père, le brillant John Hamilton, a suivi des cours du soir pour devenir ingénieur. Quant à son grand-père, il était mineur, mais cela Barton l'ignore et Edward ne va certes pas le clamer sur les toits. Homme d'une prodigieuse intelligence, John Hamilton a amassé une petite fortune en travaillant au développement des chemins de fer régionaux et en construisant des ponts. Cette fortune, son fils Edward a eu la chance d'en hériter, ce qui lui a permis de se consacrer à ses recherches universitaires et humanistes. Malheureusement, en dépit de tous ses mérites, Edward transporte avec lui une odeur d'argent frais que les Américains apprécient grandement, mais que l'aristocratie anglaise considère à des degrés variables avec dédain et méfiance.

—Nous avons tout de même une perspective réjouissante cette année, continue Barton en s'animant un peu. Figurez-vous que nous avons élevé des faisans. Des milliers d'oiseaux, en fait. Nous pensons organiser des chasses pour les parvenus de Londres, pardonnez l'expression. Apparemment, c'est de bon ton chez eux en ce moment et cela va nous permettre de générer un revenu supplémentaire. C'est aussi une manière de rentabiliser des terres boisées qui resteraient inutilisées autrement. L'adaptabilité, mon ami, c'est ce qui nous aidera à garder la tête hors de l'eau. Alors va pour les week-ends de chasse.

—À propos de week-end, nous organisons un tournoi de tennis dimanche prochain, intervient Eleanor. Nous pourrions en profiter pour célébrer le retour de Rose, d'autant plus que nous invitons déjà Clarissa, sa grande amie.

— Quelle merveilleuse idée ! s'exclame Lizzie.

— Mabel pourrait se joindre à nous et profiter de la fête, dit Edward en haussant un sourcil interrogateur à l'intention d'Eleanor.

Elle acquiesce volontiers.

— Elle n'a que quatre ans, mais elle est déjà très coquette, commente-t-elle en riant. Elle adore s'habiller pour les réceptions.

— Oh, j'allais oublier ! s'exclame soudain Lizzie. Est-ce qu'un chiot ferait plaisir à Mabel ? Je me suis dit que ce cher vieux Patch devait lui manquer. Goldie, la chienne retriever de notre garde-chasse, a eu cinq chiots. Il en veut un pour lui et j'en ai promis un aux filles. En voudriez-vous un ? Ils sont de race pure, on n'aura pas de mal à trouver preneur.

— Edward ?

Eleanor semble enchantée et Edward approuve intérieurement. Un chiot ne peut qu'apporter de la joie dans la maison. Mme Bellamy trouvera certainement à y redire, mais d'un autre côté elle trouve toujours à redire, quoi qu'ils fassent.

— D'accord, répond Edward. Après tout, une maison sans chien n'est pas un véritable foyer, admet-il, juste au moment où Mme Faulks fait irruption dans le salon pour annoncer que le dîner est prêt.

Qui sait ? Un chiot pourrait même aider Rose à se sortir de la tête un certain Français.

II

Vous appelez ça une « *lutte* ».

Je préfère le mot « jeu ».

Et ce jeu, c'est moi qui le mène. Vous n'êtes pas plus armés face à moi qu'une souris face à un chat. Malgré vos années d'études, malgré les honorables institutions dans lesquelles vous tentez de m'étudier, malgré les progrès de votre science et quelques avancées dans votre compréhension des mécanismes de la nature, vous n'avez toujours pas le dessus. Chaque fois qu'il me prend l'envie de venir vous titiller ou de vous provoquer, je peux le faire et je ne m'en prive pas. Vos pitoyables et malencontreuses tentatives pour vous débarrasser de moi ne me font pas peur. Je dois dire que je les trouve même divertissantes !

Voilà des milliers d'années que nous jouons, vous et moi, mais je ne m'en lasse toujours pas. D'ailleurs, vous passez encore très souvent près de moi sans me voir, en me prenant pour ce que je ne suis pas, car vous êtes encore dominés par vos peurs, vos superstitions, et vos croyances religieuses. Bien plus que vous ne le pensez.

Ce jeu, cette lutte, ou tout autre nom que vous voudrez bien lui donner, nous ne nous y livrons pas à égalité. Mais, comme dans le cas du chat avec la pauvre petite souris, cela fait partie des règles !

J'aime vous entraîner dans une valse-hésitation, me dévoilant ou me cachant selon mon bon plaisir.

Suis-je la cause de cette expression absente ? De cette phrase qui reste en suspens, de ce regard vide ? Suis-je à l'origine de cet objet retrouvé à une place incongrue ? Je m'amuse en tout cas du « comment est-il arrivé là ? ». *Est-ce moi la cause de cette brûlure au bras, de cette lèvre tailladée, de ce bleu au front, de cette côte cassée ?*

Est-ce ma faute si ceux que vous aimez ont l'esprit confus, s'ils sont hystériques, s'ils se montrent agressifs ? Ou bien n'ai-je rien à voir là-dedans ?

Vous ne pouvez pas le savoir, parce que je suis un génie du camouflage, de la tromperie, de la dissimulation.

Soyons francs. Pour justifier les bizarreries de ceux que vous aimez, n'importe quelle explication vous convient mieux que moi. C'est la main de Dieu, le diable en personne, de la sorcellerie, de la magie.

Et pourtant, en dépit de vos incantations et de vos bûchers, de tous ceux que vous avez noyés, torturés, enfermés, ostracisés, stérilisés, euthanasiés… je suis toujours là !

Et j'adore vous voir tâtonner dans le noir.

À présent, vous le savez, j'ai un nouveau jouet. Une proie toute fraîche. Jeune et incroyablement malléable, réceptive aux visions et aux sensations.

Vous ne me détectez pas derrière les comportements étranges de la petite fille parce que vous êtes encore dans le déni. Nous avons entamé ce jeu pervers dans lequel vous ne me cherchez pas encore, tandis que je me cache déjà.

Car je suis un maître du déguisement – et c'est là que réside ma grandeur.

Chapitre 5

Eleanor

Eleanor est en train de mettre la touche finale au bouquet de roses du jardin qui orne la table du vestibule, quand le tonitruant « tut tut » d'un klaxon la fait sursauter, au point qu'elle manque de renverser vase et bouquet par terre.

Elle ouvre la porte en grand, un large sourire sur le visage.

—Je crois savoir qui c'est…

La tête de Sophie disparaît presque entièrement derrière le volant de sa grosse voiture et Eleanor ne voit que les dents blanches de son sourire. Sur le siège du passager, son mari est tout raide et pâlichon.

—Que penses-tu de ma nouvelle voiture, ma chérie ? crie Sophie par-dessus le ronronnement du moteur. C'est une Mercedes-Benz, rien que ça. Un cadeau d'anniversaire d'Henry, ajoute-t-elle en tapotant la tête dudit Henry, comme on le ferait à un labrador.

—Bonjour, Eleanor !

Henry lève la main pour saluer Eleanor, tout sourires lui aussi.

—Je suis sacrément soulagé d'être arrivé. Figurez-vous que ma femme roule à une vitesse folle. Les femmes au volant ! Elles sont un danger sur la route ! On devrait leur interdire de conduire.

— On voit que vous n'êtes jamais monté en voiture avec Edward, murmure Eleanor pour elle-même, en rendant son salut à Henry.

Lord Henry Grant-Parker saute à bas de la voiture et la contourne d'un pas indolent pour ouvrir à sa femme la portière du conducteur. Il est plein de cette grâce nonchalante que ceux de son monde arborent comme un droit de naissance, faite d'un délicat raffinement et d'un sentiment de supériorité qui lui est servi sur un plateau tous les matins, en même temps que son petit déjeuner.

Sophie enlève ses gants de conduite et détache le ruban qui retient son chapeau. Elle mime un baiser sur les joues d'Eleanor, sans les toucher.

— Tu as conduit cet engin depuis Londres ? demande Eleanor. Tu es une téméraire.

La voiture de Sophie, tout en longueur, avec un capot chromé à la forme fuselée, évoque pour elle la vitesse et le danger.

— Mais non, pas du tout. Conduire vous fouette le sang. Mais je suis obligée de m'asseoir sur un coussin, figure-toi, sinon je ne vois pas la route, et les pédales sont un peu loin. Mais j'adore quand les gens s'écartent du chemin en me voyant foncer sur eux. Quelle blague ! Henry préfère la place du passager, n'est-ce pas mon cher ? Sommes-nous les premiers ? Qui d'autre va venir ?

— C'est une très belle journée pour profiter de la campagne, commente Henry en ouvrant grand les bras. Edward est déjà sur le terrain de tennis, n'est-ce pas ? Il voulait s'entraîner tôt ?

Il rit et imite un revers.

— Non, il est…

— Dis-moi un peu ! (Sophie glisse son bras sous celui d'Eleanor, tandis qu'elles entrent dans la maison.) Pourquoi te terres-tu ici, au milieu de nulle part ? Cela fait longtemps que tu n'es pas venue à l'une de mes soirées du vendredi. M'éviterais-tu ?

— Non ! Pas du tout, c'est que…

— Et où est ta sœur ? Est-elle rentrée de voyage ?

— Ah, Rose, oui, je dois justement te parler d'elle…

— Je meurs d'envie de l'entendre nous raconter son séjour à Paris. Et l'Italie… Où est-elle allée, déjà ? À Rome ? À Florence ? Elle a dû visiter Florence, forcément. Et aussi Sienne, ma ville préférée entre toutes. Venez donc, Henry…

Ils trouvent Rose dans la cuisine avec son amie Clarissa, une jeune fille à la beauté éthérée. Toutes deux tentent de convaincre Mme Bellamy de quelque chose qu'elle leur refuse obstinément, en faisant « non » de la tête, les mains sur les hanches.

— Je ne cuisinerai pas une de ces saletés venues de l'étranger. Si c'est cela que vous voulez manger, il vous faudra aller dans les restaurants chic de Londres. Je suis une bonne cuisinière et je ne sers que de la bonne cuisine, c'est-à-dire de la cuisine anglaise, dit-elle fermement.

— Mais Clarissa a le…

— Madame Bellamy, je voudrais vous parler, intervient Eleanor en jetant à Rose un regard aigu qui lui intime le silence.

Mieux vaut éviter de contrarier Mme Bellamy, sinon toute la maisonnée pâtira de sa mauvaise humeur. Le mois dernier, après une malencontreuse remarque d'Edward, ils ont eu droit pendant une semaine à de la viande sèche, trop cuite et trop salée, avec des légumes gorgés d'eau.

— Rose, Clarissa, s'il vous plaît, allez donc tenir compagnie à lord et lady Grant-Parker sur la terrasse, ordonne Eleanor.

Clarissa jette une œillade langoureuse à Henry et se mordille la lèvre inférieure.

— Madame Bellamy, vous demanderez à Alice d'apporter un pichet de limonade et quelques verres, merci. Et le champagne dans de la glace. Oh, et le déjeuner sent vraiment très bon ! ajoute-t-elle en adressant à la cuisinière son sourire le plus chaleureux et le plus reconnaissant.

Les invités se rassemblent sur la terrasse à l'arrière de la maison, sous un ciel bleu pâle parsemé de gros nuages joufflus qui ressemblent à de la crème fouettée. À leurs pieds, la petite pelouse du croquet et la roseraie d'Eleanor. Au-delà, la grande pelouse qui descend vers les courts de tennis et un gros massif de rhododendrons. Sous la pergola de glycine, Faulks et Bertie mettent la touche finale aux décorations de la table où ils serviront le déjeuner après le tennis.

— Que voulais-tu me dire, à propos de Rose ? demande Sophie, une flûte de champagne entre ses doigts fins.

Eleanor vérifie que personne n'écoute, se rapproche de Sophie et lui parle tout bas de Marcel l'amoureux français, de la déception d'Edward et des grotesques projets de Rose qui veut devenir journaliste et soutenir financièrement son Marcel afin que celui-ci se consacre entièrement à son art.

— C'est très décadent, tout ça ! commente Sophie.

Elle ferme à demi les yeux, jette un regard de biais à Eleanor et tire une bouffée de sa cigarette.

— Il me plaît assez, ce Marcel, poursuit-elle. J'imagine un beau garçon, le typique Français bourré de sensualité… Le vrai cliché, mais peu importe. Je suis sûre en tout cas que Rose s'en lassera bien assez tôt. Ne t'en fais pas, on va lui trouver un bel Anglais pour détourner son attention du Français. Et si vous veniez toutes les deux à Londres le week-end prochain pour que je la présente à des amis ?

— Oh non, je ne viendrai pas. Je ne peux pas laisser Mabel.

— Et pourquoi donc ? J'abandonne bien mes deux petites horreurs chaque fois que j'en ai l'occasion.

Sophie a deux enfants, Sebastian et Freddie, et elle n'est pas plus proche d'eux qu'elle ne l'a été de sa mère. Eleanor a rencontré Sophie au pensionnat avant la guerre, mais elle n'a vu sa mère qu'une fois ou deux durant des vacances scolaires et garde le souvenir d'une matriarche effrayante et distante. La bonne, la nounou et le chaperon ont été les figures féminines de l'enfance et de l'adolescence de la jeune Sophie.

— Quand ils seront plus grands et plus sages, j'aurai sûrement envie de passer du temps avec eux, ajoute Sophie. L'internat va les dégrossir. Transformer ces deux bêtes sauvages en deux élégants gentlemen. Mais pour l'instant, moins je les fréquente et mieux je me porte. Deux et trois ans, ce sont des âges terribles, conclut-elle avec un rire sonore.

Eleanor prend une profonde inspiration.

— Je suis de nouveau enceinte, Soso déclare-t-elle, coupant ainsi court au sujet Mabel. Je ne veux pas prendre le risque de perdre mon bébé.

— Oh, ce n'est pas de chance !

— Je me serais plutôt attendue à des félicitations.

— Bien sûr, je te félicite, cela va sans dire. Mais ce n'est pas de chance quand même. Désastreux pour la silhouette. Et, en ce qui me concerne, j'ai été malade pendant neuf mois.

Sophie lève sa coupe de champagne comme pour porter un toast.

— Bonne chance, ma vieille. Et au bon vieux temps ! ajoute-t-elle en souriant.

Puis elle plisse les yeux contre le soleil, le visage tourné vers le premier groupe de joueurs de tennis qui traverse la pelouse en direction des courts.

— Edward va bien ? demande-t-elle.

— Il travaille sans arrêt, soupire Eleanor. Il est tellement occupé. Il en fait trop, si tu veux mon avis. Ces temps-ci, il passe parfois la semaine entière à l'appartement.

— Ah !

Sophie marque une pause et scrute le visage d'Eleanor, tandis qu'un léger pli apparaît sur son front.

— Tu devrais passer le voir à Bloomsbury de temps en temps. Sans prévenir. Qu'il ne se sente pas trop libre. Un homme seul en ville pendant la semaine est soumis à toutes sortes de tentations.

Eleanor rit.

— Edward ne ferait pas ça… Ce n'est pas son genre…

— C'est le genre de tous les hommes, Eleanor, crois-moi.

Sophie jette un regard du côté d'Henry, dont la bouche est si proche de l'oreille de Clarissa qu'on dirait qu'il est en train de la lécher. Quant à Clarissa, elle pouffe en prenant un air coquin. Eleanor bat des paupières. Non, elle n'a pas la berlue et elle ne se fait pas des idées : ces deux-là sont en train de flirter, pas de doute. Pourquoi Henry flirte-t-il, alors qu'il est marié avec Sophie ? Les pâles narines de celle-ci frémissent quand elle suit le regard d'Eleanor. Elle laisse échapper un soupir.

— Henry s'est encore trouvé une agréable diversion, on dirait, commente-t-elle en tirant nerveusement sur sa cigarette.

Dans sa robe de soie blanche bordée de dentelle, Sophie est la sophistication incarnée. Sans être vraiment belle, elle a du style et de l'élégance. À Brook End, elle détonne un peu : elle est bien trop raffinée pour cette maison très « classe moyenne », un brin champêtre. Mais le côté chaleureux et rustique de leur maison, Eleanor y tient. Au moins, il ne règne pas chez eux une atmosphère de tombeau, comme dans l'immense maison de campagne qu'Henry possède dans le Gloucestershire, remplie d'antiquités d'une valeur inestimable et disposées de manière à épater les visiteurs. Tandis qu'à Brook End, rien d'ostentatoire, mais un décor tout de bois et de teintes miel, avec des canapés accueillants et sur les tables basses des livres qui sont là pour être lus. Dans un coin du salon, il y a un tableau du jardin, encore sur son chevalet, qu'elle peine à terminer. Il y a aussi tout ce que Mabel laisse traîner dans la journée et que sa nounou rangera le soir.

Henry a maintenant glissé un bras autour de la taille de Clarissa. Eleanor recroqueville les orteils. Quelle horreur d'être humiliée de la sorte en public. Elle plaint cette pauvre Sophie, même si elle est ce qu'on appelle communément une femme comblée. Lord Henry Grant-Parker était l'un des célibataires les plus convoités de Londres avant qu'elle ne lui mette le grappin dessus. Depuis qu'elle l'a épousé, les journaux ne parlent que d'elle. Elle est devenue une sorte d'icône de la mode et de l'élégance. On photographie lady Grant-Parker en Chanel à Royal Ascot, en Schiaparelli à Goodwood, en Lanvin à Henley. Ce que Sophie porte, toutes les femmes voudraient le porter. On lui envie tout. Y compris son mari, semble-t-il. Eleanor se détourne avec dégoût du couple formé par Henry et Clarissa.

— Et si nous descendions les regarder jouer ? propose Sophie, le dos raide, la tête haute.

— Bonne idée.

Eleanor effleure le bras de son amie, un discret geste de soutien, plein de compassion, qui l'aidera peut-être à se sentir moins seule. Elle cherche Rose du regard parmi les invités et, l'apercevant en train de parler aux filles Leyton, elle lui fait signe d'approcher.

— Veux-tu accompagner Sophie jusqu'au terrain de tennis ? Je dois aller chercher Mabel. Je le lui ai promis. Je reviens très vite, ajoute-t-elle à l'intention de Sophie.

Elle rentre dans la maison et grimpe l'escalier en direction de la chambre d'enfant, poursuivie par la dérangeante vision d'Henry penché sur Clarissa, une jeune fille qui a la moitié de son âge. Il n'a même pas honte ! Et elle ? Ses parents devraient la surveiller de plus près. Elle aussi sera à présent considérée comme une marchandise avariée. Comme Rose. Seigneur, Rose ! Comment a-t-elle pu ? Partout où l'on regarde, les gens se comportent comme des débauchés. Elle frémit. Heureusement, Rose ne s'est pas affichée comme Clarissa. Personne n'est au courant de ses écarts de conduite et il ne faut surtout pas que ça change.

— Te voilà !

Elle sourit à Mabel, qui joue par terre sur le plancher dans un carré de soleil, en secouant Prudence, sa poupée de chiffons, qu'elle tient par les chevilles tête en bas et dont les cheveux de laine jaune pendent lamentablement.

— Maman !

Mabel se lève d'un bond pour courir vers sa mère.

— Prudence a été très vilaine, alors j'ai dit : « Tu es une méchante, méchante poupée. Tu as le diable en toi, tu es trop méchante. »

— Oh ! Je suis sûre que Prudence n'a pas le diable en elle.

Elle se demande où cette enfant peut bien aller chercher tout ça.

— Mais si, elle l'a, insiste Mabel d'un air grave. C'est pour ça que je la mets à l'envers. Pour faire tomber le diable, tu comprends ?

— Je comprends.

Mabel se jette dans les bras d'Eleanor. Elle dégage une discrète odeur de lait chaud et de lavande.

— Tu voudrais venir avec moi, pour regarder les dames et les messieurs qui jouent au tennis ?

Eleanor repose Mabel par terre et s'accroupit pour se mettre à hauteur de ses yeux.

— Est-ce que je pourrai jouer ? demande Mabel.

— Pas cette fois, ma chérie. Tu es trop petite.

— Oh…

Mabel entrouvre les lèvres et fait la moue.

— Ce n'est pas juste.

— Mabel ! Ne parlez pas ainsi à votre mère !

Mlle O'Connell est en train de plier les vêtements propres de Mabel pour les ranger dans son armoire. Elle arbore un air mécontent, presque féroce.

— Présentez-lui vos excuses, ou bien vous n'irez pas regarder les adultes jouer au tennis !

— Pardon, maman, dit Mabel en rougissant.

Eleanor lève les yeux vers la nounou, qui semble aujourd'hui sur les nerfs.

— Chut, dit-elle en pressant les bras potelés de Mabel.

Elle lui sourit pour montrer que maman n'est pas fâchée, pas comme la sévère Mlle O'Connell.

— Je jouerai au tennis avec toi un autre jour. Aujourd'hui, on se contente de regarder. Attention, tu dois promettre d'être une gentille fille, de rester bien tranquille et de ne déranger personne.

Mabel hoche vigoureusement la tête, mais Mlle O'Connell intervient :

— Un tournoi de tennis, ça peut paraître très long à une enfant de quatre ans. Je pourrais vous l'emmener un peu plus tard. Cela vous laisserait le temps de vous occuper correctement de vos invités.

Eleanor encaisse l'insolence sans un mot. Maudite soit cette femme qui se permet de lui dire comment elle doit se comporter avec ses invités.

— Je l'emmène maintenant, dit-elle fermement. Elle mangera avec nous et, si elle s'ennuie, eh bien, je pourrais toujours vous la renvoyer.

Elle sourit gentiment à Mlle O'Connell.

— Viens avec moi, Mabel.

En quittant la pièce, elles rencontrent Edward en haut de l'escalier, qui vient d'enfiler sa tenue de tennis.

— Papa !

Mabel lui prend la main et ils descendent ensemble en comptant les marches, deux par deux.

En haut de la pelouse, Mabel se met à courir et traverse le jardin en jouant à cache-cache avec son père, disparaissant derrière les arbustes et les roses trémières des plates-bandes, poussant des hurlements entrecoupés de rires chaque fois qu'Edward la trouve. Eleanor sourit, le soleil lui réchauffe les épaules. Du court de tennis lui parviennent les bruits sourds de la balle qui tape dans les raquettes, des rires, un cri.

Et tout à coup Edward est accroupi devant une Mabel étrangement immobile qui tend un bras devant elle, tandis que son doigt semble pointer vers quelque chose qu'elle est seule à voir. Le cœur d'Eleanor s'emballe.

— Je ne comprends pas de quoi tu parles, est en train de lui dire Edward.

Il se tourne dans la direction qu'elle lui montre.

— La dame aux cheveux de feu ? Je ne vois personne. Mais tu dois parler de cheveux roux. C'est comme ça que ça s'appelle.

— Je l'aime pas, gémit Mabel.

Eleanor se sent mal. Ils ne connaissent aucune femme rousse.

— Il n'y a personne, Mabel.

Edward se lève et lui tend une main qu'elle prend docilement, mais sans cesser de pointer le doigt.

— Écoute, dit Edward. Si tu le demandes comme il faut, maman te laissera peut-être manger une part du gâteau au miel de Mme Bellamy.

Mabel fait un petit bruit sec avec la bouche. Puis, sans transition, comme si on lui avait tiré dessus, elle est par terre, allongée sur l'herbe, les membres secoués de spasmes.

Edward laisse échapper un glapissement.

— Eleanor !

Le cerveau d'Eleanor fonctionne au ralenti, avec une sorte de détachement, comme si elle observait la scène à travers un brouillard, ou cachée derrière un rideau. Elle avait réussi à se convaincre que l'incident de la gare et celui du pique-nique étaient sans importance. Maintenant ça fait trois. C'est plus difficile à ignorer. Elle regarde Edward donner à Mabel une claque sèche et appuyée pour tenter de la réveiller. Au début, celle-ci ne réagit pas, puis elle ouvre les yeux, avec une expression hébétée.

— Cette enfant ne va pas bien ! s'exclame Edward en regardant fixement Eleanor avec des yeux fous. Tu ne crois pas qu'elle couve quelque chose ?

Eleanor secoue la tête et s'accroupit près de lui pour se pencher sur Mabel.

— Edward, dit-elle doucement. Ce n'est pas la première fois que ça se produit. J'ai déjà assisté à une crise de ce genre.

— Quoi ? Mais pourquoi tu ne l'as pas dit ? C'est arrivé quand, Eleanor ? Combien de fois, pour l'amour du ciel ?

— Je pensais que peut-être… peut-être ce n'était rien.

La petite fille tourne la tête vers elle, son regard redevient présent.

— Maman, murmure-t-elle en tremblant un peu et en lui tendant les bras.

Eleanor s'assied dans l'herbe et attire leur fille sur ses genoux. Elle croise le regard d'Edward. Ils ont la même chose en tête.

— Je la ramène à la maison, dit-elle d'une voix brisée. Je vais demander à O'Connell de la coucher pour qu'elle se repose.

— Ce serait mieux, en effet, murmure Edward.

Il lève vers Eleanor un visage tellement torturé qu'elle en a le cœur broyé.

— Il ne faut en parler à personne, dit-il. Pas avant que... avant d'avoir eu un avis.

Elle acquiesce.

— Je dirai à O'Connell et aux invités qu'elle a trébuché, qu'elle s'est cogné la tête en tombant et qu'elle a besoin de repos.

Elle écarte une mèche de cheveux des yeux de Mabel.

— Je ne comprends toujours pas pourquoi tu ne m'as rien dit, insiste Edward à voix basse.

— J'avais peur. Et puis, elle a toujours eu beaucoup d'imagination. J'ai pensé qu'elle était simplement fatiguée et que ça passerait. Je ne voulais pas appeler le médecin parce que...

Edward acquiesce. Il comprend.

— O'Connell ne t'a parlé de rien ? demande-t-il.

Eleanor secoue la tête.

— Non, absolument pas.

— Bien, soupire-t-il avec un sourire forcé. Alors ce n'est peut-être pas grave du tout.

— Edward ! appelle Barton depuis le court de tennis. Nous avons besoin de vous pour faire un double !

— J'arrive ! crie-t-il.

— Tu devrais y aller, profiter du tennis, t'amuser, dit Eleanor en essayant de maîtriser le tremblement dans sa voix. Je donnerai un bout de gâteau au miel à Mabel une fois à la maison. Mais peut-être que c'est ça ! Elle n'a pas déjeuné ! C'est ma faute. J'aurais dû laisser Mlle O'Connell la faire manger avant de…

Edward pose une main sur son genou.

— Ne commence pas à culpabiliser, Eleanor. Mais tu as peut-être raison. Donne-lui un bout de gâteau. Oui. Un peu de sucre lui fera sans doute du bien.

Eleanor suit des yeux Edward qui rejoint leurs invités sur le court de tennis. Il jette un regard en arrière, une seule fois, et lui adresse un petit signe de la main. Elle sait qu'elle doit ramener Mabel à la maison avant que quelqu'un ne pose des questions, et que Sophie l'attend pour lui parler, mais elle se sent tellement lasse.

Elle serre sa fille très fort contre elle et la berce jusqu'à sentir sa tête peser sur sa poitrine. L'enfant s'endort en quelques secondes. Eleanor contemple ses lèvres en bouton de rose, légèrement entrouvertes, ses yeux qui remuent doucement sous les paupières closes, sa peau lisse au teint de pêche. Ses joues sont un peu moins pâles, elle reprend peu à peu des couleurs. Ce visage, elle le connaît par cœur, mais jamais elle ne se lassera de l'admirer.

Chapitre 6

Edward

Les bureaux de Coleroy & Mack sont situés au 24 Cheapside Street, dans un bâtiment de pierre blanchie d'une grande sobriété à l'extérieur, mais cossu à l'intérieur, avec un décor en teck foncé. Il s'agit d'une petite banque, comparée aux grosses sociétés par actions, mais ici chaque client est traité comme quelqu'un d'important. On y propose un marché de niche pour les riches qui veulent mettre leur argent entre de bonnes mains, le placer dans des valeurs sûres ; on ne pose pas beaucoup de questions et on prend soin des intérêts du client. Avant d'être les banquiers d'Edward, Coleroy & Mack ont été ceux de son père, qui a pu faire fructifier, grâce à eux, les sommes gagnées à la sueur de son front, notamment en les investissant dans les industries florissantes de l'électronique et de l'acier en Amérique. Aujourd'hui, c'est avec le même discernement que Coleroy & Mack placent les fonds d'Edward sur le marché financier. Chaque fois que M. Coleroy évoque la possibilité de spéculer sur des valeurs trop fluctuantes, Edward lui rappelle qu'il « n'aime pas le risque ». M. Coleroy lui rétorque invariablement : « De nos jours, tout le monde spécule et on n'a pas trouvé mieux pour gagner rapidement de l'argent », mais Edward ne se laisse pas tenter : les gains trop rapides l'angoissent car ils peuvent être suivis de pertes tout aussi rapides.

Tout en murmurant du bout des lèvres des « Comme vous le souhaitez » qui donnent à Edward l'impression de décevoir, M. Coleroy accepte de s'en tenir à des investissements concrets dans de vraies entreprises, ainsi qu'à de fiables obligations d'État, laissant à des âmes plus aventureuses la spéculation sur les papiers-valeurs et les contrats à terme. Ce que M. Coleroy ne peut pas savoir et ne comprendra jamais, puisqu'il vient sans nul doute d'une famille aisée qui n'a jamais eu à s'inquiéter de l'argent, c'est qu'Edward a de bonnes raisons de se montrer prudent. Comme James Joyce l'a succinctement exprimé dans *Ulysse*, son père fait partie de ceux qui ont commencé tout en bas de l'échelle pour en grimper les barreaux à la force du poignet.

M. Hamilton père avait commencé à travailler à l'âge de douze ans dans les mines de charbon. Il avait économisé toute sa vie, avec une régularité et une constance qui auraient forcé l'admiration du Scrooge de Dickens. En homme qui sait ce qu'est la pauvreté, il avait inculqué très tôt à son fils Edward la valeur de l'argent et lui avait appris à protéger ses avoirs.

Grâce à son intelligence et à un travail acharné, il avait fini par accumuler une petite fortune. Edward se souvient d'une vie simple, dans une modeste petite maison. Tout ce qui les entourait était marqué du sceau de la modestie et de la simplicité : les vêtements, la nourriture, les meubles. Il n'en avait d'abord pas souffert, puisqu'il ne connaissait rien d'autre. L'éducation était le seul domaine où son père avait dépensé sans compter : il tenait à ce que son fils s'élève sur l'échelle sociale.

Malheureusement, les camarades de classe d'Edward n'avaient pas été tendres avec lui en découvrant ses origines modestes. Très vite, il avait eu honte de ses parents incultes et de sa petite maison.

Il en avait gardé le souci de dissimuler ses origines et surcompensait avec des discours contre les classes défavorisées afin de ne laisser aucun doute sur son appartenance sociale. Il n'avait pas dit à Eleanor à quel point il venait d'un milieu humble – elle ne l'aurait probablement pas épousé si elle l'avait su, il en était certain. Elle avait connu des moments difficiles parce qu'elle s'était retrouvée orpheline de père, puis orpheline tout court – elle n'était d'ailleurs pas un cas isolé, avec cette guerre –, mais ses parents étaient des gens éduqués.

Lui, au contraire, a toujours été une exception. Une étincelle de lumière parmi les cendres et la grisaille des classes inférieures.

— Bonjour, monsieur Hamilton.

Il est accueilli par une réceptionniste d'âge moyen, arborant un chignon gris impeccable et qui paraît minuscule derrière son bureau surdimensionné. Le fait de ne pas avoir besoin de se présenter procure toujours à Edward l'agréable sentiment d'être important.

— Vous avez rendez-vous ? demande-t-elle.

Sans attendre la réponse, elle vérifie dans son grand agenda relié de cuir, en faisant courir son doigt le long d'une liste tracée d'une écriture soignée.

— Bonjour. Non, je n'ai pas rendez-vous. Je viens faire un retrait.

— Ah, très bien. Certainement.

Elle lève les yeux et lui sourit.

— Veuillez me suivre.

Elle lui fait franchir une large porte menant à une pièce où plusieurs employés consultent des registres. Il la suit en essayant de lutter contre un sourd mal de tête. Ce n'est pas inhabituel. Il a souvent des migraines, des douleurs plus ou moins violentes qui lui martèlent le crâne et se manifestent en général après une mauvaise nuit. La veille, comme c'est souvent le cas avant les jours de rendez-vous, c'est à peine s'il a dormi. De plus, il s'inquiète à propos de Mabel depuis le week-end du tournoi de tennis, ce qui lui cause un tracas supplémentaire. Il s'est surpris à prier un Dieu auquel il ne croit même plus. Pour que sa fille n'ait rien de grave. Pour que de tels épisodes ne se reproduisent pas.

La réceptionniste le conduit vers un caissier.

—Je vous laisse ici, entre les mains expertes de monsieur Jones, dit-elle en souriant, avant de retourner à son bureau trop grand pour elle.

Jones se lève précipitamment, en mettant de côté les papiers sur lesquels il travaille, et fait tomber son stylo par terre quand il se penche par-dessus le bureau pour serrer la main d'Edward.

—Bonjour, monsieur Hamilton. La famille se porte bien ? Allez-vous retirer la somme habituelle ? demande-t-il tout en récupérant le stylo qui a roulé derrière sa chaise.

Jones est d'un tempérament nerveux. C'est un jeune homme mince au teint cireux, portant une chemise froissée et une cravate fine. Du diable si Edward comprend pourquoi il se montre toujours aussi fébrile en sa présence. Il vient ici tous les mois pour la même transaction et Jones devrait maintenant s'y être habitué. Edward regarde la main du garçon qui tremble un peu en traçant d'une écriture penchée la somme sur le chèque qu'il devra signer. Il lui vient soudain à l'esprit que ce Jones pense peut-être que ces retraits réguliers et importants cachent quelque louche entreprise. Mais c'est ridicule. Edward est un homme connu. Il est souvent cité par la Société de radiodiffusion britannique, rien que ça ; sa réputation est irréprochable.

—Je vous prie de m'excuser un instant, dit Jones en prenant le chèque.

Il disparaît derrière une porte pour aller chercher l'argent. La pièce est silencieuse. On entend une plume gratter le papier, un employé remuer sur sa chaise, un autre s'éclaircir la voix.

Edward se renverse sur le dossier de son fauteuil et vérifie sa montre. La douleur bat à ses tempes. Il se lève et masse les muscles noués de son cou et de ses épaules. Il est 10 h 30. Il ira tout à l'heure à pied à son rendez-vous. Il préfère marcher plutôt que d'affronter les tunnels crasseux et mal aérés du métro. Une agréable promenade le long du fleuve, c'est exactement ce qu'il lui faut ; un bon bol d'air frais le débarrassera peut-être de ce satané mal de tête.

Il pense à Eleanor, qui a dû aujourd'hui appeler le docteur Hargreaves, car c'est ce qu'ils ont finalement décidé. Seigneur, il a grandement besoin d'une cigarette. Il attrape son paquet dans la poche de sa veste, l'ouvre et en sort une. Il a promis d'être là pour la consultation, bien qu'il ait du courrier à écrire et une semaine saturée de réunions et de conférences. Il craque une allumette, allume sa cigarette. Les paumes de ses mains sont moites. Il avale la fumée. Dès qu'elle pénètre ses poumons, il ressent les effets apaisants de la nicotine.

La porte qui claque le fait sursauter. Jones est de retour.

— Voilà, monsieur Hamilton. Je vous prie de m'excuser pour l'attente.

Il s'assied à son bureau, pousse un cendrier vers Edward et se met à compter les billets d'une livre, en respirant fort.

— Le compte y est, dit-il en posant le dernier billet sur la pile. Vingt-six livres.

— Parfait. Merci, Jones.

Edward écrase sa cigarette, ramasse les billets, les glisse dans la grande enveloppe qu'il a apportée à cet effet, puis range celle-ci dans sa mince serviette de cuir. Il se lève, tend le bras pour serrer la main froide et molle de Jones, met son chapeau.

— Je vous dis à dans un mois, Jones. Passez une bonne journée. Au revoir.

Il adresse à Jones un bref sourire et retourne vers l'aire de réception.

Le portier fait un signe de tête à son approche et lui ouvre la porte en grand pour le laisser sortir. Le voilà sur le trottoir. Il inspire longuement, à fond. Son cœur bat à ses oreilles avec un bruit sourd et régulier. La migraine resserre son emprise.

La rue est très animée, encombrée de voitures, de camionnettes et de bicyclettes ; plus quelques charrettes tirées par des chevaux. On entend klaxonner, les gens crient. La circulation y est presque à l'arrêt. Edward prend la direction de la Tamise, laquelle est devenue une artère tout aussi encombrée que la rue : barges transportant du charbon, des rondins de bois, des marchandises ; bateaux à voile, à vapeur, de croisière, de pêche. Londres est une masse grouillante d'humanité. Une marmite dans laquelle bouillonnent richesse et pauvreté, éducation et grossièreté, cerveaux et muscles. La ville entière, dans un effort éperdu pour laisser derrière elle les horreurs de la guerre, file à toute vapeur vers… Vers quoi ? Le mieux ou bien le pire ? Quoi que cela puisse être, Edward suit le mouvement, comme tout le monde, incapable de résister à cette énergie frénétique qui l'emporte avec la force d'une marée.

Mais le passé, se dit-il tout en accélérant le pas, *on ne se libère jamais totalement du passé.* Il pèse sur eux tous et finira par les écraser sous son poids, lui et cette ville qu'il aime tant, lentement et sûrement, jusqu'à ce qu'ils meurent l'un après l'autre dans un cri silencieux et qu'il ne reste plus personne de cette génération sacrifiée.

Alors, seulement, la paix pourra vraiment régner…

Comme convenu, Violet attend sur le banc derrière la gare de Blackfriars. Durant les mois d'été, c'est là qu'ils se donnent rendez-vous ; l'hiver, leur endroit préféré est le salon du pub *Queens Head*, où ils peuvent se réchauffer au coin du feu, Edward avec un café, Violet avec un gin-citron. Edward préfère l'été. Sur le banc, ils sont installés côte à côte et observent les passants, de sorte qu'il n'est pas obligé de croiser le regard de Violet.

Elle se lève en le voyant approcher.

— Bonjour, capitaine… je veux dire, monsieur Hamilton, dit-elle.

— Je vous en prie. Restez assise.

Il lève les mains, comme pour insister et reste debout devant elle, mal à l'aise. C'est une petite femme mince à l'ossature fine, d'un âge indéfinissable. Il sait qu'elle a environ trente ans, mais elle paraît plus, car elle a déjà des rides autour des yeux et de la bouche. Elle a de longs cheveux d'un brun terne qu'elle noue en un chignon serré et porte des vêtements plus fonctionnels qu'élégants. Mais elle a un visage agréable, assez joli, aux traits réguliers. Il ne sait jamais trop comment se comporter avec elle. Doit-il lui serrer la main ? L'embrasser sur la joue ?

Il ne choisit finalement ni l'un ni l'autre et se contente de s'asseoir près d'elle.

— Comment ça va ? demande-t-il.

— Pas trop mal, monsieur. Et vous ? Comment se porte votre famille ?

Il sent son regard qui évalue ses coûteux vêtements, ses chaussures bien cirées, les traits ciselés de son visage. Il n'a pas le courage de se tourner vers elle. Pas encore. Au lieu de cela, il regarde droit devant lui, en s'efforçant d'ignorer le battement continu à ses tempes. Il contemple les platanes londoniens, dont le feuillage est magnifique en cette saison. De l'autre côté de la rue, un homme vend des roses dans un seau et tend un bouquet aux passants qui circulent sur le trottoir. *Six pence la demi-douzaine !* Il y a aussi un kiosque à journaux et Edward parvient à lire depuis son banc les gros titres placardés sur une pancarte :

RAIDS AÉRIENS DE LONDRES
Attaque finale la nuit dernière – Un bombardier en flammes. Après un test lors d'une attaque aérienne simulée, le ministère admet que Londres est mal protégée.

HAUSSE DU CHÔMAGE !
1 354 000 inscrits à la date du 30 juillet.

STABILISATION DE L'INDUSTRIE HOUILLÈRE
Négociations en vue de l'extension du régime des cinq comtés pour stopper la baisse des prix et mettre fin aux excédents du marché.

C'est le titre principal qui retient son attention. « Raids aériens ». Il y a eu des exercices de raids aériens au cours des nuits précédentes. Le pays tient à se préparer à une guerre éventuelle, alors qu'il n'est pas encore remis de la dernière qui remonte à dix ans à peine – la fameuse guerre qui devait prétendument mettre fin aux guerres. Une promesse. Les promesses ne sont pas éternelles, elles finissent toujours par tomber en poussière, comme les hommes et les vieux livres. Il détourne le regard des titres, conscient de l'accélération de son pouls, et s'efforce de repousser ces pensées moroses le plus loin possible au fond de son esprit.

Il jette un coup d'œil à la femme qui lui tient compagnie sur le banc.

— Tout va bien pour moi, Violet, merci.

Il hésite. Que peut-il lui confier sans dépasser les convenances ?

— Je vais bientôt être père, se surprend-il à dire.

Il faut bien qu'il entretienne la conversation, histoire d'éviter les silences embarrassés.

— Mes félicitations, alors, monsieur. Je me réjouis pour vous. Je sais que vous êtes très occupé en ce moment. J'ai lu plusieurs fois votre nom dans le journal. Non pas que je comprenne quoi que ce soit à tout ça !

Elle remue les pieds.

— Quoi qu'il en soit, il se trouve que moi aussi je vais avoir un enfant, ajoute-t-elle. Ce sera mon cinquième.

Elle soupire.

Il se tourne légèrement pour la regarder. En effet, sa silhouette s'est arrondie, il ne l'avait pas remarqué en arrivant.

— Avec toutes les bouches que j'ai déjà à nourrir et mon Bob qui a encore été licencié.

Elle fait claquer sa langue.

— J'espère au moins que ce sera le dernier…

Sa voix s'éteint. La gêne s'installe entre eux.

— Il y a des moyens, vous savez, dit Edward.

Il sent le rouge lui monter au visage, mais il continue. Le sujet est important et les hommes comme lui n'ont pas le droit de se taire par pruderie.

— Vous devriez lire un livre qui s'appelle *L'Amour conjugal* et qui…

— Ce n'est pas trop pour moi, la lecture. Je n'ai pas le temps, vous comprenez.

— Bien sûr. Il se trouve que l'auteur est une femme que je compte parmi mes amies. Elle possède une clinique, qui accueille les mères, ici, dans le centre de Londres. Elle s'appelle Stopes. Marie Stopes. Elle aide les femmes comme vous. Je peux vous écrire une lettre de présentation…

— Je n'aurais pas les moyens de payer les frais.

Violet se tasse sur le banc, la tête baissée, les mains sur les genoux.

— Non, non, insiste Edward. La clinique est gratuite pour toutes les femmes mariées. Elle peut vous aider à trouver des méthodes de…

Sur le moment, le mot correct pour nommer la chose lui échappe. Quand il est en conférence, ou dans un contexte médical, les termes « contraception » et « régulation des naissances » ne lui posent aucun problème – ou, quand il y a des Américains dans la salle, « parentalité planifiée ». Mais ici, assis au soleil sur un banc avec Violet, ces sujets sont plus difficiles à aborder.

— Je serais ravi de vous écrire un mot de recommandation, insiste-t-il. Il me semble que cinq enfants, c'est plus que suffisant pour une famille avec de petits revenus.

Il se mord la lèvre inférieure.

— Je veux dire que…

— C'est vraiment très gentil, capitaine… pardon, je veux dire monsieur…, l'interrompt Violet, les joues écarlates. Je… Euh… Je vais noter le nom et l'adresse, après tout, on ne sait jamais.

— Bien sûr.

Tous deux demeurent silencieux un moment.

— Mes félicitations tout de même, dit Edward. Un enfant reste un bien précieux.

Il parle lentement, car il est mal à l'aise. En présence de Violet, il se croit obligé de la féliciter pour son enfant à venir. En revanche, quand il parle avec ses pairs des pauvres gens en général, le mot de « catastrophe » lui vient tout naturellement pour évoquer les familles qui font trop d'enfants sans en avoir les moyens. Et il n'oublie pas de déplorer que celles qui pourraient et devraient en faire n'en aient pas assez.

Le silence entre eux s'éternise. À présent, le moment est venu d'aborder le sujet qui les réunit.

— Alors, comment va-t-il ? commence Edward.

Violette secoue la tête et renifle.

— Pas très bien.

— Oh. J'en suis vraiment désolé.

— Il a des hauts et des bas, comme vous le savez. Mais en ce moment, il traverse une mauvaise passe. Il est déprimé, je dirais. C'est ça le problème. Il lui faudrait quelque chose pour lui remonter le moral. Si vous pouviez lui rendre visite…

— Je n'ai pas le temps !

Edward a répondu plus sèchement qu'il ne l'aurait voulu. Il se racle la gorge.

— Il se trouve que… je n'ai pas le temps en ce moment. J'ai beaucoup de travail, je donne une foule de conférences pour promouvoir mon dernier livre. Ma clinique reçoit de nombreux patients et en plus de cela je mène une recherche pour le Conseil du comté de Londres. Sans oublier, bien sûr, que je suis aussi père de famille. Donc, le week-end… eh bien… on a besoin de moi à la maison, avec une enfant en bas âge et un autre en route. Eleanor, ma femme… Elle se demanderait…

— Bien sûr.

Violet parle précipitamment, sur un ton d'excuse.

— Je comprends. Vous êtes un homme important. C'était présomptueux de ma part de…

— Ce n'est rien, je vous en prie. J'aimerais beaucoup lui rendre visite. Mais pas maintenant.

Depuis qu'il est marié, cinq ans pour être précis, il n'a pas trouvé le temps une seule fois.

— Il me fait vraiment beaucoup de peine, c'est tout, dit Violet d'une voix qui tremble. Et bientôt, moi-même je ne pourrai pas aller le voir aussi souvent, quand le bébé sera là. Mais en ce moment j'y vais tous les dimanches après l'église, même si nous avons à peine les moyens de nous payer le train.

— C'est... c'est vraiment très gentil de votre part, Violet, murmure Edward d'une voix douce.

Enfin, il ose se tourner vers elle. Elle a toujours ces jolis yeux qu'il avait remarqués la première fois, mais elle semble avoir vieilli de plusieurs années. C'est comme si ses traits s'étaient affaissés à cause des soucis, juste assez pour lui ôter l'éclat de la jeunesse. Elle a des rides au coin des yeux, un pli marqué entre les sourcils. Ses lèvres ont perdu leur courbe pleine et mûre. Il détourne le regard.

Il cherche désespérément quelque chose à ajouter. Un sujet neutre qui leur permettrait de prolonger la conversation. Un moyen de retarder l'invariable et humiliante conclusion de leur rendez-vous. Mais son cerveau émoussé par la douleur et le manque de sommeil ne lui est pas d'un grand secours. Rien d'intéressant ne lui vient à l'esprit. Il parvient seulement à débiter des banalités sur le temps et le trafic londonien.

Finalement, il prend sa mallette sur ses genoux, l'ouvre, en sort l'enveloppe en papier kraft. C'est le moment qu'ils attendaient tous les deux.

— Eh bien, ma chère...

Il dépose l'enveloppe dans la paume tiède de Violet et lui fait refermer la main.

C'est plus simple comme ça. Une transaction en liquide. Qui ne laisse pas de trace. Qui ne suscitera aucune question.

— Voici l'allocation du mois.

— Merci beaucoup, monsieur.

Violet glisse prestement l'enveloppe dans son sac à main, dont elle boucle le fermoir, puis agrippe les deux anses si fort qu'elle en a les articulations blanches.

Edward marque un temps d'hésitation.

—Je pourrais peut-être vous donner un supplément, cette fois ? Pour vous aider avec les petits ?

—Non, capitaine... monsieur Hamilton. Vous êtes suffisamment généreux comme ça.

Elle se redresse.

—Nous n'avons pas besoin de charité. Nous sommes capables de nous débrouiller. Mais merci quand même.

Il se lève et tend une main à Violet pour l'aider à se relever du banc et elle hésite un peu avant d'accepter. Le malaise qui le saisit à chacune de leur rencontre est de nouveau là. Il est pris du besoin urgent de se détourner et de courir, pour ne jamais revenir, ne plus avoir à contempler la lueur de gratitude dans le regard de cette femme. Mais il reviendra dans un mois, parce que c'est son devoir. Ce rendez-vous est la chaîne qui le lie à son passé honteux.

—J'ai malheureusement une réunion, dit-il, profitant d'un moment de silence. Mais je vous souhaite tout le bien possible, ainsi qu'à votre famille. À bientôt, ajoute-t-il en mettant son chapeau.

—Oui monsieur, à la prochaine fois et merci du fond du cœur, dit-elle en tapotant son sac à main.

Edward s'éloigne à pas pressés.

—Je peux vous l'assurer...

Edward balaie du regard les visages ternes des hommes réunis dans cette salle mal aérée, au quatrième étage du palais de Westminster.

—Les données sont là, poursuit-il. La science ne ment pas.

Il tapote l'épais tas de feuillets rassemblant les comptes-rendus de ses dernières recherches. Il présente aujourd'hui le résultat de son travail à une commission du ministère de l'Éducation chargée de statuer sur les problèmes posés par le nombre croissant de déficients mentaux dans les classes.

— J'ai des données supplémentaires provenant d'études menées en Amérique, par l'éminent chercheur Carl Brigham, qui constate une baisse similaire de l'intelligence dans la population générale de son pays. Dans le cas de l'Amérique, le déclin semble surtout imputable à une augmentation de l'immigration et à l'intégration de races d'intelligence inférieure. Le travail de Brigham a conduit à une législation visant à restreindre l'immigration, mais aussi à une politique de stérilisation des moins aptes, ainsi qu'à leur placement en institution. Le but étant d'éviter la reproduction de gènes défectueux et d'en débarrasser les générations futures. Il devient vital pour notre grande nation de mettre en place des politiques similaires à grande échelle, si elle veut stopper son déclin et même éviter sa disparition – et, croyez-le bien, il ne s'agit pas d'une exagération de ma part.

Il règne dans la pièce une chaleur étouffante. Ils ont ouvert la fenêtre, mais la brise qui souffle sur la Tamise est trop faible pour parvenir jusqu'à eux. Edward voudrait pouvoir enlever sa veste, comme certains l'ont déjà fait dans l'assemblée, mais il refuse de céder à la nonchalance générale et s'efforce d'ignorer la sueur qui trempe son dos et ses aisselles.

— Pardon, intervient Arthur Wood, qui préside la commission. Je ne vois pas trop le rapport avec notre sujet.

Il tambourine des doigts sur la table.

— Je pensais que nous étions ici pour discuter d'une politique d'éducation pour les déficients mentaux, professeur Hamilton, précise-t-il.

Mais pourquoi ces gens refusent-ils de comprendre que tout est lié ? Le problème de l'éducation des déficients ne se poserait même pas, si seulement… Edward soupire et explique d'une voix lente et posée :

— J'ai bien peur, monsieur Wood, que cela ait justement un rapport. Se borner à traiter les symptômes de la maladie qui ronge notre population – j'y reviendrai dans un instant – n'est pas la soigner, n'est-ce pas ? Ce que nous devons faire, c'est empêcher la gangrène de se propager. Malheureusement, le taux de reproduction des classes inférieures – et j'emploie ce mot faute d'un meilleur terme – dépasse de loin celui des membres capables et intelligents de notre société.

Il marque une pause pour permettre à l'idée de prendre racine.

— La science a prouvé, sans le moindre doute, qu'il existe une prédisposition génétique à l'alcoolisme, à la criminalité, à l'homosexualité, à la violence, à l'épilepsie, à la dépression, aux déviances sexuelles, et j'en passe. Ce sont là des tendances transmises de génération en génération, par un matériel génétique défectueux. Mais, plus important encore, et directement en rapport avec notre sujet, vous constaterez en lisant mes bilans que l'intelligence est à cent pour cent héritée des géniteurs. Le potentiel d'un enfant est fixé à la naissance et, vous aurez beau l'éduquer, ce potentiel demeurera inchangé.

Il fixe du regard les visages sans expression qui le contemplent et s'éclaircit la voix.

— Je suis sûr que vous serez d'accord pour admettre, messieurs, une fois que vous aurez pris connaissance de ces pages…

Il tapote de nouveau les feuilles du bout des doigts…

— … qu'en raison du caractère héréditaire de l'intelligence, nous devons complètement réformer notre système éducatif.

— Et de quelle manière ? demande Wood, en cessant de tambouriner sur la table et en se renversant sur son fauteuil.

Edward lui adresse un sourire indulgent.

— Puis-je tout d'abord vous renvoyer à un ouvrage que j'ai publié il y a quelques années, *Tests d'intelligence pour les écoles*, que vous connaissez sûrement. Concrètement, je plaide pour un changement de tout le système d'organisation scolaire. Nous devons identifier les enfants les plus intelligents dès l'âge de onze ans par des tests nationaux, comme cela est décrit dans mon livre. Ils seraient placés dans des écoles de haut niveau, avec ceux de leurs pairs qui présentent des capacités similaires, dispositif qui leur permettrait de s'épanouir. Les autres, pour qui des études poussées ou des postes à responsabilité sont exclus d'office, en raison de leur basse extraction et des faibles dons qu'ils ont reçus à la naissance, auront droit à une instruction de base et devront ensuite être orientés vers des apprentissages manuels. Pour ces enfants, l'objectif ne sera pas les professions libérales, mais ils viendront grossir les rangs des travailleurs dont notre pays a besoin pour bâtir un avenir sain.

— Et en ce qui concerne les enfants déficients ? demande Wood.

— Les déficients légers seront accueillis dans des écoles ordinaires, où ils pourront obtenir une sorte de qualification de bas niveau. Pour les arriérés, des dispositions à part devront être prises. Les idiots, les imbéciles et même les crétins, en vérité tous ceux qui ne peuvent pas être éduqués, seraient placés le plus tôt possible sous la responsabilité de l'État. Ces enfants aux capacités très limitées doivent être accueillis dans des institutions, ou des centres gérés par les autorités locales. Il faut éviter qu'ils se mêlent à la population, pour les empêcher de se reproduire et de transmettre leurs gènes défectueux. Sauf, bien sûr, si l'on envisage de mettre en place un programme de stérilisation pour régler ce problème.

— Combien d'individus seraient concernés par ce dispositif, professeur Hamilton ? demande d'un air inquiet un homme aux cheveux blancs dont Edward a oublié le nom. Cela risque de coûter les yeux de la tête.

— Tant que nous n'aurons pas mis en place les tests nationaux, je n'aurai malheureusement pas de chiffre à vous fournir.

— Mais, insiste l'homme, j'avais cru comprendre que l'on testait le quotient intellectuel des enfants dans le but d'aider ceux qui sont en difficulté, pas dans celui de les écarter du système éducatif en les plaçant dans des institutions. Système éducatif dont seraient également écartés les plus brillants, que l'on réunirait dans des établissements d'élite. Je ne suis pas certain qu'un tel dispositif soit bénéfique à la population.

Il hausse un sourcil broussailleux à mi-hauteur de son front. L'effet est plutôt comique et Edward réprime une envie de rire.

— Pour vous répondre brièvement, j'ai bien peur que votre noble position ne soit quelque peu dépassée, explique-t-il patiemment. Nous prouvons ici…

Il montre ses documents.

— … nous faisant ainsi l'écho d'autres études récentes, que l'éducation n'améliore que très peu les capacités intellectuelles. Aucune éducation, aucun apport nutritionnel ni aucun des autres avantages que nous accorderions aux classes inférieures ne ferait la moindre différence. Ce serait donc faire un mauvais usage des deniers publics que de les consacrer à tenter d'améliorer ces enfants. C'est pourquoi je propose de tester *tous* les enfants de onze ans, âge auquel leurs capacités intellectuelles sont tout à fait mesurables, et de se servir des résultats pour les orienter vers l'établissement scolaire qui leur conviendra. Nous, en tant que nation, ne pouvons pas nous permettre le luxe de gaspiller des ressources en ces temps de chômage élevé et de baisse des salaires, deux facteurs qui réduisent les recettes fiscales. Bien sûr, les coûts diminueront progressivement au cours des générations, si nous parvenons à empêcher les déficients de se reproduire.

Les hommes s'agitent, des murmures s'élèvent autour de la table. Edward en profite pour boire quelques gorgées d'eau.

— Je suis désolé, professeur Hamilton, dit l'homme aux sourcils broussailleux. Mais nous sommes plusieurs ici à considérer que vous manquez de faits pour illustrer vos conclusions. Changer tout notre système éducatif, enfermer des enfants et mettre en place un programme de stérilisation serait un pari pour le moins hasardeux en l'absence de preuves irréfutables pour soutenir vos affirmations.

Il marque une pause, attendant visiblement une réaction d'Edward mais, comme celui-ci garde le silence, il reprend :

— Par exemple, quelle est la fiabilité de ces tests à l'âge de onze ans ? Comment pouvez-vous être certain que les résultats seront bien le reflet de l'intelligence d'un enfant, et pas de l'éducation qu'il aura reçue ?

Edward balaie du regard les douze paires d'yeux fixées sur lui. On dirait que ces messieurs retiennent collectivement leur souffle en attendant sa réponse. Il commence à se sentir irrité devant une telle incapacité à entendre raison.

— Puis-je vous suggérer de lire les preuves rassemblées dans ce rapport, avant d'écarter mes recommandations ? Ce n'est là qu'une petite partie des pas que nous devons franchir pour améliorer nos vies à tous et assurer la prospérité future de notre société. Nous ne pouvons pas nous payer le luxe de missionner d'autres études et d'attendre d'autres résultats, quand il est clair comme de l'eau de roche que nous devons prendre des mesures le plus tôt possible.

Mais Sourcils Broussailleux insiste :

— Mais si vous et vos amis eugénistes faites erreur, les implications négatives pour de nombreux enfants et leurs familles seront énormes. Beaucoup de gens considèrent votre point de vue comme insupportable, professeur Hamilton, ajoute-t-il en prenant un air grave.

Edward ouvre la bouche pour répondre, mais Wood lève les mains pour intervenir :

— Messieurs, je pense que cette discussion s'écarte du sujet qui nous occupe actuellement. N'oublions pas que cette commission est mandatée pour discuter d'une politique de l'éducation et rien d'autre. Je propose une réunion ultérieure, quand nous aurons lu avec attention ces preuves présentées par le professeur.

Il y a des hochements de tête approbateurs autour de la table, mais Edward surprend Sourcils Broussailleux en train de marmonner à son voisin quelque chose à propos de la validité de son rapport.

Il choisit de l'ignorer et se prépare à partir.

— Messieurs…

Il les regarde tour à tour en se forçant à sourire. Vraiment, il a hâte de quitter cette petite pièce étouffante.

— Si vous n'avez plus de questions, je suis attendu pour le déjeuner. Je vous invite à me contacter quand vous aurez lu mon rapport. J'aimerais, si vous le permettez…

Il regarde Wood.

— J'aimerais être consulté sur les recommandations qui seront faites par cette commission avant qu'elles ne soient présentées au ministère de l'Éducation. Je pense qu'il serait bon de faire le lien entre vos propositions et celle que je prépare en ce moment pour le ministère de la Santé. Et si l'un d'entre vous a envie de creuser la question, mon dernier livre, *Jeunesse délinquante et Esprit criminel*, vient de sortir. Il est en vente dans toutes les bonnes librairies. Je pense que vous le trouverez très instructif.

Il adresse cette dernière phrase à Sourcils Broussailleux, qui l'accueille avec un visage de marbre.

— Au nom de la commission, je vous remercie d'être venu nous présenter le résultat de vos recherches, professeur Hamilton, dit Wood. Comme toujours, vous avez fait un travail de pointe, très éclairant. Nous vous sommes très reconnaissants pour votre temps et votre dévouement.

Cette dernière phrase est saluée par des applaudissements. Loin de partager la méfiance de Sourcils Broussailleux, la plupart des hommes installés autour de cette table adressent à Edward des regards admiratifs pleins de sympathie et des hochements de tête approbateurs. Il se sent aussitôt rasséréné.

Chapitre 7

Eleanor

— Mange ton porridge, Mabel, gronde Eleanor.

La petite fille touille le contenu de son bol, tout en parlant gentiment à sa poupée Prudence posée en équilibre sur l'accoudoir de son fauteuil.

— Prudence dit qu'elle mangera si on rajoute du sucre.

— Mais ce porridge est pour toi, pas pour Prudence, rétorque Eleanor. Dépêche-toi de le manger, parce que nounou va venir te chercher pour jouer dehors et après tu auras faim.

— Quand Prudence aime pas, j'aime pas non plus, répond Mabel.

Elle donne des coups de pied dans sa chaise et avance la lèvre inférieure d'un air dégoûté.

— Pour l'amour du ciel, Ellie, mets un peu de sucre dans le porridge de cette enfant, soupire Rose.

Elle adresse un clin d'œil à Mabel.

— Tante Rose est d'accord avec Prudence : c'est meilleur quand il y a plus de sucre.

Eleanor fusille Rose du regard, mais elle n'a plus la force de lutter et saupoudre une couche de sucre supplémentaire sur le petit déjeuner de Mabel qui est en train de refroidir.

— Trois contre une, on dirait bien que je suis en minorité, commente-t-elle. Mais ce sera la faute de tante Rose et celle de Prudence si toutes tes dents tombent, Mabel.

— Merci, maman.

Mabel sourit jusqu'aux oreilles et tend la première cuillerée à sa poupée, avant de l'enfourner dans sa propre bouche.

Eleanor étale sur son pain grillé une couche de confiture aux écorces d'oranges. La chaise vide d'Edward dans son champ de vision la dérange vaguement. Il s'absente de plus en plus souvent durant des semaines entières. Est-ce vraiment lié uniquement à son travail ? Sophie saurait-elle quelque chose qu'elle-même ignore ? Il a peut-être de bonnes raisons d'éviter Brook End. Elle observe Mabel, qui s'applique pour gratter la couche de sucre sur le dessus de son porridge.

On frappe un léger coup à la porte. Mlle O'Connell apparaît, la mine renfrognée.

— Bonjour, madame Hamilton. Est-ce que Mabel a terminé son petit déjeuner ? demande-t-elle.

— Bonjour. Oui, je crois qu'elle a fini.

Eleanor se tourne vers Mabel.

— Essuie-toi la bouche avec ta serviette, Mabel. Vous allez bien, mademoiselle ? Vous semblez un peu fatiguée.

— Je me porte merveilleusement bien, répond la nounou, la bouche pincée.

Ce n'est pas l'impression qu'elle donne. Elle a des cernes noirs sous les yeux.

Mabel se laisse glisser de sa chaise.

— Souhaitez une bonne journée à votre maman, Mabel.

— Bonne journée, maman, dit docilement Mabel.

Puis elle suit Mlle O'Connell hors de la pièce en traînant les pieds sur le tapis.

Que se passe-t-il entre ces deux-là ?

—Alors, qu'est-ce que tu en penses ? demande Rose.

—Humm ?

—Ellie, as-tu seulement écouté un mot de ce que je viens de dire ?

Rose lâche bruyamment son couteau sur son assiette.

—Euh, pardon, j'avais l'esprit ailleurs.

—J'ai dit qu'il y avait un cours accéléré de sténographie à Londres et que j'aimerais le suivre pour me remettre à niveau. J'en ai parlé à Sophie et, comme l'école Pittman est dans Southampton Row, elle m'a proposé de passer la semaine chez elle pendant les trois mois que durera la session. Bien sûr, je rentrerai à Brook End tous les week-ends, comme Edward.

Elle regarde fixement Eleanor, comme si elle s'attendait à une réaction. Mais Eleanor est très loin. Loin de cette salle à manger, de Brook End, de Rose et de ses projets. Elle s'est renfermée sur elle-même, à essayer d'identifier cette drôle de sensation au creux de son ventre qui ne cesse de grandir. Elle attend que ça prenne corps, que ça devienne plus tangible, mais ça reste diffus et elle ne parvient pas à en saisir la signification. Elle se force à revenir au présent.

—Rose, ça ne me pose pas de problème que tu suives ce cours, assure-t-elle posément. De plus, habiter chez Sophie me paraît plus convenable que de loger dans n'importe quelle pension de famille. Je comprends ton désir de travailler. Vraiment. Moi-même, avant d'être mariée, j'ai adoré travailler. Mais…

—Mais quoi ?

—Mais tu ne pourrais pas plutôt envisager un travail de secrétaire, ou… quelque chose de plus approprié pour une femme de ton milieu ? Le journalisme est un domaine réservé aux hommes et qui convient mal à une personne comme toi.

Je vais me faire énormément de souci pour ta sécurité et pour ta réputation.

Rose lève les yeux au ciel.

— Je suis sûre que maman aurait approuvé, proteste-t-elle.

Eleanor contemple le visage enthousiaste de Rose en se demandant si leur mère aurait vraiment approuvé. Leur mère d'*avant*. Avant les « Tragédies », comme elle les nomme en son for intérieur. Elle se souvient à peine de sa mère avant la guerre, cette femme insouciante, heureuse et pleine de vie, peu à peu laminée par les deuils successifs. Alors Rose… Eh bien, Rose s'en souvient encore moins, forcément. Elle n'avait que quatre ans quand la guerre a éclaté. Sept quand ses deux frères aînés ont été tués au combat à quelques semaines d'intervalle. Elle a vu son père agoniser lentement dans de terribles souffrances, les poumons détruits par le gaz toxique, haletant et luttant pour respirer pendant des mois. Et puis, comme si cela n'était pas suffisant dans une jeune vie, quand Rose avait eu dix ans, leur mère était partie travailler un matin et n'était jamais revenue. *Leurs Tragédies.* Écrasées par le poids du chagrin, anéanties, elles s'étaient forgé des souvenirs qui devaient bien plus à leur imagination qu'à la réalité. Seule Eleanor avait parfois de brèves images de la véritable version, et elle les gardait pour elle.

— Elle aurait voulu que je sois heureuse, insiste Rose d'un ton buté.

— Mais pas à n'importe quel prix, contre Eleanor. Elle aurait également voulu que tu sois à l'abri du danger. Quand tu es partie en Europe, nous avons engagé un chaperon qui a coûté très cher. Et reconnais que ça ne t'a pas vraiment évité d'avoir des ennuis.

— C'est donc de cela qu'il s'agit ? Tu m'en veux toujours d'être tombée amoureuse de Marcel !

— Je…

Eleanor se mordille la lèvre inférieure.

— Edward et moi, nous pensons que ce serait mieux pour toi de…

— « Edward et moi » ? Tu ne penses plus par toi-même ? Ellie ?

La voix de Rose monte d'un cran et ses joues rougissent.

— Ça ne le regarde pas, de qui je tombe amoureuse.

— Rose ! Après tout ce qu'il a fait pour nous ! Pour toi.

Eleanor commence à s'impatienter pour de bon.

— Tu sais parfaitement pourquoi Edward réagit comme ça. Nous ne pouvons tout de même pas te laisser partir pour épouser un Français sans le sou, comme tu l'as toi-même admis. Un homme que tu connais à peine !

À bout de souffle, Eleanor s'arrête et fusille sa sœur du regard. Rose prend un air buté, mais elle a le bon sens de se taire.

— De plus, je trouve que c'est de la mauvaise foi de parler de notre mère, reprend Eleanor. Parce que tu sais bien que c'est à cause de ce qui lui est arrivé…

Sa voix se brise.

— … que je ne veux pas te laisser partir travailler à Londres. Tu ne pourrais pas rester indéfiniment chez Sophie et tu finirais par te retrouver dans une affreuse pension de famille. Les hommes s'en prennent aux femmes célibataires qui rentrent seules chez elles la nuit. Vraiment, Rose, je te l'ai dit, je n'ai rien contre le fait que tu travailles. Moi, j'ai aimé ça, même si ce n'était pas la même chose parce que j'y étais obligée et toi non. Ce qui me perturbe, c'est de t'imaginer seule dans cette grande ville et travaillant pour des journaux. Ça me paraît tellement risqué et déplacé.

Elle se tasse dans son fauteuil, la gorge nouée.

Évoquer la mort de leur mère fait planer entre elles une ombre qui les réduit au silence, comme le froid d'un hiver glacial.

— Je t'en prie, plaide enfin Rose. Pour l'instant, il s'agit juste de suivre un cours. Le seul danger que je coure est de m'asseoir devant une machine à écrire. Et je ne me promènerai pas seule dans les ruelles de Londres, je te le promets.

Elle supplie Eleanor du regard.

Bien sûr, Rose ne peut pas se souvenir de la mort de leur mère. Elle a probablement écarté de son esprit ce terrible jour de février 1920. Mais Eleanor avait dix-neuf ans à l'époque et l'événement est pour toujours imprimé dans sa mémoire. Jamais elle ne pourra l'oublier.

C'était la vieille Mary, la réveilleuse, qui avait trouvé leur mère aux premières lueurs du jour. Comme tous les matins, Mary arpentait les ruelles de Soho, la pipe à la bouche, en lançant des haricots secs contre les carreaux des travailleurs pour qu'ils ne soient pas en retard. À un certain moment, elle avait aperçu dans une étroite ruelle les jupes de leur mère, déployées au sol comme les ailes d'un papillon mort. Elle avait compris au premier coup d'œil, en voyant ses yeux vitreux et sa peau marbrée. Cette femme était morte. Puis elle avait remarqué les égratignures et les marques violettes sur le cou. Elle avait été assassinée et s'était probablement débattue pour se défendre.

Plus tard ce même jour, deux policiers barbus s'étaient présentés à leur domicile. Elles étaient folles d'inquiétude depuis la veille car leur mère n'était pas rentrée du travail. Avec délicatesse, le plus âgé des deux hommes avait annoncé la nouvelle. Un dangereux vagabond s'était échappé de l'hospice et leur mère avait eu la malchance de croiser son chemin en prenant un raccourci pour rentrer chez elle.

Après le départ des deux policiers, Eleanor avait refermé la porte d'entrée sur eux en se demandant comment on annonçait pareille nouvelle à une jeune sœur de dix ans. Mais, alors qu'elle retenait ses larmes en essayant de ne pas paniquer, elle s'était trouvée face à Rose, pâle et silencieuse, qui la dévisageait en silence.

« Tout ira bien, lui avait-elle promis en prenant sa petite main frêle entre les siennes. J'ai déjà un travail, j'en trouverai un autre, on va s'en sortir. »

Il leur restait un oncle et une tante éloignés qui vivaient à Édimbourg et ne leur avaient jamais manifesté la moindre affection. Elle leur avait écrit, bien sûr, mais elle n'avait pas envisagé une seconde de leur demander si elles pouvaient venir s'installer chez eux, dans le Nord. Ils n'en avaient probablement pas envie. Et elles n'avaient pas besoin d'eux.

Ce meurtre lui avait ôté ce qui lui restait de sa naïveté d'enfant, tout en allumant en elle la flamme de la haine contre ces maudites classes défavorisées d'où sortaient les criminels. Il fallait faire quelque chose pour que ces êtres malfaisants cessent d'errer dans les rues et de terroriser les femmes innocentes. C'était ainsi qu'elle s'était intéressée à la Société eugénique, qui rassemblait des personnes qui, comme elle, caressaient la vision d'un avenir sûr, avec des rues débarrassées des vagabonds.

— Ellie…

Le ton de Rose est patient, à présent.

— Je sais que tu te fais du souci pour moi. Je sais à quel point je compte pour toi et ça me fait plaisir. Mais…

Elle prend la main d'Eleanor.

— … tu dois me laisser vivre. J'ai vraiment envie de devenir journaliste. Je sais que ce sera difficile et que la plupart des journaux ne voudront pas de moi. Mais nous, les femmes, nous avons obtenu le droit de vote, alors nous pouvons espérer faire beaucoup plus de choses qu'avant. Je veux vraiment essayer, Ellie. Vraiment. Les cours commencent le 2 septembre. Sophie dit que je pourrai rester aussi longtemps que je le voudrai et qu'elle sera ravie de profiter de ma compagnie. Que pourrait-il m'arriver de mal, chez elle ? Elle propose de me présenter à Roger Fry et Clive Bell – tu sais, les critiques d'art. Si je travaillais pour eux, au moins au début, ce serait utile à…

Elle se mord la lèvre inférieure juste à temps pour ne pas laisser échapper le nom de Marcel. Eleanor choisit de faire comme si elle n'avait rien remarqué.

— Et Sophie connaît Leonard Woolf ! poursuit Rose, d'une voix qui peine à masquer son excitation. Tu te rends compte ! Elle a dit qu'il pourrait éventuellement me trouver un emploi chez *Hogarth Press*. Je sais que ça ne serait pas un véritable poste de journaliste, mais ce serait un début, et Sophie dit que je dois garder l'esprit ouvert. Bref, elle connaît toutes les bonnes personnes.

— Marie Stopes t'a proposé de participer à la rédaction de son *Bulletin pour la contraception*, dit Eleanor, qui n'a pas oublié sa conversation avec Marie. En commençant avec elle, tu n'aurais pas besoin de suivre un cours.

Elle n'ajoute pas qu'avec cet emploi Rose évoluerait dans un milieu exclusivement féminin, donc moins compromettant et moins dangereux.

Rose fronce le nez.

— Aucune chance, dit-elle. Ne te méprends pas, je suis pour le contrôle des naissances, mais je ne supporte pas cette femme. Et admets, Eleanor, qu'elle a des idées extrêmes. Elle déteste tout le monde, des Juifs aux Italiens, en passant par les Français. Et malheur à celui qui est pauvre. Franchement, Ellie, je ne sais pas comment vous faites pour la supporter, Edward et toi.

— Eh bien, je…

— Sophie pense que c'est une bonne idée que je suive ce cours et elle m'aidera, insiste Rose. Je serai en sécurité avec elle. Je t'en prie, Ellie !

Eleanor sourit. Chère Sophie. Peut-être va-t-elle essayer d'orienter Rose vers une activité en adéquation avec son milieu et son statut social. L'édition, notamment, serait plus appropriée et permettrait à sa sœur de côtoyer des partis convenables. Elle a confiance en Sophie et elle voit bien par ailleurs que Rose ne changera pas d'avis. Il lui faut donc céder.

— D'accord, dit-elle. Mais à condition que tu habites chez Sophie et qu'elle sache à tout moment où tu te trouves exactement et…

On frappe à la porte.

— J'ai besoin de vous parler, s'il vous plaît, madame Hamilton, l'interrompt Mlle O'Connell.

Elle s'avance dans la salle à manger, en tenant fermement la main de Mabel. Elles ne sont sorties que depuis un quart d'heure environ !

— Ça ne peut pas attendre la fin du déjeuner ?

Mlle O'Connell secoue la tête.

— Pas vraiment, madame Hamilton. J'ai de mauvaises nouvelles à vous annoncer, ajoute-t-elle sans détour.

Tous les regards se posent sur Mabel, qui est toute pâle et suce fébrilement son pouce, agrippée aux jupes de Mlle O'Connell.

— Voulez-vous bien retirer ça de votre bouche ! siffle la nounou.

Elle se penche et tire avec brusquerie sur le pouce de Mabel.

Rose repousse sa chaise.

— Viens, Mabel, dit-elle.

Elle tend la main à l'enfant, laquelle ne réagit pas et semble totalement perdue.

— On va sortir prendre un peu l'air, viens, insiste-t-elle.

Cette fois, Mabel glisse docilement sa main dans celle de Rose et cale Prudence sous son coude. Elle fait mine de remettre son pouce à la bouche, puis se ravise et laisse retomber son bras le long de son flanc.

— J'ai sommeil, tante Rose, marmonne-t-elle.

— Dans ce cas, nous irons nous asseoir sur la terrasse et tu pourras te reposer, propose Rose avant que la porte de la salle à manger ne se referme sur elles.

Eleanor se tourne vers la nounou.

— Je vous écoute, mademoiselle ? Que s'est-il passé ?

Mlle O'Connell se tient raide comme la justice, le menton haut. Mais ses mains tremblent.

— Asseyez-vous, propose Eleanor en lui indiquant le fauteuil en face d'elle. Vous me rendez nerveuse.

Mlle O'Connell s'humecte les lèvres. Elle respire lourdement, sa poitrine se soulève et s'abaisse, comme si l'air restait bloqué dans sa gorge.

— Je suis vraiment désolée de faire ça aussi brutalement, madame Hamilton, dit Mlle O'Connell d'un ton précipité. Mais… je dois vous donner ma démission. J'effectuerai bien sûr mon préavis…

Eleanor la regarde fixement. La peur de ce qui va suivre monte dans son ventre. S'occuper de Mabel devrait être un jeu d'enfant… Il y a deux semaines, O'Connell parlait encore avec excitation de l'arrivée prochaine du bébé.

Eleanor s'éclaircit la voix.

— J'étais loin de me douter que vous n'étiez pas heureuse chez nous, commence-t-elle. Si seulement vous m'en aviez parlé ! De notre côté, nous sommes très satisfaits de votre travail. Si c'est une question d'argent, je suis sûre que nous pourrions trouver un arrangement. C'est l'occasion, avec l'arrivée du bébé. J'en parlerai à Edward. Nous trouverions vraiment regrettable que vous part...

— Madame Hamilton...

Mlle O'Connell a la tête de quelqu'un qui vient d'être piqué par une guêpe.

— ... il ne s'agit pas de mon salaire. Vous avez été bonne avec moi et c'est vrai que je me plaisais vraiment à Brook End, mais...

— Dans ce cas, je vous en prie, ne partez pas !

Eleanor déteste les accents de supplication désespérés qui émanent de sa voix.

— C'est l'enfant. Mabel. Je ne peux pas m'occuper d'elle.

La nounou s'agite sur son siège. Elle devient toute pâle.

— Mais pourquoi ? Qu'est-ce qu'elle a fait ?

— Le problème n'est pas ce qu'elle a fait, mais ce qu'elle *est*, madame Hamilton. Je pense que vous savez à quoi je fais référence.

— « Ce qu'elle est » ? Non, mademoiselle, je ne vois pas. Je ne comprends pas du tout à quoi vous faites référence.

Peut-être que s'ils continuent tous à faire semblant, rien de tout cela ne sera réel.

— Pour l'amour du ciel ! s'énerve Mlle O'Connell. Vous êtes sa mère et je comprends que ce soit difficile à admettre. Mais vous vous occupez beaucoup d'elle, aussi j'étais sûre que vous l'auriez remarqué.

Elle se redresse. Elle rassemble ses forces. Les yeux lui sortent de la tête, ce qui l'enlaidit.

— Cette petite, murmure-t-elle entre ses dents d'une voix rauque. Elle est possédée. Le Malin l'a prise dans ses griffes.

Eleanor en reste bouche bée.

— C'est vrai, insiste la nounou en hochant vigoureusement la tête. On le voit dans ses yeux. On voit les ténèbres. Vous pouvez décider de l'ignorer, mais c'est bien là. C'est glaçant.

Ces paroles font à Eleanor l'effet d'un coup en plein ventre.

— Elle a des convulsions, de vraies crises de plus en plus importantes. Tous les jours. Vous ne pouvez pas ne pas l'avoir remarqué. Ça vient encore de se produire. Juste après le petit déjeuner. Je ne peux pas m'occuper d'elle, madame Hamilton, vraiment je ne peux pas. Bientôt, elle aura l'écume à la bouche… Je crois que…

— Comment osez-vous ? gronde Eleanor.

Elle la fusille du regard. Mlle O'Connell est une catholique romaine. Eleanor n'est pas croyante, mais la religion des gens de son personnel lui importe peu. Quant à Edward, c'est un homme de science et en tant que tel il entretient avec le Seigneur une relation ambivalente. Il n'en parle jamais, mais elle sait qu'il se bat intérieurement avec Lui. Quand son esprit rationnel ne suffit plus à expliquer ce qu'il observe. Quand il cherche à comprendre ce qu'il s'est passé pendant la guerre et qu'il voudrait un responsable. Quand il passe des reproches à la contrition.

Mlle O'Connell, par contre, est croyante et pratiquante. Eleanor sait qu'elle lit la Bible chaque soir et elle considère que cela ne la concerne en rien. Mais de là à écouter sans broncher ses élucubrations sur le Malin ! Elle se souvient soudain de Mabel tenant Prudence à l'envers pour que le diable tombe.

— C'était vous ! s'exclame-t-elle. C'est vous qui avez dit à Mabel qu'elle avait le diable en elle. Qu'elle était mauvaise !

— C'est la vérité, madame Hamilton. Même si c'est difficile à admettre.

Mlle O'Connell se tord les mains et devient écarlate, presque violacée.

— Cette enfant a des visions. Elle voit une femme aux cheveux de feu. Et elle lui parle. Elle parle à une femme invisible aux cheveux de feu. Vous ne comprenez donc pas ? C'est Satan. Le diable en personne ! Elle tient avec elle des conversations, alors que je ne vois que du vide. Ça me terrifie, madame Hamilton. Votre fille me fait tellement peur que je n'en dors plus.

La pièce vacille et Eleanor s'accroche à l'accoudoir de son fauteuil pour ne pas tomber. *La femme aux cheveux de feu.* Des images de Mabel défilent dans son esprit. Elle peut à peine supporter d'y penser, mais elle sait exactement ce que Mlle O'Connell veut dire quand elle parle des ténèbres dans les yeux de sa fille. Elle a vu cette ombre de nombreuses fois, mais elle a préféré l'ignorer et se convaincre qu'elle se faisait des idées. Et toutes ces fois où Mabel trébuche. Et les chutes. Elle avait décidé avec Edward de faire venir le docteur Hargreaves, mais elle n'a pas encore pu s'y résoudre. *La femme aux cheveux de feu.* Qui est-elle ? Le corps d'Eleanor est soudain glacé.

Il lui était presque facile jusque-là d'ignorer, d'espérer, de prier pour que l'état de Mabel s'améliore de lui-même. Mais les paroles haineuses et malveillantes de Mlle O'Connell la mettent avec une incroyable violence face au problème qu'elle cherchait à nier. Son pouls s'emballe, le sang pulse à ses oreilles. Et il y a pire. Si la nounou laissait échapper cet horrible secret ? Si elle racontait tout ?

Il ne faut pas que ça se sache !

Elle se tourne vers le visage joufflu de Mlle O'Connell.

— Mabel n'a aucun problème.

Sa voix est tranchante comme une lame. Ce sera sa parole contre la leur. Edward et elle vont s'assurer qu'elle ne trouve plus de travail dans la bonne société.

— Comment osez-vous l'accuser d'être possédée ? Vous êtes censée vous occuper de notre fille et non pas inventer des absurdités faisant intervenir le diable. Encore moins lui en bourrer le crâne et lui faire peur. Tout cela est votre faute. Elle est terrifiée !

— Non, madame Hamilton, je n'ai pas…

— Sortez ! ordonne Eleanor d'une voix blanche de rage. Sortez de ma maison. Mabel est une petite fille de quatre ans, douce, innocente et en bonne santé. Vous comprenez ? Le diable c'est vous, mademoiselle. Vous êtes malade. Vous avez besoin d'aide.

La colère monte comme de l'eau qui bout, repoussant l'emprise glaciale de la peur. Une mère dont l'enfant est menacé n'a qu'une seule réaction possible.

— Inutile de faire votre préavis. Je ne peux plus vous confier ma fille. Je vous demande de partir sur-le-champ !

Eleanor essaie de se lever et s'aperçoit qu'elle tremble de la tête aux pieds. Ce choc, ces accusations infectes ; ça n'est pas bon pour l'enfant qu'elle porte. Elle doit protéger La Chenille. Se ressaisir. Se calmer. Mais la terreur, la colère et la confusion l'emportent. *Pose-lui des questions*, crie une petite voix dans sa tête. *Tu sais bien qu'elle a raison ! Demande-lui des détails, réfléchis à ce qu'il faut faire.* Mais les questions ne veulent pas venir. Elle reste là, silencieuse, haletante, à regarder Mlle O'Connell se tasser face à son courroux.

Elle voudrait courir vers Mabel, la soulever de terre, l'envelopper dans ses bras. Toutes les cellules de son être n'aspirent qu'à la protéger. « Je ne laisserai jamais personne te faire du mal, tu es ma précieuse petite fille. » C'est la phrase qu'elle lui a murmurée le jour de sa naissance. Elle a bercé son petit corps en lui chantonnant ces mots. Sa première erreur a été de confier son bébé à cette femme, de se laisser convaincre par Edward de prendre une nounou. Elle aurait pu s'occuper elle-même de sa fille. Elle et personne d'autre. Et rien de tout cela ne serait arrivé.

— Comme vous voulez, répond Mlle O'Connell, qui se détourne avec raideur. Mais ça ne sert à rien de se voiler la face et d'ignorer les faits. Il n'y a pas pire aveugle que celui qui ne veut pas voir, ajoute-t-elle d'un ton aigre tandis qu'elle se dirige vers la porte.

— À qui en avez-vous parlé ? lui crie Eleanor d'une voix étouffée.

À présent, elle pleure. Des larmes tièdes roulent sur ses joues, elle a la gorge nouée. Elle est terrorisée à l'idée que ça pourrait se savoir. S'ils peuvent le garder pour eux, alors tout n'est peut-être pas perdu.

Mlle O'Connell s'arrête pour se retourner vers elle.

— Non, madame Hamilton, je ne l'ai dit à personne. Je garde mes idées et mes soupçons pour moi, voilà ce que je fais. Mais tout le monde dans cette maison l'a vu et compris, aussi je ne peux pas parler pour les autres.

— Oh, lâche Eleanor dans un soupir.

Soudain, elle se sent vieille et fatiguée. Peut-on vraiment garder cela secret – quoi que ce soit ? A-t-elle perdu la tête ? Elle se laisse retomber sur son fauteuil. Elle n'aurait pas dû renvoyer la nounou aussi brutalement, puisque de toute façon celle-ci avait donné sa démission. Elle n'aurait pas dû non plus crier comme cela. À présent, Mlle O'Connell sera en colère et emplie d'amertume. Elle va en parler aux journaux pour se venger. Et alors, qu'arrivera-t-il à Edward ? Oh mon Dieu, Edward !

Elle lève les yeux vers Mlle O'Connell qui se tient debout, une main sur la poignée de la porte, et la regarde d'un air indécis. Elle voit sa main qui tremble et ça l'émeut. O'Connell vit avec eux depuis la naissance de Mabel, et tout se passait bien jusqu'à aujourd'hui. La nounou ne bouge plus, elle espère qu'Eleanor va dire quelque chose, il y a de la tension dans l'air.

— Je suis désolée, murmure enfin Eleanor. Je vous ai parlé durement et je n'aurais pas dû. Mais cette histoire de… Ça m'a fait un choc, vous comprenez ?

La main de Mlle O'Connell glisse lentement de la poignée de la porte.

— Je comprends, dit-elle.

Ses traits s'affaissent et elle prend un air résigné, comme si elle considérait que *cette créature* les avait vaincues toutes les deux.

— Je saurai rester discrète, madame Hamilton. Je suis une professionnelle, voyez-vous. Ce que j'apprends sur les familles pour lesquelles je travaille est strictement confidentiel et je respecte ça. Je n'ai jamais enfreint mes propres règles sur ce point, je peux vous l'assurer.

La gêne s'installe entre elles.

— Je tiens à être juste, mademoiselle, murmure Eleanor d'un ton las. J'apprécierais votre… discrétion sur cette affaire. Je vous paierai tout le mois et, bien sûr, je vous fournirai des références complètes.

Elle fait une pause.

— Je vous donnerai aussi la semaine de prime que vous auriez eue à Noël.

— Merci, madame Hamilton, répond Mlle O'Connell en inclinant la tête. J'apprécie beaucoup ce geste. Je vais faire mes bagages pour aller chez ma sœur à Shepherd's Bush, chercher une nouvelle place depuis chez elle. Peut-être même retournerai-je un temps en Irlande. Ma mère est vieille et malade.

— Je regrette, mademoiselle, que cela doive se terminer ainsi.

— Je le regrette aussi, dit O'Connell en tournant cette fois la poignée pour ouvrir la porte. J'aimais beaucoup la petite Mabel, vraiment. Mais, madame Hamilton…

Elle prend un ton suppliant.

— … elle a besoin d'aide, cette enfant. Il y a quelque chose de vicié en elle, sans aucun doute. Et plus tôt vous accepterez la vérité, mieux ce sera pour vous tous.

En sortant, Mlle O'Connell croise Rose qui revient avec Mabel, laquelle semble plus présente que tout à l'heure. Ses joues ont repris des couleurs. Il suffit d'un coup d'œil à Rose pour comprendre que sa sœur est bouleversée.

— Qu'est-ce qui s'est passé ? demande-t-elle en se précipitant vers elle.

Eleanor s'abandonne au réconfort de ses bras, mais elle se demande ce qu'elle va bien pouvoir faire.

Chapitre 8

Edward

Il est plus de 19 heures lorsque le docteur se présente sur le seuil en s'excusant, sa sacoche de cuir à la main.

— J'ai malheureusement été appelé pour une urgence à la ferme Standon. J'ai dû attendre l'ambulance. Un vacher écrasé dans la salle de traite.

Il secoue la tête et tend la main à Edward.

— Il est en mauvais état.

— Eh bien, merci d'être venu. Et toutes mes excuses pour continuer de perturber votre soirée.

Il recule pour laisser entrer le docteur dans le vestibule, où celui-ci remet son chapeau et son écharpe à Alice.

— Lequel d'entre vous est le patient ?

— C'est Mabel, répond Edward.

Il entraîne le médecin dans le salon et ferme la porte derrière eux.

— Je dois d'abord vous dire un certain nombre de choses confidentielles, annonce-t-il.

Il désigne un fauteuil, mais le médecin reste debout. Ils sont là, face à face. Edward tire nerveusement sur ses manchettes de chemise.

— Il faudra aussi examiner ma femme. J'ai dû rentrer en urgence de Londres pour m'occuper d'elle. Elle était complètement hystérique.

Le docteur ne fait aucun commentaire et Edward interprète son silence comme un encouragement à poursuivre.

— D'après la nourrice, qui par ailleurs a préféré nous quitter, notre enfant a eu... d'étranges épisodes. Des visions. Des conversations avec des gens qui ne sont pas là.

Il marque une pause.

— Eleanor dit que de son côté elle a remarqué des manifestations corporelles bizarres – mouvements de bouche, des yeux, du menton. Mais elle est surtout bouleversée par les déclarations grotesques de la nounou, qui a accusé notre fille d'être possédée.

Il lève les yeux au ciel et laisse entendre un rire sans joie.

— C'est une fervente catholique, avec un penchant pour le mélodrame et les superstitions bizarres, ajoute-t-il.

— Eh bien, murmure le docteur Hargreaves tandis que les rides de son front se creusent. Je vais commencer par ausculter Mabel.

Il fait un mouvement vers la porte, mais Edward pose la main sur la poignée et lui bloque le passage.

— Puis-je compter dans cette affaire sur votre discrétion absolue ?

Le docteur Hargreaves soutient son regard.

— Cela va sans dire, répond-il.

— Merci.

Edward ouvre la porte et le médecin le suit en silence dans l'escalier, en direction de la chambre de Mabel.

Le docteur Hargreaves est un homme paisible, d'âge moyen, aux tempes légèrement grisonnantes. Il a mis Mabel au monde il y a quatre ans, par un froid matin de mars. Edward se souvient de l'instant précis où le médecin lui a tendu l'enfant, un minuscule petit être au visage rougi qui braillait, les poings serrés, avec sa petite langue qui frémissait dans une bouche grande ouverte. Le docteur Hargreaves avait souri, comme si cette colère de bébé était pour lui bon signe.

« Elle a beaucoup d'énergie », avait-il déclaré en déposant délicatement Mabel dans les bras maladroits d'Edward.

Edward l'avait bercée doucement et les cris s'étaient calmés comme par miracle. Le bébé avait semblé observer ce qui se passait autour de lui. Il avait de grands yeux bleu foncé. À un certain moment, leurs regards s'étaient croisés. Edward était instantanément tombé sous le charme.

La boule d'angoisse qui lui comprime la poitrine grossit encore quand ils s'arrêtent devant la porte de la chambre.

Eleanor est assise dans un coin, avec Mabel sur les genoux qui suce son pouce. En dépit de ses efforts répétés, Mlle O'Connell n'a pas réussi à la débarrasser de cette fâcheuse habitude.

« Beurk, c'est sale les pouces, grondait-elle en lui retirant le pouce de la bouche avec un bruit sec. Ce sont les bébés, qui mettent leur pouce dans la bouche. »

Le cœur d'Edward bat plus fort devant le tableau formé par sa femme et sa fille. L'enfant est en chemise de nuit, les yeux rivés au livre qu'Eleanor est en train de lui lire. Elles sont parfaites ainsi et il est bien difficile d'imaginer cette même Eleanor se disputant violemment un peu plus tôt avec Mlle O'Connell, comme elle le lui a expliqué quand il est arrivé. Elle était en larmes et cela l'a beaucoup impressionné, car Eleanor est une femme qui n'abandonne pas aisément sa réserve.

Le docteur Hargreaves s'avance avec un grand sourire vers la mère et l'enfant.

— Eh bien bonjour, jeune demoiselle. Vous vous souvenez de moi ?

Mabel le fixe avec ses grands yeux bleus et secoue la tête.

— C'est vrai que ça fait longtemps que je ne suis pas venu. Plus d'un an. Je suis le docteur Hargreaves. Je viens vérifier que vous êtes en bonne santé. C'est d'accord ?

Mabel jette un coup d'œil interrogateur à Edward, qui acquiesce pour l'encourager.

— Oui, d'accord, répond-elle en écartant son pouce de sa bouche.

Elle le tient en l'air, luisant d'humidité.

— Parfait. Venez donc vous asseoir sur le bord du lit.

Mabel reste tranquillement assise, silencieuse et attentive, tandis que le médecin écoute son cœur, teste ses réflexes, examine ses yeux et ses oreilles. Elle ouvre la bouche et fait docilement « Aaaah » quand il inspecte sa gorge.

Puis le docteur s'écarte d'elle et s'assied sur ses talons, bras croisés, pour lui poser quelques questions : quel âge a-t-elle ? Est-ce qu'elle a des amis ? Sait-elle compter jusqu'à dix ? Et à l'envers ? Quels bruits font les cochons, les canards, les vaches, les chiens, les chats ? Où vivent les grenouilles ? Les demandes s'enchaînent. Mabel répond à la perfection.

Enfin, il se lève et dit :

— Bravo, Mabel ! Tu t'es très bien débrouillée. Maintenant, tu dois être fatiguée. L'heure de se coucher est déjà passée, je pense.

Mabel lui répond par un timide sourire.

— Puis-je vous parler un moment ?

Le docteur Hargreaves fait signe à Eleanor de le rejoindre près de la fenêtre, où ils pourront parler hors de portée des oreilles de Mabel.

Edward s'assied sur le lit à côté de sa fille.

— Bonjour, ma princesse, dit-il en caressant ses boucles douces.

— Bonjour, papa.

Elle lève vers lui un regard empreint de sérieux.

— Pourquoi il est venu me voir, le docteur ?

— Pour vérifier que tu es en bonne santé.

— Oh. Et nounou, où elle est ?

— Maman ne te l'a pas dit ?

Mabel secoue la tête.

— Elle est partie voir sa maman qui est un peu malade.

— Quand est-ce qu'elle reviendra ?

— Je ne sais pas. Tu auras peut-être une nouvelle nounou.

— Je veux pas une nouvelle nounou, je veux maman.

Edward rit.

— Tu auras toujours maman, ma princesse. Tu auras maman et une nouvelle nounou. Maman a trop de choses à faire pour s'occuper de toi tout le temps.

— Mais je préfère maman, après c'est toi, après c'est Alice. Non. C'est Dilly et après c'est Alice. Je préférais Patch, mais il est mort donc je peux plus l'aimer. On peut avoir un nouveau chien, papa ? demande Mabel en tirant sur la manche d'Edward de ses doigts potelés.

Le docteur et Eleanor traversent la pièce pour revenir vers eux.

— Allez ! annonce Eleanor en s'adressant à Mabel. Au dodo !

Puis à Edward :

— Je vous rejoins en bas dans un instant.

Elle ouvre le lit pour que Mabel s'y allonge. Le cœur serré, Edward la regarde border leur fille, puis s'asseoir auprès d'elle et caresser tendrement sa tignasse blonde.

En bas, dans le salon, les rideaux sont tirés, on a allumé le feu et les lampes. Edward sert un verre de claret au docteur Hargreaves. Quand Eleanor les rejoint, il la sert aussi.

Le médecin se racle la gorge.

— Mabel semble en bonne santé, déclare-t-il d'un ton grave.

Son visage est sérieux, son habituel sourire a disparu.

— Mais je dois aller droit au but. Compte tenu des symptômes que vous m'avez décrits, je soupçonne une forme d'épilepsie. Ce n'est pas rare chez les enfants.

Edward croise le regard d'Eleanor. Il lit dans ses yeux qu'elle a peur et qu'elle est sous le choc, tout comme lui.

— « Ce n'est pas rare » ! Donc ce n'est pas grave et quand elle va grandir, ça va s'arrêter ?

Le docteur Hargreaves se passe une main dans les cheveux.

— Cela, je l'ignore. C'est possible. Elle ne montre aucun signe de déficience mentale, pour l'instant. Je ne suis pas un spécial...

— Comment cela, « pour l'instant » ? l'interrompt sèchement Edward.

— Écoutez...

Le docteur Hargreaves prend un ton doux et apaisant.

— Il y a de grandes chances pour que ce ne soit rien de sérieux. Mabel a l'air d'une petite fille très épanouie, mais je dois être honnête avec vous : les symptômes que vous m'avez décrits sont assez... atypiques. Ces hallucinations – cette femme aux cheveux de feu... J'ai entendu parler de ce genre de tableau clinique, mais je n'ai jamais eu l'occasion de l'observer chez une enfant aussi jeune. Je ne sais pas à quelle maladie exactement renvoient ces différentes crises, ni l'impact qu'elles peuvent avoir sur un cerveau en plein développement comme le sien.

Il a l'air de plus en plus mal à l'aise et boit une grande gorgée de vin pour tenter de dissimuler sa gêne.

—Pourtant…, commence Eleanor.

Elle fait tourner son alliance sur son doigt, inlassablement, tandis que son regard passe plusieurs fois du médecin à son mari.

—Edward et moi, nous ne sommes pas…

Elle a du mal à se résoudre à prononcer ce mot infâme.

—… épileptiques. C'est une maladie héréditaire, n'est-ce pas ? Comment notre fille pourrait-elle en souffrir ?

—Vous n'avez pas d'antécédents dans vos familles ? Parmi vos tantes, oncles, frères, sœurs, grands-parents ?

Ils secouent tous deux la tête avec insistance.

—Absolument pas dans ma famille, déclare Edward.

—Ni dans la mienne ! renchérit Eleanor. Les enfants ont souvent des amis imaginaires et Rose en avait un, qu'elle appelait Lavande.

Elle rit à ce souvenir.

—Lavande a accompagné Rose partout pendant un an ou deux. C'était quand elle avait l'âge de Mabel. Peut-être même avait-elle un peu plus, cinq ou six ans…

—Oui, mais de tels amis imaginaires sont des fabrications de l'esprit conscient. Tandis que la dame aux cheveux de feu de Mabel semble sortie de son inconscient. Cette hallucination, ajoutée aux autres symptômes, nous dirige vers un type inhabituel d'épilepsie. Quelle est la fréquence de ces… crises ?

—Je ne sais pas exactement, mais je crois en tout cas qu'elle a récemment augmenté. Peut-être tous les jours. Deux ou trois fois par jour, ou plus.

Le visage d'Eleanor est tendu, elle a les paupières rouges.

Le docteur Hargreaves acquiesce d'un air grave. Edward regarde fixement le contenu rouge rubis de son verre. D'habitude, il apprécie le goût du vin, qu'il trouve agréablement réconfortant, mais ce soir ce breuvage est aussi insipide que de l'eau.

Il se lève d'un bond.

— Bien, dit-il en reposant bruyamment sur la table ce verre inutile. Que peut-on faire ? Mabel n'est pas épileptique, puisqu'il n'y a pas d'antécédents d'épilepsie dans nos familles ! Mais, quoi que ce soit, il y a sûrement un traitement. Nous allons trouver une solution. Je paierai sans regarder à la dépense.

Il allume une cigarette et en offre une au médecin, qui la refuse.

— Un certain nombre de maladies peuvent ressembler à l'épilepsie sans en être, je vous l'accorde, dit le docteur d'un ton conciliant. Et d'ailleurs je ne suis pas un spécialiste de cette maladie et le cas de votre fille dépasse mes compétences, j'en ai peur. Aussi écrirai-je dès demain matin à un médecin de Harley Street que je connais bien et qui en sait plus long que moi sur le fonctionnement complexe de l'esprit des enfants. Il a une excellente réputation et je ne saurais trop vous conseiller de lui emmener Mabel. Le plus tôt sera le mieux. Ces choses-là, il vaut mieux les étouffer dans l'œuf, avant qu'elles ne prennent racine. Bien entendu, je ferai valoir que le sujet doit être traité avec la plus grande discrétion étant donné votre position, professeur Hamilton. Et en attendant le jour de la consultation, je vous suggère de noter quotidiennement toutes les manifestations que vous remarquerez. Préparez un dossier, en quelque sorte.

Le temps semble suspendu. Qu'y a-t-il de plus à dire ? Le cerveau d'Edward est comme engourdi. Il sent qu'il aurait encore une foule de questions à poser, mais il ne parvient même pas à se les formuler nettement. Il est sous le choc de cette révélation. Elle pèse sur lui comme un lourd bloc de pierre.

— Devons-nous empêcher Mabel de jouer dehors ? demande Eleanor d'une petite voix. Quelles dispositions particulières faudrait-il prendre en ce qui la concerne ?

Le docteur Hargreaves secoue la tête.

— Vous êtes des parents attentionnés et la seule chose que je peux vous proposer pour le moment, c'est de consulter les meilleurs spécialistes.

Il regarde Eleanor.

— Il est vital que vous preniez bien soin de vous, madame Hamilton. Évitez les contrariétés et les émotions fortes qui pourraient nuire à votre enfant à naître. Je vous conseille d'engager au plus vite quelqu'un pour s'occuper de Mabel. Je vous trouve pâle et fatiguée. D'ailleurs votre mari m'a demandé de vous ausculter pour m'assurer que tout allait bien.

— Oh, s'il vous plaît, pas maintenant. Je suis simplement lasse, c'est tout.

— Très bien, allez donc vous reposer. Je reviendrai vous examiner demain matin.

Il vide son verre, sourit enfin et serre la main d'Edward.

— Dès demain j'écris à M. Silverton, qui est neurologue.

— C'est très gentil de votre part, merci, dit Eleanor.

— Je vous en prie, inutile de me raccompagner, proteste-t-il comme elle fait mine de se lever.

Une fois qu'il est parti, un silence insupportable tombe dans la pièce. Le tic-tac de l'horloge sur la cheminée résonne de plus en plus fort. Eleanor regarde fixement dans le vide, sans rien voir.

Épilepsie. Le mot remplit Edward d'une terreur sans nom. Mais c'est impossible. C'est tout simplement impossible.

— Houhou !

La voix tonitruante de Lizzie Leyton qui résonne dans le vestibule les fait sursauter tous les deux.

— Il y a quelqu'un ? appelle-t-elle.

— J'y vais, annonce Edward, après avoir jeté un coup d'œil aux yeux rougis et aux joues pâles de sa femme.

Il lui presse l'épaule en passant près d'elle.

Dans le vestibule, il trouve Lizzie habillée pour un dîner, le visage rayonnant, visiblement surexcitée, pleine d'une énergie dont il n'oserait même pas rêver. Il plaque sur son visage un sourire de bienvenue, tout en se demandant pourquoi elle tient une couverture roulée en boule sous son bras.

— Ah, Edward !

Sa voix trop forte résonne désagréablement.

— Je suis entrée par la porte de derrière, explique-t-elle. Je pensais trouver Mme Bellamy, mais la cuisine était vide.

— Oh, elle doit être…

Il s'arrête et se gratte la tête. Il n'a pas la moindre idée de l'heure qu'il est et se sent tellement fatigué qu'il en a le vertige.

— Je n'en sais rien du tout, avoue-t-il.

— Eh bien, peu importe. Je suppose qu'Eleanor se repose, non ? Et que Mabel est couchée ? Bien sûr qu'elle est couchée. Barton et moi, nous allons souper chez les Church. C'est peut-être un peu grossier de passer à cette heure tardive ?

Edward ne répond pas. Il y a une pause, puis elle reprend, répondant elle-même à sa question.

— Peu importe, je ne pouvais pas attendre un jour de plus !

Quelque chose remue sous sa couverture, puis il s'en échappe un jappement et des gémissements.

— Du calme, voyons, murmure Lizzie en tapotant la couverture. Ah, tant pis pour la surprise !

Elle soupire et dévoile un chiot retriever au poil doré, avec une truffe noire et une langue bien rose. Il lui échappe des mains pour sauter à terre et entreprend aussitôt d'explorer le vestibule, pattes écartées comme s'il était ivre, en reniflant et en remuant la queue.

— N'est-il pas adorable ? dit-elle en regardant le chiot qui dérape sur le sol. Mabel va l'adorer. J'aurais voulu voir sa tête quand elle le découvrira.

Elle rit.

— J'avoue qu'il devenait urgent de se débarrasser de ces petits monstres. Cet après-midi, l'un d'eux a failli me faire tomber. Heureusement que je me suis rattrapée à une chaise longue, parce que j'aurais pu me faire très mal. Bon... Il faut que j'y aille. On est en retard. Barton va m'arracher les tripes si je bavarde plus longtemps.

Sur ce, elle sort et s'empresse de monter en voiture. Depuis le seuil, Edward salue de la main la silhouette sombre qu'il aperçoit derrière les phares qui l'aveuglent – Barton, sûrement. La voiture partie, il se retourne pour observer le chiot qui poursuit son exploration du vestibule et a déjà laissé une flaque derrière lui.

Il n'a pas pensé à demander à Lizzie si l'animal avait un nom. Tant pis, Mabel lui en choisira un demain.

Ce chiot tombe à pic pour remonter le moral de la maisonnée.

III

Je suis démasquée, on dirait. Eh bien, qu'il en soit ainsi. Vous ne me faites pas peur. Nous passons donc à la phase suivante de notre petit jeu. Celle où vous croyez encore pouvoir me maîtriser. Évidemment, je sais qu'il n'en est rien.

C'est vraiment curieux que je m'amuse encore autant de tout ça. Mais c'est le cas. Invariablement.

Oh, cette petite ! Tout comme le chat avec sa souris, qu'il relâche pour mieux la rattraper, je lui laisse des temps de répit.

Elle est vraiment parfaite. Exceptionnelle. Je lui offre ce que j'ai de meilleur.

Comme Jeanne d'Arc, je lui donne des visions.

Certains comprennent que c'est une chance d'avoir affaire à moi. Si seulement vous pouviez avoir l'esprit un peu plus ouvert. Quelques personnes au-dessus du lot me considèrent comme une source d'inspiration. Une révélation. L'illumination. Je parle de peintres, d'écrivains, de devins, de guides spirituels. Bien sûr, ils ne l'avouent pas. Ils ont honte de moi. C'est à cause de vous – oui de vous, avec votre ignorance et votre manie de juger.

Mais revenons à la petite. Elle ne m'oppose aucune résistance. Je me sens libre de jouer avec elle, de laisser libre cours à toute la férocité de mon imagination.

Je suis une sorte d'énergie, voyez-vous. Une somme d'impulsions électriques. Rien de plus, en vérité. Qu'y a-t-il d'inquiétant là-dedans ? Je me sers de ces impulsions électriques pour faire éclater les schémas habituels de son cerveau. Des étincelles parcourent ses nerfs et se propagent à la vitesse de la lumière le long de sa colonne vertébrale jusque dans ses muscles. Une grimace déforme son nez et sa bouche. Sa petite main se tend et se referme sur le vide. Elle s'agrippe au rebord d'une fenêtre et se recroqueville sur elle-même, en essayant de comprendre ce qu'il lui arrive.

Et vous, pendant ce temps ? Oh, eh bien, vous faites comme d'habitude. Vous restez là, pâles et défaits, à regarder les bras de l'enfant qui retombent mollement et sa bouche qui se tord.

Et, comme un coup de feu qui déchire le silence par un beau jour d'été, je libère toute ma puissance. J'abandonne mon déguisement, je n'ai plus rien à cacher. La petite inspire, je lui ferme la bouche, ses yeux se révulsent. Sa tête s'incline, menton sur la poitrine, comme si elle saluait son maître. Elle répète cet étrange salut au rythme de mes impulsions, ses bras et ses jambes se raidissent avec une force qui la secoue tout entière, elle se cogne la tête contre le mur, elle tombe, elle tressaille.

Puis c'est fini, aussi soudainement que ça a commencé.

L'enfant est maintenant recroquevillée dans les bras de sa mère en larmes. Elle est au chaud, en sécurité.

Elle est vide, je suis partie.

Deuxième partie

Janvier 1929

Chapitre 9

Eleanor

Eleanor se sent terriblement seule. Edward est parti assister en Amérique à un congrès sur l'eugénisme réunissant des représentants du monde entier. C'est le plus important rassemblement depuis le congrès de 1923 et elle l'a encouragé à y aller, bien sûr, même si cela fait une longue absence. Il sera de retour avant la naissance du bébé, c'est tout ce qui compte.

Mais tout de même, il lui manque. Elle devrait pourtant être habituée à la solitude, car depuis la maladie de Mabel il s'arrange pour être le moins possible à la maison. La semaine complète à Londres n'est plus une exception, c'est devenu la norme. Eleanor a l'impression qu'il rentre le week-end à Brook End uniquement par obligation. Et quand il est là, il s'occupe surtout de Byron. Ce satané chiot aurait dû être le chien de Mabel, mais c'est Edward qui a fini par lui choisir un nom, sous prétexte que les propositions de Mabel étaient grotesques. Il passe le plus clair de son temps dehors avec lui. *« Il a besoin d'être dressé, Eleanor, tu ne vois pas ? »* Plus elle tente de communiquer avec son mari, plus il prend ses distances, elle l'a bien remarqué. *« Un homme seul en ville pendant la semaine est soumis à toutes sortes de tentations. »* La voix traînante de Sophie, qui sait tant de choses, résonne à ses oreilles. Eleanor s'efforce de chasser de son esprit l'image d'Edward dans une chambre d'hôtel de New York, tenant dans ses bras la silhouette floue d'une femme vêtue de rouge.

De son côté, elle vit en recluse. Elle ne fait venir personne de peur qu'un de leurs invités ne soit témoin d'une crise de Mabel. Elle ne sort pas, car elle ne se résout pas à abandonner sa fille aux soins de l'infirmière engagée par Edward, la sévère et hautaine Mlle Cartwright-Jones. Il y a deux mois, M. Silverton, le neurologue recommandé par le docteur Hargreaves, a confirmé le diagnostic : « Épilepsie d'origine inconnue. » Il a mis Mabel sous traitement et elle prend des sels de bromure qui, jusqu'à présent, n'ont apporté aucune amélioration à son état. Les crises sont de plus en plus fréquentes et Eleanor assiste, impuissante et désespérée, à la lente régression de sa fille qui se renferme sur elle-même. Lors de la dernière consultation avec M. Silverton, celui-ci a émis des doutes sur l'intérêt d'augmenter la dose, mais il va le faire, parce que, avant de décréter qu'un traitement est un échec, il faut le tenter jusqu'au bout, a-t-il expliqué, même si cet affreux produit donne des maux de ventre et des nausées à la patiente.

Heureusement, il y a Rose. Elle a terminé son cours accéléré de sténographie et est revenue habiter avec elle. À l'heure du dîner, Eleanor lui parle du dernier rendez-vous avec M. Silverton. Rose écoute, les larmes aux yeux.

— Il ne croit pas vraiment à une guérison, conclut Eleanor. Il dit qu'il n'a jamais vu un cas aussi grave et réfractaire.

— Mais ce n'est pas possible qu'on ne puisse rien faire ! s'exclame Rose, comme chaque fois qu'elles parlent de Mabel.

Eleanor secoue la tête, avec au ventre cette douleur désormais familière, aussi aiguë qu'un coup de poignard. Elle pense alors au bébé et à l'effet que ses angoisses pourraient avoir sur lui.

Elles restent assises en silence un long moment, sans toucher à leur assiette, leur appétit envolé.

—Ellie, je me fais du souci pour toi, dit enfin Rose en la dévisageant. Tu sembles tellement fatiguée… et triste.

Eleanor laisse échapper un petit rire amer.

—Oh, ça va aller.

—Tu as besoin de parler de tout ça à quelqu'un.

—Je suis en train de t'en parler.

—Oui, mais ça ne suffit pas. Je voulais dire à quelqu'un d'autre. Pourquoi pas Sophie ? J'aimerais que tu m'autorises à la mettre au courant. Elle fera tout ce qu'elle pourra pour t'aider.

—Non ! proteste Eleanor en secouant la tête. Tu sais bien qu'Edward a recommandé de n'en parler à personne.

—Pourtant il en a parlé à tous vos domestiques.

—Ils sont aux premières loges, on ne pouvait pas le leur cacher. Ils sont d'ailleurs bouleversés et ont parfaitement compris que ça ne devait pas sortir de cette maison. À part eux et toi, nous ne l'avons dit qu'aux Leyton. Lizzie se doutait qu'il se passait quelque chose ; cette femme a un sixième sens : elle a débarqué sans crier gare au mauvais moment et j'ai dû tout lui expliquer. De toute façon, ce sont nos plus proches voisins et ils l'auraient découvert un jour ou l'autre. Mais on peut leur faire confiance.

Elle soupire.

—Je suis malade d'inquiétude et j'ai besoin de penser à autre chose, reprend-elle. Raconte-moi un peu… Qu'as-tu fait d'intéressant à Londres ?

Rose s'égaie un peu et commence à parler d'une galerie d'art qu'elle a visitée, puis laisse échapper que c'est sur le conseil de Marcel.

—Mais Edward lui a demandé de ne plus te contacter ! s'exclame Eleanor, choquée par cette révélation.

Les lèvres de Rose tressaillent.

— Es-tu en train de me dire que ce n'est pas fini avec lui ?

— Oui, Ellie, je regrette, mais nous nous écrivons.

— Vous vous écrivez ?

Eleanor s'étouffe d'indignation. Que va dire Edward de tout cela à son retour de New York ? Il n'était pas d'accord pour que Rose aille suivre ce cours à Londres et au fond il avait raison puisqu'elle en a profité pour entretenir une correspondance suivie avec son amoureux. Eleanor se serait bien passée de cette contrariété supplémentaire, avec le bébé qui ne va pas tarder et l'ombre la maladie de Mabel qui plane sur elle comme une menace.

— As-tu toujours l'intention de chercher du travail ? demande-t-elle.

— Ellie, pour l'amour de Dieu, bien sûr que oui, ça ne change rien à mes projets. Nous ne sommes pas fiancés et il n'en est même pas question. J'ai toujours le projet de devenir journaliste, si c'est ce qui t'inquiète. Il faut bien que je fasse quelque chose de ma vie.

Elles se regardent fixement. La pique est évidente.

— Pas comme moi, tu veux dire ? demande froidement Eleanor.

— Non, Eleanor, rétorque Rose en donnant un coup de serviette sur la table. En fait, il ne s'agit pas du tout de toi. Il s'agit de moi et de ma vie.

Et, sur ce, elle quitte la pièce à grands pas furieux.

Le lendemain, Eleanor se réveille tôt. Avec ce bébé qui grossit dans son ventre, elle dort de plus en plus mal. La nuit, il s'agite, il donne des coups de pied et remue dans son ventre. Elle a encore à l'esprit la dispute de la veille avec Rose et n'a aucune envie de se retrouver face à elle au petit déjeuner. Un peu d'air lui fera du bien, elle décide de faire une petite promenade matinale pour commencer la journée.

Elle est malheureusement à peu près certaine que Rose attend le retour d'Edward pour repartir à Londres et accepter un travail dans n'importe quel journal de Fleet Street à la réputation plus ou moins douteuse. Cette idée de devenir journaliste est tellement sordide et répugnante qu'elle en a la gorge nouée chaque fois qu'elle y pense. C'est une profession qui oblige à côtoyer le pire, tout comme policier, gardien de prison ou conducteur de train. Elle imagine sa petite sœur, carnet et stylo en main, traînant dans les rues, se liant d'amitié avec des prostituées, des alcooliques et de petits délinquants. Pendant que Marcel le Français use de son pouvoir de séduction pour profiter du compte bancaire d'Edward.

Elle réprime un frisson et resserre sur elle les pans de son manteau. Elle est loin de la maison, tout en haut de la crête calcaire. Le vent souffle violemment, sa fine jupe colle à ses mollets. Comme elle fait demi-tour, elle doit lutter contre les bourrasques et baisser la tête pour avancer. Elle sent la morsure glaciale du vent sur la peau nue de son visage.

Comme elle voudrait que leur mère soit encore là. Ces temps-ci, elle lui manque beaucoup. En cette période où elle aurait tant besoin de ses conseils, elle en veut plus que jamais au criminel qui l'a brutalement arrachée à la vie. Elle espère de tout son cœur qu'il souffre tous les jours de sa misérable existence dans l'horrible prison où il purge sa peine.

Elle noue ses mains sous son ventre pour le soutenir, car il lui semble un peu plus lourd à chaque pas. Jamais elle n'aurait dû s'aventurer aussi loin. Demain, elle se contentera de marcher dans la maison. Elle se sent tout à coup submergée par la fatigue. Il reste encore quatre semaines avant la naissance du bébé. Elle a hâte de le mettre au monde. Heureusement, Edward sera là dans une dizaine de jours.

Le chemin descend en serpentant à travers bois, puis devient boueux et plat aux abords de la rivière. Eleanor a du mal à avancer, ses chaussures glissent et s'enfoncent, elle a les pieds trempés. La rivière, dont l'eau est brun rouille en raison de la forte teneur en fer du sol, coule à ses côtés, paresseuse et silencieuse. Elle emprunte un pont étroit et branlant pour la traverser, en se tenant à la rambarde de bois avec des doigts gelés et engourdis. Elle est épuisée, marche de plus en plus lentement, envisage de se reposer un instant sur la terre meuble au pied d'un grand arbre. Mais il fait trop froid et trop humide pour s'arrêter. De plus, elle n'est pas sûre de pouvoir se relever.

Son ventre est de plus en plus douloureux.

Elle est trempée jusqu'aux os et a tellement froid qu'elle claque des dents. Ses jambes ont du mal à la porter, elle les sent à peine. Elle commence à se demander si elle va tenir jusqu'à Brook End. *Ne t'arrête pas. Continue à marcher.*

Sa respiration devient rauque et irrégulière, elle lutte contre les larmes. *Pleurer ne sert à rien.*

Elle est maintenant devant la porte du jardin, mais elle a déjà des contractions tellement intenses qu'elle doit régulièrement s'arrêter, pliée en deux par la douleur, en attendant qu'elles passent. Puis elle reprend sa lente et pénible traversée de la pelouse. Le travail a commencé ! Le bébé n'est pas prévu avant quatre semaines, pourtant elle va accoucher, elle en est certaine. Quand elle arrive enfin à la maison, transie de froid, elle est accueillie par les exclamations affolées de Rose, de Mme Faulks, de Mme Bellamy et d'Alice.

— Madame Hamilton, mais où étiez-vous donc ?

— Nous étions malades d'inquiétude !

— Vous êtes trempée jusqu'aux os. Seigneur ! Regardez-moi ça ! Vous tremblez de froid.

— Qu'est-ce qui t'a pris, de sortir dans les collines avant le petit déjeuner, en pleine tempête de neige ? Tu aurais pu au moins prévenir, au lieu de foncer en obéissant à une impulsion.

— Que va dire le professeur Hamilton ?

— Alice, faites couler un bain chaud, voulez-vous ? Madame Faulks, soyez gentille d'appeler le médecin. Tu as mal, Ellie ?

Même Mme Bellamy semble sincèrement soulagée de la voir de retour et lui tend une tasse de thé chaud et sucré. Non sans marmonner quelque chose à propos des gens qui perdent la raison.

Quand ses dents cessent enfin de claquer, elle commence par leur faire promettre de ne pas parler à Edward de cette escapade. Mais par contre, oui, il faut appeler le docteur au plus vite !

La vieille horloge sonne 3 heures du matin quand Eleanor met son bébé au monde, après une dernière contraction atrocement douloureuse. C'est un garçon ! Le docteur Hargreaves annonce qu'il est un peu petit, mais en bonne santé. La sage-femme le lave et l'emmaillote étroitement dans des langes, puis elle revient le poser, léger comme un paquet de chiffons, dans les bras de sa mère. Avec son petit visage grimaçant et marbré de rouge, il ressemble à une miniature de vieillard. Il ouvre grand les yeux pour mieux voir sa mère penchée sur lui.

— Bonjour, La Chenille, murmure Eleanor en souriant. Ravie de faire ta connaissance.

Il semble hypnotisé par les mouvements de sa bouche et avance ses lèvres comme s'il essayait de l'imiter. Des touffes de cheveux bruns encore humides se dressent sur sa tête.

Le docteur Hargreaves a fini d'examiner le placenta et ordonne à la sage-femme de l'emporter pour le brûler. Il n'a rien détecté d'anormal.

— Est-ce que mon enfant va bien ? demande Eleanor d'une voix rauque. Il n'y a pas de signe de…

Le mot reste coincé dans sa gorge.

— Rien de mauvais ?

— Rien du tout.

Le médecin lui adresse un sourire indulgent par-dessus la tête duveteuse du bébé.

— Êtes-vous sûr qu'il va bien ? implore-t-elle, encore une fois.

Elle voudrait qu'il lui confirme qu'il n'est pas « comme Mabel », mais elle n'ose pas poser la question aussi explicitement.

— Je vous assure qu'il est en parfaite santé, confirme le médecin en lui pressant le bras. À le voir, on dirait un prématuré de deux semaines, pas d'un mois. Je me suis peut-être trompé en datant le début de votre grossesse. Quant au reste, il est trop tôt pour savoir…

Elle acquiesce, en ravalant la boule qu'elle a dans la gorge. À sa naissance, Mabel était elle aussi en parfaite santé. Sans le moindre défaut. Le médecin a raison, il est trop tôt. Personne ne peut prédire ce que l'avenir réserve à cet enfant.

— Mais vous n'avez aucune raison de redouter quoi que ce soit, ajoute le docteur Hargreaves, la main toujours fermement posée sur son bras. D'après ce que vous me dites, la maladie de Mabel n'est pas héréditaire et pourrait être une séquelle d'un événement dont vous ne vous souvenez pas. Un coup sur la tête, un choc, une maladie infantile. Il y a donc toutes les chances pour que votre fils soit tout à fait normal.

Il lui lâche le bras.

— Voulez-vous que je demande à Faulks d'envoyer un télégramme au professeur ?

— Oui, s'il vous plaît, acquiesce Eleanor en reposant sa tête sur l'oreiller.

— Vous devriez dormir, maintenant, madame Hamilton.

— Pourriez-vous d'abord faire monter Rose ? Je suis sûre qu'elle aimerait voir le bébé.

— Bien sûr.

Il lui tapote la main et quitte la pièce.

Il la laisse seule avec La Chenille. Il va falloir lui trouver un nom, bien sûr. « La Chenille » décrit parfaitement cette petite chose toute fripée, mais cela ne conviendra pas longtemps. Elle contemple son enfant et s'étonne de ne pas être submergée par un élan d'amour maternel, comme pour Mabel. Elle change de position, pour mieux observer son bébé qui s'est maintenant endormi. Mais toujours rien. Elle ne ressent rien. Pas la moindre émotion. La porte ouverte de la chambre laisse entrer la musique qui monte depuis le salon. Rose écoute *Squeeze Me* de Fats Waller sur le gramophone. Eleanor entend la voix du docteur Hargreaves :

— Mademoiselle Carmichael, j'ai la joie de vous annoncer que vous avez un neveu en parfaite santé.

Puis s'ensuivent des rires et des commentaires joyeux.

Ça va venir, se dit Eleanor. Elle repousse la panique qui lui noue soudain le ventre. L'amour maternel ne se commande pas, il doit venir de lui-même, il va venir. La journée a été éprouvante et elle est épuisée. Après un bon sommeil réparateur, elle verra les choses autrement.

Dans le salon, Fats Waller chante les louanges de Cupidon d'une voix de crooner. Mais la musique, bien qu'émouvante et agréable, ne procure aucune joie à Eleanor.

— Oh, Ellie, ma chérie, bravo !

Rose entre et vient s'asseoir près d'elle sur le lit. Elle l'embrasse sur le front, se relève pour aller se pencher sur le berceau, contemple un instant La Chenille qui dort, tout emmailloté, à l'abri du froid de janvier. Son visage s'illumine et sa joie communicative fait vivre à Eleanor un instant de pur bonheur. Puis de nouveau elle pense à Mabel, à l'absence d'Edward qui lui pèse tant. La morosité retombe sur elle comme une couverture de neige fraîche.

— Il est magnifique, murmure Rose. Si petit, si parfait.

Elle sourit, suit d'un doigt léger et caressant la joue ronde du bébé, puis revient vers sa sœur pour l'embrasser. Ses lèvres sont douces et fraîches contre la peau brûlante d'Eleanor.

— Ellie, ma chérie, pardon pour la dispute d'hier soir, dit-elle en s'installant de nouveau sur le lit. Tu sais que je t'aime et que je t'admire plus que tout au monde.

Eleanor lui tapote la main, cale sa tête contre les oreillers et ferme les yeux. Elle est épuisée.

— Je le sais et c'est réciproque, dit-elle. Et moi aussi je te demande pardon. Mais je me fais du souci pour toi parce que je t'aime.

— Je sais, Ellie, mais je ne veux pas que tu t'inquiètes, s'il te plaît. Marcel et moi… On s'écrit, c'est tout. On n'est pas en train de projeter de se marier et, quoi que j'aie pu dire hier soir, il n'y a rien de sérieux entre nous. J'étais simplement en colère. Je n'ai aucune intention de le voir. Écoute… Depuis que je suis allée à Paris et encore plus après ce stage de sténographie à Londres, j'ai réellement envie de devenir journaliste. Notre mère n'aurait même pas pu rêver d'exercer un tel métier. Mais à présent, c'est possible pour nous, les femmes. Alors nous devons le faire. Épouser Marcel m'empêcherait de réaliser ce projet, n'est-ce pas ?

Elle rit.

— Alors tu vois ? Tu n'as pas à t'en faire. Tu dois te concentrer sur Mabel et ton bébé. Pour l'instant, rien d'autre ne doit compter.

— Oui, approuve Eleanor. Tu as raison.

Des deux maux, sa sœur épousant Marcel ou sa sœur devenant journaliste, elle ne saurait pas dire lequel est le pire. Le premier, sans doute.

Il y a une courte pause.

— Ellie, je voudrais éviter les conflits avec Edward. Ce n'est pas la peine de lui dire qu'on a continué à s'écrire, Marcel et moi. Ce ne sont que des lettres. *S'il te plaît.*

— D'accord. Mais tu me promets qu'il n'y a rien d'autre ?

— Oui, jc tc lc promcts, assurc Rose.

Elle embrasse à nouveau Eleanor, cette fois sur le front.

— Je vais te laisser dormir, à présent, tu as besoin de te reposer.

Le soleil filtre déjà à travers les rideaux quand Eleanor est réveillée par les pleurs nasillards du bébé. Elle se lève pour aller le prendre dans ses bras et il se calme aussitôt. Tout en le berçant, elle va jusqu'à la fenêtre et écarte les rideaux pour admirer la grande pelouse couverte d'une fine couche de neige.

— On ne s'attendait pas à te voir si tôt, murmure-t-elle à l'enfant qui s'est déjà rendormi dans ses bras.

Elle enroule un châle autour de ses épaules, retourne dans la chaleur de son lit, sonne pour réclamer du thé.

Au lieu d'Alice, c'est Rose qui apparaît, les yeux encore gonflés de sommeil, les cheveux ébouriffés, un plateau dans les mains. Elle lui apporte du pain grillé, un œuf dur et une grande théière.

— Bonjour, dit-elle à voix basse. J'ai arraché ça à Alice dans le couloir. Je ne sais pas laquelle d'entre nous avait le plus envie de voir le petit, mais en tout cas c'est moi qui ai gagné ! Comment allez-vous, tous les deux ?

Elle sourit et Eleanor lui rend son sourire.

— Plutôt bien, mais quand même un peu fatigués et endoloris !

— C'est normal, assure Rose.

Elle pose le plateau sur la table de chevet, se penche pour prendre le bébé et le tient tout contre elle, en le regardant avec des yeux pleins d'adoration.

— Le docteur Hargreaves et la sage-femme seront bientôt là pour vous examiner, dit-elle au bout d'un instant. Mais avant ça, je connais une petite fille qui aimerait faire la connaissance de son petit frère !

— Oh oui, fais-la venir, dit Eleanor en se redressant pour installer le plateau sur ses genoux.

Rose repose précautionneusement le bébé dans son berceau et revient quelques instants plus tard en tenant par la main Mabel, qui est venue avec sa poupée Prudence et balaie la chambre de ses grands yeux sérieux.

— Il est là, le bébé ? demande-t-elle en désignant le berceau. Pourquoi il ne dort pas avec moi ?

— Parce qu'il est encore trop petit, explique Rose.

— Viens ici, ma chérie, appelle Eleanor en tapotant le matelas à côté d'elle.

Rose aide l'enfant à grimper sur le lit et celle-ci se glisse sous les couvertures près de sa mère, en prenant un toast sur le plateau.

— Quand le docteur Hargreaves et la sage-femme t'auront examinée, je contacterai la nounou qui devait venir après la naissance du bébé. Je lui expliquerai qu'il est arrivé avec de l'avance.

Elle pourra peut-être commencer plus tôt, ça te permettra de dormir la nuit.

— Merci, Rose.

Mabel caresse du bout des doigts les cheveux laineux de Prudence et mastique son pain d'un air pensif.

— Il est où, le bébé ? demande-t-elle enfin en regardant Eleanor.

— Il est là, il dort, répond celle-ci en montrant le berceau.

— Tu veux le voir ? propose Rose.

Mabel hoche la tête d'un air décidé et elles vont se pencher ensemble sur la barrière de bois du berceau pour contempler dans un silence solennel le bébé qui dort. Au bout de quelques instants, Rose repose Mabel sur le lit de sa mère.

— Il s'appelle comment ? demande la petite fille.

— Il n'a pas encore de prénom, répond Eleanor. Il va falloir qu'on lui en trouve un, mais j'ai envie d'attendre que papa rentre. Qu'est-ce que tu en penses ?

— Papa, dit Mabel. Papa, papa, répète-t-elle, comme si elle testait les sonorités du mot.

Ou qu'elle essayait de se souvenir de lui.

— Comment il est arrivé, le bébé ? demande-t-elle en se tournant vers sa mère.

Eleanor et Rose échangent un regard par-dessus la tête de Mabel.

— Eh bien, c'est une gentille cigogne, un grand oiseau, qui nous l'a déposé, enveloppé dans une couverture, sous le groseillier du jardin, explique Eleanor. Tu te rends compte ?

Les yeux de Mabel s'agrandissent. Eleanor sourit.

— Et le voilà, comme par magie ! Est-ce qu'il te plaît ?

Mabel réfléchit un moment.

— Je ne sais pas encore, dit-elle. Mais comment il est arrivé ? répète-t-elle.

— Euh… Eh bien. Tu comprendras quand tu seras plus grande. Pour l'instant, je voudrais que tu me promettes d'être une gentille grande sœur. D'accord ?

Mabel hoche la tête.

— Oui.

Elle reste silencieuse un moment, puis dit :

— Je veux bien lui prêter Prudence.

Elle tend sa poupée, et Eleanor sent un nœud se former dans sa gorge. Quelques larmes lui échappent. Mabel met son pouce à la bouche.

Il faut quelques instants à Eleanor pour se reprendre et être capable de répondre :

— C'est très gentil de ta part, Mabel. Vraiment très gentil.

Elle voudrait que Rose emmène Mabel, à présent. Pour pleurer tout son soûl avant l'arrivée du médecin et de la sage-femme.

Chapitre 10

Edward

L'immense *atrium* du musée américain d'Histoire naturelle déborde d'activité quand Edward et Leonard Darwin s'y réfugient, laissant derrière eux le vent et la pluie qui balaient la 77e Rue Ouest. Edward tamponne avec un mouchoir son front mouillé et se recoiffe d'une main.

— Où ai-je mis mon discours… ? s'inquiète Léonard en tapotant fébrilement ses nombreuses poches.

L'espace d'un instant, il paraît tout à fait ses soixante-dix-huit ans.

— Bon sang, j'ai dû le laisser à l'hôtel ! s'exclame-t-il.

— Je suis sûr que vous êtes capable mieux que personne de faire un discours sans notes et sans rien oublier, Leonard. Détendez-vous… Vous êtes l'invité d'honneur, que diable ! Ils vont boire vos paroles.

— J'espère que vous avez raison, Hamilton, mon vieux.

— Ah ! Vous voilà, messieurs. Major Darwin, professeur Hamilton, soyez les bienvenus !

Charles Davenport s'avance vers eux à grandes enjambées, grand, mince et élégant. Il arbore une superbe moustache épaisse et une curieuse barbe triangulaire neigeuse. Ses yeux vifs et brillants sont ceux d'un homme beaucoup plus jeune. Sa poignée de main est ferme.

— Ravi, absolument ravi de vous avoir tous les deux parmi nous. Darwin et moi nous connaissons depuis longtemps, mais j'ai tellement entendu parler de votre travail par Harry Laughlin, monsieur Hamilton, que j'ai l'impression de vous connaître aussi.

— Appelez-moi Edward, je vous en prie.

— Venez, propose Davenport en les guidant à travers l'*atrium*. Allons dans un endroit plus calme pour prendre un café. Je tiens à vous présenter quelques personnes.

L'*atrium* bourdonne d'activité. Partout des employés s'agitent pour mettre la dernière main aux stands et aux présentoirs avant l'heure d'ouverture. Un grand panneau s'illumine soudainement quand on enclenche l'électricité. « Fédération internationale des organisations eugéniques – Congrès eugéniste 1929 », proclame-t-il.

Edward emboîte donc le pas aux deux pères du mouvement eugéniste : Darwin, président honoraire de la Société britannique eugénique ; et Davenport, président de la Fédération internationale des organisations eugéniques.

Davenport les entraîne dans une salle de conférence du grand *atrium* déjà occupée par quatre ou cinq hommes et deux femmes qui discutent en buvant un café autour d'un stand proposant le programme du congrès, le plan général de l'exposition et la liste dactylographiée des quelque trois cents intervenants venus de tout le continent européen, mais aussi d'Amérique latine et même du Japon.

Harry Laughlin sourit et fait signe à Edward.

— Un café ? propose-t-il.

— Volontiers.

— Vous connaissez Junior, Edward ?

— Pardon ?

Laughlin lui présente un homme de grande taille, à la coiffure soignée et aux épaules larges. Plutôt d'âge mûr, comme son prénom ne l'indique pas. Edward a l'impression de l'avoir déjà vu, mais il ne saurait pas dire où.

— Junior, c'est un surnom qui sert à me distinguer de mon père, explique l'homme. John Rockefeller, à votre service.

— Oh ! s'exclame Edward en serrant la main tiède et ferme que lui tend Rockefeller. Bien sûr. Je vous reconnais. Je, euh, j'ignorais totalement que vous seriez présent à ce congrès. Je suis conscient de l'importance de votre soutien et de tout ce que fait votre fondation pour la cause de l'eugénisme.

— Je ne vais pas pouvoir m'attarder, j'en ai bien peur. Mais il m'a semblé que je devais au moins venir pour annoncer officiellement l'augmentation de notre contribution à vos recherches. Allez-vous visiter dimanche le laboratoire de Cold Spring Harbor ? Nous collaborons avec l'Institut Carnegie sur divers projets. Pour nous, la philanthropie est un devoir. Ce serait formidable que nos homologues étrangers viennent voir ce que nous faisons, dans le but de renforcer une collaboration internationale. Nous sommes en pourparlers avec l'Institut Kaiser Wilhelm en Allemagne pour financer des recherches approfondies en sciences raciales. Cette théorie de l'amélioration raciale, je la trouve fascinante. Et vitale, en vérité. Quand l'on songe aux bienfaits qui pourraient en résulter – la possibilité d'éradiquer certaines maladies, d'augmenter l'intelligence, de prévenir les tares de naissance et les malformations. Il y a là un potentiel extraordinaire, ne pensez-vous pas ?

Le visage de Junior est vibrant d'excitation et Edward en déduit qu'il se passionne sincèrement pour les progrès de la science.

—Nous sommes particulièrement intéressés par les études de jumeaux en ce moment, poursuit Junior. Ils ont tant à nous apprendre sur la part respective de l'inné et de l'acquis.

Edward acquiesce. Il est d'accord.

—Quelle est votre spécialité, Edward ? demande le grand homme.

—La psychologie, explique Edward. Ainsi que la politique éducative et les tests d'intelligence. Mais ma femme et moi sommes membres de la Société eugénique depuis des années. Et je suis d'accord avec vous pour dire que le travail du mouvement eugéniste est véritablement passionnant. Je suis réellement désireux de le défendre en Angleterre et d'amener notre gouvernement à mettre en application ses théories, comme vous le faites avec succès en Amérique. En fait, c'est même la raison de ma présence ici. Malheureusement en Angleterre… Eh bien, disons simplement qu'il y a ceux qui ne sont pas d'accord, ou qui ne comprennent pas les bénéfices que notre société pourrait en retirer. Certains sont résolument contre le placement des personnes inaptes et contre leur stérilisation. Pour eux, ce sont des pratiques cruelles ou injustes. À un niveau individuel, ces arguments seraient recevables. Mais quand on pense à l'intérêt général…

Il rit.

—Mais ce n'est pas à vous que j'ai besoin d'expliquer cela.

—En effet, répond Junior en riant à son tour. Vous savez, nous avons chez nous aussi des voix dissidentes. L'Église, les libéraux…

—Ah, oui. Je connais leur rengaine contre l'État qui se permet de bafouer les droits de l'individu.

—Vous savez, il y aura toujours des opposants. Mais les recherches de l'eugénisme sont trop importantes et les bénéfices que l'on peut en tirer sont maintenant scientifiquement prouvés. Nous devons être audacieux et aller de l'avant. Il faut parfois faire des choix difficiles dans l'intérêt général, n'est-ce pas Edward ?

— Oui, absolument !

— Eh bien…

Junior s'incline légèrement.

— Ce fut un plaisir de vous rencontrer, mais je vous prie de m'excuser car je dois m'entretenir avec plusieurs personnes avant de partir. Harry va vous tenir compagnie. La collaboration internationale est le meilleur moyen de faire progresser notre cause, n'est-ce pas, Harry ?

— Absolument, monsieur !

Rockefeller assène une grande claque amicale sur l'épaule de Harry.

— Vous avez certainement entendu parler du succès de l'affaire Buck contre Bell l'été dernier ? Eh bien, c'est à Harry que nous le devons. Suite à cela, de nombreux États ont fait avancer à grands pas leur programme de stérilisation – un travail vital pour améliorer l'ensemble du patrimoine génétique. Cet homme est une véritable force de la nature, ajoute-t-il en souriant à Harry. Nous devons œuvrer ensemble pour endiguer l'afflux de mauvais gènes apportés par les races inférieures.

— Le monde est en crise, grommelle Darwin, qui s'est approché lui aussi du grand Junior Rockefeller pour écouter ses sages paroles. Ce que vous faites ici est digne d'admiration.

Junior répond par un grand sourire, comme si tout le mérite des travaux de l'eugénisme lui revenait.

— Malheureusement, nous n'agissons pas assez rapidement pour éviter un désastre planétaire, notamment en Europe, poursuit Darwin.

— C'est un point de vue extrême, monsieur, intervient une voix.

Tout le monde se tourne vers l'auteur de cette intervention, un jeune homme arborant un badge sur lequel est écrit « PRESSE » en grosses lettres et qui dépasse de sa poche de poitrine.

— Ed Winslow, du *Daily News*, annonce-t-il.

Il porte sur son épaule un trépied auquel est arrimé un appareil photo.

Darwin lui lance un regard méprisant.

— Qui vous a laissé entrer ? aboie un homme en costume sombre, en venant s'interposer entre le journaliste et Rockefeller.

Winslow montre d'un geste vague une quelconque autorité invisible qui doit se trouver derrière les portes fermées de la pièce.

— J'ai rendez-vous pour une interview et une photo. Mon patron…

Face au molosse en costume, il n'en mène pas large. La sueur perle à son front.

— Mais oui, le *Daily News*, bien sûr ! s'exclame Davenport, en claquant des doigts. C'est exact. Vous étiez censé arriver à 9 h 30.

— J'ai été retenu à l'extérieur, en raison d'une sorte de manifestation. Je vous prie d'excuser mon retard, monsieur.

— En fait, c'est peut-être mieux comme ça, déclare Davenport. Tous les gens dignes d'être photographiés sont réunis dans cette pièce.

— Malheureusement, je ne vais pas pouvoir participer, déclare Rockefeller. Je dois vraiment y aller.

Il lève une main en signe d'adieu et s'en va. L'homme en costume sombre le suit, quelques pas derrière lui.

— Formidable.

Le jeune homme pose son trépied et entreprend de régler l'appareil photo pour une prise de vue.

— Donc, euh, vous parliez d'une crise mondiale, monsieur, euh…

— Darwin, Leonard Darwin. Vous pouvez écrire ceci dans votre journal pour faire réfléchir les sceptiques : nous nous dirigeons vers une catastrophe planétaire en raison de l'augmentation générale de la population. Nous sommes de plus en plus nombreux, et cela ne peut pas continuer. Les ressources finiront par s'épuiser, les économies par s'effondrer, les démocraties tomberont. Ce sera le règne de l'autocratie. Tout cela risque de se terminer par une guerre, si nous n'agissons pas.

— Il me semblait avoir compris que vous parliez surtout de l'augmentation d'une certaine catégorie de population, dit le journaliste, en sortant un crayon et un carnet de sa poche.

— C'est tout à fait exact, jeune homme. Nous devons contrôler la prolifération des moins aptes et des races porteuses d'un plasma germinatif inférieur. Si nous ne le faisons pas, les générations futures seront d'une intelligence amoindrie, porteuses de toutes sortes de maladies et également de gènes dont personne ne veut – déficience mentale, criminalité, etc.

— C'est l'apocalypse que vous annoncez là, monsieur ! La fin du monde ! Auriez-vous oublié que notre grand pays s'est construit grâce à la nature aventureuse et à l'ingéniosité d'immigrants ?

Il griffonne furieusement dans son carnet.

— Eh bien, oui, mais il y a immigrants *et* immigrants, intervient Laughlin. Nous faisons le tri entre les indésirables, qu'il faut écarter, et les autres. Et nous encourageons ceux qui possèdent un bon patrimoine génétique à avoir plus d'enfants, car c'est sur eux que doit reposer l'amélioration de l'espèce humaine. Malheureusement, ce sont aussi ceux qui manient avec aisance les outils de contrôle des naissances.

Laughlin se retourne pour jeter un regard noir à une femme de grande taille, d'âge moyen, laquelle secoue la tête en lui rendant son regard.

— Si j'avais le pouvoir d'en décider, je mettrais en place une stricte ségrégation selon la classe sociale, reprend Darwin. Et vous pouvez l'écrire : il ne devrait y avoir aucun mélange, au risque de diminuer la qualité du stock biologique.

— Il en va de même pour le mélange des races, ajoute Davenport. On devrait empêcher les races inférieures de se reproduire en trop grand nombre et au contraire encourager ceux qui sont issus de races supérieures à faire beaucoup d'enfants, au moins quatre !

Le journaliste tourne sa page et continue de griffonner, le front plissé par la concentration.

— Mais ce processus serait trop lent, intervient un autre homme. Il faudrait passer par l'euthanasie, qui aurait par ailleurs le mérite de soulager la société du coût que représente le placement en institution des inaptes, dont le nombre ne cesse de croître.

Ed Winslow s'arrête de griffonner et lève les yeux de son carnet. À présent, ses sourcils disparaissent sous sa frange.

— « L'euthanasie » ? s'exclame-t-il, crayon en main. Vous ne pouvez pas envisager sérieusement une chose pareille ?

— Ce serait aller trop loin pour la plupart des gens, intervient précipitamment Davenport. Pour l'instant, ça ne fait pas partie de nos propositions.

Le journaliste marmonne quelque chose, secoue la tête et se remet à griffonner.

— Avec une régulation des naissances maîtrisée, l'euthanasie ne serait plus utile, les interrompt une voix féminine.

Margaret Sanger, la femme que Laughlin a fusillée du regard, s'avance pour se présenter. Son nom et son visage semblent familiers à Edward et il se souvient de l'avoir rencontrée à Londres, quelques années plus tôt. Elle accompagnait Marie Stopes, car elles travaillent sur les mêmes thèmes de recherche. Si sa mémoire ne le trahit pas, Margaret Sanger avait dû fuir l'Angleterre et se réfugier à New York, ses positions sur le contrôle des naissances ayant fait trop de remous.

— La plupart des familles pauvres aimeraient avoir moins d'enfants, si seulement on leur donnait les outils pour contrôler les grossesses, explique Margaret Sanger. Cela contribuerait grandement à l'amélioration de la population.

À présent, c'est Davenport qui la dévisage d'un air méfiant. Elle ne semble pas avoir beaucoup d'alliés dans cette pièce.

— Ce que vous prêchez est dangereux, rétorque-t-il. Le contrôle parental des naissances entraîne un déséquilibre. Car ce sont ceux dont nous attendons des enfants qui le pratiquent le plus. Regardez le résultat chez les Français ! Les classes supérieures sont décimées.

— Je ne suis pas d'accord, monsieur, rétorque-t-elle en élevant la voix par-dessus les commentaires qui fusent dans la pièce. Une femme devrait avoir le droit de choisir si elle veut ou non des enfants. Comme vous, je souhaite que les inaptes aient le moins d'enfants possible, et, comme vous le savez, je soutiens la stérilisation de ceux qui ne devraient pas avoir d'enfants du tout. Mais ce n'est pas une raison pour obliger les autres à en avoir plus qu'ils n'en veulent. Il faut respecter le libre arbitre des femmes et leur laisser le droit de disposer de leur corps.

Sanger s'agite tant qu'elle renverse du café dans sa soucoupe. Winslow griffonne en accéléré.

— Les femmes sont essentielles à la survie de notre espèce, insiste Darwin. Beaucoup plus que les hommes.

Il s'interrompt pour ricaner.

— Que deviendrions-nous si toutes les femmes brillantes, capables et bien éduquées décidaient d'éviter les contraintes de la maternité pour mieux jouir de leur liberté ?

Margaret Sanger ouvre la bouche pour répondre, mais Davenport frappe dans ses mains.

— J'ai bien peur de devoir mettre un terme à cette intéressante discussion. J'ai un discours d'ouverture à faire.

Il sourit.

— Un petit instant ! s'exclame Winslow en remettant dans sa poche son carnet de notes et son crayon. Il me faut une photo.

Les membres du groupe se rassemblent selon ses instructions, il manipule un instant l'appareil, puis prend sa photo, avec une lampe flash.

Davenport disparaît pour prononcer son discours d'ouverture et Winslow le suit, appareil photo à l'épaule.

Edward erre seul dans le hall d'exposition principal, notant les articles et les stands qui l'intéressent et sur lesquels il compte revenir plus tard. « Alcoolisme et hérédité. » « Troubles mentaux chez les jumeaux. » « L'ère du surhomme. » « Crime et décadence de la race. » « L'eugénisme pour les écoles. » « Les périls du contrôle des naissances. » « Institutions, colonies et stérilisation – La voie du progrès. »

Au vu de ce qui est proposé, il constate avec un peu d'amertume que l'Amérique a pris de l'avance dans cette course à la supériorité. L'Angleterre doit faire des efforts si elle ne veut pas rester en rade. Autrement dit, il doit faire mieux pour convaincre les autorités.

Soudainement pris d'une fatigue inexplicable, il se dirige vers la cafétéria et s'offre un café noir et un beignet, histoire de faire le plein d'énergie. Il se réfugie dans un coin tranquille en songeant qu'il est bien loin de son foyer. Comme il aimerait qu'Eleanor soit là, assise en face de lui. Elle sucrerait son café en minaudant : « Oh, je sais que je ne devrais pas, parce que c'est mauvais pour mon tour de taille, mais le sucre met du baume à l'âme. Ne trouves-tu pas, Edward ? » Il sourit pour lui-même. Vraiment, le tour de taille d'Eleanor lui importe peu, surtout en ce moment, car elle porte son enfant.

Il récite une courte prière silencieuse pour que ce bébé ne soit pas porteur des gènes défectueux qui affectent la pauvre Mabel. Et voilà. Mabel. De nouveau, ce couteau qu'on lui retourne dans la plaie. Mabel dans sa chambre d'enfant, qu'il faut cacher au monde. Mabel, qui ne pourra pas aller à l'école de filles où elle devait commencer plus tard dans l'année. Mabel, qui ne sera pas autorisée à frayer avec les enfants du village et devra se contenter de la compagnie d'une nounou triste et maussade, Mlle Cartwright-Jones, à qui l'on peut faire confiance pour être discrète – et c'est la moindre des choses, vu le salaire exorbitant qu'il lui verse. Drôle d'ironie que tout cela, quand on pense au sujet de la conférence à laquelle il assiste en ce moment. Mais ça n'a rien à voir. Mabel n'a aucun point commun avec les personnes dont il est ici question. Leur cas est entièrement différent. Ce sont des monstres. Des criminels et des bons à rien. Des assassins en puissance, comme celui qui a tué la mère d'Eleanor. Des dégénérés qui sèment le chagrin et le désespoir sur leur passage.

— Edward !

Il lève les yeux et sursaute, presque surpris de se trouver là où il est, c'est-à-dire loin, très loin des problèmes de Brook End. C'est Harry qui l'interpelle.

— C'est donc là que vous vous cachiez, dit ce dernier. Tout va bien ?

— Oh, oui. Je, euh… Je m'accordais une courte pause pour me ressourcer. Voulez-vous vous joindre à moi ?

— C'est vrai que c'est fatigant, tout ce monde, concède Harry.

Il secoue la tête et désigne du menton le hall d'exposition.

— Mais en même temps, c'est bien, non ? ajoute-t-il. Je pense que ça va être un grand succès, Edward. Les gens commencent à comprendre. Nous sommes à l'aube d'une nouvelle et glorieuse ère. J'en suis persuadé. Garçon ! Un autre café par ici, s'il vous plaît !

Le soir, de retour dans sa somptueuse chambre du *Waldorf-Astoria*, Edward referme la porte derrière lui en soupirant. Cette journée l'a épuisé. Tellement qu'il décide de remettre son bain au lendemain – après tout, quelle importance, puisqu'il va dormir seul. Il enfile donc son pyjama de soie sans faire de toilette et se sert un verre du bourbon qui décante dans une carafe posée sur sa table de chevet. Dès la première gorgée, il sent les tensions l'abandonner.

Il s'affale sur le lit et étire ses longs membres, en massant ses épaules nouées. Il est arrivé à New York quelques jours plus tôt et n'a cessé depuis d'enchaîner les réunions, les petits déjeuners, les déjeuners, les dîners, les sorties dans les bars clandestins et les clubs de jazz ; il a fallu convaincre, fumer, sourire, rencontrer un certain nombre de personnages haut placés. Tout cela lui a demandé des efforts, car il a plutôt le moral en berne. Malgré tout, de ce côté de l'océan, les gens sont moins morbides qu'à Blighty. L'énergie positive et l'optimisme de New York contrastent avec la morosité ambiante des rues de Londres. Il pense à Times Square, tout illuminée, à la magnifique tour Chrysler et à ces gratte-ciel qui s'élèvent de plus en plus haut. Le paysage urbain de New York n'est pas comme celui de Londres, gagné peu à peu par la grisaille et la pourriture.

À Londres, on considère que le monde civilisé est en chute libre et que le capitalisme est condamné, mais personne, à gauche comme à droite, ne parvient à s'accorder sur un remède à la maladie. Les socialistes, bien sûr, pensent qu'une économie planifiée permettra d'enrayer la décadence.

Edward soupire et vide son verre d'un trait. La réponse, comme les Américains semblent l'avoir bien mieux compris que les Britanniques, est une position radicale. Là où les Anglais compliquent les choses en débattant à n'en plus finir, les Américains agissent. Il est temps de trancher. De diriger. Une vision passe devant ses yeux. Il se voit, en capitaine, couvert de boue et d'horreur. Ses hommes, des gamins, frissonnants de froid et de terreur, le regardent fixement. Dépendants de lui. Confiants. Il tressaille, repousse l'image, remonte les couvertures et éteint la lampe. Il pense à Barton et à sa réaction s'il voyait toutes ces ampoules qui brillent partout dans Manhattan. Ce cher Barton, tellement provincial. Il supporterait assez mal la modernité de l'Amérique.

Edward tremble de la tête aux pieds. Si seulement il pouvait se calmer, maîtriser ces spasmes qui l'empêchent de se tenir debout et neutralisent toutes ses pensées.

Il fait noir. Des éclairs de lumière passent au-dessus de lui, encore et encore. Il y a un grondement – mais ce n'est pas le tonnerre. Ce sont des coups de feu. Rapides. Proches. Des tirs de mitrailleuses. Il doit bouger ! Se lever et reprendre le contrôle ! S'extirper de la boue liquide avant d'être aspiré tout au fond et de mourir suffoqué dans d'atroces souffrances.

Il commence par dégager la moitié supérieure de son corps, jusqu'à se retrouver mi-assis mi-allongé, appuyé contre le mur de la tranchée. Il n'a plus de force. Les tremblements sont de plus en plus violents et il est impuissant à les maîtriser. *Je ne veux pas mourir ! Pas ici. Pas comme ça !* Au loin, des bombes explosent avec un bruit assourdissant. Une fusée éclairante orange illumine le ciel et le bruit renouvelé des tirs de mitrailleuses fait vibrer son crâne et s'entrechoquer ses dents. Il a le goût métallique du sang à la bouche. C'est proche. Trop proche.

Ce bruit est insupportable. Ça le rend fou. C'est dans ses oreilles, dans son cerveau. Plus fort, plus fort, toujours plus fort jusqu'à ce qu'il n'en puisse plus. Il se tient la tête à deux mains. Se recroqueville dans un enchevêtrement de membres. Autour de lui, il y a des soldats. Des gamins tout juste assez vieux pour se raser. Ils se lèvent, tirent, s'accroupissent, rechargent, tirent, rechargent. Il entend leurs cris et leurs hurlements. C'est une pluie de boue, de cailloux et de balles. On n'est pas à l'abri dans cette tranchée. Les hommes sont là comme des cibles de foire, attendant d'être abattus.

Une pensée le transperce. Un souvenir. C'est lui qui commande. Ce sont ses hommes. Ses soldats. Il devrait les diriger. Il rassemble toute son énergie pour saisir son fusil avec des doigts gelés et tente de se relever, mais du feu déchire l'air, les jambes près des siennes se dérobent. Un petit corps s'effondre sur Edward, qui le repousse et l'envoie rouler plus loin. Un éclair de lucidité le traverse quand il voit le visage du garçon – mon Dieu, c'est le soldat de deuxième classe Avery ! Avery, merde ! Nouvel arrivant. Seize ans ! Seulement seize ans, merde ! Le garçon se contorsionne violemment, les yeux écarquillés de terreur, la bouche ouverte. Edward demeure figé, en état de choc, alors que le sang et les boyaux du garçon se déversent d'une plaie blanc et rouge, béante et mouillée – dans la boue et sur son manteau. Avery s'accroche à l'air, halète, et puis un soldat – Edward a son nom sur le bout de la langue – attrape Avery et le tient fermement jusqu'à ce qu'il cesse de lutter.

« Désolé », murmure Edward.

Mais peut-être l'a-t-il seulement pensé. *Désolé.*

Quel mot vain.

Le soldat – le gamin, parce que c'est ce qu'il est, un gamin à peine plus âgé qu'Avery – presse l'épaule d'Edward. *« C'est bon, capitaine. Je vais attraper les salauds de Boches qui ont fait ça. »* Et ensuite il n'est plus là.

Des cris, des hurlements, encore des coups de feu et des soldats qui tombent. Encore des corps pris de convulsions, de la merde, du sang et des pleurs. Est-ce que ça finira un jour ?

Edward en a les tripes retournées. Il faut qu'il reprenne le contrôle. C'est lui l'officier qui commande ces hommes, il doit les sauver. Mais la boue est trop épaisse ; il n'a pas la force de s'en extraire. Il ne peut pas se lever. Il ne peut pas les sauver. Il s'enfonce, toujours plus bas, plus bas. Mais ce n'est pas la boue qui l'avale et l'engloutit. Ce sont les parties mutilées des corps de ses garçons. Il est couché dans leur sang épais et gluant, des litres et des litres de sang, une mare, avec des membres coupés et des entrailles déchiquetées. Leurs visages défilent devant lui, pleins de joie et de vie, le saluant avec des sourires, des clins d'yeux et des *« hé, m'sieur, vous avez le temps de discuter un peu ? Allez, m'sieur, un petit verre, m'sieur ! Juste le temps d'une cigarette sur la terrasse. Allez, m'sieur, comment elle s'appelle ? Je parie qu'elle est très belle. »* Il y a Butler et Crouch ; Spencer et le jeune Dean. Il y a les jumeaux Miller et…

Edward se réveille, trempé de sueur, désorienté. Il s'attend à trouver la boue, le froid, le sang et la merde. La puanteur des morts.

Mais il est là, allongé dans son grand lit, les couvertures froissées et défaites autour de lui, les rideaux sont ouverts sur la nuit new-yorkaise. Des phares des véhicules rampent au plafond. Son cerveau encore imprégné de son rêve essaie de donner un sens aux grondements et au fracas qu'il entend au loin. *Le tonnerre ? Pas des armes.* Ce ne sont pas des armes. Il cherche à tâtons le cordon de sa lampe de chevet et allume avec des doigts tremblants. Il vérifie sa montre à gousset. Six heures. C'est donc déjà le matin. Il comprend mieux le bruit au-dehors. C'est celui des éboueurs et des allumeurs de réverbères, celui de la ville qui s'éveille par un matin d'hiver.

Il s'assied lentement sur le bord du lit et attend que l'horreur du cauchemar se dissipe. Le galop de son cœur ralentit, il passe sa robe de chambre autour de ses épaules et enfouit son visage dans ses mains. Cela fait des années qu'il n'a pas revécu une scène aussi vivace, au point de croire qu'ils étaient là, juste derrière lui. Mais bien sûr, ils n'étaient pas là. Comment auraient-ils pu ? Son passé vit en lui, plein de remugles et de pourriture, comme la vase au fond de l'eau stagnante d'une mare.

Il sent monter en lui un puissant dégoût de lui-même, comme du vomi. Il se lève en tremblant. Il a besoin de se laver, de se débarrasser de la sueur et des souvenirs.

Le jour, son esprit a appris à oublier, mais la nuit son inconscient prend le dessus. Edward a peur de son inconscient. Quand il a fait un cauchemar, seule Eleanor a le pouvoir de l'apaiser. La douce et inébranlable Eleanor. Comme elle lui manque.

Un coup frappé à la porte le fait sursauter. Qui diable cela peut-il être, à cette heure ?

Le groom remet à Edward un télégramme et il est aussitôt pris d'angoisse. Les télégrammes apportent rarement de bonnes nouvelles. Il donne un pourboire, ferme la porte, déchire l'enveloppe.

BÉBÉ EN AVANCE STOP GARÇON EN BONNE SANTÉ STOP MÈRE ET BÉBÉ VONT BIEN ET SE REPOSENT STOP FÉLICITATIONS STOP DOCTEUR HARGREAVES.

Le bébé est né avec de l'avance ! Un mois d'avance ! Edward s'affale sur le lit, son cœur danse dans sa poitrine, il ne s'attendait pas à avoir les larmes aux yeux. Mais tout va bien. Le médecin dit qu'ils vont bien tous les deux.

Un petit garçon !

Chapitre 11

Eleanor

TRÈS CHÈRE ELEANOR STOP MERVEILLEUSE NOUVELLE STOP REGRETTE ÊTRE SI LOIN DE TOI STOP ESPÈRE TOUT VA BIEN MALGRÉ NAISSANCE PRÉMATURÉE STOP TU ME MANQUES STOP LETTRE SUIT STOP TON MARI AIMANT EDWARD.

Le télégramme trône sur la cheminée d'Eleanor, posé contre un vase. Les fleurs ne cessent d'arriver. Il y a d'abord eu un bouquet de la part de Rose, un autre venant de Lizzie Leyton, encore un de la femme du médecin, un quatrième apporté par des gens du village. Et, depuis que la naissance du bébé a été annoncée dans le *Times*, il en vient aussi de Londres – car ils sont nombreux à vouloir se manifester, en raison de la notoriété d'Edward.

— On va manquer de vases, madame Hamilton ! s'exclame Alice d'un ton enthousiaste. Je n'ai jamais vu autant de bouquets de toute ma vie !

Et sur ce elle repart en quête d'un récipient pouvant faire office de vase.

Rose a été très occupée par l'envoi de remerciements aux amis, aux connaissances, aux associés, aux étudiants et aux collègues d'Edward. Pour l'instant, son projet d'installation à Londres ne semble plus d'actualité, en tout cas elle n'en parle plus, mais Eleanor la soupçonne de solliciter des rédacteurs en chef. Elle imagine des créatures repoussantes dans des bureaux miteux, vêtus d'affreux costumes froissés, ouvrant avec empressement les lettres de sa sœur de dix-neuf ans et fantasmant sur toutes les choses dégoûtantes qu'ils aimeraient lui faire.

Aujourd'hui, Sophie va venir voir Eleanor. Rose ne sera pas là, elle passe la journée à Guildford, le chef-lieu du comté, avec l'aînée des filles Leyton, Charlotte. Elles vont écumer les magasins et déjeuner ensemble. Rose a probablement programmé cette sortie pour la laisser seule avec Sophie et leur donner une chance de parler tranquillement.

Après avoir pris un bain rapide et essayé sans succès d'enfiler des vêtements d'avant sa grossesse, Eleanor se résigne à mettre une robe ample et informe et descend précautionneusement l'escalier avec le couffin, juste à temps pour voir arriver la grosse Mercedes Benz chromée de Sophie, qui franchit les portes de Brook End à une vitesse inquiétante.

—Edward va être fou de joie en le voyant, parce que c'est son portrait craché, commente Sophie en contemplant le bébé qui grimace et fronce les sourcils dans son sommeil. Comment s'appelle-t-il ?

—La Chenille.

Sophie se tourne vers Eleanor.

—Je te demandais son prénom.

—Il n'en a pas encore. J'attends qu'Edward rentre et on le choisira ensemble. Ou plutôt il me dira ce qui lui plaît et je serai d'accord.

—Ah bon, c'est comme ça que ça se passe chez vous ! s'exclame Sophie en plissant le nez d'un air vaguement dégoûté.

Elle se tourne à nouveau vers le bébé et lui jette un regard courroucé, comme s'il était déjà l'incarnation des défauts masculins.

— Je ne vois pas la ressemblance dont tu parles, répond Eleanor. Ni pourquoi tout le monde s'attend à ce qu'un bébé ressemble au père, car après tout c'est la mère qui le porte pendant neuf mois.

— C'est génétiquement programmé ainsi, ma chère. Afin que le père n'ait aucun doute sur la filiation. En ce qui me concerne, je ne suis pas très sûre de savoir qui est le père de Sebastian, mais heureusement il a le teint d'Henry, donc personne n'a jamais fait de remarques.

— Mon Dieu. Tu ne veux pas dire que… ?

— Chérie, tu ne pensais quand même pas que j'accepterais que mon mari soit le seul à s'amuser, n'est-ce pas ? répond Sophie avec un petit rire.

Eleanor en reste bouche bée.

— Mais tu semblais tellement contrariée par sa liaison avec Clarissa !

— C'est parce qu'il l'a fait au vu et au su de tout le monde. Ce petit jeu comporte un certain nombre de règles, la première étant la discrétion. Et la seconde, si cela t'intéresse, c'est de ne pas tomber amoureux. Si on les respecte, on peut s'autoriser quelques écarts de conduite.

Puis elle ajoute :

— Aurais-je droit à un verre ?

— Mon Dieu ! s'exclame Eleanor en sonnant Alice. Je manque à tous mes devoirs.

Serait-elle la seule femme en Angleterre à n'avoir jamais eu d'amant ? Elle se sent soudain terriblement vieille, pudique et victorienne.

En tout cas, l'humeur enjouée de Sophie lui paraît suspecte. En tant que femme trompée, elle devrait être malheureuse.

— Et en ce moment, tu te livres à des écarts de conduite ? demande-t-elle d'un ton circonspect.

— Peut-être bien, répond Sophie avec un clin d'œil. Et en parlant d'écarts de conduite, où est l'adorable Rose ?

— Elle est sortie pour la journée avec une amie. Je crois qu'elle avait besoin de rompre avec la monotonie domestique.

— C'est tout à fait compréhensible.

— Ah, Alice, dit Eleanor, à la vue de la bonne. Que veux-tu boire, Sophie ?

— N'importe quoi, pourvu que ce soit alcoolisé. Je te laisse le soin de choisir, ma chérie.

Elle s'affale théâtralement sur un canapé et contemple le jardin.

— Que dirais-tu d'un sherry ? suggère Eleanor.

Alice se dirige vers le meuble-bar pour en sortir la bouteille de sherry et deux verres.

— Dois-je dire à Mme Bellamy que vous déjeunez bientôt ?

— Oui, s'il vous plaît, Alice, merci, répond Eleanor en souriant.

C'est bon d'être de retour au rez-de-chaussée et de reprendre un semblant de vie normale, même si elle n'est pas tout à fait remise de l'accouchement. Elle ne comprend pas comment Sophie, après deux enfants, peut encore se livrer à des « écarts de conduite » ni où elle trouve l'énergie pour ça. Elle-même, après la naissance de Mabel, n'imaginait pas accepter à nouveau son mari dans son lit. Elle baisse les yeux vers son fils, dont on entrevoit les joues roses entre le bonnet au crochet qui couvre son crâne et les langes qui l'enserrent jusqu'au menton… Elle a tout de même fini par changer d'avis, ce petit ange en est la preuve.

Mlle Harding, la nounou arrivée à Brook End il y a deux jours, apparaît dans l'encadrement de la porte après avoir frappé pour la forme. Fraîchement émoulue de Norland's, c'est une jeune fille mince au visage poupon, avec de beaux yeux verts et des taches de rousseur qui s'étendent d'une oreille à l'autre en passant par son petit nez retroussé. La première fois qu'elle l'a vue, Eleanor a eu l'impression qu'elle sortait tout droit du jardin d'enfants.

Mais les apparences sont trompeuses. Mlle Harding est extrêmement compétente et elle a su imposer au bébé une stricte alternance de repas, de sommeil et de promenades, entrecoupée de moments où elle le place sur le dos, afin qu'il puisse remuer bras et jambes, avant d'être emmailloté à nouveau. Avant l'arrivée providentielle de Mlle Harding, Eleanor était épuisée par le manque de sommeil. À présent, la nounou se charge du bébé pendant la nuit, sauf au moment de l'allaiter, mais elle le lui apporte au lit et le reprend quand il a terminé sa tétée. Avant elle, le petit ange exigeait d'être pendu des heures durant aux seins de sa mère. Eleanor en avait les mamelons crevassés et en sang. Elle ne se souvient pas d'avoir vécu un tel calvaire avec son premier enfant. Avec le recul, elle se rend compte que Mabel était vraiment le bébé parfait.

— Il est temps pour ce jeune homme de pendre un bol d'air, proclame Mlle Harding en vérifiant sa montre.

Elle sort le bébé du couffin et sourit à Eleanor.

— Nous serons de retour dans une heure pour son prochain repas, promet-elle en fermant la porte derrière elle.

Eleanor se sent incroyablement légère à la perspective de passer une heure en compagnie d'une adulte, sans enfant.

— Santé !

Elles trinquent en faisant tinter leurs verres.

—Mlle Harding est adepte de l'air frais et des habitudes bien réglées, explique Eleanor à Sophie. « L'air pur du dehors est indispensable au développement de l'enfant et contribue à faire de lui un être heureux et équilibré », récite-t-elle. Donc elle le sort, même s'il fait froid. Pas quand il pleut, bien sûr. Je ne pense pas qu'elle l'expose à la pluie.

Sophie tourne la tête vers la porte que Mlle Harding vient de franchir.

—Mais n'est-elle pas un peu trop jeune et mignonne ? Il me semble que c'est soumettre Edward à la tentation.

—Ne sois pas ridicule. Regarde-la, on dirait une enfant. Pourquoi Edward s'intéresserait-il à elle ? Et comment pourrait-elle être attirée par lui ? Tu as tort de croire que tout le monde est obsédé par le sexe. On n'est pas tous comme toi.

Elle soupire et boit une gorgée de sherry.

—Vraiment, Eleanor, ta naïveté m'étonnera toujours.

—Et puis, vois-tu, Sophie, en ce moment je me moque de ce que pourrait bien faire Edward. Tout ce qui m'intéresse, c'est d'avoir quelqu'un pour prendre en charge mon petit tyran et pousser son landau.

Sophie glousse.

—Tu n'en feras pas un troisième, si j'ai bien compris.

—Edward parle déjà d'en avoir un autre. Je crois qu'il cherche à compenser, à cause de Mabel…

—Compenser quoi ?

Eleanor soupire. C'est difficile de garder tout pour elle. Un jour ou l'autre, la vérité va lui échapper.

—Oh, rien. Viens, allons déjeuner. Je suis affamée.

—Qu'est-ce qui ne va pas, Eleanor ? Il y a un problème avec Mabel ? Et d'ailleurs, où est-elle ? D'habitude, elle passe toujours un moment avec nous. C'est vraiment un amour.

— Elle n'est pas très en forme, elle se repose, répond Eleanor d'un ton vague.

Elle se dirige vers la salle à manger et sonne pour réclamer qu'on serve à table.

Pendant le déjeuner, elle écoute d'une oreille distraite Sophie lui raconter sa vie londonienne. La fatigue l'empêche de se concentrer, et aussi Mabel, qui occupe son esprit. Mabel, cloîtrée dans sa chambre et qu'on ne montrera pas de crainte que Sophie ne soit témoin d'une de ses crises. Les seuls à être au courant sont Mme Faulks et son mari, Alice, Mme Bellamy, et enfin Bertie. Aucun d'eux ne fait le moindre commentaire, mais ils savent. Edward les a pris à part et leur a bien expliqué que rien ne devait sortir de la maison. Ils jettent des regards attristés à Eleanor et s'approchent d'elle respectueusement, silencieusement, commc s'ils tenaient à la ménager. Quand elle a appris la maladie de Mabel, Mme Bellamy a éclaté en sanglots. Elle semblait mécontente de tout et de tout le monde dans cette maison, mais elle est visiblement attachée à eux. Eleanor en a été étonnée.

Sophie lâche des noms comme Vita, Virginia et Ottoline – ces gens-là ont l'air de compter dans sa vie, mais Eleanor ne les connaît que par les pages mondaines des journaux, ou pour avoir vu leurs noms sur la couverture de certains romans de sa bibliothèque – qu'elle n'a, d'ailleurs, pas lus.

— Oh, elle ne veut rien entendre, rit Sophie.

C'est à peine si elle a touché au contenu de son assiette, une mince portion de jambon-salade, « pas de pommes de terre, merci ». Elle boit une longue gorgée de son verre de blanc, un Château Margaux servi bien frais.

— Honnêtement, je n'arrive pas à savoir si c'est par idéal, tu vois, ou si c'est simplement parce qu'elle est folle de Marcel. Qu'en penses-tu ?

En entendant « Marcel », Eleanor tend l'oreille. Sophie parle donc à présent de Rose.

— Euh… Ce que je pense de quoi ?

— Je voyais bien que tu n'écoutais pas, Eleanor, ma chérie. Mais tu dois être encore très fatiguée.

Elle la dévisage avec attention.

— Par la naissance et tout ça.

— Oui, oui, je suis désolée, pardon…

— Ce n'est pas grave, inutile de t'excuser. Je te demandais ce que tu pensais du travail que Rose a réussi à décrocher. Je sais qu'elle a obtenu haut la main sa qualification après le cours accéléré de sténo et elle est sûrement très compétente. Mais je me sens quand même en partie responsable, parce que c'est moi qui ai arrangé les présentations avec les Webb et tout ça. J'espère que ça ne vous contrarie pas trop, Edward et toi. Je ne me rendais pas compte que les opinions politiques de Rose étaient à ce point à gauche. C'est pour ça que je me demande si ça ne vient pas de l'influence de Marcel.

— Je t'en prie, Sophie, tu parles par énigmes. De quel travail s'agit-il ?

— Oh ! là, là ! s'exclame Sophie en riant. Elle ne t'a donc rien dit, la petite futée ? Elle a décroché un emploi au *New Statesman* ! En tant qu'assistante de Charles Lloyd, le rédacteur en chef. Un homme sympathique, bien qu'assez mal renseigné sur certains sujets. Mais, sois rassurée, elle va continuer à habiter chez moi.

— C'est… c'est très généreux de ta part, Sophie. Mais je ne sais plus trop que penser. A-t-elle vu ce Marcel ?

— Il y a deux semaines, ma chérie et… oups !

Sophie porte une main à sa bouche et guette d'un regard inquiet l'effet produit par cette révélation.

Eleanor sent monter en elle une violente colère. Tous ces petits secrets que sa meilleure amie laisse soudain échapper sur sa propre sœur ! Et dire que Rose lui cache tout ça ! Elle inspire profondément pour conserver son calme, repose lentement ses couverts et se tamponne la bouche avec une serviette.

— Comment se fait-il que je ne l'apprenne que maintenant ?

— Honnêtement, je devais t'en parler, mais ensuite tu as accouché et ça m'est complètement sorti de la tête. Il s'est trouvé que Marcel était à Londres pour je ne sais trop quelle affaire et il a demandé s'il pouvait rendre visite à Rose à Berkeley Square. Je n'y voyais pas d'inconvénient, alors…

— Tu n'y voyais pas d'inconvénient ?

Eleanor ne peut plus se contenir.

— Et tu as oublié de me le dire ? Pour l'amour de Dieu, Sophie, ça m'est bien égal, que tu mènes une vie dissolue, mais Rose n'a que dix-neuf ans !

— Il ne s'est rien passé de grave !

Sophie est sur la défensive et agite les mains en signe de protestation.

— Il est simplement venu à une de mes soirées du vendredi. Bon, en fait, c'est vrai qu'il est finalement resté tout le week-end…

— Sophie ! Comment as-tu pu cautionner une chose pareille, alors que tu sais très bien ce qu'Edward et moi pensons de cet homme ? Et tu dis être mon amie ? Je comptais sur toi pour protéger ma sœur de cet individu néfaste et c'est comme ça que tu te comportes ?

— Comment peux-tu savoir qu'il est néfaste ? Tu ne l'as même pas rencontré.

— C'est un artiste français sans le sou, Sophie, brouillé avec sa famille. Tu devrais comprendre mieux que quiconque qu'on ne vit pas d'amour et d'eau fraîche.

Alice passe de nouveau la tête à la porte.

— Dois-je débarrasser les assiettes, madame Hamilton ?

— Pas maintenant, Alice. Laissez-nous quelques minutes.

— Je vous prie de m'excuser, madame. Oui, bien sûr.

Alice referme la porte derrière elle.

— J'ai protégé Rose et je la protège toujours, proteste Sophie. Simplement, je me suis dit qu'il était important de rencontrer cet homme pour me forger ma propre opinion, au lieu de le condamner sans même l'avoir rencontré. Et le fait qu'il soit sans le sou aujourd'hui n'empêche pas que, plus tard… D'ailleurs, il n'est pas totalement sans le sou… Et ils se sont vus chez moi, dans un environnement sûr, où il ne pouvait rien arriver de mal à Rose.

— Ce n'était pas à toi d'en juger. Je parie que tu ne seras pas aussi libérale et bohème quand tes fils chercheront une femme. Je suis furieuse, Sophie. Tu es parfois vraiment exaspérante !

Eleanor a un poids sur la poitrine. C'est facile d'avoir l'esprit large et de prôner la liberté quand on contemple comme Sophie le monde de très haut, depuis la cime des arbres. Sophie reste figée, une tomate piquée sur la fourchette qu'elle tient en l'air et qu'elle ne songe plus à manger.

— Ce n'était pas la première fois que tu l'autorisais à le voir, lâche Eleanor, qui vient de comprendre. C'est ça ?

Sophie se penche vers elle pour la regarder droit dans les yeux.

— Eleanor, dit-elle d'une voix ferme, je n'avais pas l'intention de te contrarier, ni d'agir dans ton dos. En fait, je voulais vraiment parler avec toi de ce qui se passe entre Marcel et Rose. Elle a tenté de le faire, mais tu étais tellement accaparée par… du diable si je sais par quoi, mais par quelque chose en tout cas, et aussi par ta grossesse… Et il n'était pas question que je m'adresse à Edward, parce qu'il n'aurait rien compris… J'étais coincée. Compte tenu des circonstances, j'ai agi au mieux, comme une amie. J'ai fait ce que tu aurais dû faire, à savoir rencontrer ce garçon avec un minimum d'ouverture d'esprit afin de tenter de le cerner. C'était mieux que de le juger sans avoir échangé avec lui le moindre mot.

À présent, Sophie s'enflamme, elle aussi. Elle a les joues du même rose que ses ongles. Eleanor la trouve injuste et surtout de mauvaise foi ! Lady Grant-Parker trouvant acceptable qu'une jeune Anglaise de bonne famille s'entiche d'un artiste français pauvre et inconnu ? Eleanor sent les larmes lui monter aux yeux et s'empresse de les essuyer pour ne pas les montrer à son amie.

— Bien, et que vais-je dire à Edward, à présent ? demande-t-elle.

— Tu n'as pas besoin de lui dire quoi que ce soit. Il n'y a rien à dire.

— Mais… Sont-ils secrètement fiancés ? Ont-ils l'intention d'attendre que Rose ait vingt et un ans ? Ou bien ne projettent-ils pas du tout de se marier ?

— En toute honnêteté, Eleanor, ma chère, je n'en ai aucune idée. Il me semble que c'est à toi d'en parler avec ta sœur. Je ne suis qu'une amie attentionnée qui a essayé de faire de son mieux. J'ai fait en sorte d'assurer une présence discrète quand ils étaient ensemble, me comportant ainsi en chaperon responsable. Marcel a dormi dans une chambre éloignée de celle de ta sœur. J'ai trouvé agréable de prendre le thé avec lui, nous avons beaucoup parlé en buvant du vin et des liqueurs, et j'en suis venue à penser… En fait, non, je préfère me taire, car après tout ce n'est pas à moi de te renseigner.

Le ton est sec. Elle se tient droite comme un manche à balai. Elle repose sa serviette sur la table.

— Tout ce que je peux dire, c'est que se marier pour de l'argent et des titres n'apporte pas nécessairement tout ce que l'on s'imagine. Le bonheur de Rose devrait aussi peser dans la balance.

Eleanor est à court d'arguments. Elle trouve les paroles de Sophie très dures. Blessantes. Dans le silence, le tic-tac de l'horloge de la cheminée résonne plus fort que de coutume.

— Si tu veux que je m'en aille, je peux, dit posément Sophie.

— Ce serait, en effet, préférable, répond Eleanor, en évitant son regard.

— Très bien.

Eleanor regarde son amie triturer un coin de sa serviette entre ses doigts. Elle ouvre la bouche comme pour parler, puis se ravise.

Eleanor sonne Alice pour que celle-ci débarrasse la table.

— Veux-tu boire un café avant de partir ? propose-t-elle à Sophie.

— Non, merci.

— C'est gentil à toi d'avoir pris le temps de me rendre visite.

— Eleanor, je sais que tu es en colère contre moi, dit Sophie en cherchant son regard. Mais si tu as des ennuis en ce moment, quoi que ce soit, tu peux m'en parler, tu sais.

— Non, je n'ai rien. Je suis simplement fatiguée. Et très contrariée à cause de Rose.

— Je peux comprendre, mais, une fois que tu auras pris le temps de réfléchir, tu verras qu'il n'y a pas de quoi être contrariée à ce point. Crois-moi, tu devrais rencontrer ce Marcel. Donne-lui une chance. Fais-le pour Rose.

La nuit tombe déjà quand Eleanor entend Rose qui rentre, les bras chargés de ses emplettes, débordante de bonne humeur. De son côté, elle n'a cessé de pleurer depuis le départ de Sophie.

« C'est normal d'avoir des moments d'abattement après un accouchement, et en plus votre mari n'est pas là. » C'est l'avis de toutes les femmes de la maisonnée. Eleanor s'est bien gardée de les détromper, même si ses larmes n'ont rien à voir avec Edward

ou le bébé. Pas question de leur parler de Rose. Elle n'a donc pas protesté quand Mme Faulks a chargé Alice de lui servir du gâteau avec un thé bien chaud et bien sucré pour lui remonter le moral.

Rose fait irruption dans le salon, les joues rougies par le froid, très élégante dans son tailleur cintré couleur saumon.

— Je t'ai acheté un cadeau qui devrait te remonter le moral, annonce-t-elle en enlevant d'un large geste son écharpe et son chapeau, qu'elle lance sur un canapé.

Eleanor est assise dans le fauteuil d'Edward près du feu qui crépite, sa tasse de thé qui refroidit à la main. Elle contemple sa sœur le visage fermé, sans l'ombre d'un sourire. Rose sort une boîte emballée et la lui tend.

— Je ne suis pas d'humeur à ouvrir des cadeaux, répond Eleanor d'une voix pitoyable.

Elle pense à son visage bouffi et rougi, à l'excès de poids dû à sa grossesse. Elle voudrait disparaître.

— Très bien, dit Rose, qui ne se laisse pas décourager. Je vais l'ouvrir pour toi !

Elle défait l'emballage. C'est un parfum. *Shalimar* de Guerlain. Elle en vaporise un peu dans les airs : il est plutôt capiteux, avec des notes orientales et des pointes de bergamote et de citron.

— Tu pourras l'étrenner pour le retour d'Edward, ajoute-t-elle. Il ne devrait pas tarder à arriver !

— Merci, dit sèchement Eleanor.

— Il ne te plaît pas ? demande Rose.

Ses épaules s'affaissent, le sourire disparaît de son visage.

— La question n'est pas là, gémit Eleanor en reniflant et en tordant entre ses mains son mouchoir trempé. Ce n'est pas le *baby blues*…

— Ma chérie, je…

— C'est toi !

— Pardon ?

Rose est maintenant assise sur le canapé, face à Eleanor, le regard assombri par l'incompréhension.

— Sophie m'a tout dit. Ton travail. Les visites de Marcel. Pourquoi m'avoir caché tout ça ?

Elle bute sur les mots. Elle est pleine d'amertume et cela lui déplaît. La douleur d'être exclue de la vie de Rose, alors qu'elles ont toujours tout partagé, se mêle à la colère d'apprendre que sa sœur n'a pas tenu sa promesse au sujet de Marcel.

— Ah…, murmure Rose en regardant Eleanor avec circonspection. Je… je suis désolée, marmonne-t-elle. Je ne voulais pas te perturber ni te mettre en colère avec tout ça. Le travail, c'est arrivé soudainement. J'allais te le dire, bien sûr, mais je ne voulais pas que tu penses que je prévois de m'enfuir à Londres dès le retour d'Edward et…

— C'est pourtant ce que tu vas faire, n'est-ce pas ? Repartir à Londres dès que possible ?

— Eh bien, oui. Ils se sont déjà montrés très compréhensifs avec moi. J'aurais dû commencer tout de suite, mais ils ont accepté d'attendre et de me garder le poste quand je leur ai expliqué que ma sœur venait d'accoucher et qu'elle avait besoin de moi. Ils n'étaient pas obligés, Eleanor. Je leur en suis très reconnaissante.

— Cela semble en effet très bien de leur part. Mais j'aurais aimé que tu me le dises. J'essaie de te soutenir dans ce que tu fais, Rose.

— Je sais, Ellie. Mais tu ne me soutiens pas pour Marcel.

Le ton est amer, à présent.

— Non, en effet, pas pour Marcel. J'en veux à Sophie de m'avoir caché tout ça. Nous nous sommes brouillées.

— Oh Ellie ! C'est idiot. C'est pour ça que tu es si bouleversée ?

— En partie.

— Eh bien, tu ne dois pas te disputer avec moi. Et tu dois te réconcilier avec elle. Mais tu vois, c'est précisément pour éviter ça que j'ai préféré garder le secret.

— Mais ça me blesse, Rose, tu ne le vois donc pas ? crie Eleanor. Tu m'avais fait promettre de ne pas en parler à Edward sous prétexte que ce n'était pas important. Et maintenant, comment vais-je faire ? Il va être furieux.

— Exactement, Ellie, et je trouve ça injuste ! Edward ne veut pas entendre parler de Marcel, mais aucun de vous deux ne l'a jamais rencontré.

Eleanor ne dit plus rien. Elle a une boule dans la gorge et pleurer l'a épuisée. Une bûche roule sur la grille et envoie une gerbe d'étincelles dans la cheminée. Les flammes crépitent et s'animent.

— J'aimerais que tu acceptes de rencontrer Marcel, que tu lui donnes une chance, déclare Rose.

— C'est ce que Sophie m'a conseillé.

Eleanor enfouit sa tête entre ses mains et se remet à sangloter.

— Oh, Rose, j'ai fait un beau gâchis avec tout ça, n'est-ce pas ? Sophie me déteste, et maintenant toi aussi...

Rose court vers Eleanor pour la prendre dans ses bras.

— Ellie, tu es folle. Je ne te déteste absolument pas, et Sophie non plus. Tu es tout pour moi, tu le sais. Quant à Sophie, elle t'adore, je t'assure. Tu portes beaucoup trop de choses, en ce moment. Et je crois que tu as quand même un peu ce *baby blues* dont tout le monde parle, même si tu ne t'en rends pas compte. Tu sais quoi ? Je vais mettre une musique gaie, te servir un autre thé, demander à Alice de te faire couler un bon bain chaud. Ensuite, tu essaieras ce parfum. Et tu te sentiras beaucoup mieux, tu verras.

Eleanor hoche la tête et se cale contre le corps chaud et réconfortant de sa sœur.

— J'avoue que c'est tentant, dit-elle.

— Ellie ?

— Oui ?

— Pas tout de suite, mais peut-être dans quelques semaines, quand tu seras tout à fait remise de l'accouchement et que tu n'auras plus à nourrir le bébé. Quand Marcel sera en visite à Londres… j'aimerais que tu le rencontres. Avant de parler de quoi que ce soit à Edward. Je t'en prie. Je pense vraiment que tu l'aimerais.

Eleanor s'écarte pour la regarder dans les yeux. Elle soupire.

— On verra, dit-elle en reposant sa tête sur l'épaule de sa sœur. Tu m'en reparleras quand je serais moins épuisée.

— D'accord, répond Rose avec un sourire dans la voix.

Elle frictionne le dos d'Eleanor.

— Je vais me contenter de ça, dit-elle. Pour l'instant.

Chapitre 12

Edward

En attendant qu'on lui apporte ses œufs frits au bacon, Edward ouvre l'édition matinale du *Daily News*. Il ne s'est pas encore remis du télégramme, il pense à Eleanor et au bébé. Comment vont-ils ? Le congrès est fini, les participants vont bientôt repartir chez eux aux quatre coins du globe, et lui aussi va rentrer. Il reste au programme une dernière visite importante dans la matinée, mais ses valises sont bouclées et il doit embarquer en fin d'après-midi sur le SS *New York* à destination de Southampton.

Il n'est pas le seul à prendre son petit déjeuner dans la salle à manger de l'hôtel et baigne dans le murmure assourdi des conversations. Les couverts en argent tintent contre la porcelaine. Une tasse heurte une soucoupe. Edward se renverse sur le dossier rembourré de sa chaise et fait signe au serveur qui circule parmi les tables de lui resservir du café. Il tourne les pages du journal et le secoue pour les déplier. Il reconnaît le nom du journaliste de la conférence.

Clôture du Congrès international d'eugénisme de 1929

Par Ed Winslow

« Après avoir suscité les railleries, l'eugénisme est devenu au cours des deux dernières décennies un socle pour l'étude des facteurs sociaux. » Voilà ce qu'a déclaré hier soir le docteur Charles B. Davenport, président du Congrès international d'eugénisme, lors du discours de clôture de cette manifestation qui a rassemblé au musée américain d'Histoire naturelle quelque deux cents généticiens venus du monde entier. Le docteur Davenport a également prédit qu'au cours des deux prochaines décennies l'eugénisme gagnerait encore l'estime du public et deviendrait un des moteurs des progrès de l'humanité. Ce même point de vue est partagé par Henry Fairfield Osborn et le major Leonard Darwin, qui…

Edward n'a pas oublié le scepticisme du journaliste la veille de l'ouverture du congrès. Le ton a changé. Apparemment, ils ont rallié ce M. Winslow à leur cause. Il reprend sa lecture.

Analysant la crise mondiale actuelle en se basant sur des observations recueillies lors d'un récent tour du monde, le docteur Henry Fairfield Osborn a déclaré que la situation pouvait se résumer à six « augmentations » : augmentation de la destruction des ressources naturelles ; augmentation de la mécanisation de l'industrie ; augmentation du développement des moyens de transport ; augmentation de la production de nourriture et autres produits de base, couplée à une confiance excessive dans l'offre et la demande à venir ; et enfin augmentation de la population, avec pour conséquence le chômage permanent pour les moins aptes. « Les prisons, les maisons de correction, les asiles, les offres financières publiques, les crédits nationaux et locaux, et enfin la philanthropie, ne sont que des palliatifs et des expédients temporaires, a déclaré le docteur Osborn. Ils peuvent, pendant un temps, camoufler la catastrophe ; mais ils ne peuvent en aucun cas y remédier de manière permanente ni éviter qu'elle se reproduise. Le seul remède définitif est l'amélioration et l'ascension de l'espèce humaine par une sélection prolongée, intelligente et humaniste dès la venue au monde, ainsi que par un contrôle des naissances. » D'après le docteur Osborn, ce serait l'axe central de ce Congrès international.

Très juste, songe Edward. Ce jeune homme a très fidèlement rapporté le thème majeur de la conférence. C'est du bon travail.

« L'application de nos préceptes avance lentement, mais sûrement, a affirmé le docteur Davenport en passant en revue les avancées de l'eugénisme au cours des dernières années. La stérilisation comme aide à l'eugénisme négatif a été adoptée au Danemark, tandis que l'Angleterre et les Pays-Bas envisagent une législation sur le sujet. L'importance d'une sélection des partenaires est, je crois, de plus en plus reconnue, en partie grâce à l'augmentation de l'enseignement de l'eugénisme dans les écoles. De nombreux centres de conseil matrimonial ont vu le jour en Allemagne, et le nôtre, à Los Angeles, est très actif. » Le docteur Davenport se déclare optimiste. Il veut croire que les jeunes seront de plus en plus enclins, consciemment ou pas, à rechercher des unions susceptibles de leur assurer une descendance dotée d'un bon capital génétique à tous les points de vue. « Pouvons-nous, grâce aux études eugéniques, montrer la voie à suivre pour produire un surhomme et un super-État ? poursuit le docteur Davenport. Nous progresserons lentement. L'homme est un mauvais sujet pour l'étude expérimentale ; pire encore, il répugne à s'appliquer à lui-même des principes

pourtant démontrés. Mais on peut raisonnablement penser que l'avenir apportera des connaissances précises en biologie humaine et que la diffusion de ces connaissances permettra une application éclairée de ce qu'elles impliquent. »

Je ne l'aurais pas mieux formulé, pense Edward, en hochant la tête, penché sur l'article. Il replie le journal et consulte sa montre. Mon Dieu, c'est bien l'heure ? Il ne veut pas rater le bus qui doit l'emmener à Long Island avec d'autres délégués étrangers, pour visiter les installations du Bureau des archives eugéniques de Cold Spring Harbor. Ce centre bénéficie d'un important budget grâce au financement de deux riches bienfaiteurs, Carnegie et Mary Harriman. Il est actuellement le foyer de l'eugénisme américain et sans doute de l'ensemble du monde occidental – le fer de lance de la recherche, de la collecte de données, de l'éducation. Par ailleurs, les études qui y sont menées s'étendent au-delà de la génétique humaine, avec de sérieuses avancées dans le domaine de la reproduction animale.

Edward pose son journal et s'empresse de rejoindre ses congénères dans le hall de l'hôtel, tout excité à l'idée de visiter ce lieu qu'il voudrait utiliser comme modèle pour celui qu'il entend créer à Londres. Qu'a dit Darwin l'autre jour pendant l'apéritif ? La forte possibilité d'un titre de chevalier ? Eh bien, s'il contribuait à la création d'un centre de recherche de cette envergure, un tel titre lui serait assuré. Il jubile en pensant qu'on parlera bientôt de sir et lady Hamilton. Lady Hamilton ? Il en rit d'aise. Eleanor trouverait que ça sonne bien, sûrement. Après tout, son combat contre la déchéance de l'humanité est tout aussi noble que ceux de l'amiral Nelson contre les Français et les Espagnols.

Cold Spring Harbor est un très bel endroit. Le centre lui-même consiste en plusieurs bâtiments regroupés autour d'une grande maison de bardeaux, laquelle, comme le fait remarquer leur chauffeur, abrite le bureau de recherche de l'eugénisme. Ainsi que l'appartement du directeur adjoint Harry Laughlin, qui vit là avec sa femme Pansy. L'ensemble est situé sur une colline arborée surplombant la baie. Il fait extrêmement froid. La neige qui recouvre les arbres et les hauteurs donne au paysage un aspect frais et propre. Le vent fouette la mer et frappe Edward au visage. Il en a le souffle coupé et les yeux qui pleurent.

— C'est certainement très beau ici en été, commente quelqu'un. Mais en cette saison, c'est morne et glacial !

Edward essaie d'imaginer les lieux en été, quand il fait chaud, avec les arbres couverts de feuilles et les bateaux qui se balancent doucement dans le bleu de la baie. Il imagine Eleanor et leur nombreuse progéniture à venir évoluant dans ces grands espaces. Sans Mabel ; il essaie de ne pas penser à Mabel. Ils pourraient faire bâtir une belle maison de style américain. Aux beaux jours, ils navigueraient dans le port. Il se ferait un nom. Il pourrait travailler en plus étroite collaboration avec Laughlin et Davenport, inciter Carnegie ou Rockefeller à les financer encore plus. Bien sûr, l'eugénisme a ses détracteurs en Amérique, mais ils ont plus de mal à se faire entendre qu'en Angleterre. Il prend une longue et profonde inspiration. Ici, il pourrait laisser son passé derrière lui, une fois pour toutes. Fini les rendez-vous secrets avec Violet. Adieu la culpabilité. Et Mabel dans tout ça ? Mabel est une tache d'encre sur la feuille encore blanche de son avenir.

— Edward ! Bienvenue !

Harry s'avance vers lui, accompagné de sa femme et d'un homme qu'Edward ne connaît pas.

— Je suis ravi de vous avoir parmi nous, assure Harry en secouant chaleureusement sa main. Connaissez-vous Heinz Kratz, représentant de l'université d'Heidelberg ?

Kratz, un petit homme chauve et trapu, s'incline avec raideur devant Edward.

— Nos amis allemands s'intéressent beaucoup à notre travail, Edward. Venez, je vais vous faire visiter. Vous vous souvenez de Pansy ?

— Bien sûr, dit-il en embrassant Pansy sur la joue.

Harry fait visiter son bureau, où sont affichées ses plus belles réussites.

— Voici mon modèle généalogique. Vous allez apprécier, Edward. Regardez ça...

Le modèle en question détaille la supériorité des caractéristiques de la famille Galton-Darwin-Wedgwood.

— Et comparez avec ceci.

Il désigne d'un large geste de la main les images hideuses d'infortunées familles porteuses de handicaps mentaux et physiques, puis d'autres, montrant simplement des familles d'origine raciale inférieure.

— Nous utilisons beaucoup ces images dans notre programme éducatif. Car il est d'une importance capitale d'éduquer la population et de pousser chaque individu à rechercher le meilleur reproducteur possible. Nous comptons sur la force de persuasion d'images comme celles-ci, qui frappent les cœurs et les esprits.

Edward observe les photos.

— Il ne suffit pas de légiférer, poursuit Harry. Il est tout aussi important d'intéresser et d'impliquer les citoyens. Nous organisons des concours. « Le plus beau bébé », ou encore « La famille la plus adaptée », où il s'agit d'identifier la famille la plus qualifiée pour fournir de bons reproducteurs du point de vue de l'eugénisme.

— Si je comprends bien, intervient Heinz, les mains derrière le dos, vous avez également une législation pour restreindre drastiquement l'immigration de races non désirées, n'est-ce pas ?

Harry acquiesce.

— C'est exact. Malheureusement, nous avons mené une politique beaucoup trop laxiste avant la loi de 1924 sur la restriction de l'immigration, même si celle-ci a mis un terme au raz-de-marée d'Italiens et de Juifs dans notre nation. Nous ne laissons plus entrer maintenant qu'une quantité réduite de ces gens-là, l'équivalent d'un filet d'eau. Il est évident que la qualité de la race américaine est gravement menacée par des gènes de qualité inférieure et qu'il faudrait agir de manière radicale. Exactement comme nous sélectionnons les meilleurs chevaux de course, ou les races de porcs et de bovins qui ont le meilleur rendement, nous devons sélectionner les races humaines de meilleure qualité. La race nordique se trouve tout en haut de l'échelle. Et nous ne voulons pas d'inaptes ni de races de médiocre qualité.

Il s'éclaircit la voix.

— Mais bien entendu, il n'est pas question de confier totalement à la population la complexe tâche de la sélection. Vous le savez aussi bien que moi, Edward, les hommes ont du mal à discerner ce qui est bon pour eux, ajoute-t-il avec un petit rire complice. C'est donc à nous, les plus intelligents et les plus savants, d'intervenir pour empêcher une augmentation exponentielle des inaptes.

Il désigne d'un geste vague les photographies de personnages caricaturaux épinglées sur son tableau.

— L'euthanasie étant selon toute vraisemblance une position trop radicale pour l'opinion publique, la seule véritable réponse pour éviter une spirale descendante de la race humaine, c'est la stérilisation forcée.

— Humm, grommelle Edward, les sourcils froncés. Malheureusement, nous nous heurtons dans mon pays à des réactions de méfiance et d'opposition qui viennent d'un peu partout. Et, bien qu'assez dispersées et obéissant à des motivations diverses, ces résistances nous empêchent d'aller de l'avant. Ce n'est pas ainsi dans d'autres pays, notamment chez vous, en Allemagne, précise-t-il en adressant un signe de tête à Heinz. Et il y a aussi le Danemark, la Suède, l'Australie, le Canada. Même certains pays de l'Extrême-Orient avancent plus vite que nous.

— Comme je vous l'ai déjà expliqué Edward, vous devez leur dire ce qu'ils ont besoin d'entendre pour les convaincre du bien-fondé de votre cause, répond Harry.

Il montre une photographie sur le mur où on le voit tout sourires en train de serrer la main à un autre homme, devant un tribunal.

— Notre victoire dans le procès Buck contre Bell l'année dernière a ouvert le chemin aux programmes de stérilisation dans tout le pays, annonce-t-il fièrement.

Edward se souvient d'avoir entendu Rockefeller Junior faire allusion à ce procès pour lequel Harry était sollicité par l'État de Virginie en tant qu'expert. L'affaire concernait une jeune fille, Carrie, dont la mère, abandonnée par son mari et femme de petite vertu, se livrait à la prostitution. On lui avait enlevé Carrie pour la confier aux soins d'un couple aisé. Carrie s'était bien adaptée à l'école, puis sa famille d'accueil l'en avait retirée pour qu'elle aide au ménage chez eux et travaille comme bonne pour leurs voisins. À dix-sept ans, comme elle était enceinte, elle avait accusé de viol le neveu du couple d'accueil. On l'avait alors déclarée mentalement déficiente et placée dans un centre pour les épileptiques et les faibles d'esprit, en Virginie. Là, on avait observé chez elle une sexualité exacerbée, phénomène courant chez les déficients mentaux. De toute évidence, elle avait hérité des gènes défectueux de sa mère – et sans doute les avait-elle transmis à sa fille, qui avait heureusement été déclarée d'office inapte et placée en institution. Pour en revenir à Carrie, Henry avait conclu qu'il fallait la stériliser ou la garder enfermée, afin d'éviter qu'elle ne laisse derrière elle d'autres lignées porteuses de gènes défectueux.

Harry a expliqué à Edward que le cas de Carrie était tellement typique qu'il n'avait pas eu besoin de la tester pour rendre ses conclusions : les faits parlaient d'eux-mêmes. Elle n'avait probablement pas été violée et il était établi qu'elle avait mené une vie dissolue, marquée par l'absence de sens moral, la prostitution et le mensonge. Elle appartenait, comme il l'avait fait remarquer au tribunal, à la classe des Blancs du Sud, ignorants et sans valeur. La stériliser permettrait d'éviter qu'elle mette au monde d'autres enfants déficients ou socialement inadaptés. Le juge avait tranché : en dépit des protestations de Carrie, on l'avait stérilisée de force. Soudain, l'image de Mabel surgit dans l'esprit d'Edward et il se demande d'où peut bien venir le gène défectueux à l'origine de son épilepsie. Certainement pas de son côté. Il y a peut-être dans la famille d'Eleanor des tares que celle-ci a préféré lui cacher…

Cinq jours plus tard, à peine arrivé à Brook End, Edward monte dans la chambre d'Eleanor. Il n'est pas encore 7 heures, mais il a trop hâte de les voir, elle et le bébé. Il fait sombre, les rideaux sont soigneusement tirés pour mieux isoler la pièce du froid et de l'humidité de l'hiver. Il allume la lampe de chevet. Eleanor ne bouge pas.

Elle dort profondément, recroquevillée sous une pile de couvertures, les cheveux ébouriffés, le visage à moitié recouvert.

Il sourit, s'assied près d'elle et lui caresse la tête d'une main légère pour la réveiller en douceur. Elle ouvre lentement les yeux, comme si elle s'arrachait avec réticence au délicieux pays de ses rêves. Il voit le moment exact où son regard change, quand elle le reconnaît. Elle reprend pied dans la réalité et tourne vers lui son visage marqué par des plis d'oreiller.

— Edward ! s'exclame-t-elle. Tu es là !

Elle s'assied et se laisse aller contre lui, pressant contre le sien son buste encore tout plein de la chaleur du lit. Il sent aussitôt l'aiguillon du désir et l'enveloppe de ses bras pour l'embrasser fougueusement.

— Bon retour parmi nous, murmure-t-elle.

Puis elle s'écarte de lui et sourit en le regardant droit dans les yeux :

— Tu veux voir ton fils ?

— Je peux ?

Quand Mabel est née, Eleanor était réticente à l'idée qu'il la tienne dans ses bras. Elle lui avait donné des instructions précises sur la façon de soutenir sa tête et s'était moquée de ses premières tentatives maladroites pour la porter.

« Ne la fais pas tomber ! » s'était-elle écriée à plusieurs reprises, bien qu'il n'y eût pas le moindre risque.

Il avait patiemment supporté ces craintes déplacées, considérant qu'il s'agissait là d'une réaction naturelle de la part d'une mère. Comme une chienne avec ses chiots ou une vache avec son veau, Eleanor protégeait son petit.

Elle montre le berceau.

— Je lui ai donné la tétée il y a une demi-heure. Tu peux le prendre.

Il lui jette un regard incertain, mais elle l'encourage d'un signe de tête.

Il baisse les yeux sur leur fils et s'étonne tout d'abord de le voir si petit ; son crâne duveteux n'est pas plus gros qu'une balle de cricket. Ensuite, il le trouve parfait et admire sa bouche en cœur, ses joues rondes, ses paupières pâles qui tressaillent. Un léger duvet couvre sa peau. Il grimace dans son sommeil.

Edward se penche, puis, lentement, avec d'infinies précautions, il glisse ses mains sous la couverture qui enveloppe le bébé et le prend dans ses bras. *Mon fils !* Ces deux mots lui semblent tout simplement merveilleux et il a l'impression qu'il ne s'en lassera jamais. L'enfant continue à dormir à poings fermés. *Il est plus léger qu'un faisan*, songe Edward en le contemplant avec ravissement.

Il tente d'imaginer à qui il ressemblera quand il sera adulte. Aura-t-il les cheveux clairs d'Eleanor ou sera-t-il brun comme lui – car, avant d'avoir des cheveux gris, il était brun. Il sera grand et athlétique ; et intelligent, sans le moindre doute. Mais deviendra-t-il un intellectuel, comme Edward, ou un entrepreneur comme son grand-père ? Il excellera au cricket et plus tard au rugby. Peut-être parviendront-ils à le mettre à Eton. Ou au moins à Charterhouse, si Eton est un peu trop ambitieux. À moins bien sûr que son père ne reçoive enfin ce titre de chevalier, auquel cas Eton ne serait pas hors de portée.

Ensuite, il ira étudier à Oxford, peu importe l'établissement. Edward se voit déjà en train de l'accompagner sur un terrain de cricket pour jouer avec des Lords ; ou bien ramer sur la Tamise ; il lui apprendra à chasser le faisan. Ensemble, ils débattront de l'état de la nation autour d'un verre de rouge, en fumant des cigares cubains roulés à la main.

Son travail lui semble plus important que jamais. Il doit tout faire pour que cet enfant hérite d'un monde meilleur, pas d'une société décadente.

— Regarde ce que nous avons accompli, dit-il à Eleanor en s'asseyant près d'elle avec le bébé. N'est-il pas absolument parfait ?

— Espérons-le, murmure Eleanor.

Edward presse sa main pour la rassurer, mais lui aussi s'inquiète. Il se pose toujours la même question à propos de Mabel : Eleanor lui aurait-elle caché une tare héréditaire ? Excepté sa sœur Rose, il n'a jamais rencontré personne de sa famille. Elle dit n'avoir pas de cousins, elle n'a plus ses grands-parents. Il ne lui reste comme parents qu'un couple, un oncle et une tante qu'elle décrit comme froids et distants. Ils vivent en Écosse et elle n'a jamais voulu les lui présenter.

— Comment vas-tu, ma chérie ?

Il l'embrasse sur la joue.

— Tu es magnifique !

— Je ne crois pas, non !

Elle pouffe d'un air gêné en lissant ses cheveux en arrière.

— Tu aurais dû me prévenir de ton arrivée, j'aurais fait un effort pour me rendre un peu plus présentable, dit-elle.

— Mais c'est comme ça que je te préfère. Tout ébouriffée et endormie. Au naturel.

— Oh, Edward, ne sois pas si indulgent. Je suis horrible.

— Non, tu es très belle. Vraiment.

Il soutient son regard pour qu'elle sache qu'il est sincère, mais elle baisse les yeux vers ses mains.

— Et les autres ? demande-t-il. Rose ? Le personnel ? Tout le monde va bien ?

— Oui, tout le monde va bien.

Elle sourit et cesse de jouer les timides, puisqu'il ne parle plus d'elle.

— Rose a trouvé un travail au *New Statesman*. Ils lui ont gardé son poste pour qu'elle puisse rester avec moi jusqu'à ton retour.

Maintenant que tu es rentré, je pense qu'elle commencera lundi.

—Mon Dieu, gémit Edward. Ça n'est pas inquiétant, qu'elle travaille pour un journal socialiste ?

Eleanor soupire.

—Sophie me dit que tout ira bien. Je pense… Edward, je pense que nous devons la laisser faire son chemin. Sinon elle va se révolter et j'ai peur de la perdre.

—Ne sois pas stupide. Tu ne perdras jamais ta sœur !

—Eh bien, j'ai failli…

Eleanor s'arrête. Edward a la très nette impression qu'elle voulait ajouter quelque chose, mais elle se tourne vers le bébé et change de sujet.

—Il faut lui donner un prénom, dit-elle, tandis qu'ils le contemplent tous les deux. Si on l'appelle encore La Chenille, le surnom va lui rester et ce n'est pas souhaitable.

—En effet, renchérit Edward. Ce n'est pas souhaitable.

Il a toujours détesté ce surnom.

—Que dirais-tu de James ? demande-t-il d'un ton nonchalant, comme si l'idée venait de lui traverser l'esprit.

En vérité, il l'a décidé quelques jours plus tôt, accoudé au bastingage du bateau, tandis qu'il vomissait tripes et boyaux dans une mer déchaînée.

Eleanor le regarde, les yeux vides.

—C'est le nom de mon père, ajoute-t-il, persuadé qu'elle attend une explication. Jimmy pour ses amis. Ça te conviendrait ?

Il caresse le duvet qui recouvre la tête du bébé ; sur ce crâne miniature, ses doigts semblent incroyablement gros et longs. Il s'émerveille à l'idée que ce petit être fragile et délicat grandira pour devenir un jour un homme. Eleanor n'a pas répondu et il se demande si elle ne va pas discuter son choix.

Peut-être préférerait-elle que l'on donne à l'enfant le nom de son père à elle, Robert ? Un peu crispé, il attend qu'elle le suggère et s'apprête à lui répondre que Robert sera un beau prénom pour leur second fils. Car il aimerait beaucoup en avoir un autre. Il veut toute une ribambelle de fils et de filles, une horde d'enfants débordants d'énergie, qui rempliront la maison de leurs cris, de leurs rires et de leurs jeux. Et qui feront oublier le vide laissé par l'aînée.

Parce que Mabel va partir, bien sûr. Il le faut. Elle va disparaître de leur vie. Cela aussi, il l'a décidé alors qu'il réfléchissait à son avenir, penché au-dessus du bastingage. Il ne peut pas prendre le risque que quelqu'un découvre qu'il a une fille malade et que l'on se mette à mettre en doute la qualité de ses gènes ou de ceux de son épouse. Eleanor le sait. Elle y a forcément pensé.

Il espère que la maladie de Mabel restera un cas unique et que le gène défectueux de la lignée d'Eleanor – car il ne peut provenir que d'elle – ne sera pas transmis à un autre de leurs enfants.

Chaque nouvel enfant apportera son lot d'amour, de joie et de plaisir – de quoi combler le vide qui s'est creusé dans son cœur depuis une certaine bataille de 1917, dans la boue glaciale des tranchées de Belgique. Avec les premières crises de Mabel, ce vide est devenu un gouffre sans fond. Il a beau faire des efforts pour tenter de l'oublier, il est toujours là, de plus en plus présent, et cela fait comme une douleur sourde nichée dans sa poitrine. Un jour, il ne pourra plus le supporter, il le sait.

Le visage du bébé lui paraît à présent étrangement déformé, comme s'il le regardait à travers un verre biseauté. Puis il se rend compte qu'il a simplement les yeux pleins de larmes et se détourne d'Eleanor pour les essuyer discrètement avec son mouchoir.

— Va pour James, répond Eleanor d'une petite voix.

— Vraiment ? Ça ne te dérange pas ?

Elle secoue la tête.

— Non. Ça ne me dérange pas. Et Jimmy pour ses amis.

— Tu veux le prendre ? propose-t-il en lui tendant le bébé.

Elle secoue à nouveau la tête.

— Je suis vraiment très fatiguée, Edward. Ça ne t'ennuierait pas de me laisser dormir un peu, à présent ? Tout à l'heure, quand j'aurai dormi un peu plus et que tu auras pris un bain, on pourrait se retrouver pour un petit déjeuner. Ça me plairait bien.

Elle s'allonge et lui tourne le dos.

— Bien sûr, dit Edward.

Il se lève et va reposer le bébé dans son berceau.

— Merci, ma chérie, de m'avoir donné Jimmy, murmure-t-il en se dirigeant vers la porte sur la pointe des pieds.

La forme sous les couvertures ne réagit pas. Eleanor n'a peut-être pas entendu.

IV

Faites l'effort d'imaginer que vous avez comme moi la liberté de voyager dans le temps et dans l'espace, d'un esprit humain à l'autre, aussi aisément que vous passeriez d'une pièce à l'autre.

Sentez-vous la puissante euphorie que cela procure ?

N'est-ce pas merveilleux d'avoir à portée de main toute la sagesse du monde ? Je pioche à ma guise dans le passé et dans le présent. J'ai même quelques ouvertures sur l'avenir.

Voilà. Vous commencez à avoir une vague idée de ce que je vis.

Je suis venue gentiment vous avertir que vous faites fausse route, même si je suis à peu près certaine que vous ne m'écouterez pas.

Vous m'avez montré par le passé que vous étiez capable du pire, et je sais à quel point vous êtes parfois cruels envers ceux de vos semblables que j'honore de ma présence. Je suis au courant pour les femmes brûlées sur le bûcher ; pour les petits enfants porteurs de malformations emmenés dans les bois aux heures sombres de la nuit et abandonnés à la férocité des animaux sauvages. J'ai été témoin de vos tâtonnements, de vos malencontreuses recherches pour me vaincre – les trépanations, les chocs électriques, les dents arrachées, les infections à la malaria. Ce serait risible, vraiment, si ça n'était pas aussi consternant.

Mais le pire est encore à venir, car à présent vous voilà obsédés par l'idée de créer une race supérieure. Rien que ça ! Des hommes libérés de la maladie, des imperfections physiques, de l'imbécillité, des maladies mentales. Des hommes, toujours, mais améliorés, rafraîchis, débarrassés de tout signe de décrépitude ; rien que des incarnations de la beauté, de l'intelligence et de la sagesse. Vous ne pouvez pas savoir à quel point cette idée – et votre incapacité à voir qu'il s'agit d'un rêve impossible – m'amuse au-delà de tout. Vous et votre manie de vouloir dominer la nature ! Ne comprenez-vous pas que votre quête est vouée à l'échec ? La nature aura toujours le dessus.

Quoi qu'il en soit, dans un grand élan de générosité, je tiens à vous avertir : cette quête ne permettra pas comme vous l'espérez de créer une race humaine supérieure, mais elle conduira certains de vos semblables à un degré d'horreur et de dépravation que vous ne pouvez même pas imaginer.

Si seulement vous étiez capable de réfléchir posément aux conséquences possibles de votre fausse vision d'un monde meilleur. Tout se paie, vous devriez le savoir. Avec la lumière vient l'obscurité. Avec la joie vient la douleur. De même, chaque prétendu progrès de l'humanité comporte un revers.

Songez-y. Combien de fois vous a-t-il semblé avoir tout compris, pour découvrir ensuite que vous n'aviez entrevu qu'une toute petite parcelle de vérité et que le tableau d'ensemble était bien plus vaste ? Malheureusement, vous êtes trop présomptueux et sûrs de vous pour l'admettre.

Chaque fois que je rencontre un homme pensant avoir compris qui je suis et ce que je suis, je ne résiste pas à la tentation de lui montrer qu'il se trompe.

Vous n'avez pas les moyens de me vaincre.

Tâchez de ne pas l'oublier.

Chapitre 13

Eleanor

— Voulez-vous que je vous laisse un peu le petit Jimmy ? propose Mlle Harding.

Avec sa peau parfaite, ses grands yeux et son éternel sourire, il est difficile de ne pas la trouver séduisante. Depuis les remarques de Sophie sur le physique avenant de la nounou, Eleanor surveille Edward en sa présence. Apparemment, la jeune femme ne l'intéresse pas, mais il faut dire qu'il est rarement à la maison. L'arrivée de Jimmy ne l'a pas incité à dormir plus souvent à Brook End : désormais il ne les honore plus de sa présence qu'un seul soir dans la semaine. Eleanor se demande si Sophie n'aurait pas raison, s'il n'a pas installé une maîtresse à plein temps dans son appartement de Londres.

— Il fait particulièrement doux, pourtant nous ne sommes que le 1er mars.

Mlle Harding bavarde gaiement, tout en emmaillotant un Jimmy endormi et rassasié. Elles se trouvent dans une ancienne chambre d'amis transformée en chambre d'enfant rien que pour lui. Tout le monde est tombé d'accord sur le fait qu'il valait mieux le laisser à l'écart de Mabel et de ses crises. La grande nurserie est donc la chambre de Mabel, et elle est encombrée de tout l'attirail nécessaire pour une malade. Les flacons de médicaments occupent le dessus de la commode, là où il devrait y avoir des jouets, et il flotte en permanence dans la pièce une vague odeur de borax et de Lysol.

— C'est un temps idéal pour emmener Jimmy en promenade. Regardez, même le soleil est de sortie !

Mlle Harding désigne la fenêtre d'un signe de tête encourageant.

Eleanor contemple le verger avec ses arbres aux branches dénudées – cerisiers, pommiers, poiriers et pruniers – qui s'étendent en rangs ordonnés jusqu'à la clôture les séparant de la forêt du manoir de Mayfield. Elle s'imagine, poussant le grand landau bleu et chromé sur le chemin, écoutant les oiseaux dans les arbres, parlant à son bébé. Ils s'arrêteraient aux écuries pour dire bonjour à Dilly. Elle pourrait emmener Byron, qui a bien grandi ; il l'accompagnerait la langue pendante, en agitant joyeusement la queue.

Mais cette perspective la laisse de glace et ces images n'éveillent en elle aucun désir. Il vaut mieux que Mlle Harding se charge du bébé. C'est pour cela qu'ils l'ont engagée, n'est-ce pas ? Edward dépense une petite fortune pour payer une nounou *et* une infirmière pour Mabel, alors autant en profiter.

— Non, répond-elle en agitant la main avec condescendance. Je me sens un peu fatiguée. Prenez-le, je vous prie, mademoiselle.

— Très bien, madame, répond celle-ci, non sans lui jeter un regard perplexe. Si c'est ce que vous voulez.

— Oui.

— Alors tu m'accompagnes, petit Jimmy. Je vais au village poster un colis pour ma sœur. C'est son anniversaire. Reposez-vous bien, dit-elle en quittant la chambre avec Jimmy blotti dans ses bras.

Dans le salon, Eleanor sonne pour réclamer le thé et essaie de lire *Mrs Dalloway*, mais vraiment, c'est trop sombre, pour ne pas dire déprimant. Elle pourrait terminer une aquarelle représentant des roses qu'elle a abandonnée à mi-chemin et qui attend posée sur le rebord de la fenêtre en saillie, mais cela non plus ne la tente pas et elle prend soudain conscience qu'elle n'arrive à se concentrer sur rien. Elle a comme un poids en permanence sur la poitrine, un malaise sourd niché au creux de son ventre. Il faut absolument qu'elle sorte de la maison, elle a besoin de respirer de l'air frais, mais pas avec Jimmy. Avec Mabel. C'est Mabel, qui lui manque.

Elle monte l'escalier jusqu'à la chambre de sa fille. Aujourd'hui, elle ne l'a vue que dix minutes au petit déjeuner, où elle s'est montrée larmoyante et de mauvaise humeur. Le dernier médicament prescrit par M. Silverton ne lui convient pas et la fait vomir. Mlle Cartwright-Jones a dû la sortir de la salle à manger et la ramener dans sa chambre de peur qu'elle ne rende la bouchée de toast et d'œuf dur qu'elle avait réussi à avaler à contrecœur.

La gaieté de l'été dernier semble tellement loin qu'Eleanor se demande si ça n'était pas dans une autre vie. Elle revoit les pique-niques et les après-midi paresseux où elles enlevaient leurs bas pour patauger dans l'eau glacée de la rivière. Mabel chassant les papillons, les vers et les insectes, pendant qu'elle-même s'occupait de ses parterres de fleurs. Les heures passées sous une couverture, au pied du grand hêtre, près des courts de tennis. Les histoires qu'elle lisait ou qu'elle racontait et Mabel écoutant, la tête sur son ventre en guise d'oreiller, fixant le soleil à travers l'épaisse canopée verte au-dessus de leur tête. Son cœur se serre, elle voudrait revivre ces instants. Comme sa petite fille lui manque ! Jimmy, ce bébé hurlant et affamé qui n'a aucune conversation, ne peut pas la remplacer. Elle revoit aussi Mabel assise dans la carriole, chantant avec elle au rythme des sabots de Dilly. À cette époque, elle n'avait pas conscience de vivre un bonheur parfait – le bonheur à l'état pur. Mais, maintenant qu'elle l'a perdu, elle ressent physiquement la douleur de son absence.

Elle est arrivée à l'étage et sait ce qu'elle va faire de son après-midi. Mlle Harding a parfaitement raison de vanter les bienfaits du grand air sur les enfants, mais justement, Mabel a bien le droit d'en profiter aussi.

— Je ne suis pas sûre que ce soit une bonne idée, madame Hamilton, objecte Mlle Cartwright-Jones quand Eleanor lui fait part de son projet.

Elle jette un regard inquiet à l'enfant dont elle a la charge, laquelle suce son pouce avec ardeur, assise contre le mur, immobile, le regard perdu au loin. Elle serre contre sa poitrine Prudence, dont les jambes et la tête pendent mollement. Elle est si pâle que son visage semble sculpté dans de l'albâtre.

— Mabel aurait besoin de sortir, insiste Eleanor. C'est essentiel pour tous les enfants, argumente-t-elle, en répétant les mots de Mlle Harding.

— Nous pourrions faire une petite promenade dans le jardin, répond Mlle Cartwright-Jones sans conviction.

Elle se tourne vers la fenêtre. Des nuages gris s'amoncellent dans le ciel, qui compromettent la perspective d'un après-midi ensoleillé. Puis elle annonce, en faisant une grimace :

— Bien que je sois persuadée qu'il ne va pas tarder à pleuvoir.

— Je prends le risque, rétorque fermement Eleanor.

Elle ne sortira pas sans Mabel. Hors de question.

— On peut s'envelopper dans des manteaux bien chauds et mettre un chapeau, n'est-ce pas, Mabel ?

Elle s'adresse à sa fille avec une gaieté forcée et prend soudain conscience, avec un coup au cœur, que celle-ci n'a pour l'instant pas réagi à sa présence. Normalement, quand l'un ou l'autre de ses parents entre dans cette chambre, elle est folle de joie.

— Mais M. Hamilton a recommandé de ne pas la sortir de la maison, pas même pour aller dans le jardin…

La voix de l'infirmière s'éteint. Elle n'ose pas regarder Eleanor dans les yeux.

Eleanor sait tout ça, mais elle en a assez de se plier aux désirs d'Edward. Il est en ville toute la semaine, après tout, à mener la belle vie Dieu seul sait avec qui, tandis qu'elle est coincée ici, comme une prisonnière. Elle inspire profondément. C'est la première fois qu'elle pense à Brook End comme à une prison.

Elle s'en prend à l'infirmière.

— Cette enfant a besoin d'air, insiste-t-elle d'un ton irrité. Et moi aussi. S'il vous plaît, habillez-la avec des vêtements chauds et rejoignez-moi aux écuries dans quinze minutes.

Elle se détourne et sort, avec la sensation grisante d'avoir affirmé son autorité. Jusque-là, elle ne s'est pas montrée suffisamment ferme avec la froide Mlle Cartwright-Jones. Cette infirmière a besoin qu'on lui rappelle qui commande.

Aux écuries, Bertie harnache Dilly en quelques minutes. Le poney s'ébroue et piaffe d'impatience quand il lui passe le licol et boucle ses sangles de cuir.

— Tu es contente d'aller te promener, hein, ma fille ? lui roucoule Bertie à l'oreille, en lui flattant l'encolure de sa grande main d'ours. Tu sors à peine, ces derniers temps, pas vrai ?

Il la fait adroitement reculer entre les deux limons, puis regarde le ciel.

— On dirait qu'il va pleuvoir, commente-t-il. Mais vous n'aurez pas de problème avant une heure ou deux.

— Oh, merci, Bertie ! s'exclame Eleanor avec soulagement.

Les prévisions météorologiques de Bertie sont certainement plus fiables que celles de Mlle Cartwright-Jones. Celle-ci apparaît justement avec Mabel, qu'elle a emmitouflée dans son manteau d'hiver, avec chapeau, écharpe et gants, en dépit de la température clémente.

Bertie hisse l'enfant sur la carriole à côté d'Eleanor et enroule l'épaisse couverture autour de leurs jambes.

— Merci, dit Eleanor. Au chaud comme des petits pains !

Elle se tourne vers la gouvernante.

— Profitez de votre moment de pause, mademoiselle. Je suis sûre que vous avez envie de vous détendre un moment. Le repos vous fera du bien.

— Merci, oui, je vais me reposer. Prenez soin de Mabel et ne la quittez pas des yeux.

Mlle Cartwright-Jones fait volte-face et se dirige vers la maison. Eleanor soupire. Comme si elle avait besoin qu'on lui dise comment s'occuper de sa propre fille.

Mabel lève les yeux vers elle et lui adresse un léger sourire.

— Dilly, dit-elle en montrant le poney qui démarre avec enthousiasme et entame l'allée au trot.

— Oui, Mabel, c'est Dilly. Tu t'es souvenue de son nom, bravo !

Le fait que Mabel ne parle presque plus la rend malade d'angoisse. Jusqu'où cela ira-t-il ? On dirait que son vocabulaire s'appauvrit à chaque crise.

— Dilly, répète Mabel en se laissant aller contre le corps de sa mère.

Mabel était une enfant volubile, mais à présent elle est à peine capable d'aligner deux mots. Elle passait son temps à sautiller, à chanter et à poser des questions, au point que parfois Eleanor n'en pouvait plus et la suppliait d'arrêter. *« Pourquoi les papas sont plus grands que les mamans ? Pourquoi ils chantent, les oiseaux ? Ils habitent ensemble, le bon Dieu et le Père Noël ? Pourquoi on ne voit pas le vent ?* » Toujours « pourquoi, pourquoi, pourquoi » ! Eleanor trouvait parfois cela pénible !

Mais aujourd'hui elle donnerait n'importe quoi pour être de nouveau importunée par les questions de Mabel.

C'est son médicament qui l'abrutit. Cette affreuse poudre qu'ils mélangent avec de l'eau et qu'ils lui font boire jusqu'à ce qu'elle en ait des haut-le-cœur et se mette à sangloter en les suppliant d'arrêter. Eleanor ne supporte plus de voir ça, aussi elle laisse à Mlle Cartwright-Jones le soin de faire avaler cet horrible remède à Mabel, derrière la porte close de sa chambre pour ne pas entendre ses cris et ses protestations. Et le résultat, c'est ça, cette ombre qui était autrefois sa lumineuse petite fille.

Eleanor prend Mabel par les épaules. Comme c'est bon d'être sur cette carriole, rien que toutes les deux. Elles n'ont plus assez de moments d'intimité. Eleanor a parfois l'impression que Jimmy ou Mlle Cartwright-Jones, ou les deux, se sont immiscés entre elles. Pas étonnant qu'elle ait les nerfs à vif.

Une fois sur le chemin, elle laisse Dilly partir au trot. Le poney avance la tête haute, les oreilles bien droites, visiblement heureux de s'éloigner de Brook End.

— Chantons, propose Eleanor à Mabel.

Dilly tire à présent la carriole au milieu d'un paysage terne composé d'arbres squelettiques et de champs nus, dépourvu de couleur, comme si on l'avait lavé et rincé.

Mabel lève les yeux vers elle sans répondre, son visage aussi pâle que la lune, ses yeux sombres comme le fond d'un lac.

— Une jolie chanson douce, insiste Eleanor en se souvenant que M. Silverton leur a fermement recommandé d'éviter toute excitation pour ne pas déclencher de crise.

Le hibou et la minette sont partis sur la mer
Dans un joli bateau tout vert :
Ils emportent du miel sucré et des pièces de monnaie,
Enveloppées dans un gros billet.

Eleanor chantonne d'une voix douce. Près d'elle, Mabel se détend. Elle avance son pouce vers sa bouche puis, se rendant compte qu'elle porte un gant, elle l'enlève et le laisse tomber à ses pieds.

Eleanor ne la gronde pas.

Le hibou regardait les étoiles dans le ciel
En chantant sur sa p'tite guitare
En chantant sur sa p'tite guitare
Minette, minette, belle minette mon amour,
Comme tu es belle ma belle minette,
Ma belle minette,
Ma belle minette
Comme tu es belle !

Eleanor s'est interrompue pour reprendre son souffle avant d'entamer la strophe suivante, quand elle sent Mabel se raidir. Son petit visage semble soudain extraordinairement concentré, elle se mordille la lèvre inférieure, ses doigts se crispent sur le bras de sa mère.

Elle comprend aussitôt.

— Oooh ! crie-t-elle à Dilly en tirant fortement sur les rênes. Par pitié, non, pas maintenant ! Oooh !

Le poney ralentit au pas. Heureusement, elles n'ont pas encore atteint le village. Personne ne sera témoin de la crise de Mabel.

Mabel lève à présent les yeux vers sa mère. Elle n'a plus le regard vague et perdu, comme très souvent en ce moment. Dans le noir d'encre de ses pupilles, Eleanor croit lire une terreur sans nom.

— Mabel ? demande-t-elle en saisissant sa fille par le bras. Ma chérie, tu vas bien ?

Mais Mabel ne répond pas. Une affreuse grimace déforme sa bouche. Ses yeux se révulsent. Elle est partie, un monstre a pris sa place. Elle tressaute, ses membres projetés en avant viennent frapper Eleanor. Avec un bruit effrayant, sa tête cogne contre le dossier en bois du siège. Eleanor n'aurait jamais imaginé qu'un si petit corps pût contenir autant de force. La puissance du spasme suivant soulève Mabel de son banc, puis elle retombe avec un bruit sourd. Eleanor tente de la plaquer contre le siège pour l'empêcher de se faire mal, mais le corps de Mabel continue à s'agiter sous ses mains de manière incontrôlable. Son petit visage devient rouge, puis bleu. Eleanor la relâche, horrifiée.

— Pour l'amour de Dieu ! crie-t-elle, totalement désespérée.

Elle ne respire plus. Sa fille est en train de mourir étouffée et elle n'a pas la moindre idée de ce qu'il faudrait faire pour l'aider.

— Mabel ! hurle-t-elle. Mabel, respire !

Comme si elle avait entendu l'appel de sa mère, l'enfant prend un peu d'air, avec un bruit de gorge qui ressemble à un grognement d'animal. Puis, de nouveau, elle est secouée par un violent spasme. Elle serre les dents, ses membres s'agitent, raides et contractés, durs comme de l'acier. Cette fois, c'est un côté de son visage qui heurte le siège. Elle s'est fait mal, sûrement.

Eleanor profite d'une brève accalmie pour hisser Mabel sur ses genoux, afin d'amortir les chocs avec son corps et d'absorber dans sa chair l'impressionnante puissance de chaque secousse.

Soudain, elle sent un liquide chaud sur ses cuisses. Il lui faut quelques instants pour comprendre que c'est de l'urine.

— Oh non, sanglote-t-elle.

Puis, enfin, c'est fini. Le corps de Mabel se détend, elle cesse de haleter, sa respiration redevient normale. Elles restent assises en silence quelques instants. Eleanor caresse les cheveux de sa fille en lui chuchotant d'une voix qui tremble :

— Ce n'est rien, Mabel. Tout va bien. Ce n'est rien.

Elle sent sur ses cuisses l'urine qui refroidit. Mais ça lui est égal. Épuisée, Mabel sombre dans un profond sommeil sur les genoux de sa mère, tandis que Dilly fait claquer le mors entre ses dents et remue les oreilles en agitant la queue, sans doute impatiente de repartir.

Eleanor reste là, figée, à serrer contre elle la pauvre Mabel qui tremble dans ses bras, sous le choc de ce qu'elle vient de vivre. Brisée.

Chapitre 14

Edward

Le grand salon du *Queen's Hall* grouille de monde. Toutes les chaises sont occupées et il y a même de petits groupes bavards debout le long des murs, tout autour de la pièce. Un discret bourdonnement de conversations murmurées accueille Edward quand il entre. Il est enchanté, il ne s'attendait pas à avoir autant de public. Face aux chaises, on a disposé un grand écran, éclairé par un projecteur qui vrombit dans le fond de la salle, sur lequel sont affichés en lettres noires tremblotantes les titres suivants : *Déficience mentale et tendances criminelles. L'enfant délinquant et la nécessité d'une réforme eugénique.*

— Il y a du monde, commente Leonard Darwin, qui s'approche d'Edward pour le saluer. Et beaucoup de gens importants.

Il désigne le public d'un large geste de la main.

— Churchill, Russell, Keynes, Stopes, Wells, Shaw, pour n'en citer que quelques-uns, détaille-t-il. Et aussi Will Crooks et Archibald Church, deux membres travaillistes du Parlement. Ça doit rester confidentiel pour l'instant, mais ils m'ont assuré être prêts à déposer une proposition de loi d'initiative parlementaire en faveur de la stérilisation obligatoire, à condition que nous parvenions à obtenir suffisamment de soutien. Bon travail, n'est-ce pas ?

— En effet, approuve Edward.

— Si vous arrivez à faire passer ce projet et à faire adopter vos propositions en matière d'éducation, eh bien, mon ami, le titre de chevalier vous est acquis !

Darwin lui adresse un clin d'œil en riant tout bas, puis s'éloigne pour aller saluer des retardataires qui se pressent à la porte.

Edward rassemble ses papiers, vérifie le projecteur et annonce que la conférence va bientôt commencer.

Il s'ensuit une brève agitation collective lorsque ceux qui ont une place assise s'empressent de la regagner. Edward attend que le silence se fasse, puis s'éclaircit la voix :

— Bonjour et bienvenue, mesdames et messieurs. C'est très réconfortant de vous voir si nombreux ici aujourd'hui. Durant l'heure qui va suivre, j'aborderai sous plusieurs angles ce thème d'une importance capitale…

Il fait un geste vers l'écran pour montrer le titre : *Déficience mentale et tendances criminelles.*

— Puis il y aura un moment d'échange où chacun pourra poser des questions et exprimer son point de vue.

Il laisse échapper un rire gêné.

— Vous trouverez également en vente à la sortie mes publications et celles de mon ami et collègue, le major Leonard Darwin, ici présent.

Il passe à la diapositive suivante.

La moitié de l'écran est maintenant occupée par la photo d'un jeune homme à l'allure peu engageante. Les joues pâles, une cigarette pendue à ses lèvres, il porte des vêtements bon marché mal coupés et fixe l'appareil avec insolence sous sa casquette en tissu. Le personnage est suffisamment repoussant pour faire frémir le public de dégoût. Edward n'a pas oublié les sages paroles d'Henry sur le pouvoir des images. Sur l'autre moitié de l'écran sont listés les sujets qu'il doit aborder au cours de la conférence, à savoir :

1. Héritage et intelligence.
2. Émotion, caractère et criminalité chez les débiles légers.
3. Efficacité des établissements de redressement.
4. Méthodes pour enseigner aux arriérés, aux idiots et aux déficients.
5. Arguments en faveur de l'incarcération obligatoire et de la stérilisation.

— Mes amis, le temps nous est compté, commence-t-il d'un ton grave. Sans une politique ferme qui réformera notre société selon les principes eugéniques, nous nous préparons un avenir sombre. La démarche eugéniste est cruciale pour la santé de notre nation et pour celle de tout l'Empire britannique. Il est temps de passer à l'action. Notre économie souffre. Notre mode de vie est menacé…

Comme toujours, Edward met dans son discours une passion sincère qui captive son public. Quant à son argumentation, elle est tellement bien rodée qu'il pourrait l'exposer en dormant. Mais soudain, alors qu'il est en train de parler de ceux qu'une société doit écarter, ceux qu'il appelle « les indésirables », il est traversé par des visions de Mabel. Mabel se roulant dans les herbes hautes de Butterfly Meadow. Mabel avec une couronne de marguerites dans ses cheveux blonds. Mabel qui rit quand il lui chatouille le ventre. Mabel pleurant à la mort du vieux Patch. Et puis vient l'autre Mabel. Celle qui est Mabel sans être Mabel. En pleine crise sur la pelouse derrière la maison, les yeux révulsés, les membres raidis.

La gorge nouée, il fixe l'écran. Qu'était-il en train de dire ? Il n'en a pas la moindre idée. Pris de panique, il se tourne vers le public. La salle est silencieuse. Depuis combien de temps s'est-il arrêté de parler ? Il se racle la gorge. Il ne sait plus où il en est de sa conférence.

— Des questions ? demande-t-il en espérant s'en sortir avec ce subterfuge.

Le public s'agite un peu. Quelqu'un tousse. Edward boit une gorgée de son verre.

Aucune question.

Pour écarter Mabel de son esprit, il s'efforce de penser au fou qui a tué la mère d'Eleanor. Il se ressaisit et désigne l'écran derrière lui.

— Pour recentrer mon propos sur le sujet qui nous occupe et comme le savent déjà ceux qui ont assisté à mes précédentes conférences, je dois maintenant vous dire que je suis en mesure de prouver qu'il existe une forte corrélation entre les tendances criminelles et les faibles capacités intellectuelles. Vous allez le voir sur la diapositive suivante...

Une série de graphiques apparaissent à l'écran.

— Parmi les causes psychologiques qui expliquent les tendances criminelles, la plus commune et la plus grave est la faiblesse d'esprit. Vous pouvez voir ici...

Il montre du bout de sa baguette un graphique plus lumineux que les autres.

— ... que l'âge mental d'un délinquant juvénile ne dépassera jamais celui d'un adolescent de treize ans. Ce qui est bien inférieur à l'intelligence moyenne de la population générale.

Il est de nouveau concentré sur son sujet.

— Compte tenu des statistiques actuelles sur la criminalité et des projections que nous sommes en mesure de faire pour l'avenir, je dirais qu'il est impératif de soumettre les enfants des classes inférieures à des tests psychométriques afin d'évaluer leur niveau d'intelligence. C'est l'indicateur le plus clair de possibles tendances criminelles. En outre, c'est dans le but de protéger l'avenir de nos enfants, et celui des générations suivantes, que ceux qui appartiennent à ces groupes…

Il montre du bout de sa baguette les catégories : « faibles d'esprit », « imbéciles » et « idiots ».

— … doivent être systématiquement détenus dans des centres de travail et des centres spécialisés. Seule cette mise à l'écart pourra garantir la protection et la sécurité du reste de la population. Par ailleurs, pour être sûr qu'ils ne transmettront pas leurs gènes défectueux à la prochaine génération, il est indispensable de mettre en place un programme de stérilisation obligatoire. C'est pour cette raison que nous devons nous battre pour qu'une loi soit rapidement votée à cette fin.

Quelqu'un lève la main dans le public.

— Mais cela aurait un coût, en matière d'argent public, d'enfermer tous ces individus, lance une voix masculine.

Aveuglé par la lumière du projecteur, Edward ne voit pas le visage de l'homme.

— Je suppose que ce serait dispendieux, poursuit celui-ci. Et notre pays n'a pas en ce moment les moyens de construire de nouvelles institutions pour héberger les inaptes qui sont, comme vous le savez, extrêmement nombreux.

— Initialement, cela représenterait bien sûr une dépense considérable, mais qui diminuerait naturellement au fil du temps, pour des raisons que je n'ai pas besoin de vous expliquer.

— Pouvez-vous donner un chiffre ? insiste la voix.

— Je regrette, répond Edward. Cela m'est pour le moment impossible. Mais je peux vous dire qu'une Commission royale a été nommée pour examiner les différents aspects de la mise en pratique de ce changement de politique, y compris son coût. Par ailleurs, si vous le permettez, je pense que vous ne posez pas la bonne question. Il faudrait plutôt se demander ce que cela coûterait de ne pas mettre cette politique en œuvre.

—Je suis tout à fait contre la stérilisation, intervient une autre voix. Quand on regarde l'exemple de nos amis américains, une fois stérilisées, ces personnes sont relâchées dans la rue. Elles continuent alors à être une nuisance pour la société avec leurs comportements immoraux et criminels. Pouvez-vous donner l'assurance que les imbéciles ne seront pas autorisés à circuler librement une fois stérilisés ?

Edward a développé des tactiques de politicien. Il répond aux questions en présentant des faits et des chiffres, et élude habilement celles qui le dérangent. La fin de la conférence est saluée par des applaudissements nourris, on vient lui donner de grandes claques dans le dos et on l'invite au club – le *St James*, naturellement – pour boire un verre, puis pour dîner.

Il est en train de franchir les portes tournantes du *Queen's Hall*, en grande discussion avec Leonard, quand une femme lui saisit le bras.

—Capitaine Hamilton, monsieur ! Il faut absolument que je vous parle ! De toute urgence !

Il reste un instant interdit. Le visage de cette femme lui est vaguement familier, mais elle est mal habillée, toute décoiffée, elle ressemble à une mendiante ou à une prostituée. Comment connaît-elle son nom ?

Puis, soudain, il s'exclame :

—Violet ?

L'espace d'un instant, ils restent immobiles dans un compartiment de la porte tournante, bloquant de ce fait le passage.

Edward est atterré. Violet semble très gênée. De son côté, Leonard observe avec intérêt le face-à-face entre les deux.

— Pouvons-nous parler ? murmure enfin Violet.

Edward reprend ses esprits.

— Leonard, je vous en prie, allez-y, je vous retrouverai au club ; cette jeune femme a été ma patiente dans une de mes cliniques, je m'occupe d'elle, je n'en aurai pas pour longtemps.

Il prend Violet par le bras et s'empresse de l'entraîner dans la rue. Il n'a pas envie d'être vu avec elle par des gens qu'il connaît.

— Je suis désolée, monsieur, si je vous ai pris au dépourvu…

Comme ils marchent trop vite, elle est à bout de souffle.

— Mais j'avais besoin de vous parler d'urgence, nous n'étions pas censés nous rencontrer avant deux semaines et j'avais peur que ce ne soit trop tard. Alors quand j'ai vu la publicité pour votre conférence, je me suis dit… En d'autres circonstances, je n'aurais pas pris la liberté de…

Elle s'arrête pour reprendre son souffle.

— J'admets que je ne m'attendais pas à vous voir, commente Edward de façon laconique.

Il repère un pub à l'angle de la rue et entraîne Violet dans cette direction. L'établissement a l'air plutôt miteux, mais c'est tant mieux, car il est sûr de n'y croiser personne de sa connaissance.

Il pose fermement sa main gantée contre le dos de Violet et la guide à l'intérieur. La salle est enfumée et il y fait très chaud. Heureusement, il n'y a pas grand-monde. Edward choisit une table près du feu, tire une chaise pour Violet. Décidément, tout est minable dans ce pub, même le meilleur coin. Il va commander auprès du tenancier, un homme à l'air désabusé, en évitant de poser ses mains sur la surface poisseuse du comptoir, puis revient s'asseoir.

Le temps qu'on leur apporte une pinte de bière et un gin-citron, Violet a enlevé son chapeau et son manteau, révélant un chemisier et une veste relativement élégants qui doivent être ses habits du dimanche. Elle a lissé ses cheveux et les a noués en chignon. Elle se frotte les mains devant le feu, et ce n'est qu'à ce moment-là qu'Edward remarque qu'elle a les lèvres bleues de froid. Elle a dû l'attendre longtemps dehors. Il boit une gorgée de sa bière et sent fondre son animosité.

— Eh bien, que se passe-t-il ? demande-t-il.

Il scrute le liquide couleur rouille de son verre, pour éviter de regarder Violet dans les yeux.

— C'est à propos de lui, dit-elle enfin.

Il n'est pas étonné. Bien sûr que c'est à propos de lui.

— Il a été très malade. Il a eu la grippe. Ils disent qu'avec ses poumons…

Elle déglutit et reprend son souffle.

— Ils disent qu'avec ses poumons, il pourrait bien… ne pas s'en remettre.

— Oh mon Dieu, je suis désolé.

Il a envie d'allonger le bras et de prendre la main de Violet dans la sienne, mais il ne le fait pas. Il se sent évidemment coupable, mais, à sa grande honte, il n'y a pas que ça. Il est soulagé, aussi. Une fois Porter disparu, il ne restera personne pour révéler son secret. Cela fait dix ans qu'il vit avec cette angoisse. La mort de Porter serait un problème de moins dans sa vie.

— En fait, il m'a donné une lettre pour vous…

Elle fouille dans son sac à main et en sort une fine enveloppe. Le cœur d'Edward s'emballe à la vue des mots « Capitaine Hamilton », griffonnés d'une maladroite écriture d'enfant. Il y a même des taches d'encre aux endroits où la plume a trop appuyé sur le papier. Violet lui tend l'enveloppe. Il la prend avec réticence et la glisse dans sa poche d'une main tremblante.

— Comme vous le savez, avec mon bébé qui est tout petit et tout ça, je n'ai pas pu aller le voir ces derniers temps, explique Violet. Alors on a commencé à s'écrire. Ce n'est pas vraiment naturel pour nous, mais c'est important qu'on reste en contact, vous comprenez. Et, comme il sait que je vous vois régulièrement, il m'a demandé de vous remettre cette lettre.

Elle hésite.

— Il avait peur de partir sans avoir pu vous dire… ce qu'il voulait vous dire. Vous n'avez pas le temps de lui rendre visite, je le comprends, mais si vous pouviez trouver quelques minutes pour lui répondre, ce serait vraiment important pour lui. Et moi, ça me soulagerait beaucoup.

Elle contemple fixement ses mains sur ses genoux.

Edward a la gorge tellement nouée que plus aucun mot ne peut en sortir. Il se tourne pour regarder fixement le feu afin de mettre fin à la torture du moment. Des tisons s'effondrent, envoyant une pluie de braises brûlantes sur le tas de cendres sous la grille.

— Vous savez quoi, Violet…

Il se tourne vers elle. Il a pris une décision.

— Je trouverai le temps d'aller le voir, je vous le promets. J'aurais d'ailleurs dû le faire depuis longtemps… Mais… je dois maintenant rejoindre mes amis, je ne peux pas m'attarder ici avec vous.

Il essuie ses paumes moites sur ses cuisses. Violet lui jette un regard surpris et méfiant.

— Oui, insiste-t-il en hochant la tête. Je vais lui écrire pour lui annoncer ma venue.

— Vous êtes un homme bon, dit-elle, les larmes aux yeux. Le meilleur des hommes.

Elle s'essuie les joues et lui sourit, d'abord timidement. Puis ce sourire prend possession de tout son visage, comme une vague, jusqu'à ses yeux qui se plissent, se fermant presque. Une fois de plus, Edward pense qu'elle a dû être jolie autrefois.

Plus tard, après un dîner au club avec Leonard et les membres de la Société eugénique au cours duquel ils ont fait le compte des députés ralliés à leur cause, puis de ceux dont il faudra gagner le vote, Edward regagne son appartement de Bloomsbury. Il se sent coupable de passer autant de temps loin de Brook End, d'Eleanor et des enfants. Bien sûr, c'est avant tout par commodité, pour lui éviter la fatigue des transports et aussi parce que son travail lui prend beaucoup de temps. Mais la vérité c'est qu'il est soulagé d'avoir une excuse pour fuir la tristesse de leur foyer. Brook End n'est plus son sanctuaire, mais l'endroit où habite son principal problème. Et Edward a toujours eu tendance à fuir les problèmes au lieu de les affronter.

Une fois seul, il sort de sa poche la lettre que Violet lui a confiée.

Cher monsieur Hamilton,

J'espère que tout va bien pour vous et votre famille.
De mon côté, j'ai le regret de vous dire que ce n'est pas le cas, car voyez-vous j'ai souffert d'une mauvaise grippe. La grippe hivernale fait des ravages chaque année, mais celle-ci a vraiment été dure pour moi et vu l'état de mes poumons… Eh bien, vous comprenez.
Heureusement, on s'occupe bien de moi ici. L'infirmière en chef est parfois sévère, mais l'autre infirmière est gentille. Je fais de mon mieux pour tenir le coup. Penser à vous et à tout

ce que vous faites pour moi me donne du courage. J'aimerais pouvoir me dire que vous êtes fier de moi. Aussi, je ne vais pas me laisser aller, je vais me battre.
Je rêve de quitter ce centre quelque temps pour aller au bord de la mer, un peu comme si je prenais des vacances. Ce serait l'été, il ferait chaud, je resterais assis à regarder les vagues, avec du sable entre les orteils. Ça ne se produira sans doute pas, mais ça fait du bien de rêver.
Je tenais à vous dire que je vous suis très reconnaissant des risques que vous avez pris pour moi. Vous m'avez sauvé la vie et je n'ai jamais eu l'occasion de vous remercier comme il se doit.

Bien à vous,
Reginald Porter

Edward froisse le papier dans sa main. Il a un nœud dans la gorge. Un nœud énorme, qui prend toute la place.

Chapitre 15

Eleanor

Mars 1929

Très chère Eleanor,

Bien sûr que je pardonne les dures paroles que tu as eues à mon égard, voyons ! Rose me dit que tu es encore très affectée par notre dispute et que tu me crois en colère contre toi. Cessons ces balivernes ! Ma chérie, sache que je t'aimerai toujours comme un vieux chien fidèle, même si tu me jettes dehors sous la pluie.

Je t'en prie, n'en veux pas à Rose de m'avoir parlé de la pauvre petite Mabel. Je sais que tu le lui avais interdit, mais elle s'inquiète tant pour toi qu'elle a tenu à me mettre au courant. Je comprends mieux à présent pourquoi tu étais à ce point sur les nerfs la dernière fois que je t'ai vue. Eleanor, c'est trop dur de porter ça toute seule. N'oublie pas que je suis là pour toi.

À part cela, j'aurais dû t'avertir que Marcel venait voir Rose. Et puisque je ne l'ai pas fait, j'aurais dû au moins te l'annoncer avec délicatesse, et pas le glisser comme par inadvertance alors que tu venais d'accoucher et que tu étais fragile émotionnellement. Aussi je te présente moi aussi des excuses.

Ainsi l'affaire est entendue, nous voilà réconciliées, il n'y a plus d'ombre entre nous. Ma chérie, je peux maintenant te le demander : quand diable puis-je espérer ta visite à Londres ? Tu peux sûrement confier ton bébé à la nounou pendant quelques jours – ou au moins une journée ! En ce qui me concerne, je crois bien me souvenir que j'ai déjà laissé mes enfants tout un mois. Ne te méprends pas, je les aime. Mais je considère que ces petits êtres ne doivent pas constamment entraver notre vie.

Donne-moi une date, ma chérie. Nous ferons les boutiques. Nous irons manger quelque part. Boire un verre. Fumer. Faire la fête jusqu'à en tomber d'épuisement. Tout ce qui te plaira. Entre la maladie de Mabel (je t'en prie, ne t'inquiète pas, je ne dirai rien à personne) et Edward qui n'est jamais là à cause de son travail, tu as grand besoin de te changer les idées.

Ta fidèle amie,
Sophie

Eleanor repose la lettre, le sourire aux lèvres. Elle est étonnée de ne pas en vouloir du tout à Rose d'avoir parlé de Mabel à Sophie. Elle est même plutôt réconfortée que sa meilleure amie soit au courant. De toute façon, elle saura garder leur secret. Elle se sent aussi soulagée que Sophie ait accepté ses excuses et qu'elles puissent continuer à se voir. Elle a plus que jamais besoin de Sophie et de son approche joyeuse et détachée des choses. Le souvenir de la crise de Mabel dans la carriole est encore très vivace. Elle sent venir la nausée, comme chaque fois qu'elle y pense. Depuis, elle n'a plus osé sortir avec Mabel. Elle aurait voulu en parler avec Edward, mais c'est trop difficile. Même quand ils sont ensemble, il répond par monosyllabes dès qu'elle aborde le sujet « Mabel ». La seule personne avec qui elle pourrait s'épancher, c'est Rose, mais celle-ci habite maintenant Londres et travaille au *New Statesman*. Elle s'est installée chez Sophie et parfois Eleanor souffre de les savoir ensemble, tandis qu'elle est seule ici avec ses peurs et ses angoisses. Avant la maladie de Mabel, la paix et la solitude de Brook End ne lui avaient jamais pesé. Mais à présent son isolement lui fait l'effet d'une punition.

Aujourd'hui c'est vendredi, Rose doit arriver dans l'après-midi pour passer le week-end à Brook End, mais elle ne sera pas là avant plusieurs heures. Aussi, pour tuer le temps, Eleanor décide de rattraper la correspondance qu'elle a quelque peu négligée dernièrement. Durant les absences prolongées d'Edward, elle s'est approprié son bureau. C'est un homme soigneux, chaque chose est à sa place. La vie d'Edward est bien ordonnée, un reste des habitudes prises à l'armée, suppose-t-elle. Efficacité et précision sont des qualités indispensables au militaire comme au scientifique. Edward est également méticuleux dans son travail, quand il s'agit de collecter et d'analyser des données. Elle parcourt du regard les étagères de dossiers étiquetés par codes de couleur, selon le projet d'étude auquel ils se rapportent. Des rayonnages allant du sol au plafond occupent deux des murs. Les nombreux ouvrages universitaires publiés par Edward y côtoient des piles bien nettes du *Journal de psychologie* et une quantité impressionnante de livres spécialisés – Eleanor s'amuse à lire les titres : *La famille Kallikak : une étude sur l'hérédité de la déficience intellectuelle. Données décisives sur l'intelligence des soldats américains.* Elle tend une main, retire ce dernier ouvrage de son étagère et le feuillette jusqu'à l'introduction : « Au cours de cette vaste étude qui a permis d'étudier l'intelligence des conscrits de l'armée américaine, un million sept cent cinquante mille hommes ont été soumis aux tests d'intelligence les plus rigoureux jamais réalisés. Les résultats sont édifiants et guideront nos pratiques dans les années à venir. Ils montrent, et cela est inquiétant, que l'intelligence moyenne d'une recrue de race blanche est à peine au-dessus de celle d'un enfant de treize ans. Plus inquiétant encore, trente-sept pour cent de ces soldats entrent dans la catégorie des crétins, avec une intelligence inférieure à celle d'un enfant de douze ans. Dans la population des soldats originaires du sud et de l'est de l'Europe ou bien des pays slaves, l'intelligence moyenne correspond à celle d'un enfant de onze ans. Avec les Noirs, nous tombons en dessous des onze ans et c'est quatre-vingt-dix pour cent d'entre eux qui peuvent être classés parmi les crétins. »

Est-ce vraiment possible ? Songeuse, Eleanor remet le livre en place. Il y aurait donc de telles inégalités entre les êtres humains dès la naissance ? Avec un soupir, elle reporte son attention sur la lettre de Sophie et prend de quoi écrire pour lui répondre.

Après avoir rédigé et cacheté plusieurs lettres, Eleanor sonne Alice pour lui demander d'aller les poster au village avant la levée de midi.

Rose ne devrait plus tarder, à présent... Eleanor se laisse aller à la rêverie, le regard perdu vers la fenêtre. Dans le jardin de Brook End, le printemps commence à se manifester. Des tapis de crocus sont apparus sous le grand hêtre et les jonquilles des plates-bandes vont bientôt fleurir. Normalement, à cette époque, elle a déjà enfilé des gants de jardinage pour aller planter des bulbes ou prendre soin de ses semis. Mais cette année, elle n'en a ni la force ni l'énergie.

Ce week-end, Edward ne vient pas et son absence va créer un vide que la présence de Rose ne suffira pas à combler. Elle le soupçonne de plus en plus de les fuir. Dimanche dernier, ils ont vécu une expérience horrible dans la chambre de Mabel.

Elle était montée à l'étage avec Edward, pour aller chercher Mabel et Jimmy afin de les descendre pour le thé. Ils étaient d'abord passés dans la chambre de Jimmy et elle avait été ravie quand Edward avait demandé à le porter et qu'elle avait surpris le père et le fils échangeant des sourires. Mabel était assise dos au mur, comme très souvent, le regard fixe et absent, une main crispée sur Prudence. Elle était pâle et maladive, bouffie à cause des médicaments, la peau couverte d'affreuses lésions. Il n'y avait plus rien de mignon ni de délicat dans sa personne. À cet instant, Eleanor l'avait trouvée plus vulnérable et touchante que jamais.

Mlle Cartwright-Jones était en train de lui préparer ses médicaments.

— Comment va-t-elle ? avait demandé Edward, avec dans la voix un tremblement ému qui n'avait pas échappé à Eleanor. Des signes d'amélioration ?

Eleanor était allée vers sa fille. Elle l'avait prise sur ses genoux et serrée dans ses bras. Elle aurait tant voulu la délivrer de ses souffrances, absorber en elle l'horrible maladie qui la rongeait.

— Malheureusement non, pas la moindre amélioration, avait froidement répondu Mlle Cartwright-Jones. Rien que ce matin, elle a déjà eu d'innombrables petites crises et une grande crise il y a une heure. Elle vient d'en sortir et elle n'est pas encore tout à fait remise, comme vous pouvez le voir.

Edward avait pâli.

— Oh, avait-il murmuré en berçant Jimmy sur son épaule.

— Et lui administrer ce médicament n'est pas une sinécure, avait poursuivi l'infirmière. Il la rend malade, elle pleure. Il me faut près d'une heure pour lui faire avaler une dose complète, ce qui ne laisse qu'une courte pause avant la dose suivante.

— Je comprends…

C'était tout ce qu'il avait réussi à dire.

— Edward ! avait appelé Eleanor. Viens avec Jimmy. Mabel veut le voir.

Elle l'avait senti réticent, mais il n'avait pas protesté et s'était approché.

— Bébé, avait dit Mabel en retirant son pouce de sa bouche pour montrer son petit frère du doigt.

Elle avait eu sur les lèvres l'ébauche d'un sourire. Cela faisait longtemps qu'Eleanor ne l'avait pas vue sourire.

— Pose le bébé dans ses bras, Edward, avait demandé Eleanor. Elle veut lui faire un câlin.

— Je ne suis pas certain que ce soit très prudent, avait-il objecté en serrant Jimmy un peu plus fort contre lui.

— Il n'y a aucun risque. Je suis là, je le tiendrai aussi, avait-elle rétorqué, en s'efforçant de maîtriser son agacement.

Il traitait Mabel en pestiférée. Que craignait-il ? Qu'elle ne contamine son frère ? C'était grotesque ! Et affligeant ! La pauvre enfant n'avait plus dans la vie aucune joie et son père était prêt à lui refuser la seule chose susceptible de lui en apporter un peu. Bientôt, il allait lui retirer sa poupée Prudence, de peur qu'elle ne devienne elle aussi épileptique !

Durant un court instant, Mabel et son père s'étaient regardés dans les yeux, puis Mabel avait tendu ses petits bras impatients vers Jimmy, lâchant Prudence, qui était tombée par terre. Cet élan désespéré avait dû émouvoir Edward, car il avait finalement déposé le petit corps chaud et frétillant du bébé sur les genoux de Mabel. Eleanor l'avait aidée à le tenir : tout emmailloté et posé ainsi dans les bras frêles et délicats de sa sœur, Jimmy ressemblait à une grosse chrysalide. Il avait cessé de s'agiter, se contentant de dévorer sa sœur du regard.

— Bébé ! s'était écriée Mabel avec un rire ravi.

— Jimmy, lui avait rappelé Eleanor. Bébé Jimmy.

— Jim, Jim, Jim, Jim, avait répété Mabel.

Puis elle s'était penchée pour embrasser le front de Jimmy avec tant de douceur et de tendresse qu'Eleanor en avait eu les larmes aux yeux. Elle avait par ailleurs constaté que le langage de Mabel s'était encore appauvri et cela l'avait inquiétée. Cette cruelle maladie endommageait son cerveau au point qu'elle ne semblait pas plus éveillée qu'un bébé de quelques mois. Bientôt, Jimmy serait plus performant qu'elle.

— Bien, avait interrompu Mlle Cartwright-Jones. C'est le moment pour Mabel de prendre sa dose de bromure, j'en ai bien peur.

— Déjà ? s'était étonnée Eleanor.

— Le médecin m'a recommandé de respecter les horaires, pour que la concentration du produit reste stable dans le sang. C'est l'heure de la dose maximale et je dois m'y prendre avec un peu d'avance, car ça ne va pas être facile de la lui faire avaler.

— Il me semble que ce médicament ne lui fait aucun effet, avait dit Eleanor d'une voix étranglée. Alors à quoi bon la torturer ?

Mlle Cartwright-Jones s'était figée, le visage rougissant, la tasse et la cuillère dans la main, tandis qu'Eleanor quêtait du regard l'approbation d'Edward. Mais celui-ci avait détourné les yeux.

— Bien sûr qu'il faut administrer les doses à l'heure, avait-il murmuré.

L'infirmière avait repris son assurance.

— Je suis sous les ordres du médecin, avait-elle dit fermement. Et il serait dangereux d'arrêter le médicament sans son accord. Ce sont des produits délicats à manier, vous comprenez ?

— Exactement, avait renchéri Edward, avec une certaine dureté dans la voix. On ne peut pas arrêter comme ça, Eleanor.

Et sur ce, il avait repris Jimmy dans ses bras, le retirant à Mabel.

— Non ! avait-elle protesté en pleurnichant. Non, non, non !

L'infirmière l'avait installée dans une chaise haute pour lui tendre une première cuillerée de bromure, mais elle avait résisté, en secouant violemment la tête d'avant en arrière, les lèvres pincées.

— Allez, ma chérie, on te donnera du bon miel pour faire passer tout ça, avait murmuré Eleanor pour l'amadouer.

— Non ! avait hurlé Mabel. Bobo. Pas médicament.

D'un geste rapide, Mlle Cartwright-Jones lui avait pris le menton pour lui incliner la tête en arrière, tout en lui ouvrant la bouche de force pour y enfourner la cuillère. Mabel avait eu un haut-le-cœur, mais Mlle Cartwright-Jones l'avait obligée à garder la bouche fermée. Mabel avait toussé et était devenue écarlate, s'étouffant à moitié, faisant une grimace, refusant obstinément d'avaler le liquide qui suintait à présent aux commissures de ses lèvres.

— Non, Mabel ! avait grondé Mlle Cartwright-Jones d'un ton brusque. Vous devez avaler.

Elle avait récupéré avec la cuillère le produit qui coulait du menton de Mabel et le lui avait de nouveau mis de force dans la bouche. Mabel avait recraché. Mlle Cartwright-Jones avait insisté. Cela s'était répété plusieurs fois : Mabel hurlait, tremblait, toussait et recrachait une partie de l'infecte préparation au bromure que l'infirmière s'empressait de récupérer pour la lui proposer de nouveau.

Ils avaient assisté à la scène sans un mot, puis Edward s'était impatienté :

— Partons, avait-il grommelé en entraînant Eleanor. Laissons cette femme faire son travail.

Mabel avait tenté de retenir sa mère.

— Maman, maman, maman ! avait-elle crié tandis qu'ils sortaient de la pièce.

Ses cris de détresse les avaient poursuivis dans le couloir, dans l'escalier, jusque dans le vestibule du rez-de-chaussée. Une torture pour Eleanor.

Edward s'était tourné vers elle, avec dans les yeux une fureur presque effrayante.

— Il n'y a pas de ça dans mes gènes, lui avait-il lancé.

Elle en avait eu le souffle coupé.

— Tu veux dire par là que ce serait dans les miens ?

Il s'était contenté de la dévisager, le regard dur, la bouche pincée. Il tremblait et elle s'était demandé si c'était de rage ou de chagrin. Puis Byron était venu à leur rencontre et Edward s'était penché pour le flatter d'une main, avec Jimmy dans les bras.

— Voilà qui ne nous aide pas beaucoup, Edward, n'est-ce pas ? avait-elle commenté en le regardant caresser le chien. Tu cherches un bouc émissaire… Ne crois-tu pas qu'il faudrait plutôt chercher un médecin pour un deuxième avis ? Je veux voir un autre spécialiste. On ne peut pas continuer à lui faire endurer ça.

Sa voix s'était brisée. Incapable de retenir plus longtemps ses larmes, elle s'était enfuie dans le jardin.

Un grincement la tire de sa rêverie. La porte s'entrouvre et Byron apparaît. Il vient vers elle, la langue pendante, agite la queue, quémande une caresse en fourrant sa truffe humide dans la paume de sa main.

— Ne te fais pas d'illusions, je ne vais pas t'emmener en promenade, lui dit-elle.

Il a presque atteint sa taille adulte, à présent. Il a de longues pattes fines, un poil doré, des yeux noirs pleins de mélancolie.

Ils ont pris un chien pour Mabel, mais c'est Edward que Byron préfère, même si celui-ci n'est presque jamais à la maison. Il est toujours fou de joie quand son maître rentre.

— Désolée, tu vas devoir te contenter de moi ce week-end, murmure-t-elle dans son oreille poilue.

Ils sympathisent peu à peu. Elle lui caresse la tête et il la remercie d'un coup de langue, puis laisse échapper un gros soupir et s'affale à ses pieds, la tête sur les pattes, sans la quitter des yeux.

Eleanor sonne Alice mais, celle-ci étant absente, c'est Mme Faulks qui apparaît avec un plateau. Rose devrait bientôt arriver. Tout en buvant son thé à petites gorgées, Eleanor pense à la lettre de Sophie. Au fond, cela lui plairait d'accepter sa proposition et de s'échapper à Londres un jour ou deux. Avec cette animosité larvée entre Edward et elle, le soutien de son amie de toujours lui ferait le plus grand bien. Peut-être que Sophie a raison et qu'Edward a vraiment une liaison. Ce serait pour lui une manière de fuir les problèmes, après tout. Ils ont à peine repris leurs relations conjugales depuis la naissance de Jimmy, ce qui n'a rien d'étonnant vu qu'il n'est presque jamais là. Cette abstinence n'est pas saine et elle sent qu'elle aurait besoin de ses caresses, mais elle n'ose pas lui en parler. Il y a désormais une telle distance entre eux qu'elle ne sait plus comment l'approcher.

Elle pose sa tasse et examine la pièce. Ce bureau est imprégné de la présence d'Edward et c'est sans doute pour cela qu'elle aime tant s'y installer quand il n'est pas là. Son odeur y flotte encore – un mélange d'eau de toilette boisée et de fumée de cigare. Ici, elle se sent proche de lui.

Et soudain, une idée la traverse… S'il lui cache quelque chose, c'est ici qu'elle en trouvera la trace, dans cette pièce qui est son sanctuaire – un endroit sûr réservé normalement à lui seul.

Avec une boule dans la gorge et le cœur qui bat la chamade, elle se met à ouvrir les tiroirs. Peut-être cache-t-il des lettres, des messages, des poèmes, n'importe quoi… Elle passe en revue les papiers, d'abord timidement, avec l'impression de mal agir, s'attendant presque à être prise en flagrant délit par Edward, sursautant comme s'il pouvait passer la tête à la porte d'un instant à l'autre. Puis elle s'enhardit. Il est à des kilomètres de là, en train de faire Dieu sait quoi avec Dieu sait qui. Elle ouvre des enveloppes et des carnets, vérifie les dossiers et sa correspondance. Mais non, il n'y a rien de compromettant.

Elle se cale de nouveau dans son fauteuil. Au fond, elle est presque déçue de n'avoir rien trouvé. Bien sûr, elle serait dévastée si elle découvrait qu'il la trompe, mais au moins cela expliquerait la distance qui s'est installée entre eux et ne cesse d'augmenter.

Elle se lève et se dirige vers les étagères où il range des registres et les dossiers contenant ses articles. Elle veut voir ses relevés bancaires. On peut découvrir pas mal de choses en consultant les dépenses de quelqu'un. Elle sait qu'il y a peu de chances qu'il ait commis des imprudences, mais sait-on jamais.

Durant la demi-heure qui suit, elle épluche les comptes. Ceux de la maison, c'est elle qui les gère, mais jamais elle n'a mis le nez dans les dépenses privées d'Edward. Elle manipule les pages en les tenant entre le pouce et l'index, les paumes moites d'angoisse, avec l'impression de passer en revue les sous-vêtements de quelqu'un. Elle sursaute au moindre bruit. Alice doit être revenue de la poste et elle pourrait entrer dans la pièce pour faire la poussière. Mlle Harding pourrait frapper. Et après ?

Quelle importance ? Elle est la maîtresse de maison et n'a pas à se justifier auprès de ses domestiques.

Elle a bien fait de chercher de ce côté, car elle ne tarde pas à trouver des retraits d'un montant tellement élevé qu'ils lui sautent aux yeux. C'est réglé comme une horloge : vingt-six livres, tous les mois à date fixe. Donc trois cent douze livres par an. Presque un salaire ! Assez pour entretenir une maîtresse. Elle s'assied et fixe les chiffres, sonnée par cette découverte. Puis elle vérifie l'année précédente et, oui, c'est déjà là. Ainsi que celle d'avant. Elle continue à vérifier, elle remonte, elle remonte, elle arrive aux années avant leur mariage. Et c'est le même retrait d'argent, douze fois par an, chaque année, qui augmente légèrement tous les ans.

Eleanor remet les relevés bancaires à leur place sur l'étagère avec des mains tremblantes. Il ne peut pas y avoir d'erreur. Une somme de cette importance en liquide ! Edward a un secret. Et depuis très longtemps. Quoi que cela puisse être, ça a commencé avant qu'ils ne se rencontrent.

Quelque chose explose dans sa poitrine et elle se sent soudain accablée par une solitude tellement écrasante qu'elle a du mal à respirer. Elle se laisse tomber sur le fauteuil d'Edward, enfouit son visage dans ses mains et pleure. Sans bruit, pour ne pas être entendue. Elle prend soudain conscience qu'Edward était son roc ; l'homme qui les a sauvées, Rose et elle, après la mort de leur mère ; celui dont elle se croyait aimée et vénérée. Mais tout cela n'était que pur fantasme. Il ne peut pas l'avoir aimée. Pas s'il cache une maîtresse depuis toujours. Comment a-t-il pu lui mentir à ce point ? Comment fait-il pour mener une double vie ? Cela semble impossible. Elle n'arrive pas à concevoir qu'il puisse exister un monde d'une telle perversité. Et pourtant… Il existe bel et bien, elle en a la preuve sous les yeux, car ce retrait ne peut être destiné qu'à une maîtresse.

D'abord Mabel et maintenant Edward. Tous ceux qu'elle aime la trahissent. Tout ce à quoi elle tient lui glisse entre les doigts comme du sable fin.

Chapitre 16

Edward

Edward repose lentement le projet de thèse qu'il est censé superviser pour se frotter les yeux. Il est fatigué. Il aurait bien besoin d'une vraie nuit de sommeil sans cauchemars, mais c'est un luxe qu'il n'a pas connu depuis longtemps. La veille, il a particulièrement mal dormi et il en paie maintenant le prix.

Il plante ses doigts derrière ses oreilles, à la base du crâne. La zone est sensible, mais cette pression lui procure un délicieux soulagement. Il contemple les liasses de feuilles sur son bureau : il a beau y passer du temps, on dirait qu'elles sont toujours plus épaisses. Cela fait déjà un moment qu'il ne rentre plus à Brook End en semaine et cette fois il ne va pas rentrer de tout le week-end. Mais c'est qu'il a tant à faire !

Quand on y réfléchit, c'est tout de même assez singulier qu'il supervise le travail d'un doctorant, alors que lui-même ne possède pas ce diplôme. Et ça l'est encore plus que ses étudiants soient en admiration devant lui, à boire ses paroles, sans jamais mentionner cette anomalie, car il est le seul professeur sans doctorat. Mais la guerre et sa réputation dans les milieux universitaires lui ont apparemment donné droit à ce titre, au sens académique du terme. Personne ne met en doute son niveau ou ses capacités intellectuelles. Il aurait pu décrocher un doctorat, c'est évident. Quand il a passé ses propres tests d'intelligence, il a obtenu des résultats qui le classent dans le groupe restreint du un pour cent « très supérieur » de la population.

Par ailleurs, l'expérience et le travail sur le terrain ne sont-ils pas plus importants que la théorie ? C'est du moins le cas quand on s'adresse à des politiciens : au fil des ans, Edward a compris qu'il est aisé de les convaincre du moment qu'on parle avec conviction et qu'on est capable d'étayer sa démonstration avec des éléments concrets – en ce qui le concerne, avec des statistiques et des analyses.

Quant à la thèse de cet étudiant, elle peut attendre. Elle n'est pas à rendre avant des mois. Il l'abandonne avec un soupir et balaie du regard les dossiers accumulés sur son bureau. Il y en a autant sur celui du professeur Littleton, avec qui il partage cette pièce exiguë, mais Littleton ne viendra pas à l'université aujourd'hui, parce qu'il passe son samedi en famille. Edward songe qu'il aurait lui aussi préféré être avec Eleanor, mais il a une visite à faire, qu'il ne veut plus repousser. Depuis qu'il a promis à Violet de trouver un moment pour aller voir Porter, le temps a passé. Finalement, Porter n'est pas mort des suites de sa grippe et, quand Edward a vu Violet la semaine précédente pour leur petite transaction mensuelle, elle lui a fait comprendre qu'il attendait sa visite – plus que jamais.

Par ailleurs, il a une autre bonne raison de se rendre dans l'établissement où Porter est soigné. *Mabel.* Son cœur se serre, comme chaque fois qu'il pense à elle et à l'incident du week-end dernier. Peut-être n'est-ce pas seulement le travail qui le tient éloigné de Brook End. Ce qu'il trouve là-bas est presque trop douloureux à affronter. Comme l'a très bien dit Eleanor, ils ne peuvent plus continuer comme ça. Il se demande comment elle fait pour supporter cette ambiance toute la semaine. Lui, il n'est presque jamais à la maison et il n'en peut plus.

Dans deux heures, il prendra un train à la gare Victoria pour aller dans l'East Sussex, mais cela lui laisse du temps pour travailler sans risquer d'être interrompu par Littleton ou un autre étudiant. C'est si rare… Il doit absolument en profiter.

Il passe mentalement en revue ses différents projets en cours. Il y a un article à moitié terminé sur la psychométrie ; son travail pour le Conseil du comté de Londres qui réclame une batterie de tests pour évaluer des enfants et les placer dans l'établissement d'éducation qui leur convient le mieux ; et enfin, à la suite de la publication de son livre *L'Enfant délinquant*, il est sollicité pour concevoir un programme de redressement pour les jeunes délinquants.

Mais le plus important pour lui, c'est sans aucun doute la recherche qu'il mène pour la Commission royale et qui doit convaincre de la nécessité d'une loi statuant sur la stérilisation des faibles d'esprit et leur placement dans des institutions appropriées. C'est un grand projet qui n'avance pas bien. Il pense à l'intervention de Sourcils Broussailleux lors de la conférence sur la politique d'éducation, quand celui-ci a prétendu que ses propositions ne s'appuyaient pas sur des données sérieuses. Il contemple d'un air sombre les piles de données. Il a, en effet, un problème de ce côté-là. Il faut qu'il trouve une solution.

Il sait que les résultats de la stérilisation suffiraient à prouver la justesse de ses théories. Il sait aussi que, s'il appliquait ses principes à lui-même, alors Eleanor et lui ne devraient plus avoir d'enfants. Son ventre se noue à cette idée. L'épilepsie de Mabel ne peut pas venir de ses gènes. Mais du côté d'Eleanor… Elle a fait trois fausses couches… La nature serait-elle intervenue pour éliminer des indésirables ? Ils auraient dû tenir compte de cet avertissement. Et qu'en est-il de Jimmy ? Il a le vertige à l'idée que Jimmy puisse être malade, lui aussi. Pourtant, Eleanor a nié avec véhémence la présence d'épileptiques dans sa famille, et il ne demande qu'à la croire. Mais si elle dit vrai... Soudain il sent planer l'ombre d'un doute. Et si ça n'avait rien à voir avec leurs gènes ?

Bon sang ! Au diable tout ça !

Arrête de ruminer !

Il se force à se concentrer de nouveau sur le projet de la Commission royale. Comment va-t-il pouvoir le terminer à temps ? Il lui faudrait un assistant. Un étudiant, peut-être. Mais il n'a pas vraiment envie de laisser à un étudiant la possibilité de tirer ses propres conclusions à partir des données recueillies. Non. L'accès à des ressources aussi précieuses doit être limité à quelques personnes choisies. Les gens peuvent avoir des a priori et il est facile d'interpréter des statistiques dans le sens que l'on veut. Il ne peut pas prendre de risque. Cette recherche compte énormément pour lui. Il poursuit ce qui a été débuté par Darwin et prolongé par Galton. C'est l'œuvre de sa vie.

Et, soudain, il a une idée formidable. Bien sûr ! Pourquoi diable n'y a-t-il pas pensé plus tôt ? Cette solution présenterait de nombreux avantages, et notamment celui d'aplanir les difficultés que traverse en ce moment son mariage. S'il engage Eleanor comme assistante, ils passeront plus de temps ensemble. L'impliquer permettra de réduire sa propre charge de travail, tout en aidant à reconstruire leur relation. Quand il l'a rencontrée, elle a d'abord été son assistante de recherche et il était très satisfait de son travail. Elle possède une intelligence bien développée, sans le moindre doute. C'est même une des qualités qu'il admire le plus chez elle. De plus, sa loyauté lui est acquise.

Elle n'aurait même pas besoin de se déplacer jusqu'à Londres. Elle travaillerait dans son bureau à Brook End et cela lui permettrait d'oublier un peu la maladie de Mabel. Il l'imagine déjà, triant les résultats bruts des expériences, les rassemblant en graphiques soignés, selon ses instructions et sous sa supervision, bien sûr – ils sont là, tous les deux, assis côte à côte à son grand bureau, partageant une tasse de thé ou peut-être une bouteille de bon vin. Il sourit à cette image. C'est décidé, il va lui proposer cette collaboration. En attendant, il doit se remettre au travail. Il prend sa plume, la trempe dans l'encrier, s'arrête un instant, puis se met à écrire.

Le voyage jusqu'au centre pour épileptiques de Heath se révèle long et pénible. Le train traverse la banlieue de Londres en direction de la campagne du Sussex. Edward a emporté *Route des Indes*, mais le roman reste posé sur ses genoux. Il songe à sa future collaboration avec Eleanor et l'idée suscite déjà moins son enthousiasme. Elle n'acceptera peut-être pas. Et, même si elle accepte, il est sans doute naïf de croire que cela suffirait à régler les choses entre eux.

Leur dernière dispute a été particulièrement violente.

C'était le week-end dernier, ils dînaient seuls en tête à tête et Eleanor était encore très éprouvée par la scène du médicament. Elle touchait à peine à sa nourriture et, bien qu'il eût plusieurs fois tenté d'engager la conversation, elle semblait absente.

— Eleanor, nous devrions réfléchir sérieusement à ce que nous allons faire pour Mabel, avait-il enfin dit.

Cette fois, il avait capté son attention.

— Je veux qu'elle cesse de prendre cet horrible médicament, Edward. Il ne lui fait aucun bien, reconnais-le !

— En effet, il semble inefficace.

— C'est trop cruel… Je ne peux pas supporter de la voir souffrir ainsi…

Elle avait étouffé un sanglot et il avait eu la gorge nouée devant sa détresse. Il se souvient de lui avoir tendu la main, tout en cherchant quelque chose à dire pour la consoler un peu.

— Nous devons demander un second avis, avait-elle repris. Et le plus tôt sera le mieux.

— Oui, avait-il approuvé. C'est ce que nous devons faire. J'ai déjà quelqu'un en tête. Un certain sir Charles Lawson. Il est, m'a-t-on dit, le plus grand spécialiste de l'épilepsie infantile. Il en sait plus que tout le monde sur le sujet et j'espère obtenir un rendez-vous la semaine prochaine.

En vérité, il avait déjà eu une longue conversation téléphonique avec sir Charles et celui-ci s'était montré très pessimiste après avoir entendu la description de l'état de leur fille. Mais, devant le visage plein d'espoir d'Eleanor, il n'avait pas osé le lui avouer. Il avait alors décidé de voir le spécialiste seul une première fois, afin de préparer avec lui l'entrevue d'Eleanor. Elle avait besoin d'être ménagée.

— Il doit y avoir un médicament plus efficace, avait-elle dit. Forcément.

— Il n'y a pas que le problème du médicament, avait-il répondu d'une voix aussi douce que possible. Nous devons parler de l'avenir de Mabel en général.

— Que veux-tu dire ? avait-elle demandé avec un étonnement sincère.

— Je veux dire que…

Il se souvient d'avoir hésité à parler. Puis il s'était lancé.

— Cela m'étonnerait que l'on trouve un médecin capable de guérir Mabel. Et si son état ne s'améliore pas, nous aurons des décisions à prendre. Elle ne sera pas en mesure d'aller dans une école ordinaire. Elle ne pourra pas sortir en public, ni jouer avec des enfants de son âge. Nous devrons la tenir à l'écart, en partie pour sa sécurité, bien sûr, mais aussi pour moi… pour nous. Pour ma réputation et mon travail. On ne peut pas laisser courir le bruit que nous avons une fille souffrant d'une maladie héréditaire. Tu imagines les conséquences ? Je ne peux pas me permettre de…

— Quoi !?

Elle avait explosé avec la soudaineté et la violence d'une grenade.

— Comment oses-tu ramener ça à toi ? C'est Mabel qui compte dans cette affaire, pas ton précieux travail ni ta réputation.

— Bien sûr, avait-il répondu d'un ton conciliant, pour tenter de la calmer. Mais nous devons penser à l'avenir. Et aussi à Jimmy. À ce que cela serait pour lui de grandir avec… avec… Je veux dire qu'il faudrait envisager un établissement où l'on s'occuperait bien de Mabel.

Eleanor s'était mise à pleurer.

— Mabel ne quittera pas cette maison ! avait-elle hurlé. Tu entends ? Il faudra me passer sur le corps !

Elle n'est pas au courant de son rendez-vous d'aujourd'hui. Il n'a pas osé lui en parler, car elle aurait piqué une crise. S'il faut vraiment placer Mabel, Eleanor rencontrera sir Charles Lawson plus tard et c'est lui qui se chargera de le lui expliquer. Elle acceptera mieux la chose venant d'un médecin.

À Croydon, Edward change de train pour prendre une petite ligne de campagne jusqu'au village de Crawley. De là, il monte dans une carriole qui doit le conduire au centre. Arrivé en vue des piliers de pierre de l'entrée et des hauts murs qui entourent la propriété, il commence à se sentir oppressé.

Une fois franchie la grille de fer de l'entrée, il leur reste encore du chemin à faire avant d'atteindre le bâtiment principal, une construction de briques. Ce centre est immense, beaucoup plus vaste qu'Edward ne l'avait imaginé. Le poney remonte une longue allée toute droite et pleine de nids-de-poule. Edward observe la campagne de part et d'autre du chemin. Au-delà des champs labourés, on distingue des vaches et des moutons qui paissent à flanc de colline. Puis des toits bas et arrondis de porcheries, ainsi qu'un fouillis de poulaillers disparates.

Le garçon qui mène le poney se tourne vers lui :

— Où allez-vous exactement, monsieur ? lui demande-t-il.

— Au bâtiment principal, je suppose ? Je rends visite à quelqu'un qui est accueilli par la Croix-Rouge.

Le garçon le dévisage.

— Un patient, sans doute ?

Il se retourne sur son siège et montre du doigt l'allée qui se trouve devant eux.

— Pour aller au centre de la Croix-Rouge, c'est tout droit, puis il faut grimper sur la colline qu'on voit au loin, sur la droite. Dois-je vous emmener là-haut ?

Edward hésite.

— J'ai également un rendez-vous avec le médecin en chef, sir Charles Lawson. Savez-vous où je pourrais le trouver ?

Le garçon aspire l'air entre ses dents.

— Vraiment pas, monsieur. Vous savez quoi, je vais vous laisser là…

Il indique sur leur gauche un long bâtiment bas, flanqué d'une grande tour d'horloge.

— C'est là que je dépose habituellement les visiteurs. On pourra vous renseigner.

Il secoue les rênes et fait claquer sa langue. Le poney change de direction et remonte le chemin vers la tour de l'horloge.

Edward saute à terre dès que la carriole s'arrête.

— Reviendriez-vous me chercher ? Je n'en ai pas pour plus d'une heure. Je vous paierai pour le dérangement, bien sûr.

— C'est d'accord, répond le garçon avec un sourire édenté, en ajustant sa casquette sur son front.

Après la lumière vive du dehors, la vaste entrée paraît sombre et lugubre. Edward s'annonce auprès d'un homme qui est en train d'aligner des chaises. Celui-ci disparaît et revient quelques minutes plus tard accompagné d'une femme corpulente en uniforme d'infirmière.

Elle regarde Edward en fronçant les sourcils.

— Bonjour, monsieur… ?

— Hamilton.

Il lui tend la main.

— Professeur Hamilton, précise-t-il.

Elle acquiesce sans sourire.

— Je suis sœur Hoguet. Que puis-je faire pour vous ?

— Je viens pour consulter sir Charles Lawson et également pour rendre visite à l'un de vos patients du centre de la Croix-Rouge. Je suis là, euh, en tant que professionnel. Je suis attendu, ajoute-t-il.

— Bien sûr. Suivez-moi.

Elle le conduit jusqu'au grand registre relié de cuir des visiteurs, posé sur la table près de la porte d'entrée. Dès qu'il a inscrit son nom, elle l'entraîne dans le dédale du bâtiment. Enfin, elle s'arrête devant une porte, frappe plusieurs coups secs et entre seule, laissant Edward dans un couloir mal éclairé et glacial qui lui fait l'effet d'un tunnel. Il frissonne. Enfin, la porte s'ouvre brusquement : sœur Hogget réapparaît.

— Sir Charles va vous recevoir, dit-elle en ouvrant grand le battant.

Dans la pièce, deux hommes aux cheveux gris se lèvent pour le saluer. Sœur Hogget annonce qu'on va leur apporter du thé, puis repart en fermant la porte derrière elle.

— Professeur Hamilton…

Le plus petit et le plus costaud des deux hommes s'approche de lui, main tendue, avec un sourire chaleureux.

— Je suis très heureux de vous rencontrer. Permettez-moi de vous présenter notre directeur, monsieur Glover.

L'homme le plus grand s'avance pour serrer la main d'Edward. Il est mince et porte des lunettes à monture dorée perchées à mi-chemin sur son nez aquilin. Il a les épaules voûtées, comme si son dos avait fini par garder cette forme à force de se courber pour saluer les plus petits que lui.

— Ah ! s'exclame-t-il. L'insaisissable professeur Hamilton ! Nous sommes ravis que vous ayez enfin pu venir.

Il désigne un fauteuil à Edward et celui-ci s'installe en se demandant où il va bien pouvoir puiser le courage de leur exposer le véritable motif de sa visite.

Il s'éclaircit la voix.

— Messieurs. Je suis en effet désolé d'avoir mis tant de temps pour répondre à vos sollicitations. Comme vous devez le savoir, je travaille tant qu'il y aurait de quoi occuper dix hommes.

Les deux autres rient poliment.

— Cela ne m'empêche pas d'être conscient de l'importance du travail que vous accomplissez dans votre centre, s'empresse-t-il de préciser. Je tiens à vous assurer que je soutiens pleinement votre campagne pour la détention obligatoire des épileptiques et pour leur stérilisation. Une loi nous permettrait en effet de nous aligner sur d'autres nations qui ont déjà légiféré sur le sujet ou sont en train de le faire.

Il marque une pause, et les deux hommes l'encouragent d'un signe de tête.

—Je veux vous rassurer aussi…

Il est interrompu par la porte qui s'ouvre. Une adolescente entre, portant un plateau avec du thé et des gâteaux. D'après son allure, c'est une imbécile ou au moins une faible d'esprit. Elle lui adresse un sourire niais et pose maladroitement le plateau sur la table.

—Merci, Vera, dit sir Charles Lawson. Comment allez-vous aujourd'hui ?

—Mieux, docteur, dit-elle lentement. J'ai passé une mauvaise journée, hier.

Elle secoue la tête.

—J'avais mal là…

Elle appuie ses mains sur son ventre et cherche leur regard, comme pour demander des manifestations de sympathie.

—Je suis restée dans mon dodo.

Edward remarque qu'elle emploie un vocabulaire enfantin.

—Oh, que c'est triste, répond sir Charles d'un ton mièvre, comme s'il parlait à une enfant de six ans. Mais je suis content de voir que vous allez mieux aujourd'hui. Je vous rendrai visite plus tard, quand j'en aurai fini avec mes invités.

La jeune fille fixe un instant Edward et Glover avec un regard insistant et plutôt déstabilisant.

—Est-ce que je sers le thé, docteur ? demande-t-elle en se tournant vers sir Charles.

—Non, non, c'est parfait, merci, dit-il. Je vais m'en charger. Vous devriez retourner aux cuisines maintenant, Vera. La cuisinière a sûrement besoin de vous.

— D'accord, dit-elle. Au revoir, docteur. Au revoir.

La pauvre fille quitte la pièce.

— Ça fait maintenant quelques années que Vera est parmi nous, commente sir Charles. Elle est généralement docile et inoffensive, bien que simple et enfantine. C'est une imbécile épileptique, comme vous l'aurez compris, mais… elle est de très bonne volonté, disposée à se rendre utile et donc tout à fait adaptée à la vie de notre communauté. Elle travaille dans les cuisines, où elle effectue des tâches simples comme nettoyer la vaisselle, frotter les pommes de terre, etc. On ne lui laisse pas manipuler de couteau, car elle s'est déjà coupé le pouce et il a fallu lui faire des points de suture. Elle travaille aussi à la blanchisserie certains jours. Mais ils ne sont pas tous dociles comme elle, ajoute-t-il. Du thé ?

— S'il vous plaît, répondent en chœur Edward et M. Glover.

Ils regardent sir Charles remplir leurs tasses et leur servir à chacun une tranche de gâteau marbré. Edward en profite pour se ressaisir et chasser de son esprit la détestable image d'une Mabel adolescente à la place de Vera.

— Euh, reprend-il. Comme je le disais, nous avons dans ce domaine des intérêts communs. Vous savez sans doute que j'ai mené de nombreuses études sur les liens entre l'hérédité et la maladie, la délinquance et l'intelligence, l'épilepsie et la criminalité. Et je peux vous dire que j'ai désormais largement prouvé un certain nombre de corrélations. Je présenterai bientôt mes conclusions à une Commission royale qui fera des recommandations pour une loi en faveur de l'internement et de la stérilisation de ces malheureux individus. Je crois que nous avons maintenant de quoi faire taire nos détracteurs. Un projet de loi d'initiative parlementaire sera probablement déposé au cours de la prochaine session du Parlement.

Il marque une pause pour boire son thé, en espérant que les deux autres ne remarqueront pas à quel point sa tasse tremble.

— Excellent, commente sir Charles. Ce sont vraiment d'excellentes nouvelles, en effet.

— Je dois vous avouer qu'il y a aussi des raisons personnelles à ma visite d'aujourd'hui.

À présent il tremble tant qu'il doit poser tasse et soucoupe de peur de les lâcher.

— Il s'agit d'un sujet délicat. Avant de vous en dire plus, je dois m'assurer de votre entière discrétion.

Les deux hommes s'inclinent légèrement dans leur fauteuil.

— Bien sûr, mon cher ami, bien sûr, marmonne sir Charles. Nous avons l'habitude des affaires qui nécessitent une certaine discrétion. Ce que vous direz dans cette pièce n'en sortira pas, je peux vous l'assurer.

Après un long soupir, Edward se jette à l'eau et leur livre un récit ému des problèmes qui le tiennent éveillé la nuit.

À la fin de l'entrevue, sœur Hogget est appelée pour conduire Edward au centre de la Croix-Rouge. Ils reprennent l'allée principale, passent devant une grande mare aux canards et grimpent la colline en direction des bâtiments de ferme éparpillés au loin. Tout en marchant, elle lui fait la conversation. Il la suit en silence et ne lui prête qu'une oreille distraite.

— Je me demandais…, l'interrompt-il soudain. Comment sont traités les enfants ici ?

Elle lui jette un regard surpris.

— J'ai bien peur de ne pas avoir beaucoup de contacts avec eux, monsieur, car je travaille presque exclusivement avec nos vétérans de guerre, que Dieu les bénisse.

Ils font encore quelques pas.

— Là-bas…

Elle désigne un bâtiment en bois sur leur droite,

— C'est l'école. Un peu plus loin, vous avez les quartiers d'habitation des garçons. Les filles sont là, à côté de la maison des femmes.

Elle montre un groupe de bâtiments près de celui qu'elle dit être la blanchisserie.

— Et ça, poursuit-elle en montrant un cottage plutôt délabré, c'est ce que nous appelons « le Château des Bébés », où vivent les plus jeunes. Ceux qui ne sont pas encore en âge d'aller à l'école.

Edward essaie d'imaginer Mabel dans ce « château », mais il n'y parvient pas.

— Leurs parents viennent-ils les voir ? demande-t-il.

— Généralement non, répond sœur Hogget. La plupart des parents préfèrent s'abstenir, et d'ailleurs les visites ne font que perturber les enfants. Il vaut mieux pour eux qu'ils oublient qu'ils ont eu une famille. Cet endroit est leur foyer, à présent.

Le centre de la Croix-Rouge est un bâtiment tentaculaire, entouré d'une terrasse couverte. Sœur Hogget conduit Edward jusqu'à une petite entrée plutôt sombre et lui propose d'attendre là. Il reste debout et doit lutter contre une furieuse envie de prendre ses jambes à son cou. Il règne à l'intérieur un silence dérangeant. Ça sent le renfermé, la cire à bois, le produit désinfectant. Depuis six ans que Porter est là, Edward n'a jamais fait l'effort de venir. Un immense dégoût de lui-même l'envahit. Il a honte, il se sent coupable, il en a presque la nausée.

Des portes claquent et sœur Hogget revient, accompagnée d'une jeune infirmière aux joues rouges qui arbore une expression ravie et étonnée.

— Capitaine Hamilton ? demande-t-elle dans un souffle, en le regardant comme s'il était un fantôme.

— Oui, répond-il. Mais je ne suis plus capitaine et on m'appelle plutôt professeur Hamilton.

— Seigneur !

L'infirmière rougit violemment.

— Je suis tellement heureuse de vous rencontrer enfin ! s'exclame-t-elle.

Elle esquisse une sorte de révérence et serre en tremblotant la main qu'il lui tend.

— Reggie, c'est-à-dire… M. Porter… nous a si souvent parlé de vous. Vous êtes ici une véritable légende.

Elle rit.

— Ce qu'il nous a raconté de vos exploits est tellement incroyable que nous commencions à penser que vous n'étiez pas un être de chair ! Et pourtant ! Vous voilà, en personne ! Tout le monde va vouloir faire votre connaissance !

— Je vous en prie, proteste Edward, qui se sent de plus en plus mal. Je ne veux pas me faire remarquer. Je suis là pour voir Porter… Enfin, Reggie… Et pour le voir seul car ce sera une courte visite. Je dois être rentré à Londres en début de soirée.

— Bien sûr, monsieur, dit l'infirmière, qui a du mal à cacher sa déception. Je serai discrète. C'est très gentil à vous d'être venu. Le pauvre Reggie n'est pas encore tout à fait remis d'une mauvaise grippe. Il a vraiment été très malade, ajoute-t-elle en fronçant les sourcils. C'est un miracle qu'il se soit rétabli. Il avait tant de fièvre qu'il délirait. Il n'est d'ailleurs pas complètement remis sur le plan psychologique, et nous pensons que la maladie a pu endommager sa mémoire. Peut-être que ça l'aidera, de vous voir.

Edward suit la jeune infirmière dans une salle de séjour où une douzaine d'hommes profitent de la chaleur de l'après-midi. Réunis par petits groupes, ils fument et jouent aux cartes. Certains sont allongés sur des lits de repos. L'infirmière le conduit tout au fond de la pièce, où Porter est assis seul, tourné vers le jardin et les champs au-delà.

— Reggie, il y a quelqu'un pour vous, dit-elle en lui tapotant l'épaule. Vous ne devinerez jamais qui…

Elle hésite un instant puis s'éloigne.

Vu de dos, Porter ressemble à n'importe quel jeune homme. Il a des cheveux bruns bien coupés, des épaules larges. Il est peut-être un peu plus maigre que la moyenne… Il s'agite sur son fauteuil pour se retourner.

— Bonjour, Porter, mon vieux ! parvient à dire Edward, malgré la boule qui enfle dans sa gorge.

Il a essayé de se préparer à cette rencontre pendant le trajet en train, mais voir Porter en chair et en os après toutes ces années, cela revient à recevoir une décharge de cinquante volts.

Porter lève une main tremblante et laisse échapper un son difficile à identifier – entre le soupir et le gémissement.

— Capitaine Hamilton ? Monsieur ?

— Oui, mais c'est professeur Hamilton, maintenant.

— C'est vraiment vous ? Vous êtes venu !

— Oui, Porter, c'est vraiment moi. Je suis là et je suis… désolé. Vraiment.

Edward cherche du regard une chaise et va la prendre pour s'installer près de Porter.

Celui-ci laisse échapper un rire et les muscles de la moitié intacte de son visage se contractent dans un simulacre de sourire.

— Vous êtes « désolé » ?

Il laisse retomber sa main sur ses genoux.

Edward rassemble son courage pour le regarder en face. Le soldat Porter a cessé de porter son masque il y a des années. Il pesait trop lourd et lui faisait mal, a-t-il expliqué à Edward la dernière fois que celui-ci l'a vu. C'était avant son mariage avec Eleanor, avant que Porter ne vienne vivre ici, au centre de la Croix-Rouge pour les blessés et traumatisés de guerre, entre les murs de la communauté Heath. Le visage de Porter était choquant à voir et il l'est encore aujourd'hui, même après tout ce temps. Une moitié a été arrachée, laissant un trou à la place de son œil et de sa joue. Edward aurait voulu lui payer une reconstruction faciale, mais les chirurgiens consultés ont tous déclaré qu'ils ne pouvaient rien faire, même les meilleurs. La moitié de visage qui lui reste a été grièvement brûlée : il a la peau cartonnée et luisante, sillonnée de cicatrices blanches. Par miracle, il y voit encore un peu de son œil restant. Edward sait qu'il est brûlé aussi sur tout le corps, sous ses vêtements. Il est marqué partout dans sa chair. Il souffre en permanence, sa vie est un enfer.

Tout le monde cherche à oublier la guerre, et les gens se sont lancés dans une poursuite effrénée des plaisirs et de la richesse, mais pour des hommes comme Porter il n'est pas question de ça. Ils n'échapperont jamais à la tragédie qui les a frappés.

— J'espère qu'ils vous traitent bien, ici, commente Edward alors que l'infirmière revient pour apporter une théière et un pain aux fruits.

Edward verse le thé et coupe une tranche de pain pour Porter.

— Comme un roi, répond celui-ci.

Sa tentative de sourire émeut Edward. Il parle lentement et difficilement. Articuler lui demande visiblement un effort.

— Merci d'être venu, dit-il. Je sais par Violet que c'est vous qui payez pour cet endroit. Je n'ai plus qu'elle, vous savez ?

Sa voix se brise.

— Et vous, qui êtes mon sauveur et…

— Je vous en prie, Porter, non…, murmure Edward en posant une main sur le bras de Porter. Vraiment, ce n'est pas nécessaire.

— J'ai quelque chose à vous demander, capitaine, monsieur…, bredouille Porter en le fixant de son œil valide.

Son regard met Edward terriblement mal à l'aise.

— J'espère que vous pourrez m'aider à éclaircir quelque chose. Je ne suis pas en bonne santé. Mes poumons… Ils sont très abîmés. Et cette grippe m'a presque achevé. Encore une pneumonie et ça sera fini pour moi. Au moins, je ne souffrirai plus.

Il émet un rire triste.

— J'ai toujours eu des cauchemars, vous savez. À propos de ce jour. De cette bataille. Mais je n'arrivais à me souvenir de rien. Et soudain, quand j'ai été malade, des trucs me sont revenus. Des trucs que je ne comprends pas. Vous pourriez m'aider, monsieur ? implore-t-il. Vous pourriez m'aider à me souvenir ?

Edward le regarde fixement, son sang se glace dans ses veines. Il sent qu'il va bientôt devoir choisir entre continuer à mentir ou dire enfin la vérité. Mais, dans un cas comme dans l'autre, ce sera terrible pour lui.

V

Je savais qu'on en viendrait là. Vous avez fini par admettre que c'est bien moi que vous combattez à travers votre enfant. Et vous savez aussi que c'est moi qui aurai le dessus.

Et donc, vous avez décidé de cacher l'enfant.

Pour l'écarter des regards malveillants, des chuchotements et des jugements. Pour la protéger du dégoût et du rejet. Des raisons pour vous justifier, vous en trouvez !

Et vous voilà dans un centre pour épileptiques. L'un de ces endroits conçus pour parquer vos indésirables.

Un air vicié flotte en permanence entre ces hauts murs qui séparent les résidents des gens décents. Une odeur tenace imprègne les pièces froides et sombres du bâtiment. Ça pue le chou rance et la vieille chaussette. Les toilettes et le linge sale. La maladie, la misère, la solitude.

Là vivent les inaptes, la lie de la société, ceux que vous enfermez pour protéger « les plus aptes », comme vous dites.

C'est une prison qui ne dit pas son nom.

Voilà ce qui attend votre enfant. Pauvre chose.

Je vois déjà le tableau : elle, toute petite et déboussolée, perdue au milieu des âmes abandonnées dont elle partagera désormais le sort.

Son univers sera pour toujours limité aux deux cents acres de la propriété : de la ferme à la buanderie, des cuisines à l'atelier. Il y aura la maison des hommes, celle des femmes, les logements du personnel. Le centre de la Croix-Rouge, où des soldats traumatisés survivent comme ils peuvent, enfermés dans leur esprit brisé – placer tout en haut d'une colline un centre dédié à ceux qui ont perdu toute raison de vivre, c'est assez bien trouvé ! Et puis, bien sûr, il y aura l'école pour les enfants et le Château des Bébés pour les plus petits, ceux qui sont encore trop jeunes pour comprendre ce qu'ils font ici.

Pour moi, ils sont tous pareils. Et je suis en général leur unique visiteuse. Car je leur rends visite, contrairement à vous. Je suis moins cruelle que vous.

Et donc je voyage d'âme en âme, apportant la détresse à certains, l'illumination à d'autres. Parfois je suis l'oubli. La fin des souffrances.

C'est donc désormais dans ce centre que je trouverai ma pauvre petite abandonnée, seule dans son lit et pleurant sa maman, serrant contre son cœur une poupée en loques.

Ce n'est pas moi qui suis dépourvue de compassion, voyez-vous.

Chapitre 17

Eleanor

Rose caresse du bout des doigts la main d'Eleanor, comme on caresserait la patte d'un chat. Eleanor soupire. Dieu merci, il lui reste sa chère sœur. Au moins, elle sait qu'elle peut lui faire entièrement confiance.

— Je suis certaine qu'Edward ne te tromperait jamais, assure Rose. Il doit y avoir une autre explication. Il est en adoration devant toi, Ellie, tout le monde le voit. Une maîtresse ? Je n'y crois pas une seconde. Et il te l'aurait cachée durant toutes ces années ? Non, pas Edward. Je sais qu'il ne ferait pas ça.

— Mais peut-on vraiment connaître quelqu'un, Rose? demande Eleanor à travers ses larmes. Même les êtres les plus proches ne montrent que ce qu'ils veulent bien.

Rose s'agite sur le canapé et fronce les sourcils. Pense-t-elle aux visites secrètes de Marcel, qu'elle a longtemps cachées à Eleanor ? C'est la fin de l'après-midi et elles sont là, côte à côte, dans le salon qui s'assombrit lentement à mesure que la lumière du jour faiblit, mais aucune des deux n'ose se lever pour allumer. Rose a promis de rester jusqu'à lundi matin, au lieu de rentrer à Londres le dimanche après-midi comme elle le fait d'ordinaire. Eleanor aurait voulu qu'elle ne reparte pas du tout.

Elle la regarde porter son verre à ses lèvres et boire une petite gorgée de xérès.

— Rose, ma chère, j'en veux bien un verre moi aussi, déclare-t-elle soudainement. Je crois que ça me ferait du bien.

Rose sourit et se lève d'un bond.

— Évidemment, que ça te ferait du bien.

Elle allume la lampe et se dirige vers le meuble-bar, prend un verre et débouche la bouteille de xérès.

— Je sais que tu t'es réconciliée avec Sophie, dit-elle en remplissant le verre. Elle m'a chargée de te convaincre de venir à Londres.

Rose lui tend le verre de xérès avec un sourire encourageant.

— Je pense que c'est exactement ce qu'il faudrait pour te remonter le moral.

Elle se mordille la lèvre inférieure.

— Marcel sera à Londres cette semaine et Sophie organise une petite soirée et… Tu pourrais peut-être venir, toi aussi ? ajoute-t-elle timidement.

Eleanor boit une grande gorgée de xérès. Le liquide est sucré, il lui brûle agréablement la gorge et réchauffe ses entrailles. Elle se sentait coupable d'avoir caché à Edward que Rose et Marcel continuaient à se voir, mais elle se sent totalement dédouanée maintenant qu'elle sait qu'il cache beaucoup plus grave de son côté. Pourquoi n'irait-elle pas à une fête ? Pourquoi ne pourrait-elle pas rencontrer l'homme que sa sœur aime ? Elle n'a pas besoin de le raconter à Edward.

— Je pense que c'est une très bonne idée, dit-elle en prenant une autre gorgée de xérès.

Rose rit aux éclats.

— Voilà, ça c'est bien !

Elle se lève d'un bond, en se frottant les mains de satisfaction.

— Je vais mettre une musique gaie ! annonce-t-elle.

— Comment va Sophie ? demande Eleanor.

— Elle est stoïque. Henry n'en a pas terminé avec ses fredaines. Il a quitté sa dernière conquête et en a trouvé une autre. On l'a photographié en ville avec une actrice. Pauvre Sophie.

— Oui. Pauvre Sophie.

Et cela la ramène au cas Edward. Rose tripote le gramophone et lui tourne le dos, c'est plus facile de lui parler.

— Et aussi, Rose, à propos d'Edward… Depuis la naissance de Jimmy… et même avant cela… nous n'avions plus… nous n'avions plus de relations… Enfin, tu vois, celles que doivent avoir les époux. Alors, tu vois, il a très bien pu chercher ailleurs et trouver quelqu'un d'autre.

— Tu parles de relations sexuelles, Ellie. Vous n'aviez plus de relations sexuelles.

Le mot arrache une grimace à Eleanor et cela fait rire Rose. *We're Back Together Again*, les accents suaves de la voix de Jane Green inondent la pièce. Rose revient s'asseoir sur le canapé en se balançant au rythme de la musique. Eleanor se compare à sa sœur, tellement à l'aise pour parler de sexe. Elle s'interroge. Peut-être est-elle trop prude, et alors c'est normal qu'Edward ait une maîtresse. Peut-être aussi qu'elle est très décevante, comme amante. Et alors Edward est allé voir ailleurs.

— On a arrêté de le faire, parce que le docteur nous l'a conseillé, bredouille-t-elle. Par précaution. J'avais perdu trois bébés après Mabel, donc…

Elle prend une autre gorgée de xérès. L'alcool la réchauffe de l'intérieur. La musique apaise son esprit.

— Et depuis que Jimmy est né, Edward est de moins en moins souvent à la maison. C'est comme s'il ne voulait plus de moi. Je pourrais presque l'accepter. Ce que je ne peux pas supporter…

Le ton devient féroce.

— … c'est que tout ça a commencé avant notre mariage. Pourtant, au début, on était comme des lapins, vraiment.

Rose pouffe, enlève à Eleanor son verre vide et la ressert.

— Une cigarette ? demande-t-elle en tirant un paquet de sa poche.

Quand diable Rose a-t-elle commencé à fumer ? Eleanor secoue la tête et se mord la lèvre inférieure. Est-ce l'influence de Marcel ? Mais elle décide de ne pas lui faire de reproche au sujet de la cigarette. Non.

Rose allume sa cigarette et jette l'allumette dans le cendrier.

— Ellie, commence-t-elle.

Elle s'interrompt pour avaler la fumée et la recrache lentement.

— Tout ça ne veut rien dire, reprend-elle enfin. Tu tires des conclusions hâtives. Si ces versements existaient avant votre rencontre, l'argent ne peut pas être destiné à une maîtresse. Réfléchis un peu. Cette personne n'aurait pas accepté qu'il t'épouse.

— Peut-être qu'elle n'avait pas le choix. Peut-être était-elle une femme de mauvaise réputation, une femme d'un rang inférieur !

Elle crache les mots.

— Qui sait ?

— Je croyais qu'Edward détestait ce genre de femmes, objecte Rose.

— C'est le cas.

— Tu vois bien ! Il doit y avoir une autre explication.

— Mais peut-être qu'il me dit ça uniquement pour brouiller les pistes, pour que je ne soupçonne rien du sordide de sa vie !

Visiblement agacée, Rose pose son verre d'un geste brusque.

— Arrête un peu, ce ne sont que des suppositions. Tu sais ce que je fais quand je me sens déprimée ou triste ?

Eleanor secoue la tête et boit une longue gorgée d'alcool. Elle commence à avoir l'esprit agréablement embrumé. Rose se lève d'un bond et commence à danser.

— Je mets de la musique, je danse, je fume et je bois ! Ellie, tu as besoin de vivre un peu. Je crois que tu as oublié comment on s'amusait. Allez, viens danser avec moi.

Elle lui tend la main, Eleanor vide son verre et se lève. La pièce tangue un peu.

— Très bien, dit-elle, en se laissant entraîner à l'écart des meubles.

Elle enlève ses chaussures et se met à danser elle aussi. Après tout, il est possible que Rose ait raison et qu'Edward n'ait pas de maîtresse, mais il lui cache quelque chose et elle doit absolument découvrir ce que c'est.

— Rose…

Les mots s'embrouillent ; elle cherche le regard de sa sœur.

— Est-ce que tu as eu des relations sexuelles avec Marcel ?

Rose éclate de rire.

— Mais bien sûr que oui, voyons ! s'exclame-t-elle.

Eleanor se réveille le lendemain matin avec un marteau qui cogne à ses tempes. Elle gémit et se retourne sur le dos, mais ça ne fait qu'aggraver son cas. La langue lui colle au palais tant elle meurt de soif, il faut qu'elle boive, elle fait l'effort de se repousser du matelas pour s'asseoir. La lumière du matin qui filtre à travers les rideaux est trop vive. Seigneur ! Elle regrette amèrement d'avoir tant bu la veille au soir.

Les mains tremblantes, elle se sert un peu d'eau de la cruche posée sur la table de nuit et boit une longue rasade à grandes gorgées, mais ça lui donne la nausée. *Idiote, idiote, idiote.* Elle renverse la tête en arrière, son cœur bat trop vite. Elle inspire profondément et tente de faire le compte de ce qu'elle a bu avec Rose la veille au soir. Ont-elles vraiment enchaîné sur un cocktail après avoir fini la bouteille de xérès ? Elle n'arrive pas à s'en souvenir. Des bribes de conversation lui reviennent. Des théories sur Edward et ce maudit argent. Rose et... Oui, Rose lui a avoué être la maîtresse de Marcel ! Elle imagine cet homme traversant en pleine nuit la maison de Sophie pour rejoindre sa sœur dans sa chambre et lui faire l'amour. Rose lui a confié hier des détails qui la font encore frémir de honte quand elle y repense. Elle pose une main sur son front et sent la sueur perler à la racine de ses cheveux. Il lui semble que Rose lui a extorqué la promesse d'inviter Marcel à Brook End – *« Et on s'en fiche de ce que pense Edward ! »* A-t-elle vraiment dit ça ?

Elles ont parlé de leur mère et de tout ce qu'elles n'osent pas aborder d'ordinaire. Cela fait longtemps qu'Eleanor tente d'étouffer son chagrin et sa colère, émotions qui sont toujours là et que le mot « maman » suffit à ranimer. C'est pourquoi elle évite de le prononcer. La veille, elle a beaucoup pleuré. D'après Rose, elle n'a jamais pu faire son deuil et n'a pas accepté la mort de leur mère. Rose lui a conseillé de pardonner à son meurtrier, comme elle l'a fait elle-même, d'oublier sa haine. Ensuite elles ont ri et écouté de la musique, elles ont fait les folles. Elles ont parlé très tard, jusqu'au petit matin. Eleanor se souvient d'avoir vu blanchir le ciel à l'est. En dépit de sa migraine, elle éprouve un sentiment de paix, comme si elle s'était débarrassée d'un fardeau au cours de cette soirée. Elle boit encore un peu d'eau, ferme les yeux, laisse son esprit vagabonder.

Elle a treize ans et court après ses frères, pieds nus sur la plage de West Wittering. Le premier a quinze ans et le second seulement douze, mais ils sont tous les deux plus forts et plus rapides qu'elle. La petite Rose de quatre ans est à la traîne.

La voix de leur mère (*« Ne va pas seule dans l'eau, Rosie ! Eleanor, les garçons, faites attention à votre sœur ! »*) peine à se faire entendre par-dessus le hurlement du vent. De violentes rafales charrient les cris des mouettes et un goût de sel qui leur pique la langue. Le vent fouette les cheveux d'Eleanor et lui martèle le corps. Elle doit lutter contre lui pour avancer vers l'étendue grise, moutonnée de blanc, de l'océan. Les embruns argentés montent si haut qu'il est difficile de départager le ciel et la mer. Ses frères hurlent de joie en arrivant dans l'eau, ils se poussent et se bousculent dans les vagues tourbillonnantes. Rose et elles tiennent leurs jupes bien haut, restent hésitantes sur la grève, s'aventurent un peu dans les remous, les jambes vite engourdies par le froid et les vêtements trempés. Les garçons sont bien plus courageux – ils sautent dans les vagues et elles ne voient plus que leurs têtes monter et descendre, apparaître et disparaître dans les ondulations de l'eau. Eleanor se revoit, agrippée à la main de Rose, les yeux fouillant l'immensité de la mer, le cœur battant, cherchant du regard leurs deux têtes – une, deux –, de peur que l'une d'elles ne disparaisse à jamais si elle relâchait un instant son attention.

Ces souvenirs sont tellement vivaces qu'ils en éveillent d'autres. La voilà assaillie par un kaléidoscope d'images de sa jeunesse. Leur confortable maison de Richmond Hill ; les longs après-midi d'été à jouer à cache-cache dans le jardin, à grimper aux arbres et à apprendre à Rose comment faire des couronnes de marguerites pour décorer ses beaux cheveux. Leur mère qui rit au petit déjeuner de quelque chose que leur père a dit, mais qu'elle-même ne comprend pas et ne trouve donc pas drôle. Leur mère si belle dans sa robe de soirée, qui s'apprête à sortir, les cheveux relevés en chignon avec quelques mèches en accroche-cœur sur les tempes et dans la nuque, un collier qui brille, des boucles d'oreilles qui scintillent. Leur mère installée dans un fauteuil au coin du feu qui crépite, lisant *Anne et La Maison aux pignons verts* de sa voix douce et chaleureuse, ses quatre enfants autour d'elle, attendant que leur père rentre de son travail en ville.

Puis le bonheur se fissure. Une cascade de souvenirs douloureux la submerge et chacun d'eux est comme un couteau planté dans sa chair. Elle ferme les yeux, s'agrippe à ses couvertures, tente de leur résister. Mais ils coulent à présent comme un fleuve et elle est impuissante à les arrêter.

C'est l'année 1914, et leur père se tient devant eux dans son nouvel uniforme, prêt à partir au combat. Il lui ébouriffe les cheveux et promet d'être de retour pour Noël à la maison. Un joyeux petit signe de la main et il est parti. C'est la dernière fois qu'elle le voit comme ça. Quand il revient, il n'est plus le papa gai et gentil qu'elle a toujours connu, mais un être diminué, creusé, vidé de sa substance et dont les yeux hantés ont été témoins d'horreurs indicibles. Fini le papa qui taquinait et chatouillait, l'homme fort et plein de vigueur. Ensuite c'est le tour de ses frères, qui veulent eux aussi se battre pour le roi et leur pays ; ils embrassent leur mère en pleurs et partent. Eleanor ne le sait pas encore, mais elle ne sera plus jamais heureuse. On remet un télégramme, puis un second. « Tombé au combat. » Juste ces quelques mots et des condoléances. Papa, dont les poumons ont été brûlés par le gaz moutarde, ne cesse de tousser et agonise pendant des mois, s'accrochant à la vie, allongé sur le canapé. Les femmes de chambre ont été renvoyées une à une, ce sont maintenant leur mère et Eleanor, secondés parfois par la petite Rose, qui prennent soin de leur père et s'occupent des tâches quotidiennes pour économiser de l'argent et ménager sa dignité, alors que la mort s'empare lentement de lui, jour après jour, cellule après cellule, jusqu'à ce qu'il parte, finalement.

Elles avaient dû déménager, bien sûr. La pension de guerre était bien trop maigre pour que maman garde la maison de Richmond et le personnel nécessaire à son entretien. Elle l'avait donc vendue et s'était installée avec ses deux filles dans un modeste appartement à l'autre bout de Bell Street. « À Marylebone », avait-elle annoncé, mais en fait c'était plutôt dans Paddington. Elle s'était mise à travailler dans un magasin de mode haut de gamme de Regent's Street, pour que ses filles aillent à l'école, qu'elles portent de beaux vêtements, qu'elles aient de jolies choses pour égayer leur vie. Dès qu'elle avait pu, Eleanor avait trouvé un emploi, tout en suivant des cours du soir de sténographie et de dactylographie. Elle était intelligente et elle apprenait vite, elle n'avait pas tardé à attirer l'attention de leur professeure, laquelle connaissait quelqu'un qui connaissait quelqu'un, etc. Quelques jours plus tard, elle s'était retrouvée en poste au bureau de la Guerre.

Et soudain, une autre fenêtre s'ouvre dans son esprit et la voilà de retour à ce terrible jour où la police avait frappé à la porte pour leur annoncer la mort de leur mère. La colère qui lui brûle la poitrine lui coupe le souffle. Les paroles de Rose lui reviennent en mémoire : *« Tu dois apprendre à pardonner, Eleanor. Si tu ne le fais pas, ça va continuer à te ronger de l'intérieur. L'homme qui a tué notre mère a eu une vie affreuse, tu sais. C'était un simple d'esprit, enclin à des accès de violence dont il ne mesurait pas les conséquences. Il avait été maltraité en maison d'accueil. Il ne savait pas ce qu'il faisait, Ellie, il était malade. Tu dois pardonner, si tu veux aller de l'avant… »*

Un coup frappé à la porte la ramène au présent. Elle boit une dernière gorgée d'eau et lisse ses cheveux pour être présentable.

— Entrez, répond-elle d'une voix rauque, en priant intérieurement pour que ce marteau cesse de cogner sous son crâne.

La tête d'Alice apparaît.

— Bonjour, madame Hamilton. Je viens juste vérifier que vous allez bien. Il est presque 11 heures, je me demandais si vous vouliez prendre un petit déjeuner. Votre sœur est sortie se promener. Elle m'a dit de ne pas vous déranger, mais j'étais un peu inquiète et…

— Merci, Alice. Vous dites qu'il est déjà 11 heures !

Elle panique.

— Le bébé ! J'aurais dû le nourrir depuis un moment et…

Elle prend conscience que ses seins sont durs et pleins.

— Comment ai-je pu dormir aussi longtemps ?

— Ce n'est pas grave. Mlle Harding a donné au petit un biberon de lait concentré. J'ai pensé que c'était mieux de vous laisser dormir. Je veux dire…

Alice rougit d'embarras et se précipite à la fenêtre pour ouvrir les rideaux.

— Oh, cela va bien, Alice, murmure Eleanor qui ferme à présent les yeux contre la lumière et se masse les tempes. Je me suis complètement ridiculisée, n'est-ce pas ? Eh bien, je n'ai pas volé ce mal de tête et je ne commettrai plus cette erreur. Mais tout de même, il serait temps que le petit Jimmy passe au biberon. Il va bientôt avoir trois mois.

— Oui, madame Hamilton, dit Alice, en entrouvrant la fenêtre avant de quitter la pièce. Je suis sûre que vous vous sentirez mieux une fois que vous aurez avalé quelques tranches de bacon et un œuf au plat.

En cuisine, le claquement de langue et les lèvres pincées de Mme Bellamy expriment clairement ce qu'elle pense de ce second petit déjeuner à servir si près de l'heure du déjeuner.

— Ce sont des circonstances exceptionnelles, madame Bellamy, marmonne Eleanor.

Elle quitte la cuisine en se demandant pourquoi elle éprouve le besoin de s'excuser auprès d'une femme qui est son employée, après tout, et s'empresse de s'éloigner quand elle entend Mme Bellamy passer ses nerfs sur la pauvre Alice, qui n'y est pour rien.

Dans la salle à manger, Mme Faulks est en train de polir l'argenterie.

— Bonjour, madame Hamilton.

— Bonjour, madame Faulks. Je suis terriblement en retard. Rose et moi avons parlé jusqu'au petit matin.

— Je comprends. Vous avez sûrement beaucoup à vous dire, maintenant qu'elle travaille en ville. Vous devez avoir faim, j'imagine. Dois-je demander à Mme Bellamy de…

— Mon Dieu, non. Je viens de le faire. Mieux vaut ne plus la déranger.

— D'accord.

Elle range les couverts dans le tiroir du buffet.

— J'ai pris l'initiative de frotter l'argenterie, au cas où vous et monsieur décideriez d'organiser des dîners. Cela fait longtemps que…

— Oui, merci beaucoup, madame Faulks, c'est une excellente initiative. Depuis la naissance de Jimmy, nous avons perdu l'habitude d'avoir des invités, mais il est vrai que…

Elle ne termine pas sa phrase et un silence gêné s'installe.

Elle s'enfonce dans un fauteuil. Elle a la tête qui tourne et vaguement la nausée. Tout compte fait, elle n'a pas vraiment envie d'un petit déjeuner.

— Je vais chercher du café, dit Mme Faulks avant de quitter la pièce.

— Pourriez-vous demander à Mlle Harding de venir avec Jimmy ? lui crie Eleanor.

— Bien sûr, répond Mme Faulks en passant la tête à la porte de la salle à manger. Je suppose que votre petit garçon vous manque.

Elle sourit et disparaît à nouveau. Eleanor reste seule.

Il est temps que je me reprenne. Et que je règle un certain nombre de choses.

Quelques jours plus tard, un taxi dépose Eleanor à Berkeley Square, devant l'élégant hôtel particulier de Sophie et Henry. C'est le crépuscule, les fenêtres illuminées réchauffent l'atmosphère sombre et glaciale de la petite place. Des bruits de conversation, des rires et une musique de fond s'échappent du premier étage.

Après avoir réglé le chauffeur, Eleanor monte les marches du porche. Une domestique inconnue portant un bonnet blanc et un tablier par-dessus une robe noire lui ouvre la porte. Sophie a toujours beaucoup de personnel. Le majordome doit être à l'étage, en train de s'occuper des invités. La femme la fait entrer dans le vestibule éclairé d'une lumière ambre, sentant le bois ciré et le vieux tabac, puis l'entraîne dans le large escalier qui mène au salon.

La soirée de Sophie bat son plein quand Eleanor se présente sur le seuil. Cela fait longtemps qu'elle n'a pas assisté à une réception, surtout sans Edward, et en découvrant la pièce remplie d'invités elle s'arrête net, prise d'une furieuse envie de faire volte-face et de disparaître. Il y a au moins quarante personnes, alors que Rose avait parlé d'une petite réunion intime visant surtout à lui présenter son Français. L'angoisse saisit Eleanor. Elle se sent prise au piège, comme un oiseau dans une cage.

Les gens sont rassemblés en petits groupes désordonnés et bruyants autour du gramophone ou des divers canapés. Comparé au charme simple et rustique de Brook End, le luxe ostentatoire de la pièce est réellement intimidant : meubles luxueux, murs d'un vert sombre sur lesquels se détachent les couleurs de grands vases orientaux, de rideaux ou de tapis aux gais motifs d'oiseaux et de fleurs exotiques. À en juger par l'état de certains invités, tout ce petit monde est là depuis un certain temps, peut-être même depuis le déjeuner.

Elle n'aurait pas dû venir. Elle avait appelé Rose la veille pour le lui dire, après avoir essayé pratiquement toute sa garde-robe pour trouver quelque chose de décent à se mettre : elle n'avait qu'une robe à peu près présentable dans laquelle elle rentrait encore. Elle avait fini par se laisser convaincre pour une nuit seulement, en quittant Brook End en milieu d'après-midi et en rentrant le lendemain à l'heure du déjeuner. Ainsi, Mabel et Jimmy rcmarqucraicnt à pcinc son abscncc. Ellc lcs avait câlinés et embrassés avant de partir, mais une fois dans le train, au lieu de se sentir libérée à l'idée de sortir, le choc de la séparation l'avait rattrapée comme si un étau s'était refermé sur sa poitrine.

Mais maintenant elle est là, alors autant en profiter. Elle respire profondément et fait quelques pas dans le salon. Comme un majordome lui tend un plateau, elle attrape au passage un cocktail de la couleur d'un coucher de soleil – *un mélange à base de cognac, on dirait*, songe-t-elle en buvant une grande rasade pour se donner du courage. La plupart des hommes sont rassemblés au fond de la pièce et des volutes de fumée de cigare s'élèvent au-dessus de leurs têtes. Les femmes, en compagnie d'un groupe d'hommes plus jeunes, occupent les canapés au centre, ou se trémoussent près du gramophone. Comme toujours, on dirait que Sophie s'est ingéniée à rassembler des gens jeunes et beaux. Dans cette maison, les laids doivent au moins être des gens importants. Eleanor se sent terne et bouffie. Elle a accouché depuis dix semaines à peine et n'a pas encore retrouvé sa ligne.

— Ma chérie ! Te voilà…

Sophie se dirige vers elle en se frayant un chemin parmi les invités, étincelante, dans une magnifique robe noire à paillettes qui couvre à peine ses genoux, avec un décolleté plongeant.

— Seigneur ! s'exclame-t-elle en s'arrêtant devant Eleanor. Tu es sublime.

— Oh non, je ne crois pas, se défend celle-ci avec un petit rire nerveux.

— Permettez-moi de protester, dit une voix derrière son épaule.

Un homme légèrement dégarni, au visage rond et aux bajoues tombantes, s'approche en traînant les pieds.

— Thomas Stapleton, pour vous servir, dit-il en s'inclinant légèrement. Sophie, voulez-vous bien me présenter votre délicieuse amie ?

Il dévisage Eleanor avec insistance et son nez remue comme celui d'un chien qui renifle un bon morceau. Du coin de l'œil, Eleanor voit que Sophie lève les yeux au ciel et se retient de rire.

— Plus tard, car ma délicieuse amie et moi avons des tas de choses à nous dire, répond-elle fermement.

Elle prend Eleanor par le bras et l'entraîne loin de Thomas Stapleton.

— C'est tout simplement merveilleux, de t'avoir ici, murmure-t-elle. Il y a des gens que j'ai hâte de te présenter. Ils vont t'adorer. Des gens agréables, n'aie pas peur. Rien à voir avec ce pervers de Stapleton. Et puis j'ai hâte de parler avec toi. On a tellement à se raconter. Il faut que tu m'expliques ce qui se passe avec la pauvre petite Mabel…

Sophie baisse la voix.

— Ça ne doit pas être facile à vivre. De mon côté, ça va très mal avec Henry. Il a laissé tomber cette horrible fille, tu sais, la jeune amie de Rose, mais il s'est entiché d'une autre. Entre les deux, il a été correct avec moi, mais à présent il est de nouveau ignoble. Une actrice, tu te rends compte ? Et il l'exhibe littéralement partout. La presse s'en donne à cœur joie. Je ne sais pas si tu as lu les journaux. Quel imbécile ! Je lui en veux tellement que je ne supporte plus d'être dans la même pièce que lui. Heureusement, il a fui dans la maison du Derbyshire avec elle. Dieu seul sait ce qu'en pense là-bas le personnel, mais ça, il s'en moque !

Elle s'arrête enfin pour reprendre son souffle.

— Mais bon, je ne veux pas t'ennuyer avec mes problèmes !

— Oh, Soso, je suis vraiment désolée pour Henry. Les hommes…

Sa voix s'éteint. *Les hommes*, en effet. Edward serait-il comme Henry ? Sont-ils tous pareils ? Elle n'est pas dupe de l'attitude bravache de son amie, elle sait à quel point les frasques d'Henry la blessent. Et d'autant plus que les journaux à scandale en font leurs choux gras.

— Écoute, chérie, nous aurons tout le temps de parler plus tard, reprend Sophie, une main sur le bras d'Eleanor. Pour l'instant, amusons-nous. J'ai réussi à faire venir des amis musiciens qui vont nous faire danser. Regarde !

Près du piano à queue, deux hommes déballent leurs instruments, tandis qu'un troisième prend place devant le clavier, sur le tabouret.

— Une gâterie en ton honneur, dit-elle en riant. Mais d'abord… Ah ! C'est donc là que vous vous cachez !

Et elle est là. Rose. Plus belle que jamais dans une discrète robe d'organza bleu pâle qui scintille légèrement à la lumière de la lampe, les cheveux lissés et plaqués derrière les oreilles.

Eleanor avait imaginé un grand brun ténébreux, au regard de braise, une sorte de séducteur à la Rudolph Valentino.

Mais l'homme qui se tient auprès de sa sœur est tout l'opposé : pas plus grand que Rose, plutôt fluet, rasé de près, affublé de grosses lunettes à monture ronde. Il a un nez proéminent, de petits yeux bruns au regard intelligent. Eleanor est tellement surprise qu'elle en reste sans voix.

Ils se dévisagent un instant, puis Marcel lui tend une main hésitante. Elle remarque qu'il a une peau très blanche, comme ceux qui ne sortent que la nuit, mais elle lui trouve une poigne étonnamment chaude et ferme.

— Madame Hamilton, dit-il avec un accent français prononcé. C'est un grand plaisir. J'attends depuis longtemps de vous rencontrer. Enchanté.

Il plonge ses yeux dans les siens et elle est frappée par son regard profond. Un regard de penseur, sérieux et réfléchi. Le personnage est décidément à l'opposé du coureur de jupons qu'elle imaginait. Il lui effleure le dos de la main du bout des lèvres.

— Monsieur Deveaux…

Elle hésite. *C'est un plaisir*, voilà les mots qui lui viennent à l'esprit, mais après tous ces conflits avec Rose, elle n'ose pas les prononcer.

— Combien de temps restez-vous à Londres ? demande-t-elle.

— Je suis arrivé cet après-midi et je ne reste que deux jours pour visiter des galeries intéressées par mon travail. Ensuite je rentre à Paris. C'est un bref séjour.

Il émet un petit rire.

— Mais je trouve toujours du temps à consacrer à votre merveilleuse sœur.

Il sourit à Rose.

Quel drôle de petit homme, pas beau du tout… Eleanor se demande ce que Rose peut bien lui trouver. Puis l'idée la traverse qu'après tout il ne ferait peut-être pas un si mauvais parti. Il serait probablement un mari très attentionné, pas du genre à aller voir ailleurs.

— Et à part la peinture, quels sont vos centres d'intérêt, monsieur Deveaux ? demande-t-elle.

— Marcel, je vous en prie, dit-il en s'inclinant légèrement.

— Marcel, répète-t-elle.

— Apprendre, dit-il. N'est-ce pas la chose première et la plus importante de toutes ? Qu'en pensez-vous ? Nous avons tant de choses à apprendre. Pour changer le monde, il faut d'abord avoir l'esprit curieux.

Ses yeux brillent. Il regarde Rose. Il l'adore, c'est l'évidence.

— Rose et moi, nous partageons cette curiosité pour tout ce qui nous entoure. Et bien plus encore. Nous avons perdu notre mère au même âge. La mienne est morte d'un cancer. Il y a aussi un autre point commun entre nos deux familles, mais... je vous en parlerai plus tard. Nous sommes tous les deux attirés par l'art et la littérature. Nous nous intéressons à ce qui peut rendre le monde meilleur. À Paris, nous avons passé beaucoup de temps dans les musées et les galeries.

Eleanor commence à comprendre... L'homme semble, en tout cas, sincère. Elle est en train de réviser totalement son opinion sur ce M. Deveaux.

— Et aussi beaucoup de temps à parler politique ! poursuit-il. Nous, les Français, nous aimons la politique. Tandis que vous, les Anglais... Comment dites-vous... ? Vous êtes moins ouverts sur ces choses, je crois.

Il incline la tête de côté, tandis que Sophie rit.

— En effet. La politique est considérée dans ce pays comme un sujet désagréable.

— Cela vous plairait-il de dîner avec Rose et moi demain soir, madame Hamilton ?

— Oh, Eleanor, s'il te plaît, dis oui ! murmure Rose en joignant les mains et en prenant un air suppliant.

Ils la fixent tous deux du regard, attendant sa réponse.

— Cela m'aurait fait plaisir, répond-elle avec un soupir, tout en prenant conscience, non sans étonnement, qu'en effet elle aurait pris plaisir à dîner avec cet homme. Mais je dois absolument rentrer chez moi demain matin, pour mes enfants. Mon fils n'a que quelques mois.

— Bien sûr, je comprends. La prochaine fois peut-être…

Il ajoute quelque chose qu'elle n'entend pas, car ses mots sont couverts par le saxophone et le violoncelle qui s'accordent juste derrière eux.

— Je crois que nous allons devoir continuer notre discussion plus tard, commente Marcel en profitant d'une courte pause des musiciens.

— C'est l'heure de danser ! s'exclame Rose d'un ton excité. Viens, Ellie !

Eleanor accepte avec un rire joyeux les deux mains que lui tend sa sœur.

— Tu vois qu'il te plaît, Ellie, lui murmure Rose en se penchant vers elle. J'en étais sûre.

Chapitre 18

Edward

— Bonjour, ma chérie.

Edward jette un coup d'œil à Eleanor par-dessus les pages de son journal et découvre avec étonnement qu'elle est descendue avec Jimmy.

— Et bonjour aussi à mon petit bonhomme, ajoute-t-il en s'adressant cette fois au bébé et en abaissant encore un peu le journal. Tu viens prendre le petit déjeuner avec nous ?

Jimmy a maintenant presque quatre mois. Il est encore petit pour son âge, comme souvent les prématurés, mais Edward le trouve vif et éveillé. En ce moment, par exemple, il balaie de ses grands yeux la nourriture étalée sur la table et agite ses petites mains, comme s'il avait hâte de goûter.

— Mlle Harding souffre d'une violente migraine, aussi je lui ai proposé de retourner se coucher une heure ou deux. Alors, on prend le petit déjeuner avec notre Jimmy.

Eleanor cale l'enfant sur ses genoux et il se met aussitôt à taper des deux mains sur la table, puis tente d'attraper un couteau. Elle lui tend à la place une cuillère à café qu'il fourre aussitôt dans sa bouche. Elle semble pâle et fatiguée. Edward décide d'attendre qu'elle soit restaurée pour entamer le sujet de son projet de recherche et lui proposer une collaboration avec lui.

— Tu as bien dormi ? demande-t-il en se plongeant de nouveau dans la lecture du journal.

Il parcourt les titres de l'actualité étrangère : « Première déclaration du nouveau président des États-Unis H. Hoover » ; « Durcissement des sanctions pour violation de la prohibition » ; « Italie : le parti fasciste prévoit une victoire écrasante aux prochaines élections » ; « Interview de Trotsky en Turquie » ; « Nouveau record de vitesse terrestre établi à 371 kilomètres-heure ! » Trois cent soixante et onze kilomètres par heure ! Bonté divine ! Pour rouler à une telle allure, il doit falloir d'excellentes lunettes et des nerfs d'acier. Il secoue le journal, tourne la page.

— Non, je n'ai pas bien dormi, marmonne Eleanor.

Alice entre dans la pièce, suivie de près par Mme Faulks.

— Voulez-vous du jus d'orange ? Du café ? demande Alice.

— Les deux, Alice, merci, répond Eleanor. Avec un petit toast et du miel, s'il vous plaît.

Elle déplace Jimmy sur ses genoux pour éloigner ses mains de la tasse à café.

— Vous devriez me le confier, propose Mme Faulks en tendant les bras. Je peux garder ce petit bout de chou pendant que vous prenez votre petit déjeuner en paix. Mme Bellamy et moi, nous le distrairons dans la cuisine.

— Oh, vous voulez bien ? C'est très gentil. Une vingtaine de minutes, pas plus. Je vous remercie.

Dès que la porte est fermée, Eleanor se tourne vers Edward.

— J'ai quelque chose à te dire.

Le ton tranchant interpelle Edward, qui lève aussitôt la tête de son journal. Eleanor est toute raide sur sa chaise. En rentrant de Londres la veille au soir, il l'a trouvée distante, mais il était tard et il ne s'en est pas inquiété. Évidemment, ces deux semaines d'absence ne les ont pas rapprochés. « Loin des yeux, loin du cœur », comme on dit, même s'il a toujours trouvé ce vieux dicton complètement idiot. Il avait envie de la rejoindre dans sa chambre, mais a préféré s'abstenir. Avec le recul, il a sans doute eu tort. Après tout, peut-être qu'elle aussi le désirait. Mais dans ce cas, pourquoi ne pas lui avoir demandé de la rejoindre ? Pourquoi est-ce toujours à lui de prendre l'initiative et de deviner ? Et pourquoi lui envoie-t-elle sans cesse des messages contradictoires qui lui donnent l'impression de vivre dans le brouillard ? Les femmes... Quelle énigme... Il se console en se disant qu'ils passeront plus de temps ensemble quand elle sera impliquée dans son travail. Ça ne pourra qu'améliorer leurs rapports.

—Je t'écoute, ma chérie.

Il replie le journal, le pose de côté, se sert une seconde tranche de pain grillé.

—Je n'ai pas très bien dormi non plus, commente-t-il la bouche pleine.

Il soupire. Il met toujours un point d'honneur à lui dire combien il dort mieux avec elle. Juste pour qu'elle le sache. Mais elle ne lui répond jamais que c'est vrai pour elle aussi. D'un autre côté, il fait un piètre compagnon de nuit, qui se réveille en sursaut, couvert de sueur et en hurlant. Elle ne s'en est jamais plainte et est toujours prête à le consoler : elle le prend dans ses bras, lui caresse les cheveux, lui rappelle qu'il n'est plus dans les tranchées, mais avec elle dans leur lit, en sécurité. Néanmoins, en cet instant elle paraît presque hostile. Elle mastique rageusement et évite de le regarder.

Il l'observe dans un silence ému. Cette femme a le don de le stimuler, de le galvaniser. En un mot : elle fait de lui un homme meilleur.

Elle pousse un long soupir avant de se lancer.

— Je sais ce que tu manigances, dit-elle enfin, le regard furieux, les lèvres pincées.

— Pardon ?

La première chose qui lui vient à l'esprit, c'est qu'elle est au courant de sa visite au centre Heath. Il ne lui en avait pas parlé pour éviter qu'elle ne s'inquiète. Ça aussi, apparemment, c'était une erreur.

— Eleanor, je…

— Ça dure depuis des années, n'est-ce pas ? Depuis bien avant notre mariage. Avant même notre rencontre.

Il la regarde fixement. Bon. Il ne comprend pas à quoi elle fait allusion, mais en tout cas pas au centre Heath. C'est déjà ça.

— Vraiment, je ne vois pas de quoi tu parles, proteste-t-il.

Elle s'inquiète trop pour Mabel et ça rejaillit sur son état mental. Peut-être devraient-ils prendre une semaine de vacances quelque part ? Est-ce que Jimmy est trop petit pour être laissé aux soins de la nounou ? Le sud de la France serait bien. Il les voit déjà, se promenant le long de l'étendue bleue de la Méditerranée, déjeunant dans de petits bistrots intimes, buvant du vin à l'heure du déjeuner, puis faisant l'amour lentement, voluptueusement, avec les fenêtres ouvertes, tandis que la brise tiède rafraîchit leurs corps nus. Cela leur permettrait de se retrouver…

— Tu croyais que je ne m'en apercevrais pas, dit-elle. Eh bien, tu t'es trompé. J'ai fouillé dans tes affaires. Je sentais qu'il y avait quelque chose… Et j'ai trouvé. Tes relevés bancaires. Je suis au courant des énormes sommes d'argent que tu retires tous les mois depuis des années.

Le cœur d'Edward s'emballe.

— Tu n'étais pas censée les voir.

— Bon sang, Edward, c'est assez minable comme excuse, même venant de toi.

Il déglutit péniblement, en essayant de rassembler ses pensées.

— Non, euh… Ce que je veux dire, c'est que j'aurais dû t'en parler. Je sais que j'aurais dû, mais je suis lâche, Eleanor. Je t'en prie, crois-moi, je n'ai jamais voulu te faire de mal. Plus le temps passait, plus ça me paraissait difficile et déplacé de tout te dire.

— Pardon ?

Elle a les joues écarlates.

— « Déplacé » ? Déplacé pour qui ? Il me semble au contraire que j'ai le droit de savoir. Je suis ta femme, pour l'amour du ciel ! Et ce n'est pas terminé, n'est-ce pas, espèce de salaud ?

— Non, ce n'est pas terminé et je ne sais pas quand ça se terminera. Pas maintenant, en tout cas. Ce serait cruel !

— « Cruel » !

Elle se lève d'un bond. Les larmes se mettent à couler sur son visage.

— Et moi, dans tout ça ? Tu ne trouves pas que c'est cruel pour moi ?

Elle se met à aller et venir dans la pièce, les bras sur le ventre, en ravalant ses sanglots.

— Je… Eleanor, je suis vraiment désolé. Mais cela a commencé bien avant que je te connaisse. J'aurais dû te dire la vérité sur mon passé et…

— Mais ce n'est pas du passé, n'est-ce pas ? Tu continues à la payer, non ? Qui qu'elle soit, tu la fais vivre dans le luxe, j'imagine.

Cette fois il comprend et éclate de rire.

— Mais ma chérie, ce n'est pas ça du tout ! s'exclame-t-il en courant vers elle. Tu te fais des idées.

— Ne mens pas, sanglote-t-elle. J'ai vu les relevés. Tout cet argent que tu retires tous les mois depuis des années, si ce n'est pas pour une femme, c'est pour quoi ?

Il la serre fort et elle sanglote de plus belle contre son torse, trempant sa chemise. Il sort un mouchoir de sa poche et le lui tend. Elle s'essuie les yeux et se mouche.

— Oh, ma pauvre chérie ! murmure-t-il. Je suis vraiment désolé. Ce n'est pas ça du tout. Tu te trompes complètement.

Elle lève vers lui des yeux humides et suppliants, le cœur battant.

— Ce… ce n'est pas une femme ?

— Non, dit-il avec une tendresse infinie. Il n'y aura jamais que toi. Et, avant que tu ne me poses la question, il ne s'agit pas non plus d'un enfant illégitime.

— Oh !

Elle s'abandonne totalement et se laisse aller contre lui, toute molle, comme un ballon qui se dégonfle.

— Alors tu… tu ne me trompes pas ? C'est bien vrai ?

Il entend dans sa voix toutes les attentes qu'elle met dans cette question.

— Eleanor, tu es tout pour moi. Je ne regarde pas les autres femmes. Pourquoi en voudrais-je une autre, quand je tiens dans mes bras la plus belle et la plus merveilleuse de toutes ?

— Mais Sophie dit que…

— Sophie ? Qu'est-ce qu'elle en sait, Sophie ?

— Elle m'a laissé entendre que les hommes… Et j'ai pensé, parce que nous ne faisions plus… Tu sais bien… Que tu avais cherché ailleurs et…

— Donc tu as fouillé dans mes affaires pour trouver des preuves ?

— Oui, je suis désolée.

Edward soupire.

— Je suppose que c'est dans la nature humaine de faire une telle chose. On se forge des théories et on cherche des preuves pour les démontrer.

— J'ai consulté tes comptes bancaires. Je n'aurais pas dû fouiner.

— Non, tu n'aurais pas dû.

Il lui caresse les cheveux, la joue, cherche son regard en souriant.

— Tu aurais dû me demander, dit-il doucement. Avant de tirer des conclusions hâtives.

Elle s'écarte de lui pour le regarder fixement, elle ne pleure plus.

— Mais si cet argent n'est pas destiné à une maîtresse ou à l'enfant d'une maîtresse… alors… où va-t-il ? C'est une grosse somme, Edward. Tu ne m'as toujours pas dit à quoi elle servait.

— Tu as raison, admet Edward. Et c'est vrai que je te dois une explication. Sache que cela m'oblige à me pencher sur un épisode de ma vie que je préfère laisser derrière moi, Eleanor. J'ai toujours eu du mal à l'assumer et j'ai tout fait pour l'oublier. C'est pourquoi je ne t'en ai jamais rien dit. Mais je vois à présent qu'il est temps. Et, après tout, peut-être que ça chassera une partie des fantômes qui me hantent.

Il la prend par la main.

— Allons nous promener. Ce sera plus facile pour moi de te parler dehors, en marchant. Mme Faulks ne se plaindra pas d'avoir Jimmy un peu plus longtemps que prévu.

Il siffle Byron et tous trois prennent le chemin qui traverse la pelouse en direction des bois.

— Tu te souviens qu'on m'a décoré après la guerre et que j'ai été invité à me déplacer pour recevoir mes médailles, commence-t-il. C'était avant notre rencontre, mais je te l'ai raconté.

— Oui, dit-elle en fronçant les sourcils. Bien sûr que je m'en souviens. Je n'ai jamais compris pourquoi tu refusais que l'on rende hommage à ton courage. Ils t'ont finalement envoyé les médailles par la poste.

— Je ne méritais aucun hommage pour mon courage, grommelle Edward entre ses dents. J'ai fait ce que n'importe qui aurait fait dans ma situation. J'ai protégé mes hommes. Mes soldats. Rien de plus.

Il prend une profonde inspiration.

— Je ne voulais pas de ces médailles, parce que mes hommes étaient morts, poursuit-il. Elles me rappelaient que je n'avais pas su les protéger.

— Oh, Edward ! Tu n'as pas le droit de dire ça ! Tu as fait ce que tu pouvais, comme n'importe qui d'autre. Tu n'allais pas combattre l'armée allemande à toi tout seul, n'est-ce pas ? J'ai perdu deux frères et un père, mais ça ne me viendrait pas à l'idée d'en vouloir à leur commandant. Alors tu ne dois pas te fustiger.

Elle lui caresse le bras et il se retient de justesse de repousser sa main. Sa sollicitude exacerbe le dégoût qu'il a de lui-même. C'est entre autres pour l'éviter qu'il ne lui parle jamais de la guerre. Mais ça, elle ne peut pas le comprendre.

— Ne sois pas modeste, Edward, insiste-t-elle. Je t'en prie. Et maintenant dis-moi ce qui s'est passé.

Il lui presse la main, tout en s'efforçant de conserver son sang-froid. Il faut qu'ils aient cette conversation. Une fois que ce sera fait, il en sera débarrassé, il n'aura pas à recommencer.

— Oui, murmure-t-il. Tu as le droit de savoir. C'était vers la fin de la bataille de Passchendaele, début novembre 1917. J'étais capitaine, à la tête d'une compagnie. Je devais faire avancer mes hommes sur les positions allemandes. Nous étions sous les balles et les obus depuis des heures, en très mauvaise posture, encerclés par les positions ennemies. Notre compagnie avait subi de lourdes pertes tout au long de la matinée, tout le monde était épuisé et démoralisé.

Il s'arrête devant la porte du jardin et la tient ouverte pour elle. Ils marchent à présent tout près l'un de l'autre car le chemin est étroit. Byron part en courant pour chasser le lapin, en remuant la queue. Edward se replonge dans le feu de la bataille.

— Je me suis tout à coup rendu compte que c'était une mitrailleuse sur notre flanc qui causait la majorité de nos pertes. Je savais par ailleurs que nous ne tiendrions plus très longtemps dans ces conditions. Donc, j'ai fait ce que tout bon soldat doit faire, j'ai évalué la situation et ça m'a permis de remarquer une ouverture. C'était maintenant ou jamais…

Il se tait.

— Et que s'est-il passé ensuite ? le presse Eleanor.

— Je n'ai pas hésité, dit-il en regardant le chemin droit devant lui. Je devais sauver mes hommes. Je n'avais qu'une maigre chance de réussite, mais je devais la tenter. Alors je suis sorti de la tranchée et je me suis précipité sur la mitrailleuse. Ils étaient quatre. L'un d'eux était en train d'uriner, deux autres fumaient une cigarette, le troisième était pratiquement endormi. Heureusement pour moi, ils ne se méfiaient pas et ne m'ont pas vu arriver. Je me suis jeté dans leur tranchée en hurlant. J'ai tiré à bout portant. Celui qui urinait est tombé le premier et les autres sont restés tétanisés de peur, saisis par la soudaineté et la férocité de mon attaque. J'ai tué ces quatre hommes. Ils n'étaient que des gamins.

— C'est fou ! s'exclame Eleanor. Mais, Edward, c'était incroyablement courageux. C'est pour cela que l'on t'a décoré ?

Edward acquiesce.

— En partie, oui, mais ce n'est pas tout.

— Continue, dit Eleanor dans un souffle.

— J'avais le contrôle de la mitrailleuse et j'étais en colère, Eleanor, tu comprends ?

Il se tourne vers elle et scrute son expression. Il lui semble voir des larmes dans ses yeux.

— Edward, je ne te blâme pas d'avoir tué ces hommes, dit-elle. C'était la guerre, tu n'as fait que ton devoir. Tu devais te défendre, protéger tes hommes.

Elle lui presse la main en signe d'encouragement.

— Qu'as-tu fait ensuite ?

— J'ai tourné le canon de la mitrailleuse vers les lignes allemandes. J'ai tiré et tiré. Sans cesse. Cela a permis à ma section et aux autres compagnies, du moins à ce qu'il en restait, de se reprendre et d'avancer sur l'ennemi. Les Allemands ont dû faire demi-tour et s'enfuir vers leurs lignes. Cela a pris un certain temps. J'étais à bout de forces, mais j'ai couvert durant un long moment l'avancée de nos soldats avec la mitrailleuse volée aux Allemands. J'ai éliminé les tireurs d'élite et empêché l'ennemi de progresser.

— Seigneur, Edward, tu as été d'un courage exemplaire ! Je ne comprends pas ce que tu te reproches.

Il secoue la tête.

— Tout cela n'a servi à rien, Eleanor. Après cette offensive, les Boches sont revenus à la charge, décidés à se venger, plus haineux que jamais. J'ai perdu tous mes hommes sauf un, Eleanor. Je n'ai pas été à la hauteur. J'ai passé des heures et des heures à traîner des blessés sous le feu, à les tirer de la boue, à moitié mourants, pour les mettre à couvert en attendant l'arrivée de la Croix-Rouge. Ils sont morts dans d'atroces souffrances. Je ne peux même pas en parler, Eleanor. C'est trop dur.

Il se rend compte qu'il tremble. Des larmes roulent sur les joues d'Eleanor.

— C'était horrible et je n'ai rien pu faire. Tu crois qu'après ça j'avais envie qu'on me félicite ?

Ils marchent en silence, main dans la main, puis elle le force à s'arrêter et lui fait face.

— Peu importent ces médailles. Tu as fait de ton mieux dans des circonstances épouvantables, voilà tout. Et, au fond de toi, tu le sais. Mais, Edward, tu ne m'as toujours pas donné d'explication pour l'argent.

Il lui sourit faiblement.

— Ah, oui, l'argent… L'un des hommes que j'ai sortis de la boue a survécu. Il n'avait que dix-sept ans, il s'appelait Porter, c'était un simple soldat. Il avait été touché par un obus et c'était un miracle qu'il soit encore vivant. Il était très grièvement brûlé et… j'étais persuadé qu'il allait mourir, mais il a survécu. Avec un corps très abîmé… Et un esprit encore plus.

Il marque une pause, puis reprend :

— Porter a subi plusieurs opérations. Il a longtemps séjourné au *Queen's Hospital* de Sidcup, puis dans d'autres établissements où les médecins ont fait tout ce qu'ils pouvaient pour lui. Mais il est resté défiguré, handicapé et en partie amnésique. N'étant pas autonome, il est allé vivre avec sa sœur, Violet. Mais elle était mariée, elle avait des enfants en bas âge et la famille n'avait pas beaucoup d'argent. Elle n'a pas pu assumer. Elle m'a écrit en désespoir de cause pour me demander de l'aide. J'ai donc fait ce qui me semblait juste. J'ai payé pour que Porter soit pris en charge par la Croix-Rouge au centre Heath. C'est un endroit où l'on accueille essentiellement des épileptiques, mais il y a aussi un service pour les blessés de guerre. J'assume financièrement la prise en charge de Porter depuis qu'il y est entré.

Eleanor le dévisage bouche bée, visiblement stupéfaite. Cette explication est on ne peut plus éloignée de tous les scénarios qu'elle avait échafaudés.

— Mais…, dit-elle après un temps de silence. Pourquoi garder le secret sur cette affaire ?

— Pour éviter que les gens ne montent tout ça en épingle. Je ne voulais pas qu'on en parle, tout comme je ne voulais pas de médaille. C'est le seul homme de ma compagnie qui a survécu et on devrait me louer parce que je le soutiens un peu ? Je ne voulais pas m'expliquer là-dessus et entendre des éloges. C'était mieux que personne ne sache. Et puis Violet, sa sœur, préférait rester dans l'ombre. C'était plus simple pour elle. Leur famille est pauvre, mais digne. Elle ne voulait pas avoir l'air d'accepter la charité.

— Mon Dieu ! Oh, Edward, comment ai-je pu douter de toi ?

Elle prend son visage entre ses mains et l'attire près du sien.

— J'aurais dû t'en parler, dit-il doucement en lui caressant la joue. Je suis désolé. Je ne suis pas très doué pour…

Il hésite, choisit ses mots avec soin.

— … m'ouvrir, achève-t-il. Et j'ai été trop souvent absent de la maison ces derniers temps. C'est normal que…

Elle sourit et lui prend la main. Ils se remettent à marcher.

— Et, justement, je voulais te parler de cette charge de travail qui m'éloigne de toi et de Jimmy, reprend-il. J'ai eu une idée qui pourrait améliorer la situation.

Elle lève les yeux vers lui. Elle attend la suite.

— Dans quelques semaines, je dois présenter devant la Commission royale des conclusions en soutien du projet de législation pour le contrôle des naissances et l'internement des déficients. C'est un travail colossal et j'ai besoin d'aide, mais je ne veux pas prendre un étudiant, parce que les données doivent être analysées avec soin et avec une grande honnêteté intellectuelle.

Les étudiants ont tendance à interpréter les chiffres dans le sens qui leur convient et j'ai peur qu'ils ne veuillent impressionner la galerie en parvenant à une conclusion controversée ne correspondant pas à la mienne. C'est trop important, Eleanor…

Sa voix prend un ton pressant.

— J'ai besoin de quelqu'un de confiance qui fera les choses bien, parce que ce serait vraiment problématique si quelqu'un tirait les mauvaises conclusions de cette recherche vitale. Aussi j'ai pensé à toi. Tu es intelligente et efficace, tu me serais vraiment utile. Cela signifierait aussi que nous pourrions travailler ensemble ici, à Brook End. Ce serait une excellente solution pour être avec toi plus souvent.

Les yeux d'Eleanor brillent d'excitation.

— Vraiment ? Tu le penses vraiment ?

— Oui, dit-il en riant, je le pense vraiment ! J'ai testé tes capacités avant notre mariage, je sais que tu es capable de me seconder.

— Oh, Edward ! Mais ce serait merveilleux ! J'ai adoré travailler pour toi ! Bien sûr, je suis ravie d'être ta femme, mais… parfois je regrette le temps où j'étais ta collaboratrice. Nous formions une bonne équipe, toi et moi, non ?

— Oui, admet-il en souriant. Nous formions une bonne équipe. Et nous sommes toujours une équipe, Eleanor.

Elle lui saute dans les bras et se pend à son cou pour l'embrasser avec plus de fougue que jamais.

Edward est allongé sur le dos, Eleanor dort pelotonnée contre lui, la tête sur son torse, avec ses longs cheveux qui lui chatouillent l'épaule. La douce lumière du petit matin filtre à travers les rideaux. Il contemple le plafond en pensant à la veille, quand ils ont fait l'amour. Une vague de désir déferle en lui.

Il serait presque tenté de la réveiller pour recommencer sur-le-champ, mais il n'ose pas.

Son regard cherche l'horloge accrochée au mur. Il distingue à peine les aiguilles, mais d'après ce qu'il voit, il n'est pas encore 6 heures et elle n'apprécierait sans doute pas d'être réveillée un dimanche matin. Il décide donc d'attendre. Ce n'est pas si grave que ça. Être là, dans le lit d'Eleanor, son corps endormi contre le sien, à écouter sa respiration régulière, suffit à son bonheur.

En dépit de l'heure matinale il est plein d'énergie et il a l'esprit clair. Cela fait des mois qu'il n'a pas aussi bien dormi. Il se sent bien parce qu'il est réconcilié avec Eleanor. Et puisqu'ils sont réconciliés, il doit en profiter pour lui parler de Mabel. La tête d'Eleanor glisse de son torse sur l'oreiller. Il se hisse sur un coude pour la regarder dormir.

Une vague de honte le submerge. La veille, il voulait vraiment lui dire toute la vérité. Mais, une fois au pied du mur, il n'a pas pu. Les mots ne venaient pas. Alors il s'en est tenu à la version officielle des faits. Celle que tout le monde connaît depuis toujours. Celle qui lui a valu des médailles qu'il n'a pas eu le courage d'aller chercher et qu'il s'est empressé d'enfouir dans un tiroir pour tenter de les oublier. Il regrette d'avoir menti à Eleanor. Si elle découvrait un jour la vérité, ce serait terrible.

Mais elle ne peut pas la découvrir, voilà ce qu'il se dit. Il se laisse retomber sur l'oreiller. La vérité, ils ne sont que deux à la connaître et l'un des deux n'est pas en état de la restituer. Après tout, il ne fait de mal à personne en donnant à sa femme la version qui le pose en héros. Et son histoire contient quand même un fond de vérité.

Eleanor remue de nouveau et bat des paupières. Il l'observe avec attention tandis qu'elle se réveille lentement. Ses yeux presque mauves s'arrêtent sur les siens. Elle lui sourit.

— Bonjour, toi, dit-elle.

— Bonjour, répond-il en l'embrassant sur le front.

— C'est délicieux de t'avoir. Tu m'as manqué.

— Tu m'as manqué aussi.

— Oh, Edward, je me sens tellement ridicule d'avoir eu toutes ces idées de… Tu me pardonnes, n'est-ce pas ?

Il se gratte la tête.

— Eh bien, je ne sais pas trop. Il va falloir que tu sois *particulièrement* gentille avec moi pour que j'envisage de te pardonner tout à fait.

Elle rit et lui donne une petite tape.

— Ah oui, vraiment ? Gentille comment ?

— Très gentille.

Il enfouit son visage dans son cou.

— Je vais te mettre sur la voie, poursuit-il. Tu pourrais commencer par…

Elle roule pour venir se placer au-dessus de lui et à présent ses cheveux encadrent leurs deux visages comme deux pans de rideaux. Il sent ses seins doux et moelleux qui appuient contre son torse.

— Par ça, par exemple ? murmure-t-elle en se penchant pour approcher ses lèvres des siennes.

Puis elle l'embrasse, l'empêchant de répondre. Il se laisse faire et repousse un assaut de culpabilité. Sa femme est revenue vers lui, rien d'autre ne compte. Il caresse la cuisse d'Eleanor. Il refuse de mettre son couple en danger. Pour le protéger, il est prêt à tout, même à mentir sur son passé.

Chapitre 19

Eleanor

Sir Charles Lawson est un homme impressionnant. Eleanor est fascinée par son volumineux crâne luisant – brille-t-il comme ça naturellement, ou bien l'a-t-il lustré avec un produit ? –, auréolé d'un fin duvet de cheveux gris. Un peu intimidée, elle accepte en silence la main qu'il lui tend.

— Professeur, madame Hamilton…, murmure-t-il en étreignant mollement ses doigts gantés. Je vous en prie, asseyez-vous.

Il indique à Edward et Eleanor les deux fauteuils face à son bureau et prend place dans le sien. Une fois assis, il contemple Eleanor d'un air grave et solennel. Elle est frappée par la tristesse de ses yeux gris aux paupières lourdes. Son cœur s'emballe. Va-t-il pouvoir les aider ? Ils sont venus ici chercher un deuxième avis. Edward lui a présenté cet homme comme un éminent neurologue, le meilleur de tous. Elle compte sur lui pour guérir sa pauvre petite fille. Chaque jour qui passe, Eleanor voit s'éloigner l'enfant qu'elle a connue. Mabel est en train de devenir l'ombre d'elle-même.

Lawson soupire et tourne son regard vers Edward.

— J'espère que vous avez fait bon voyage, commence-t-il d'un ton détaché.

Il tire sur son col.

— Il fait anormalement chaud pour un mois de juin, vous ne trouvez pas ? poursuit-il. La circulation à Londres empire de jour en jour. Les bouchons aux carrefours sont insupportables.

Il secoue la tête.

— Il serait temps de trouver une solution à ce problème, conclut-il.

— En effet, répond Edward. Mais nous n'avons pas eu de mal à venir, car nous n'étions pas à Brook End. Nous sommes restés dans notre appartement de Bloomsbury durant le séjour de Mabel à l'hôpital.

Il jette un coup d'œil à Eleanor.

— Eleanor ne voulait pas être trop loin de sa fille. De plus, elle a une sœur et une amie à Londres, cela lui a fait du bien de passer du temps avec elles. N'est-ce pas, ma chérie ?

Sir Charles émet un grognement. Il baisse les yeux vers les papiers sur son bureau. Pince les lèvres. S'éclaircit la voix.

— Je sais que vous êtes venus pour entendre mes conclusions sur l'état de votre fille. Je me doute que vous êtes impatients.

— Oui.

Edward se frotte les paumes des mains sur les cuisses, geste qu'Eleanor connaît bien et qui trahit chez lui une grande nervosité.

— Nous espérons que vous pourrez l'aider, sir Charles, intervient-elle. Pour être honnête, vous êtes notre dernier espoir.

— Eh bien… Depuis l'arrivée de Mabel à l'hôpital Sainte-Marie il y a une semaine, nous l'avons surveillée toute la journée, et également la nuit pendant son sommeil.

Il regarde fixement les notes prises sur son petit carnet d'une écriture nette et serrée, puis tapote une page du bout de son stylo.

— Comme vous me l'aviez dit, Mabel n'a cessé d'enchaîner un nombre inquiétant et croissant de crises, ou de convulsions, comme nous préférons les appeler en médecine. L'état de votre enfant est très sérieux, je suis au regret de vous le dire. L'épilepsie est une maladie complexe et chaque patient est un cas particulier, mais nous avons quand même dégagé des schémas d'évolution – une sorte de progression par étapes, si vous préférez. Lorsqu'elle débute dans la petite enfance, comme dans le cas de Mabel, il y a un stade initial précoce, celui où les convulsions apparaissent. Avec des soins appropriés, il arrive que les convulsions cessent, et nous considérons cela comme une rémission. Mais si elles persistent, on se trouve alors devant une épilepsie évolutive et dégénérative qui aboutit le plus souvent à une lente détérioration mentale. Et j'ai bien peur que ce ne soit le cas de votre fille.

Il fait une pause, comme pour leur laisser le temps de comprendre, d'accuser le coup.

— Dans le cas de Mabel, qui n'est malade que depuis quelques mois, nous constatons déjà une sévère et rapide détérioration.

— Mais… ne peut-on espérer que cela se tasse en grandissant ? demande Eleanor.

Sir Charles secoue la tête.

— Dans le cas d'une épilepsie légère, je vous aurais dit oui, mais avec des convulsions aussi sévères que celles de Mabel c'est assez peu probable, madame Hamilton. En effet, elle souffre de crises diverses. Certaines, qui sont par ailleurs des formes assez rares, incluent des hallucinations et des absences. D'autres fois, elle perd totalement conscience. Tout cela n'est pas bon signe. Cette forme d'épilepsie a tendance à empirer avec le temps et ne répond pas bien aux traitements. Et chez un jeune enfant elle a malheureusement un effet dévastateur sur son développement.

C'est pour cette raison que Mabel perd peu à peu certaines compétences. Il semblerait que les crises causent des dommages dans les zones du cerveau qui contrôlent son langage, ce qui explique notamment que son vocabulaire s'appauvrisse. Il se pourrait même qu'elle finisse par perdre tout à fait l'usage de la parole. Les chutes et l'incapacité croissante à contrôler sa vessie sont également des signes de mauvais pronostic. Je suis au regret de vous dire que tout cela évoque le tableau d'une épilepsie généralisée qui endommage le cerveau de Mabel.

Les mots du docteur s'entrechoquent violemment dans la tête d'Eleanor. Elle contemple ses lèvres humides qui luisent sous la lampe de bureau. Elle a comme un goût amer dans la bouche à la vue de cette langue rose vif qui s'agite pour déverser une avalanche de mots inutiles à propos de ce qui arrive à sa fille.

—Je ne comprends pas d'où peut venir cette maladie, intervient Edward, dont le visage est blême et tendu. Je défends l'idée que l'épilepsie est une affection héréditaire, vous êtes certainement au courant de mes travaux dans ce domaine. Or nous n'avons aucun cas d'épilepsie dans nos familles respectives.

Il jette un regard à Eleanor, comme s'il doutait de sa sincérité.

—Je suis au courant de vos recherches, professeur Hamilton. Il est vrai que le facteur héréditaire est souvent présent, mais il arrive que nous ne trouvions aucun antécédent dans la famille. Il y a certainement d'autres facteurs, et la genèse de cette maladie est parfois difficile à établir – un choc, une grande frayeur. Parfois même une peur vécue par la mère pendant la grossesse. Ou bien une naissance difficile, une situation familiale trop dure. D'autres fois, il n'y a rien de tout cela et la cause demeure inconnue.

—Donc…

La voix d'Edward s'affaiblit.

— … il ne s'agit pas forcément de gènes défectueux et nous n'avons pas de raisons de craindre que notre fils – ou nos futurs enfants – soit atteint de cette même maladie ?

— Aucune raison particulière, en effet. Mais, pardonnez-moi… Je pensais que cette question était de votre domaine d'expertise ?

Gêné, Edward s'agite sur son siège et marmonne des paroles incompréhensibles.

— Mais enfin, quelle que soit la cause, vous pouvez sûrement faire quelque chose de plus pour Mabel, intervient Eleanor. À notre époque, il doit y avoir un meilleur médicament que ces affreux sels de bromure qui ne produisent aucun effet et la rendent malade.

Le médecin la regarde et tapote son carnet avec son stylo à plume.

— Madame Hamilton, sachez que la maladie de Mabel en est encore à un stade précoce. Aussi je vous conseille de faire tout ce qu'il faut pour ralentir son évolution, afin de limiter au maximum la détérioration qu'elle entraîne. Je dois néanmoins vous avertir que le pronostic est sombre. De plus, il n'est pas souhaitable qu'elle continue à vivre chez vous, je pense que vous le comprendrez.

Eleanor le surprend à échanger un regard avec Edward. Auraient-ils déjà abordé la question ensemble avant ce rendez-vous ? Soudain, elle étouffe. Il fait trop chaud dans cette pièce. Sir Charles poursuit :

— Elle devrait être admise le plus tôt possible dans une institution, à l'abri des regards indiscrets. Une institution où elle recevra les meilleurs soins…

Le ton est lent, patient. Il parle comme s'il s'adressait à une enfant aux capacités de compréhension limitées. Eleanor se tourne vers Edward, mais il regarde droit devant lui, impassible.

—Quelle institution ? s'entend-elle demander, tout en sentant un accès de sueur froide.

Elle pense au travail d'Edward, aux nombreuses conférences organisées par la Société eugénique auxquelles elle a assisté avec enthousiasme. À la nature soudaine et inévitable de ce qui leur arrive. Elle cherche de nouveau le regard d'Edward, mais il garde obstinément les yeux fixés droit devant lui.

Sir Charles aussi cherche le regard d'Edward, comme pour obtenir la permission de parler ouvertement. Edward acquiesce.

—Il y a un centre pour épileptiques pas très loin de chez vous, dans le comté du Sussex. C'est tout près de Londres et je m'y rends régulièrement. Je pourrais continuer à soigner Mabel. Vraiment, c'est la seule solution. Le traitement d'un enfant épileptique ne se résume pas à des médicaments. Il lui faut un environnement calme, tranquille. Pas de châtiments corporels…

—Elle trouve chez nous un environnement calme ! proteste Eleanor. Et elle n'a jamais reçu de châtiments corporels.

Sir Charles lève les mains.

—Je ne suggérais pas un seul instant que c'était le cas, dit-il. Je parlais en général, pour ceux de nos patients qui ne vivent pas dans des foyers aussi évolués et éclairés que le vôtre. Mon propos est de souligner que le centre est organisé pour accueillir les épileptiques et que vous ne pouvez pas proposer la même chose chez vous.

Eleanor ouvre la bouche pour protester, mais Edward tend le bras pour lui prendre la main.

—Je vous en prie, dit-il au médecin. Poursuivez.

Sir Charles croise les mains.

— L'administration des médicaments n'est qu'une partie du tableau, comme j'étais en train de vous l'expliquer. Il y a beaucoup d'autres facteurs importants. Il est notamment essentiel de veiller au bon fonctionnement de l'appareil digestif. Les épileptiques souffrent souvent de constipation et il leur faut régulièrement des laxatifs, des lavements, des douches anales. Un régime alimentaire simple et sain est également vital. Il faut surveiller la nourriture car ils ont tendance à trop manger, au détriment de leur santé.

— Mais Mabel a un régime alimentaire sain…, commence Eleanor.

— S'il te plaît, chérie, laisse ce bon docteur nous expliquer la situation.

Elle se tait, mais le rouge de l'humiliation lui monte aux joues.

— Madame Hamilton, je ne suis pas en train de sous-entendre que vous ne vous occupez pas comme il faut de votre fille. Cependant, le régime alimentaire des épileptiques est assez particulier. C'est plutôt technique à expliquer, mais je vais quand même tenter de le faire. Voyez-vous, le cerveau se nourrit principalement des constituants albuminiques et azotés des aliments.

Il jette à Eleanor un regard austère et elle prend un air entendu, comme si elle avait parfaitement compris l'explication.

— Pour dire les choses simplement, les substances produites par le foie, notamment les protéines et les enzymes qui interagissent avec notre nourriture, sont d'une importance critique en cas de médication importante. Par exemple, lors d'une médication par les sels de bromure, les résultats sont améliorés par un régime alimentaire appauvri en sel de chlorure. De même, lorsque le bromure est utilisé avec un régime sans purine.

— Sans purine ? s'étonne Edward.

— C'est une façon de parler. Faible en purine et en acide urique. Il faut bien sûr éviter de consommer tout ce qui produit de l'acide urique en excès, par exemple l'alcool, bien qu'évidemment la question de l'alcool ne se pose pas pour Mabel. Mais d'autres aliments sont concernés, tels que le ris de veau, le foie ou le bifteck. En d'autres termes, monsieur et madame Hamilton, au centre Heath, nous sommes en mesure d'ajuster avec finesse le régime alimentaire de nos patients, dans le but d'optimiser les effets du médicament. Et cela, vous ne pouvez pas le faire.

Il marque une pause et les dévisage d'un air solennel.

Eleanor ne dit plus rien. Elle se sent réduite au silence, elle est accablée, paralysée à la perspective d'être séparée de Mabel. Son esprit se fige quand elle imagine sa petite fille placée dans une institution pour déficients, ceux-là mêmes qu'Edward décrit dans ses conférences. Toutes les cellules de son corps crient : « Non, non ! » Comment accepter une chose pareille ? Mabel ne le supportera jamais. C'est tout bonnement impensable.

— Pourriez-vous envisager de modifier le traitement de Mabel ? demande Edward. Et quelles sont ses chances de... de se rétablir ?

— Pour commencer, nous allons continuer les sels de bromure. Combiné à un régime alimentaire strict et à un environnement approprié, c'est un traitement qui a fait ses preuves depuis longtemps. Le problème est d'obtenir le bon dosage dans le sang. Pas assez de bromure, ça ne produit aucun effet. Trop...

Il bat des paupières, jette un regard de biais du côté d'Eleanor, hésite, puis se décide :

— Eh bien, cela peut produire un effet malheureux.

— Vous voulez dire fatal ?

Le mot a échappé à Eleanor et il sonne comme une accusation. Sir Charles acquiesce, en évitant son regard.

— Dans les cas extrêmes, oui. Mais c'est rare et, comme je l'ai dit, elle serait suivie de très près, donc nous aurions le temps d'ajuster la dose avant…

— Avant que ce médicament ne la tue ! s'énerve Eleanor. Y a-t-il d'autres risques ? Des effets secondaires ? Ce produit la fait vomir. N'est-ce pas le signe que son corps cherche à l'expulser, comme un poison ?

Sir Charles se penche en avant.

— Ce médicament est efficace chez les enfants quand il est administré correctement, pas par une personne qui n'a que de vagues notions de médecine. Avec les changements de vie que je recommanderais, ses effets seraient décuplés. Et pour répondre à votre question, professeur, en agissant suffisamment tôt on peut obtenir une rémission complète dans cinquante pour cent des cas au début du traitement, puis dans vingt-cinq pour cent des cas à long terme. Au bout du compte, je dirai que nous obtenons une réduction significative des convulsions avec vingt-huit pour cent des épileptiques. Mais je dois quand même vous avertir que nous n'obtenons aucun résultat dans un peu moins de cinquante pour cent des cas.

— Seigneur, ces statistiques ne sont guère encourageantes ! Et que se passe-t-il pour ces cinquante pour cent ?

— Quand le traitement au bromure ne produit aucun effet, nous testons le phénobarbital, un nouveau médicament. Malheureusement, il ne marche pas sur tout le monde.

Il y a une pause. Une idée commence à germer dans l'esprit d'Eleanor.

— Quels autres changements de mode de vie imposeriez-vous ? demande-t-elle.

Ils pourraient peut-être organiser ça à la maison. Engager une infirmière spécialisée. Mabel resterait à Brook End, bien protégée, à l'abri des regards indiscrets.

— Donnez-nous le plus de détails possible, s'il vous plaît, sir Charles.

Il s'éclaircit la voix.

— Eh bien…

Il lève les yeux vers sa fenêtre et contemple le carré de ciel lumineux et la cime des platanes qu'on peut voir à travers les carreaux.

— En plus de l'attention que nous portons à la nourriture pour un intestin sain et fonctionnel…

Il se retourne vers ses visiteurs et compte sur ses doigts.

— … nous veillons à proposer de l'exercice quotidien, des sorties à l'air pur, des douches vertébrales, des massages, un sommeil régulier. Certains enfants ne peuvent pas être intégrés dans un système d'éducation classique. Au centre, nous leur fournissons un enseignement adapté à leurs capacités. Nous sollicitions nos résidents par des exercices aussi bien physiques qu'intellectuels, pour développer leur coordination et leur intelligence. Il faut évidemment éviter le stress et l'excitation, raison pour laquelle une scolarisation dans une école classique est totalement exclue.

Edward acquiesce pour marquer son accord.

— Plus tard…, reprend sir Charles.

Il marque un temps d'arrêt et s'agite sur son siège, visiblement mal à l'aise.

— Mabel continuera probablement à vivre dans la communauté. Du moins, cela lui sera conseillé. Car même si nous parvenons à stopper l'évolution de sa maladie, ce qui est loin d'être certain, il vaudrait mieux qu'elle évite de se marier car il y aurait alors une forte probabilité pour que ses enfants souffrent d'épilepsie. C'est pourquoi la communauté sera le meilleur endroit pour elle, le mariage y étant strictement interdit. On pourra lui fournir des activités appropriées. Notamment le dessin, la couture ou même un peu de travail de bureau, s'il s'avère qu'elle en est capable.

— Et si elle n'en est pas capable ? demande Edward.

— Eh bien, il reste la lessive, ou les cuisines. Les résidents sont chargés de l'entretien et du rangement des maisons et des salles de classe. Les hommes font le gros du travail de ferme, mais il y a les poulets et les cochons à nourrir.

Eleanor a un goût de bile dans la bouche et s'agite son siège, prête à se lever pour aller vomir. Heureusement, elle parvient à sc maîtriscr.

— Mais on n'est pas obligés d'en arriver là ! s'exclame-t-elle.

— En tant qu'épouse du professeur Hamilton, il me semble que vous êtes bien placée pour savoir ce qu'un tel diagnostic implique concrètement, insiste sir Charles en la regardant.

Pourquoi a-t-elle l'impression qu'il a préparé ses arguments ? Et pourquoi s'adresse-t-il tout le temps à elle, comme s'il savait que c'est elle qu'il faut convaincre ?

— Les adultes épileptiques, j'ai le regret de vous le dire, développent non seulement des tendances criminelles, mais aussi… euh, eh bien… Je vais essayer de le dire avec délicatesse… Un intérêt obscène et obsessionnel pour les activités sexuelles.

Cette fois, elle explose :

— Pour l'amour de Dieu ! Mabel n'a que cinq ans !

— Oui, mais elle va devenir une femme et mieux vaut savoir ces choses à l'avance. Il est préférable d'éviter toute activité sexuelle pour les épileptiques. Cela stimule trop leur cerveau et peut aggraver leur maladie. La stérilisation serait le meilleur des remèdes.

Il marque une pause.

—Elle n'est pas obligatoire mais, en tant que parents, vous devriez l'envisager sérieusement pour votre fille.

L'air devient pesant, Eleanor a du mal à respirer.

Pourquoi cela leur arrive-t-il à eux ? *La stérilisation.* Eleanor pense aux recherches d'Edward... Elle a l'impression que c'est une sorte de châtiment.

—Nous ne le savons que trop bien.

La voix d'Edward semble lointaine, comme s'il se trouvait dans la pièce voisine.

—De plus, étant donné la nature de mon travail, il est de la plus haute importance que nous mettions en pratique ce que je ne cesse de professer.

Il jette un coup d'œil à Eleanor, mais elle semble comme anesthésiée.

—Néanmoins, en ce qui concerne la stérilisation, rien ne presse, il me semble. Nous aurons le temps d'y réfléchir, car Mabel est encore très jeune. J'ai par contre un autre problème délicat à mentionner. Je suis sûr que vous comprendrez que nous attendons de vous une discrétion absolue. Il ne faudrait pas que quiconque apprenne que ma fille est épileptique, même si dans notre cas la cause n'est manifestement pas à chercher du côté de l'hérédité.

Autour d'Eleanor, la pièce redevient soudain plus nette.

—Non !

Elle entend sa voix résonner à ses oreilles.

—Mabel n'a que cinq ans ! Elle vient d'une famille respectable. Je ne peux pas... Je ne la laisserai pas aller dans un tel endroit. Il n'est pas question qu'elle aille vivre avec des dégénérés, des criminels, des hommes adultes frustrés sexuellement. L'environnement que vous décrivez est sordide, je n'y mettrai pas ma fille !

Sa voix se brise. Elle se lève brusquement et s'appuie des deux mains au bureau de sir Charles en le regardant droit dans les yeux. Elle sent monter la panique.

— Il doit y avoir un moyen de garder Mabel à la maison, proteste-t-elle. Nous n'avons pas besoin d'en parler à qui que ce soit ! Nous pourrions engager une infirmière qui veillera à son régime alimentaire et lui donnera tous les médicaments que vous jugerez bon de lui prescrire. Nous l'amènerions ici toutes les semaines en consultation. Je vous en prie. Je ne peux pas l'envoyer loin de nous. C'est hors de question !

— Madame Hamilton, ne vous énervez pas. Une crise d'hystérie ne résoudra rien.

— Eleanor, reste assise, je te prie.

Edward a posé une main sur son bras et elle accepte de se rasseoir, avec l'impression d'être en plein cauchemar. Elle voudrait se réveiller à Brook End, avec ses livres et Mabel qui joue à ses pieds – une Mabel heureuse, normale et en bonne santé. Et le petit Jimmy aussi, bien sûr.

— Il n'est pas question de garder Mabel à la maison, déclare sèchement Edouard en lançant à Eleanor un regard qui lui intime de se taire. On ne pourrait pas s'occuper d'elle correctement, n'est-ce pas, sir Charles ?

Sir Charles les regarde de ses yeux tristes et secoue la tête.

— Je crains que non, dit-il. L'état de Mabel est trop avancé. Une rémission est hautement improbable. Sa maladie va continuer à évoluer et son état va empirer. Si elle parvient à l'âge adulte, elle aura besoin de soins constants pour le restant de ses jours. Étant donné cet état de fait et la profession d'Edward, je crois bien que vous n'avez pas le choix.

Eleanor étouffe un cri et cherche son mouchoir dans sa poche, en serrant les poings pour lutter contre les larmes.

— Vous devez me trouver un peu brutal, mais je n'aime pas donner de faux espoirs, reprend sir Charles après une pause.

Il s'éclaircit la voix.

— Vous devez désormais vous préoccuper de l'avenir et oublier le passé. Laissez partir Mabel et faites le deuil de la petite fille que vous avez connue car elle n'existe plus. Vous avez un bébé en bonne santé et sans doute en aurez-vous d'autres. C'est sur lui et sur votre future progéniture que vous devez vous concentrer. Dans notre communauté, Mabel sera en sécurité et bien soignée. Elle n'aura pas à affronter le jugement des autres, elle ne se sentira pas à part. Par ailleurs, personne ne saura qui sont ses parents et son état n'aura aucun impact sur vos vies. C'est vraiment la meilleure solution pour tout le monde.

Edward se lève et sir Charles l'imite aussitôt.

— Eh bien, voilà une affaire réglée, l'entend dire Eleanor.

Ils se serrent la main, discutent de quelques détails, programment l'admission de Mabel au centre Heath dans les jours qui viennent. Les oreilles d'Eleanor bourdonnent. Elle se sent faible. Elle va perdre Mabel. Sa douce petite fille va devenir une « indésirable ». Elle ne connaîtra pas les joies de la vie auxquelles tout le monde a droit : un mari, une famille, un foyer. Elle ira à peine à l'école. Elle sera privée de sa liberté, privée d'une véritable éducation, privée d'amour.

C'est une condamnation à perpétuité. Une peine sans sursis. Eleanor se demande si ça n'est pas pire que la mort.

Une fois dehors, elle laisse éclater sa fureur.

— Tu le savais, n'est-ce pas ? demande-t-elle à Edward.

Une colère chauffée à blanc coule dans ses veines.

— Tu en avais déjà discuté avec lui, tout était décidé, mais comme tu n'osais pas me l'annoncer, tu as chargé ce médecin de le faire.

—Non, répond Edward d'un ton mesuré et conciliant. Je ne savais pas ce qu'il allait dire. Comment aurais-je pu ? Il venait à peine de finir d'évaluer Mabel.

—Je ne te crois pas.

Edward hausse les épaules.

—Tu l'as entendu. Nous n'avons pas le choix. Mabel doit aller dans ce centre.

—Il n'en est pas question, Edward !

Elle se tourne vers lui. À présent, de grosses larmes de rage roulent sur ses joues.

—Je ne la laisserai pas y aller. Je refuse !

Il se plante devant elle, le visage dénué d'émotion. Comment peut-il prendre la chose aussi froidement ? Comment est-ce possible que ça lui soit égal ? Un hurlement de douleur monte du plus profond d'elle-même. Elle se jette sur lui et lui martèle le torse de ses poings.

—Eleanor !

Il lui saisit les poignets et l'attire à lui. Elle est vaguement consciente d'attirer l'attention des passants, lesquels font un détour pour les éviter.

Il l'enferme dans ses bras pour l'empêcher de le frapper. Elle se débat un moment, puis soudain sa colère cède, emportée par une vague de désespoir. Elle s'affaisse contre Edward et éclate en sanglots. S'il ne la soutenait pas, elle n'aurait pas la force de rester debout et s'effondrerait sur le trottoir comme une poupée de chiffons.

—Je te jure que je veillerai à ce que Mabel soit aussi bien soignée que possible, lui murmure-t-il à l'oreille. Mais, Eleanor, tu dois comprendre que sir Charles a raison. Elle doit quitter la maison. C'est pour le mieux.

—Mais Edward…

Elle parle tout contre son épaule, avec une voix que l'émotion fait trembler.

— Il y a sûrement un autre moyen. On a de l'argent. Pourquoi ne pouvons-nous pas la garder avec nous ? On engagerait une infirmière. Elle resterait cachée. La famille royale l'a fait pour le prince John. Pourquoi ne pourrait-on pas le faire, nous aussi ? Je ne supporte pas l'idée d'envoyer Mabel ailleurs. Je ne le supporte pas.

Elle lève les yeux vers le visage d'Edward, qui lui apparaît déformé à travers ses larmes.

— Puisque tu prends l'exemple du prince John, je te rappelle que ça s'est mal terminé, rétorque-t-il avec une note d'insistance dans la voix. Une mort précoce l'a arraché à son triste sort. Eleanor, si ça se savait, ce serait pire pour moi que pour la famille royale. Tu ne le vois donc pas ? Avec ma réputation et mes recherches, on ne peut pas prendre le risque que les gens apprennent la maladie de Mabel. Nous dissimulerons sa véritable identité et elle aura un régime de faveur, je te le promets. Elle pourra sortir et profiter de l'air frais. Elle jouera avec d'autres enfants. Tandis que, si on la cache chez nous, elle pourra à peine mettre le nez dehors et elle n'aura pas d'amis. Et tu imagines, si quelqu'un se rendait compte que nous gardons une enfant enfermée chez nous ? Ce serait catastrophique. De plus, nous aurions sous les yeux le spectacle de sa détérioration.

Edward est tout rouge, il a les yeux écarquillés, le souffle court et précipité.

Ils se regardent fixement et tout à coup elle se demande si elle le connaît vraiment. Parce que celui qu'elle croyait avoir épousé n'aurait pas dit ça.

— C'est pour toi que je le fais, Eleanor, murmure-t-il, comme en réponse à ses pensées. Je ne veux que le meilleur pour toi. Pour nous. Je t'aime, Eleanor, je t'aime.

Mais ces paroles, loin de l'apaiser, déclenchent en elle un véritable incendie.

— Non, hurle-t-elle. Non, non, non !

Elle martèle de nouveau le torse d'Edward, indifférente aux passants qui s'arrêtent pour les regarder. Edward tente de lui bloquer les bras, mais elle se libère et s'éloigne de lui en titubant.

— Eleanor ! supplie-t-il. Calme-toi ! C'est de la folie !

— Tu ne peux pas faire ça ! crie-t-elle une dernière fois en s'enfuyant. Tu ne peux pas me séparer de mon enfant. Je ne te laisserai pas faire.

Chapitre 20

Edward

Mabel est recroquevillée sous les draps. Elle se cache pour ne pas voir cette horrible salle, les lits de fer, les infirmières tout en blanc, les médecins à l'air sévère. Seuls dépassent ses soyeux cheveux blonds déployés sur l'oreiller. C'est la première fois qu'ils sont autorisés à venir la voir depuis qu'elle a été admise à l'hôpital Sainte-Marie la semaine dernière. Quand Eleanor s'assied sur le matelas et lui caresse la tête, elle émerge prudemment de sous les draps. Un sourire apparaît sur son petit visage, bouffi à cause des traitements et déformé par l'angoisse.

— Bonjour, ma chérie, murmure tout doucement Eleanor.

— Maman.

Elle se redresse, passe ses petits bras potelés autour de la taille d'Eleanor, pose sa joue sur son ventre. Elle serre de toutes ses forces, comme si elle savait d'instinct ce qu'il va advenir d'elle.

Edward détourne le regard. Le spectacle de la mère et de la fille agrippées l'une à l'autre est plus qu'il n'en peut supporter. Après leur violente dispute dans la rue, Eleanor a fini par se calmer et ils ont pu aborder posément le sujet du placement de Mabel. Il a réussi à la convaincre que ce n'était pas pour lui, que le centre était nécessaire. Mabel devait y aller dans son intérêt.

Là-bas, son traitement médicamenteux serait mieux géré. Elle serait soignée par des spécialistes, elle trouverait des enfants comme elle. Vraiment, puisque c'était dans ce centre qu'elle avait le plus de chances d'évoluer favorablement, il ne fallait pas hésiter. Elle devait partir, du moins temporairement. Avec un peu de chance, ils pourraient la reprendre plus tard à la maison. Mais la garder avec eux maintenant comportait le risque de voir son état empirer sans espoir d'amélioration. Quelle mère n'aurait pas opté pour une solution permettant à sa fille d'aller mieux, même au prix d'une douloureuse séparation ?

— J'ai une bonne nouvelle pour toi, ma chérie, dit Eleanor d'une voix qui se brise. Une grande nouvelle.

Elle déglutit péniblement et caresse la joue tiède de Mabel.

— Le docteur a dit que tu pouvais quitter l'hôpital. Tu es contente ?

La veille, tandis qu'ils dînaient dans leur appartement, ils avaient longuement discuté de la manière de présenter la séparation. Ils étaient seuls, à part Mme Timms, la bonne qu'ils engagent à la journée quand ils sont à Londres, laquelle rangeait la cuisine. Elle avait demandé à partir après leur avoir apporté le dessert – des pêches et de la crème. À la fin, après beaucoup de résistance et de larmes, Eleanor avait accepté de guerre lasse la proposition d'Edward. Ce serait pour le mieux, ce serait moins traumatisant pour leur fille. Les enfants s'adaptaient vite, Mabel se ferait rapidement à sa nouvelle vie.

À présent, blottie contre sa mère, Mabel ne bouge plus et ne dit rien. Edward sait qu'elle vient de vivre une semaine traumatisante, livrée à des étrangers qui n'ont cessé de l'ausculter et de la manipuler, confiée aux soins d'une infirmière revêche. Pour une enfant de cinq ans qui ne sait pas ce qui lui arrive, ni pourquoi, cela a dû paraître une éternité. Elle semble perdue. Elle a le regard trouble et éteint. Elle est pâle comme une morte, et ces lésions sur sa peau... Edward peut à peine la regarder. Décidément, l'air frais de la campagne ne pourra que lui faire du bien.

Il imagine Mabel dans le centre Heath, jouant dans un champ d'herbe verte parsemé de fleurs sauvages. Elle a glissé des renoncules derrière ses oreilles, et ça fait ressortir les reflets dorés de ses cheveux. Elle rit avec d'autres enfants, sous la surveillance d'une infirmière souriante.

Malheureusement, cette Mabel n'existe plus désormais que dans son imagination. Mais c'est à celle-là qu'il veut s'accrocher et c'est aussi celle que doit garder Eleanor dans son souvenir. C'est pour ça qu'ils ne doivent plus assister à la lente détérioration de leur fille. Ce serait trop douloureux pour tous les deux. Et c'est pour ça, même si bien sûr ce n'est pas la seule raison, qu'ils ne devront surtout pas lui rendre visite une fois qu'elle sera dans ce centre.

Mabel lève les yeux vers sa mère et tire sur les pans de sa veste.

— Maman, maison ? Maison ?

— Chut, dit Eleanor en lui caressant les cheveux.

Mabel fait soudain la grimace et pousse un cri de douleur. Penchée en avant, elle se tient le ventre à deux mains.

— Bobo, dit-elle, Bobo. Bobo.

Eleanor ouvre la bouche pour parler, puis la referme et secoue la tête. Ses joues humides de larmes brillent sous les lumières crues de la salle. Elle frotte doucement le ventre de Mabel et celle-ci cesse peu à peu de grimacer, à mesure que sa douleur s'atténue.

— C'est bien, dit Eleanor d'une voix faussement joyeuse. Maman va faire ta valise, à présent !

Elle écarte Mabel et se lève, puis s'active et se met à plier les quelques vêtements de l'enfant pour les mettre dans sa valise.

Edward la remplace sur le lit et prend les petites mains de Mabel dans les siennes.

— Tu seras très bientôt à la maison, ma princesse, dit-il. Mais d'abord, tu vas aller dans un bel endroit à la campagne, où tu pourras courir dehors et respirer le bon air.

Mabel le remercie d'un faible sourire, le regard vague, un peu perdu.

— Ils vont te donner des médicaments pour te soigner, de bonnes choses à manger et, dès que tu iras mieux, tu pourras rentrer à la maison. Mais pour ça tu dois être une gentille fille bien obéissante. Tu guériras plus vite si tu fais tout ce qu'on te dit.

Elle lève vers lui des yeux écarquillés et fourre son pouce dans sa bouche. Elle le suce avec application, tout en caressant de son autre main la portion de peau entre son pouce et son index.

— Tu comprends, Mabel ? insiste-t-il.

Pas de réponse. Ils restent assis en silence, puis elle ôte le pouce de sa bouche avec un bruit mouillé.

— Bébé, dit-elle. Jim, Jim, Jim.

Eleanor étouffe un sanglot et Edward hausse la voix pour que Mabel n'entende pas sa mère pleurer.

— Oui, bébé Jimmy. C'est bien, ma fille. Tu seras bientôt à la maison et tu pourras jouer avec Jimmy.

Elle hoche la tête, puis reprend son pouce.

— Bravo ! dit Edward. Je vois que tu as compris, c'est très bien. Tu es une grande fille et tu seras bien raisonnable avec les infirmières, d'accord ?

Mabel acquiesce à nouveau.

— Professeur ? Madame Hamilton ?

Edward lève les yeux vers l'infirmière raide et compassée qui attend à côté du lit. Il rencontre ses yeux gris et froids. On dirait que cette femme n'a jamais eu de raisons de sourire au cours de sa longue et morne existence.

— Oui ?

—Il est temps de dire au revoir à Mabel. Sir Charles a prévu une voiture pour l'emmener directement à Heath. L'infirmière Jameson l'accompagnera.

Elle fait signe d'approcher à une jeune fille qu'Edward n'avait pas encore remarquée.

—La voiture attend près la porte de derrière. C'est mieux comme ça. Plus discret.

Elle se dresse devant eux, toute raide. On la dirait prête à bondir s'ils osent discuter ses ordres.

Eleanor ferme la petite valise de Mabel, tête baissée pour dissimuler ses larmes.

—Je lui enverrai plus tard le reste de ses affaires, commente-t-elle sans s'adresser à personne en particulier.

Elle effleure du bout des lèvres le crâne de la petite fille et fait un effort visible pour prononcer quelques mots :

—Au revoir, ma chérie. On va se revoir très vite, ne t'inquiète pas. En attendant, il faut que tu sois une très gentille fille, obéissante et courageuse, d'accord ?

Elle l'embrasse de nouveau et se détourne, en essuyant subrepticement ses larmes du revers de la main.

Mabel laisse échapper un gémissement, lâche son pouce et commence à s'agiter dans le lit, comme si elle cherchait quelque chose.

—Maman ! dit-elle. Maman !

Elle se met à pleurer et jette son oreiller à terre, le visage écarlate, visiblement furieuse et frustrée. Eleanor tourne vers Edward un visage désespéré.

—Mabel ! gronde-t-il. Une princesse ne fait pas de vilains caprices.

—Oh ! s'exclame Eleanor. Attends ! Elle a fait tomber Prudence.

Et, en effet, la poupée de chiffons est retrouvée sous le lit. Mabel sourit en la voyant, se calme immédiatement, la prend tout contre elle et remet son pouce dans sa bouche.

— Voilà.

Eleanor tapote le bras de Mabel qui s'accroche à Prudence.

— Tout va bien, maintenant.

Elle ramasse l'oreiller et le replace sur le lit, puis se détourne et s'éloigne rapidement entre les rangées de lits, comme si elle craignait de changer d'avis si elle ne part pas très vite.

— Merci, dit précipitamment Edward à l'infirmière. Je pense que c'est mieux que nous ne nous attardions pas trop, ajoute-t-il à voix basse.

Il se tourne une dernière fois vers Mabel.

— N'oublie pas d'être bien obéissante avec les infirmières, ma princesse, dit-il. Et de prendre tes médicaments sans faire d'histoires. Comme ça, tu seras bien vite à la maison.

Puis, sans un regard en arrière, il s'empresse de quitter la grande salle en suivant le même chemin qu'Eleanor, en espérant qu'elle n'entend pas les pleurs de sa fille qui l'appelle d'un ton plaintif.

Après avoir quitté Mabel, Edward et Eleanor vont prendre le thé dans un *Lyon's Corner House*. Eleanor est assise, les joues pincées, le poing tellement crispé sur sa tasse qu'Edward a l'impression que l'anse va se briser dans sa main. Il s'est installé entre eux un lourd silence qu'il a du mal à supporter.

— C'était la meilleure solution, ma chérie, tu le sais, n'est-ce pas ? tente-t-il prudemment d'une voix douce.

— Non, je ne le sais pas, répond-elle avec force. Tu as peut-être raison, Edward, mais c'est comme si on m'avait arraché le cœur et les tripes. La douleur est insupportable. Je ne crois pas pouvoir surmonter ça.

—Moi aussi, je souffre, proteste-t-il.

Il en a plus qu'assez qu'elle sous-entende qu'il est indifférent à ce qui se passe.

—Espérons que ce sera plus facile avec le temps. Nous ne devons surtout pas oublier que nous faisons tout ça pour augmenter les chances de guérison de Mabel, insiste-t-il.

Ils l'ont déjà dit tant et tant de fois.

—Nous devons rester à l'écart et nous abstenir de lui rendre visite, du moins pour le moment, parce que ce sera moins perturbant pour elle. Sir Charles a insisté sur le fait qu'il fallait lui éviter les émotions violentes. Il sait de quoi il parle. Il a vu des centaines d'enfants arriver dans ce centre.

Elle lui lance un regard brûlant de fureur.

—Et ce « pour le moment » est censé durer combien de temps ? demande-t-elle sèchement.

Il hésite, il sait qu'il marche sur une corde raide. Un mot de travers et elle va se transformer en furie.

—Il est difficile de fixer un délai précis, murmure-t-il. D'après sir Charles, cela dépend des enfants. Nous devons être patients et attendre qu'elle se soit adaptée et apaisée.

Pas de réponse. Edward allume une cigarette et fume en silence, tandis qu'Eleanor regarde du côté de la fenêtre, sans toucher à son thé.

—Nous ne sommes plus autorisés à voir Mabel, crache-t-elle d'un ton amer. Et nous devons garder le secret sur son existence, de peur que quelqu'un ne découvre où elle se trouve et de quoi elle souffre… Pourquoi ne pas tout simplement considérer qu'elle est morte ? Après tout, ça reviendrait au même si elle l'était.

Ces mots sont comme un panneau de verre qui éclaterait en lui. *Morte*. Mabel, morte pour eux et pourtant vivante. Mabel, désormais en dehors de leur univers, probablement pour toujours, même s'il tente de déguiser la vérité. Eleanor a mis des mots sur ce qu'ils savent tous les deux, mais qu'il est trop lâche pour lui avouer – et peut-être même pour s'avouer à lui-même. Plus vite ils l'accepteront, mieux ce sera. Il suffit d'observer la situation de près pour comprendre que c'est sans espoir. Pas besoin pour ça d'avoir des connaissances poussées en médecine. Il leur reste maintenant à accepter cette nouvelle donnée. Leur chagrin, ils vont devoir le gérer chacun de leur côté, à leur manière, comme ils peuvent. Mais il va falloir réfléchir ensemble à la façon de présenter la situation aux gens. Que vont-ils dire au personnel ? Aux habitants du village ? À leurs amis ? Le mieux est de balayer discrètement l'affaire sous le tapis. Avec le temps, on se souviendra à peine qu'ils ont eu une fille prénommée Mabel.

C'est ainsi que cela doit être et, même si cela lui semble impensable pour le moment, Eleanor finira par l'accepter. Il le faudra bien. Il frémit à l'idée que la presse puisse avoir vent de l'affaire. Les gros titres défilent dans son esprit : *La fille d'un éminent eugéniste admise dans un centre pour épileptiques !* Ou encore : *Edward Hamilton, le fervent partisan de la stérilisation pour les inaptes, appliquera-t-il ses principes à sa fille épileptique ?* Ou : *L'éminent professeur de génétique et d'hérédité serait-il porteur de gènes défectueux ?*

Il tente une nouvelle approche.

—Il faut que tu trouves de quoi t'occuper au cours des prochaines semaines, Eleanor. Pour oublier un peu.

—Rien ne peut me faire oublier Mabel, rétorque-t-elle.

—Non, non, bien sûr que non. Mais tu dois aussi penser à Jimmy.

Elle ne réagit pas.

La nuit est l'ennemie d'Edward, une ennemie qu'il est impuissant à contrôler. Ses rêves sont emplis des visions cauchemardesques du corps mutilé de Porter surmonté d'un visage aux traits défigurés qui est parfois remplacé par celui de Mabel. Les images se succèdent, comme provenant du même tableau changeant. Il voit d'abord Mabel hurler en silence, arrachée aux bras de sa mère ; puis Porter à l'agonie, se tordant de douleur ; et ensuite Mabel et Porter descendent ensemble dans une sorte d'enfer dantesque de tourments sans fin.

Il allume sa lampe de chevet. Deux heures et demie du matin. Il s'assied en silence, recroquevillé dans son lit, les genoux contre la poitrine. Comme son pyjama froid et humide colle à son dos, il se lève, l'ôte, en enfile un autre. Le contact du coton sec et doux lui fait du bien. Il sort dans le couloir, va jusqu'à la salle de bains, boit un verre d'eau en contemplant son reflet dans le miroir. Un homme d'âge mûr lui rend son regard. Cheveux grisonnants aux tempes, pattes-d'oie autour des yeux. À quel moment a-t-il vieilli ? C'est un visage quelconque. Un visage, c'est tout. Avec deux petits yeux, des lèvres minces, des tempes dégarnies. Pourquoi pense-t-il mériter les honneurs plus qu'un autre ?

Un verre d'eau ne va pas lui suffire.

Il va se servir un doigt de whisky puis regagne sa chambre sans un bruit. Maintenant qu'Eleanor est retournée à Brook End et qu'il est seul dans leur appartement sans âme du quartier de Bloomsbury, les fantômes du passé l'assaillent de nouveau. C'est comme si le temps se précipitait inexorablement vers lui pour venir lui demander des comptes et qu'il était impuissant à l'arrêter. Il s'installe dans son lit, se cale contre les oreillers, contemple son verre.

L'espace d'un instant, il redevient le garçon de sept ans qui part pour la première fois en pension. Un petit être terrifié, jeté dans une mer impitoyable d'étrangers. Les plus grands l'avaient harcelé à cause de son allure d'enfant malingre et studieux, de ses origines modestes, de son accent du peuple. Son père l'avait envoyé dans une école primaire, puis dans un collège public réputé, afin que l'éducation lui ouvre les portes du beau monde et l'aide à être accepté dans la société des gens raffinés. Malheureusement, Edward n'avait pas découvert à l'école une société raffinée, mais un monde d'une brutalité sans nom. Comprenant qu'il ne serait jamais vraiment accepté par ses pairs, il avait serré les dents et travaillé dur. Une chance, il était intelligent et cela l'avait sauvé. Il s'était servi de ses capacités intellectuelles pour se distinguer – en faisant les devoirs de ses camarades et en impressionnant ses professeurs, il avait trouvé un moyen de survivre. Mais il avait détesté chaque instant de sa vie d'écolier et de lycéen, et s'était empressé de décrocher son diplôme pour partir à Oxford, commencer enfin sa vie d'étudiant.

Il avait gardé de cette adolescence difficile une vision de lui-même peu flatteuse : celle d'un garçon totalement décalé, trop fragile et timoré pour exceller dans les sports, trop sérieux et timide pour être apprécié, manquant d'allure, d'esprit et d'à peu près toutes les qualités qui servaient aux autres pour s'évaluer et établir entre eux une hiérarchie.

Les choses s'étaient améliorées à l'université, quand il avait commencé à être jugé pour son intelligence. Il s'était fait une réputation grâce à ses recherches, à son travail avec les enfants délinquants, à ses théories sur leur rééducation. Il avait trouvé une place, une raison d'être – et son ego meurtri avait pu commencer à panser ses blessures.

Mais, alors que tout commençait à aller mieux pour lui, la guerre avait éclaté. Au début, en tant que responsable d'un travail « d'intérêt national », il y avait échappé. Mais au cours de l'année 1915, quand la nation avait eu besoin d'officiers pour diriger des recrues de plus en plus jeunes, il avait compris qu'étant célibataire, en bonne santé et relativement jeune, il ne tarderait pas à être mobilisé. Il n'avait pas l'âme d'un chef ni d'un militaire, mais il avait le sens du devoir. Il devait faire sa part. Devenir un homme. Il s'était engagé.

À partir de là, il avait joué son rôle d'officier. Il était devenu l'homme droit et digne que ses soldats voulaient voir en lui et avait fini par croire lui-même à son personnage, par se considérer comme un gradé courageux allant au-devant du danger. Jusqu'à cette bataille fatidique...

Il prend une gorgée de whisky et l'alcool qui lui brûle l'arrière-gorge lui rappelle qu'il est vivant, dans la chambre de son appartement de Londres. Puis ses pensées le ramènent de nouveau à la guerre.

De lieutenant, il avait rapidement été promu capitaine – en raison du manque de gradés –, avec deux cents hommes sous ses ordres. Enfin, des hommes... façon de parler. Plutôt des gamins, car les plus âgés avaient tout juste vingt ans. Ses soldats venaient de toutes les couches de la société – il comptait parmi eux des fils de médecins et d'enseignants, des fils de commerçants, en passant par les fils de balayeurs et d'ouvriers. Edward avait parfois l'impression d'être leur père et leur professeur, en plus d'être leur supérieur hiérarchique.

Le soldat Porter était un jeune garçon de dix-sept ans que rien ne distinguait des autres. Il avait quitté l'école à douze ans, fort de quelques rudiments de lecture, d'écriture et de calcul. Il avait travaillé un temps comme ouvrier dans un chantier de construction. Puis, une fois mobilisé, il avait rejoint la compagnie d'Edward après une courte période d'entraînement, sans se douter le moins du monde de ce qui l'attendait. Il faisait partie des jeunes gens envoyés au front sans préparation, sans même un équipement digne de ce nom. Comme les autres il était arrivé avec l'envie d'en découdre, bien décidé à mettre la pâtée aux Boches. Et il s'était retrouvé dans les fosses puantes de l'enfer.

Edward se souvient d'un garçon au caractère enjoué, dont les petites blagues lui faisaient parfois oublier un instant l'horreur du quotidien des tranchées. « Bonjour, monsieur, disait Porter quand il venait le matin pour servir le repas. Que désirez-vous boire ? Une bonne bière bien fraîche, comme d'habitude ? Et sinon, quelques tranches de bacon avec des œufs et de la saucisse ? » Puis il riait et partait en lui laissant un morceau de leur infâme pain à la farine de navet, avec de la viande de bœuf en conserve.

C'était au cours de la bataille de Passchendaele que la vie d'Edward avait basculé pour toujours. Car le courageux capitaine Hamilton qui s'était prétendument battu comme un lion ce jour-là n'était qu'une légende. En vérité, le capitaine Hamilton s'était comporté comme un minable et avait perdu son sang-froid au moment où il aurait fallu agir. Edward n'avait pas eu un comportement héroïque, il était resté terré dans sa tranchée, tétanisé par la peur, incapable de bouger, de se battre, ou de diriger ses hommes. C'était le soldat Porter qui avait repéré une ouverture dans le flanc de l'ennemi après avoir évalué froidement la situation. C'était aussi lui qui avait couru vers la mitrailleuse et tué à bout portant les quatre soldats qui la protégeaient. Ensuite, il avait retourné la mitrailleuse contre les Allemands et avait fait preuve d'un courage remarquable pour protéger ses camarades jusqu'à l'arrivée de la Croix-Rouge.

Voilà. La vérité, c'était cela.

Enfin, il se l'était avouée à lui-même.

Il lui restait à présent à l'avouer au reste du monde. À sa femme, qui avait été éblouie par un faux héros de guerre. Aux autorités militaires de Londres, qui avaient décoré un imposteur.

Pour tout le monde, le courageux capitaine Hamilton était un homme respectable. Un homme qui méritait qu'on l'écoute, un bon parti, un homme digne d'être adulé.

Pendant ce temps, Porter croupissait dans un lit d'hôpital, défiguré, à souffrir le martyre, à contempler l'abîme qui s'ouvrait devant lui. Personne ne s'était attendu à ce qu'il survive. Edward n'avait jamais su qui l'avait traîné à l'abri et tiré de la boue dans laquelle il agonisait. Les officiers et la Croix-Rouge, en trouvant le capitaine Hamilton seul rescapé dans les tranchées, avaient supposé que c'était lui le sauveteur de Porter – lui qui errait sous le choc en marmonnant et en pleurant. Ils l'avaient félicité pour son courage avec tant de chaleur qu'il n'avait pas osé les détromper. Il avait laissé tout le monde croire que c'était à lui que revenait le mérite des exploits du jour.

Porter avait finalement survécu, mais il souffrait d'amnésie et n'avait aucun souvenir de la bataille. Il ne connaissait donc que la version officielle des événements, la fausse, comme tout le monde, et il croyait devoir la vie à Edward – ou du moins ce qu'il restait de sa vie.

Une fois Edward rentré de la guerre en héros, les gens s'étaient mis à le considérer différemment, comme un homme courageux, un homme de valeur. Il s'était vautré dans leur respect. Pour la première fois de sa vie, il comptait. Les femmes le remarquaient, elles flirtaient avec lui. Un monde totalement nouveau s'était ouvert devant lui, et il ne s'en lassait pas.

Et ensuite, par-dessus tout ça, il y avait eu Eleanor. Il en était tombé amoureux à l'instant où il avait posé les yeux sur elle. S'il n'avait pas été médaillé de guerre, jamais une femme comme elle ne se serait intéressée à lui. C'était Edward le héros, le faux Edward, qui avait osé l'aborder en déposant un mot sur son bureau. Aucune femme ne se serait déplacée pour rencontrer un lâche dans un café, mais laquelle aurait refusé de travailler pour le fringant capitaine dont on avait vanté le courage dans les journaux ? Il s'était arrangé pour qu'Eleanor voie les articles, pour qu'elle sache…

Toutes ces années de vie commune, bâties sur un mensonge…

Il avait rencontré Eleanor à la période de sa vie où elle avait le plus besoin de soutien. Elle venait de perdre sa mère, assassinée par un faible d'esprit – justement la catégorie de personne qu'il préconisait de mettre à l'écart depuis qu'il avait étudié les adeptes de la théorie darwinienne de l'hérédité. Ses convictions avaient contribué à le rapprocher d'Eleanor en leur fournissant une cause commune. Il était donc entré dans sa vie et dans celle de sa jeune sœur Rose, devenant ainsi le sauveur qu'il rêvait d'être.

Dehors, la lumière est de plus en plus vive. Edward vide son verre de whisky. Son esprit est maintenant agréablement embrumé. Il tapote son oreiller et s'allonge. La pièce s'incline et tangue. Ses yeux se ferment. Derrière ses paupières il y a le sourire radieux d'Eleanor, le sourire édenté de Jimmy, la silhouette pâle et maigre de Mabel qui serre Prudence contre elle. Il y a les visages fascinés de son public qui l'écoute religieusement. Les amis et collègues qu'il compte parmi les hautes sphères de la société et du gouvernement. Il les entend murmurer le titre à venir – sir Edward Hamilton.

Et pourtant quelque chose lui dit qu'il est sur le point de tout perdre.

VI

Comme je l'avais prévu, ils l'ont installée dans le Château des Bébés.

À présent, elle est toute à moi. Ses parents l'ont abandonnée, aussi je veille jalousement sur elle. Ici, on l'a confiée à Mlle Manners, l'infirmière en chef qui gère le personnel tournant, mais la pauvre enfant est souvent seule, livrée à elle-même.

Elle titube, étourdie, affaiblie par des douleurs musculaires, nauséeuse à cause de ce bromure que vous lui faites prendre. Pourquoi vous obstinez-vous ? Cet infect médicament ne m'arrête pas et la rend encore plus malade.

Le Château des Bébés. *Vous imaginez sans doute un paradis peuplé de jouets en peluche et de petits lapins, avec des soignants pleins de vie désireux de s'occuper d'enfants. Mais ce château-là appartient à un centre pour épileptiques. On ne vous laissera pas y entrer. Vous n'aurez accès qu'à l'accueil, un vestibule aux murs de briques décoré de fleurs et de joyeuses guirlandes : sachez qu'il s'agit d'une vitrine et que la réalité est tout autre. L'endroit est en vérité sordide. Les fondateurs – de bons chrétiens au cœur aimant – voulaient un sanctuaire isolé pour prodiguer des soins adaptés à ceux dont votre société préfère ignorer l'existence. Une sorte de communauté pour les inaptes au travail qui trouveraient là un foyer. Noble idéal, sans aucun doute, mais comme toujours avec vous les humains, à force d'adapter et de déformer le projet, le résultat n'a plus rien à voir avec l'idée de départ.*

Le Château des Bébés donne la chair de poule, même en plein été. En hiver, les chambres communes sont carrément glaciales. Je m'y glisse au cœur de la nuit pour passer sans bruit d'un lit à un autre. Des infirmières aux yeux gonflés de sommeil se précipitent alors au chevet des enfants. J'adore ce remue-ménage.

Ici, infirmières et médecins sont toujours très occupés, grâce à mes visites et à celles de mes congénères – grippe, pneumonie, diphtérie, septicémie, oreillons, tuberculose. L'espérance de vie n'y est pas très longue.

En ce moment, je m'inquiète de l'arrivée récente d'un jeune médecin particulièrement arrogant. Un certain docteur Eversley au visage blafard dont la grandeur d'âme m'agace prodigieusement.

Cet arrogant pense détenir des solutions et espère avoir le dessus sur moi.

Il est pétri d'ambition et je me méfie de ce qu'il cache sous son crâne en forme de dôme, et encore plus de l'attention qu'il porte aux patients du Château des Bébés.

Des hommes comme lui, j'en ai déjà vu. Ils sont capables d'infliger des traitements d'une cruauté sans nom du moment que c'est dans l'intérêt de la science.

Aussi, quand il demande à une jeune infirmière la liste des enfants les plus atteints et dont les parents ne sont pas susceptibles de se manifester, j'avoue craindre le pire pour ma petite Mabel.

Troisième partie

Juillet 1929

Chapitre 21

Eleanor

Le visage enfoui dans les cheveux de Jimmy, Eleanor respire leur odeur : ils sentent bon le savon Pears et le lait chaud, ils sont doux comme la fourrure d'un chaton. Jimmy a maintenant six mois, il a grandi et pris du poids, sa personnalité s'affirme. C'est un joyeux petit bonhomme plein d'enthousiasme, qui ne cesse de sourire. Eleanor le serre un peu plus fort, ferme les yeux et chante pour l'endormir une berceuse qu'elle chantait à Mabel. Sa fille, elle ne parvient pas à l'oublier. Elle souffre toujours autant d'être séparée d'elle.

Bonne nuit,
Cher trésor,
Ferme tes yeux et dors.
Laisse ta tête s'envoler,
Au creux de ton oreiller.

Sa voix tremble et se brise. Il lui semble que c'est Mabel qu'elle tient dans ses bras. Mais c'est Jimmy. Bébé Jimmy, dont la joue si douce repose contre la sienne et dont la respiration régulière siffle à son oreille.

Un beau rêve passera,
Et tu l'attraperas,
Un beau rêve passera,
Et tu le retiendras.

Elle l'embrasse tendrement et le couche dans son lit.

— Bonne nuit, petit Jimmy, dit-elle en sortant de la chambre sur la pointe des pieds. Dors bien.

Elle essuie les larmes qui coulent sur ses joues, avant que quelqu'un ne la surprenne à pleurer.

Après le dîner, elle se rend dans le bureau d'Edward. Il a fait ajouter devant la fenêtre une grande table rectangulaire rien que pour elle. C'est là qu'elle travaille. Elle doit récolter les données brutes de sa recherche, les classer, les taper sur sa machine à écrire. Edward les inclut ensuite dans le rapport qui doit servir à appuyer les recommandations à adresser à la Commission royale. Il va bientôt les présenter et elles viendront étayer la proposition de loi sur les déficients mentaux.

Eleanor fronce les sourcils. C'est difficile pour elle de travailler sur ce sujet car elle se sent concernée, à cause de la maladie de Mabel. Edward, lui, ne semble pas être affecté, comme s'il était capable de compartimenter sa vie. Mais pour elle c'est très douloureux. Plus elle en apprend sur les enfants étudiés par Edward, plus elle pense à la condition de Mabel. Elle a des nouvelles de son état par les bilans mensuels que sir Charles leur envoie. Le dernier est arrivé hier. Edward le lui a tendu avec une expression douloureuse qui l'a bouleversée.

Bilan d'évaluation mentale - Mabel Hamilton, cinq ans

Important retard de développement. Faible d'esprit, réaction mentale lente. A des difficultés à répondre par « oui » ou par « non » à des questions simples. Ne se souvient pas des consignes. N'utilise que des mots simples. Incapable de mener une activité complexe ou de participer à une conversation. Court dans la pièce de manière incontrôlée en murmurant des mots décousus. N'a pas su nommer les pièces. Ne peut compter sur ses doigts. Aucune amélioration par rapport à l'évaluation précédente.

Elle n'a pas pu continuer à lire et se sent mal chaque fois qu'elle pense à ce dernier bilan. Elle fait un effort pour revenir aux papiers d'Edward. Elle a promis de l'aider, elle doit se concentrer. Elle inspire profondément, rassemble ses forces, s'empare des feuilles de synthèse. Les enfants et les adultes qui ont participé à cette étude doivent rester pour elle de simples dossiers. Un dossier n'est plus une personne. Une fois classés par âge, milieu social et niveau d'éducation, ces gens deviennent de simples données. On peut les analyser, les disséquer, les catégoriser, ils ne sont plus que des éléments anonymes dans un tout bien plus vaste.

Et de ce tout doit découler une politique nationale.

Eleanor prend la chose très au sérieux. Elle s'est beaucoup investie ces dernières semaines et a suivi à la lettre les directives d'Edward.

— Nous devons avant tout mettre en évidence que l'intelligence est à quatre-vingts pour cent une question d'hérédité, lui avait-il expliqué. Il faut un pourcentage élevé et une grande précision pour rassurer à la fois le Parlement et le public sur le fait que cette mesure, que beaucoup risquent de considérer comme extrême, est absolument nécessaire pour sauver la population d'une décadence lente, mais régulière. Ce sont les personnes les moins intelligentes de notre société qui ont le taux de fertilité le plus élevé. Et les plus intelligents ont le plus bas. Pas besoin d'avoir un QI de génie…

Il s'était interrompu pour rire de sa propre boutade.

— … pour comprendre ce qui se passera si on laisse la situation en l'état. Mais c'est une étude complexe, dans laquelle les facteurs environnementaux jouent également un rôle, même si celui-ci est minime par rapport à l'hérédité. Je veux souligner la prédominance du facteur hérédité dans l'apparition de certaines maladies, ainsi que le lien entre ces maladies et les tendances criminelles.

Certaines maladies… Eleanor sait parfaitement qu'il parlait de l'épilepsie. L'un de ses objectifs est de prouver une idée déjà répandue, à savoir que les épileptiques sont prédisposés à des tendances criminclles. Mais ici, chez eux, on ne prononce plus ce mot tabou à voix haute.

Durant les dernières semaines, elle a passé beaucoup de temps à prélever des données chiffrées dans les études de cas pour les organiser en tableaux qu'Edward pourra analyser. Les sujets sont triés selon leur âge, sexe, classe sociale. Chacun d'eux a été soumis à une batterie de tests et les résultats tiennent compte de sa réussite aux items bien sûr, mais aussi de sa vitesse d'exécution, de sa ténacité, de ses capacités d'adaptation. Une fois complétés, les tableaux de données sont transmis à Edward, qui les soumet à une analyse factorielle mathématique complexe permettant de faire émerger des corrélations et des facteurs communs.

Jusqu'à présent, tout est étonnamment cohérent et significatif, notamment en ce qui concerne les enfants adoptés. Issus le plus souvent de classes inférieures, ils ont obtenu des résultats correspondant à la classe sociale de leurs parents biologiques, bien qu'ils aient bénéficié d'une éducation dans des familles de classe moyenne ou supérieure. Leurs résultats restent moins performants que ceux des enfants issus de ces deux dernières classes. Apparemment, une bonne éducation n'a pas permis d'améliorer leurs capacités intellectuelles, ce qui va dans le sens de la théorie d'Edward.

Un peu avant 21 heures, Mme Faulks frappe à la porte pour demander à Eleanor si elle peut lui servir à boire, et celle-ci accepte une tasse de chocolat chaud.

Puis elle continue à éplucher les études de cas. Elle vient de trouver une anomalie… Elle commence à être fatiguée et peut-être que quelque chose lui échappe, mais il lui semble qu'Edward a déclaré que son étude portait sur cent vingt sujets adoptés. Pourtant, la pile des adoptés sur son bureau ne comporte que soixante-sept dossiers. Ils corroborent parfaitement les conclusions d'Edward, mais il faut quand même trouver les cinquante-trois manquants. Elle fouille les autres piles sur sa table. Non, ils ne sont pas là. Comment est-ce possible ? Pour avoir été l'assistante d'Edward, elle sait à quel point il est soigneux et organisé. Elle se gratte la tête. Aurait-elle égaré ces dossiers ?

Mme Faulks apporte le cacao, qui est épais et délicieux.

On ne perd pas comme ça cinquante-trois dossiers, Edward a dû les classer ailleurs. Elle se lève pour chercher sur les étagères, mais ne les trouve pas. Une vague angoisse commence à se loger au creux de son ventre. Les aurait-elle jetés par erreur il y a deux jours ? Edward avait accumulé des feuilles couvertes d'équations griffonnées de son écriture en pattes de mouche.

— Pour analyser correctement les différents facteurs, lui avait-il expliqué, il faut inclure plusieurs variables. Et, selon l'importance que l'on donne à telle ou telle variable, on avancera plus ou moins vite dans la résolution du problème. Il faut évaluer correctement l'importance respective des différentes variables.

Il avait passé plusieurs jours à choisir le bon modèle mathématique et lui avait ensuite demandé de jeter ses brouillons. Mais tout de même, elle ne voit pas comment elle aurait pu les confondre avec des études de cas.

Elle a beau chercher, les cinquante-trois dossiers demeurent introuvables, et elle commence à en avoir des sueurs froides. En désespoir de cause, elle décide de regarder dans le bureau d'Edward et dans des cartons qu'il n'a pas encore déballés. Sait-on jamais.

Tout en se mordillant la lèvre inférieure, elle se demande comment elle va annoncer cette catastrophe à Edward. L'absence de ces données remet peut-être toute l'étude en cause. C'est vraiment terrible ! Elle fouille à présent les tiroirs du bureau, l'angoisse au ventre, à peine capable de respirer, tout en sachant très bien que les dossiers n'y sont sûrement pas.

Et pourtant si ! Les voilà ! Mais enfin, pourquoi diable Edward les a-t-il rangés dans le tiroir du bas, sous une pile de papier de brouillon ? C'est probablement une erreur. Elle les sort en soupirant de soulagement.

Elle a toujours considéré Edward comme quelqu'un de très organisé et méticuleux – aussi bien pour gérer ses dossiers que pour ranger ses vêtements. Mais, depuis qu'elle l'assiste dans cette étude, elle découvre de petites incohérences – parfois même des erreurs, voire un manque généralisé d'attention aux détails. On dirait qu'il aborde désormais son travail avec une sorte de désinvolture. À sa décharge, il est surmené. Et puis c'est sans doute le lot des intelligences trop vives et trop rapides, qui vont droit à la solution. Ces manquements montrent en tout cas qu'il a besoin d'elle pour boucler cette recherche. Elle va veiller à ce qu'il soit mieux organisé et à limiter les effets de cette… eh bien, « négligence » dans ses méthodes. Après tout, c'est aussi le rôle de la femme d'un scientifique : le soutenir dans l'ombre, l'aider à aller au bout de son travail. Elle acquiesce intérieurement.

Elle emporte les dossiers sur la table qui lui sert de bureau. Il y a là un nombre important de données et il va lui falloir plusieurs jours pour les relever. Elle décide donc de les laisser de côté et de s'y atteler demain, quand elle aura l'esprit plus frais. Elle expliquera à Edward pourquoi elle n'a pas réussi à tout boucler plus tôt. Elle prétendra avoir égaré une partie des dossiers, même si c'est lui et personne d'autre qui les a rangés par erreur dans ce tiroir.

C'est seulement le vendredi, à la fin de la semaine, qu'Eleanor trouve enfin le temps de s'attaquer aux dossiers du tiroir. Très vite, cllc sc rcnd comptc quc quelque chose cloche. Pour commencer, la pile ne contient pas que les dossiers manquants d'enfants adoptés, mais un certain nombre d'autres, qui n'ont apparemment pas été comptabilisés dans la recherche. Ils ont néanmoins deux points communs avec les premiers. Premier point : ils concernent eux aussi des enfants issus des plus basses classes sociales. Deuxième point : en dépit de leurs origines, leurs résultats aux tests ne corroborent pas les hypothèses d'Edward.

À moins d'une erreur dans la lecture des résultats, tous ces enfants ont obtenu des scores étonnamment bons, ce qui contredit la corrélation de quatre-vingts pour cent entre intelligence et hérédité – hypothèse défendue par Edward. Comment est-ce possible ? Elle pense d'abord lui soumettre le problème à son retour, puis décide de tenter de le résoudre elle-même, pourquoi pas ?

Elle s'installe au bureau avec une théière bien chaude et entreprend d'éplucher chaque dossier en détail, en relevant les noms des sujets, puis ceux de leurs parents, adoptifs ou pas, leur niveau d'éducation, leur classe sociale, leur profession. Même pour les enfants adoptés, on dispose dans la plupart des cas de renseignements précis sur leur milieu social d'origine, voire sur leur ascendance – ceux pour qui ces éléments sont inconnus, elle les écarte, pour plus de rigueur. Au bout du compte, plus de doute possible, les résultats ne sont pas en corrélation avec les supposées découvertes d'Edward. Eleanor se sent peu à peu gagnée par le poison du doute. La seule explication possible serait une erreur dans le relevé de la filiation des enfants. Sinon, cette étude montre que quatre-vingts pour cent des enfants adoptés issus de classes inférieures, donc de parents au faible QI, obtiennent d'aussi bons résultats que les autres – dès qu'ils ont eux-mêmes bénéficié de l'éducation des milieux moyens et supérieurs. Selon la théorie d'Edward, ils auraient dû être moins de vingt pour cent à progresser. Comment expliquer cela ?

Il vient vaguement à l'esprit d'Eleanor qu'Edward aurait pu volontairement écarter ces cas, afin de rester dans la proportion de quatre-vingts pour cent qu'il défend. Car si l'on inclut ces cinquante-trois personnes dans l'étude – sans parler des autres dossiers qui vont dans le même sens et ne sont même pas mentionnés –, ce pourcentage chutera significativement.

Eleanor soupire. Le rapport d'Edward est pratiquement rédigé, il en est aux recommandations, plus du tout à l'analyse des résultats. Il n'avait plus qu'à écrire une introduction avant de tout envoyer à la Commission. Malheureusement, ce qu'elle vient de trouver remet tout en question. Son sang se glace dans ses veines. Edward voudra certainement tenir compte de ces nouvelles données, ce qui va l'obliger à modifier son rapport et ses recommandations.

Le ventre noué, elle fait les cent pas dans la pièce. Edward est probablement dans le train en ce moment même, en route vers le Surrey. Comment diable va-t-elle lui annoncer ça ? Elle a hâte qu'il soit là.

Elle quitte le bureau et décide de monter voir Jimmy avant qu'on le mette au lit. En passant devant la porte de Mabel, elle se crispe et serre les poings, sans même s'en rendre compte. Plus personne n'ose entrer dans cette chambre.

Assis sur le tapis, Jimmy mâchonne un anneau de dentition en bois. Il est tout rose et tout pimpant, les cheveux bien lissés. De toute évidence, Mlle Harding vient de lui donner son bain.

— Bonsoir, madame Hamilton, lance joyeusement la jeune fille.

— Bonsoir, répond Eleanor.

Arrive-t-il à cette Mlle Harding d'être de mauvaise humeur ?

Elle est en train de tirer les rideaux et d'éteindre les lampes, ne laissant qu'une veilleuse, pour faire comprendre à Jimmy qu'il est temps de dormir.

— Vous voulez lui lire son histoire ? demande Mlle Harding.

— Oui, volontiers, répond Eleanor en se baissant pour prendre Jimmy dans ses bras.

Elle caresse du bout des doigts sa joue si douce et il laisse entendre un petit son appréciateur, sans cesser de mâchonner son anneau de dentition dégoulinant de salive.

— Qu'est-ce qu'on va lire ce soir ? lui demande-t-elle.

— Je vous laisse le coucher, annonce Mlle Harding avant de refermer doucement la porte derrière elle.

— Bien, bien, bien, dit Eleanor tout en passant en revue les livres avec Jimmy. Des comptines, ça te plairait ?

Il tend le bras et referme son petit poing sur ses cheveux.

Elle prend un livre sur l'étagère et va s'installer avec lui dans un fauteuil. Il tient à présent les cheveux de sa mère d'une main et son anneau de dentition de l'autre. Tandis qu'elle récite les comptines, il pousse de petits cris de joie et babille, tape plusieurs fois sur le livre pour manifester son contentement.

— Eh bien, dit-elle après avoir chantonné *Londres Brûle, Trois souris aveugles, Humpty Dumpty* et *Brille brille petite étoile.* Il est temps d'aller dormir, à présent.

Elle l'embrasse, le couche dans son lit, éteint les lampes et sort dans le couloir sur la pointe des pieds. Et puis, comme tous les soirs, elle souhaite mentalement bonne nuit à Mabel en passant devant sa chambre.

Quand Edward arrive enfin à la maison, Eleanor l'accueille avec un verre de chablis frais et lui propose de s'installer sur la terrasse, puisqu'il fait doux.

Visiblement épuisé, il s'affale sur une chaise sous la pergola chargée de glycine et boit en poussant un soupir d'aise.

— C'est bon d'être à la maison, dit-il.

— Edward, je voudrais te dire un mot.

Elle s'interrompt pour boire elle aussi une gorgée de son vin. Elle s'était promis d'attendre l'heure du dîner pour mentionner le problème des données écartées, mais elle n'y tient plus.

— C'est au sujet de ta recherche. J'ai bien peur qu'il n'y ait un problème. Il se pourrait que j'aie fait une sorte d'erreur. Je veux dire… J'ai vérifié mon travail avec soin, mais les résultats ne concordent pas. J'ai remarqué qu'il manquait certaines études de cas, les plus importantes, celles qui concernent les enfants adoptés. Après je les ai retrouvées, mais elles étaient avec d'autres, qui n'avaient pas été prises en compte. Ces données non prises en compte remettent en cause l'authenticité de ta recherche. Je veux dire… Une étude aussi importante ne sera pas validée si tu ne peux pas présenter tes preuves, n'est-ce pas ?

Il secoue la tête.

— Non, bien sûr que non, mais…

— Le problème, c'est qu'une fois intégrées, ces données invalident ta théorie, poursuit-elle, imperturbable. Je parle de cette fameuse corrélation de quatre-vingts pour cent. Elle n'y est pas.

— Oui, Eleanor, je sais en quoi consiste ma théorie, merci ! s'énerve-t-il. Écoute, tu aurais dû m'en parler, avant de chercher ces dossiers, reprend-il plus gentiment. Je sais exactement de quelles études de cas tu parles. C'est précisément en raison de leur importance que je les ai classées séparément. Si tu l'avais su, tu ne te serais pas inquiétée. Tout est inclus dans mon rapport et j'ai les dossiers à portée de main, au cas où quelqu'un voudrait les examiner.

— Pardon ?

— Oui, répond Edward en riant. Tu t'es vraiment tracassée pour rien.

— Mais… Ces cas ne confirment pas tes prédictions, non ? J'ai cru voir qu'ils montraient au contraire une corrélation largement inférieure à quatre-vingts pour cent.

— Je ne vois absolument pas de quoi tu parles, Eleanor, répond sèchement Edward. Les résultats prouvent sans le moindre doute que la corrélation est en fait supérieure à quatre-vingts pour cent. Écoute, ma chérie, tu veux vraiment discuter de ça maintenant ? Je vais prendre un bain et me changer pour le dîner.

Il se lève et disparaît à l'intérieur de la maison. Eleanor le suit du regard, interloquée. Elle a vérifié les données avec un soin minutieux et les chiffres sont on ne peut plus concluants. Il n'y a aucun moyen de les interpréter autrement. C'est clair et net. On dirait qu'Edward tente d'étayer sa théorie en utilisant uniquement les données qui l'arrangent.

Pour le dire autrement : il dissimule la vérité derrière de faux chiffres.

Chapitre 22

Edward

Après avoir pris un bain, Edward se rhabille avec des gestes brusques, la mâchoire crispée. Comment Eleanor ose-t-elle remettre en question sa méthodologie ? Il s'assied sur le bord du lit et noue rageusement sa cravate. Comme elle est trop serrée et l'empêche de respirer, il passe un doigt entre le tissu et son cou en pestant intérieurement. *Bon sang, bon sang de bon sang!* Il enfile sa veste, se dépêche de sortir de sa chambre, remarque en passant dans le couloir qu'Eleanor s'est réfugiée dans la sienne, porte fermée.

Une fois dans son bureau, il va directement ouvrir le tiroir du bas. Bon sang de bonsoir ! Il vérifie sur la table d'Eleanor, le cœur battant et… oui ! Ils sont bien là. Dire qu'elle a eu l'audace de fouiller ! Il feuillette le carnet où elle prend des notes, des pages et des pages de données soigneusement classées selon ses instructions en colonnes et en graphiques qu'il contemple fixement, enfoncé dans son fauteuil. Son regard s'arrête sur les points d'interrogation et les questions griffonnés dans les marges. Il referme le carnet d'un geste brusque, le repose sur le bureau en le faisant claquer, se dirige vers le petit meuble-bar, l'ouvre, attrape un verre, cherche du regard la bouteille de whisky.

Bien sûr, elle ne peut rien comprendre à tout ça. Pourquoi n'est-elle pas venue vers lui, plutôt que de perdre son temps à partir toute seule à la chasse aux données ? C'est justement pour éviter ça qu'il a employé sa femme pour ce travail, plutôt que l'un de ses étudiants. Il est maintenant obligé de donner une explication bancale, comme s'il avait été pris en défaut. Mais ce n'est pas le cas. Il en a le ventre noué d'exaspération. Elle ne comprendra jamais…

Mais au fond, il n'a pas à se justifier. La découverte d'Eleanor ne change rien. Il y a un peu partout de nombreuses preuves de ce qu'il avance, assez pour soutenir la politique qu'il préconise. Si le gouvernement refuse de la mettre en œuvre, leur société est fichue. L'Amérique a pris de l'avance et il n'y a qu'à voir comme leur économie se porte bien. Sans parler de tous les pays qui projettent de suivre son exemple. En Allemagne, les recherches en cours sont soutenues sans réserve par le tout nouveau parti national-socialiste et son leader, Adolf Hitler.

Edward a enfin mis la main sur le whisky. Il s'en verse un doigt et rebouche la bouteille.

Cette étude, c'est l'œuvre de sa vie, son travail, pas celui d'Eleanor. Il faut parfois prendre des risques quand on est au service de l'intérêt général. Oui, il a trafiqué un peu les chiffres, et après ? Quelle importance, puisque c'est pour prouver un fait avéré ? En science, il y a toujours des exceptions, et son travail est d'interpréter les données en écartant les éléments non pertinents. C'est ce qu'ont fait Harry Laughlin et ses collègues, alors pourquoi se gênerait-il ? Il pense aux financements que Davenport et Laughlin reçoivent de leurs riches bienfaiteurs – Rockefeller, Carnegie, Kellogg. Lui, il n'a aucun soutien puissant. S'il est arrivé là où il est, s'il a obtenu de tels résultats, c'est grâce à un travail acharné et à un dévouement sans faille aux idées qu'il défend. Il ne laissera pas Eleanor compromettre ce qu'il a accompli à la force du poignet, tout ça parce qu'elle est incapable d'avoir une vue d'ensemble sur la question.

La porte s'ouvre en grand et Eleanor apparaît sur le seuil, vêtue d'une élégante robe d'un beau vert sombre.

— Ah, te voilà ! dit-il. Tu veux boire un verre ?

Elle est blême et ne répond pas. Elle ferme la porte derrière elle et s'approche.

— Edward, je suis désolée, mais il faut qu'on parle de ça.

— Gin et tonic ? propose-t-il en se retournant vers le meuble-bar.

— S'il te plaît, oui, dit-elle.

Elle est penchée sur la table quand il revient avec son verre.

— Je ne comprends pas, dit-elle précipitamment. Au début, j'ai cru que tu avais oublié de me donner ces dossiers, ou pire, que je les avais jetés par erreur, ce qui aurait été une catastrophe. J'étais folle d'angoisse. Ensuite, j'ai vérifié ton rapport et j'ai vu que tu mentionnais ces cinquante-trois cas comme ayant participé à ton étude. Quand j'ai finalement trouvé les dossiers, j'ai pu constater que leurs résultats n'étaient pas ceux indiqués dans le rapport. Aussi, je n'y comprends plus rien.

Elle se tourne vers lui et cherche son regard avec insistance.

— Edward, depuis j'ai retourné les choses dans tous les sens. Je n'ai pratiquement pas cessé d'y penser.

Elle déglutit péniblement, elle a la gorge nouée.

— Ces résultats, les vrais, t'obligeraient à une tout autre conclusion, n'est-ce pas ? Ils ne confirmeraient pas ton hypothèse de départ.

Il détourne le regard et s'éclaircit la voix. Il sent sur sa peau la brûlure de son regard.

— Encore une fois, Eleanor, j'aurais préféré que tu me poses la question, plutôt que de fouiller dans mes tiroirs. Je te rappelle qu'il s'agit de mon projet de recherche et que c'est donc moi qui détiens les réponses.

— Oui, je suis désolée, bien sûr. J'aurais peut-être dû faire ça, mais…

— J'ai dû exclure ces cas de mon rapport.

— Comment ça ?

— Il y avait un problème d'incohérence. Les tests doivent être appliqués selon un protocole très strict, avec les mêmes variables, de manière que les résultats soient fiables. Dans les cas que j'ai exclus, il y avait des problèmes de protocole et de variable, donc j'ai dû les écarter.

Eleanor le regarde sans un mot. Il poursuit :

— Pour économiser du temps et des dépenses inutiles, j'ai remplacé les données des tests écartés par d'autres, provenant d'études différentes mais similaires, qui posaient moins de problème. Par chance, j'avais déjà testé un certain nombre d'enfants adoptés.

— Edward…

Elle s'arrête, comme si elle cherchait ses mots.

— Tu ne peux sûrement pas… Je veux dire, ça ne me paraît pas déontologique. Il aurait fallu que ces enfants soient soumis aux mêmes tests, pour que tu puisses les inclure dans tes résultats et les comparer aux autres. Similaires, ça me semble insuffisant. Similaires à quel point ? Et où sont ces tests ? Pourquoi ne les ai-je pas vus ?

— Je ne sais pas où ils sont. Ils ont dû se perdre.

— Pardon ?

Ils se regardent fixement.

— Attends une minute, dit-elle.

Elle pose son verre et va chercher le brouillon du rapport d'Edward.

Il la suit du regard sans un mot, en buvant une longue

rasade de whisky. Puis il allume une cigarette avec des doigts qui tremblent et en tire une bouffée, en attendant que le tabac produise son effet et calme ses nerfs. Eleanor est trop intelligente, ça finira par lui jouer des tours. Elle ouvre le rapport à la dernière page pour lire la conclusion :

— « Quand on compare les résultats des enfants adoptés et ceux des enfants issus des basses couches de la société, on voit nettement la corrélation entre l'hérédité et l'intelligence, mais aussi entre le niveau d'intelligence et certains comportements, notamment la délinquance. »

Elle lève les yeux vers lui, bouche entrouverte, et cherche son regard avec angoisse.

— Oui, eh bien ? demande-t-il d'un air crâne.

— Eh bien, répond-elle en posant violemment le rapport sur la table devant lui, la plupart de ces cas, Edward, ceux sur lesquels tu t'appuies pour arriver à la conclusion que tu défends, sont aussi ceux que tu as exclus et remplacés.

Elle s'avance vers lui et sa voix monte d'un cran.

— N'est-ce pas un peu commode ? reprend-elle. Et comment est-ce possible que tu aies eu justement à ta disposition des cas étudiés auparavant, mais jamais mentionnés par toi, et remarquablement similaires à ceux-ci ? Comment as-tu fait pour mettre la main sur deux échantillons aussi importants d'enfants du même âge, de la même classe sociale, avec la même éducation, placés dans des foyers de même niveau, mais qui ont par contre obtenu aux tests des résultats radicalement différents du premier groupe et qui vont justement dans ton sens ?

Sa voix est tranchante comme un rasoir et Edward commence à transpirer.

— C'est vraiment une chance, qu'ils concordent parfaitement avec ton hypothèse ! Et comme c'est étrange que mon Edward, si méthodique et soigneux, ait perdu toutes les données brutes les concernant ! Le fait est que, maintenant que j'ai vu l'ensemble des cas, il me semble que ceux que tu as mis de côté, bien que de basse extraction, ont un niveau d'intelligence qui correspond à la moyenne de la population. Donc je ne comprends plus ta conclusion, à moins que…

Durant cette tirade, elle n'a cessé d'élever la voix et d'agiter les mains.

— À moins que quoi ? demande-t-il, prêt à encaisser l'accusation.

Les joues rouges d'émotion, tout son être suintant l'hostilité, Eleanor respire profondément avant de lâcher :

— À moins que tu n'aies falsifié les résultats.

Et voilà.

Il regarde par la fenêtre, à l'endroit où le soleil couchant est d'un rouge écarlate dans le ciel.

— C'est une grave accusation, dit-il dans un souffle.

Il voudrait pouvoir couper court à cette horrible conversation, mais il ne sait pas comment faire.

— Je t'assure que les cinquante-trois cas que j'ai écartés posaient des problèmes de procédure et…

— Quel genre de problèmes ? Et en quoi ces problèmes invalidaient-ils les résultats ?

— Eh bien…

Il tire de nouveau sur ce col de chemise qui l'empêche de respirer.

— C'est assez complexe et je n'ai pas envie d'entrer maintenant avec toi dans des détails techniques.

Elle secoue la tête avec un rire désabusé.

— Je n'arrive pas à le croire ! Tu as vraiment l'intention d'envoyer ce rapport ? On va écrire des lois sur la base de tes « preuves ».

Des lois sur la façon dont il faut traiter des êtres humains, des gens comme ta fille, Edward ! C'est important ! Tu ne le vois donc pas ?

Edward se tourne vers la fenêtre, vers le jardin qui s'assombrit, vers les arbres qui se découpent sur le ciel en feu. Il reste muet, il a dans la gorge une boule qui menace de l'étouffer. Il vide son verre de whisky. La brûlure de l'alcool lui fait du bien.

— Il n'y aurait aucune honte à réclamer un délai supplémentaire, reprend Eleanor d'une voix à présent plus calme. Si tu veux t'appuyer sur des études antérieures, eh bien, peut-être que je pourrais t'aider ? En recueillant les données dans tes archives, en les vérifiant, en les classant, comme je viens de le faire pour celle-ci…

— Ce ne sera pas possible, objecte-t-il doucement, le dos tourné à sa femme. En vérité, il n'y a pas d'archives, parce qu'il n'y a pas eu d'étude antérieure.

Cet aveu flotte entre eux un instant dans un silence rempli par le tic-tac de l'horloge du couloir.

— Mon Dieu, gémit enfin Eleanor. Comment as-tu pu ? Et moi qui admirais ta droiture et qui te croyais intègre !

Il se retourne pour lui faire face.

— Je suis intègre, Eleanor, mais parfois la fin justifie les moyens.

— Non ! proteste-t-elle avec des yeux exorbités, le menton fier.

Elle est toute décoiffée et se met à faire les cent pas dans la pièce.

— Non, Edward, non, je ne comprends pas, reprend-elle. Tu dois regarder les choses en face. Ce que tu fais n'est pas correct. C'est totalement contraire à l'éthique scientifique !

À présent, elle crie.

— Ce que tu fais, ça s'appelle falsifier des données !

— Calme-toi, Eleanor ! Tu es ridicule. Je n'ai rien falsifié du tout. J'ai tout juste un peu… adapté les résultats !

— « Adapté » ? Edward, je n'en crois pas mes oreilles !

Elle est au bord de la crise d'hystérie.

— Eleanor, murmure-t-il d'un ton qui se veut apaisant. Je t'assure que tu noircis le tableau. Je n'invente rien. Il y a dans le monde entier des études qui apportent la preuve de ce que je soutiens dans ma conclusion. Je ne pouvais pas faire entrer dans mon étude les tests que j'ai écartés, crois-moi. Les résultats étaient faussés. Ce que nous recherchons dans un travail scientifique comme celui-ci, ce sont des tendances. Il peut arriver qu'un petit échantillon ne corresponde pas à la tendance générale.

— Dans ce cas, il faut élargir l'étude. Faire passer plus de tests. Et si ta théorie était fausse ? Si tout le mouvement eugéniste était dans l'erreur ? Cela signifierait que tout ce que vous préconisez ne sert à rien. C'est grave pour les personnes concernées. C'est grave pour Mabel. Tu dois être absolument sûr de ce que tu avances. Réclame plus de temps pour rendre ton rapport.

— C'est impossible. Je le présente lundi à la Commission royale ! Ce travail est le résultat de plusieurs années de recherches. Le rapport n'en est qu'une petite partie, un instantané. Tu crois vraiment que je proposerais toutes ces mesures si je n'étais pas certain de leur bien-fondé et de leur efficacité ? Réfléchis un peu. L'adoption d'une telle politique sera un acte coûteux, et tout le monde en attend des résultats. Je suis absolument certain de ce que j'avance dans mon rapport. Le petit échantillon auquel j'ai eu accès n'est qu'une infime partie d'un tout beaucoup plus vaste. Nous devons agir maintenant, Eleanor. Mettre en œuvre une politique qui prenne en compte l'évolution de la population. Il n'est pas question de tergiverser à cause de quelques éléments hors norme qui ne reflètent pas la réalité. Je suis certain que ce que je fais est juste.

— Juste ! Mais de quoi parles-tu ? Personnellement, je ne sais plus ce qui est juste ou pas.

Elle enfouit sa tête dans ses mains. Elle tremble comme une feuille et il se demande si c'est la colère, l'angoisse ou la tension nerveuse. Tout ce qu'il sait, c'est qu'elle n'est plus accessible au raisonnement et qu'elle n'est pas loin de la crise de nerfs. Il regrette amèrement d'avoir réclamé son aide pour ce foutu projet.

Il tente de la prendre dans ses bras, mais elle le repousse violemment.

— Ne me touche pas ! Tu ne crois quand même pas que je vais te laisser présenter au Parlement ce rapport bourré d'inexactitudes, de contradictions et de données falsifiées ?

Avec un soupir résigné, il se détourne et reste face au coucher de soleil, les mains dans les poches.

— Eleanor, dit-il en faisant un effort surhumain pour ne pas perdre patience. J'enverrai lundi comme prévu ce rapport aux personnes chargées d'étudier la faisabilité et les bénéfices potentiels d'une législation pour la stérilisation de certains déficients. Elles ont d'autres questions à examiner, celle-ci n'en est qu'une parmi d'autres. Les informations contenues dans ce document seront également utilisées par le ministère de l'Éducation pour introduire l'usage des tests dès l'âge de onze ans, dans le but d'orienter les enfants vers des écoles en accord avec leurs capacités. Et cela se produira avec ou sans mon rapport. Encore une fois, mon étude fait partie d'un tout beaucoup plus vaste. Un moyen d'atteindre une fin.

— Je croyais te connaître, Edward Hamilton, déclare Eleanor d'une voix basse et tremblante. Je croyais que tu étais un homme intègre. Je ne sais pas quoi penser de ce que tu me racontes. Vraiment pas.

— Mais Eleanor…

— Les gens finissent toujours par être rattrapés par leurs mensonges, tu sais.

Elle le regarde fixement, sans ciller, puis elle ajoute, la bouche pincée :

— La vérité, Edward, est une planche qui ne cédera jamais sous tes pieds.

Et, sur ce, elle se détourne et sort en claquant la porte, laissant Edward seul, le regard sur la porte par laquelle elle vient de disparaître. Son verre à la main, il soupire. Ah, les femmes ! Eleanor finira par se calmer et par comprendre qu'elle a eu tort de se mettre dans un état pareil. Mais il évitera soigneusement à l'avenir d'aborder avec elle le sujet de son étude. Un homme a besoin de paix et d'harmonie dans son foyer. La plupart des couples mariés s'accommodent de ce genre de disputes, il le sait bien, mais lui, il n'en veut pas.

Il attrape le courrier qui l'attend sur son bureau et se dirige vers la salle à manger où il sait qu'il va devoir dîner seul.

À la fin du repas, Eleanor n'étant pas là pour le réprimander, il ouvre les enveloppes avec son couteau à fromage. Il y a là essentiellement des factures ; une invitation à dîner chez les Leyton ; un appel aux dons pour la tombola de la fête du village qui a lieu tous les étés. Il reste une dernière lettre émanant de sir Charles : le bilan de l'état de Mabel et des progrès de son traitement. Ces bilans sont toujours pénibles et décevants. Celui d'aujourd'hui ne fait pas exception à la règle.

31 juillet 1929

Cher Edward,

Suite à mon courrier du 28 juin, veuillez trouver ci-dessous un bilan de l'état de santé de votre fille Mabel:
Comme je le mentionnais dans ma lettre précédente, nous en sommes à présent à la dose maximale de sels de bromure. Nous avons apporté des changements au régime alimentaire et au mode de vie de Mabel, mais rien de tout cela n'a empêché son état de se détériorer à une vitesse alarmante.
J'ai déjà évoqué avec vous la possibilité d'essayer un nouveau médicament, le phénobarbital. Nous avons entamé le protocole pour l'introduire, tout en diminuant progressivement les sels de bromure. Les doses d'introduction du phénobarbital étant pour l'instant inférieures au niveau permettant d'obtenir un effet thérapeutique, on ne peut savoir s'il apportera ou non une amélioration. Nous allons augmenter progressivement ces doses. Par ailleurs, nous évaluons régulièrement l'état cognitif de votre fille, et elle est maintenant officiellement classée dans la catégorie des faibles d'esprit.
En ce qui concerne l'avenir de Mabel dans notre centre, vous comprendrez, j'en suis sûr, que nous avons fixé un quotient intellectuel minimum pour nos patients. Je n'ai pas besoin de vous présenter les tests que nous utilisons, car c'est probablement vous qui les avez mis au point. Je vais plaider auprès du conseil d'administration le maintien de Mabel chez nous en attendant d'y voir plus clair dans ses possibilités d'évolution. Ne vous en faites pas, pour l'instant je suis sûr de l'obtenir.

Bien à vous,
Charles Lawson, KB

Cette soirée est décidément catastrophique. Après la dispute qu'il vient d'avoir avec Eleanor, il n'ose pas lui annoncer une nouvelle aussi désolante. Il pense à Mabel, qui ne cesse de régresser. Si la loi pour laquelle il se bat est adoptée, sa fille sera condamnée à passer sa vie en institution. Elle sera prise au piège par cette législation. Quand elle aura atteint l'adolescence, il suffira d'une signature de son père pour la faire passer sur une table d'opération et lui ôter la possibilité d'avoir des enfants. Il se demande comment font les nombreuses familles qui ont comme la sienne un lourd secret à porter.

Il repense à la colère d'Eleanor et un vague malaise se loge au creux de son ventre à l'idée qu'elle pourrait avoir raison, même si c'est très peu probable. Les résultats des tests ébaucheraient-ils un tableau plus compliqué que celui qu'il avait imaginé ? *Non*, se dit-il fermement. La tragédie qu'ils vivent avec Mabel ne doit pas obscurcir sa raison. Il ne doit pas laisser ses émotions ou celles d'Eleanor lui dicter sa conduite.

VII

C'était bien joué. Joli coup de dés.

Il arrive que la souris s'échappe. Il suffit pour cela que le chat se laisse distraire, ne fût-ce qu'une seconde.

Il ne lui reste plus alors qu'à trouver une autre souris. Les souris, ça ne manque pas.

Mais, avec la souris dont nous parlons, je ne me laisse pas distraire. Elle m'intéresse toujours autant.

Et je surveille donc de près le vieux docteur à la barbe grise et aux yeux tristes, sir Charles Lawson, qui l'observe d'un air désolé en secouant la tête. Elle n'est plus que l'ombre d'elle-même. Il ne reste rien de l'enfant vive et gaie d'autrefois, celle qui riait et chantait avec sa mère, celle qui jouait avec sa poupée Prudence.

Prudence gît maintenant au sol sous le lit en fer de l'enfant, ses maigres membres de chiffons écartelés, le visage dissimulé sous ses cheveux de laine. Quant à la petite, elle oscille entre le sommeil et l'éveil, l'esprit embrumé par les médicaments. Il lui semble que le lit tangue et roule comme en pleine mer. Elle sent venir la nausée, étouffe un haut-le-cœur, ravale sa bile.

Je sais ce que vous pensez. Que c'est moi qui l'ai mise dans cet état.

Mais vous faites erreur. Ce sont vos médicaments qui l'abrutissent, qui l'empêchent d'articuler, qui la transforment en une pitoyable créature sans le moindre ressort, recroquevillée sur son lit face au mur.

Elle se réveille un peu, lève la tête.

—Maman, pleurniche-t-elle doucement.

C'est l'un des rares mots qu'elle connaît encore, tant son vocabulaire s'est réduit. Elle tâtonne fébrilement autour d'elle.

Le vieux docteur ramasse la poupée et la tend à l'enfant. Elle s'en empare et la serre contre elle. Puis, avec un gémissement, elle se détourne et se rendort.

Chapitre 23

Eleanor

Agenouillée dans le jardin, un tapis de pique-nique replié sous elle pour ne pas salir sa robe, Eleanor plante sa truelle dans la terre sèche et caillouteuse. Hier, elle a travaillé toute la journée pour déterrer les vieux rosiers décatis qui bordent la terrasse à l'arrière de la maison, et aujourd'hui elle prépare des trous pour en planter d'autres. Le soleil du mois d'août est haut dans le ciel. Elle essuie du revers du poignet la sueur qui perle à son front, y laissant un peu de terre.

Elle a un regain de passion pour le jardinage. C'est une saine occupation et cela lui fait du bien de se dépenser physiquement. Elle essaie de s'épuiser dans la journée en espérant que cela l'aidera à dormir la nuit, mais jusqu'à présent ce n'est pas très efficace. Elle éprouve envers Edward des sentiments confus qu'elle ne parvient pas à démêler. D'un côté elle l'aime, c'est indéniable, mais chaque fois qu'elle pense à lui elle se sent oppressée. Parfois, il lui inspire un dégoût proche de la haine. Elle ne lui pardonne pas d'avoir falsifié ses résultats. Il est prêt à condamner des innocents à vivre enfermés, à écarter ceux qu'il appelle « des indésirables », prétendument pour un monde meilleur. Il n'a rien voulu entendre et a présenté son rapport à la Commission royale il y a deux jours.

À présent, elle ne peut plus rien faire. Ils n'en ont pas parlé, mais il est clair qu'elle ne le secondera plus dans ses recherches.

Le sol est sec et difficile à creuser. Eleanor transpire à grosses gouttes, elle a mal au dos, mais elle continue. L'image de Mabel la hante. Elle ne pardonne pas non plus à Edward d'avoir exigé l'éloignement de leur fille, ni d'interdire qu'on lui rende visite. Lui arrive-t-il de penser à ce que traverse cette pauvre enfant ? Quand il se livre à ses manigances pour écarter ses « indésirables », n'a-t-il pas en lui une petite voix qui s'interroge sur le bien-fondé du mouvement eugéniste ? Pour elle, cette petite voix est bien présente et cela la perturbe énormément. Elle a toujours cru aux idées de l'eugénisme car elles semblaient couler de source : des humains sélectionnés, donc moins de criminels et de malades. Mais, depuis Mabel, elle a compris que ce n'était pas aussi simple. Et maintenant, avec ces études de cas qui montrent que certaines théories de l'eugénisme sont probablement fausses, elle ne sait plus que penser.

Et que fait-on du respect, de la liberté, de la dignité ? Tous les êtres, hommes, femmes ou enfants, n'y ont-ils pas droit, quel que soit leur état de santé ? Elle a du mal à concilier dans son esprit le désespoir qu'elle ressent pour sa fille et la haine que lui inspire le meurtrier de sa mère. Ce sont tous les deux des malades, mais Mabel, elle, n'est pas une criminelle, elle n'a tué personne, ce n'est qu'une enfant. En vertu de quoi la traiterait-on comme cet homme ?

Cela fait des semaines qu'elle n'a pas vu sa fille, et le vide laissé par son absence, au lieu de devenir plus supportable, semble plus envahissant de jour en jour. Tel un liseron qui ne cesse de grandir, il l'étouffe et menace de l'étrangler. Pour le combattre, elle s'efforce d'occuper ses journées avec de la correspondance et une foule de tâches domestiques plus ou moins utiles. Quand elle ne sait plus quoi faire, elle jardine. Ce week-end, elle reçoit. La perspective de se retrouver seule avec Edward lui étant insupportable, elle a invité Sophie et Henry, Rose et les Leyton.

Elle lâche sa truelle et va se chercher quelque chose de frais à boire, tout en songeant qu'elle devrait se changer et vérifier que la maison est prête pour accueillir Rose, qui a obtenu de son journal un jour de congé et doit arriver avant tout le monde avec Marcel.

Rose lui a téléphoné la veille au soir, le souffle court tant elle était excitée, en expliquant que son amoureux était à Londres et qu'il tenait absolument à la rencontrer pour lui parler d'un sujet de la plus extrême importance. Eleanor se demande s'ils ne vont pas lui annoncer leurs fiançailles. Rose a pourtant récemment insisté sur le fait qu'elle ne voulait pas se marier tout de suite. Un mariage serait en tout cas précipité, surtout qu'Edward n'a pas encore rencontré Marcel et ignore que celui-ci fréquente encore Rose – Eleanor n'a trouvé ni le temps ni l'occasion de lui en parler.

Elle laisse échapper un soupir. Elle commence à admettre que Rose a le droit d'épouser ce Marcel auquel elle tient tant. Personne n'a rien à y redire. De toute façon, Marcel sera reparti pour Londres avant l'arrivée d'Edward pour le week-end, ils ne vont même pas se croiser, aussi il n'y a pas d'urgence à mettre Edward au courant de quoi que ce soit.

Elle boit une limonade fraîche à l'ombre, sur le seuil de la porte de la cuisine. Derrière elle, Mme Bellamy fait s'entrechoquer les casseroles un peu plus que nécessaire, elle en jurerait. Au loin, il lui semble entendre le bruit des sabots de Dilly. La carriole ne tarde pas à apparaître au bout de l'allée, avec deux silhouettes encadrant Bertie sur le siège.

— Seigneur, ils sont là et je ne suis pas du tout présentable ! s'exclame-t-elle en se précipitant dans la salle de bains pour se laver le visage et les mains.

Quand elle en ressort, Marcel et Rose l'attendent déjà dans le vestibule.

— Bienvenue ! lance-t-elle à Marcel en souriant, après avoir serré sa sœur dans ses bras. Entrez, Marcel, et faites comme chez vous. Nous n'allons pas tarder à déjeuner. Voulez-vous boire quelque chose ? Je suis sûre que vous avez soif, après ce long trajet. Les trains sont toujours tellement poussiéreux, et la fumée dessèche terriblement la gorge, vous ne trouvez pas ? Je vais demander à Alice de nous apporter des rafraîchissements.

— Merci de votre charmante hospitalité, répond Marcel en lui emboîtant le pas en direction du salon.

— Je vous en prie, asseyez-vous.

Il prend place sur le canapé avec Rose, tandis qu'Eleanor s'installe dans le fauteuil d'Edward après avoir sonné Alice.

— Je suis ravi de revoir la sœur préférée de Rose ! s'exclame Marcel en se penchant vers elle.

— Son unique sœur, rétorque Eleanor sans réfléchir.

Puis elle sourit, pour atténuer la rudesse apparente de la remarque.

Marcel bat des paupières, mais son hésitation n'est que passagère :

— Oui, bien sûr, concède-t-il en riant. Je sais bien qu'elle n'a pas d'autre sœur. Je sais aussi qu'elle compte beaucoup pour vous et que vous voulez être certaine que je la mérite. Madame Hamilton, je vous assure que je prendrai grand soin de Rose. Je tiens énormément à elle et je ferai de mon mieux pour la mériter.

Il sourit à Rose et elle rougit. Eleanor retient son souffle. C'est sûr, ils vont annoncer leurs fiançailles.

— C'est gentil, Marcel, l'interrompt Rose avant qu'il ne puisse en dire plus. Mais cessez de jouer les modestes. Bien sûr, que vous me méritez. Eleanor commence à le comprendre et elle vous appréciera bientôt autant que moi.

Eleanor se retourne pour regarder Rose, les sourcils froncés.

— Me cacheriez-vous quelque chose, tous les deux ? demande-t-elle, incapable de supporter le suspense plus longtemps.

Rose rougit et jette un coup d'œil à Marcel.

— Non, Ellie, pas du tout, répond-elle avec le plus grand sérieux. Marcel est venu à Londres en partie pour te voir et il te dira tout à l'heure pourquoi, mais il vient aussi rencontrer quelqu'un qui s'intéresse à son travail, un galeriste qui voudrait organiser une exposition de ses œuvres. C'est très important pour lui, n'est-ce pas, Marcel ?

Marcel répond par un bref signe de tête et une rougeur colore ses joues pâles. Eleanor s'en étonne, car elle n'avait encore jamais vu un homme rougir. Peu importe. Elle est en tout cas soulagée : il ne s'agit pas de fiançailles.

— Cette exposition pourrait signifier une prochaine rentrée d'argent pour Marcel, poursuit Rose d'un ton triomphant.

— Je vois.

Gênée, Eleanor s'agite sur son siège. Elle trouve déplacé de parler aussi librement d'argent. Elle se demande brièvement ce qu'Edward pensera de ce Marcel et comment il réagira à tout ça. Puis elle chasse aussitôt cette question de son esprit. Après tout, ce qu'il pense n'a pas la moindre espèce d'importance.

— C'est une bonne nouvelle, dit-elle. Je suis ravie pour vous, Marcel.

Elle se tait. Marcel lui paraît sérieux, certes, mais elle n'oublie pas pour autant ses réserves.

— Bien que…

Comment dire ça ?

— Oui ? la presse Rose. Bien que quoi ?

— Eh bien, l'art, vendre des tableaux, c'est assez aléatoire. On peut devenir du jour au lendemain la coqueluche du public, puis tomber brutalement dans l'oubli, remplacé par une autre coqueluche. Un peu comme les auteurs et les acteurs.

— Je suis sûre que Marcel va réussir. N'est-ce pas, Marcel ?

Avant qu'il puisse répondre, Alice entre dans la pièce.

— Ah, Alice, vous voilà ! s'exclame Eleanor, ravie de cette occasion de changer de sujet. Que voulez-vous boire, tous les deux ?

Tandis que Marcel demande à Rose de le conseiller, Eleanor en profite pour le détailler du regard. Il porte une chemise, une cravate, un pantalon et un blazer un peu trop chaud pour un jour d'été. Il ressemble plus à un bibliothécaire qu'à un artiste.

— Où est Jimmy ? demande Rose après avoir réclamé à Alice une limonade pour elle et un verre de vin rouge pour Marcel. Je meurs d'envie de le voir. C'est un tel amour. Marcel aussi veut faire sa connaissance, n'est-ce pas, mon cher ?

Il acquiesce docilement, mais n'a pas l'air particulièrement fou de joie à la perspective d'être présenté à un bébé.

— Mlle Harding nous l'amènera à l'heure du thé, répond Eleanor. Dites-moi, Marcel, que peignez-vous, exactement ?

— Rose ne vous a pas expliqué ? Je travaille sur des œuvres expérimentales. Je fais partie d'un mouvement qui se bat contre l'académisme. Avez-vous entendu parler du groupe Dada, ou du dadaïsme ?

Un artiste qui conteste l'art académique ? Eleanor est perplexe. Cela lui semble grotesque.

— Je ne comprends pas très bien, dit-elle.

Marcel sourit avec indulgence.

— Nous nous intéressons aux méandres de l'inconscient, à ce territoire mystérieux qui intéresse l'art, la littérature, la poésie et les libres-penseurs. Mais nous posons également une question fondamentale : « Qu'est-ce que l'Art ? » C'est un défi lancé aux spectateurs, aux critiques d'art et à la société. L'idée est de provoquer un questionnement, un choc, une prise de conscience. Mais surtout, il s'agit de réfléchir et de prendre en compte le monde qui nous entoure. Nous abordons une période de profonds changements, madame Hamilton. L'ordre établi est désormais remis en question un peu partout, comme jamais auparavant. Ce qui est effrayant pour les uns est une source d'excitation pour les autres. Par exemple, l'homme de la rue est en train de gagner le droit de s'exprimer, peut-être pour la première fois dans l'histoire moderne. Mais mieux vaut ne pas me lancer sur ce sujet, madame, car je pourrais disserter indéfiniment. Combien de temps avez-vous à me consacrer ?

Eleanor ne peut s'empêcher de rire.

— Vous êtes un homme fascinant, Marcel.

— Ellie, tu dois absolument venir voir le travail de Marcel. Il a beaucoup de commandes et, s'il arrive à monter l'exposition prévue à Londres cet automne, ce sera un énorme succès. Il a également une grande exposition à Paris cet hiver. Il faudra que tu y assistes avec Edward.

— Eh bien, je ne suis pas sûre que cela intéresse vraiment Edward, qui est un homme de science, tu le sais. Mais, en ce qui me concerne, je viendrai volontiers.

Elle doit avouer que l'approche l'intrigue et qu'elle a envie de voir ce que produit ce Marcel. Quant à Edward, il préférerait probablement mourir plutôt que de se déplacer pour une telle exposition.

— Un jour, Marcel sera connu dans le monde entier, tu verras, ajoute Rose en posant sur son amant un regard plein de fierté.

Eleanor sourit à sa sœur, mais ne répond pas. Bien sûr, elles ont neuf ans d'écart et elle s'est toujours sentie plus mûre qu'elle.

Mais ces derniers temps, elle a l'impression qu'elles ne sont même pas de la même génération.

— Nous devons te parler, Ellie, annonce Rose avec une expression sérieuse une fois qu'Alice a quitté la pièce.

Elle prend son verre de limonade.

— Marcel a une bonne raison d'être ici aujourd'hui. Une raison importante et urgente...

Seigneur, elle est enceinte !

La pièce vacille. Eleanor s'agrippe à l'accoudoir de son fauteuil pour lutter contre le vertige.

— Il pense avoir un moyen d'aider Mabel, poursuit Rose.

— Aider Mabel !

Eleanor ne s'était pas attendue à ça. Elle tourne vers Rose un visage incrédule.

— Que veux-tu dire ? demande-t-elle.

Rose prend la main de Marcel dans la sienne et la presse fébrilement.

— Dites-lui, Marcel, parlez-lui de Marie.

Marcel s'éclaircit la voix.

— C'est une longue histoire, madame Hamilton, commence-t-il. Je vais m'efforcer d'être bref, mais il va vous falloir un peu de patience. Voyez-vous, je vis à Paris, mais ma famille est originaire d'une petite ville du sud de la France. Inutile de vous en donner le nom, car vous ne la connaissez probablement pas. C'est une ville comme une autre, avec quelques quartiers riches et de nombreux quartiers pauvres.

— Vous êtes censé lui parler de Marie ! intervient Rose en le poussant du coude.

— Oui, oui, bien sûr, veuillez m'excuser. J'ai une fâcheuse tendance à me perdre en digressions, mais j'en viens au fait. Mon père est médecin de famille et il a installé son cabinet dans cette ville, où il jouit par ailleurs d'une excellente réputation. Il suit depuis toujours une patientèle aisée qui lui permet de payer ses factures et de faire vivre sa famille, mais soigne gratuitement les déshérités qui n'ont pas les moyens de régler ses honoraires. Le principe, c'est de demander un peu plus aux plus riches pour financer son bénévolat auprès des plus pauvres.

— Vous me décrivez là une sorte de Robin des Bois, murmure Eleanor.

Marcel hausse vaguement les épaules. Sans doute ne sait-il pas qui est Robin des Bois.

— Quand j'étais enfant, après la classe, j'accompagnais mon père quand il visitait les malades des quartiers pauvres. J'ai vu des gens endurer des privations et des difficultés de toutes sortes. J'ai été témoin de la méfiance et du mépris que leur manifestaient des riches qui se croyaient supérieurs. Ils se battaient tous les jours pour manger et pour travailler, ou bien contre la maladie, qui n'était jamais très loin. Ils n'avaient pas de loisirs, aucun répit. Rien qu'une lutte quotidienne pour leur survie.

— C'est ce qui a poussé Marcel à devenir socialiste, Ellie, intervient Rose.

Eleanor se fige d'horreur à ce mot.

— Poursuivez, dit-elle avec une crispation involontaire de la mâchoire.

Elle se demande comment Edward, en tant que capitaliste convaincu, va réagir face à cet homme – bien qu'elle le trouve remarquablement bien éduqué pour un révolutionnaire socialiste.

— Au bout de quelques années, on a proposé à mon père de travailler dans un grand établissement psychiatrique à la périphérie de la ville, reprend Marcel. Il s'agissait d'un hôpital accueillant divers types de patients. Certains souffraient de dépression, d'autres d'hystérie, de retard mental ou d'épilepsie.

Les pathologies étaient très diverses, et mon père s'est particulièrement intéressé aux enfants épileptiques. Il refusait de les considérer comme des attardés et d'attribuer la maladie à un gène défectueux. Et cela pour une raison simple : sa propre fille, ma sœur Marie, souffrait d'épilepsie depuis l'âge de huit ans.

Il marque un temps de pause et jette un regard entendu du côté d'Eleanor, qui ne dit rien, mais écoute de plus en plus attentivement.

— Il savait que les traitements pour soigner l'épilepsie ne donnaient que peu de résultats. On administrait parfois aux enfants de vieux médicaments qu'on aurait presque pu qualifier de poison… Les sels de bromure, notamment, dont les effets secondaires sont épouvantables… Il s'est donc mis à lire tout ce qui lui tombait sous la main sur le sujet, s'intéressant aussi bien aux vieilles méthodes qu'à des traitements expérimentaux venus des États-Unis.

Il s'interrompt pour boire un peu de vin, puis reprend :

— Au bout de quelques années de recherches et un certain nombre d'essais thérapeutiques sur ses patients, il a trouvé un traitement qui donne d'excellents résultats chez les enfants épileptiques. Il s'agit de déclencher chez le sujet une sensation de faim. C'est une méthode ancienne, qui remonte à des centaines, voire à des milliers d'années, et l'on s'est récemment aperçu qu'elle permettait de réduire les crises, bien que personne ne soit en mesure d'expliquer par quel mécanisme.

Eleanor le contemple froidement. Elle sent la colère enfler dans sa poitrine.

— Vous me suggérez d'affamer mon enfant ?

— Non, bien sûr que non. La sensation de faim, ce n'est qu'au début. Ensuite, il suffit de suivre un régime adapté. Mon père a testé cette méthode avec Marie et pendant trois ans elle n'a pas eu de crises. Celles-ci sont ensuite revenues à la puberté, mais le régime a permis de les maintenir à un niveau supportable. À présent, c'est une adulte. Elle est toujours soumise à ce régime et a très peu de crises.

— Oh.

Eleanor se renverse sur le dossier de son fauteuil. Elle se sent totalement déstabilisée.

— Je ne m'intéressais pas vraiment au travail de mon père, poursuit Marcel, en croisant les jambes. Et une fois adulte, quand j'ai décidé de me consacrer à l'art plutôt qu'à la médecine, il a été très déçu. Mais c'est comme ça, je suis un artiste, la science ne m'intéresse pas. Mon père considère que j'ai commis une erreur en tournant le dos à la profession médicale, mais je crois que l'esprit humain grandit et se développe à travers les arts, pas à travers les sciences. Je suis heureux de laisser à d'autres le soin de s'occuper de la santé du corps. Moi, je me penche sur celle de l'esprit et du cœur, ajoute-t-il d'un ton théâtral, en se frappant la poitrine.

— Marcel, l'interrompt Rose en le poussant de nouveau du coude.

— Pardon, Rose, murmure-t-il. Je suis trop…

— Emporté, termine Rose à sa place.

— Passionné, corrige-t-il. Bref, j'ai quitté ma petite ville du sud de la France pour m'installer à Paris, mais c'est une autre histoire, que je garde pour une prochaine fois. Quand Rose m'a parlé de sa nièce et de la maladie qui la rongeait… Je vous rassure, elle ne l'a fait que récemment, car elle avait des scrupules à trahir votre secret… Bref, quand j'ai su pour votre fille, j'ai raconté à Rose l'histoire de Marie et des travaux de mon père.

— J'espère que tu ne m'en veux pas de le lui avoir dit, Ellie, murmure Rose, les yeux baissés. Je sais qu'on n'est pas censés parler de la maladie de Mabel, mais quand il m'a raconté l'histoire de Marie… J'ai pensé que je devais…

Eleanor ne répond pas et contemple fixement leurs deux mains enlacées.

—Je pense qu'il faudrait tenter ce régime pour Mabel, Ellie, poursuit Rose. Et pourquoi pas convaincre les médecins de son centre de le tester aussi sur d'autres enfants. Peut-être même en ont-ils déjà entendu parler ?

—Je ne sais pas, Rose. Cette approche me semble extrême. La pauvre Mabel a déjà tant souffert. Elle prend deux médicaments différents, tous les deux horribles, et son état ne cesse de se détériorer. L'idée de l'affamer en prime me paraît vraiment inhumaine.

—Croyez-moi, madame Hamilton, ce n'est pas aussi terrible que vous le pensez, proteste Marcel, qui s'enflamme de nouveau et parle en agitant les mains. Il s'agirait de l'affamer très temporairement et les autres médicaments seraient abandonnés, bien sûr. J'ai pris la liberté d'écrire, d'abord à mon père, puis, sur son conseil, à une clinique aux États-Unis où l'on teste cette méthode. C'est une clinique célèbre, la clinique Mayo, vous en avez peut-être entendu parler. J'ai attendu leur réponse et c'est pour cela que je ne vous en parle que maintenant. Je suis un homme prudent et voulais être certain de ce que j'avançais. Depuis les premiers essais de mon père avec Marie, des études supplémentaires ont été menées à la clinique Mayo. Il y a vraiment des raisons d'espérer, car les derniers résultats confirment ce que mon père avait déjà constaté : après la période initiale de diète, il suffit d'un régime strict et bien ciblé pour que les crises ne reviennent plus. Je vous ai apporté plusieurs articles sur le sujet, j'ai pensé que ça vous intéresserait de les lire, vous y trouverez des conclusions récentes. Bien sûr, c'est assez technique, mais je vous crois suffisamment intelligente pour comprendre. Ils sont dans ma valise. Si vous le permettez, je vais aller les chercher.

Eleanor le regarde quitter la pièce, stupéfaite. Rose ne lui avait pas soufflé mot de tout cela. Ce Marcel Deveaux est décidément un personnage singulier et complexe.

Après un déjeuner dans une ambiance bon enfant, Rose emmène Marcel faire le tour de la propriété, tandis qu'Eleanor monte se reposer dans sa chambre. Elle ouvre les fenêtres en grand pour laisser entrer le soleil et s'allonge sur son lit avec les articles apportés par Marcel. Il y en a quatre, deux en français, deux en anglais. Eleanor comprend assez bien le français, mais le vocabulaire du langage médical lui fait défaut. Elle parvient tout de même à tirer du premier article qu'une étude réalisée en France en 1911 fait état d'une nette amélioration pour deux patients ayant suivi un régime végétarien hypocalorique, combiné avec des périodes de jeûne. Elle a toujours soupçonné qu'il valait mieux se passer de viande et n'est pas vraiment étonnée. Le second article français explique que le jeûne est utilisé depuis plus de mille ans pour le traitement de diverses maladies, notamment par les médecins indiens et par ceux de la Grèce antique. Le Canon d'Hippocrate, recueil d'une soixantaine d'ouvrages médicaux attribués au médecin grec Hippocrate, mentionne déjà un cas où la privation totale de nourriture et de boisson a permis de guérir un épileptique.

Eleanor se redresse. Elle met les articles français de côté et s'empare du premier article américain. Le chant des oiseaux filtre jusqu'à elle par la fenêtre ouverte et, pour la première fois depuis des mois, son cœur se gonfle d'espoir. Dans ces pages, il y a peut-être de quoi entrevoir un avenir moins sombre. La première expérience rapportée dans le *New York Medical Journal* parle d'une expérience menée en 1916 par un certain docteur McMurray, lequel aurait traité avec succès des patients épileptiques par un jeûne, suivi d'un régime sans sucres ni amidon pendant quatre ans. McMurray s'inspirait lui-même du travail d'un certain Hugh Conklin, pour qui les crises d'épilepsie étaient causées par une toxine produite dans l'intestin. *Rien à voir avec des gènes défectueux*, murmure dans la tête d'Eleanor la même petite voix qui la titille de temps à autre, quand elle se pose des questions sur l'honnêteté de la démarche d'Edward et sur le bien-fondé de son grand projet de recherche. Elle poursuit la lecture de l'article. Conklin a testé une diète hydrique durant une période allant de dix-huit à vingt-cinq jours. Eleanor s'interrompt un instant, songeuse – on ne peut pas tenir tout ce temps-là sans manger, sûrement pas –, puis elle se replonge dans l'article. Avec cette méthode, il dit avoir obtenu quatre-vingt-dix pour cent de guérison chez les enfants et cinquante chez les adultes.

Le second article s'intéresse au travail d'un certain Russell Wilder de la clinique Mayo, et en particulier à une étude menée en 1923. Il s'agit cette fois encore de débuter le traitement par une période de jeûne, puis d'introduire un régime dit cétogène, plus riche en lipides qu'en protéines et surtout en glucides. Dans la plupart des cas, ce protocole a permis de réduire ou d'éliminer les crises. Cet article, signé par un certain docteur Peterman, revendique un taux de réussite inférieur à celui de l'article précédent, mais il paraît plus sérieux et plus crédible à Eleanor.

Dans ce second régime, la diète est plus courte, mais les bénéfices qu'elle procure sont conservés grâce à une alimentation sans hydrates de carbone. Privé d'hydrates de carbone, l'organisme se croit toujours privé de nourriture et continue de produire des corps cétoniques, substances possédant la propriété de calmer les crises d'épilepsie, sans aucun des effets secondaires désagréables causés par le bromure de potassium ou le phénobarbital.

Eleanor sent venir la migraine. Les données scientifiques de ces études ne sont pas faciles à analyser, mais elle comprend parfaitement la théorie et les résultats. Ce régime représente un espoir. Quelque chose qui peut marcher quand tout le reste a échoué.

Elle pose les articles et laisse retomber sa tête contre les oreillers. Elle pense aux recherches d'Edward, qui s'entête à prouver le caractère héréditaire de l'épilepsie – ainsi que de l'intelligence et de certains comportements –, alors qu'il a dans sa famille un contre-exemple flagrant. Pourquoi tient-il tant à aboutir à cette conclusion ? La législation qui risque d'en découler signifiera pour des milliers de personnes l'enfermement à vie dans des institutions. Et parmi ces personnes il y aura Mabel, qui ne pourra jamais se marier ni profiter de la vie de famille à laquelle tout le monde a droit. Cette loi entraînera également des stérilisations forcées. Les enfants seront répartis dès leur plus jeune âge dans des établissements scolaires de niveaux différents et leur avenir sera fortement impacté par un unique test d'intelligence effectué à l'âge de onze ans. Tests dont les résultats, c'est évident, seront en partie déterminés par leur classe sociale d'origine.

Il y a quelque chose d'effroyable dans tout cela. Comme si les individus moins intelligents étaient considérés comme moins importants – moins humains – et qu'ils n'avaient pas tout à fait le droit de vivre.

Le soleil s'est couché et il commence à faire froid. Eleanor met un gilet sur ses épaules. Pour l'instant, elle doit se concentrer sur Mabel. Ces articles lui ont donné une raison d'espérer et son esprit s'emballe. Sir Charles a-t-il entendu parler de ce régime ? Serait-il d'accord pour le tester sur Mabel dans son institution ? Et pourquoi pas sur les autres enfants souffrant d'une maladie similaire ? Ou alors – elle ose à peine y songer –, ils pourraient ramener Mabel à la maison pour tester le régime ici. Chez eux. Comme le père de Marcel l'a fait avec sa fille Marie. Certes, il était médecin, mais Edward a de l'argent. Ils pourraient payer un médecin ou une infirmière qualifiée pour s'occuper de Mabel à Brook End et vérifier son taux de corps cétoniques. Edward donne depuis des années de l'argent pour les soins d'un homme qu'il a sauvé sur le champ de bataille, il peut bien en dépenser pour sa propre fille. Et s'il refuse, eh bien, elle se passera d'aide médicale. Elle est parfaitement capable de peser de la nourriture pour suivre un régime. Mais le taux de cétone, comment fera-t-elle pour le surveiller ? Tout cela risque d'être compliqué. Elle imagine sans peine la réaction de Mme Bellamy si elle lui demandait un repas spécial pour Mabel, en plus de ses tâches habituelles. Elle passerait son temps à râler et à soupirer, peut-être même démissionnerait-elle. Mais peu importe. Elle trouvera un moyen. Et cette fois, elle saura imposer son point de vue à Edward.

Eleanor se lève. C'est l'heure du thé. Rose et Marcel doivent être de retour de leur promenade. Elle se dirige vers la chambre de son fils. Mlle Harding lui tend un Jimmy très souriant.

— Il est tout frais et tout propre, il sort du bain, annonce-t-elle. Désolée, il a encore les cheveux un peu humides.

Le regard de Jimmy est irrésistiblement attiré par le collier de diamants à son cou. Il pousse de petits cris excités.

— Oh, ce n'est pas grave, répond Eleanor, en caressant distraitement les cheveux humides de l'enfant et en lui tenant la main pour l'empêcher de tirer sur le collier. Ce n'est pas pour toi, jeune homme, lui murmure-t-elle en respirant son odeur tiède et savonneuse. Viens, je t'emmène en bas. Il y a quelqu'un qui a très envie de te voir.

Comme elle descend prudemment l'escalier avec Jimmy dans les bras, elle imagine ses deux enfants, en bonne santé et heureux, jouant sur la pelouse au soleil – une scène dont elle n'osait plus rêver. Elle s'empresse d'essuyer les larmes d'émotion qui lui montent aux yeux. C'est trop tôt. Elle va trop vite. Peut-être qu'elle n'arrivera pas à mettre ce régime en place. Et, même si elle y arrive, rien ne garantit qu'il donnera des résultats. De plus, elle sait d'expérience qu'il vaut mieux ne pas trop se bercer d'illusions.

Mais l'espoir fleurit malgré elle dans son cœur meurtri. C'est décidé : elle va réclamer d'urgence un rendez-vous avec sir Charles.

Chapitre 24

Edward

Edward n'en peut plus d'être enfermé dans cette petite salle de réunion, au fin fond du palais de Westminster. Il a la tête qui tourne, à cause de la fatigue et aussi à force de respirer l'épais brouillard de fumée de cigare qui a envahi la pièce. Autour de la table, en plus d'Harry Laughlin qui est venu pour le seconder, il y a le commandant Church, un député travailliste qui se bat pour le projet de loi d'initiative parlementaire en faveur de la stérilisation ; Havelock Ellis, éminent eugéniste et membre du conseil de la Société eugénique ; Julian Huxley, biologiste évolutionniste ; et enfin Leonard Darwin, président sortant de la Société eugénique. Churchill a décliné l'invitation en raison de sa charge de travail, mais ils savent pouvoir compter sur son soutien.

La nuit dernière, Edward a eu une violente altercation avec Eleanor. Elle est toujours très en colère et continue à qualifier de « données falsifiées » ce qu'il considère comme « un complément nécessaire au manque de données ». Elle est venue jusqu'à Londres pour lui en parler. Elle a commencé par lui avouer que Rose revoyait ce satané socialiste français, comme il le nomme désormais, lequel aurait conseillé une absurde diète pour soigner l'épilepsie de leur fille. Eleanor lui a mis des articles sous le nez, en prétendant qu'elle avait là des preuves scientifiques – comme si elle était capable de juger de la fiabilité d'un article – et lui a demandé de les lire s'il ne voulait pas la croire. Évidemment, il ne va pas les lire. N'importe qui peut fabriquer des preuves pour étayer une théorie, il est bien placé pour le savoir. Un petit rire désabusé lui échappe quand il prend conscience de l'ironie de la situation, mais, comme les hommes autour de la table lui jettent des regards surpris, il fait mine d'être pris d'une quinte de toux.

Il a rétorqué à Eleanor qu'il n'était pas question de retirer Mabel d'un établissement où elle était bien soignée pour suivre le conseil d'un bon à rien d'artiste français. L'idée de cette diète est totalement grotesque et cruelle. Il ne va pas perdre son temps à lire des inepties. Mais, pour la calmer, il a promis de consulter sir Charles à ce sujet. Si, et seulement si, celui-ci trouve un quelconque intérêt au régime, ce dont Edward doute fortement, il serait d'accord pour faire l'essai, mais au centre Heath. Ça ne servirait à rien d'en faire sortir Mabel pour l'y remettre ensuite si le traitement s'avérait inefficace.

Harry brandit un exemplaire du dernier livre de Charles Davenport, *Le croisement des races en Jamaïque*, tout en expliquant qu'il y a là-dedans des preuves statistiques solides de la dégradation biologique et de la décadence culturelle qui résultent du mélange des Noirs et des Blancs. Edward est épuisé, car il a veillé une bonne moitié de la nuit, mais il tente de se concentrer.

Huxley qui écoute attentivement, se tourne vers Church,

—Je ne suis pas certain que nous allions assez loin, dit-il. À mon avis, la réduction du nombre de dégénérés n'est que la moitié du chemin. Si nous ne voulons pas connaître une baisse catastrophique de la population en raison des efforts de régulation des naissances déployés par des personnes comme Mmes Stopes et Sanger, nous devons également encourager les femmes de la classe moyenne à avoir plus d'enfants, afin d'améliorer la race sans réduire dangereusement le nombre d'individus qui constituent notre population.

— Je pense que ce serait aller un peu trop loin, proteste Edward. L'idée est en elle-même quelque peu dérangeante. Ce serait considérer les femmes comme des juments poulinières.

Il sait très bien ce qu'Eleanor penserait d'une telle proposition.

— C'est pourtant la suite logique de notre démarche, quand on y réfléchit, insiste Harry.

Edward lui trouve mauvaise mine. Qu'a-t-il donc ?

— Je crains qu'il ne soit trop tard, poursuit-il. En ce moment, une série de sonnettes d'alarme annonce une débâcle financière qui pourrait bien entraîner l'effondrement du système capitaliste.

— Il y a toujours des prophètes de malheur, rétorque Huxley en agitant la main d'un air dédaigneux, comme pour chasser une agaçante mouche. Il vaut nettement mieux s'intéresser aux faits, plutôt que d'écouter les ragots et les rumeurs.

— Mais les avertissements viennent de personnes fiables et sensées, argumente Harry en se penchant en avant pour mieux faire valoir son point de vue. Ils disent que les marchés sont surévalués et qu'un krach boursier est inévitable.

— C'est possible, intervient Ellis. Mais cela n'a rien à voir avec le sujet qui nous préoccupe. Les ajustements du marché sont l'affaire du Trésor. Je suis sûr qu'ils ont entendu parler de ces avertissements et qu'ils font tout ce qu'il faut pour assurer leurs arrières. Revenons plutôt à notre projet de loi. Avons-nous tout le soutien nécessaire ? Où en est l'opinion publique d'après vous, Darwin ?

— Je crois qu'elle nous est favorable. Mais ce n'est pas le plus important. Regardez ce qui s'est passé en 1913 ! La loi en faveur de l'internement des déficients mentaux bénéficiait d'un large soutien dans l'opinion publique, mais elle n'a pas été adoptée.

— Et pourquoi cela ? demande Harry.

— À cause de l'acharnement de Wedgwood ! s'exclame Leonard d'un ton bourru, les sourcils froncés, en agitant son cigare qu'il fixe d'un air malheureux. C'était pourtant du sacré bon boulot.

— C'est notre ami Leonard Darwin qui avait rédigé la plupart des articles de cette loi, explique Edward tandis que Harry fronce les sourcils en signe de confusion.

— Ah, dit ce dernier.

— Ce satané libéral anti-Galton, anti-Darwin, à savoir le colonel Josiah Wedgwood, a mené une campagne publique contre nos propositions, en faisant valoir le coût énorme que représenterait la gestion d'un État eugéniste, en raison du nombre élevé de personnes qui tomberaient dans les catégories « inapte » ou « faible d'esprit ». Avec l'aide de quelques voix puissantes en dehors du Parlement, il a réussi à diviser l'opinion, et notre projet de loi s'en est trouvé tellement édulcoré qu'il n'en est resté que des dispositions sans intérêt et totalement inefficaces.

Leonard écrase son cigare dans le cendrier.

— Ensuite il y a eu la guerre, et le pays a mis quelques années pour s'en relever. Il a fallu attendre pour remettre la question sur le tapis.

— Mais à présent, c'est le bon moment, l'interrompt Church. Le vent tourne.

— Et qu'est-ce qui vous fait penser qu'on nous réservera cette fois un meilleur accueil ? demande Laughlin.

— Ça ne va pas être facile, mais Church et moi en avons longuement discuté, intervient Ellis. Nous pensons que, pour rendre la chose plus acceptable, il faudrait proposer une stérilisation volontaire, plutôt qu'obligatoire. Et, bien entendu, seules

les femmes seraient concernées par le programme de stérilisation. Cela aussi sera plus facile à faire passer.

— On ne manquera pas de nous objecter que notre programme ne cible que certaines catégories de population, et il faudra nous justifier.

— Ah, eh bien, c'est là qu'intervient mon ami le professeur Hamilton ici présent, répond Church. Edward, pouvez-vous développer ?

Edward s'éclaircit la voix. Il lui semble soudain qu'il fait trop chaud dans cette pièce et il sent la sueur tremper ses aisselles.

— Bien sûr, dit-il. Je viens de remettre à la Commission royale d'enquête mes conclusions sur les liens entre hérédité, intelligence et délinquance.

Il se ressaisit.

— Je suis sûr qu'après avoir pris connaissance des preuves que je fournis, cette Commission fera une recommandation au Parlement en faveur de la législation proposée.

Edward n'est que vaguement conscient des mots qui sortent de sa bouche. C'est comme si une partie de lui parlait, tandis qu'une autre regardait, guettant le moment où il va trébucher et se trahir. Le moment où les hommes autour de cette table verront qu'il est un imposteur.

Quelque part, venue d'un recoin de son esprit, la voix d'Eleanor s'adresse à lui : *« La vérité, Edward, est une planche qui ne cédera jamais sous tes pieds. »* Cette voix, il a l'impression qu'elle est là, juste derrière son épaule gauche, et qu'elle le presse d'avouer sa forfaiture.

Mais comment le pourrait-il ? Il bien trop tard pour l'honnêteté.

Cela fait trop longtemps qu'il a choisi le chemin du mensonge, il doit maintenant aller jusqu'au bout. En espérant que ça ne le mènera pas au désastre.

Vers le milieu de l'après-midi, Edward marche le long de la Tamise. Le soleil lui réchauffe le dos, l'air résonne du murmure régulier de l'eau, de la circulation sur les quais, du cliquetis des machines, des cris des ouvriers qui s'interpellent – le bruit de fond de Londres au travail.

Une femme émerge du tunnel de la station de métro avec une petite fille aux cheveux blonds qui sautille à ses côtés. Le cœur d'Edward s'emballe. *Mabel.*

Mais, bien sûr, ce n'est pas Mabel. Elle lui ressemble, mais ce n'est pas elle.

Il la voit de plus en plus souvent, quand il s'y attend le moins. Parfois, il est à son bureau, il lève les yeux et elle est là, devant lui, belle comme une image dans sa robe fleurie. Elle lui sourit, puis elle disparaît. D'autres fois, il croit apercevoir son fantôme entre les parterres de fleurs de Brook End – il reconnaît ses boucles, son rire parvient jusqu'à lui, porté par la brise. Depuis peu, il lui semble reconnaître son visage dans celui de chaque enfant qu'il croise dans les rues de Londres.

Violet l'attend sur leur banc habituel. Maintenant qu'Eleanor est au courant et qu'il a sa bénédiction, leurs rencontres devraient moins lui peser. Et pourtant son ventre se noue quand elle le regarde traverser le carré d'herbe menant à leur banc. Elle se lève, esquisse une petite révérence, baisse le menton en signe de respect. Il préférerait qu'elle l'accueille avec moins de déférence.

— Bonjour, Violet. Belle journée, n'est-ce pas ?

— Bonjour, dit-elle en se rasseyant. Oui, monsieur, c'est une belle journée.

Il s'installe sur le banc en laissant entre eux la place d'une personne, comme d'habitude.

Au cours de leur précédente rencontre, elle était inquiète pour son bébé, qui a trois mois de plus que Jimmy : il toussait beaucoup et les médecins soupçonnaient la coqueluche.

— Comment va votre petit ? demande-t-il.

— Oh, il va bien ! répond-elle en riant. Ce n'était finalement que le croup. On l'a soigné avec quelques bouilloires d'eau chaude. Il est joyeux et en pleine forme, à présent. Merci de vous en soucier.

— C'est une excellente nouvelle.

— Et vos enfants, monsieur ? Comment vont-ils ? J'étais tellement préoccupée la dernière fois que je n'ai même pas demandé de leurs nouvelles, ce qui était fort impoli, je vous prie de m'en excuser.

— Mais non, ce n'est rien. Vous aviez des soucis.

Il déglutit péniblement.

— Jimmy va très bien, merci.

Il regarde le trafic sur le fleuve encombré de toutes sortes d'embarcations : de lentes péniches transportant du charbon, de grands bateaux à vapeur transportant des passagers, une foule de barques.

— Et Mabel ? poursuit Violet.

Il sait qu'elle veut simplement se montrer polie et lui manifester un minimum d'intérêt, afin que ce rendez-vous mensuel ne se réduise pas à une simple transaction financière.

— Elle doit avoir cinq ans maintenant, c'est ça ?

Il a la bouche sèche. Violet attend sa réponse.

— Je ne vous en ai jamais parlé jusque-là, commence-t-il prudemment, comme s'il testait les mots à mesure qu'il les prononce.

Il n'arrive plus à parler de sa fille à qui que ce soit. Pas même à Eleanor – surtout pas à Eleanor, avec qui toute conversation dans laquelle il est question de Mabel se termine en dispute.

— Mabel a été… a été malade…

Il prend une profonde inspiration.

— Très malade, ajoute-t-il.

— Oh !

Violet pivote pour le dévisager. Il garde la tête résolument tournée vers le fleuve, les yeux plissés pour ne pas être ébloui par les reflets du soleil sur l'eau.

— Je suis sincèrement désolée de l'apprendre, dit-elle.

— Il s'avère… qu'elle est épileptique.

Le mot lui noue la gorge et laisse un goût amer sur sa langue. Près de lui, il sent Violet se crisper.

— C'est assez grave et nous avons dû prendre la pénible décision de nous séparer d'elle pour la mettre dans un établissement qui prodigue les meilleurs soins, poursuit-il. Et aussi parce que nous préférons que ça ne s'ébruite pas.

Pourquoi lui dit-il tout ça ? Qu'est-ce qui lui prend ? Il s'était pourtant juré de n'en souffler mot à personne. Les gens adorent les commérages et rien n'est plus savoureux que des ragots susceptibles de ruiner la réputation d'un homme en vue.

Mais, maintenant qu'il a commencé, il ne peut plus s'arrêter. Les phrases s'enchaînent en un flot ininterrompu, comme le fleuve devant eux. Et il raconte tout à Violet : les visions de la dame aux cheveux de feu, la nounou qui les a quittés en parlant de malédiction et d'esprits maléfiques, leur désespoir devant l'impuissance des médecins. Il lui explique que son état n'avait cessé d'empirer, que ses crises étaient de plus en plus sévères. Il décrit les yeux révulsés, les filets de salive s'écoulant de ses lèvres molles, la violence des secousses qui la propulsaient contre les murs, les coupures et les contusions dues aux chocs et aux chutes. Il évoque le langage de plus en plus régressif, ses difficultés à marcher. Sa personnalité qui semblait s'effacer peu à peu sous leurs yeux impuissants. Toute cette histoire sordide s'écoule hors de lui comme des eaux usées se déversant dans une rivière.

Violet écoute, bien droite, la bouche entrouverte, en silence. Quand il a terminé, Edward s'affaisse contre le dossier du banc. Parler l'a épuisé, mais il se sent soulagé d'avoir enfin exprimé les émotions qu'il accumulait en lui depuis des semaines et qui agissaient sur lui comme un poison.

— Mon Dieu, bénissez son âme, murmure Violet. Je suis sincèrement désolée, monsieur. C'est affreux, ce qui vous arrive.

— Oui, c'est affreux. Et savez-vous dans quel établissement se trouve Mabel ?

Il ne voit pas de raisons de le cacher.

— Au centre Heath, dans le Sussex.

Violet pousse un cri étouffé.

— Mais c'est là où est Reggie ! s'exclame-t-elle.

— Exactement.

— Votre fille est dans le même centre que mon frère ?

Elle laisse échapper un rire amer et secoue la tête.

— Eh bien, vous parlez d'une coïncidence, commente-t-elle.

Oui, en effet, c'est une fichue coïncidence. Le cœur d'Edward se met à cogner dans sa poitrine et pour la première fois il prend le temps d'examiner froidement la situation. Il n'a jamais cru au destin, mais il avait sans doute tort. Ses deux mondes sont en train de se percuter, comme si c'était écrit. Et il ne peut rien y faire.

On dirait que la vie a trouvé un moyen de lui faire payer ses mauvaises actions.

Le gramophone diffuse tout bas la *Sérénade pour cordes* d'Elgar. La lampe répand une lumière douce et chaude, les bougies vacillent au centre de la table à manger. Cela fait longtemps qu'ils n'ont pas reçu du monde. Edward observe Eleanor à la lumière des bougies. Elle est plus belle que jamais. Mais aussi plus distante.

C'est samedi et la maison est pleine d'invités. Eleanor avait prévu cette soirée avant leur dispute du week-end dernier et elle n'a pas cru bon de l'annuler. Il a hâte que tout le monde s'en aille pour avoir l'occasion de lui parler. Il ressent le besoin de s'excuser auprès d'elle, d'implorer son indulgence. Il ne supporte pas sa désapprobation. Son dédain. Elle ne lui pardonne pas la manière dont il a « traité » les données de son travail de recherche, même s'ils n'en parlent plus. Elle ne lui pardonne pas non plus le départ de Mabel. Elle rumine sa colère sans un mot et son silence est pire que des reproches. Il lit la réprobation dans son regard. Elle devient sèche et raide dès qu'elle s'adresse à lui et dégage une hostilité qui le pique comme de l'électricité statique. On dirait qu'elle le rend responsable de la maladie de Mabel et de tout ce qu'il lui arrive. Mais vraiment, avaient-ils le choix ? Ils ont fait ce qu'aurait fait n'importe quelle famille saine et désireuse de préserver la santé de ses membres. Ils ont cherché le meilleur traitement pour leur fille et l'ont placée dans un établissement où elle pourra s'épanouir au mieux. Mais il a beau essayer d'expliquer ça à Eleanor, elle refuse de l'entendre.

Ils reçoivent Barton et Lizzie, avec Sophie et Henry – ce dernier ayant apparemment délaissé sa dernière conquête pour passer le week-end avec sa femme. Rose est là, elle aussi, et Eleanor semble plus proche d'elle que jamais. C'est désormais à elle qu'elle se confie, il le voit aux regards qu'elles échangent. Cela lui fait mal de penser qu'il a perdu la confiance de sa femme. Par ailleurs, il s'inquiète de ce qu'elle a pu dire à Rose. Lui aurait-elle parlé des fausses données ? Il boit son vin et détourne le regard.

Demain, ils ont prévu un tournoi de tennis, suivi d'un pique-nique dans la prairie et peut-être d'une baignade en rivière si le temps le permet. Tout comme autrefois, quand ils étaient heureux, sauf qu'en ce moment ils jouent la comédie du bonheur. Ils sont devenus les acteurs d'une pièce faussement joyeuse. On vient de servir le consommé, quand Barton fait sonner son verre, puis le lève :

— Je propose un toast, déclare-t-il. Aux bons amis et à des jours meilleurs.

Il accompagne ces mots d'un sourire attristé et Edward s'émeut de la gentillesse et de la chaleur humaine qui émanent de cette déclaration. Ce vieux bougre de Barton est plus sensible et plus réfléchi qu'il n'y paraît. Il est l'une des rares personnes à lui manifester un peu de compassion, à comprendre que c'est toute la famille qui est ravagée par la maladie de Mabel, pas seulement Eleanor.

— Très bien, très bien, approuve Henry, sans avoir la moindre idée de ce à quoi Barton fait référence. À une sacrée bonne soirée, ajoute-t-il en levant son verre qu'il vide d'un trait.

Sophie lève les yeux au ciel.

— J'ai vendu une parcelle de terrain hier, Edward, mon vieux, annonce Barton. Et je me suis fait pas mal d'argent, figurez-vous. Lizzie veut en utiliser une partie pour rénover un peu la maison et j'ai dans l'idée de mettre le reste dans des actions, pourquoi pas. J'aimerais un petit conseil. Pensez-vous que ce serait judicieux de m'adresser à vos banquiers ?

— Coleroy & Mack ? Oui, je suis avec eux depuis des années. Ils sont solides et dignes de confiance. Je peux vous les présenter, si vous voulez.

— Non, non, intervient Henry. Il vous faut quelque chose d'un peu plus dynamique que cette vieille institution poussiéreuse.

Si vous voulez un vrai retour sur investissement, c'est en Amérique que vous devez placer votre argent. C'est là qu'on trouve les gros billets.

— Ah oui ? dit Barton en haussant un sourcil. Qu'en pensez-vous, Edward ?

— Franchement, je ne suis pas favorable à la prise de risques. Mais ce n'est peut-être pas à moi qu'il faut poser la question. Comme vous le savez, je suis un homme…

— De science, l'interrompt Barton. Oui, oui, je sais. Mais vous semblez connaître un grand nombre d'Américains. Et certains très riches, comme ce Rockefeller. Ils doivent quand même avoir un ou deux tuyaux.

Edward rit. Les fonds de Barton ne seraient que de la petite monnaie pour Rockefeller ou Carnegie.

— Je devrais sans doute écouter mon ami Henry, qui en sait bien plus long que moi sur la finance. Mais que voulez-vous, je suis prudent. Mes banquiers m'assurent que mes fonds sont dans des investissements stables et sûrs. Je ne vais pas faire fortune, mais ça me convient parfaitement.

— Ha ! s'exclame Henry. Pas de risque, pas de récompense ! Et en ce qui concerne Rockefeller, il est en effet plutôt compétent. Du moins Rockefeller senior. C'est un type très intelligent, qui rachète tous les réseaux de logistique. Il a créé un monopole. Génial. Bref, Barton, je vous présenterai volontiers mes banquiers américains, et ils feront de vous un homme très riche, conclut-il en gloussant.

— Vraiment ? dit Lizzie, en plongeant sa cuillère dans son potage. Et comment cela ?

— Sur le dos des travailleurs sous-payés, intervient Rose en rougissant.

Edward tressaille. Pitié, pas ce baratin socialiste. On croirait entendre Sidney et Beatrice Webb. L'influence de cet affreux

Français, sans aucun doute. Ce travail au *New Statesman* était une très mauvaise idée.

— S'il y a des milliardaires, c'est parce que ceux qui travaillent pour eux reçoivent un salaire de misère, poursuit Rose. Sans parler de ceux qui n'ont même pas de travail. Tout le monde mérite pourtant d'avoir de quoi vivre décemment !

— Ha, ha ! ricane Henry en se tortillant sur son siège, visiblement ravi. Voilà des mots de petit travailleur socialiste. Si seulement c'était aussi facile !

Un silence gênant tombe autour de la table tandis qu'Henry et Rose se défient du regard.

— Qu'est-ce qui est trop facile, pour vous, dans ce que je viens de dire ? demande enfin Rose.

— Tout, répond Henry. Mais enfin, d'un autre côté, je ne demande pas à une femme de comprendre. La vie n'est pas aussi simple. Le chômage, ma chère, est dû aux progrès de la mécanisation, mais aussi à la baisse de la demande de main-d'œuvre et au prix exorbitant des exportations. À de multiples facteurs, en somme. La plupart des entreprises ne peuvent pas se permettre de payer davantage leurs travailleurs. Le marché finira par se redresser, mais ce sera douloureux.

— Pas pour vous, murmure Rose.

— Rose ! s'exclame Eleanor.

— Eh bien, pour ma part, je trouve l'opinion de Rose tout à fait recevable, intervient Sophie d'une voix forte. Pourquoi serait-ce une suggestion déplacée de payer aux travailleurs un salaire décent, plutôt que de leur verser des aides sociales ?

— Ne parlez jamais de politique avec une femme, voilà ce que j'en dis, répond Henry en riant bruyamment de son trait d'esprit.

Ou plutôt de ce qu'il considère comme un trait d'esprit.

— Eh bien, nous sommes pourtant une poignée de femmes au Parlement, au cas où vous ne l'auriez pas remarqué, rétorque Sophie.

— En effet, et c'est assez comique. Dommage que nos parlementaires féminines ne soient pas plus jeunes et plus séduisantes. Au moins, ça égaierait un peu l'endroit.

— Oh, taisez-vous donc, Henry, proteste Sophie en levant les yeux au ciel.

Elle se tourne vers Eleanor.

— Ne t'arrive-t-il pas de regretter les années de guerre, Eleanor, ma chérie ? demande-t-elle. Tu te souviens ? Nous étions jeunes, libres, et notre parole comptait.

Les invités se taisent et Edward peut voir dans leurs yeux le reflet de son propre malaise. Eleanor marmonne quelque chose d'inaudible en réponse à Sophie.

— C'est parti…, grommelle Henry.

Il ouvre la bouche pour parler à nouveau, mais Rose ne lui en laisse pas le temps et l'interrompt, penchée en avant, le dos raide.

— Ça vous ferait le plus grand bien de vous confronter à des opinions différentes des vôtres, Henry, dit-elle en faisant s'entrechoquer son assiette et sa cuillère. Vous regarderiez la situation sous tous ses aspects, sans idées préconçues. Ce serait une bonne manière d'aborder le monde des affaires. Et vous devriez également revoir vos préjugés sur les femmes et l'État. Ainsi que sur les femmes au Parlement !

Sophie pouffe, visiblement ravie.

— Rose ! proteste Eleanor. S'il te plaît, pas pendant le dîner.

— Oh, ce n'est pas grave, commente Henry en balayant l'assemblée d'un regard plutôt amusé. J'ai l'habitude des fortes têtes. J'en ai une chez moi.

Sophie lui rit au nez. Les autres se murent dans le silence. On n'entend plus à présent que le tintement des couverts et la musique en fond.

— Excellent, ce potage ! s'exclame Barton après quelques minutes. Ne manquez pas de féliciter Mme Bellamy. Elle s'est surpassée ce soir, n'est-ce pas, Lizzie ?

— C'est bien vrai ! renchérit Lizzie, venant courageusement prêter main-forte à son mari. Edward, je voulais vous demander si vous vous en sortiez avec le dressage du chien ? Barton n'arrive à rien avec le nôtre et j'ai bien l'impression qu'il est en train de mal tourner ! Il ne vient jamais quand on l'appelle, il vole la nourriture sur la table et il mâchonne toutes les chaussures de la maison !

Du coin de l'œil, Edward voit Eleanor tapoter la main de Rose et échanger un regard complice avec Sophie. C'est une véritable conspiration de femmes autour de sa table. Il pense aux trois sorcières de *Macbeth*, puis il se reprend – *n'exagérons rien*. Il sonne pour réclamer le plat suivant.

Il a toujours été fier de son mariage quand il le comparait à celui d'Henry. Mais, avec l'antipathie qu'Eleanor lui manifeste en ce moment, il n'est plus très sûr d'avoir mieux réussi que lui.

VIII

Je suis venue voir où en était ma petite protégée.

Elle est toujours là. Elle s'accroche, en dépit de vos détestables traitements. Il reste encore quelque chose d'elle sous cette peau marquée et cette chair bouffie, derrière ces yeux ternes et vitreux. Elle s'est réfugiée tout au fond de son esprit. Elle est comme endormie, étouffée par les horreurs que vous lui faites avaler, mais elle est là.

Ma précieuse petite, avec ses visions de femmes aux cheveux de feu et de chiens à la fourrure d'un rouge flamboyant. Je redouble d'efforts pour contrer l'effet de vos médicaments. J'offre à cette enfant ce que j'ai de mieux. Et, contrairement à vous qui la bridez, qui l'amenuisez et la privez peu à peu de son humanité, je n'ai pas à avoir honte. Vous transformez son univers en une terre stérile et incolore, tandis que moi, je la nourris en remplissant son esprit de visions.

Quand elles sont trop pénibles pour elle, je suis là. Je suis là aussi quand son estomac se noue et se tord de douleur, quand sa gorge la brûle à cause de ces sels de bromure que vous l'obligez à avaler, quand le phénobarbital l'assomme. Je suis avec elle quand elle pleure en appelant sa mère, quand sa main se referme sur le vide pour saisir une hallucination. C'est moi, quand elle est prise de spasmes et de secousses, quand ses membres s'agitent dans tous les sens, quand sa tête part en arrière. C'est moi quand elle s'écrase contre les murs et s'écroule au sol.

Et enfin, c'est encore moi quand, vaincue par la fatigue, elle se recroqueville et s'endort.

Mais je ne suis pas seule à la suivre de près.

Il y a ici quelqu'un qui ne la lâche plus : le jeune médecin dévoré d'ambition, le docteur Eversley. L'attention de tous les instants qu'il porte à cette enfant me tape sur les nerfs.

Je ne supporte pas de le voir penché au-dessus d'elle, à examiner de près son visage et ses lésions, comme un lion qui renifle sa proie. Elle serait parfaite pour mon étude, *murmure-t-il pour lui-même.* Absolument parfaite. Si seulement sir Charles voulait bien me la confier.

Chapitre 25

Eleanor

Une lettre en provenance du Sussex arrive par le courrier du matin dans une enveloppe écrite à la main. Eleanor ne reconnaît pas l'écriture, mais elle identifie aussitôt le cachet de la poste. La peur lui noue le ventre. Le Sussex, c'est là où se trouve le centre Heath. Personne n'est censé lui écrire. C'est à Edward que sir Charles adresse le bilan de santé qu'il envoie une fois par mois. Et d'ailleurs elle déteste ses comptes-rendus déprimants qui décrivent froidement l'évolution de leur fille, la fréquence de ses crises, la détérioration de ses capacités mentales.

Elle passe rapidement en revue le reste du courrier : rien d'intéressant, elle verra cela plus tard. Elle noue son chapeau, boutonne son manteau, enfile ses gants et glisse l'enveloppe du Sussex dans son sac. Puis elle s'empresse de rejoindre Wilson, qui attend avec la voiture pour l'emmener à la gare. Il ne faudrait pas qu'elle rate son train pour Londres.

Elle attend d'être installée sur le fauteuil de son wagon de première classe pour sortir l'enveloppe de son sac. Un couple d'un certain âge partage son compartiment. L'homme et la femme sont assis en silence. Les mains croisées sur les genoux, ils regardent la campagne qui défile par la fenêtre et ne font pas attention à elle.

Strictement privé et confidentiel

27 août 1929

Chère Madame Hamilton,

J'espère que vous ne m'en voudrez pas de vous écrire directement, mais je tenais à vous faire savoir que je suis très inquiète de ce que l'on inflige ici à Mabel. Je ne peux vous en dire plus, mais ne saurais trop vous conseiller de nous rendre visite dès que possible. Je crois que votre fille est en danger.
Je vous prie par ailleurs de ne pas mentionner mon nom. Si l'on savait que c'est moi qui vous ai alertée, je perdrais probablement mon poste.
Sincèrement vôtre,

A. Manners
Infirmière en chef du Château des Bébés, centre Heath

Eleanor entre d'un pas assuré dans le cabinet de sir Charles Lawson. Il se lève pour l'accueillir, le dos légèrement voûté, une expression solennelle et indéchiffrable sur son visage ridé.

Elle s'assied, il s'assied, ils se regardent par-dessus le plateau de bois qui les sépare.

Il s'éclaircit la voix.

— Que puis-je faire pour vous, madame Hamilton ?

— Je suis venue vous parler de Mabel, bien sûr.

— Je vois. Et le professeur Hamilton ne vous a pas accompagnée ? demande-t-il d'un air méfiant.

Elle sent l'irritation grimper le long de sa colonne vertébrale, un peu comme un hérisson sentirait ses piquants se dresser.

— Non. Edward était occupé.

— Je comprends. Il est sûrement toujours très occupé !

— C'est en effet le cas, confirme-t-elle.

Sir Charles croise les mains sur son bureau et la dévisage d'un air dédaigneux – du moins c'est l'impression qu'il donne.

Elle inspire profondément avant de se lancer :

— J'aimerais avoir des détails sur l'évolution de Mabel. Edward m'a expliqué qu'elle était maintenant sous phénobarbital et je voulais savoir s'il y avait une quelconque amélioration. Je suis sa mère, ajoute-t-elle d'une voix lente et posée. Aussi il me semble normal de prendre de ses nouvelles.

Elle ponctue cette dernière phrase d'un sourire que sir Charles lui rend poliment, mais sans conviction.

— Je sais, madame Hamilton, que c'est un terrible déchirement d'être séparée de votre enfant. Mais vous verrez, cela deviendra plus supportable avec le temps.

— Je ne suis pas venue pour vous parler de mes sentiments, mais pour réclamer des précisions sur l'état de santé de ma fille, rétorque sèchement Eleanor.

La dernière fois qu'elle s'est assise dans ce fauteuil, elle était sous le choc, réduite à l'impuissance. Edward l'accompagnait et elle s'en était remise à lui. Elle le considérait encore comme un esprit éclairé et il avait toute sa confiance, tandis que maintenant… Eleanor se mordille la lèvre : le moment est mal choisi pour ruminer ses griefs contre son mari, elle doit rester concentrée sur la cause de Mabel. L'important, c'est que la femme qui se présente aujourd'hui devant sir Charles n'est pas celle de l'autre fois. Elle a dans son sac des notes sur le régime cétogène, mais elle n'en aura pas besoin, car à force de lire et de relire les articles apportés par Marcel, elle pourrait presque les citer mot pour mot.

— De plus, reprend-elle d'un ton légèrement hésitant, j'ai reçu une lettre qui m'a beaucoup inquiétée.

— Ah oui ?

— Ou plutôt un message. Court et anonyme. Émanant d'une personne qui s'offusque des traitements infligés à Mabel dans votre centre.

— Pardon ? s'exclame sir Charles d'un ton choqué. Montrez-la-moi.

— Je ne l'ai pas sur moi, répond-elle.

Elle aimerait pouvoir la lui mettre sous le nez, mais c'est impossible car Mlle Manners lui a demandé de ne pas la trahir et elle ne voudrait pas exposer à un renvoi la seule personne qui semble se soucier du bien-être de son enfant.

— Bon, murmure sir Charles en s'adossant à son fauteuil et en la gratifiant d'un regard méfiant, comme s'il ne la croyait pas vraiment. Madame Hamilton… Franchement, c'est absurde. Mabel n'est pas en danger et on s'occupe bien d'elle, je vous l'assure. Un tel message ne peut provenir que d'un fauteur de troubles, n'en doutez pas. Votre mari est une personnalité. Les gens comme lui, malheureusement, attirent sur eux l'attention de jaloux malintentionnés.

— Je croyais que personne ne savait que Mabel était notre fille.

— Officiellement, personne ne le sait. Mais l'information a pu fuiter.

Eleanor s'agite sur son fauteuil, mal à l'aise.

— Et comment va Mabel, donc ?

— On peut considérer que votre fille s'est adaptée à la vie du centre, assure sir Charles.

Il semble plus détendu, moins hostile, mais elle le sent sur ses gardes, pas tout à fait franc et ouvert.

— Et, pour ce qui est de son état de santé, j'envoie régulièrement un bilan à votre mari, ajoute-t-il.

— Oui, je lis vos bilans, mais je tenais à vous parler, comprenez-vous. Pour entendre tout cela de votre bouche, ajoute-t-elle en souriant. Par ailleurs, je pense qu'il s'est écoulé suffisamment de temps depuis le départ de ma fille. Je me sens capable de lui rendre visite régulièrement. Je saurai me montrer discrète. Edward ne sera pas obligé de m'accompagner et il n'aura pas à craindre qu'on découvre qu'il est le père de Mabel. Il est normal qu'après un tel message je ressente le besoin de voir ma fille pour être totalement rassurée sur son état, voyez-vous.

— Oui, en effet, je vois, marmonne sir Charles en haussant un sourcil argenté.

Il écarte les mains, paumes vers le haut.

— Que voudriez-vous savoir, précisément ?

— Comment elle va dans l'ensemble. Si elle a des amis, si elle est joyeuse, quelles sont ses activités, ce qu'elle apprend à l'école.

Il y a une pause.

— Elle s'est attachée aux infirmières qui s'occupent d'elle, répond sir Charles d'une voix plate en évitant soigneusement son regard. Je crois qu'elle aime dessiner et peindre, rendre visite aux animaux de la ferme et, je suppose, jouer avec les autres enfants.

Le ton de la réponse suffit à Eleanor pour comprendre qu'il lui débite des banalités. Il ne s'intéresse absolument pas au quotidien des enfants et n'a pas la moindre idée de ce que fait Mabel dans une journée. Il s'éclaircit la voix.

— Par ailleurs, comme je l'explique dans mes rapports, Mabel ne va pas bien. Plus encore que pour d'autres épileptiques, il est important dans son cas de maintenir un environnement calme et de lui éviter toute pression, toute excitation. L'école n'est donc pas envisageable pour elle en ce moment. Pour les mêmes raisons, je vous déconseille de lui rendre visite. Le fait de voir sa mère va forcément raviver chez elle l'espoir de rentrer à la maison et déclencher des émotions qu'il vaudrait mieux éviter. De plus, la plupart des enfants ne recevant pas de visites, votre présence ne perturberait pas que votre fille. Sans parler de vous, de ce que vous ressentiriez en découvrant dans quel triste état elle se trouve. Mon avis, c'est que ce serait un traumatisme inutile pour tout le monde.

Eleanor ouvre la bouche pour dire ce qu'elle pense vraiment, mais la referme juste à temps. Mieux vaut garder cela pour elle.

—Et qu'en est-il des crises ? Vous avez mentionné un nouveau médicament. A-t-il déjà produit des effets ?

Elle se penche en avant, le cœur battant. Peut-être qu'il y a au moins un léger mieux, après tout. Ce serait un petit miracle.

Sir Charles secoue la tête en arborant un air désolé.

—L'état de Mabel est extrêmement sérieux. Les craintes que j'avais au début se confirment : elle ne répond pas aux sels de bromure ni au phénobarbital.

Il sort un registre comportant des noms et des numéros, suit du bout des doigts une ligne sous le nom de Mabel.

—Ce trimestre n'a pas été fameux, commente-t-il. Quatre cent soixante-quinze crises généralisées et trois cent quarante-huit crises partielles. C'est énorme et en hausse par rapport au trimestre précédent. Mais nous ne lui avons pas encore administré la dose maximale de phénobarbital. Nous pouvons ajuster le traitement en continuant à le combiner avec les sels de bromure si…

—Sir Charles, c'est aussi pour parler traitement que je suis venue vous voir.

Eleanor s'agite sur son siège. Elle sent son cœur s'emballer.

— Celui que vous avez recommandé ne fonctionne pas, il faut se rendre à l'évidence. Je voudrais discuter avec vous d'un traitement alternatif que vous pourriez essayer sur Mabel.

Sir Charles s'adosse posément à son fauteuil et la dévisage avec une expression sévère.

— Madame Hamilton, je ne suis pas sans savoir qu'il existe un certain nombre de prétendus traitements complètement farfelus.

Une fois de plus, il adopte avec elle le ton qu'on prend pour s'adresser à un enfant turbulent qui refuse d'écouter les conseils.

— Le plan de traitement que je recommande pour Mabel est récent et actuellement reconnu comme le plus efficace, ajoute-t-il.

— Sir Charles, je ne propose pas du tout un traitement farfelu, rétorque Eleanor d'une voix assurée. Celui auquel je pense a été largement testé et utilisé sur des enfants en Amérique. Si vous êtes vraiment au courant des toutes dernières recherches et expérimentations, vous aurez certainement entendu parler du régime cétogène.

Sir Charles cligne des yeux et tressaille, presque imperceptiblement. Eleanor ne saurait pas dire s'il est agacé ou surpris. Mais il reprend son ton doucereux.

— Nos patients épileptiques suivent un régime alimentaire soigneusement contrôlé, comme je vous l'ai déjà expliqué.

— Sans doute, mais il ne s'agit pas du régime cétogène. En avez-vous entendu parler, oui ou non, sir Charles ?

— Non, admet-il après une pause, je n'en ai pas entendu parler. Mais…

Il s'interrompt et laisse échapper un petit rire.

— Je n'ai pas de temps à accorder à toutes les idées loufoques qui surgissent à intervalles réguliers.

Il hausse un sourcil.

—Et dont certaines défient d'ailleurs l'entendement.

—Ce n'est pas une idée loufoque, je vous assure, proteste Eleanor en ouvrant les fermoirs de son sac pour sortir une liasse de feuilles. Comme vous le verrez, ce régime a donné des résultats très encourageants.

Elle fait glisser vers le médecin ses notes et les articles dont elle a surligné les passages importants. Sir Charles regarde le tout fixement. Sourcils froncés, bras croisés, visage fermé, il est l'image même de la réticence aveugle et butée. Il jette un rapide coup d'œil à la documentation d'Eleanor, puis secoue la tête et s'éclaircit la voix.

—Un tel régime me semblerait déjà extrême et dangereux pour un adulte, commence-t-il d'une voix posée et pleine de patience. Mais pour une petite fille comme Mabel...

Il laisse échapper un rire amer.

—Je pense qu'il mettrait tout bonnement sa vie en danger. Au bout de quelques mois, elle tomberait malade en raison de carences en vitamines et en nutriments. Elle souffrirait de constipation sévère, son organisme serait empoisonné par des toxines qu'il ne parviendrait plus à éliminer. Mon avis, madame Hamilton, c'est que ce régime pourrait être fatal à Mabel et qu'à votre place je l'éviterais à tout prix. Ce type d'expérience est sans doute courant en Amérique, mais ici, à Londres, certainement pas.

Il repousse les articles vers elle et consulte sa montre avec une grimace, mimique signifiant que le temps d'Eleanor est écoulé. Elle comprend qu'il ne va pas tarder à la renvoyer. Elle a échoué.

—Je vous en prie, plaide-t-elle d'une voix plus calme. Je comprends qu'un tel régime soit considéré comme inutilement dangereux pour un individu en bonne santé. Mais pour un épileptique, il peut représenter le salut. Prenez connaissance de ces articles. Tout est là. Les détails de l'expérience et les preuves de son succès. Et vous pourriez tester ce régime sur d'autres patients qui ne répondent pas aux traitements classiques.

Avec un soupir, il prend sans un mot les articles qu'elle lui tend, du bout des doigts, comme s'il les croyait contaminés par quelque maladie.

Eleanor enfile ses gants et ramasse son sac, prête à partir.

— Vous voulez vraiment que l'on expérimente ce régime sur votre enfant. Comme si elle était un rat de laboratoire ?

Sir Charles est à présent furieux.

— J'ai déjà eu vent d'expériences scandaleuses menées en Amérique sur les épileptiques. Ils n'ont pas de limites, là-bas, madame Hamilton. Vous est-il venu à l'esprit que nous n'avions aucun recul sur les éventuelles séquelles d'un tel régime ? Surtout s'il doit durer. Nous parlons d'une enfant en pleine croissance. S'il s'agissait de mon enfant, je m'opposerais formellement à ce qu'on lui fasse subir une telle torture.

Il s'est mis debout, comme s'il considérait n'avoir plus rien à dire après cet argument suprême.

— J'ai un autre patient qui attend, madame Hamilton.

— Oui, bien sûr, je comprends.

Elle se lève et lui tend sa main gantée en le regardant droit dans les yeux.

— Mais sachez que je n'abandonne pas cette option, sir Charles. Je vous appellerai dans un jour ou deux, une fois que vous aurez lu ces articles, pour savoir ce que vous en pensez.

Il prend sa main et la secoue.

— En avez-vous parlé avec le professeur Hamilton ? demande-t-il en la dévisageant avec attention.

Elle hésite.

— Pour le moment, je préfère que cela reste entre nous, sir Charles, dit-elle enfin. Une fois que nous serons d'accord, j'en parlerai à Edward. Il est tellement surchargé de travail en ce moment que je ne veux pas l'ennuyer avec ça.

— Je vois, murmure le médecin en lâchant sa main.

— Je vous appellerai après-demain, promet-elle avec son plus beau sourire. Bonne journée à vous.

Et, sur ce, elle tourne les talons et sort la tête haute.

Eleanor est entrée dans un café et a commandé un thé sucré pour se calmer les nerfs. Elle boit à petites gorgées, tout en réfléchissant à ce qu'elle va faire maintenant. Sa main tremble quand elle porte la tasse à ses lèvres. Bien sûr, sir Charles est un spécialiste de l'épilepsie, tandis qu'elle-même n'a lu que quelques articles sur la question. D'un autre côté, il n'a pas réussi à aider Mabel et le fait qu'il soit pétri de certitudes n'incite pas à lui faire confiance. Quant à Marcel, il a une expérience personnelle de la chose, à travers sa sœur.

Tout ce qu'elle savait ou croyait savoir lui est retiré, la laissant seule, à la dérive. Le conflit avec Edward n'est pas réglé. Ils n'abordent plus le sujet des données falsifiées, mais il est toujours là, entre eux, comme une mauvaise odeur.

Apparemment, il considère cette histoire de données comme secondaire, tant il est sûr de lui, de ses théories et de sa conception du monde. De plus, il est prêt à tout pour réussir. Eleanor sait qu'il convoite un titre de chevalier. L'ambition l'a perverti, il en a perdu le sens commun, la notion de ce qui est décent ou pas. Ne dit-on pas que le pouvoir corrompt les hommes ? Que plus ils sont puissants, plus ils sont corrompus ? Edward fait-il partie de ceux qui ont du pouvoir ? Elle ne s'est jamais posé la question en ces termes, mais sans doute que oui. Il a du pouvoir sur les malheureux dont les vies dépendent de ses travaux de recherche. Il a aussi du pouvoir sur elle. Quand elle l'a rencontré, elle n'avait plus ses parents et il est tout naturellement devenu son pilier. Peu à peu, elle s'est mise à dépendre de lui pour tout, jusqu'à se fier aveuglément à son jugement, au point d'en oublier qu'elle était capable de réfléchir par elle-même.

Peut-être est-ce parce qu'elle essaie de s'affirmer que cela va si mal entre eux. Si c'est le cas, ce sera encore bien pire quand il saura qu'elle a consulté sir Charles sans lui. Il sera furieux d'entendre qu'elle a osé suggérer un traitement qui n'était pas préconisé par ce médecin qu'il admire tant. Edward a une confiance aveugle en ces gens-là.

Mais peut-être est-ce elle qui n'a plus confiance en lui. Il lui a menti durant toutes ces années au sujet de Porter. Pourquoi ? C'est incompréhensible. Il se doutait bien qu'elle n'allait pas lui reprocher de payer pour ses soins. Et maintenant il falsifie des données. Il refuse de s'intéresser à un traitement qui pourrait aider leur fille, il lui interdit d'aller la voir et de la sortir de ce centre. Que cache-t-il d'autre ? Il était son pilier, mais elle ne peut plus désormais s'appuyer sur lui.

Elle pense soudain à l'assassin de sa mère. La première fois qu'elle l'a vu, c'était sur le banc des accusés. Il n'avait pas l'air de comprendre ce qu'il faisait dans une salle d'audience et ne semblait pas avoir conscience de la gravité de son acte. Choquée par son absence de remords, elle l'avait haï de tout son être : un homme comme lui n'avait pas le droit de déambuler librement dans les rues. Ensuite, quand elle avait rencontré Edward à une conférence de la Société eugénique, toutes les idées qu'on y défendait lui avaient paru limpides.

Mais à présent, elle comprend que ce n'est pas si simple. Rose a raison : non seulement cet homme était un simple d'esprit, mais il avait passé son enfance et son adolescence enfermé dans un centre où on lui avait fait subir des traitements qui avaient encore aggravé ses tendances agressives. Elle ne pense pas qu'elle pourra lui pardonner un jour, mais elle lui trouve à présent des circonstances atténuantes.

Puis elle réfléchit à Mabel et à sa maladie. Il y a de fortes chances pour que l'épilepsie de Mabel n'ait pas une cause génétique. Et si cette science de l'eugénisme se trompait ? Si des gens porteurs de gènes supérieurs pouvaient donner naissance à des malades, à des criminels ou à des faibles d'esprit ? D'ailleurs, existent-ils vraiment, ces gènes supérieurs ? Est-ce que ça remet en question toute la théorie ? Et ne doit-on pas en conclure que c'est trop cher payé pour des individus comme Mabel, si l'on n'est même pas certain d'un bénéfice pour la collectivité ? Et s'il y avait d'autres chercheurs qui avaient trafiqué leurs résultats, comme Edward, pour appuyer leurs certitudes ? Des certitudes par ailleurs totalement erronées. Dans ce cas, leurs théories n'auraient plus le moindre intérêt.

Certaines personnes souffrent de maladies et de troubles mentaux, cela ne fait aucun doute. Mais si cela n'avait rien à voir avec des gènes « défectueux » ? Et s'il y avait un moyen d'aider les gens qui en souffrent, voire de les guérir ? C'est là-dessus que devrait se concentrer un scientifique digne de ce nom. Ce serait sûrement un meilleur moyen d'être utile à la société.

Eleanor sait bien, même si cela la désole, qu'elle ne pourra pas débattre de tout ça avec Edward. Il préférera croire sir Charles plutôt que de se fier à l'instinct de sa femme. Jamais elle ne le persuadera de changer de direction, car il n'écoute rien quand il ne veut pas savoir. Et soudain, elle prend une décision. Elle sort un papier de son sac et rédige un télégramme pour le docteur Peterman, le médecin de la clinique Mayo de Rochester, dans le Minnesota, celui qui a écrit l'article apporté par Marcel. Ensuite elle laisse sur la table l'argent pour régler son thé et se dirige vers le bureau de poste. En chemin, elle s'arrête dans une cabine téléphonique, glisse des pièces dans la fente, demande un numéro à l'opérateur. Après quelques instants d'attente angoissée, on lui passe la ligne qu'elle a réclamée.

— Sophie, dit-elle en haletant dans le combiné. Tu serais d'accord pour m'emmener quelque part en voiture ?

26

Edward

Edward picore une assiette froide – jambon, salade de pommes de terre et betteraves marinées –, quand un coup frappé à la porte le fait sursauter. Il est seul dans l'appartement de Bloomsbury, Mme Timms étant partie avant qu'il rentre de sa dernière consultation de la journée.

Il est plus de 19 heures, alors qui diable cela peut-il être ? Il n'attend personne et le concierge n'a pas appelé pour annoncer un visiteur.

On frappe à nouveau, puis une voix de femme lui parvient depuis le palier, affaiblie par la distance et la porte entre eux.

— Edward ! C'est moi, je n'ai pas ma clé. Tu es là ?

Eleanor !

Il se lève si brusquement qu'il en lâche sa fourchette. Un morceau de betterave tombe sur le tapis crème, y laissant une tache rouge sang. *Zut.*

C'est bien sa femme. Rouge d'avoir couru et toute trempée. Quand il est rentré tout à l'heure, la pluie ne faisait que menacer. À en juger par le chapeau et la veste d'Eleanor, il pleut maintenant à verse.

— Mais qu'est-ce que tu fais ici, ma chérie ? J'étais loin de me douter que tu étais à Londres !

— Je peux entrer ?

Il s'écarte précipitamment pour lui laisser le passage.

— Si j'avais su, j'aurais demandé à Mme Timms de te préparer une assiette, s'excuse-t-il en la suivant dans le petit couloir où elle se débarrasse de ses chaussures, de sa veste et de son chapeau.

Elle file dans la salle à manger, va droit au bar et se sert un verre du bourgogne qu'il a mis à décanter un peu plus tôt dans une carafe.

— Tout va bien ? demande-t-il prudemment.

Elle a un comportement étrange, qui ne lui ressemble pas du tout.

Elle émet un rire creux.

— Eh bien, d'après toi, Edward ? demande-t-elle en se tournant vers lui.

Donc ça ne va pas. La joie de la découvrir sur le seuil aura été de courte durée.

— Veux-tu partager mon dîner ? propose-t-il.

Elle s'affale sur une chaise en secouant la tête.

— Edward, il faut qu'on parle.

— D'accord.

Il ramasse sa fourchette et essaie d'absorber la tache de betterave avec un mouchoir, mais ne parvient qu'à l'étaler un peu plus. Il y a maintenant une trace violacée. Il se rassied. Peut-il continuer à manger ? Il voudrait bien, mais il n'ose pas et repose prudemment ses couverts. Si Eleanor est venue jusqu'à Londres, c'est que le sujet de la discussion est sérieux. Il s'inquiète.

— Jimmy ? demande-t-il d'un ton angoissé. Ce n'est pas Jimmy, n'est-ce pas ?

— Non, dit-elle en fronçant les sourcils, Jimmy va bien. Mlle Harding est une merveilleuse nounou. Il est mieux avec elle qu'avec moi.

— Ne sois pas ridicule.

— Non, je le pense. Elle s'occupe bien de lui, elle le fait rire, elle est gaie. Moi je suis trop malheureuse. Ce n'est pas bon pour lui de passer du temps avec une mère dépressive.

— Eleanor, c'est faux ! Il t'aime, il t'adore. Tu es sa mère !

— Je ne suis pas venue ici pour parler de Jimmy, rétorque-t-elle entre ses dents. C'est Mabel, qui me préoccupe. Mais d'abord, Edward, j'ai une question à te poser. Je voudrais que tu me dises pourquoi tu m'as menti pendant toutes ces années.

— Pardon ?

Le cœur d'Edward commence à battre un peu plus vite, il a les paumes moites. Il feint de ne pas comprendre, mais il sait ce qui va se passer.

— Pourquoi ne m'as-tu jamais parlé de Porter et du fait que tu payais ses soins ? Tu avais forcément une bonne raison de me le cacher. Ne me mens plus, Edward. Je veux la vérité.

La tension se lit sur son visage, elle plonge son regard implorant dans le sien. Elle est si jeune. Et encore pleine d'illusions. Elle espère qu'il va lui donner une explication qu'elle pourra pardonner. Seigneur… Il n'a aucune envie de la décevoir, mais d'un autre côté, c'est la vérité qu'elle exige. Il ne peut plus mentir. La vérité, elle va l'entendre.

Ils vont dans le salon, où Edward allume les lampes et rajoute une bûche dans le feu allumé un peu plus tôt par Mme Timms. On est seulement début septembre, mais il fait déjà frais le soir.

Ils s'installent l'un en face de l'autre. Edward, ragaillardi par un second verre de vin, lui raconte tout. Il ne lui reste plus qu'à espérer qu'elle lui pardonnera. Il lui explique, en évitant son regard incrédule, qu'il n'a pas rétabli la vérité quand les officiers et l'équipe de la Croix-Rouge ont cru qu'il s'était comporté en héros. Il n'ose pas se justifier. Comment pourrait-elle comprendre la confusion qui régnait alors ? L'horreur des tranchées ? Il tente de lui expliquer qu'au début ça n'avait pas vraiment d'importance, car Porter semblait voué à une mort certaine. Et ensuite, comme celui-ci ne se souvenait de rien… Ce n'était pas facile de rectifier après tout ce temps. Puis il était passé à autre chose, comme tout le monde, comme Porter lui-même. Il avait préféré oublier, se tourner vers l'avenir. Est-ce vraiment si mal ? Un autre que lui n'en aurait-il pas fait autant à sa place ? L'aime-t-elle assez pour le comprendre et lui pardonner ?

Finalement, il se force à la regarder. Et ce qu'il voit dans ses yeux, c'est la déception. Son estomac se noue. C'est bien pire que la colère.

— Je me souviens comme si c'était hier du jour où je t'ai vu pour la première fois, au bureau de la Guerre, dit-elle en fixant ses chaussures. Tu étais grand, beau et courageux. Je n'en revenais pas que tu aies posé les yeux sur moi. Tu semblais tellement distingué et important. Et, bien sûr, tu l'étais. Comme je t'admirais, Edward ! Et comme je me sentais chanceuse d'avoir été choisie par toi, alors que tu aurais pu avoir n'importe quelle autre fille.

— Mais je n'ai jamais voulu que toi, Eleanor ! Tu ne comprends donc pas ? Je t'aime tant… Jamais je n'ai menti à ce sujet !

Elle secoue la tête, avec des larmes dans les yeux.

— Je te crois, Edward. Je sais combien tu m'aimes et combien tu me veux. Mais, comme pour tout ce que tu veux, tu as déformé la vérité pour m'avoir. Moi, ta carrière, ta réputation. Tu as triché pour tout. Je croyais te connaître, mais je me trompais.

— Tu exagères. À t'entendre, je ne fais que tricher. Je suis sérieux dans mon travail, je n'ai pas usurpé ma carrière.

—Mais tu te fais appeler « professeur », alors que tu n'as pas droit à ce titre.

—Je n'ai pas terminé mon doctorat, c'est vrai, mais c'est à cause de la guerre. Que veux-tu que j'y fasse ? Ça ne m'empêche pas d'être un spécialiste dans mon domaine, aussi compétent que n'importe quel autre professeur, avec ou sans doctorat.

—Tu as truqué des données.

Il soupire et hausse les sourcils.

—Tu ne vas pas encore revenir à la charge avec ça ! C'était vraiment une petite chose. Un détail insignifiant en regard du nombre très important de données.

—Pour moi, ça n'a rien d'insignifiant.

Les flammes se reflètent dans les yeux d'Eleanor. Elle se penche vers lui.

—Si tu étais courageux, Edward – car parfois, admettre qu'on a tort ou se dresser contre un courant d'opinion réclame un certain courage –, tu reconnaîtrais que tes hypothèses sont erronées. Et tu sortirais ta fille de ce centre afin qu'on puisse essayer ce régime dont je t'ai parlé.

Cette fois, elle va trop loin. Il veut bien se montrer plus circonspect à l'avenir, mais on ne peut pas défaire le passé. Quant à Mabel, elle est dans un excellent établissement, aux bons soins de sir Charles, un des plus grands spécialistes de l'épilepsie pédiatrique. Eleanor s'accroche à de faux espoirs et se laisse berner par des charlatans qui profitent de la vulnérabilité des personnes en détresse, il ne va pas la suivre sur cette voie.

—Je ne vais pas retirer ma fille d'un endroit où elle est bien traitée et bien soignée, déclare-t-il d'un ton ferme. Et certainement pas l'affamer et lui imposer un traitement de charlatan pour suivre les conseils de l'amoureux de ta sœur ! C'est une idée cruelle et absurde, Eleanor. Je sais que tu ne veux que le bien de Mabel – et moi aussi, plus que tout. Mais le désespoir te fait perdre la raison et tu t'accroches à un rêve impossible. Je suis désolé, mais il faudra bien que tu te résignes à admettre la vérité : l'état de notre fille ne va pas s'améliorer.

— Ce n'est pas un traitement de charlatan, Edward, lui rétorque-t-elle. Il existe depuis des années, voire des siècles, et a été récemment amélioré dans la célèbre clinique Mayo en Amérique, par de vrais médecins, de vrais scientifiques, comme toi !

— Eleanor, je t'en prie. On trouve en Amérique un certain nombre de faux traitements et de charlatans, comme partout ailleurs. Tout est question de…

— Ah tu crois vraiment ! s'exclame Eleanor en se levant d'un bond. Eh bien, Edward Hamilton, qui juge si durement ses pairs, je pourrais t'accuser d'être un charlatan et d'avoir falsifié des résultats d'expérience, non ?

— Comment oses-tu ?

Edward en a assez entendu. À présent, il est debout lui aussi. C'est vrai qu'il a triché sur les données, mais c'était uniquement pour apporter des preuves irréfutables à une démonstration qu'il sait par ailleurs juste.

— J'ai fait ce que j'ai fait pour d'excellentes raisons. Je ne vais pas te laisser me traiter de charlatan.

— Il ne t'est jamais venu à l'esprit que tu pouvais te tromper, Edward ?

Elle affronte tranquillement sa colère, d'une voix calme et posée. Il ne l'impressionne plus.

— Et qu'on pourrait améliorer le fonctionnement de notre société autrement qu'en appliquant tes vues étroites sur la délinquance et les faibles d'esprit ?

— Ne sois pas ridicule, Eleanor. Les idées de l'eugénisme ne viennent pas de moi. Elles sont acceptées par la science médicale et soutenues par de nombreux experts.

— Mais ces idées ont aussi leurs opposants.

— C'est vrai, mais…

— Alors ne pouvons-nous pas tenter notre chance avec une autre méthode ?

À présent, elle supplie, elle est presque en larmes. La colère d'Edward se dissipe peu à peu.

— Je t'en prie, insiste-t-elle.

— Eleanor, nous avions décidé de demander l'avis de sir Charles sur ce régime.

— Il ne veut pas l'essayer, répond Eleanor, qui fait à présent les cent pas dans la pièce comme un chat excité. Je sors de son cabinet.

— Tu es allée le voir ? Sans moi ?

— Oui, Edward. Je peux faire des choses sans toi, tu sais. Et je voulais présenter les expériences à sir Charles d'une manière neutre et impartiale.

Edward la regarde d'un œil neuf. Elle est allée voir sir Charles dans son dos ! Et elle ne lui parle pas comme d'habitude. Il ne retrouve plus sa douce épouse. La femme en face de lui est une combattante agressive et pleine d'assurance.

Il tente de l'apaiser. Mieux vaut ne pas la heurter de front.

— Très bien, Eleanor. Je conçois que tu veuilles faire de ton mieux pour Mabel, mais tu dois te montrer raisonnable et écouter les conseils de sir Charles. S'il pense que ce traitement n'apportera aucune amélioration, pourquoi doutes-tu de lui ? Pourquoi refuserait-il de l'utiliser, s'il était aussi efficace que tu le prétends ? Son but est avant tout de guérir ses patients, tu sais.

Il se tait.

Comme elle ne répond pas et semble abattue, il s'avance vers elle en lui proposant sa main, pour qu'elle la prenne, pour arranger les choses entre eux.

Elle le contemple un instant, en ignorant cette main tendue. Elle ouvre la bouche comme pour parler, mais la referme aussitôt. Il a le sentiment qu'elle lui cache quelque chose. Puis enfin, elle soupire :

— Tu ne changeras pas d'avis à propos de ce régime, n'est-ce pas ? demande-t-elle d'une voix lasse.

— Non, répond Edward.

Il parle aussi doucement que possible, pour éviter de raviver sa colère. Mais il ne veut pas non plus lui donner de faux espoirs.

— J'en ai parlé à sir Charles, moi aussi, avoue-t-il. Avant toi. Il est contre ce régime et considère que c'est un traitement inhumain. Eleanor, ma chérie, Mabel ne pourrait pas être mieux soignée que dans cet établissement, sous la supervision de sir Charles. S'il te plaît, sois raisonnable.

— Tu es vraiment sûr que c'est pour elle, Edward, que tu tiens à ce qu'elle reste dans ce centre ?

— C'est pour nous tous. Pour elle, pour nous, pour Jimmy…

Il la prend dans ses bras et elle se laisse d'abord faire en lui jetant un regard suppliant. Puis elle s'écarte et lui tourne le dos.

Et cette fois Edward comprend avec une douloureuse lucidité que sa femme a pris ses distances avec lui.

IX

Comme un hibou qui fond silencieusement sur sa proie, je viens pour la petite. Mais dans le Château des Bébés, elle n'est pas dans sa chambre habituelle.

Il se passe quelque chose d'anormal. Je le sens de loin, sans en être tout à fait certaine.

Je la trouve enfin, m'approche d'elle, la regarde dormir. À présent, je ne doute plus : le docteur Eversley s'est servi d'elle pour ses cruelles expériences. Au lieu de la laisser en paix, il cherche à la tirer de sa torpeur. Et tout cela sans en parler à personne.

Le jeu du chat et de la souris est imprévisible, on ne sait jamais comment il va finir.

Cette fois, je n'ai plus de prise sur cette enfant. Elle m'échappe. Elle est hors de ma portée.

Adieu, ma douce et tendre petite.

Je ne peux plus nourrir son esprit, je dois la laisser seule. Fini pour elle les odeurs de brûlé. Le goût bizarre des aliments. Fini cette exacerbation du toucher, de l'ouïe, de la vue. Il n'y aura plus dans son cerveau cet afflux d'électricité déferlant sur ses synapses, brûlant tout sur son passage, se faufilant dans les circuits de son système nerveux.

Elle redevient une simple petite fille, avec son cerveau humain privé d'illumination.

Je la sens perdue. Il y a quelque chose de terrifiant dans sa nouvelle chambre qui ne laisse même pas entrer la lumière pâle et réconfortante de la lune, comme c'était le cas avec les hautes fenêtres du dortoir du Château des Bébés. Au lieu de cela, la pauvre enfant flotte dans un écrin de velours noir, seule et désorientée.

Il n'y a rien que je puisse faire pour elle à présent. Je l'abandonne à son sort.

En perdant cette petite, j'ai perdu une bataille. Mais je ne renonce pas à la guerre que je mène contre vous.

Quatrième partie

Septembre 1929

Chapitre 27

Eleanor

La lourde Mercedes-Benz a encore abordé le virage trop vite. Emportée par son poids, elle penche si brusquement qu'Eleanor est sûre que cette fois elles vont se renverser. Mais, par miracle et au mépris de toutes les lois de la gravité, Sophie parvient à redresser dans un terrible grincement de freins et de pneus – non sans pester contre l'état de cette « foutue route ».

— Tu es sûre de savoir conduire ? crie Eleanor par-dessus le hurlement du vent.

Elle croyait avoir peur en voiture avec Edward, mais avec Sophie, c'est cent fois pire.

— On ne pourrait pas ralentir un peu ? insiste-t-elle.

— Je sais ce que je fais, ma chérie ! répond Sophie en s'agrippant au volant pour maintenir le cap. On n'est pas en avance, vois-tu. Mais tu ne cours aucun danger, je t'assure.

Eleanor se cale dans son siège et s'agrippe aux accoudoirs. Elle serait presque tentée de fermer les yeux. La route est de plus en plus mauvaise, étroite, jalonnée de nids-de-poule et de virages serrés. Elle préfère ne pas imaginer ce qui se passerait si par malheur elles croisaient un autre véhicule. Elles n'auraient sûrement pas le temps de s'arrêter. Elle inspire à fond plusieurs fois pour se calmer.

Le car-ferry est déjà réservé, ainsi que les chambres d'hôtel qui leur serviront d'étapes. Là où elles se rendent, dans le sud de la France, tout est prêt pour les accueillir. Elle revoit ses adieux à Brook End. Les domestiques n'avaient été avertis qu'au tout dernier moment. C'était mieux comme ça. Il ne fallait pas qu'Edward sache et elle ne voulait pas leur demander de lui mentir. Mais elle avait été très touchée de leur soutien et de leurs encouragements.

— Vous avez raison, avait commenté Mme Bellamy avec des larmes dans les yeux, allant même jusqu'à lui toucher le bras en signe de sympathie. Ce petit bout de chou me manque, avait-elle reniflé. Ces pauvres petits dans les asiles, on ne peut qu'avoir de la peine pour eux. Et ne vous inquiétez pas, je vais m'assurer que personne ici ne dise un mot. C'est à moi qu'ils auraient à en répondre et ils ne prendraient pas ce risque, avait-elle ajouté fermement.

Mme Bellamy leur avait même préparé un panier rempli de nourriture, comme si elles se rendaient dans quelque contrée sauvage et isolée. Elle a un élan d'affection pour sa cuisinière. Cette femme bourrue va lui manquer. Tous les gens de la maison vont lui manquer…

Lizzie avait été plus difficile à convaincre. Elle trouvait choquant d'agir contre l'opinion d'un mari. Elle est au fond très conventionnelle, prisonnière des attentes de la société et des normes.

— Mais que va dire Edward ? Et que fais-tu de Jimmy ? avait-elle demandé, les yeux écarquillés, le front plissé d'inquiétude. Tu ne peux pas laisser Jimmy, n'est-ce pas ?

Elle semblait réellement horrifiée.

— Ce n'est qu'un bébé, Eleanor. Il ne peut pas se passer de sa mère pour Dieu sait combien de temps. Tu ne pourras même pas lui rendre visite, vous serez si loin !

Mais quand Eleanor lui avait montré la lettre de Mlle Manners, elle était devenue toute pâle.

— Mon Dieu, c'est terrible. Je comprends mieux, à présent. Bien sûr que tu dois y aller. Dis-moi ce que je peux faire pour t'aider... Mais, Eleanor, et si tu arrivais trop tard ?

Cette possibilité a aussi traversé l'esprit d'Eleanor, mais elle préfère ne pas y penser. Elle a réagi très vite, donc il ne devrait pas être trop tard. Grâce à sa chère Sophie, qui a quitté sa famille sans préavis pour lui venir en aide dans cette folle entreprise.

— J'ai l'impression de partir à l'aventure, chérie, avait-elle insisté. Je ne raterais ça pour rien au monde !

Eleanor la soupçonne vaguement d'être soulagée de s'éloigner un temps d'Henry et de leurs problèmes de couple.

Elle a longuement ruminé ses griefs envers Edward et sa colère contre lui ne fait que grandir. Il lui ment depuis le début, et sur pas mal de choses. Elle mène dans son esprit un véritable procès. Tout ce qu'il a dit et fait au cours des années précédentes est débattu par l'accusation et la défense. Le jugement n'a pas encore été rendu.

Edward ne va pas lui manquer.

Par contre, se séparer de Jimmy a été un déchirement. Elle le laisse à Mlle Harding, en qui elle a entièrement confiance, mais l'angoisse et les regrets l'étreignent quand elle pense qu'elle ne sait pas quand elle le reverra. S'il devait lui arriver quelque chose en son absence, elle ne se le pardonnerait jamais.

Au moment de lui faire ses adieux, juste avant le départ, elle avait failli reculer. En le prenant dans ses bras, elle avait senti pour la première fois un élan d'amour maternel. Le chagrin et la culpabilité d'avoir abandonné Mabel lui avaient sans doute interdit jusque-là d'aimer Jimmy. Elle s'était mise à pleurer quand il l'avait dévisagée avec ses grands yeux innocents. Et encore plus quand il avait tendu sa main potelée pour toucher sa joue humide de larmes.

— Mon petit garçon chéri, lui avait-elle murmuré. Je voudrais t'emmener, mais c'est impossible. Mabel a besoin de moi en ce moment. Ce ne sera pas long. Dès que possible, nous serons de nouveau réunis, d'une manière ou d'une autre, je te le promets.

Il avait ri et gazouillé lorsqu'elle l'avait embrassé – sur les joues, au creux de son petit cou trop court et potelé, sur son ventre rond, partout où il aimait. Il avait réussi à la faire sourire à travers ses larmes.

Lizzie a promis de veiller sur Jimmy. Et aussi sur Edward. Ce soir, elle sera à Brook End pour qu'il ne soit pas seul. Il va avoir un choc en découvrant qu'elle est partie. Quand elle l'imagine en train de lire sa lettre, elle a mal pour lui.

La voiture roule sur un nid-de-poule que Sophie n'avait pas vu dans la semi-obscurité, et la secousse ramène Eleanor au présent.

— On ne doit plus être très loin, dit-elle en scrutant le paysage.

La route s'efface peu à peu pour devenir un chemin poussiéreux à travers champs et elles avancent désormais en cahotant sur les ornières. On leur a conseillé d'arriver par l'arrière du centre, c'est-à-dire par la ferme, pour ne pas être repérées, mais Eleanor regrette presque d'avoir suivi ce conseil, tant le chemin est mauvais. Ce serait vraiment dommage qu'elles aient un accident si près du but.

— S'il te plaît, Sophie, ralentis, crie-t-elle. On va perdre une roue ou être éjectées de nos sièges.

— D'accord, d'accord, marmonne Sophie.

Elle relâche un peu la pédale d'accélérateur et contourne lentement un cratère de la route.

Eleanor se prépare au pire, car il est possible que Mabel ne la reconnaisse pas. Selon le dernier bilan de sir Charles, elle ne parle pratiquement plus et communique essentiellement par des pleurs et des cris de frustration : elle montre du doigt, secoue la tête, prend la main de l'infirmière pour l'entraîner vers ce qui l'intéresse. Elle dort beaucoup à cause des médicaments qui la rendent léthargique, voire apathique, et ne manifeste plus aucun intérêt pour le jeu. Elle pleure et geint sans raison apparente. Elle est tout le temps accrochée à sa poupée de chiffons et semble désemparée quand elle la perd.

Elle mange, elle dort, elle respire. Mais rien de plus.

Eleanor est prise de vertige quand elle pense à la lettre de l'infirmière. Il faut sortir sa fille de ce centre au plus vite. Mabel a besoin de l'amour et de la protection de sa mère, maintenant plus que jamais. Et si Edward persiste à ne pas vouloir d'elle pour protéger sa réputation, eh bien, pas de problème, elle ira vivre ailleurs avec ses deux enfants, dans un endroit calme, loin de lui et de son travail. Le travail d'Edward, elle en est venue à le détester. Non seulement parce qu'elle doute désormais du caractère scientifique de sa démarche – en raison des dossiers écartés –, mais aussi pour les idées qu'il défend. Les gens comme Mabel ne méritent pas d'être mis à l'écart de la société et il n'y a aucune raison de les considérer *a priori* comme des assassins en puissance.

Ce soir, elle va kidnapper sa fille. Comme dans les films. Elle va la soutirer à cet endroit lugubre, la rendre à la lumière. Ensemble, elles iront chercher de l'aide auprès d'un médecin qui est prêt à tout tenter. Auprès du père de Marcel. Sous sa supervision, Eleanor sera l'infirmière et la cuisinière de sa fille. Et si le régime cétogène ne marche pas, si Mabel n'atteint pas l'âge adulte – comme le pauvre prince John –, eh bien, au moins Eleanor saura qu'elle aura tout tenté et puisera un peu de réconfort dans cette idée.

Et elle se moque totalement de ce que les gens « comme il faut » pourront penser.

— Regarde ! s'exclame soudain Sophie d'un ton excité. Ces bâtiments, là-bas. Tu crois qu'on y est ?

— Oui, je pense que c'est ça, répond Eleanor en se penchant en avant. Je reconnais la ferme et il me semble voir la tour d'horloge décrite par Mlle Manners.

— Hourra ! s'écrie Sophie d'un ton triomphant.

— Nous n'avons pas encore Mabel, murmure Eleanor. Ne nous réjouissons pas trop vite !

Le domaine est très vaste. Elles passent devant des granges, puis des pavillons, puis de grands bâtiments de style victorien qui doivent notamment abriter le conseil d'administration et l'école.

Sophie arrête la voiture à distance du long bâtiment principal rattaché à la tour d'horloge. Eleanor sort de son sac à main le plan que lui a envoyé Mlle Manners et tente de repérer le Château des Bébés. Ses yeux s'arrêtent sur un pavillon à l'aspect délabré qui ressemble en effet à un petit château.

— L'endroit est vraiment glauque, commente Sophie avec un frisson en faisant avancer la voiture au pas.

Eleanor consulte sa montre. Elles sont pile à l'heure. Il est 19 h 30. C'est le moment où l'on termine d'installer les patients pour la nuit. Ensuite le personnel va souper. Mlle Manners est censée être seule dans le château et lui ouvrir quand elle arrivera. Sophie va rester dans la voiture pour être prête à démarrer dès qu'elle reviendra avec Mabel. Ensuite, elles fileront pour Douvres, où elles tenteront de dormir quelques heures dans un hôtel non loin des quais. Demain matin, elles embarqueront avec la voiture sur un bateau pour Calais.

Sophie coupe le moteur et les deux amies demeurent assises en silence quelques instants. Eleanor a les nerfs à fleur de peau.

Son cœur bat fort et vite. Elle tend l'oreille, attentive au moindre bruit. L'obscurité croissante lui fait l'effet d'une alliée. C'est le moment de dire ce qui doit être dit.

— Sophie, commence-t-elle, les yeux fixés sur les bâtiments devant elles. Quoi qu'il puisse arriver après cela, je tiens à te remercier de ton aide. C'était beaucoup te demander, de laisser Henry et les enfants.

— Pas Henry, répond Sophie d'une voix basse et tranquille. J'ai pris une décision, vois-tu. Henry et moi, nous ne sommes pas heureux ensemble. En te regardant prendre les choses en main, j'ai compris que j'avais moi aussi des décisions à prendre. Je vais le quitter, Eleanor. Je l'en informerai dès mon retour à Londres.

Eleanor se tourne vers Sophie.

— Ce sera un énorme scandale, murmure-t-elle. Tu vas le payer très cher...

— Ma décision est prise, répond Sophie en regardant droit devant elle. C'est indispensable, sinon je vais devenir folle. J'avais besoin d'être un peu secouée pour sauter le pas. Ton exemple m'a suffi.

Eleanor pose sa main sur le bras de son amie.

— Sache que je serai là si tu as besoin de moi, promet-elle. Pour quoi que ce soit.

Sophie se tourne vers elle en riant.

— Comme si tu n'en avais pas assez avec tes propres problèmes ! Allez, va chercher ta fille, à présent. Dépêche-toi !

Eleanor prend une grande inspiration, puis elle quitte la voiture et avance en silence vers le vieux pavillon. Son cœur bat si vite et ses jambes sont si faibles qu'elle craint d'avoir un malaise. Pour trouver le courage de continuer, elle ne cesse de se répéter que Mabel a besoin d'elle. Elle approche d'une grande salle qui doit être le réfectoire, à en juger par le tintement des couverts et le bourdonnement des conversations qui parviennent jusqu'à elle par les fenêtres entrouvertes. Elle passe devant courbée en deux pour ne pas être vue, en retenant son souffle.

Le bruit d'une porte qui claque l'arrête net. À quelques mètres devant elle, un petit homme débraillé sort du réfectoire. Heureusement, il ne regarde pas autour de lui et ne la voit pas. Il semble plongé dans ses pensées et se dirige à grands pas vers un autre bâtiment, les mains dans les poches, tête baissée. Il atteint une porte, l'ouvre en grand et se retrouve inondé par la lumière qui vient de l'intérieur. L'espace d'un instant absolument terrifiant, il ne bouge plus et Eleanor se demande s'il n'a pas senti sa présence et ne va pas se retourner en criant : « Qui est là ? » Elle retient son souffle, son cœur cogne dans sa poitrine. Puis l'homme se remet en mouvement, franchit le seuil et disparaît avec un « bang », en même temps que le rectangle de lumière s'éteint. Eleanor soupire de soulagement et se remet en route vers le Château des Bébés.

Comme convenu, elle frappe trois coups secs à la porte et attend. Quelques minutes s'écoulent. Mlle Manners aurait dû la guetter et lui ouvrir sur-le-champ. Eleanor est inquiète. Elle regarde autour d'elle avec désespoir et commence à envisager de prendre la fuite, quand soudain le battant s'ouvre sur une jeune infirmière qui la dévisage d'un air surpris.

— Bonjour. Que puis-je faire pour vous ?

Le cœur d'Eleanor se serre. Cette personne n'est pas Mlle Manners.

— Je, euh, je cherche Mlle Manners…

La jeune femme secoue la tête.

— Je suis désolée, mais elle est tombée malade la semaine dernière. Et vous êtes ?

— Oh, c'est regrettable ! s'exclame Eleanor afin d'éviter de répondre à la question. Elle ne m'a rien dit. Est-ce grave ?

— Une vilaine grippe.

La jeune femme secoue la tête.

— Nous avons en ce moment au centre une épidémie qui se répand comme une traînée de poudre.

Eleanor espère que Mabel n'a pas attrapé la grippe. La jeune infirmière fronce les sourcils et la regarde intensément, appuyée au chambranle de la porte.

— Il est tard, pour une visite. Pardon, mais je n'ai pas entendu votre nom.

— C'est parce que je ne vous l'ai pas donné.

L'esprit d'Eleanor s'emballe. Elle regarde attentivement l'infirmière et lui trouve un visage agréable et ouvert. Elle ne doit pas avoir plus dix-neuf ou vingt ans. L'âge de Rose. Peut-on lui faire confiance ? Elle n'en sait rien, mais l'absence de Mlle Manners ne lui laisse pas le choix.

— Puis-je entrer quelques minutes ? J'avais rendez-vous ce soir avec Mlle Manners.

Elle marque un temps d'hésitation, puis reprend.

— Ma fille est soignée ici.

— D'accord, répond l'infirmière en regardant par-dessus l'épaule d'Eleanor, comme pour vérifier que personne ne les observe. Nous n'acceptons plus les visites à cette heure, mais puisque vous êtes là…

Elle s'écarte pour laisser entrer Eleanor dans un long couloir étroit et sombre, puis la conduit jusqu'à une sorte de petit salon lugubre, éclairé uniquement par quelques lampes à gaz. L'endroit sent l'humidité. Le papier peint se détache dans les coins.

— Je vous en prie, asseyez-vous, dit l'infirmière en désignant des sièges peu attrayants.

Comme Eleanor refuse, elle n'insiste pas et poursuit.

— Je suis l'infirmière Baker, dit-elle. Comment s'appelle votre fille ? Je vais téléphoner à M. Glover, le directeur de l'établissement, bien qu'il soit déjà rentré chez lui. Peut-être devriez-vous plutôt vous présenter à l'accueil, où vous pourrez vous adresser à l'infirmière en chef de service. Je ne peux pas laisser les enfants, je vais vous indiquer le chemin.

Elle semble regretter à présent de l'avoir fait entrer.

— Non ! s'exclame Eleanor.

Le ton fait sursauter l'infirmière Baker et Eleanor avance les mains dans un geste d'apaisement.

— Pardon, murmure-t-elle.

Elle n'a plus d'autre choix que de supplier cette femme de bien vouloir l'aider.

— Je suis Eleanor Hamilton. La mère de Mabel.

Le visage de la jeune fille pâlit en entendant le nom de Mabel et le cœur d'Eleanor se serre.

— Qu'y a-t-il ? Mabel est malade, elle a la grippe ?

Seigneur. Elle n'avait pas envisagé cela. Et si Mabel avait cette redoutable grippe, ou bien la scarlatine, ou les oreillons ? Ou pire encore, la diphtérie ou une pneumonie ? Dans un endroit pareil, les épidémies se répandent comme des traînées de poudre, c'est bien ce que l'infirmière a dit. Oh mon Dieu, elle arrive trop tard ! Mabel n'est pas en état de voyager. Peut-être même est-elle morte !

— Non, répond précipitamment l'infirmière Baker. Non. Elle n'a pas la grippe.

Elle bat des paupières et Eleanor remarque qu'elle serre ses mains l'une contre l'autre pour tenter de les empêcher de trembler.

— Alors je voudrais la voir. Maintenant, s'il vous plaît.

— Il est beaucoup trop tard pour une visite ! répond l'infirmière en dévisageant Eleanor avec des yeux écarquillés. Et on m'a dit que Mabel ne recevrait pas de visiteurs. Qu'elle faisait partie de ceux qui…

Sa voix meurt.

— De ceux qui quoi ? presse Eleanor.

Elle a l'impression d'être au bord du malaise.

— Je ferais mieux de téléphoner à M. Glover, le directeur, murmure l'infirmière en regardant du côté de la porte.

Eleanor meurt d'envie de la secouer pour lui faire avouer ce qu'elle cache.

— Ce ne sera pas nécessaire, répond-elle en luttant contre la panique et en tentant de conserver un ton égal. Je suis venue chercher Mabel. Je suis sa mère et j'ai donc le droit de la ramener à la maison quand bon me semble. Vous allez donc me montrer où elle dort. Ou bien dois-je fouiller moi-même les chambres ?

— Non ! s'exclame l'infirmière, qui fait un bond vers la porte, comme pour lui barrer le chemin. Mabel n'est plus dans le Château des Enfants. Elle a été transférée dans l'aile médicalisée.

Seigneur…

Mlle Manners disait donc vrai. Eleanor se sent presque défaillir, ses jambes ne la soutiennent plus, elle doit s'appuyer au dossier d'un fauteuil.

— Mais pourquoi ? Vous venez de me dire qu'elle n'avait pas la grippe !

L'infirmière Baker secoue la tête, l'air bouleversée.

— Elle est… Le docteur Eversley a…

— Il a quoi ? Parlez, à la fin !

— Elle fait partie de ceux qui participent à l'expérience du docteur Eversley ! lâche d'une traite l'infirmière.

Ses mots frappent Eleanor comme un coup de feu.

— Où est-elle ? demande-t-elle dans un souffle, au bord de la nausée. Dites-moi où est ma fille. Tout de suite !

Chapitre 28

Edward

Quand Edward arrive par le train de 18 h 40, Wilson l'attend comme toujours devant la gare de Mayfield.

— Bonjour, professeur ! lance-t-il, tout sourires. J'espère que vous avez passé une bonne journée.

— Pas vraiment, répond Edward avec un soupir.

Il profite d'ordinaire du trajet jusqu'à la maison pour raconter à Wilson les événements marquants de sa semaine, une façon pour lui de s'en décharger.

— Je suis désolé de l'apprendre, monsieur.

Wilson ouvre la portière du passager à Edward.

— Est-ce que je peux faire quelque chose pour vous ?

Comme d'habitude, Wilson affiche un optimisme joyeux et Edward ne peut s'empêcher de lui envier sa bonne humeur. Il a reçu en début d'après-midi un coup de fil paniqué de Coleroy & Mack et on lui a annoncé d'étranges nouvelles qui l'ont beaucoup inquiété.

Wilson démarre la Sunbeam et se met à rouler.

— Il semblerait qu'il y ait eu de grosses pertes sur le marché londonien aujourd'hui, explique Edward. À cause d'un type. Un certain Hatry, il me semble.

Wilson hausse les épaules.

— Je n'en sais rien, monsieur. Je ne suis pas au courant.

— Non, je m'en doute, peu importe. En tout cas, ce type a investi par le biais de sa société dans un groupe sidérurgique américain et ça s'est avéré totalement frauduleux.

— Le groupe sidérurgique ?

— Non. L'investissement. Ou la garantie de l'investissement. Oh, je n'ai plus trop les détails en tête. Pour résumer, Wilson, cette opération a provoqué un krach boursier. Dans ces cas-là, tout le monde veut récupérer son argent, non seulement celui qui est investi en Bourse, mais celui qui est en coffre dans les banques, et donc vous imaginez la panique.

— Je vois, commente Wilson.

Il fronce légèrement les sourcils sous la visière de sa casquette, dans son effort pour comprendre où veut en venir Edward.

— J'ignorais tout de l'affaire jusqu'au coup de fil du type qui gère mes comptes, mon banquier, M. Coleroy. Il était survolté et voulait me dire que je n'avais pas à m'inquiéter, que je devais tenir bon et laisser mon argent chez eux. Il m'a assuré que les marchés boursiers se rétabliraient dans quelques jours, une fois le choc passé, et que les choses reviendraient au niveau où elles se trouvaient avant ce Hatry. Je me suis limité à des investissements sûrs, sans risque, voyez-vous.

— Je vois, répète Wilson, qui n'a décidément pas l'air de voir. Donc tout va bien, monsieur, c'est cela ?

— Eh bien oui, en principe. Mais depuis que j'ai reçu ce coup de fil me demandant de ne pas m'inquiéter, je m'inquiète, justement, avoue Edward au moment précis où la rassurante silhouette de Brook End est enfin en vue. J'étais certain que mon argent était en de bonnes mains. Mais tout de même, je me demande… Si M. Coleroy prévient ses autres clients, ils vont s'inquiéter, comme moi. Vont-ils tous se précipiter à la banque demain matin pour retirer leurs fonds ? Et, si c'est le cas, la banque va-t-elle s'effondrer ? Du coup, je me dis que je ferais peut-être mieux d'aller retirer mon argent et de le cacher sous mon matelas, comme tout le monde.

— Oui, je comprends, commente Wilson, qui roule à présent sur l'allée menant à la maison. Et qu'avez-vous finalement décidé, monsieur ?

— Rien, répond Edward. En cas de doute, Wilson, il vaut toujours mieux s'abstenir. Mais ce n'est pas une position très confortable. J'ai les nerfs en pelote, vous pouvez me croire.

— J'en suis vraiment désolé, monsieur, répond Wilson.

Puis il se tait, car il n'a pas de solution à proposer pour calmer des nerfs en pelote. Peut-être craint-il de perdre sa place de chauffeur si son patron doit réduire ses dépenses. Edward voudrait le rassurer sur ce point, mais il n'en a pas le temps car la voiture s'arrête déjà devant la porte d'entrée.

— Mme Hamilton doit-elle rentrer ce soir ? demande Wilson.

Il est visiblement désireux de trouver un autre sujet de conversation et contourne la voiture pour ouvrir la portière d'Edward.

— Pardon ?

Edward ignorait qu'Eleanor n'était pas là et qu'elle avait des projets pour la soirée.

— Je l'ai vue partir un peu plus tôt dans la voiture de lady Grant-Parker, explique Wilson d'un ton jovial en attrapant la mallette d'Edward à l'arrière. Comme elles avaient des bagages, j'ai eu l'impression qu'elles s'absentaient pour le week-end.

Edward prend la mallette que lui tend Wilson, tout en se disant qu'il a dû oublier que sa femme sortait, mais la mention des bagages déclenche une sonnette d'alarme dans sa tête. Où diable Eleanor aurait-elle pu aller avec des bagages ?

—Je vous remercie, Wilson, vous pouvez disposer, dit-il seulement, pour couper court à toute question. Bonne soirée à vous.

Il se retourne vers la maison. L'un ou l'autre des époux Faulks sera certainement capable de lui fournir l'explication de ce mystère.

À l'instant précis où il franchit la portée d'entrée, il comprend que quelque chose ne va pas. L'air est différent dans la maison. Même le chien l'accueille moins joyeusement que de coutume.

—Qu'y a-t-il, Byron? demande-t-il en tapotant les flancs dorés de l'animal. Qu'est-ce qui se passe ici, mon vieux?

—Ah, professeur Hamilton, vous êtes enfin de retour.

Mme Faulks apparaît dans le couloir. Elle le regarde poser sa mallette, accrocher son chapeau au portemanteau, enlever sa veste.

—Suis-je en retard? dit-il.

De nouveau, il se demande s'il n'a pas oublié quelque chose dont il était censé se souvenir. Cette folie du marché boursier a peut-être effacé de sa mémoire un événement important.

—Pas exactement, répond-elle.

Elle tourne les talons et file à l'autre bout du couloir, en marmonnant quelque chose à propos d'une lettre qu'elle aurait égarée.

—Bonsoir, puis-je vous servir un verre, monsieur? demande Faulks en entrant dans la salle à manger.

—Ah Faulks, oui, volontiers. Je n'ai jamais autant eu besoin d'un verre. Un double whisky s'impose, qu'en pensez-vous?

Faulks sourit légèrement et disparaît dans le salon.

On frappe avec insistance à la porte d'entrée. Faulks s'étant éloigné, Edward décide d'aller ouvrir lui-même. Sur le seuil, il découvre Barton et Lizzie. Il avait donc bien oublié quelque chose d'important : il ne se souvenait plus que ces deux-là étaient invités à dîner.

— Oh, Edward, désolé d'arriver à l'improviste, mais nous avons pensé que vous ne voudriez pas être seul ce soir. Vous devez être mort d'inquiétude, mon vieux.

Barton entre en affichant un air lugubre. En passant devant Edward, il lui presse l'épaule.

Seigneur. C'est plutôt Barton qui semble mort d'inquiétude. Est-ce à cause du krach boursier ? C'est peut-être plus grave qu'il ne le pensait…

Edward commence à avoir des sueurs froides et ferme la porte d'entrée en silence. Se pourrait-il qu'il ait perdu tout son argent ? Est-ce que tout le monde est au courant de quelque chose qu'il ignore ? Est-ce pour cela qu'Eleanor est partie avec Sophie et des bagages ?

— Comment ça va, Edward ? demande Lizzie, avec un visage empreint de bienveillance.

— Eh bien, je…

Faulks est de retour avec son whisky. Edward boit une longue rasade qui lui brûle la gorge et répand dans son corps une agréable chaleur.

— Si nous allions nous installer au salon ? propose-t-il à Barton et Lizzie après qu'ils ont dit à Faulks ce qu'ils voulaient boire. Vous restez pour le dîner ?

— Si vous voulez, répond Lizzie d'une voix douce. On fera ce qui vous convient. On ne savait pas si vous voudriez de la compagnie ou pas, n'est-ce pas, Barton ?

Elle se retourne vers son mari et le pousse du coude car il ne répond pas. Celui-ci acquiesce en silence.

Sur ce, Mme Faulks revient, hors d'haleine.

— Je suis vraiment désolée, professeur, halète-t-elle. Je l'avais mise dans un endroit sûr, voyez-vous, mais impossible de me souvenir où. J'ai tout de même fini par la trouver. La voici.

Elle lui tend une enveloppe scellée à son nom. Il reconnaît l'écriture d'Eleanor.

— Mon Dieu ! s'exclame Lizzie en enfouissant son visage dans ses mains. Vous n'avez pas lu la lettre ! Alors vous n'êtes pas encore au courant ?

Edward commence à s'inquiéter sérieusement. Mais qu'ont-ils tous, à s'exprimer par énigmes ? Il prend la lettre des mains de Mme Faulks et dévisage tour à tour Barton, Lizzie, Mme Faulks – ils le fixent tous les trois du regard, bouche bée, comme des crétins dans un asile.

— Au courant de quoi ? s'énerve-t-il en agitant la lettre.

Et soudain, il comprend. C'est évident. Eleanor est partie. Elle l'a quitté. Elle lui en veut terriblement pour ce qu'elle appelle « la falsification des données » et parce qu'il a menti au sujet de Porter. Elle est partie s'installer chez Sophie.

La pièce tangue, il manque de lâcher son verre. Il se laisse tomber dans son fauteuil en contemplant l'enveloppe qu'il tient dans ses mains.

— Je crois que vous feriez bien de l'ouvrir, dit Barton.

— Oui, il faut que vous lisiez, approuve Lizzie. Vraiment. Mais on va vous laisser seul. Viens, Barton, on y va.

— Non, dit Edward. Je vous en prie. Restez. C'est gentil à vous deux d'être venus. J'apprécie votre compagnie.

— Pardon, intervient Mme Faulks. Resterez-vous dîner, monsieur et madame Leyton ?

— Oui, je pense que nous devrions rester, répond Lizzie.

— Vous avez raison, répond Mme Faulks.

Puis elle sort de la pièce et ferme doucement derrière elle. Edward prend une profonde inspiration et ouvre l'enveloppe.

Cher Edward,

Au moment où tu liras ce message, je serai déjà loin. Je ne peux te dire où je vais, pour des raisons que tu comprendras, je l'espère. Il ne s'agit pas seulement de me protéger de toi, mais aussi de protéger ton nom et ta réputation.
Nous avons eu ces derniers temps de nombreux désaccords, mais le plus important est bien sûr celui qui concerne Mabel et son traitement. Je ne supporte pas de penser qu'elle est enfermée avec des épileptiques, qu'elle est seule et malheureuse, qu'elle a peur. J'ai essayé de vous convaincre, sir Charles Lawson et toi, de l'efficacité de ce nouveau traitement basé sur un régime, mais aucun de vous deux n'a rien voulu entendre.
Entre-temps, j'ai reçu une lettre d'une employée du centre Heath m'assurant que Mabel était en danger et que je devais aller la chercher.
Comment aurais-je pu rester les bras croisés, en sachant que notre fille n'est pas bien et qu'il existe de surcroît un traitement qui pourrait l'aider et que nous n'essayons même pas ? Sans compter que je ne peux plus me supporter depuis que j'ai mis mon enfant dehors, avec la perspective de ne plus jamais la revoir. C'est ce que font la plupart des gens et c'est ce que tu voulais. Mais moi, Eleanor Hamilton, j'en suis incapable. Tant que Mabel sera en vie, je veux la garder près de moi.
Je vais donc m'installer avec elle dans un endroit secret. Un lieu calme et confortable, où nous serons bien. J'ai par ailleurs engagé un médecin expérimenté qui m'aidera à mettre en place le régime cétogène. De tout mon cœur et de toute mon âme,

j'espère que cela va marcher. Mais si au contraire cela échouait, sache que je ne renverrai pas Mabel dans ce centre.
Je sais que ce n'est pas correct de faire ça sans toi, Edward, mais tu ne m'as pas laissé le choix, car jamais tu n'aurais accepté de me suivre sur ce chemin. Tu as été un mari gentil et généreux, tu m'as laissé l'accès à nos comptes bancaires. J'ai donc prélevé de l'argent que j'ai fait virer dans une banque près de l'endroit où je suis, afin d'avoir de quoi vivre un moment. Je suis sûre qu'avec le temps tu finiras par accepter et peut-être par approuver ma décision concernant le traitement de Mabel.
Edward, tu te demandes sûrement comment j'ai pu partir avec Mabel en abandonnant Jimmy. J'ai longuement hésité et réfléchi. Ce serait cruel d'arracher Jimmy à son univers et compliqué de l'emmener. Pendant un temps, je vais devoir consacrer toute mon attention à Mabel pour veiller sur elle et la soigner. Je n'aurais pas pu m'occuper correctement de Jimmy, aussi je préfère le laisser aux soins de Mlle Harding car avec elle il est en de bonnes mains – et il t'a toi aussi, bien sûr. Lizzie m'a promis de veiller sur vous deux. Je crois qu'il m'a été difficile d'aimer pleinement Jimmy, parce que, sans Mabel, j'avais le cœur déchiré. Une fois que j'aurai fait ce qu'il faut pour Mabel, je deviendrai la mère que Jimmy mérite – du moins je l'espère.
Et donc, au point où nous en sommes, je dois aussi te dire qu'en ce qui concerne notre couple, je ne sais ce que nous réserve l'avenir. J'ignore si nous pourrons prendre un nouveau départ, toi et moi. J'ignore si tu me pardonneras ce que je fais en ce moment. J'ignore si je peux te pardonner d'avoir tant insisté pour mettre Mabel dans ce centre. Ni ce que tu fais à ceux qui sont comme notre fille. Je t'encourage du fond

du cœur à réviser ta position sur l'eugénisme. En ce qui me concerne, j'ai complètement changé d'avis, tu le sais, et il me semble que nous ne pourrons pas nous réconcilier pleinement tant qu'il restera entre nous cette divergence. Rose m'a aidée à évoluer. J'étais tellement remplie de haine pour l'homme qui avait tué notre mère que j'étais aveuglée. Maintenant, je comprends beaucoup plus de choses. On ne peut pas mettre dans le même sac tous ceux qui ont la malchance de souffrir d'une maladie du corps ou de l'esprit. De plus, chaque être humain, d'où qu'il vienne et quelles que soient ses capacités, a le droit d'être traité dignement.
Je t'en prie, ne cherche pas à me contacter. Pas encore. Plus tard, peut-être que vous pourrez nous rejoindre, Jimmy et toi. Quand nous serons arrivées à bon port, je te le ferai savoir. Je t'enverrai du même coup une adresse postale.

Avec tout mon amour,
Eleanor

Edward contemple la lettre dans un silence médusé. Jamais il n'aurait pu imaginer cela. Son cerveau peine à traiter l'information. Eleanor a organisé son départ sans lui en parler. Elle se méfie donc de lui à ce point ?

Bien entendu qu'elle se méfie de lui ! Il lui a interdit de sortir Mabel du centre Heath et elle savait qu'il ne changerait pas d'avis. Mais c'était surtout pour elle, parce qu'elle n'avait déjà que trop souffert de la lente détérioration de leur fille. De plus, il ne faisait que suivre les recommandations de sir Charles, un grand spécialiste de la question. Mabel est mieux avec des gens comme elle, dans un endroit protégé où le personnel a l'habitude de gérer des épileptiques, où elle peut vivre en paix, sans affronter les moqueries, les jugements et la maltraitance des gens normaux.

Eleanor dit qu'on lui a écrit pour lui faire part d'inquiétudes concernant la prise en charge de Mabel. Qu'est-ce que c'est que ces balivernes ? La lettre dont elle parle ne peut venir que d'un fauteur de troubles. Sans doute quelqu'un qui a découvert que Mabel était la fille d'Edward Hamilton, le spécialiste anglais de l'eugénisme. Qu'il aille au diable !

Mais pour lui, le pire, c'est qu'Eleanor ait abandonné Jimmy. Comment a-t-elle pu ? Comment peut-elle délaisser un beau bébé en parfaite santé qui a besoin d'elle, pour un être défectueux qui est une cause perdue ? Eleanor a perdu la tête, c'est la seule explication. Ou alors Rose et son bâtard de Français ont réussi à la convaincre qu'il fallait essayer ce prétendu remède miracle. Bien sûr, ça ne marchera pas. Et ensuite ? Que se passera-t-il ? Eleanor sera encore plus déçue et malheureuse.

— Edward ?

La voix de Lizzie le ramène dans la pièce et il lève les yeux, surpris de découvrir ses voisins qui le dévisagent d'un air inquiet. Ils savaient. Tout le monde savait sauf lui. Il sent monter une bouffée de colère. Contre eux tous. Contre Eleanor. Comment a-t-elle osé le ridiculiser à ce point ?

— Y a-t-il à part moi quelqu'un qui n'était pas dans le secret ? demande-t-il d'un ton plein d'amertume.

— Nous ne l'avons appris que cet après-midi, se justifie Lizzie. Eleanor est venue à la maison pour me l'annoncer. Je l'ai suppliée de rester, de vous parler, mais elle avait déjà pris sa décision. Elle se faisait beaucoup de souci pour vous et nous lui avons promis de vous soutenir.

— Oui, mon vieux, renchérit Barton. On fera tout ce qu'on peut, il suffira de demander.

— Vous avez une idée de l'endroit où elle a pu aller ? murmure Edward en jetant de nouveau un coup d'œil à la lettre, comme s'il espérait y trouver un indice qui lui aurait échappé à première lecture.

— Pas la moindre idée, non. Je le lui ai demandé, bien sûr, mais elle n'a pas voulu me le dire et…

Edward consulte sa montre. Il est 19 h 30. Il se lève d'un bond et part à la recherche de Mme Faulks, qu'il trouve dans la salle à manger.

— À quelle heure sont-elles parties, madame Faulks ? demande-t-il.

Elle contemple le plafond.

— Voyons… Alice venait de finir d'allumer le feu et je revenais du village où j'étais partie acheter des torchons et du produit de nettoyage pour l'argenterie. Mme Bellamy n'avait pas commencé le souper… J'imagine qu'il était environ 17 h 30.

Le pouls d'Edward s'accélère. C'était il y a seulement deux heures ! Donc Eleanor n'a pas encore emmené Mabel. D'ailleurs, on ne la laissera pas partir sans une autorisation en bonne et due forme signée de lui.

Il se précipite vers le téléphone installé dans le couloir. Il faut appeler Glover, le directeur du centre. Il est encore temps d'empêcher Eleanor de commettre cette folie. Dieu seul sait ce qui pourrait arriver si elle retirait Mabel de ce centre en interrompant brutalement son traitement. Cela pourrait la tuer. Sir Charles leur a expliqué la nécessité d'un protocole dégressif pour l'arrêt des médicaments. Avec ce lamentable projet, Eleanor est en train de mettre la vie de leur fille en danger.

Chapitre 29

Eleanor

— Est-ce que cette… expérience a reçu l'approbation de sir Charles ? demande Eleanor. Ainsi que celle de M. Glover ?

— Non ! répond l'infirmière, qui semble soudain complètement affolée. Ils ne sont pas au courant. Je suis sûre qu'ils auraient refusé si on leur avait demandé leur avis.

— Mais c'est scandaleux !

Eleanor crie, à présent.

— Comment est-ce possible ? On ne peut pas tester un nouveau traitement sur un enfant sans l'accord de ses parents. Et comment est-ce possible que sir Charles ne soit pas au courant ? Seigneur… Mais que lui fait donc ce médecin ?

L'infirmière Baker hausse les épaules, l'air désolée, impuissante.

— Ce genre de choses se produit souvent, madame Hamilton. Mais généralement la famille ne s'en inquiète pas, puisqu'elle ne sait pas et ne voit pas.

— Qu'est-ce que c'est que cet établissement ? s'écrie Eleanor en agrippant le bras de l'infirmière. Où est Mabel ? Je vous en prie, dites-moi où elle est !

— Le docteur Eversley a installé ses patients dans des chambres médicalisées qui se trouvent dans une autre aile et je ne suis pas autorisée à quitter le Château des Enfants, car cela signifierait les laisser sans surveillance.

Elle lève les yeux vers le plafond, comme si elle pouvait voir les enfants qui dorment au-dessus.

— Je vais appeler le docteur Eversley, il doit justement finir de dîner, propose-t-elle en jetant un coup d'œil à sa montre.

— Non ! s'exclame Eleanor. Ne l'appelez pas. Dites-moi simplement où je peux trouver ma fille.

— Les chambres médicalisées se trouvent au sous-sol du bâtiment principal. L'escalier pour le rejoindre est au bout du couloir. Autrefois, il devait y avoir là les cuisines, quand c'était une maison.

— Y a-t-il une entrée de service ? demande Eleanor.

Elle perd du temps. Une fois que le personnel aura fini de dîner, elle ne pourra plus rejoindre l'aile médicale sans être vue. Eleanor jette un coup d'œil par la fenêtre. On distingue dans la pénombre la silhouette de la Mercedes-Benz, près de la grange à côté de laquelle elle est garée. Doit-elle demander de l'aide à Sophie ?

— Oui, répond l'infirmière Baker en montrant la gauche du bâtiment principal. Mais elle donne sur le rez-de-chaussée. L'entrée extérieure permettant d'accéder directement au sous-sol est fermée depuis longtemps. Vous allez devoir traverser tout le pavillon. Il n'y a pas d'autre chemin.

Mince ! Eleanor se détourne pour partir.

L'infirmière Baker la suit jusqu'à la porte.

— Madame Hamilton, vous ne pouvez pas emmener votre fille. Le nouveau traitement testé par le docteur Eversley suppose que… Ce serait dangereux pour elle de…

— J'en ai assez entendu, l'interrompt Eleanor en poussant la porte d'entrée. Rien ne m'empêchera de soustraire ma fille à cet endroit.

Avant de sortir, elle entend l'infirmière Baker décrocher le téléphone.

— Trouvez le docteur Eversley, vite, c'est urgent !

Elle ne cherche pas à entendre la suite. Pas le temps non plus de demander l'aide de Sophie. Elle s'élance vers le bâtiment que l'infirmière lui a indiqué et aperçoit à travers la porte vitrée le petit homme échevelé qu'elle a vu tout à l'heure. L'entrée est un grand espace au plafond voûté. Fort heureusement, il n'y a personne. Eleanor jette un coup d'œil autour d'elle. Il y a de la lumière dans une pièce sur la gauche. C'est une sorte de salon pour le personnel et ils sont plusieurs à y prendre un café et à fumer une cigarette après le repas. Elle passe devant la porte en retenant son souffle et emprunte un couloir dans la direction de l'aile médicalisée, suivant les indications de l'infirmière Baker.

Une sonnerie de téléphone la fait sursauter. Ça vient d'une pièce dont la porte est ouverte et la lumière allumée, il y a une liasse de papiers sur le bureau, une veste sur le dossier de la chaise, mais personne. Le propriétaire de la veste ne doit pas être loin et il ne va certainement pas tarder à revenir. Eleanor accélère et pousse un soupir de soulagement en apercevant devant elle l'escalier qui mène au sous-sol.

Elle l'emprunte, en descendant les marches deux à deux, manquant plusieurs fois de tomber dans sa hâte. Elle aboutit enfin à un long couloir sombre, faiblement éclairé à ses extrémités. Par où aller, à présent ? L'infirmière a parlé « d'aile » médicalisée. Après une brève hésitation, Eleanor prend la direction de l'aile annexe.

Le sous-sol est un véritable labyrinthe de pièces, dont beaucoup sont fermées à clé. Celles qu'elle parvient à ouvrir sont vides. Toutes sont équipées de hautes fenêtres et de lits à barreaux. L'une des pièces comporte même des murs matelassés. Avec une panique grandissante, Eleanor prend soudain conscience que Mabel se trouve probablement derrière l'une des portes verrouillées et que, dans ce cas, elle n'a aucun moyen de la faire sortir.

Arrivée devant la dernière porte, elle s'arrête, haletante, et laisse échapper un sanglot angoissé qui résonne dans le couloir. Elle se sent vaincue. Comme elle a été naïve! Stupide et naïve de penser qu'elle pouvait mener à bout cette folle mission sans l'aide de personne.

Elle reste là un instant, ne sachant plus que faire. Et si elle rejoignait Sophie pour lui expliquer ce qui se passe? Sophie est pleine de ressources. Elle aura peut-être une idée.

Elle repart dans l'autre sens pour revenir sur ses pas, quand elle entend quelqu'un descendre l'escalier. Elle s'arrête net.

Une silhouette apparaît, vêtue d'une veste trop grande. Eleanor reconnaît l'homme à l'allure négligée qu'elle a vu entrer dans le bâtiment tout à l'heure. Il lui crie quelque chose, qui ressemble à « Hé là ! » et agite les bras. Le cœur d'Eleanor s'emballe. Elle a soudain l'intuition qu'il s'agit du docteur Eversley, ce médecin aux pratiques indignes. Eh bien, elle l'attend de pied ferme. Rien ne l'empêchera de récupérer sa fille. Rien ni personne.

— Madame Hamilton !

Il s'arrête devant elle. De près, il est petit et large. Son costume trois pièces en tweed souligne sa bedaine. Son accoutrement et sa coiffure trahissent un homme peu soucieux de son apparence.

— Oui, répond-elle en se dressant face à lui. Et vous êtes ?

— Le docteur Eversley, halète-t-il, essoufflé d'avoir couru. Je viens de recevoir un appel de M. Glover, notre directeur, m'informant que votre mari lui avait téléphoné dans un état de grande agitation. Il pensait que vous étiez en route pour le centre et que vous aviez l'intention de repartir avec votre fille. Et...

Il s'interrompt pour respirer.

— En effet, vous êtes là.

— Edward a appelé le centre ! s'exclame Eleanor.

Après avoir lu la lettre, son premier réflexe a donc été de prévenir le directeur pour qu'on l'empêche de repartir avec Mabel. Il a réussi à se mettre en travers de sa route au tout dernier moment. Elle se mordille la lèvre inférieure, elle est au bord des larmes.

— Soyez gentil de me conduire à ma fille, ordonne-t-elle en faisant de son mieux pour conserver un ton égal. Je souhaite en effet la faire sortir d'ici et vous n'avez pas le droit de m'en empêcher.

— Je vous le déconseille fortement. Peut-être pourrions-nous avoir d'abord une petite discussion dans mon bureau ? propose-t-il.

Il tire un mouchoir d'une de ses poches et éponge la sueur qui perle à son front.

— Le professeur Hamilton avait peur que vous n'emmeniez votre fille sur-le-champ, mais j'ai convaincu notre directeur que vous ne tenteriez rien ce soir, à cette heure-ci. Il s'attend à vous voir arriver demain dans la matinée.

Eleanor avale la boule qu'elle a dans la gorge.

— Je suppose que vous allez le prévenir que je suis là, dit-elle.

Le docteur la fixe de ses yeux sombres aux paupières lourdes.

— Je n'ai pas la moindre envie de le déranger ce soir, sauf si vous me le demandez, dit-il lentement.

Eleanor est prise d'un vertige quand elle repense aux paroles de l'infirmière Baker : le docteur Eversley n'a pas parlé à sir Charles et au directeur de ses nouvelles *expériences.* Elle se demande brièvement ce que l'infirmière Baker gagne à garder le secret.

— Je… je veux juste que ma fille guérisse, murmure-t-elle enfin. Je veux qu'elle aille bien.

Le docteur Eversley lui adresse un sourire étonnamment chaleureux.

— Tout comme moi, madame Hamilton. Tout comme moi.

— Pardon ?

— Allons parler dans mon bureau, insiste-t-il. Il vaut mieux que personne ne nous surprenne à discuter dans ce couloir, ne pensez-vous pas ?

Eleanor le suit dans l'escalier, puis dans le bureau éclairé devant lequel elle est passée un peu plus tôt. Il lui vient à l'esprit qu'il pourrait l'y enfermer, puisque personne ne sait qu'elle est là, ou lui faire subir les pires outrages. Dieu merci, Sophie l'attend dehors. En ne la voyant pas reparaître, elle donnerait l'alerte. Peut-être l'a-t-elle même déjà fait. Cela fait un moment qu'elle aurait dû être de retour à la voiture.

Le docteur Eversley lui désigne un fauteuil et s'installe derrière son bureau. Il s'éclaircit la voix.

— Puis-je vous offrir quelque chose ? demande-t-il. Un verre ?

Elle secoue la tête et le regarde. Il ne semble pas lui être hostile, mais elle n'oublie pas qu'il a utilisé sa fille comme cobaye. Cet homme-là est sans scrupules. Elle ne décolère pas.

— Comme je vous l'ai expliqué, je suis le docteur Eversley, l'un des médecins de ce centre, et Mabel fait partie de mes patientes.

— J'aimerais vraiment la voir, docteur Eversley, l'interrompt-elle, aussi poliment que possible.

Le docteur Eversley fronce les sourcils.

— Quand l'avez-vous vue pour la dernière fois ?

— Cela fait plus de trois mois maintenant, mais ce n'est pas faute d'avoir réclamé des visites. Mon mari ne permettait pas que…

— Son état s'était beaucoup détérioré depuis son arrivée, il faut que vous le sachiez, déclare le docteur Eversley en croisant enfin son regard.

— J'en ai été informée, répond Eleanor d'un ton désespéré. Sir Charles nous a décrit l'état de Mabel et nous savons que le pronostic est mauvais. C'est d'ailleurs pourquoi je suis ici ! Je veux tenter un…

— Je sais ce que vous voulez tenter, l'interrompt le docteur Eversley. Et je suis ravi de pouvoir en discuter sérieusement avec vous. Sir Charles m'a parlé du traitement qui vous intéresse, il n'y croit pas une seconde et il était choqué et stupéfait qu'une mère veuille essayer quelque chose d'aussi grotesque et cruel sur sa propre fille. Il m'a montré les articles que vous lui avez donnés à lire…

Il marque un temps de pause.

— Poursuivez, presse Eleanor.

— Eh bien, en fait, il se trouve que j'avais déjà lu quelque chose à propos de cette diète, il y a quelques années, dans une revue médicale. J'ai donc pris connaissance de vos articles et j'avoue qu'ils m'ont beaucoup intéressé. J'ai fait savoir à sir Charles que j'avais envie de tester le régime cétogène. Évidemment, il est resté sur ses positions. Pour résumer, nous avons eu une sérieuse divergence d'opinions.

Il s'arrête. Ôte ses lunettes. Les remet en place.

— Voyez-vous… Sir Charles est sans aucun doute un grand spécialiste de l'épilepsie, mais… Sachez que je ne suis pas en train de dénigrer un ami et confrère, qui est aussi mon supérieur et mon employeur ! Vous saisissez, n'est-ce pas ? Oui ? Eh bien, voyez-vous, sir Charles est… comment pourrais-je dire…

Il tambourine sur le bureau du bout des doigts, comme s'il cherchait ses mots…

— … Il est de la vieille école et met la prudence au premier plan de sa démarche. De mon côté, je considère qu'il n'y a pas de progrès sans prise de risques. N'êtes-vous pas d'accord ?

Il adresse à Eleanor un grand sourire qui ne la rassure pas le moins du monde. On dirait qu'il cherche à lui annoncer une nouvelle déplaisante. Une douleur sourde s'installe dans son ventre.

— Je ne suis pas certaine de vous suivre, docteur Eversley.

Elle jette un coup d'œil désespéré à sa montre. Serait-il en train de gagner du temps en attendant l'arrivée d'Edward ? Et ensuite quoi ?

Le docteur Eversley la regarde de ses grands yeux marron au regard intelligent et s'éclaircit la voix.

— Je serai direct, madame Hamilton. Je reconnais que j'aurais dû prendre contact avec vous avant d'intégrer votre fille dans mon expérience. Mais c'était difficile de vous en informer, puisque je n'avais pas l'accord de sir Charles, et je savais de plus que votre mari serait contre. J'ai donc décidé de ne rien dire à personne, mais de passer à l'action, parce que c'était l'intérêt de ma patiente. Parfois, il faut prendre le taureau par les cornes, foncer, sauter dans le vide. Vous me suivez ?

Elle le dévisage en silence. Elle n'est pas sûre de bien comprendre. Il n'a toujours pas dit en quoi consistait l'expérience en question.

— Il est encore un peu tôt pour tirer des conclusions, mais il me semble que l'on peut espérer, reprend-il. Mabel ne prend plus de médicaments. Par rapport aux derniers bilans de sir Charles, depuis que j'ai commencé le nouveau traitement, l'état de votre fille s'est très légèrement amélioré. Mabel avait fortement décliné. Elle avait perdu le contrôle de sa vessie, elle ne jouait plus, elle ne parlait plus, elle n'avait presque plus d'interactions avec les autres. Elle ne cessait de régresser intellectuellement et s'approchait dangereusement du stade de l'imbécillité.

Le cœur d'Eleanor bat si fort qu'il lui semble que le médecin doit l'entendre.

—Donc…

Le docteur Eversley s'interrompt et jette un regard hésitant à Eleanor.

—J'ai contacté le docteur Peterman de la clinique Mayo du Minnesota, celui qui a écrit l'article que vous avez laissé à sir Charles. Il dirige toujours là-bas un programme de recherche. J'ai décidé de mener mon propre programme ici et ai demandé à son équipe de m'aider à sélectionner mes patients et à les tester. Il s'est trouvé que Mabel était la candidate idéale : elle est jeune, elle souffre de plusieurs types de crises assez rares, les traitements classiques n'ont aucun effet sur elle. En tout, j'ai inclus dix personnes dans ce programme.

—Mais pourquoi n'en ai-je pas entendu parler ? Moi aussi, j'ai pris contact avec le docteur Peterman ! Vous auriez dû me demander mon avis avant de prendre votre décision. Je n'arrive pas à comprendre comment vous avez pu disposer de Mabel sans l'autorisation de ses parents.

—En confiant Mabel à notre centre, vous nous avez donné toute autorité pour décider des traitements, répond le docteur Eversley d'une voix douce. Nous vous avons fait signer un papier pour cela. D'un point de vue strictement légal, j'étais en droit de choisir pour Mabel le traitement que je considérais comme le plus adapté.

Eleanor se penche vers lui. Elle tremble de tous ses membres.

— J'aimerais la voir, à présent, je vous prie.

Il acquiesce et sort un trousseau de clés d'un tiroir. Elle le suit au sous-sol, jusqu'à une porte verrouillée. Il ouvre, pousse le battant et s'engouffre prestement à l'intérieur.

Eleanor prend une profonde inspiration avant d'emboîter le pas au médecin. Elle revoit Mabel le jour de leurs adieux à l'hôpital – une vision qu'elle avait jusque-là refoulée : son visage bouffi, sa belle peau de bébé abîmée par une affreuse éruption cutanée, jusqu'à son âme, volée par cette horrible maladie. Et son état se serait encore dégradé ? Elle s'attend au pire.

La pièce est plongée dans le noir et la première pensée qui lui vient à l'esprit, c'est que Mabel a peur du noir. Le médecin avance en tâtonnant et fait tomber quelque chose. Il jure, puis trouve le cordon de la lampe et allume la lumière.

Une infirmière entre derrière eux en protestant :

— Je viens juste de les endormir, docteur Eversley.

Elle semble réellement mécontente.

La chambre est grande, avec plusieurs lits disposés à une extrémité de la pièce. On a installé un coin jeu, avec un cheval à bascule, une maison de poupées posée sur une table basse, un tapis avec des cubes en bois, des petites voitures et des poupées bien rangées. Un peu comme dans n'importe quelle chambre d'enfants, en somme.

Quelques dormeurs s'agitent et sortent la tête des couvertures, en battant des paupières à cause de la lumière.

— Mabel ? appelle le docteur Eversley, en se dirigeant vers le dernier lit.

La gorge d'Eleanor se serre. *Mabel.* Elle est là, elle se redresse en entendant son nom, l'air endormie et un peu perdue, silencieuse et pâle, mais c'est bien Mabel. Elle n'a plus le visage enflé, les yeux tristes et enfoncés, l'éruption cutanée semble guérie, elle paraît presque en bonne santé. Cette Mabel ressemble à celle d'avant la maladie. Elle est fine et délicate, avec un teint de pêche, de grands yeux brillants. Ce n'est pas encore tout à fait la Mabel d'autrefois, mais elle en est beaucoup plus proche qu'Eleanor n'aurait jamais osé l'imaginer.

Mabel serre sa poupée de chiffons contre sa poitrine et la berce un peu, comme on le ferait avec un bébé. Eleanor laisse échapper un cri et se précipite vers elle.

— Mabel ? murmure-t-elle d'une voix noyée de larmes en s'arrêtant près du lit.

La petite fille lève les yeux vers elle.

— Maman ! s'écrie-t-elle.

Eleanor est sur le lit et serre contre elle sa fille qui ne cesse de répéter :

— Maman, ma maman, ma maman !

Elle presse son petit corps tiède contre celui de sa mère et ses bras maigrichons lui enserrent la taille. Et tandis qu'elles restent ainsi, agrippées l'une à l'autre, Eleanor se jure de ne plus jamais la quitter. Jamais.

— Je suis là, ma chérie, murmure-t-elle. Je suis là et je ne partirai pas sans toi. Tu viens avec moi, Mabel. D'accord ?

Elle la berce doucement d'avant en arrière, comme quand elle était bébé.

Elle entend vaguement le docteur Eversley qui parle au-dessus de sa tête.

— Mabel a commencé le régime il y a seulement une semaine et nous n'en sommes qu'au tout premier stade du traitement, mais je suis ravi des résultats obtenus jusqu'à présent. De tous les patients que je traite, c'est elle qui réagit le mieux…

Eleanor n'écoute plus qu'à moitié. La voix du médecin lui parvient comme de loin.

—J'aimerais beaucoup avoir les fonds nécessaires pour étendre ce projet… et aider plus d'enfants comme Mabel. Elle n'a pas eu une seule crise depuis quatre jours.

Les mots du docteur Eversley se fraient lentement un chemin dans l'esprit d'Eleanor. *Mabel n'a pas eu de crise depuis quatre jours.* Elle aurait une foule de questions à poser, mais elle est incapable de parler pour l'instant. Elle se penche vers Mabel, qui la dévisage en souriant, et rencontre de grands yeux bleus dans lesquels brille une étincelle qui fait chavirer son cœur de mère. Le regard trouble qui ne voyait rien a disparu. *La petite fille d'autrefois est de retour.* Elle lui caresse les cheveux tout doucement, en retenant des larmes de soulagement.

Mabel n'a pas eu de crise depuis quatre jours.

Cela fait longtemps qu'elle n'a pas entendu une aussi jolie phrase.

—Madame Hamilton, j'attendais que les résultats positifs se confirment avant de les présenter à sir Charles et à vous-même, explique le docteur Eversley sur un ton pressant. Il est encore un peu tôt pour se réjouir.

Il fait un pas vers elle et sa voix s'affermit.

—Bien entendu, je ne peux pas vous empêcher de repartir avec votre enfant, mais je vous conjure de n'en rien faire. Nous sommes à un stade critique du traitement et elle doit absolument être surveillée par un spécialiste compétent.

Eleanor le regarde fixement.

—Je ne peux pas la laisser ici. Pas maintenant. Je le lui ai promis, et puis il y a Edward…

Elle s'accroche à Mabel un peu plus fort.

— C'est trop compliqué à expliquer, soupire-t-elle.

Le docteur Eversley s'assied sur le lit.

— Je comprends votre démarche, madame Hamilton. Et j'espère que vous pourrez un jour ramener Mabel chez vous, quand nous serons sûrs que le régime fonctionne. Mais en attendant, il serait imprudent de…

— Non ! Vous ne comprenez pas. J'avais prévu de faire suivre ce régime à Mabel sous la direction d'un médecin français qui en a l'expérience. Et je suis également en contact avec le docteur Peterman de la clinique Mayo, comme je vous l'ai dit.

Elle lui explique qu'elle s'est renseignée sur le régime cétogène et que tout est organisé pour les accueillir en France, sa fille et elle.

— Il m'a fallu des semaines, pour mettre tout cela en place, docteur Eversley. Que ce régime fonctionne ou pas, je ne veux pas être séparée une minute de plus de ma fille.

Le docteur Eversley l'observe en silence. Elle n'a aucune idée de ce qui se passe dans sa tête.

— Vous êtes déterminée à partir avec elle ce soir même, c'est cela ? demande-t-il enfin.

— C'est exact. Si j'attends, mon mari trouvera le moyen de m'en empêcher.

De nouveau, le docteur Eversley reste un instant songeur.

— Très bien, approuve-t-il finalement avec un bref hochement de tête. Comme je l'ai dit, je n'ai pas le droit de m'y opposer. Vous semblez ne pas manquer de ressources, vous avez tout planifié et vous comprenez les mécanismes du régime. Donc…

Il pose le bout de ses doigts sur son front.

— Je vais simplement m'assurer que vous détenez bien toutes les informations dont vous avez besoin pour que cette entreprise soit un succès.

Il se tourne vers l'infirmière.

— Emballez les affaires de Mabel et aidez-la à s'habiller, ordonne-t-il.

Puis il s'adresse de nouveau à Eleanor.

— Suivez-moi.

Laissant à l'infirmière le soin de préparer Mabel, Eleanor retourne dans le bureau du docteur Eversley. Mais soudain, elle est prise d'un doute horrible. Le docteur Eversley a obtenu jusque-là des résultats inespérés avec Mabel. Ne risque-t-elle pas de tout gâcher en l'emmenant maintenant ? A-t-elle vraiment raison de partir avec elle ?

Mais il est trop tard pour reculer. Elle doit aller jusqu'au bout.

— Il est crucial de suivre exactement mes instructions, explique le docteur Eversley. Vous devez stabiliser son taux de cétone, ensuite ce sera facile. Je vais vous expliquer comment on le mesure et vous laisser les repas établis par les deux infirmières qui m'assistent. J'écrirai également au médecin qui va vous aider. On peut y arriver, ne vous inquiétez pas.

Elle le regarde griffonner des instructions, le visage plissé par la concentration. Puis, avec un large sourire, il lui tend une liasse de papiers. Elle la prend, le cœur plein de gratitude, en essayant de ne pas trop s'affoler à l'idée de la responsabilité qui pèse désormais sur elle.

— Merci beaucoup, dit-elle avec des larmes dans les yeux. Je ne trouve pas les mots pour exprimer ce que je ressens. Sachez que je vous suis infiniment reconnaissante d'avoir pris tant de risques pour Mabel. J'espère que vous n'aurez pas d'ennuis à cause de moi.

— Bah, ça va aller, partez ! dit-il en balayant ses remerciements d'un geste de la main. Si vous avez la moindre question, vous savez où me trouver. Je suis heureux d'aider ces enfants et je ne veux pas qu'ils soient enfermés ici pour toujours. Ils ont droit à une vraie vie, comme tout le monde.

Quelques minutes plus tard, il porte jusqu'à la voiture Mabel emmitouflée dans des vêtements chauds et enveloppée dans des couvertures. Eleanor le suit avec une valise. Il dépose doucement l'enfant sur le siège arrière.

— J'ai cru qu'on t'avait enfermée aussi ! s'exclame Sophie en descendant du véhicule. Je m'apprêtais à chercher un téléphone pour prévenir la police.

— Docteur Eversley, je vous présente Sophie.

Il hausse un sourcil.

— Votre chauffeur ? demande-t-il.

— Mon amie, dit-elle fermement. Ma très chère amie, qui a accepté de nous conduire jusqu'à destination en France. Ensuite, elle nous laissera pour rejoindre sa famille à Londres.

— C'est bon d'avoir une amie comme Sophie, commente le docteur Eversley en souriant, la main sur le capot. Bonne route, et soyez prudentes.

— Merci.

Eleanor grimpe sur le siège arrière et allonge Mabel, la tête sur ses genoux.

— Donnez-moi des nouvelles de l'évolution de votre fille, recommande le médecin.

Puis Sophie démarre et la voiture s'engage sur le chemin caillouteux en faisant rugir son moteur.

À mesure que les bâtiments du centre s'éloignent, Eleanor se détend peu à peu. Mabel est sur la voie de la guérison. Elle renverse la tête contre le dossier de son siège et s'autorise à fermer les yeux. Elle sait maintenant qu'elle a fait ce qu'il fallait. Et peu lui importe ce qu'en pensera Edward.

Chapitre 30

Edward

« Edward chéri ». C'est ainsi que commence la lettre d'Eleanor, mais il songe qu'elle devrait s'abstenir de l'appeler ainsi puisque, de toute évidence, elle ne l'aime plus. Si elle l'aimait encore, elle ne serait pas partie, elle ne l'aurait pas quitté. Il l'a perdue parce qu'il ne l'a pas écoutée, et il regrette à présent d'être resté sourd à ses supplications quand elle lui demandait d'engager des infirmières, des cuisiniers et tout le personnel nécessaire pour que Mabel suive chez eux le régime cétogène. Mais il n'y croyait pas une seconde, à ce régime absurde dont les résultats semblaient trop beaux pour être vrais. Et puis il n'avait pas la force d'assumer ça. Il disait vouloir épargner à Eleanor le chagrin de voir Mabel décliner, mais en fait c'était lui qu'il protégeait. Depuis toujours, il accumule les erreurs pour se protéger.

Et chacune de ses erreurs vient s'ajouter à la liste de ses regrets.

Cela fait déjà plus de trois semaines qu'Eleanor est partie, et elle ne manifeste toujours pas l'intention de rentrer. Elle ne lui a pas dit où elle se trouvait. Ses lettres viennent de France, il le voit au cachet de la poste. À moins qu'il ne s'agisse d'une ruse pour le tromper, car il a remarqué qu'elles mettent longtemps à lui parvenir. Peut-être Eleanor les envoie-t-elle d'abord à ce Deveaux qui vit à Paris, lequel se charge de faire suivre. Mais au fond, peu importe. Il soupire et reprend sa lecture.

20 octobre 1929

Edward chéri,

Je pense à toi tous les jours, j'espère que tu vas bien et que tu t'en sors. S'il te plaît, réponds-moi à l'adresse postale qui figure en haut de cette lettre. J'ai hâte d'avoir des nouvelles. Peut-être considères-tu que je n'ai aucun droit d'en réclamer, mais je sais que tu es bon et que tu m'en donneras quand même. Parle-moi de Jimmy, surtout. Je me rends compte qu'il me manque beaucoup, bien plus que je ne l'aurais cru. Maintenant que Mabel est de nouveau avec moi, c'est comme si une porte s'était ouverte dans mon cœur. Je peux enfin accueillir l'amour que j'éprouve pour mon petit garçon. Je suis sûre qu'il va bien et qu'il est heureux, mais je donnerais n'importe quoi pour le serrer dans mes bras !
De ton côté, tu dois attendre des nouvelles de Mabel… Eh bien… Il est encore trop tôt pour crier victoire, mais j'ai tout de même une grande nouvelle à t'annoncer : elle n'a plus de convulsions, ni de crise d'épilepsie sous aucune forme. Plus du tout. Elle suit un régime très strict qui oblige à peser ses aliments et à mesurer quotidiennement son taux de cétone, que nous avons réussi à stabiliser au niveau souhaitable. Tout cela représente beaucoup de travail, mais nous commençons à avoir l'habitude. Par ailleurs, ce régime n'est pas comme je le craignais une torture pour notre fille, qui ne souffre pas de la faim, je suis sûre que tu seras soulagé de l'apprendre. Elle a

en partie retrouvé sa joie de vivre. Alors, Edward, je ne peux m'empêcher d'espérer sa guérison.
Malheureusement, elle est encore très diminuée. Elle parle à peine, son vocabulaire se réduit à quelques mots, elle ne sait plus jouer. C'est un peu comme si elle était redevenue un bébé. Je la cajole, je passe tout mon temps avec elle. Aujourd'hui, elle a voulu regarder un livre, c'est à toi que je tenais à l'annoncer en premier. Elle s'est assise sur mes genoux et j'ai lu – pour elle et pour Prudence ! Elle a écouté et elle a souri à plusieurs reprises. C'est la première fois qu'elle manifeste un véritable intérêt pour le monde qui l'entoure. J'ai trouvé que c'était bon signe.
Je ne peux m'empêcher de penser aux pauvres enfants qui sont restés dans le centre. Leurs mères préféreraient les avoir avec elles à la maison, j'en suis sûre, mais elles n'ont sans doute pas les moyens de s'investir comme je l'ai fait pour Mabel. Cela m'attriste terriblement, mais je ne peux pas les aider pour le moment. En attendant, je remercie les étoiles d'avoir la chance d'être mariée à un homme généreux qui gagne suffisamment bien sa vie pour me permettre de m'occuper de notre fille. Je te serai éternellement reconnaissante de ton soutien financier, Edward.
Je mène ici une vie très calme, paisible et plutôt agréable, mais tu me manques, Edward. Tu me manques vraiment.
Je t'écris bientôt.

Ta femme,
Eleanor

Elle pourrait l'accabler de sa supériorité, lui faire remarquer qu'il était dans l'erreur en s'opposant à ce régime. Mais il n'y a dans ces lignes pas le moindre soupçon de suffisance, pas de « je te l'avais dit ».

Quel idiot il a été ! Il se rend compte à présent qu'il a eu tort sur toute la ligne, aveuglé par sa soif de reconnaissance et par la peur de voir sa réputation entachée.

Edward replie la lettre et la range dans un tiroir de son bureau avec les deux premières qu'il a reçues. Ces lettres, des traces d'encre sur du papier, c'est tout ce qu'il lui reste d'Eleanor. Et aussi son odeur dans leur lit et quand il ouvre son armoire. Par moments, la force de son absence lui coupe le souffle, il est accablé de chagrin ; c'est trop dur de vivre sans elle.

Maintenant qu'elle est partie, il rentre presque tous les soirs à Brook End parce que c'est là qu'il retrouve des traces de sa présence. Et aussi parce qu'il y a Jimmy, la seule lumière de ce long tunnel. Dire qu'autrefois il fuyait cette maison pour ne plus voir le lent déclin de Mabel.

Bien sûr, il pourrait rechercher Eleanor et la convaincre de revenir. Il suffirait pour cela qu'il engage un détective privé. Mais à quoi bon ? Si elle revient, il veut que ce soit parce qu'elle l'aura décidé. Pas parce qu'il l'aura exigé. Le choc du départ de sa femme l'a poussé à examiner sa vie de près. Cela fait trois semaines qu'il se livre à ce douloureux exercice. Il a dû affronter ce qu'il se cache à lui-même depuis tant d'années. La vérité sur lui-même. Et sur son travail. Sur cette réputation qu'il protège si férocement. Sur tout ce qui a éloigné Eleanor de lui et qui n'a plus la moindre importance maintenant qu'elle n'est plus là.

Il continuera à la soutenir financièrement, bien sûr. Apparemment, ses placements n'ont pas pâti de l'effondrement de la Bourse en septembre et ne sont pas en danger. De ce côté-là, tout semble calme, en tout cas il n'a plus reçu de coup de fil paniqué de la banque. Mais, d'après ce qu'il lit dans les journaux, le monde de la finance est encore sur la brèche.

Le regard perdu vers la pelouse jonchée de feuilles, Edward réfléchit à son avenir. Au-delà de l'étendue d'herbe, les bois ont pris les apaisantes couleurs de l'automne. La contemplation de la nature est un baume pour son âme torturée. Octobre est son mois préféré. Il en apprécie la lumière, les couleurs mordorées, les odeurs de bois brûlé, les brumes matinales, l'herbe humide jonchée de glands et de marrons que vieux chênes et marronniers fournissent en abondance chaque année, sans aucune intervention humaine. Il fait de fréquentes et longues promenades dans les bois et les champs, Byron à ses côtés. La marche l'aide à penser et en ce moment il a beaucoup à réfléchir.

Après avoir lu la lettre d'adieu d'Eleanor, Edward avait téléphoné à Glover et celui-ci l'avait rassuré : étant donné l'heure tardive, Mme Hamilton attendrait sûrement le lendemain pour se manifester. Mais le lendemain matin, alors qu'Edward s'habillait à la hâte pour se rendre au centre Heath, il avait reçu un appel de sir Charles. C'était trop tard. Eleanor avait emmené leur fille la veille, avec la complicité du docteur Eversley. Edward aurait pu exiger qu'on le renvoie sur-le-champ, mais il n'en avait pas eu la force. Puis, submergé par le chagrin, il avait oublié le docteur Eversley. À présent, il n'en veut même plus à ce médecin. Il est au-delà de tout ça.

Il n'a eu que ce qu'il méritait. C'est sa punition pour avoir gagné l'affection d'Eleanor par des mensonges.

Il se dirige vers le meuble-vitrine et ouvre le tiroir dans lequel il range ses médailles, celles qu'il arborait fièrement sur son uniforme le jour où il a rencontré Eleanor. Il sort la petite boîte bleue qui leur sert d'étui, en caresse la surface lisse et plate. Il va maintenant tenter de réparer ses torts. Autant que possible.

Plus tard, Edward monte l'escalier jusqu'à la chambre de son fils. Jimmy est assis sur le tapis, en train d'empiler des cubes en bois. Ou plutôt Mlle Harding empile des cubes en bois qu'il s'amuse à faire tomber, un jeu dont il ne se lasse pas. En entendant quelqu'un entrer, il se tourne vers la porte et tressaille de joie à la vue de son père.

Edward le prend dans ses bras et l'embrasse sur la nuque, là où se termine le duvet de ses cheveux. Jimmy éclate de rire en se tortillant comme un ver.

— J'espère que tu es bien sage avec mademoiselle Harding, dit Edward.

— Oui, il est très sage, répond celle-ci, toujours assise sur le tapis.

Elle rassemble les cubes et les empile de nouveau.

— Il adore ce jeu, il ne s'en lasse pas, commente-t-elle.

Edward embrasse le ventre de son fils en soufflant et le bruit qui en résulte fait rire ce dernier de plus belle.

— Il vous adore, ajoute Mlle Harding avec un grand sourire. C'est parce que vous jouez beaucoup avec lui. Je connais peu de pères qui en feraient autant.

Elle s'abstient de mentionner l'absence de la mère, mais c'est à ça qu'elle pense.

— Eh bien, dit-il. Je dois y aller, maintenant. À tout à l'heure, Jimmy.

Il repose son fils sur le tapis. Dernièrement, Jimmy a commencé à saluer de la main tout en disant « auvoir ». C'est incroyable, à quelle allure il progresse. Était-ce pareil pour Mabel ? Edward ne s'en souvient pas. Il la voyait à peine une heure par jour à l'heure du thé. Quand il pense à tout ce qu'il n'a pas vécu avec elle, il a le cœur lourd.

Deux heures plus tard, Edward s'arrête à l'entrée du centre Heath. Sir Charles n'est pas là et il le sait. Il a délibérément choisi de venir un jour où celui-ci consulte dans sa clinique de Londres.

Le docteur Eversley l'accueille avec une chaleureuse poignée de main. Il est plus petit qu'Edward ne l'imaginait, il a de l'embonpoint, il transpire beaucoup. Il est aussi très jeune. Edward se sent soudain vieux et blasé face à l'énergie bouillonnante de cet homme.

Il y a un moment de gêne quand ils prennent ensemble la direction du Château des Bébés, qu'Edward a demandé à voir.

— Je, euh… Écoutez, je n'ai certes pas à m'impliquer dans les… délicates questions entre mari et femme, murmure le docteur Eversley en regardant ses pieds. J'espère que… Ce que je veux dire c'est que… je ne voulais pas envenimer les choses. Je voulais seulement aider un enfant. Sir Charles et moi… Eh bien, ce n'est pas un secret, il voudrait m'écarter. Personnellement, je n'ai rien contre lui. Il considère les gens qui vivent ici comme un problème dont il faudrait se débarrasser. Il n'est d'ailleurs pas le seul à défendre ce point de vue : « Enfermez-les et jetez la clé, la société se porterait mieux sans eux », vous connaissez la chanson.

Il fait une pause pour respirer.

— Mais moi, je vois nos pensionnaires comme des individus qu'il faut soigner et aider. Je suis sûr qu'ils peuvent progresser. Et s'ils ne le peuvent pas, eh bien nous devons faire en sorte de leur proposer une vie aussi stimulante et agréable que possible.

Ils ont atteint l'entrée du bâtiment victorien et le docteur Eversley frappe à la porte.

— Une chance pour moi, notre directeur, M. Glover, et sœur Hogget sont de mon côté, poursuit-il. J'en ai été le premier surpris, mais ils se sont opposés à mon renvoi et m'ont autorisé à tester un nouveau programme de divertissement pour nos résidents – voyages au bord de la mer, activités sportives, pièces de théâtre et fêtes. Qui n'aime pas les fêtes ?

Son visage se fend d'un large sourire.

— Mais le plus important, c'est ce que nous faisons pour les enfants, ajoute-t-il. Ceux qui ne répondent pas aux traitements classiques suivent désormais un régime cétogène, comme Mabel. Bien sûr, tout le monde n'y réagit pas aussi bien qu'elle, mais nous constatons une nette amélioration pour la moitié des sujets et cela justifie largement qu'on s'y intéresse.

Une infirmière répondant au nom de Baker leur ouvre la porte du pavillon. Edward entre donc pour la première fois dans ce lieu où Mabel a vécu avec les plus jeunes patients du centre. Le bâtiment, avec ses papiers peints décollés, ses hauts plafonds et ses chambres glaciales, ne lui semble pas du tout approprié pour des petits. C'est un endroit sans âme, avec des tapis moisis et des enfants au nez plein de morve qui le regardent avec de grands yeux solennels. Il lui est pénible d'imaginer Mabel parmi eux.

— Et ceux-là ? demande-t-il au docteur Eversley. Y a-t-il un espoir d'améliorer leur état ?

Le docteur Eversley s'accroupit pour se mettre à la hauteur des enfants.

— Je l'espère, mais je ne peux le garantir. Ma seule certitude, c'est que, s'ils ne sont pas autonomes, c'est nous qui allons décider de leur vie.

Il lève les yeux vers Edward.

— J'aimerais que les politiciens se déplacent jusqu'ici pour venir les voir, qu'ils passent du temps avec eux pour apprendre à les connaître. Alors, seulement, je leur reconnaîtrai le droit de décider de leur sort.

Il caresse la tête d'un petit garçon qui ne doit pas avoir plus de trois ans.

— Bonjour, Charlie, ça va ?

Charlie ne dit rien. Il a la bouche entrouverte et légèrement tordue, ses yeux mornes louchent un peu. Edward a du mal à le regarder. Le garçon dévisage tour à tour les deux visiteurs, puis s'arrête sur le docteur Eversley.

— Charlie fait des convulsions depuis qu'il est bébé et cela a sévèrement affecté son développement, explique le médecin. Je ne pense pas qu'il pourra rentrer chez lui un jour et ce n'est pas sûr qu'il survive jusqu'à l'âge adulte. Son père a quitté le foyer. Sa mère élève seule sept enfants, elle ne pouvait pas s'en occuper.

Edward ne peut s'empêcher de penser qu'il aurait sûrement mieux valu que cet enfant ne naisse pas.

— Mais Charlie aime les voitures, n'est-ce pas, mon gars ? demande le docteur Eversley. Je t'emmène jouer dans ma voiture ?

Le visage du garçon se fend d'un large sourire.

— À condition que l'infirmière Baker soit d'accord. Qu'en dites-vous, infirmière Baker ?

Elle baisse les yeux vers Charlie.

— D'accord, dit-elle. Mais pas plus de trente minutes car c'est bientôt l'heure du goûter. Et il faut emmener aussi ses camarades, car il n'y a pas de traitement de faveur dans le Château des Bébés, n'est-ce pas ?

— Bien sûr que non, confirme le docteur Eversley. Pas de traitement de faveur.

Les voilà donc partis tous ensemble : Edward, le docteur Eversley, l'infirmière et les neuf enfants dont elle a la charge. Et tout ce petit monde s'entasse dans l'Austen 7 noire du médecin. Edward songe qu'il ne laisserait jamais grimper autant d'enfants dans sa belle Sunbeam si bien entretenue par Wilson, mais le docteur Eversley ne semble pas du tout inquiet. Quant à ses petits protégés, ils sont passionnés par ce qu'ils découvrent et touchent à tout, comme le feraient des enfants normaux. Charlie tient le volant et imite le bruit du moteur. Il semble si heureux qu'Edward ne peut s'empêcher de s'interroger. Au fond, de quel droit juge-t-il cet enfant ? Pourquoi celui-ci aurait-il moins de valeur que Jimmy ?

— Je vous remercie du temps que vous avez bien voulu m'accorder, docteur, déclare Edward au moment de partir, en serrant la main du docteur Eversley. J'ai beaucoup appris. J'aimerais rester plus longtemps, mais j'ai un rendez-vous au centre de la Croix-Rouge.

— Revenez quand vous voulez, répond le jeune médecin.

— Je reviendrai, promet Edward après une légère hésitation.

La visite du centre l'a bouleversé. Il sent que cette rencontre avec le docteur Eversley va radicalement modifier sa vision des choses. Il a beaucoup à réfléchir. Mais avant cela, il a quelque chose à faire. Quelque chose d'important qui aurait dû être fait depuis longtemps.

Porter disparaît sous une pile de couvertures et l'on ne voit que sa tête qui dépasse. On l'a installé à l'extérieur, tout contre le petit muret de la terrasse, face aux bois et aux champs qui s'étendent à perte de vue. Il est totalement immobile et l'on distingue à peine son corps malingre tassé sous les couvertures. Il a encore maigri. Edward l'observe pendant quelques instants. Avec un affreux sentiment de culpabilité qui lui fait l'effet d'un coup de poignard, il prend soudain conscience que Porter n'en a plus pour longtemps.

Dyer, la jeune infirmière qui s'occupe de lui, toujours aussi enthousiaste, est allée chercher du thé et des gâteaux. Elle sera probablement moins accueillante avec le capitaine Edward Hamilton, comme elle l'appelle encore, lorsqu'elle saura toute la vérité.

— Bonjour, Porter.

L'homme tourne la tête en grimaçant. En reconnaissant Edward, il le salue posément en hochant le menton, comme s'il l'avait attendu.

— Monsieur.

— Je... J'avais promis de revenir vous voir.

— En effet, monsieur. Et vous êtes là.

Edward prend un fauteuil et s'assied face à Porter.

— Comment allez-vous ? demande Edward, bien qu'il puisse lire la réponse sur le visage torturé de ce malheureux.

— Je ne peux pas me plaindre, marmonne Porter.

Puis il répète, plus doucement :

— Je ne peux pas me plaindre.

Edward acquiesce et sourit faiblement. Il ne peut s'empêcher d'admirer la force d'âme de cet homme face au calvaire qu'il endure chaque jour.

— Porter, commence-t-il. Reggie. La dernière fois que je suis venu vous voir, vous avez parlé de souvenirs. D'images qui vous revenaient et auxquelles vous n'arriviez pas à donner du sens. Vous m'avez demandé si je pouvais vous aider.

Porter acquiesce de nouveau.

— C'est en effet ce que je vous ai demandé, confirme Porter.

— Eh bien, je suis venu pour ça, car je vous dois la vérité, poursuit Edward. J'ai fait quelque chose de terrible, Reggie. Et il est largement temps que je répare ma faute.

Ils demeurent silencieux quelques instants, puis l'infirmière Dyer apparaît sur la terrasse en portant un plateau de thé, avec une génoise fourrée d'une épaisse couche de crème et de confiture.

— Voilà, annonce-t-elle joyeusement en déposant le tout sur une table. Je vous sers ?

Elle sourit.

— Non, cela ira, répond Edward. Je vais nous servir.

Elle semble un peu déçue, mais sourit tout de même et disparaît à l'intérieur, les laissant seuls.

— Qu'est-ce qui fait un héros, Reggie, d'après vous ?

Porter change de position pour se tourner vers Edward et le regarder bien en face.

— Je ne saurais le dire avec précision, monsieur, répond Porter. C'est important ?

— Oui, répond Edward en se forçant à soutenir son regard. C'est très important. Parce que, voyez-vous, Reggie, c'est moi qui devrais être assis dans ce fauteuil roulant, avec la gueule cassée, à souffrir le martyre. Et vous, vous devriez avoir une femme et des enfants quelque part et habiter une belle maison à la campagne.

Il montre du doigt l'étendue devant eux, la voix tremblante d'émotion.

Porter le dévisage sans un mot. Il ne bouge plus. Il attend la suite.

— Voyez-vous, Porter, je vis depuis dix ans dans le mensonge. Je suis rentré de la guerre en héros parce que tout le monde m'a pris pour un héros. Cela m'a permis de gagner le respect et la confiance des gens. Ainsi que ces médailles.

Il tend la boîte bleue.

— J'ai aussi gagné une femme et un statut social. On m'a écouté et estimé. Et pourtant… J'étais un officier, je faisais partie d'une classe supérieure à la vôtre, j'aurais dû montrer l'exemple. Mais je suis resté allongé au fond de cette tranchée, tremblant et paralysé par la peur. Tandis que vous, un simple soldat de dix-sept ans, vous, l'être inférieur, vous avez fait montre d'un courage exemplaire. Il faut croire que vos gènes sont meilleurs que les miens. C'est vous qui devriez avoir des enfants. Pas moi.

— Monsieur !

Porter s'agite soudainement, comme s'il s'éveillait du demi-sommeil dans lequel il était resté plongé jusque-là.

— Ne faites pas ça ! À quoi ça sert ? Je vous en prie, arrêtez !

Edward se tasse sur lui-même et grimace. Non, il ne peut pas s'arrêter. Porter doit entendre toute l'histoire, il le faut. Il veut que cet homme sache tout du sordide secret qui a souillé son passé et compromet son avenir. Il faut que ça sorte. Porter doit savoir que c'est lui qui mérite tous les honneurs et que son capitaine n'est qu'un imposteur.

— Vous avez héroïquement sauvé la vie d'un certain nombre d'hommes. Dont la mienne. Et, pendant que vous vous battiez, une grenade est tombée tout près de vous. Elle vous a explosé au visage et vos vêtements ont pris feu. Vous étiez si grièvement brûlé que j'étais sûr que vous alliez mourir. Aussi, quand ceux qui sont venus nous relayer ont cru que c'était l'officier qui s'était comporté en héros, c'est-à-dire moi, j'ai aggravé ma lâcheté en ne corrigeant pas leur version.

Edward s'arrête. Il pleure, il a le visage couvert de larmes.

Porter sort une main de sous ses couvertures et tend le bras vers lui, comme pour le toucher, mais il se contente d'agiter les doigts et laisse son geste suspendu dans les airs.

— Arrêtez, s'il vous plaît, dit-il. Servez plutôt le thé, monsieur, voulez-vous ?

Edward s'exécute, puis il tend à Porter une tasse et sa soucoupe.

— Monsieur...

— S'il vous plaît. Ne m'appelez plus « monsieur ».

— Je ne peux pas vous appeler autrement, j'y suis habitué. Le fait est, monsieur, que depuis que j'ai eu cette grippe, certains souvenirs de ce jour me sont revenus. Ce que vous me racontez concorde avec les images que j'ai en tête. Mais, de toute façon, qu'est-ce que ça peut faire ? Peut-être que si vous aviez quitté cette tranchée à ma place, vous seriez mort. Et moi j'aurais été grièvement blessé et je me serais tout de même retrouvé ici. Ce qui est sûr, c'est qu'aucun de nous n'est ressorti de cet endroit avec un corps et un esprit indemnes. Vous pas plus que les autres.

Ce discours l'a visiblement épuisé. Il est hors d'haleine et lutte pour remplir ses poumons d'air.

Une fois qu'il a repris son souffle, il poursuit :

— Je n'en ai plus pour très longtemps, vous savez. Mes poumons sont en très mauvais état. Il est probable que je ne survivrai pas à la prochaine grippe. Mais je suis prêt à mourir. J'en ai assez de cette vie, j'attends avec impatience de passer de l'autre côté.

Il doit de nouveau faire une pause pour reprendre son souffle et respire profondément à plusieurs reprises.

— Vous devriez me laisser, monsieur. Et profiter de la vie. Pour que mon sacrifice en vaille la peine.

Il grimace de douleur.

— Rétablir la vérité ne profiterait ni à vous ni à moi, vous ne croyez pas ? Au moins, là où nous en sommes, l'un de nous deux est heureux.

Edward contemple Porter à travers un rideau de larmes. C'est bien le garçon dont il se souvient. Le Porter tout feu tout flamme, optimiste, toujours à prendre les choses du bon côté. C'était ce qui lui avait tout de suite plu chez lui.

— Oui, répond-il enfin. Vous avez tout à fait raison, Porter, je dois profiter de la vie pour honorer votre sacrifice. Mais vous aurez la reconnaissance que vous méritez. Cette fois, je ne vous décevrai pas, c'est une promesse solennelle.

Chapitre 31

Eleanor

C'est la fin du mois d'octobre, mais il fait encore suffisamment chaud en milieu de journée pour manger dehors sur la terrasse. Incroyable ! Eleanor n'en revient pas, mais après tout elle ne devrait pas s'en étonner puisqu'elle est dans le sud de la France. Elle contemple les vignes qui s'étendent à perte de vue et peignent les collines d'une chaude couleur brun doré.

Rose s'empare de la carafe et lui sert un verre de vin rosé. Elle n'a pas l'habitude du vin à midi, mais ici on le boit comme de l'eau au déjeuner et au dîner. On s'y fait facilement.

Marie a disposé sur une nappe bleue des assiettes de tomates juteuses coupées en morceaux, saupoudrées d'herbes aromatiques et arrosées d'huile d'olive et de vinaigre – rien que des produits locaux ; elle apporte ensuite de la tapenade, du pain et du jambon cru, un fromage à pâte molle. Eleanor la regarde s'activer et s'installe à table, Mabel sur ses genoux. Marie a d'épais cheveux noirs, une peau au teint olivâtre, de longs membres graciles : elle ne ressemble en rien à son frère Marcel, lequel est assis en face d'elle, plongé dans la lecture du journal du matin. Marcel partage généralement son temps entre Paris, où il travaille, et Londres, où il rejoint Rose, mais il séjourne en ce moment en Provence car Rose s'y trouve aussi – elle a obtenu quelques jours de congé et est venue jusqu'ici pour les voir. À cette période de l'année, la lumière est particulièrement *impressionnante**, selon l'expression de Marcel. Il a commencé une immense toile, qu'il a installée à une extrémité de la terrasse et qu'il faut rentrer tous les soirs pour la protéger de l'humidité. Eleanor reste perplexe devant son œuvre, un conglomérat de formes géométriques très éloigné du magnifique paysage qui entoure la vieille ferme en pierre dans laquelle ils habitent. Seules les couleurs, qu'il applique en couche épaisse, évoquent vaguement les lieux. Elle se demande si on peut vraiment appeler cela de l'art.

En cet instant, elle ne voit de Marcel que ses mains couvertes de peinture. Le visage dissimulé derrière le journal, il laisse de temps à autre échapper des claquements de langue et des jurons. Marie secoue la tête, sourit et hausse les épaules en regardant Rose, comme pour s'excuser des mauvaises manières de son frère.

—*Allez, Mabel*, dit-elle en français. *Mange, ma chérie, s'il te plaît**.

Elle ne parle pas anglais et Mabel ne parle pas du tout, mais cela ne les empêche pas de s'entendre à merveille. C'est bien pour Mabel d'avoir quelqu'un qui suit comme elle un régime alimentaire très strict. Par ailleurs, bien que tout se passe sous la supervision du docteur Deveaux, Marie aide Eleanor à peser et à mesurer les rations quotidiennes de sa fille. Aujourd'hui, leur déjeuner se compose d'une tranche de viande, d'un morceau de fromage et d'une poignée de noix fraîches avec une cuillerée de crème. Deux fois par jour, on vérifie le taux de cétone dans les urines de Mabel.

Au fond, ce régime n'est pas si compliqué. Il est contraignant et chronophage, sans doute, mais dans ce petit hameau proche de Brignoles qui semble vivre au ralenti, le temps n'a plus vraiment d'importance. Ici, les gens ne sont pas sous pression et n'ont que les difficultés quotidiennes de l'existence à affronter. La plupart ne possèdent pas grand-chose et travaillent leur lopin de terre, ou bien sont employés dans de petites entreprises artisanales. Deux fois par semaine, Eleanor accompagne Marie en ville, dans un marché qui lui donne l'impression de faire un bond d'un demi-siècle en arrière.

Mais l'endroit a beau être paisible et pittoresque, Eleanor se languit de l'Angleterre. Brook End lui manque. Et surtout son petit Jimmy adoré au sourire édenté. Parfois elle craint qu'il ne l'oublie, si elle reste trop longtemps sans le voir.

Pourtant, elle ne se décide pas encore à rentrer. À cause d'Edward. Pauvre cher Edward. Il s'est perdu en route. Il a toujours essayé de faire ce qui semblait juste, pourtant. Elle le sait et au fond de son cœur elle ne le croit pas mauvais, mais seulement faible. Et encore, pas tout le temps. Elle ignore encore si leur couple va pouvoir surmonter cette mauvaise passe, ou s'ils vont divorcer, comme Henry et Sophie. Car Sophie a courageusement entamé une procédure de divorce et doit à présent braver l'hostilité des journaux à scandale et se battre pour la garde de ses enfants.

Eleanor se tourne vers Mabel, qui vient de mettre par jeu une noix dans la bouche de Marie, laquelle lui rend la pareille, ce qui la fait rire aux éclats. C'est incroyable comme sa fille a changé en l'espace de quelques semaines : elle montre un intérêt croissant pour le monde qui l'entoure. Les effets conjugués de la maladie et des médicaments avaient fait d'elle une coquille vide, mais elle redevient peu à peu une personne à part entière.

Marcel abaisse son journal et observe Eleanor par-dessus ses petites lunettes rondes de lecture. Parfois, elle a l'impression qu'il a cinquante ans, au lieu de trente.

— Avez-vous lu les journaux du matin ? demande-t-il.

— Non, répond-elle. Je devrais ?

Il replie le journal et le lui tend.

— Il me semble que oui, dit-il. La fin du capitalisme est proche, ajoute-t-il en hochant la tête avec un air grave. C'est ce que nous avions prédit. Le monde tel que nous le connaissons n'existera bientôt plus. Nous assistons à la naissance d'une ère nouvelle.

— Que se passe-t-il de nouveau pour que vous disiez cela, Marcel ? demande Rose, qui tient à la main un morceau de pain tartiné d'une épaisse couche de tapenade. Je suis sûre que vous exagérez, comme d'habitude.

— Je ne pense pas, non.

Il joint les mains, comme en prière.

— Et bien sûr, le choc du changement va se répercuter sur les classes inférieures. Et au bout du compte, ce seront les travailleurs qui en souffriront le plus.

— Vous oubliez les femmes qui travaillent, Marcel, corrige Rose d'un ton quelque peu agacé. Pourquoi les ignorez-vous toujours dans votre vision socialiste du monde ? En vérité, ce sont les femmes qui se trouvent au plus bas de l'échelle. Ce sont elles qui s'ôtent le pain de la bouche pour le donner à leurs enfants affamés, elles qui se dépouillent de leur manteau pour qu'ils aient chaud.

— Chérie ! Je vous en prie, vous savez bien que lorsque je parle des travailleurs, j'inclus aussi les femmes.

— Vraiment ? Alors pourquoi ne pas les mentionner ?

— Rose, ma chérie..., gémit Marcel avec une petite grimace infantile. Pardonnez-moi.

Ils échangent des regards attendris plutôt puérils et Eleanor détourne le regard. La tendresse qu'ils manifestent l'un envers l'autre est très touchante, mais elle frôle parfois l'indécence. Elle ouvre *Le Figaro* et lit les gros titres : « Fin de la crise boursière ».

Une crise boursière ? Elle n'était même pas au courant. L'information n'était pas parvenue jusqu'à ce village du fin fond de la campagne, il faut croire. New York, Londres – les marchés financiers semblent être sur une autre planète. Elle lit avec une indifférence tranquille :

Après plusieurs jours de grande instabilité suite à des mouvements de panique et à la plus grave chute boursière de mémoire d'homme enregistrée hier, le marché s'est un peu rétabli et est reparti à la hausse ce vendredi. Selon la presse new-yorkaise, le pire serait passé. Les actions ont résisté au jour le plus noir de l'histoire bancaire et sont de nouveau sur le marché. L'inquiétude des actionnaires diminuant, les financiers tablent sur une reprise rapide. Espérons que la crise est bien derrière nous et que de tels événements ne se reproduiront plus.

Eleanor parcourt quelques articles où l'on parle des milliards de dollars perdus par la Bourse américaine et du retentissement que le changement des taux d'intérêt aura sur d'autres pays, mais rien de tout cela ne l'émeut. Une poignée de riches banquiers ont perdu une partie de leur argent. Et après ? Qu'est-ce que ça peut bien faire ?

Elle repose le journal en bâillant.

— Ça n'a pas l'air si grave, commente-t-elle en terminant son verre de rosé. Je ne comprends pas comment vous pouvez déduire de cet article la fin du capitalisme.

— Vous verrez, répond Marcel avec l'assurance d'un devin. J'ai suivi l'affaire depuis le printemps. Certains avaient prédit le krach boursier, mais on ne les a pas écoutés. La valeur des actions ne cessait de grimper et elles étaient arrivées à un niveau qui n'avait plus aucun rapport avec la valeur des entreprises qu'elles représentaient. Alors forcément, tout ça a éclaté comme une bulle. Pouf!

Il mime d'un large geste l'éclatement de la bulle économique. Eleanor s'étonne que l'on puisse être à la fois artiste et expert en marchés financiers.

—Je ne crois pas au prétendu rebondissement dont parle l'article, commente Marcel.

—Mais qu'en savez-vous ? demande Eleanor.

—Mon Dieu, je ne peux pas dire que je sais. Mais je connais les hommes. Ils préfèrent ignorer les problèmes qui les dérangent et attendent que les choses se règlent d'elles-mêmes. Sauf que ça ne se passe jamais comme ça.

Il croise les bras et gonfle ses joues.

—Maman !

Mabel se tortille pour descendre des genoux de Marie.

Celle-ci marmonne quelque chose en français à son frère sur un ton pressant, et Eleanor croit comprendre : « Je t'en prie, arrête de parler politique, c'est barbant. »

Mabel fait le tour de la table en courant et tend Prudence à Eleanor.

—Est-ce que Prudence aurait envie d'aller se promener ? lui demande Eleanor.

Elles ont l'habitude de faire une promenade tous les jours après le déjeuner. Mabel en profite pour ramasser des cailloux et des feuilles. Elle demande à sa mère les noms des oiseaux et des plantes, qu'elle s'amuse à répéter.

—Maman, répond Mabel tout en lui prenant la main.

—Pardon de vous laisser en plan, s'excuse Eleanor en s'adressant aux trois autres. Mais Mabel et moi, nous avons notre rendez-vous avec la nature.

Marcel repose son journal et se tourne vers Rose.

— C'est très bien, commente-t-il. Et ça me donne envie de me promener aussi dans la nature. Rose, seriez-vous d'accord pour m'accompagner ?

Marie annonce qu'elle va débarrasser la table du déjeuner, puis faire une sieste. Eleanor regarde Marcel et Rose disparaître derrière la vieille ferme trapue aux murs ocre, de la couleur du sable du désert.

Main dans la main, Mabel et Eleanor déambulent au milieu des troncs noueux de sarments de vigne. Mabel n'est plus la petite compagne espiègle et volubile d'autrefois. La Mabel d'aujourd'hui est placide, silencieuse et docile, mais elle manifeste un intérêt croissant pour le monde qui l'entoure et il lui arrive de s'animer de nouveau. Eleanor reconnaît alors son rire et l'éclat coquin qui s'allume dans son regard. C'est comme si elle se déployait, qu'elle cessait d'être lovée sur elle-même pour regarder autour d'elle. Elle a entamé un lent et fragile processus de rétablissement, avec des hauts et des bas. Sa mère l'accompagne au jour le jour, en prenant les choses comme elles viennent.

Le docteur Eversley s'intéresse de près aux progrès de Mabel, et Eleanor lui écrit consciencieusement chaque semaine pour lui donner des nouvelles et relayer l'avis médical du docteur Deveaux. Il semble sincèrement ravi des progrès de son ancienne patiente. Dans sa dernière lettre, il a proposé de superviser son traitement quand Eleanor rentrera en Angleterre – si elle décide de rentrer.

Tout en marchant, Eleanor raconte à Mabel la maison, Jimmy, papa, Dilly et Byron. La gorge nouée, elle se demande si elle revivra un jour à Brook End.

Il y a un an, Eleanor n'aurait pu imaginer sa vie sans Edward. Il était tout pour elle, à commencer par le sauveur qui l'avait arrachée au désespoir et à la misère. Au fil des ans, elle avait pris l'habitude de s'appuyer sur lui. Beaucoup trop, elle s'en rend compte à présent. Sans doute n'avait-elle pas vraiment accepté d'avoir perdu sa mère, comme le pense Rose. Mais, maintenant qu'elle s'est prouvé qu'elle pouvait vivre seule, elle se pose sérieusement la question de savoir si elle a envie d'être la compagne d'Edward... Elle inspire à pleins poumons l'air tiède qui sent bon le bois brûlé et la fin de l'été. Elle ne sait pas encore répondre à cette question.

Une lettre d'Edward est arrivée hier au bureau de poste et ce qu'il lui a écrit l'a bouleversée. Elle a besoin de mettre de l'ordre dans ses sentiments, mais pour l'instant elle n'y parvient pas.

Octobre 1929

Ma chère Eleanor,

Je tiens à commencer cette lettre en te disant solennellement que je ne te reproche pas ton départ. Je comprends tes raisons et je les respecte.

Depuis que tu es partie, j'ai eu beaucoup de temps pour réfléchir. Pour me regarder tel que je suis. Cela a été dur, mais j'aurais dû le faire depuis longtemps. Sincèrement, je dois te remercier de m'y avoir poussé. Tu m'as obligé à affronter mes démons et, bien que je ne sache pas encore ce qu'il va en résulter, je me sens enfin en paix avec moi-même.

Eleanor, tu sais maintenant que ce jour-là, dans le bureau du brigadier général, j'ai abusé de ta confiance en prétendant être un héros. J'ai gagné ton cœur avec un mensonge, tandis que toi tu as mis du baume sur mes blessures. Comme j'ai été lâche ! Mais je ne vais pas revenir là-dessus. Tu sais tout, tu sais le pire, tu es au courant de tous mes mensonges.

Ma seule excuse, c'est que j'ai pris dès mon plus jeune âge l'habitude de dissimuler pour me protéger. Enfant, je n'ai jamais réussi à gagner le respect de mes camarades, et plus tard, étudiant à Oxford, cela a continué. Mais ensuite, à force de mensonges et de subterfuges, j'ai réussi à convaincre ceux qui m'entouraient que j'avais quelque chose d'important à dire, que j'étais un homme d'honneur et de bonne réputation. Rien ne pouvait être plus éloigné de la vérité.

Donc quand Mabel est tombée malade, je n'ai fait que suivre mon penchant naturel, celui qui consistait à dissimuler les vérités désagréables. Je t'en prie, comprends-moi, je n'ai jamais voulu lui faire de mal. Je croyais sincèrement que sir Charles était le mieux placé pour la soigner. Ensuite, la pression sociale et ma sincère conviction que les gens comme elle devaient être placés en institution ont achevé de me convaincre d'agir comme je l'ai fait.

Mais, maintenant que je n'ai plus peur de te perdre, je me rends compte que je suis libre de choisir mon chemin. Je sais à présent ce que je dois faire – et je t'en remercie, Eleanor, car c'est à toi que je le dois. J'ai pris la décision de changer de cap dans mon travail. Tu as entièrement raison : comment pourrais-je défendre les principes de l'eugénisme, quand toi et moi sommes la preuve vivante que deux personnes possédant de bons gènes peuvent avoir, et cela me fait mal de le dire, une enfant « inapte » ? De plus, les résultats de mes études ont mis en évidence des anomalies qui réclament de plus amples recherches avant de pouvoir tirer des conclusions. Mais je n'ai pas l'intention de m'en charger et vais plutôt me cantonner à mon champ d'intérêt initial, à savoir l'éducation. C'est dans ce domaine que je crois pouvoir faire du bien et apporter des changements pour tous les enfants, les plus intelligents et les autres.

J'ai beaucoup à réparer dans les mois à venir et cela va me prendre du temps. J'ignore si j'en sortirai indemne. Mais j'ai au moins le cœur en paix, car je pense, ou du moins j'espère, que tu m'approuveras.

Je suis désolé, Eleanor, pour tout le chagrin et les désagréments que je t'ai causés.

Avec tout mon amour,
Edward

Plus tard, alors qu'on allume les lampes et le feu de cheminée pour lutter contre la fraîcheur nocturne, le docteur Deveaux passe ausculter Mabel et Marie, comme tous les soirs à cette heure-ci. Il n'est pas plus grand que son fils et pas non plus très séduisant, mais c'est un médecin compétent et d'une gentillesse exceptionnelle.

Eleanor le regarde peser Mabel et noter un résultat dans son carnet. Ensuite, il l'installe sur une chaise et ils échangent un regard empreint de gravité.

— Comment allez-vous aujourd'hui, *mademoiselle** ? demande-t-il.

Elle hoche la tête en souriant.

— Très bien, approuve-t-il. Ce sourire est un bon signe ! Je peux ?

Il agite son stéthoscope et attend qu'elle lui fasse signe pour écouter son cœur et ses poumons.

— Eh bien, j'ai l'impression que tout va bien, conclut-il joyeusement quand il a terminé. Ce petit cœur bat comme un…

— Poney ! Poney ! crie Mabel.

Ils éclatent tous de rire.

— J'allais dire « comme un tambour ». Mais un poney, c'est encore mieux.

Ce personnage terne cache un cœur plein de générosité.

— Docteur Deveaux, propose Eleanor. Resterez-vous dîner ?

— Volontiers, car ma maison est bien vide sans Marie ! dit-il en posant un regard affectueux sur sa fille.

Le docteur est veuf, sa femme est morte d'un cancer quand Marcel était encore enfant. Il aurait pu se remarier, mais Eleanor pense qu'il s'en est abstenu pour Marie, qui a encore des crises et doit être protégée du monde extérieur. La maladie fait peur, elle fait fuir. C'est vraiment regrettable, ce refus de la différence. Est-ce vraiment si terrible de ne pas être parfait de corps et d'esprit ? Et d'ailleurs, qui ou quoi est vraiment parfait ? En plus de faire redécouvrir à Eleanor les plaisirs simples de la vie, la joie, la gentillesse, ce séjour à l'écart du monde lui a permis d'avoir une tout autre vision de la maladie de sa fille.

— Tout est parfait, déclare enfin le docteur Deveaux après avoir vérifié le taux de cétone de Mabel.

— Et maintenant, Mabel, au lit, déclare Eleanor.

Elle embrasse sa fille et laisse Marie l'emmener se coucher.

— L'état de Mabel est stabilisé et vous êtes suffisamment formée pour la ramener chez vous, si vous le souhaitez, annonce le docteur Deveaux. Qu'en pensez-vous, madame Hamilton ?

— Cette perspective me terrifie, répond-elle aussitôt, tandis qu'une boule se forme dans sa gorge. J'aurais peur que ses crises reviennent.

Elle vit tous les jours avec cette peur, mais ce sera plus dur de l'affronter seule en Angleterre. Sans le visage bienveillant du docteur Deveaux pour la rassurer. Sans Marie, dont la simple présence lui prouve que Mabel peut espérer un avenir en dehors d'une institution.

Le docteur Deveaux prend sa main et la presse gentiment.

— C'est normal d'être angoissée, mais vous êtes prête, je vous l'assure. Mabel n'a plus besoin de voir un médecin tous les jours et le docteur Eversley sera là pour vous assister. C'est suffisant.

Eleanor le regarde refermer sa mallette. Ainsi, elle peut envisager de retourner chez elle pour vivre avec ses deux enfants, Mabel et Jimmy. L'émotion lui noue la gorge. Elle ne remerciera jamais assez ce cher docteur Deveaux – ni le docteur Eversley.

Marcel et Rose arrivent en retard pour le dîner. Rose a les joues rouges, Marcel semble étrangement agité.

— Je suis vraiment désolée, s'excuse Rose en prenant place à la table.

Eleanor remarque qu'elle déplie sa serviette avec des mains qui tremblent, puis qu'elle échange un drôle de regard avec Marcel, lequel est resté debout. Il acquiesce et s'éclaircit la voix.

— Je voudrais vous parler en privé, Eleanor, si je puis me permettre…

Il est étrangement cérémonieux. Eleanor jette un coup d'œil du côté de sa sœur. Ces deux-là se seraient-ils disputés ?

— Bien sûr, répond-elle.

Elle pose sa serviette sur la table et cherche le regard du docteur Deveaux, mais celui-ci garde la tête baissée. Elle a soudain le sentiment qu'il est au courant de ce qui se passe.

Ils entrent dans le salon. Marcel noue ses mains dans son dos et esquisse une courbette. Eleanor a presque envie de rire devant tant de gaucherie. Pauvre Marcel, qui a l'air tellement mal à l'aise. Mais elle demeure silencieuse et attend qu'il se décide à parler.

— Eh bien, euh, cela est assez peu conventionnel, commence-t-il avec un bref sourire.

Son regard passe du tapis au nez d'Eleanor.

— Mais, comme je ne peux m'adresser ni au père ni à la mère de Rose, c'est à vous, Eleanor, que je dois faire ma demande. M'autorisez-vous à épouser votre sœur ? Je lui ai posé la question et elle a répondu « oui ».

Eleanor éclate de rire en battant joyeusement des mains.

— Oh, Marcel ! Bien sûr, que vous avez ma bénédiction ! Nous devrions également demander celle d'Edward, mais bon, les choses étant ce qu'elles sont…

Elle s'avance et lui prend les deux mains.

— Je suis ravie pour vous deux. Vous êtes exactement l'homme dont Rose avait besoin, vous êtes parfait pour elle. Vous formez un couple merveilleux et vous ferez beaucoup de bien autour de vous, je n'en doute pas.

Marcel pousse un énorme soupir.

— Merci, dit-il. J'étais très nerveux ! Nous sommes si heureux. Et si Rose veut continuer à travailler, eh bien, cela me convient. Je prévois de déménager à Londres et nous nous marierons au printemps. Je sais qu'elle ne voudrait pas vivre trop loin de vous.

— C'est une excellente nouvelle. Votre père est au courant ?

— Je lui ai fait part de mes intentions tout à l'heure, oui. Il est ravi, bien entendu.

— Nous devrions fêter ça avec du champagne, non ? propose Eleanor quand ils retournent dans la salle à manger.

Elle va embrasser sa sœur.

— Je suis si heureuse pour toi, ma chère Rose.

— Merci, Ellie. Je croyais ne pas vouloir me marier, mais…

Elle s'interrompt pour sourire à Marcel.

— Franchement, je ne peux ni ne veux imaginer ma vie sans lui. J'admets donc de bon cœur qu'il m'a fait changer d'avis. Je ne pouvais que lui dire oui !

En regardant les yeux de Rose qui brillent à la lumière de la lampe, Eleanor s'étonne d'avoir autrefois tant redouté le moment où il faudrait la laisser partir. Car, maintenant qu'elle a appris à connaître Marcel et la famille Deveaux, le mariage de sa sœur l'emplit d'allégresse.

Chapitre 32

Edward

C'est mardi matin, et Edward doit de nouveau se rendre dans la petite salle de réunion étouffante du palais de Westminster. Mais avant, il a prévu un détour par le bureau de la Guerre. Comme il l'a annoncé dans la longue lettre qu'il a envoyée la semaine dernière aux autorités compétentes, il va rendre ses médailles, ou plutôt les médailles qu'il n'a pas méritées et qui ne lui appartiennent pas. Ce geste, il aurait dû le faire depuis longtemps. Sa lettre expliquait pourquoi ces récompenses revenaient de droit au soldat Porter. Edward ignore s'il y aura des sanctions contre lui pour cette imposture, et si oui lesquelles, mais il est prêt à les accepter. En se débarrassant des médailles, il s'ôte un fardeau et c'est d'un pas léger qu'il se dirige vers Whitehall pour affronter le premier défi de sa journée.

—Je ne comprends pas, proteste le brigadier général qui le reçoit, tandis que son regard médusé passe plusieurs fois de la lettre à Edward.

Ils ont désigné un haut gradé pour le recevoir, signe que son courrier a suscité quelques remous.

—Ceci est sans précédent, marmonne encore le brigadier.

Il lève les yeux vers Edward.

— Il arrive que l'on retire des médailles à un soldat, mais je n'ai jamais entendu parler de quelqu'un qui rendait les siennes volontairement.

C'est un homme de grande taille, les épaules à l'étroit dans sa veste, avec une moustache épaisse et hirsute qui tressaute au milieu de son visage étonné.

— Eh bien, il faut une première fois à tout, répond Edward après s'être raclé la gorge.

L'homme se renverse sur le dossier de son fauteuil.

— Ainsi, commence-t-il lentement, vous assurez que ces médailles vous ont été décernées par erreur et qu'elles reviennent de droit…

Il parcourt la lettre du regard.

— Au soldat Porter, termine Edward à sa place.

— Porter, c'est cela, répète l'homme en le regardant à nouveau. Mais cela signifierait que la citation qui a appuyé votre récompense a été falsifiée par votre officier supérieur et que toute la chaîne de commandement a soutenu cette version fausse des événements. De plus, comment se fait-il que vous décidiez de l'avouer maintenant, plus de dix ans après les faits ?

— C'est une longue histoire, mais pour résumer je dirais que la situation était extrêmement confuse sur le terrain, comme vous le comprendrez aisément. Il n'y avait pas de témoins directs de ce qui s'est passé, du moins aucun témoin capable d'aligner deux mots cohérents. J'étais moi-même très choqué après la bataille. Mais vous avez raison, j'aurais dû depuis longtemps confesser ma faute. Pourtant ce sont les faits : j'ai validé de fausses hypothèses, puis accepté d'être récompensé pour la bravoure d'un autre, aussi je suis prêt à accepter toute sanction que vous jugerez appropriée. Mais surtout, je voudrais que la vérité soit officiellement rétablie et que le soldat Porter reçoive rapidement ce qui lui est dû, car il n'a plus beaucoup de temps à passer sur cette Terre. C'est pourquoi je vous demande instamment de prendre connaissance au plus vite de tous les documents et d'accélérer les choses, afin de lui remettre ces médailles avant qu'il ne soit trop tard.

Le brigadier général fronce les sourcils.

— J'ai déjà pris connaissance des documents et je suis prêt à enclencher la procédure. Nous pouvons organiser rapidement une remise des médailles sur le lieu de résidence du soldat Porter. Quant à vous, si vous étiez encore un officier en exercice, il y aurait une enquête approfondie, vous passeriez en cour martiale et écoperiez probablement d'une peine de prison. Vos supérieurs, qui ont rédigé la citation originale, feraient également l'objet d'une enquête et risqueraient une sanction…

— Oh non, l'interrompt Edward. Ce serait vraiment injuste. Je suis le seul à blâmer dans cette affaire.

— Mais compte tenu du contexte et du temps qui s'est écoulé, je ne pense pas que les choses iront jusque-là, poursuit le brigadier général. Je vais lancer une enquête pour savoir comment on a pu en arriver à une telle pagaille. En fonction de ce que je trouverai, je dois vous avertir que des mesures pourraient être prises contre vous. Dans le pire des cas, votre statut de démobilisé pourrait être modifié. Comprenez-vous ?

Edward acquiesce.

— Je comprends, oui.

— Bien, je n'ai rien à ajouter, professeur Hamilton, déclare le brigadier général.

Il rassemble ses papiers, pose la lettre d'Edward sur le dessus et glisse le tout dans un dossier étiqueté « Capitaine Hamilton ».

— Bonne journée à vous, conclut-il.

— Bonne journée à vous aussi, monsieur, répond Edward.

Puis il quitte le bureau, avec la sensation d'être déjà soulagé d'un grand poids.

Edward entre dans un petit café tout près du palais de Westminster, donnant sur les jardins de la tour Victoria. La salle est presque vide et il n'a rendez-vous que dans une demi-heure, il sera tranquille pour écrire le courrier qu'il doit à Violet. Il choisit une table un peu à l'écart, commande un thé, sort un bloc-notes et un stylo à plume de sa sacoche. Il a beaucoup de torts à réparer et, maintenant qu'il a commencé, c'est comme s'il ne pouvait plus s'arrêter. Les actes s'enchaînent d'eux-mêmes.

Chère Violet,

J'aurais pu vous raconter tout cela de vive voix, mais en couchant mes mots sur le papier, je veux vous faire comprendre à quel point mes intentions sont pures et mes excuses définitives, tout comme l'encre sur cette page.
J'ai commis une grave injustice envers vous, Violet, et encore plus envers votre frère. J'avais tellement hâte de laisser derrière moi les horreurs de cette guerre que je n'ai rien fait pour que l'on reconnaisse la bravoure d'un véritable héros. Au lieu de cela, j'ai laissé nos supérieurs attribuer les honneurs à un lâche qui ne les méritait en rien, mais n'avait pas assez de force de caractère pour les détromper. Le véritable héros a souffert dans l'anonymat et un usurpateur a profité de l'aura des héros pour se faire une place dans la société.
Le héros dont je parle, vous l'avez sans doute déjà deviné, c'est votre frère, Reggie Porter. L'usurpateur et le lâche, c'est moi. Je dois la vie, ainsi que de nombreux soldats, aux actes héroïques de Porter.

Il m'a fallu de nombreuses années et une tragédie dans ma famille pour prendre pleinement conscience du mal que j'avais fait. Je sais que c'est irréparable, mais je tiens au moins à rétablir la vérité avant que votre frère ne nous quitte pour toujours. Je voudrais lui apporter un peu de joie durant le temps qu'il lui reste à vivre.
Avoir financé les soins de votre frère pendant toutes ces années ne compense pas ma forfaiture, Violet, j'en ai conscience. J'ai récemment confessé toute l'histoire aux autorités de l'armée, qui prendront contre moi les mesures qu'elles voudront. Par ailleurs, j'ai fait en sorte que Reggie reçoive dans les plus brefs délais les honneurs qui lui sont dus et les médailles qu'il a méritées.
J'espère qu'avec le temps vous puiserez en vous la force de me pardonner.

Sincèrement vôtre,
Edward Hamilton

Edward vient de signer sa lettre quand Harry Laughlin entre en trombe dans le café, enveloppé dans un grand manteau, portant chapeau et écharpe.

— Laughlin, appelle-t-il en lui faisant signe.

Il s'empresse de glisser la lettre dans sa poche et se lève pour accueillir Harry. Celui-ci est de passage à Londres pour assister à un congrès rassemblant les eugénistes européens.

— Hamilton, répond-il d'une voix rauque en serrant chaleureusement la main qu'Edward lui tend.

Il est essoufflé et anormalement agité. Il a la tête de quelqu'un qui n'a pas dormi depuis plusieurs jours.

— Je ne peux pas rester trop longtemps, annonce-t-il.

Il se retourne et fait signe au serveur.

— Un café bien fort, s'il vous plaît ! lance-t-il avant de s'asseoir en se passant la main sur le front. Ce n'était pas la bonne semaine pour quitter les États-Unis, poursuit-il. Fichue volatilité du marché. Je ne suis pas le plus riche des hommes, mais j'ai quelques investissements, et vous aussi, je n'en doute pas. Quelle débâcle !

Il secoue la tête.

— Même Rockefeller est sur les dents. Il a perdu des millions la semaine dernière et du coup son financement pour notre centre est suspendu. Dieu merci, les banques ont l'air de rétablir les choses. Je pense qu'on s'en sortira, mais je vais quand même rentrer plus tôt que prévu. J'ai déjà changé mon billet de bateau. Je veux être sur place pour me manifester auprès de nos donateurs et tenter de sauver les financements de nos projets de recherche. Que vouliez-vous me dire, Edward ? Comment vous en sortez-vous, de votre côté ?

Edward demeure un instant interdit, plongé dans un abîme de réflexion, cherchant sa réponse.

— Je, euh, je crois que la plupart de mes actions sont dans des sociétés anglaises. Mes banquiers sont très conservateurs, ajoute-t-il sur un ton d'espoir.

La banque lui a écrit la semaine dernière une longue explication détaillant les mesures prises pour protéger son argent, mais il ne l'a lue que distraitement.

— C'est une bonne chose. Il faut tenir bon, Edward. C'est ce que tout le monde dit. Tenir bon et ne pas vendre sous l'effet de la panique, car là, ce serait pour de bon courir au désastre. Et à part ça, de quoi vouliez-vous m'entretenir ?

Edward s'éclaircit la voix pour commencer.

— Vous avez clairement beaucoup de choses en tête, aussi j'irai droit au but. J'ai changé d'avis et ne veux plus soutenir la proposition de Church pour la détention obligatoire et la stérilisation des faibles d'esprit. Je vous remercie de m'avoir aidé en me fournissant des données supplémentaires pour étayer mes recherches et je suis vraiment désolé de vous avoir fait perdre votre temps, mais bon, voilà...

Il est conscient d'avoir la mâchoire crispée.

— Pardon ?

Harry le regarde fixement, comme s'il venait de lui pousser une seconde tête.

— Comme vous le savez, je fais des recherches dans ce domaine depuis de nombreuses années, poursuit Edward.

Il sent bien que son discours manque de spontanéité. Il l'a préparé et ça s'entend.

— Récemment je me suis rendu compte, bien que je continue à être convaincu qu'il y a une forte part d'hérédité dans l'intelligence, que mes données ne sont pas aussi claires que je l'avais prévu. En conséquence, je crois que le programme eugéniste est discutable, aussi bien du point de vue de son efficacité que d'un point de vue éthique. Pour faire court, je ne peux soutenir une législation qui porte aussi fondamentalement atteinte à la liberté des individus. Je vais démissionner aujourd'hui de mon poste à la Société eugénique et me consacrer uniquement au domaine de l'éducation. Je ne crois plus à un avenir basé sur les principes de l'eugénisme. Je pense que cette science doit encore faire ses preuves et que son application comporte de nombreux dangers.

Il y a un moment d'immobilité.

— Vous êtes sérieux ? ricane soudain Laughlin. Des dangers pour qui et pour quoi, exactement ?

— Pour nous tous, répond Edward. Nous n'avons pas vraiment conscience des impacts d'une politique eugéniste. Pas plus sur l'avenir de la race que sur les individus concernés.

Par ailleurs, certains de mes résultats pourraient remettre en question les théories de base de l'eugénisme.

Le café arrive à ce moment-là et il s'ensuit un temps de silence. Harry se sert une tasse, sucre, touille lentement.

— Je ne comprends pas, dit-il enfin en se grattant la tête, l'air sincèrement perdu. Edward, vous et moi collaborons depuis longtemps dans nos recherches. Je pensais que nous avions le même point de vue sur tout ça. Que diable se passe-t-il ?

— J'ai eu le temps de réfléchir, répond Edward avec un profond soupir. Ou plutôt, j'y ai été forcé. Voyez-vous, j'étais tellement convaincu par les théories eugénistes que je suis allé jusqu'à falsifier des résultats pour les prouver. Vous trouvez cela honnête ?

Il regarde Harry. Il sait qu'il vient de se livrer pieds et poings liés, de lui donner une arme terrible contre lui.

Harry laisse entendre un petit rire, qu'Edward interprète comme méprisant.

— Vous plaisantez ?

— Oui. Je sais que c'est honteux. Par ailleurs, je ne pense pas que la théorie eugéniste soit entièrement fausse, mais on ne peut pas baser une politique nationale sur une tromperie. Vous voyez ce que je veux dire ?

— Bon sang, Edward ! s'exclame Harry, qui est maintenant tout rouge.

Il gonfle les joues et ouvre de grands yeux.

— Mais que vous est-il arrivé ? On dirait qu'un anarchiste fou vous a fait un lavage de cerveau !

Il claque des doigts.

— Nous savons pertinemment que ce que nous proposons est nécessaire. Vous pensez honnêtement être le seul à avoir inventé des cas, exagéré des données ou truqué toute une étude ? Parfois, Edward, la fin justifie les moyens, n'est-ce pas ?

Edward boit posément une gorgée de café. Harry est un homme très persuasif. Depuis qu'Edward le connaît, il s'est surpris plus d'une fois à imiter ce charismatique Américain. Il se sent une fois de plus dans la peau du petit garçon qui aurait fait n'importe quoi pour se faire apprécier de ses camarades.

Mais cette fois, il a l'intention de résister.

Il secoue la tête.

— Non, dit-il enfin. Je ne suis pas certain que la fin justifie les moyens.

— Après tant d'années de recherche et avec la réputation que vous avez réussi à vous forger… Vous allez laisser tomber l'eugénisme… Comme ça ? Vous êtes un homme intelligent, Edward, il n'y a aucun doute là-dessus. J'ai lu vos articles. Ils font partie des travaux de pointe de l'eugénisme, de la psychologie, de l'éducation. Des tas de gens se sont appuyés sur les liens que vous avez démontrés entre la génétique et l'intelligence, à commencer par moi. Bon sang, Edward, un revirement aussi soudain n'a aucun sens ! Que se passe-t-il ?

Il tape si fort sur la table que quelques gouttes de café giclent sur sa soucoupe.

Edward déglutit et s'efforce d'ignorer la sueur qui perle à son front et dans son cou, sous son col de chemise. *Sois honnête, Edward.* La voix chaude et rassurante d'Eleanor le pousse à aller de l'avant. Il prend une profonde inspiration.

— Je viens de vous l'expliquer, répond-il posément. En tant que scientifique, je ne suis plus suffisamment convaincu des bienfaits de la théorie eugénique. Je commence même à me demander s'il ne vaudrait pas mieux dépenser de l'argent pour chercher des traitements. Et pour l'éducation. L'éducation a toujours été mon principal domaine d'expertise, j'ai décidé d'y retourner. Et je ne parle pas que de l'éducation des plus aptes. On peut peut-être améliorer la condition des moins doués et les aider à progresser pour qu'ils obtiennent un travail qui leur permettra de se rendre utiles. Je songe donc à proposer des établissements d'éducation spécialisés qui enseigneraient à ceux qui ont du mal à apprendre. Et puis, Harry, il y a autre chose que vous devez savoir…

Il s'éclaircit la voix.

— C'est au sujet de ma fille, Mabel. Vous vous souvenez d'elle ?

— Bien sûr, acquiesce Harry.

Edward prend une profonde inspiration.

— Elle est épileptique, dit-il.

Et il raconte tout. Toute la vérité. Il explique comment la maladie a progressé, son insistance pour envoyer Mabel au centre Heath. Comment il a tenté d'oublier jusqu'à son existence, alors que sa femme, Eleanor, cherchait des solutions. Harry l'écoute en silence, avec une expression neutre. Mais quand il s'arrête enfin de parler, à sa grande surprise, Harry se met à rire.

— Edward, commence-t-il en se penchant vers lui avec des airs de conspirateur. Je suis désolé pour votre fille. Vraiment. Mais cela ne doit pas vous arrêter. *Nous* arrêter. La politique que nous préconisons est juste et efficace. Votre vie personnelle ne doit pas influencer vos convictions, quand l'intérêt général est en jeu. Réorganiser la société en se basant sur les principes de l'eugénisme est le seul moyen d'éviter une catastrophe dans le futur, vous le savez bien.

— Mais non, justement, proteste Edward. Je n'en suis plus du tout certain.

— Mais enfin, soyez réaliste ! Et puisque nous en sommes aux confidences, je vais moi aussi vous apprendre quelque chose : je suis épileptique. Ah, cela vous surprend, n'est-ce pas ? Mais c'est la vérité. Évidemment, c'est une épilepsie légère qui ne justifie pas un placement en institution et n'abîme pas mon intellect. Et je peux vous assurer que le fait d'être atteint de cette maladie ne va pas m'empêcher de poursuivre un but que je sais être juste.

— Je suis désolé d'apprendre ça.

Edward regarde Harry avec stupéfaction. Comment a-t-il réussi à garder cela secret ? Et comment peut-il préconiser la stérilisation des épileptiques alors qu'il est lui-même malade ?

— Vous souffrez beaucoup ? lui demande-t-il.

— Non, comme je vous l'ai dit, je n'ai qu'une forme légère. Seuls mon médecin et Pansy sont au courant. Et maintenant vous.

Il termine son café et allume une cigarette, dont il tire une longue bouffée.

— Mais comment…

Les questions se bousculent dans la tête d'Edward.

— Comment pouvez-vous réclamer l'enfermement de personnes qui souffrent de la même affliction que vous ?

— Ils ne sont pas du tout comme moi. Ils n'ont pas mes capacités et mon intelligence. Je suis déterminé à faire avancer notre programme de stérilisation et de ségrégation. Nous devons faire ce qui est juste et bon pour la société, Edward. Il ne s'agit pas du problème d'un individu.

Il s'adosse à sa chaise en soufflant sa fumée d'un côté, très sûr de lui, comme toujours, persuadé d'avoir convaincu son interlocuteur.

Edward ramasse son chapeau et son manteau posé sur le dossier de sa chaise.

— Je suis désolé, Harry, dit-il, mais j'ai un autre rendez-vous. Nous travaillons ensemble depuis longtemps et c'est par pure courtoisie que je voulais vous mettre au courant avant de rendre ma décision publique. Je vais continuer mon travail dans l'éducation et la psychologie, comme je l'ai dit, mais je ne soutiendrai plus le mouvement eugéniste, ni son idéologie. Et rien de ce que vous pourrez dire ne me fera changer d'avis.

Il se lève.

— Bonne journée à vous, Laughlin, conclut-il. Je vous souhaite le meilleur. Sincèrement.

Il sent dans son dos le regard brûlant de Harry qui le suit jusqu'à ce qu'il ait franchi la porte du café.

Il prend ensuite la direction du palais de Westminster pour annoncer à Church qu'il retire son soutien au projet de loi d'initiative parlementaire et informer la Commission royale d'un problème parmi les données qui lui ont servi à tirer ses conclusions. Ils doivent comprendre que son étude n'est plus fiable, qu'il a changé d'avis, qu'il ne peut plus affirmer qu'il existe un lien entre l'intelligence et l'hérédité, qu'il est nécessaire de mener d'autres recherches et que, tant que rien n'est prouvé, il ne faut certainement pas proposer la moindre loi à partir de son rapport.

Plus tard, de retour chez lui à Brook End, Edward est en train de se changer pour le dîner quand on lui annonce l'arrivée impromptue de Barton.

Il le rejoint dans le salon et le trouve en train de siroter un double whisky, l'air morose.

— Désolé de m'imposer en soirée sans prévenir, dit-il. Mais j'ai pensé que je ferais mieux de vérifier que vous alliez bien, mon vicux. À cause de toutes ces affreuses nouvelles qui nous viennent des marchés boursiers.

Il secoue la tête et fait claquer sa langue.

— Quelle foutue pagaille, hein ? poursuit-il.

Edward se sert aussi un whisky, tout en songeant que Barton n'est pas seulement venu s'assurer qu'il allait bien. Il semble avoir besoin de se plaindre de sa propre débâcle financière.

— Et les journaux n'arrangent rien. Ils semblent se délecter des mauvaises nouvelles et leur catastrophisme aggrave la situation, bien évidemment.

Il est tellement ému que ses bajoues en tremblent.

Là-dessus, il n'a pas tort. Edward a vu lui aussi les gros titres des éditions de l'après-midi et de toute évidence les journaux font dans le sensationnel. « Nouvelle débâcle à Wall Street ! Panique à la Bourse ! Tout le monde vend : la faillite des spéculateurs ! » « Krach à Wall Street : des milliers de personnes ruinées ! J.D. Rockefeller perd les quatre cinquièmes de sa fortune ! »

C'est en les lisant qu'il s'est souvenu du message qu'il a trouvé sur son bureau de l'université, en revenant de sa réunion au palais de Westminster. « Veuillez téléphoner à M. Coleroy de toute urgence ». Il l'a glissé dans sa poche, pressé qu'il était de prendre le train pour rentrer. La semaine précédente, M. Coleroy l'avait invité dans un restaurant français ultrachic pour parler de ses placements et en avait profité pour le rassurer : ses fonds ne risquaient rien, la banque résistait à la crise du marché. Le problème venait de ceux qui avaient emprunté pour investir dans des actions et qui avaient revendu à la baisse quand le marché avait chuté, se trouvant ainsi dans l'impossibilité de rembourser leurs emprunts. Edward, lui, n'avait pas d'emprunt, et son argent était placé dans des investissements sûrs, ou en espèces sur leurs comptes. Il n'avait donc pas à s'inquiéter de la crise boursière.

Mais à présent qu'il repense au message, l'angoisse lui serre la poitrine. Il vérifie sa montre. Dix-neuf heures passées, trop tard pour appeler la banque. M. Coleroy est sûrement rentré chez lui.

— Ce satané Grant-Parker, poursuit Barton. Vous voyez de qui je parle ? Je l'ai rencontré chez vous, dans cette maison.

Il agite son verre en direction d'Edward.

— Quand je pense qu'il me conseillait de placer tout mon argent sur le marché boursier américain. Il disait qu'on ne pouvait pas se tromper, que c'était le meilleur moyen de gagner beaucoup en peu de temps. Vous vous souvenez ?

Oh non ! La conversation lui revient brusquement. En effet, il s'en souvient. C'était durant cet affreux week-end où Henry et Sophie n'avaient cessé de se chamailler.

— Vous avez perdu combien ? demande-t-il.

Il espère que Barton n'est pas complètement ruiné et aussi qu'il ne le tient pas pour responsable de ce qu'il lui arrive, vu que c'est chez lui qu'il a fait la connaissance de lord Grant-Parker. Il lui touche le bras, dans un geste de sympathie.

— Moi ? demande Barton en levant les yeux vers lui.

Il s'esclaffe bruyamment et sa moustache en forme de balai se tortille sauvagement au-dessus de sa lèvre supérieure.

— Oh, je n'ai pas perdu un centime, Dieu merci. Je vous ai fait confiance, mon vieux, et j'ai discuté avec vos banquiers. Des banquiers anglais, de la vieille école, qui m'ont donné de bons et solides conseils, entre autres de garder mes investissements de ce côté de l'océan.

— Alors vous êtes soulagé, dit prudemment Edward, qui pense encore au message téléphonique urgent.

— Le fait est que j'ai du mal à prendre les décisions importantes. J'ai réfléchi, j'ai tergiversé, mais je n'ai rien fait. Mon argent est toujours enfermé dans un coffre-fort au fond de mon armoire, intact. Sauf si ma femme a pioché dedans pour s'acheter des fanfreluches et autres babioles.

Il agite une main dédaigneuse.

— Parfois, ne rien faire est la ligne de conduite la plus sûre, ajoute-t-il en regardant Edward d'un air solennel. Du moins, c'est ce qu'avait l'air de dire votre banquier, si je me souviens bien.

Il grogne, prend une gorgée de whisky.

— C'est drôle que vous me parliez de ça, Barton, mais M. Coleroy a essayé de me joindre cet après-midi. Je doute qu'il soit encore au bureau, mais vous me permettez d'essayer de lui donner un coup de fil ?

— En fait, je crois qu'il faut que je rentre dîner, sinon Lizzie va m'arracher les tripes pour s'en faire des jarretières, soupire Barton. Je voulais juste m'assurer que vous alliez bien. Avec cette histoire de krach boursier, je ne voulais pas vous laisser seul si vous étiez ruiné.

Il vide d'un trait son verre de whisky.

— C'est gentil de votre part, répond Edward, en se dandinant d'un pied sur l'autre.

Il a de plus en plus hâte d'appeler son banquier, mais ne veut pas se montrer impoli avec Barton, qui a été un bon ami et un bon voisin. Tout comme Lizzie.

Après l'avoir raccompagné à la porte, il s'empresse de décrocher le récepteur et demande à l'opérateur de lui passer M. Coleroy, de Coleroy & Mack. À son grand étonnement, on lui répond, malgré l'heure tardive.

— Bonsoir, monsieur Coleroy. Je, euh, je ne pensais pas que vous seriez encore au bureau, mais je suis content d'avoir tenté ma chance. On m'a transmis votre message. Tout va bien, j'espère ?

— Professeur Hamilton ! Je suis soulagé que vous appeliez, il fallait absolument que je vous parle… Je… Je suis désolé, j'ai des nouvelles… D'assez mauvaises nouvelles, en fait.

Edward entend sa respiration rauque à l'autre bout du fil. Il y a une pause.

— C'est fini, reprend M. Coleroy. La banque a fait faillite.

On entend le désespoir dans sa voix.

— Quoi ?

Une bouffée de chaleur envahit Edward. Il sent ses jambes se dérober.

— Qu'entendez-vous par là ?

— Tout est perdu. Les marchés se sont effondrés. Notre valeur nette a été anéantie. Les déposants ont retiré leurs fonds en masse…

— Mais pas moi, je n'ai rien retiré ! s'exclame Edward en élevant la voix.

Il sent la panique, comme des pointes qui le piquent de partout.

— Quand nous avons déjeuné ensemble, vous m'avez assuré que mes investissements étaient en sécurité et que mon argent liquide ne craignait rien dans vos coffres.

— J'avais tort.

Coleroy parle à voix basse, d'un ton penaud.

— Personne n'avait prévu l'ampleur des pertes. Nous n'avions aucune idée de ce qui allait se passer, et vos investissements sont désormais sans valeur, j'en ai bien peur.

— Mais qu'en est-il de mon argent ? Mon argent, vous l'avez ?

Il entend sa propre voix qui résonne au bout de la ligne : « Vous l'avez, vous l'avez… ? »

Il est en sueur, au bord du malaise, les pensées se bousculent dans son esprit, il sent venir la panique. S'il n'a plus de fonds, comment va-t-il payer les dépenses de Brook End et de l'appartement ? Et puis il y a Eleanor. Les domestiques. Mon Dieu. Tous ces gens dépendent de lui financièrement.

Son salaire d'universitaire, même si on y ajoute ce qu'il gagne avec sa mission d'éducation au sein de l'autorité territoriale, ne suffira pas à couvrir toutes ses dépenses. Et Porter ? Comment va-t-il faire pour continuer à payer les soins de Porter ?

— Je suis désolé, est en train de dire Coleroy. La banque a déposé une demande de faillite. C'est trop tard. Il n'y a plus d'argent liquide. Vous allez devoir faire la queue pour récupérer des miettes, comme tout le monde.

Coleroy continue à parler, mais Edward ne comprend plus un traître mot de ce qu'il raconte. Son esprit se débat pour tenter de donner du sens aux événements. Il se répète en boucle qu'il a dilapidé la fortune que son père avait mis toute une vie à amasser. En un seul jour maudit, elle s'est envolée en fumée. Il est atterré.

Il a tout perdu. D'abord sa fille, puis sa femme, et maintenant son argent. Complètement sonné, il retourne au salon et se verse un autre double whisky. Il ne lui reste plus qu'à noyer son chagrin dans l'alcool. Vraiment, que pourrait-il faire d'autre ?

Quelques minutes plus tard, Mme Faulks fait irruption dans la pièce, sans s'annoncer, tout excitée.

— Professeur ! Elle est revenue !

— Qui ?

Edward se retourne pour la regarder, sans comprendre.

— Madame Hamilton ! crie-t-elle.

En entendant cela, Edward a l'impression que le sol se dérobe sous ses pieds.

Ils sont assis tous les deux autour d'un bon feu dans le salon. Cette soirée est décidément de plus en plus surréaliste. D'abord Coleroy et la faillite de la banque. Et maintenant Eleanor est là, après six semaines d'absence. Assise à quelques centimètres de lui. Il l'observe en silence, ne sachant par où commencer. Doit-il lui parler de l'argent ? Pas encore. Il surveille le moindre de ses mouvements d'un œil circonspect, comme s'il avait en face de lui une apparition qui risquait de s'évanouir en fumée au moindre mot de travers. Elle boit une gorgée de vin rouge, le regard sur les flammes. Après le choc de sa conversation avec M. Coleroy, les émotions bouillonnent en lui, comme de l'eau frémissante.

Eleanor est rentrée. C'est plus important que l'argent.

La question est de savoir si elle va rester.

Il craint qu'elle ne le déteste, qu'elle lui en veuille. Il ne sait pas si elle a trouvé au fond d'elle-même assez d'amour pour lui pardonner. Et puis l'aimera-t-elle encore quand elle saura qu'il n'a plus un sou et qu'il a perdu son statut social ?

Elle est venue avec Mabel. Mabel est ici, sous son toit, dans la chambre qu'elle n'aurait jamais dû quitter. Quand elles sont arrivées il y a une heure, sa petite fille dormait à l'arrière de la voiture sur les genoux de sa mère, enveloppée dans des couvertures. Derrière le volant il y avait Marcel, le Français de Rose qu'il n'a jamais voulu rencontrer.

En entendant le moteur, Mme Bellamy était sortie sur le seuil bouche bée, pour savoir qui arrivait sans être invité et combien ils seraient pour le dîner. Un grand sourire avait illuminé son visage quand elle avait reconnu Eleanor. Edward ne l'avait encore jamais vue sourire.

Eleanor était montée voir Jimmy, tandis qu'Alice préparait le lit de Mabel et que lui-même la portait dans sa chambre. Il avait réussi à la coucher sans la réveiller et était resté près d'elle un court instant pour la regarder dormir, les larmes aux yeux : elle n'avait plus eu de crise depuis six semaines ; grâce au courage et à la ténacité d'Eleanor. Il ne les méritait ni l'une ni l'autre.

Mme Bellamy avait préparé sans rechigner un sandwich pour Marcel, lequel avait mangé à la hâte avant de repartir pour Londres. Il avait conduit depuis la Provence pour ramener Eleanor et Mabel avec tous leurs bagages et allait maintenant rejoindre Rose. En apprenant que Rose et Marcel étaient fiancés, Edward n'avait rien trouvé d'autre à répondre que « Félicitations ». Ce Français lui avait fait l'impression de quelqu'un d'honnête et il avait pris soin de sa femme et de sa fille pendant ce long voyage. Il commençait déjà à réviser son opinion au sujet de cet homme.

— Pourquoi ne m'as-tu pas prévenu de ton retour ? demande-t-il quand il trouve enfin le courage de parler.

Eleanor détache son regard du feu pour le dévisager. Elle semble épuisée, mais elle a une expression paisible qu'il ne lui avait pas vue depuis longtemps.

— Mabel va beaucoup mieux et je peux gérer seule son régime, aussi j'avais prévu de rentrer, dit-elle lentement. Et puis Marcel est venu passer quelques jours en Provence et a proposé de nous ramener en voiture. C'est un homme vraiment gentil et d'une grande générosité, j'espère que tu t'en rendras compte avec le temps. En tout cas, je me suis décidée à l'improviste, au dernier moment. J'ai pensé à t'envoyer un télégramme pour te prévenir, mais ensuite je me suis dit que tu ne serais peut-être pas d'accord pour qu'on voyage avec Marcel, donc…

Elle s'interrompt pour soupirer.

— Voilà. Nous voilà.

Elle hausse les épaules et lui adresse un sourire hésitant.

Il demeure silencieux, essayant de rassembler ses idées et de trouver les mots justes pour les formuler.

— Comment va Jimmy ? demande Eleanor, brisant ainsi la tension dans la pièce. Il semble avoir beaucoup grandi.

— Il est adorable. Et en bonne santé. Tout va bien sauf que…

— Sauf que ?

— Il a besoin de sa mère.

— Je sais.

Elle s'agite sur son siège. Repose son verre de vin sur la table basse.

— Edward, je…

— Eleanor, je suis vraiment désolé ! l'interrompt Edward avant qu'elle ne dise quelque chose qui risquerait de lui briser le cœur. Je regrette de t'avoir menti. De m'être opposé à ce que tu sortes Mabel de cette institution. De ne pas t'avoir écoutée, de m'être comporté comme un imbécile. Je comprendrais que tu ne veuilles plus jamais me voir. Je tiens à te dire que je n'ai pas voulu…

— Je sais. S'il te plaît. Edward, ne faisons pas ça maintenant. Tes regrets sont sincères, je le vois bien. La maison m'a terriblement manqué – et toi aussi.

Il la regarde fixement, la vue brouillée par les larmes.

— Est-ce que ça signifie que je suis pardonné ? Que tu vas rester avec moi ?

Elle hésite.

— Oui. Je pense que oui.

Il expire.

— Même si mon nom est traîné dans la boue après le fiasco des médailles ?

— Même après cela.

— Même si je n'aurai pas mon titre de chevalier ?

— Surtout parce que tu n'auras pas ce titre de chevalier !

Et soudain ils sont debout dans les bras l'un de l'autre. Il sent ses larmes qui trempent sa chemise. Il la prend par le menton pour lui faire lever le visage.

— Eleanor, dit-il lentement.

Il inspire profondément pour lutter contre le vertige qui le saisit à l'idée de ce qu'il doit maintenant avouer.

— Ce n'est pas tout. Il y a pire.

Elle recule d'un pas et scrute son visage.

— De quoi s'agit-il ? demande-t-elle lentement.

— La banque Coleroy & Mack a fait faillite. Je n'ai pas eu comme certains la présence d'esprit de retirer mon argent à temps. J'ai tout perdu, ou presque. Je ne l'ai appris que récemment, par un coup de fil de mon banquier, juste avant ton arrivée. Demain matin, j'irai à la banque à la première heure pour avoir le détail de la situation.

Il déglutit et se tasse sur lui-même, comme écrasé par le poids de ce terrible aveu.

Eleanor porte ses mains à sa bouche et écarquille les yeux.

— Oh, Edward, murmure-t-elle. C'est terrible.

Il acquiesce.

— Nous allons devoir vendre Brook End, murmure-t-il d'un ton penaud.

Sa voix se brise. Il regarde la pièce autour de lui. Il tient tant à Brook End ! Cette maison, c'est Eleanor et lui, Mabel et Jimmy ; leur être est désormais intimement lié à cet endroit.

Eleanor demeure un instant silencieuse. Le tic-tac de la vieille horloge du couloir résonne dans la tête d'Edward. Peu importe ce qu'il leur arrive, le temps continue de s'écouler. Inexorablement. La vie est indifférente au malheur des hommes.

— Edward, murmure-t-elle enfin en lui caressant la joue. Ça n'a pas d'importance. Nous trouverons le moyen de nous débrouiller. J'aime cette maison, mais où que nous vivions, toi, moi, Mabel et Jimmy… ce sera chez nous. Je me fiche que ce soit dans une roulotte ou dans une cabane en bois. Du moment que nous sommes ensemble et en bonne santé, rien d'autre ne compte.

Et puis je pourrais trouver un travail. Toi tu as un emploi et ta mission auprès de l'autorité territoriale. Nous n'allons pas mourir de faim.

— Mais le personnel !

Edward lui prend les mains, heureux d'entendre qu'il est inclus dans cette vision de l'avenir avec roulotte ou cabane en bois.

— Comment vais-je faire pour...

— Chut, gronde-t-elle en posant un doigt sur ses lèvres. Pas maintenant. Nous réglerons les problèmes à mesure qu'ils se présenteront. Je suis douée pour ça, tu t'en souviens ?

Elle lui sourit faiblement.

— Pour ce soir, contentons-nous d'être ensemble.

Il acquiesce.

— D'accord, dit-il. Et... Eleanor. Je veux que tu saches... Je ne te décevrai plus. Plus jamais. Toi et les enfants, vous êtes tout pour moi.

Chapitre 33

Eleanor

Été 1931

Eleanor suit des yeux Mabel qui tient Jimmy par la main et l'entraîne au milieu des rosiers en prenant garde à ne pas accrocher sa jolie robe aux épines. Elle s'accroupit derrière le plus grand pied, celui qui est chargé de magnifiques fleurs roses. Son frère l'imite, le visage illuminé de plaisir, bien qu'il n'ait pas vraiment compris qu'il s'agit de rester caché en attendant que leur mère les trouve. Peu lui importe le jeu, du moment qu'il est avec sa grande sœur. Comme il laisse échapper un petit rire, Mabel met un doigt sur ses lèvres et jette un coup d'œil inquiet par-dessus le buisson pour vérifier qu'ils n'ont pas été repérés.

— Huit, neuf, dix ! crie Eleanor, de façon à être entendue. Attention, prêts ou pas, j'arrive !

Jimmy pousse un cri de frayeur. Elle sort de derrière le grand chêne et contemple un instant Brook End, son point d'ancrage, son réconfort dans ce monde incertain. Puis elle se met à chercher les enfants et fait d'abord mine de scruter les grands massifs herbacés.

— Hmm, marmonne-t-elle. Où peuvent-ils bien être ?

Soudain, un bolide doré dévale les marches de la terrasse. C'est Byron. Il court droit sur les rosiers en aboyant comme un fou et se jette sur Mabel et Jimmy en leur donnant de grands coups de langue affectueux et humides, jusqu'à ce qu'ils se mettent à couiner et à rire.

Eleanor les rejoint, en feignant la surprise.

—Vilain Byron ! pouffe Mabel. C'est à cause de lui que tu nous as trouvés.

—Vilain Byron, répète Jimmy en écho, en se levant d'un bond sur ses petites jambes pour tapoter le flanc poilu du chien. Vilain, vilain, Byron !

—Eh bien, je ne sais pas vous, mais cette partie de cache-cache m'a épuisée ! s'exclame Eleanor en souriant et en les embrassant tour à tour, y compris Byron qui lui lèche la joue en remerciement. Allons à l'intérieur, boire un verre d'eau fraîche. Mlle Harding et Mme Bellamy ont dû préparer votre goûter.

Les enfants suivent Eleanor dans la cuisine et vont se laver les mains avant de s'installer autour de la grande table de chêne, en balançant leurs jambes. La porte donnant sur l'arrière de la maison est ouverte, le soleil joue sur les dalles du sol. Mme Bellamy dépose des assiettes devant eux et va s'adosser à la cuisinière pour siroter son thé en profitant de la chaleur du four. De temps en temps, elle se frictionne le dos de la main, comme si elle cherchait à soulager une douleur.

—Je veux ça, se plaint Jimmy en désignant l'assiette de Mabel.

Il fait la moue et contemple d'un air boudeur son goûter composé de petits sandwichs et de tomates du jardin. Comme toujours, celui de Mabel – un œuf avec un morceau de bacon soigneusement pesé et une cuillerée de crème sur le côté – lui semble plus alléchant que le sien.

— Tu sais bien que Mabel fait un régime pour ne pas être malade, explique Mlle Harding en versant du lait dans son verre et de l'eau dans celui de Mabel. Je ne devrais pas avoir à te le répéter à chaque repas, Jimmy. Alors mange ces sandwichs si tu veux grandir et devenir fort. Ton père a promis de t'emmener à la pêche ce week-end si tu étais sage.

Laissant les enfants manger sous le regard attentif de Mlle Harding, Eleanor se rend dans le bureau d'Edward – qui est maintenant aussi le sien, car ils y ont aménagé un coin rien que pour elle. Ainsi, ils peuvent travailler ensemble, face au jardin.

Sur la table d'Edward trône une photo de lui aux côtés du soldat Porter, qu'il a récemment ajoutée. Elle a été prise au cours de la cérémonie à laquelle ils ont assisté, avec Violet et sa famille, à peine trois semaines avant la mort de Porter. Eleanor la prend et caresse rêveusement le visage du pauvre garçon. Le simple fait qu'il ait vécu aussi longtemps en endurant de telles souffrances prouve sa force d'âme et ce courage qui a finalement été reconnu quand on l'a décoré pour son héroïsme lors de la bataille de Passchendaele.

Quant à Edward, il peut enfin tirer un trait sur son passé. Il a reçu une lettre du bureau de la Guerre lui annonçant les conclusions de l'enquête militaire – un message bref et précis.

Cher professeur Hamilton,

À la suite de notre enquête concernant les événements de la bataille de Passchendaele en novembre 1917, pour lesquels vous aviez reçu une citation ainsi que plusieurs médailles, nous avons pris la décision suivante :
Bien que les circonstances de cette affaire soient particulièrement regrettables et que votre attitude ait été indigne

d'un officier de l'armée britannique, nous avons tenu compte du fait que vous vous étiez engagé volontairement, que vous avez servi honorablement votre pays et que, ce faisant, vous avez souffert d'un grave traumatisme. Ces circonstances atténuantes nous ont convaincus de ne pas vous accabler. Toutefois, en raison de la longue période durant laquelle vous avez dissimulé la vérité, nous avons jugé équitable de vous retirer vos galons et vous informons que vous n'êtes plus autorisé à utiliser le titre de « capitaine ».
Dans le cas où vous souhaiteriez faire appel de cette décision, veuillez contacter le brigadier général Briggs-Norton à l'adresse ci-dessus. En l'absence de réponse de votre part, cette affaire sera définitivement classée.

Sincèrement vôtre,
Brigadier général Briggs-Norton

Cette lettre avait délivré Edward d'un grand poids en lui permettant de mettre cette sordide affaire derrière lui et de passer à autre chose. La photo sur son bureau montre qu'il ne veut pas oublier le soldat Porter, mais il dort mieux la nuit. Ses cauchemars sont moins nombreux et ne seront bientôt plus qu'un mauvais souvenir, du moins on peut l'espérer.

Il rentre tous les soirs à la maison car, après la faillite de Coleroy & Mack, il a fallu vendre l'appartement de Londres. Heureusement, il restait à Edward quelques obligations d'État qu'il a encaissées et cela leur a permis de tenir le coup. Ils ont également vendu le verger de pommiers et Butterfly Meadow à un promoteur immobilier. Ainsi, ils ont pu conserver Brook End, avec un personnel de maison qui s'est réduit à Mme Bellamy, Alice et Mlle Harding. Wilson a trouvé du travail en tant que mécanicien et répare maintenant des voitures à Guildford, tandis que M. et Mme Faulks ont préféré prendre leur retraite. Le salaire d'Edward à l'université, plus celui de l'autorité territoriale, ajoutés à l'appoint que lui rapporte la vente de ses livres, leur permet de vivre décemment à Brook End, du moins pour l'instant.

Lors de l'effondrement du marché boursier, l'économie était au plus mal, mais personne n'avait vraiment mesuré la gravité de la situation. Cela fait maintenant deux ans et la situation économique n'est toujours pas stabilisée. Eleanor jette un coup d'œil à l'exemplaire du *Times* sur son bureau. « Le gouvernement travailliste démissionne ! Nouveau gouvernement d'unité nationale dirigé par Macdonald : la politique du consensus est-elle le seul moyen de sortir du marasme économique ? » « Le système bancaire allemand en crise. » « Le chômage double en Amérique. L'industrie automobile s'effondre – La voiture devient un luxe inabordable. »

Eleanor met le journal de côté. Vraiment, cette lecture est trop déprimante. Il est vrai que la situation est apocalyptique et qu'il y a de quoi se demander comment le pays sortira de cette crise, et même s'il en sortira un jour. Les gens sont désespérés et des débats fleurissent un peu partout pour discuter des moyens de soigner l'économie malade. Avec Rose et Marcel, Eleanor a assisté à des conférences défendant une vision socialiste du monde. On y reprochait aux riches de trop épargner, de ne pas dépenser leurs richesses, et d'être ainsi responsables du chômage de masse et de la récession. Avec les socialistes, la justice sociale apparaît comme le remède à tous les maux. Mais pour d'autres, comme sir Oswald Mosley, ancien député du gouvernement travailliste, dont Eleanor est allée écouter le mémorandum, le meilleur moyen de faire repartir l'économie est de protéger la Grande-Bretagne de la mondialisation croissante. Il propose de fermer les frontières et de supprimer la lutte des classes en mettant en place une économie planifiée. Cette idée fait son chemin à travers l'Europe, de l'Union soviétique de Staline à l'Italie de Mussolini, en passant par l'Allemagne où le parti national-socialiste ne cesse de monter en puissance.

De grands changements se préparent, pour le meilleur ou pour le pire, qu'on le veuille ou non.

Eleanor soupire. Elle a déjà survécu à bien des épreuves : la mort de ses frères et de son père, l'assassinat de sa mère, la maladie de Mabel, la crise qui a failli détruire son couple. Et on dirait bien qu'elle a triomphé de tout, au bout du compte. Elle a réussi à s'établir et Rose aussi. Elle a sauvé son mariage. Et surtout, le plus important, sa fille va bien. Mabel a encore du mal à parler et son vocabulaire reste limité. Elle aura probablement du mal à apprendre et à s'adapter à la vie, mais elle rit, elle aime, et elle a de nouveau dans les yeux cette petite étincelle qui fait la joie d'Eleanor.

Pour l'instant, elle n'en demande pas plus. Quoi que l'avenir leur réserve, s'ils restent unis, ils seront capables de l'affronter.

De son côté, Edward rassemble lentement les lambeaux de sa vie. Il travaille dans l'ombre, sur une politique éducative pour la nation. Il cherche des méthodes pour enseigner à ceux que l'on considère comme incapables d'apprendre. Il ne se concentre plus seulement sur les plus aptes, il veut fonder des écoles spécialisées où les inaptes pourront acquérir des compétences qui leur permettront d'avoir une profession, si humble soit-elle.

Eleanor vérifie sa montre. Edward est allé à la gare chercher Rose et Marcel qui doivent arriver par le train de Londres. Ils ne vont pas tarder.

Elle s'attelle donc à la lettre qu'il lui reste à écrire.

Cher docteur Eversley,

Ce fut un plaisir de recevoir de vos nouvelles et d'apprendre que la construction du nouveau bâtiment qui doit remplacer le Château des Bébés avance. Je suis ravie que les fonds récoltés grâce à ma campagne « Une vie meilleure pour les enfants du centre Heath » soient utilisés à bon escient. Je dois énormément à ma chère amie Sophie et à son nouveau mari, le généreux lord Matthews, qui a tant fait pour la publicité et le soutien de ce projet. Ce que vous me décrivez du nouveau bâtiment et de son confort me semble remarquable.

Je suis également ravie d'apprendre que vous développez le régime cétogène et avez engagé une infirmière spécialisée à plein temps pour le superviser. Comme vous le savez, notre chère Mabel continue à suivre ce régime et s'en porte très bien. Elle n'a toujours pas de crises, son langage s'améliore, elle joue avec son petit frère. Je crains qu'il ne la surpasse bientôt, car c'est un enfant très intelligent, mais peu importe. Chaque jour, elle fait des progrès et c'est tout ce qui compte.

Enfin, je dois vous féliciter, cher docteur Eversley, pour votre nomination en tant que spécialiste de l'épilepsie infantile au Royal London Hospital. C'est un poste prestigieux que vous méritez amplement.

Quant à la question dont nous avons discuté lors de notre dernière rencontre, j'y ai beaucoup réfléchi. J'espère que ma chère sœur, avec ses contacts dans le monde de la presse, pourra m'aider à publier une série d'articles afin de changer le regard que pose notre société sur les faibles d'esprit et les épileptiques. Je serais également heureuse de m'associer avec vous, parallèlement à mon investissement caritatif, pour faire connaître le régime cétogène et le rendre plus accessible, afin qu'il continue à changer des vies.

Sincèrement vôtre,
Eleanor Hamilton

Byron se met à aboyer et à gratter frénétiquement dans le vestibule. Il a dû entendre la voiture qui revenait de la gare.

Et en effet, c'est bien cela. Edward est au volant de la Sunbeam et Eleanor distingue à l'arrière les deux têtes de Rose et de Marcel.

— Maman, maman ! crie Mabel en arrivant en courant. C'est papa, c'est papa.

Jimmy lui fait aussitôt écho :

— C'est papa, c'est papa !

Elle les prend par la main et ils sortent en courant pour accueillir la voiture qui s'arrête devant la maison.

Après le calme de l'après-midi, c'est une soudaine cacophonie de portières qui claquent, de « Bonjour ! », de « C'est bon d'être rentré ! » et de « Attention Rose ! ». Byron court de l'un à l'autre en gémissant, hors d'haleine, tandis que les enfants rient. Marcel aide Rose à descendre de voiture, car elle en est maintenant à sept mois de grossesse. Son ventre rond se devine sous sa robe. Elle est radieuse.

Edward s'avance en souriant vers Eleanor et les enfants pour les serrer tous les trois entre ses bras. Et, tout en se laissant aller contre son torse, enveloppée par l'odeur familière de son parfum boisé, elle songe que rien ne peut leur arriver tant qu'ils sont tous ensemble dans leur havre de paix, à l'abri des tremblements du monde. Sa famille, sa maison. Elle n'a besoin de rien d'autre pour être heureuse.

Note de l'autrice

L'origine de ce livre remonte à une dizaine d'années, avec un poème écrit alors que ma fille était au plus mal. Elle avait tout juste deux ans et nous venions d'apprendre qu'elle était atteinte d'une forme d'épilepsie entraînant une diminution de ses facultés et ne répondant pas aux traitements classiques. Je ne vais pas retranscrire ici l'intégralité du poème, mais seulement les vers les plus importants :

Devant toi si petite j'ai honte de mes peurs
Ton amour absolu soulage ma douleur
Car je vois que jamais tu n'abandonneras
Ni ne succomberas au monstre qui vit en toi.

Car c'était l'impression que nous avions : un monstre avait pris possession de notre enfant. En lisant des témoignages de gens qui essayaient de raconter ce qu'ils avaient vécu, j'ai pu constater que ces mots revenaient de manière récurrente. Ils parlaient de la « visiteuse » ou « d'elle ». Tout comme le cancer que l'on personnifie et qui devient un ennemi à combattre, l'épilepsie avait une personnalité. C'est de là sans doute qu'est venue la voix qui s'exprime dans ce livre.

À ce jour, nous ne connaissons toujours pas la cause de l'épilepsie de notre fille. Pendant plus d'un an, elle a fait entre trente et cent crises par jour, en dépit d'un traitement qui avait pour seul résultat d'ajouter de graves effets secondaires à son calvaire. Elle souffrait d'une forme réfractaire d'épilepsie non convulsive, c'est-à-dire constante, qui avait un effet catastrophique sur le développement de son cerveau. Nous l'avons vue régresser jour après jour. Notre petite fille bavarde, enjouée, curieuse et pleine d'humour n'était plus que l'ombre d'elle-même. Elle a commencé à perdre tout ce qu'elle avait acquis – la parole, la propreté, la capacité de jouer. Elle trébuchait et tombait sans cesse. Assister à cette progressive détérioration fut une torture. Après avoir tenté tous les traitements (dont l'un était aussi horrible à administrer que celui que prend Mabel dans le roman), nous avons envisagé le régime cétogène. En ultime recours.

C'était la première fois que j'entendais parler de ce régime et j'ai découvert après quelques recherches qu'il était largement utilisé dans les années 1920, avant l'introduction des anticonvulsifs. Il avait ensuite été abandonné jusqu'à la fin des années 1990, où l'on s'y était de nouveau intéressé pour soigner des enfants dont l'épilepsie ne répondait pas aux traitements classiques. C'était pour nous une lueur d'espoir car les résultats étaient prometteurs, mais cette lueur s'est rapidement éteinte quand nous avons appris qu'il y avait une liste d'attente de dix-huit mois pour les candidats à ce régime : il fallait le débuter en milieu hospitalier et ensuite le poursuivre sous la supervision d'infirmières spécialement formées, lesquelles n'étaient pas nombreuses à cette époque. Cette nouvelle nous a dévastés.

Notre fille avait alors trois ans et, en attendant d'avoir accès au régime, elle a testé le Levetiracetam qui, par miracle, a très bien fonctionné. Elle a eu cette année-là sa dernière crise le dimanche de Pâques. Et depuis plus jamais. Grâce à ce traitement, elle n'a pas eu besoin du régime, mais je connais des enfants pour qui il a été salvateur, notamment l'un d'eux, aujourd'hui adolescent, qui ne souffre plus d'épilepsie à condition de continuer le régime.

Notre fille n'avait plus de crises, mais le plus dur restait à venir. À trois ans et demi, son développement était celui d'un bébé de dix mois. On nous a dit qu'elle aurait de sérieuses difficultés d'apprentissage et qu'il était peu probable qu'elle puisse un jour devenir totalement autonome. Quand j'ai demandé aux spécialistes comment l'aider, on m'a répondu : « Plus vous en ferez, plus vous lui proposerez de thérapies et plus vous obtiendrez de résultats. »

Nous l'avons donc stimulée au maximum, aussi bien intellectuellement que physiquement. Quand elle a eu neuf ans, elle a pu arrêter de prendre des médicaments et aujourd'hui qu'elle en a treize, elle est toujours en rémission. Nous avons de la chance. Au fil des ans, notre fille s'est remarquablement rétablie. Ça n'a pas été facile et elle a encore devant elle un chemin ardu jalonné d'obstacles, mais elle aborde tout cela avec un courage qui force l'admiration. Non seulement nous avons retrouvé notre joyeuse petite fille avec son sens de l'humour, mais nous découvrons chaque jour une jeune fille tenace et intelligente, qui excelle en sport, fréquente une école ordinaire et a beaucoup d'amis. Notre histoire se termine bien, mais cette maladie a laissé des traces. Toute la famille en a gardé de profondes cicatrices.

La triste réalité c'est que, si notre fille était née cent ans plus tôt, on l'aurait placée dès son plus jeune âge dans une institution où elle aurait probablement passé toute sa vie. Les épileptiques étaient mis à l'écart de la société jusque dans la seconde moitié du XXe siècle, même ceux qui ne souffraient pas de troubles cognitifs. Aujourd'hui, l'épileptique est encore stigmatisé et marginalisé. Nous en avons fait l'expérience avec notre fille.

Le mouvement eugéniste

Tout ce qui est en lien avec le mouvement eugéniste dans ce livre s'appuie sur des faits et je me suis attachée à reproduire le contexte historique dans lequel il s'était développé, même si certains détails ont été modifiés ou adaptés pour mieux servir l'intrigue et sa chronologie. Avant de me documenter pour ce roman, j'associais l'eugénisme à l'Allemagne nazie. Lors de mes recherches pour mon précédent roman, *La Fille du Reich*, qui se déroule sous le nazisme, j'avais lu un certain nombre de choses sur l'eugénisme, mais ses origines extérieures à l'Allemagne nazie n'étaient pas mentionnées. J'ai donc été étonnée de découvrir que l'Allemagne s'était inspirée des conceptions eugéniques qui circulaient alors au Royaume-Uni et aux États-Unis.

Voici donc le contexte du roman :

Né en Angleterre à la fin du XIXe siècle, le mouvement eugéniste se répand largement au cours des trente premières années du XXe siècle, notamment aux États-Unis, où plusieurs États promulguent de nombreuses lois en s'inspirant de ses préceptes. Ce mouvement est également populaire dans plusieurs pays européens et, comme nous le savons tous, adopté avec enthousiasme par le parti nazi en Allemagne. Mais, contrairement à l'Allemagne nazie et aux États-Unis, où la principale force motrice est la notion de race, l'Angleterre se focalise sur le milieu social.

Le terme « eugénisme » est créé et conceptualisé par sir Francis Galton à la fin du XIXe siècle. Cousin de Charles Darwin, Galton s'inspire de ses idées concernant l'amélioration des races d'animaux domestiques et voudrait les appliquer aux humains afin d'améliorer les capacités de l'espèce. La position consistant à se débarrasser des « indésirables » et à augmenter la proportion de « désirables » gagne peu à peu en popularité dans toutes les sensibilités politiques, avec des champions du mouvement venant non seulement de la droite, mais aussi d'éminents socialistes, comme Sydney et Beatrice Webb, John Maynard Keynes, Virginia Woolf, George Bernard Shaw, William Beveridge, H.G. Wells et Marie Stopes, pour n'en citer que quelques-uns. À cette époque, les voix dissidentes sont l'exception. La Société d'éducation eugénique voit le jour en Angleterre en 1907, avec pour but de prévenir le déclin de la population britannique. Elle fait notamment campagne pour la stérilisation des personnes dites « inaptes » et voudrait leur interdire le mariage. En 1912 se tient à Londres la première conférence internationale sur l'eugénisme, présidée par le plus jeune fils de Charles Darwin, Leonard Darwin, qui dirigera jusqu'en 1929 ladite société rebaptisée depuis Société eugénique. Parmi ses éminents partisans, on compte notamment Winston Churchill et lord Balfour. Une législation est proposée pour la stérilisation obligatoire et l'enfermement des personnes considérées comme « faibles d'esprit », un terme fourre-tout désignant aussi bien les épileptiques, les criminels et les alcooliques que les personnes ayant des difficultés d'apprentissage ou présentant des troubles du comportement – en somme tous les individus considérés comme indésirables ou néfastes pour la santé de la population générale.

Le projet de loi est très largement soutenu, mais au bout du compte la loi sur la déficience mentale telle qu'elle est finalement adoptée, la *Mental Deficiency Act*, est largement édulcorée grâce à une opposition acharnée du député libéral Josiah Wedgwood qui parvient à convaincre une partie de l'opinion en s'appuyant sur deux principaux arguments : premièrement le coût énorme et impossible à prévoir de la ségrégation et de la stérilisation, deuxièmement l'ingérence de l'État dans la liberté individuelle que supposent de tels actes. Les autres arguments, notamment l'absence de fondement scientifique de l'ensemble, ainsi que la difficulté à cerner la population qui serait concernée par une telle loi, ne rencontrent que peu d'écho.

La guerre de 1914-1918 détourne un instant l'attention du mouvement eugénique, mais au milieu des années 1920, le rebond économique de l'après-guerre est bel et bien terminé. Le chômage augmente et l'inquiétude à propos de la vitesse de reproduction des plus pauvres, et notamment des chômeurs, redevient un sujet de préoccupation. Les « pauvres » ont sept ou huit enfants par couple, les classes moyennes et supérieures seulement deux ou trois. La révolution russe date de moins d'une décennie et l'Angleterre redoute réellement une révolution communiste. Face à tous ces bouleversements économiques et sociaux, les débats font rage sur les changements probables du mode de vie, sur l'avenir incertain du capitalisme et de la démocratie. Les gens ont réellement peur. La similitude avec ce que l'on vit de nos jours est frappante.

Après la Grande Guerre, le mouvement eugéniste connaît un regain de popularité, notamment aux États-Unis où l'on stérilise des dizaines de milliers de personnes, tandis que des centaines de milliers d'autres sont enfermées dans des institutions pour des motifs parfois douteux. Charles Davenport et Harry Laughlin (ceux-là mêmes dont je parle dans mon roman) dirigent le Bureau des archives eugénistes de Long Island, dans l'État de New York.

Laughlin rédige un modèle de loi eugénique pour la stérilisation qui est adopté dans plusieurs États. L'affaire Carrie Buck dont il est question dans le livre a réellement existé : sollicité en tant qu'expert psychiatrique, Laughlin décrète que Carrie Buck doit être stérilisée, alors qu'il ne l'a jamais rencontrée. Ce même Laughlin inclut les épileptiques dans la liste des personnes à placer en institution et à stériliser, alors qu'il souffre lui-même d'épilepsie.

En 1933, le Reichstag allemand adopte une loi pour la prévention des maladies héréditaires largement inspirée de celle de Laughlin et l'université de Heidelberg décerne à celui-ci un diplôme honorifique pour ses recherches concernant l'épuration raciale.

Le concept de l'Aryen supérieur défendu en Allemagne est retrouvé des décennies plus tôt en Californie, où l'on cultive la supériorité d'une race nordique aux cheveux blonds et aux yeux bleus. Des organisations philanthropiques comme celles de Carnegie, Rockefeller et Harriman financent ce champ de recherches. La Fondation Rockefeller soutient notamment le programme eugéniste allemand, y compris les études sur les jumeaux de Josef Mengele – avant que celui-ci n'installe son laboratoire à Auschwitz.

Bien évidemment, toutes ces politiques ont compliqué la préparation des procès de Nuremberg, quand il a fallu poursuivre les nazis pour génocide et crime contre l'humanité. Car, durant la période précédant le début de la guerre, l'Amérique avait un programme de stérilisation forcée des « inaptes » et l'Allemagne ne s'est pas privée d'évoquer les lois eugéniques californiennes pour sa défense. Au Royaume-Uni, un projet de loi pour la stérilisation de certains malades mentaux avait été proposé au Parlement en 1931 par le député travailliste Archibald Church. Il n'avait jamais été promulgué, mais des stérilisations prétendument volontaires ont sans aucun doute été effectuées sous la contrainte. Et, quoi qu'il en soit, l'enfermement grâce à la loi de 1913 (qui n'a été abrogée que beaucoup plus tard, par la loi sur la santé mentale de 1959) a de fait empêché le mariage des « indésirables » et les a tenus à l'écart de la société.

Lieux et personnages

On trouve dans ce roman un mélange de personnages réels et fictifs. Eleanor et Mabel sont deux personnages fictifs, mais d'autres ont réellement existé, notamment les figures du mouvement eugéniste et de ses défenseurs : Harry Laughlin, Charles Davenport, Junior Rockefeller, Leonard Darwin, Marie Stopes et Margaret Sanger. Edward est très vaguement inspiré d'un personnage réel, sir Cyril Burt, éminent psychologue de l'éducation et fervent eugéniste de l'époque, mais son passé, son rôle pendant la guerre et sa personnalité sont le fruit de mon imagination. Edward tourne le dos au mouvement eugénique (ce qui a été le cas de certaines personnalités de l'époque), mais sir Cyril Burt en a été toute sa vie un fervent partisan. Edward falsifie des documents relatifs à des enfants adoptés ; sir Cyril Burt aurait falsifié les données de son étude sur les jumeaux pour soutenir ses théories sur l'hérédité de l'intelligence. Ses travaux antérieurs, qui n'ont pas été remis en question et ont servi de base à la mise en place des *grammar schools*, nos écoles sélectives, ont été reconnus et lui ont valu un titre de chevalier. Néanmoins, et bien que ces allégations n'aient jamais été prouvées, il est largement admis que sa méthodologie était quelque peu douteuse, qu'elle manquait de rigueur et qu'il lui arrivait régulièrement de truquer ses résultats.

Le centre Heath de mon livre est une fiction, mais il s'inspire d'un centre qui a existé. J'en ai modifié le nom et la localisation, car le véritable centre existe toujours, même s'il n'est plus à présent un établissement d'enfermement, mais simplement une école pour enfants atteints d'épilepsie sévère. Je remercie les responsables de ce centre de m'avoir accueillie et de m'avoir ouvert leurs archives. Le Château des Bébés a existé (mais a été fermé en 1923, car considéré comme inadapté pour des petits) et le centre accueillait une antenne de la Croix-Rouge recevant des traumatisés de la Première Guerre mondiale souffrant de ce que l'on appelait à l'époque le « choc de l'obus ». L'établissement que je décris est à mi-chemin entre le centre et l'asile, et je crois que celui dont je me suis inspirée était un lieu beaucoup moins triste que ne le laisse penser mon livre. Néanmoins, il fallait un QI minimum pour y être admis et ne souffrir que d'une légère déficience cognitive. Les parents étaient libres de retirer leurs enfants s'ils le souhaitaient, mais la plupart n'auraient probablement pas agi comme Eleanor, malheureusement.

J'ai également consulté les dossiers d'un autre établissement local (fermé dans les années 1990) et ceux d'un asile. Ç'a été une lecture épuisante et déchirante. J'y ai notamment lu l'histoire d'une petite fille que sa mère avait laissée en lui promettant de revenir la chercher le lendemain et qui était toujours là plus de soixante-dix ans plus tard, sans l'avoir jamais revue. Les études de cas contenaient des photos des patients qui avaient passé pratiquement toute leur vie sur place, sans famille et sans amour. Ses dossiers montrent que le personnel se comportait au mieux avec indifférence et au pire avec cruauté. Et c'est pourquoi je dédie en partie mon roman à ces patients.

Pertinence

Aujourd'hui encore, les théories eugénistes ont leurs défenseurs, qui pensent qu'il ne faudrait pas donner naissance à un enfant quand on sait qu'il sera porteur d'un handicap – génétique ou pas. Mais la notion de handicap est elle-même discutable : une condition que certains considèrent comme un handicap sera pour d'autres une simple différence. Nous sommes désormais en mesure d'évaluer des embryons avant implantation et de décider lequel garder et lequel rejeter.

Certains gouvernements qui font passer les intérêts de la nation avant ceux de l'individu pourraient être tentés de chercher à améliorer leur population en appliquant les principes de l'eugénisme. Cela est bien sûr aux antipodes des choix de société en Grande-Bretagne et aux États-Unis.

Mon point de vue, et bien que je conçoive qu'il y ait des avantages à réduire ou à éliminer certaines maladies héréditaires, c'est qu'il convient de se montrer prudents dès qu'il s'agit d'intervenir dans des processus naturels, car nous ignorons où cela peut mener. Il suffit de regarder l'histoire pour comprendre le danger de telles interventions.

Remerciements

Merci à l'incroyable équipe de Head of Zeus – et plus particulièrement à ma merveilleuse éditrice, Hannah Smith, dont j'apprécie tant le soutien, les idées et la créativité. Nous avons réellement accompli un travail d'équipe! Merci à la brillante rédactrice Kati Nicholl, pour son travail minutieux de vérification des faits et pour ses commentaires réfléchis. Merci également à ma nouvelle directrice de collection, Hannah Todd, ainsi qu'à Victoria Joss, à Kate Appleton et aux nombreuses personnes qui ont permis que ce livre parvienne entre les mains des lecteurs, depuis les talentueux graphistes jusqu'aux imprimeurs, en passant par les distributeurs et les libraires. Je suis immensément reconnaissante à chacun d'entre vous.

Toute ma gratitude à Caroline Hardman, agent hors pair, qui a été pour moi un soutien apaisant et dévoué durant ces deux pénibles années. Je ne suis certainement pas la seule à avoir vacillé pendant la pandémie, mais Caroline n'a cessé de me raisonner et de me rassurer, se transformant même parfois en thérapeute. Je remercie également Thérèse Coen, grâce à qui mon travail sera lu dans de nombreux pays, ainsi bien sûr que toute l'équipe Hardman & Swainson qui s'est admirablement adaptée à ces difficiles circonstances.

J'ai eu la chance de pouvoir mener mes recherches pour ce livre avant la Covid et les confinements. Je suis immensément reconnaissante aux membres du *Surrey History Centre*, qui m'ont énormément aidée en me donnant accès aux archives de centres et d'asiles pour épileptiques fermés depuis longtemps. Mes remerciements vont également à Sue Turner et Alice Reynolds, qui m'ont si généreusement permis de consulter leurs dossiers. Merci à une personne que je ne suis pas autorisée à nommer, mais qui m'a renseignée sur les procédures de l'armée concernant l'attribution des médailles, le retrait de celles-ci et les sanctions auxquelles un homme comme Edward aurait pu s'attendre. Elle se reconnaîtra.

En ce qui concerne mes recherches, pour ceux d'entre vous que cela pourrait intéresser, j'ai trouvé une grande quantité d'informations sur le régime cétogène dans la bibliothèque en ligne *Wiley* et sur l'eugénisme dans les archives eugéniques de la *Wellcome Library*. J'ai pu y lire l'essentiel du texte de 1925 de sir Cyril Burt, *The Young Delinquent*, ainsi que diverses publications sur la vie, la politique, le changement social et la pensée des années 1920 et du début des années 1930, et enfin sur le krach boursier de 1929.

Une mention spéciale pour les *D20 Authors* (retrouvez-nous sur Twitter – @TheD20Authors), un groupe dont je fais partie et qui rassemble des auteurs ayant publié leur premier roman au cours de l'année 2020, alors que les librairies étaient fermées et que tous les événements promotionnels étaient annulés. Nous avons réussi à tisser des liens avec des zooms hebdomadaires et avons pris en charge ensemble la publicité de nos livres sur les réseaux sociaux. Ce groupe m'a sauvée cette année-là, ou plutôt nous nous sommes sauvés les uns les autres. Nous avons organisé des événements en ligne, des festivals, des publicités. Nous nous sommes soutenus et avons célébré les succès de chacun. Vous tous, vous êtes géniaux !

Enfin, mes plus grands remerciements vont à ma famille. Nous avons vécu le confinement ensemble pendant près d'un an et j'ai écrit ce livre durant une période difficile pour tout le monde, mais vous avez su vous montrer à la hauteur. Merci d'avoir écouté mes démêlés avec l'intrigue et les personnages, merci de m'avoir aidée à les surmonter. Merci d'avoir été mes premiers lecteurs, mes admirateurs, mes soutiens. Merci pour les repas, la lessive et le rangement. Sans vous, je n'aurais jamais pu mener à bien ce projet.

Aubin
IMPRIMEUR

IMPRIM'VERT
votre imprimeur agit pour l'environnement

Achevé d'imprimer en mai 2022
par Aubin Imprimeur à Ligugé
N° d'impression 2202.0048
Dépôt légal, juin 2022
Imprimé en France
38122382-1